KB079047

언더테이크

MNEME 지음

1

동아

언더테이크 1권

초판 1쇄 인쇄일 | 2021년 10월 14일
초판 1쇄 발행일 | 2021년 10월 22일

지은이 | MENEME
펴낸이 | 박성면
펴낸곳 | (주)동아

출판등록 | 제406 - 3960100251002007000071호
주소 | 경기도 파주시 문발로 115, 세종대학교출판부 206호
전화 | (031)8071 - 5201
팩스 | (031)8071 - 5204
E - mail | bear6370@hanmail.net

정가 | 12,500원

ISBN 979 - 11 - 6302 - 540 - 5 (04810)
     979 - 11 - 6302 - 539 - 9 (set)

Under

VOL. 1

언더테이크

MNEME 지음

DONGAROMANCESTORY

Take

동아

목 차

Prologue

"누나. 좀 쉬다 와요."

서유주의 직업 만족도는 10점 만점에 2점이나 될까 했다.

그 직업 만족도를 구성하는 척도는 매우 다양했다. 사회적 시선이나 직업적 명예, 금전적 보상과 업무 강도 등등.

그 모든 것을 고려해서 산정한 직업 만족도가 2점이라는 것이다. 그녀의 직업을 향한 사회적 시선은 결코 곱지 않았고, 직업적 명예는 예로부터 바닥을 쳤다. 금전적 보상은 다른 직군과 비교하여 나쁘지 않았지만 정신적인 혹사를 강요하는 업무 강도와 비교하면 극악하다 할 만했다.

"너부터 밥 먹고 와."

"나 어제 술을 너무 마셔서 속이 뒤집힐 거 같아요. 그냥 누나나 먹고 와요."

"어젠 또 얼마나 마셨는데?"

"친구 중 하나가 전역을 했거든요. 한 세 시까지 마신 거 같은데……."

"체력도 좋다. 내가 너만 할 땐……."

"누나, 벌써 라떼 운운하는 거예요?"

"……아니 난 너만 할 때에도 저질 체력이었다고. 죽겠다."

유주는 스툴을 바짝 당겨 벽에 등을 일자로 기댔다. 허리를 굽히거나 쪼그려 앉는 일이야 원래도 많았다. 하지만 예전과 다르게 근래, 부쩍 허리가 아파 왔다. 이게 나이를 먹는 건가 싶었다.

그러고 보면 유주도 어느덧 내일모레 서른을 바라보고 있었다. 이십 대 초중반 풋풋할 때야 이 핑계 저 핑계로 운동을 피해 다녔지만, 이젠 정말 뭐든 해야 할 성싶었다. 이직 준비와 함께.

"그러니까 같이 하자니까. 꼼꼼하게도 작업해 두셨네. 이래서 팀장님이 누나를 더 좋아하나 봐."

그래도 근래 들어 그녀의 직업을 부르는 명칭이 고상해졌다.

장례 지도사.

얼핏 들으면 고인 가시는 길의 수순을 하나하나 밟아 주는 사람같이 들리겠지만 그녀의 주된 일은 염습이었다. 시신을 씻기고 옷을 입히는 그 작업 말이다.

옛날에야 동네에 노인분들 한둘 정도가 주 고객이었다. 그녀가 어릴 때까지만 해도 그랬다. 그러나 장례라는 인생 최후의 이벤트가 상업화됨에 따라, 그녀는 자연스럽게 업계에 흡수되었다. 한 달에 시체 열댓 구 보는 정도야 이젠 익숙했다. 그러나 익숙하다는 말이 좋다는 의미는 아니었다.

"여성분이잖아."

"같이 일한 게 얼만데 그런 걸 따져요, 아직도."

"너무 어려서 좀 그렇더라. 웃차, 나 담배 한 대 피우고 올게."

"밖에 또 엄청 시끄럽던데."

"왜, 뭐 있어?"

"몰라요. 운구차 말고 뭔 시커먼 차들이 줄줄이 들어오더만."

"부자라고 안 죽는 건 아니잖냐. 나갔다 올게."

유주는 주형의 머리를 꾹꾹 누르며 자리에서 일어났다. 사정이 있어 취업부터 하고 군에 다녀온 주형은 제대한 지 얼마 되지 않았다. 그래서인지 아직도 군바리 티가 남아 있었는데 이제 갓 자라기 시작한 까실까실한 머리카락이 그중 하나였다. 남들은 말년 되면 요령껏 머리도 기르고 피부도 가꾸고 나온 다던데, 주형은 그런 요령도 없어 제대하는 날까지 머리통이 아주 시원했다.

"주차장 있는 쪽 말고 아예 조금 돌아서 상가 골목 쪽으로 빠지는 데는 지금 사람 없을 거예요."

주형의 말에 유주는 고개를 살짝 까닥이며 자신이 방금 전 염을 마친 여성의 얼굴을 잠시 살펴보았다.

그녀는 유주보다도 한참이나 어려 보였다. 얼굴의 솜털도 채 사라지지 않은 말간 얼굴은 아직 십 대 후반에서 기껏해야 이십 대 초반으로밖에 보이지 않았다.

모든 시체에는 사연이 있다. 몸에 상처 하나 안 남은 시체도 그렇고, 너덜너덜한 상처 그 자체가 사연처럼 보이는 이들도 있다. 이번의 여성은 전자였다.

시체 운구가 끝나고, 처음으로 접한 여자의 모습은 참 '조용하다'는 인상이었다. 팔자로 처진 눈썹과 눈꼬리가 짧은 눈, 코는 올망졸망했고 입술은 창백했다. 살아생전에도 얌전하다는 소리 꽤나 들었을 인상이었다.

이렇게 얌전한 시체가 들어오면 유주와 주형에게는 약간의 여유가 생겼다. 유주는 그럴 때마다 어쭙잖게 기도를 해 주었다. 그것만으로도 마음이 편했다. 딱, 기도를 올린 정도만.

"……이 일을 때려치우던가 해야지."

희한한 게 이 일은 몇 년을 해도 매번 마음이 무거웠다. 짤막한 장례는 그 얄팍한 행위만큼 가볍게 흩어지고, 무거운 감정으로 다시 내려앉았다.

유주는 그 젊은 여자의 시체를 천으로 덮어준 후 밖으로 나섰다. 주형이 말한 시커먼 차에서 내린 사람들이 식장 안으로 하나둘 들어갔다. 그래 봐야 유주와는 별 상관없었다. 상가 골목 쪽으로 터벅터벅 걷자니 땀이 삐질삐질 솟았다.

볕이 뜨거웠다.

조부와 삼촌이 하는 염을 어깨너머로 배운 지가 십오 년이었다. 벌써 유주는 이십 대 끝자락에 매달려 있었다. 일을 그만두고 뭔가 새로 시작하기에 지금이 마지노선이라는 건 알았다. 이 일을 하며 모아 둔 돈도 꽤 되니 새로운 일을 배우는 동안 배곯을 일도 없었다.

그런데 왜 맨날 그만둬야지, 그만둬야지 염불만 외고 있는 것일까.

[제3화장장 故성은영(23세)]

상조 회사에서 보내 준 운구차에 관이 제대로 실리는 것까지만 확인하면 그녀의 일은 끝이었다. 예전에야 관을 끌고 가며 곡도 하고, 간혹 망자들을 잘 떠나보낸답시고 굿도 했다지만, 그건 말 그대로 호랑이 담배 피우던 시절 얘기였다.

하지만 그녀가 지금 있는 곳은 산을 끼고 있는 수도 외곽의 화장장이었다. 보통의 경우라면 장례 지도사가, 그것도 유주처럼 염을 전문으로 하는 사람이 이곳까지 따라올 일은 거의 없었다. 식장과 화장장이 붙어 있는 경우가 아니라면 말이다.

시신이 화장을 위해 소각로에 들어갔다는 알림이 반짝였다. 유주는 그 불빛을 확인하곤 주변으로 시선을 돌렸다. 유족들은 영정 사진들을 바라보고, 매만지고, 그 앞에서 무릎을 꿇고 하나같이 오열했다. 그러나 그들은 유주의 고객이 아니었다. 유주의 고객은 단 한 명이었다.

그리고 그는, 이 자리에 없었다.

"……미친년, 오지랖은."

굳이 여기까지 내가 왜 왔나, 잠시 회의하며 유주는 스스로에게 욕지거리를 뱉었다. 머리를 한 번 긁적이며 멋쩍게 주변을 살폈다. 당연하게도 그녀에게 관심을 두는 사람은 없었다.

그녀가 왜 화장장까지 왔는고 하니, 거기에는 별 이유 없었다. 그녀가 오늘 수습한 마지막 여성 시신. 그 상주가 어디론가 사라진 탓이었다.

물론 모든 상주가 사라졌다고 염장이가 여기까지 따라붙을 필요는 없었다. 그냥 회사에 보고하면 될 일이었다. 아니, 남자는 마치 사라질 것을 예견이라도 하듯 식장과 회사에 대금을 치러 두었으니 애초부터 유주가 대리인으로 이곳에 참석해야 했을지 모른다.

"……."

모든 구비 서류는 완벽했다. 죽은 여자의 이름은 '성은영'이었고 보호자는 오빠인 '성철현'으로 되어 있었다. 부모란은 빈칸이었고, 사망 원인은 병사였다. 다년간 실무를 뛰며 확인한 만큼 사망자의 서류는 완벽했다. 가족 관계 증명서, 화장 동의서, 사망 진단서에 찍힌 병원 직인, 의사 서명, 종이까지 전부 의심할 거리는 없었다.

그럼에도 입 안이 바짝바짝 말랐다.

무척이나 담배가 필요했다. 왜 이렇게 기분이 더러운가. 거기에 대한 답은 간단했다. 뭔가 찝찝하고 이상했다. 시쳇밥을 먹은 지 십 년이 훌쩍 넘는 와중에 '성은영'의 유족 같은 타입은 손에 꼽을 정도로 적었다.

그는 사망한 자신의 여동생의 죽음에 무심하고, 장례 절차 자체를 무척 지루하게 여기며, 울지도 않고, 누군가를 부르지도 않았다. 게다가 온종일 한 일이라고는 휴대폰을 들여다보거나 누군가와 통화를 하는 것뿐이었다. 조문객도 없었다. 빈소를 관리하는 여사님들이 가만히 앉아 있다 퇴근하는 것도 고역이라고 푸념할 정도였다.

그뿐만이 아니었다. 대금은 나중에 남으면 돌려 달라고 예상 금액보다 넉넉하게 얹어서 이미 지불했다. 그리고 마지막 화장 날, 사라졌다.

보통 그와 같은 인간들은 하나같이 찝찝한 사연을 가지고 있었다. 가령 범죄 피의자라든가, 상대에게 오랜 시간 학대를 당했다거나, 돈이 얽혀있거나 하는 등의 사연 말이다. 전부 유쾌한 것들은 아니었다. 성은영의 유일한 유족이던 남자는 어느 쪽일까.

유주는 자신이 너무 이번 일을 '사건'에 집중해서 보고 있다는 걸 알았다. 하지만 성은영은, 학대당했다고 보기에는 지나치게 건강해 보였다. 돈이 읽혀 있다기에는…… 글쎄. 그 부분은 알 수 없었다. 더불어 돈 문제라면 범죄와 얽혀 있을 가능성이 크겠지만 그 부분은 유주가 알 방법이 없었다.

그래도 돈과 엮으면 답이 쉬워지긴 했다. 성은영이라는 여자를 죽인 게 그 남자일 것이란 추측이 가능해지니까.

"망상도 정도껏 해야지."

유주는 괜한 잡생각을 떨치기 위해 고개를 저으며 밖으로 나섰다. 화장 절차가 전부 끝나려면 아직 한 시간도 더 남아 있었다. 이제 남은 건, 유골을 받아 우선 회사에 가져다주는 것이었다. 안치를 하거나 어디에 뿌리는 건 그녀의 소관이 아니었다.

음료수를 하나 뽑아 들고 사람이 많은 흡연 장소를 피해 구석에 구석으로 걸어 올라갔다. 화장장의 입지상 산에서는 지정된 흡연 장소에서만 흡연이 가능했다. 다행히 약간의 햇볕만 참을 수 있다면, 제법 괜찮은 위치의 흡연 구역에서 비교적 여유를 부리며 담배 한 모금 정도는 빨 수 있었다. 다만 조금 올라가야 하는 게 흠이었다.

무조건 새해 다짐은 운동이다……. 유주는 오 분 남짓한 등산에도 헉헉 거리는 자신의 저질 체력을 원망하며 벤치에 철퍼덕 주저앉았다. 전망이 좋았다.

"휴……."

한눈에 화장장이 내려다보는 위치까지 올라가니 후텁지근한 산바람이 불어왔다. 간간이 섞인 찬 기운이 땀을 식히며 스쳐 갔다. 그것마저도 달가웠다. 유주는 뜨거운 가슴을 한 김 식히며 자신의 망상까지 꾹꾹 억눌렀다.

그래. 모든 절차는 깔끔했다. 범죄는 무슨. 그저 망상일 뿐이었다.

그런데 빌어먹을.

망상이라고 결론짓긴 했지만 여전히 찜찜한 건 차고 넘치게 많았다. 제일 마음에 걸리는 건, '성은영'은 젊다고 하기에 무색할 징도로 어렸다는 짐이었다.

병사.

그건 이제 이십 대 초반인 젊은 청춘에게 너무나 어울리지 않는 사인이었다. 그녀가 부검의 같은 건 아니었지만 병사라 치고 넘기기엔 죽은 시신의 혈색이 너무 좋았다. 아무리 봐도 병색이라고는 볼 수 없었다.

그렇다고 외상이 있던 것도 아니었다. 서류를 조금 더 꼼꼼히 훑어볼걸. 무슨 사연이 있어 이렇게 허망하게 죽고, 그 누구도 그녀의 죽음을 들여다보지 않은 것일까.

그리고 사라진 유족……. 그가 정말 가족인 걸까?

유주는 쓴 입맛을 다시며 아무래도 자신이 이제 정말 그만둘 때가 되었음을 절감했다. 일보다 이런 감정적인 소모가 더욱 힘들었다. 돈이 문제가 아니었다. 정말 이제는, 다른 일을 해 보고 싶었다.

"불 좀 빌릴 수 있을까요?"

멍하니 생각에 잠긴 탓에 불을 붙인 담배는 한 모금도 피우지 못했다. 새 담배를 케이스에서 꺼내 드는 찰나, 유주의 옆자리에 어떤 사내가 자리를 잡고 앉았다. 상쾌한 코롱 향이 아찔하게 코를 찔렀다. 유주는 저도 모르게 멍청히 물었다.

"……불이요?"

"네. 담배는 가져왔는데 라이터를 깜빡했네요."

검은 정장을 입은 말끔한 외모의 사내였다. 말끔? 아니지. 그건 그의 외모에 대한 모욕이었다. 유주는 저도 모르게 살짝 입을 벌린 채 낯선 얼굴을 뚫어지게 쳐다보았다.

맨 처음 눈에 들어온 건 짙은 눈썹과 깊은 안와, 거의 걸작이라고 불러도 손색이 없을 정도로 높은 콧대와 강인한 턱선이었다. 근골의 조화가 거의 완벽에 가까웠다. 혼혈인가 싶을 정도였다.

무엇보다 그 남자의 눈은 정말 깊었다. 일체의 불순물이 섞이지 않은 검은 눈동자가 수려한 눈매와 무척 잘 어우러졌다. 조부와 함께 살았던 유주는 그 눈매를 뭐라 부르는지 알고 있었다. 쌍꺼풀이 없고 눈매가 가늘고 길게 이어지며 끝이 날카로운 상. 봉황눈이라 불리는 상이었다.

"아…… 그……."

그간 일만 하고 살아 온 메마른 기간이 거의 한 손에 꼽을 정도로 지났지만 유주에게도 이상형이라는 게 있었다. 착하고 순한 사람. 뭐든 따지고 드는 그녀와 그나마 1년을 채운 사람은 거의 자기 주관이라는 게 없는 유형이었다. 그랬기에 어느 순간부터 성격만 좋으면 제일이지, 딱 그런 생각으로 살았다.

그렇다고 해도 미추를 판단하는 심미안이 흐려진 건 아니었다. 세상에……. 이 정도로 잘생긴 놈들은 연예계나 화류계에나 있는 줄 알았는데……. 유주는 애써 쿵쿵 울리는 심장 소리와 순식간에 달아오른 얼굴을 숨겼다. 주머니를 뒤지는 척, 고개를 숙이니 정장에 감싸인 남자의 육체가 보였다.

그간 하도 시체의 알몸을 훑어봐서일까. 대충 정장 안에 구겨진 체형도 눈앞에 훤히 그려졌다. 어깨가 넓고, 근육이 무척 잘 짜인 몸이었다. 위압적이고, 위력적이며, 위협적이다.

그에 대한 관찰을 마치고 나니 아직 벤치 위에 얹어 둔 라이터가 보였다. 젠장, 멍청하기는! 유주는 작게 심호흡을 하며 고개를 들었다. 그리고 자신의 라이터를 집어 들어 그에게 건넸다.

"여기요."

남자가 예의 바르게 그것을 받아 들었다.

"감사합니다."

살짝 웃는 표정을 하고 있었지만 얼굴의 골격이나 기본적인 근육의 움직임, 어딘가 묘하게 어색한 모습에서 그가 평소 결코 살가운 성격은 아니었음이 드러났다. 유주는 홧홧하게 달아오른 얼굴을 식히기 위해 손부채질을 했다. 무더위는 좋은 핑계거리였다.

"여기 있습니다. 잘 썼습니다."

"아, 예."

그새 남자는 자신의 담배에 불을 붙이고 유주에게 라이터를 건넸다. 그녀는 그와 눈도 마주치지 않은 채 그것을 받아 들고는 고개를 살짝 틀었다. 어느새 남자는 자연스레 유주의 옆자리에 앉아 있었다.

"……."

화장장보다 조금 더 위에 자리 잡은 이 흡연 구역에서는 화장장의 모습이 훤히 보였다. 사람들은 각양각색으로 모여 웅성대고 있었다. 맨 오른편 주차장 구역에는 유주가 타고 온 것과 비슷한 상조 회사들의 운구차들이 일렬로 서 있었다.

유주는 남자를 의식하지 않기 위해 의도적으로 주의를 다른 곳으로 돌렸다. 하늘에 구름 한 점 없구나, 바람이 후텁지근하구나, 그리고…… 저건 뭐지?

그녀의 눈에 띈 건 시커먼 승용차 군단이었다. 각기 다른 이들이 타고 온 차라고 하기에는 주차해 둔 배열이나 차종, 그리고 나열된 형태가 획일적이었다. 명백히 위화감을 조성하고 있었다.

분명 오전, 장례식장에도 저와 비슷한 차들이 있지 않았나?

유주의 경계심에 불을 지핀 건, 주변을 두리번거리며 돌아다니는 검은 정장의 사내들이 눈에 띄었다는 것이다.

물론 장례식장에 검은 정장이야 별 특별할 것도 없었다. 하지만 멀리서 봐도 작정하고 키운 듯한 덩치와, 조문하러 왔다기보다는 고인을 만들러 오는 듯한 험악한 분위기는 일반 문상객들과 확연한 차이가 있었다. 하나, 둘, 셋…… 여섯, 일곱. 그런 불길한 기운을 풍기는 이들은 어림짐작으로도 일곱은 되어 보였다.

"……."

유주는 살짝 떨리는 손으로 새 담배 한 개비를 입에 물었다. 긴장하지 않으려 했지만 분위기 때문인지, 아니면 그녀의 헛된 망상에 기반을 둔 상상력 때문인지 모를 불안감이 삽시간의 그녀의 모든 감각을 사로잡아 버린 탓이었다.

여기에 의식하지 않으려 해도 느껴졌다. 사내는 유주의 행동 하나, 표정 하나, 눈동자의 떨림 하나까지도 노골적으로 관찰하고 있었다. 이 정도면 뭔가 사달이 나긴 한 것이 분명했다. 비록 거기에 그녀가 연루되었든 아니든 간에.

"불, 붙여 드릴까요?"

칙, 칙.

라이터의 부싯돌 휠이 자꾸 엄지손가락 안쪽에서 헛돌았다. 그 모습을 본 남자가 유주의 동의 없이 그녀의 손에서 라이터를 낚아채고는, 그녀의 입술에 아슬아슬하게 걸린 담배 끝에 불을 붙여 주었다.

숨을 들이마실 수가 없었다. 유주는 힐끗, 남자를 다시 훔쳐보았다. 그는 여전히 유주를 살피고 있었다. 그의 오른손 검지와 중지에 걸린 담배는 허망하게 타들어 가는 중이었다.

"담배…… 안 태우시나 봐요."

"아, 이거요."

그럴 거면 왜 올라왔냐는 뉘앙스로 물은 것이었지만 남자는 대수롭지 않은 표정으로 재떨이에 남은 담배를 비벼 껐다. 흡연이 목적이 아니었다는 의미다.

생각해 보면 처음부터 이상했다. 코롱 향이라니. 흡연자에게선 찾아보기 힘든 냄새다.

"가끔은 피우죠. 하지만 평소엔 굳이 건강에 나쁜 짓을 골라 하진 않습니다."

"……그래요?"

"대신 평소에도 건강에 나쁜 짓을 골라 하는 사람에게 뭔가를 물으러 왔습니다."

굳이 유주를 찾아왔다는 의미였다.

역시. 찜찜함은 이런 식으로 현실이 되곤 했다. 유주는 담배를 한 모금 빤 뒤 고개를 틀어 길게 연기를 뱉었다. 그리고 남은 담배에 대한 미련 따위 없다는 듯, 무심히 남은 부분을 비벼 껐다.

"물어볼 게 뭔데요?"

겁이 났다. 불길한 예감이 들었다.

정말 사건에 연루된 것이든 아니든, 이런 유의 인간 자체와 얽히는 게 달갑지 않았다. 잘생긴 건 감사하지만 위험한 기색이 다분한 사람은, 실제로 위험한 사람일 가능성이 매우 높았다.

무엇을 물어보든 최선을 다해 사실만 전하리라. 그런 유주의 앞에 사내가 어떤 사진 한 장을 들이밀었다.

여자의 사진이었다. 은사로 된 작은 꽃무늬 자수가 촘촘히 박힌, 밝은 하늘빛 치파오를 입은 여자였다. 흰 피부에 가슴팍까지 내려오는 가지런한 흑발, 쌍꺼풀이 깊게 진 갈색 눈동자, 작고 높은 콧대와 도톰한 입술.

얼핏 보아도 미인이었고 자세히 보면 사랑스러운 여자였다. 그 사진을 본 유주의 눈동자가 크게 확장되었다.

아는 얼굴이었다. 아니, 모르는 얼굴인가?

보통의 경우, 유주는 죽은 사람을 마주하기 때문에 산 사람의 모습은 모른다. 하지만 이 여자는 알 것 같았다. 아니, 아는 게 맞나? 확신할 수 없었다.

"이 여자를 알고 있습니까?"

유주는 고개를 끄덕여야 하나 저어야 하나 한참이나 고민했다. 알고 있다고 하기에 사진 속 여자는 생기가 넘쳤고, 그녀가 아는 얼굴과는 묘하게 분위기가 달랐다. 분위기를 따지는 게 좀 이상하긴 했다. 죽은 자들이 풍기는 분위기는 모두 하나같이 음산했으므로 다른 게 당연했다.

남자는 그 와중에도 면밀히 유주의 표정을 살피고 있었다. 꿀꺽, 마른침이 바짝 마른 목구멍을 타고 넘어갔다.

"······아는 것도 같네요."

"어떻게 아는 사이입니까?"

말해도 될까? 그런 생각이 들었지만 이미 이 위의 흡연 장소까지 그녀를 찾아온 인물이니, 거짓말이나 어쭙잖은 헛소리는 씨알도 안 먹힐 터였다. 유주는 고개를 끄덕였다. 그리고 더듬거리는 말투로 대답했다.

"제가…… 염을 한 여자군요."

"이 얼굴이 확실합니까?"

"……확신은 못 해요. 산 사람의 모습과 죽은 사람의 모습은 언제나 다르니까. 이름은 기억나는군요. 성은영."

"그 말은 믿을 만하군요."

남자는 다시 품속에서 몇 장의 사진을 새로 꺼냈다. 제각기 다른 모습의 사내들이었다. 그가 사진을 한 장 한 장 넘기며 물었다.

"이 사람은?"

"몰라요."

"이 사람은?"

"본 적 없어요."

"이 사람은?"

"이 사람도요."

"그럼 이 사람은?"

"……."

"본 적이 있군. 누구지?"

그의 말이 짧아졌다. 존댓말을 사용할 때보다 확실히 위압적이었다. 그래도 대답할 게 있어 다행이었다. 사진 속 사내는 유주가 확신할 수 있는 유일한 사람이었다.

"이, 이 사람이, 그…… 유족이었어요. 성철현."

"이 여자의?"

남자가 다시 하늘색 치파오의 여자를 들이댔다. 유주가 고개를 끄덕였다.

그 순간이었다. 남자의 눈빛이 변한 것은.

「你说完了吗(그게 다야)?」

아, 중국인이구나.

분명 무의식중에 튀어나온 게 분명한 강한 성조의 말투를 듣고 유주는 확신할 수 있었다. 쌍꺼풀 없는 눈매를 제외하면 그는 전형적인 남방계 미남 스타일이었다. 이런 스타일은 한국에 흔치 않았다. 만약 그가 외국인이라면, 이해가 되었다. 너무나 이질적인 미남이니까.

물론 그가 외국인이라고 해서 위기감이 사라진 건 아니었다. 외국인이 도대체 한국인 장의사를 찾아올 일이 얼마나 된다고? 유주는 긴장감에 주먹을 꽉 쥐었다. 그리고 고개를 저었다.

"하, 한국어로 해 줘요."

"그게 다냐고."

"뭐가요?"

"더 기억나는 건 없나? 뭐든 좋아. 뭐든."

도대체 뭘 더 기억하고 알아야 한단 말인가.

유주는 염을 업으로 삼는 장의사다. 사람이 죽으면 그 시체에 예의를 다하고, 그 시체를 대하는 것만 못하게 유주를 대한 채 돈만 받아 챙기는 게 일의 전부였다. 유족과는 장례를 치르는 내내 열 번이나 마주치면 많이 만나는 정도였고, 오늘은 그저 유족이 사라졌기에 화장장까지 따라온 것뿐이었다.

그게 문제였나. 그랬다. 그게 문제였다.

왜 오늘따라 또 평소답지 않게 오지랖을 부렸던가. 유주는 고개를 숙였다. 기억나는 게 없었다. 그저 무심했다는 것 외에 아무것도.

"다른 유족들과 좀 달랐어요……. 그냥, 찾아오는 사람도 없는 빈소에서 슬퍼하는 일도 없이 자기 할 일만 했다고 그러더라고요."

"그랬다니?"

"나도 전해 들은 소리예요. 내가 빈소에 올라갈 일이 얼마나 있겠어요.

알지 모르겠는데 난 장의사예요."

"……殯儀馆(장의사)."

"……그래요, 뭐 어쨌든 그거요. 사람 죽으면 마지막 가는 길까지 그 시체에 예를 다하는 게 내 일의 전부라고요. 산 사람은 내 알 바가 아니에요."

"……."

눈치껏 대답하면서도 유주를 고개를 들지 않았다. 그저 평소 거추장스럽게만 느껴지던 머리카락이 자신의 표정을 효과적으로 가려 주기만을 바랐을 뿐이다.

초조함과 두려움이 뒤섞인 표정을 보이고 싶지 않았다. 다리가 달달 떨렸다. 중국인이라는 단어와 시체라는 단어가 합쳐지니, 그간 언론 매체를 통해 접해 온 수십 수만 가지의 사건들이 머릿속에 스쳐 지나갔다.

꼬여도 단단히 꼬였다. 뭔지는 모르지만 알고 싶지도 않고 알아봐야 좋을 것 같지도 않았다.

진정하자, 서유주. 호랑이에게 물려도 정신만 차리면 산다고 했다.

유주는 속으로 두어 번 크게 심호흡을 했다. 그러곤 살짝 고개를 들었다. 애써 갈무리한 감정이 표정 위로 드러나지 않기만을 바랐다. 하지만 여전히 사나운 표정의 사내를 보니 새삼 두려워졌다.

"난…… 내 일을 했을 뿐이에요."

"이 남자가 사라졌습니다. 알고 있습니까?"

당연히 알았다. 그 남자가 사라졌기 때문에 유주가 이곳에 있는 게 아닌가. 유주는 침을 꼴깍 삼키며 가까스로 고개를 끄덕였다.

"……네."

"어디로 갔는지는 알고 있습니까?"

고개를 저었다. 어디로 갔는지 안다면 그녀가 화장장까지 따라올 일 따위 없었을 것이다. 남자는 유심히 그녀의 표정을 살폈다. 건조하게 굳은 사내가 입매를 비틀었다.

"이 남자는 내 밑에서 일하던 너석입니다. 그리고 아까 사진에서 본 여자를 데리고 달아났지."

스멀스멀 불안한 기운이 올라왔다. 유주는 저도 모르게 몸을 뒤로 젖혔다. 하지만 기껏해야 벤치 위에서 도망칠 수 있는 공간이란 제한적이었다.

"그……그래서요?"

"당신이 최후의 목격자라는 소립니다. 이 빌어먹을 자식을 마지막으로 본."

안 돼!

무슨 일이 벌어질지는 몰라도 무조건 말도 안 되는 일이 벌어질 것 같았다. 유주가 고개를 저었다.

"그, 그 여자가 사라진 거나 다, 당신 부하가 사라진 거랑 나랑 무슨 상관이에요! 그 남자가 사라져서 곤란한 건 이쪽도 마찬가지거든요? 보, 보호자 없는 시신의 마무리까지가 내 일이니까 여기 온 것뿐인데……."

그녀의 몸짓은 현재 상황에 대한 부정이었고, 그의 입에서 나올 말에 대한 미연의 거절이었다. 하지만 남자에게 그런 유주의 의사 표현은 이미 무가치한 것이었다.

"그건 상관없습니다."

"……네?"

"이미 시체는 사라졌고, 당신은 이 여자를 알아봤지."

무슨 말을 하려는 건지 알 수 없었다. 하지만 눈치는 있었다. 유주는 지금이야말로, 도망가야 할 때임을 알아챘다.

하지만 발이 떨어지지 않았다. 본능과 신체의 반응은 가끔 방향을 달리했다. 지금의 그녀가 딱 그랬다. 두려움에 위축되어 있다는 표현이 아마 가장 정확할 것이다.

"이 여자는 내 여동생이야. 올해 스물여섯밖에 안 된 앞날이 창창한 아이였지. 그런 애가 갑자기 죽었다고? 헛소리."

"뭐? 아니, 잠깐 나는……."

"당신이 무슨 일을 하고, 언제 루첸허를 만났는지 따위는 알 바 아니야. 하지만."

남자는 유주의 말을 들을 생각이 전혀 없었다.

위압적인 목소리와 날카로운 눈빛. 그리고 거기서 느껴지는 분위기에 유주는 아무 말도 할 수 없었다.

말 그대로 압도당했다. 사내의 말은, 무엇이든 베어 버릴 것 같은 잘 벼린 칼 같았다. 그저 사납고 공격적이었다. 그는 지금, 분노에 휩싸여 있었다.

"만약 네가 태운 게 내 여동생이 맞다면……."

사내는 서유주가 가장 자주 다루고 접하는 것과 매우 가까운 곳에 있는 사내였다. 즉, 죽음을 몰고 다니는 인간이라는 뜻이었다.

옛 생각이 났다. 유주의 할아버지는 유주가 그를 따라 업에 뛰어들 때부터 몇 번이나 당부했다.

'그런 사람이 있다. 재앙 같은 사람이다. 그런 자들은 꼭 화(禍)를 몰고 오니 그런 존재가 지적에 느껴진다면 충분히 두려워하고 가능한 멀리 도망가라.'

'화(禍)를 가까이하는 자에게 복이 찾아오는 일은 없다.'

"내가 수습해 갈 건 내 여동생의 유골함이 아니라 네 모가지가 될 거다."

하지만 할아버지의 말은 틀렸다.

그 누구도, 정상적인 삶을 살아가는 사람이라면 그 재앙에 기꺼이 몸을 바칠 리 없었다. 재앙이라는 것은 멀리하고자 한다고 도망칠 수 있는 게 아니었다. 그건 그저 찾아오는 것이었다.

마치 자연재해처럼. 갑자기 불현듯 인생에 엄습해 무고한 삶을 휩쓸어 버리는 것이 재앙이었다. 바로 지금처럼.

"순순히 같이 가 달라고 해도 협조해 줄 리는 없으니, 잠시 양해를 구하지."

무슨 말이라도 해야 했다. 아니라는 부정의 말을 해야 했다.

하지만 남자의 큼직한 한 손이 재빨리 유주의 입을 틀어막았고, 남은 한 손은 그녀의 목을 세게 짓눌렀다. 아무리 그녀가 발악을 해도 소용없는, 압도적인 악력이었다. 유주는 발버둥을 쳤지만 그런 반항조차 그에게는 극히 미미할 뿐이었다.

남자는 눈썹 하나 까딱하지 않았다. 천천히 의식을 잃어 가는 유주의 표정을 냉정한 눈빛으로 살피며 그녀의 호흡을 조절할 뿐이었다.

딱 죽지 않을 정도만.

"으읍! 읍! 으으읍!"

남자는 애당초 변명을 들어 줄 생각이 없었다. 애당초 유주에게 선택권이 있을 리도 없었다. 그녀의 발버둥은 이내, 그 자리에 낮은 구두 한 짝이 나뒹구는 것으로 마무리되었다.

말 그대로 갑자기 찾아온 재앙은 그렇게, 서유주의 삶을 어딘가로 내던져 버렸다.

Chapter 1

    손과 발이 결박되고 입이 틀어 막힌 채, 창고가 아닌 호화 유람선의 값비싼 방에 처박히는 경험을 해 본 사람이 세상에 몇이나 될까?

    일단 손과 발이 결박되는 상황 자체를, 일반인이라면 일생에 한 번도 경험할 리가 없었다. 호화 유람선도 어지간한 부자가 아닌 다음에야 탈 일이 몇 번이나 있을까. 거기에 특등실이라면 더 말할 것도 없다.

    "우읍!"

    지금 서유주는, 그 드문 경험을 전부 하는 중이었다. 흔들림마저 거의 느껴지지 않는 선상 특실의 침대 위는 마치 TV 광고에서 말하는 푹신함과 안락함을 느끼게 했지만 그녀의 속내는 편안함이라는 단어와는 1억 광년 정도 거리가 있었다.

    「쯔모.」

    「젠장, 또야? 오늘은 운이 영 안 따르네.」

    「난 이번 판은 휴식.」

    「뭐야. 셋이 하라고? 그럼 아예 한 턴은 쉬고 다시 패 섞는 걸로 해.」

    객실 안에는 세 명의 여자와 한 명의 사내가 마작을 하는 중이었다. 유주를 끌고 온 사내는 보이지 않았다. 이마 저 넷은 게임을 겸해 유주를 감시하는 모양이었다.

결박을 푼다고 달아날 수 있을 거란 생각은 들지 않았다. 하지만 답답함은 어쩔 수 없었다. 유주는 그들을 향해 시선을 보내며 항의했지만, 설령 그녀의 입이 막혀 있지 않았다 해도 말이 통했을지는 알 수 없었다. 유주부터가 그들의 중국어를 한 자도 알아듣지 못했으니까.

「아니면 저 사람을 판에 끼게 해 주든가.」

「샨쯔에게선 연락이 없나?」

「그 전에 풀어 줘도 되는 거야?」

「이름이 뭐라고 했더라?」

「여기 서류가 있잖아. 서유주(徐幽洲)?」

흰 정장의 여자가 팔락거리는 종이를 집어 들었다. 거리상 뭐가 쓰인 건지 유주는 알 수 없었으나, 여자의 눈길이 잠시 스쳐 지나간 것으로 보아 그녀와 관련된 서류 같았다.

「독특하네. 난 저 이름 마음에 들어. 아, 거기. 나 담배 한 대만 줄래?」

「네 마음에 들어서 뭐 해? 나도 한 대 줘.」

벨 보이가 녹색 드레스의 여성과 흰 정장의 여자에게 각각 시가를 건넸다. 녹색 드레스의 여자는 끝이 둥글게 말린 보브 컷에 귓불에 착 붙는 다이아몬드 귀걸이를 하고 있었다.

몸 선을 그대로 드러내는 우아한 머메이드 드레스가 무척 잘 어울리기는 했지만, 눈매가 길게 찢어진 탓에 어딘가 뱀과 같이 음험하다는 느낌이 들었다. 광택이 도는 드레스의 질감과 연신 유주를 살피는 앙큼한 시선 탓인 듯했다.

「내 마음에 들면 좋지. 저 여자도 리옌의 밑에서 구르는 것보단 내 밑에서 일하는 게 좋을걸?」

여자는 시가를 입에 물며 유주를 위아래로 훑었다. 풍성한 속눈썹 아래로 드리워진 그림자 탓에 안 그래도 날카로운 눈빛이 더욱 사나워 보였다.

절로 상대의 입을 다물게 하는 기백이었다.

「퍽이나.」

그 여자의 말을 받아 주는 것처럼 보이는 흰 정장의 여성은 긴 흑발을 높게 올려 묶어 이마가 그대로 드러나 보였는데 무척 뽀얀 피부에 매끈한 이목구비가 아주 조화로웠다.

드레스를 입은 여인이 우아함 속에 칼을 숨긴 듯한 느낌이라면, 흰 정장의 여자는 영화에 나올 법한 카리스마가 넘쳤다. 90년대 홍콩 느와르 영화에 주연으로 등장할 법한 고풍스러운 외모 덕이었다.

「저 여자의 의견도 들어봐야 하는 거 아닌가?」

「그딴 건 중요하지 않지. 중요한 건 저 여자가 이제 자기 집에 돌아갈 수 없다는 거니까.」

시가를 피우지 않는 사람 중 남성은, 서른 중반이나 되었을 법한 점잖은 느낌이었다. 회색 슈트가 기가 막히게 잘 어울렸는데 특히, 움직일 때마다 정장 소매 안쪽으로 살짝 엿보이는 커프스가 무척 고급스러운 느낌을 주었다.

유주의 시선이 남은 한 명에게 향했다. 남자의 말에 대답한 여자였다.

오성홍기를 방불케 하는 짧고 빨간 치파오를 입은 그 여자는 일행 중 가장 키가 작았다. 아이라인을 길게 뺀 화장 탓인지 화려하고 까다로워 보이긴 했으나 위협적인 느낌은 없었다. 이목구비가 단정하고 앳되어 보이는 데다, 피부가 하얗고 팔다리가 가는 탓이었다.

유주는 그들에게 무언가 의사 표현을 하고 싶었지만 분위기상, 섣불리 행동하다간 된통 당할 것만 같아 얌전히 입을 다물고 그들의 분위기를 살폈다.

「리엔이 왜 데려온 거래?」

「그걸 알아야 어떻게 하는데 말을 안 해 주니 모를 일이지.」

「말을 안 해? 저 꼴을 만들어 끌고 온 거 보면 뭔가 있을 거 같은데.」

녹색 드레스의 여자가 쓰는 말투는, 중국어를 모르는 유주가 듣기에도 좀 연극조의 과장된 느낌이었다. 뭔가 호들갑 떤다고 해야 하나? 그에 반해 사내의 말투는 이미지만큼이나 점잖았다.

「오해하게 말하지 마, 하이윤. 네가 들어오기 전에 리옌이 저 여자만 여기 던져 놓고 금방 나갔어. 롱친(笼亲)과 식사 약속이 있었거든.」

「기분 나쁘게 웃지 마, 웨이치.」

그리고 누가 들어도 까칠한 말투는 붉은 치파오를 입은 여자의 것이었다. 성마른 어투와 살짝 찡그린 표정 때문일까. 아니면 안 그래도 강한 성조의 언어를 사용하기 때문일까. 그 여자의 말은 죄다 짜증을 부리는 것처럼 느껴졌다.

「그럼 그냥 얘기해 주라고, 슈란. 설마 하이윤과 우신이 궁금해하는 걸 즐기는 건가?」

「시끄러워. 한마디만 더 하면 그 입을 찢어 버릴 거야.」

물론 대화에는 표정과 리액션이 빠질 수 없다. 유주는 직감적으로 붉은 치파오의 여자가 자신을 마음에 안 들어 한다는 것과, 지금 정말로 잔뜩 화가 났다는 것을 알 수 있었다. 짜증 내는 말투 따위를 차치하더라도, 유주 자신을 향한 시선에서 느껴지는 맹렬한 적의는 모른 척하기가 어려웠다. 도저히 영문을 알 수 없는 적개심이었다.

「왜? 뭔데? 둘만 알지 말고.」

「웨이치, 무슨 일인데? 말 좀 해 봐.」

「내가 말할 내용은 아닌 것 같아서 말이지.」

웨이치가 머리를 긁적이며 벨 보이를 불러 시가 한 대를 받아 들었다. 내내 유주에게서 시선을 떼지 않던 슈란은 빨간 치파오 옷깃을 정리하곤 패를 섞기 시작했고, 하이윤은 여전히 흥미로운 눈빛으로 웨이치를 채근하고 있었다.

「정 그러면 직접 확인해 보면 되는 거지.」

그 와중에 흰 정장의 우신이 시가를 끄고, 자리에서 일어났다. 그러곤 곧은 걸음으로 유주를 향해 다가왔다. 반사적으로 몸을 뒤로 빼려 했지만 그녀가 도망칠 수 있는 범위는 애당초 넓은 침대 위에 한정되어 있었다.

「중국어를 할 줄 아나?」

여자의 말에 유주는 고개만 저었다. 뭘 물어본 건지는 몰라도 아니었다. 몰랐다. 지금의 상황이 어찌 된 건지도 모르겠고, 중국어도 몰랐고, 하여튼 죄다 모르고 아니었다.

「흠…….」

우신이 잠시 고민하다 왼손으로 유주의 얼굴을 틀어쥐었다. 여자치고 큰 손이었다. 게다가 악력이 강했다. 잔뜩 인상을 찡그린 그녀의 얼굴을 한참 내려다보던 우신이 찍, 하고 입가의 테이프를 뜯어 주었다.

푸핫! 마치 스노클만 가지고 호흡하던 것 같은 답답함이 싹 가셨다. 유주는 크게 숨을 몰아쉬며 흰 정장의 여자를 다시금 올려 보았다.

「你会说汉吗(중국어 할 줄 알아)?」

우신이 다시금 물었지만 유주는 고개만 저었다. 중국어가 한창 핫하다고 할 때 입문 수업이라도 좀 들어볼걸. 그런 후회가 들었지만 사람이 앞일을 어찌 알겠는가. 유주는 일생 살며 중국어를 들을 일이나 있을까 싶던 삶을 살았다. 앞으로도 그럴 줄 알았다.

그래도 딱 하나 아는 건 있었다. 중국에 어학연수를 다녀온 친구가 중국 가서 꼭 알아 둬야 한다며 알려 준 말이었다.

「不要香菜(음식에 고수는 빼 주세요)…….」

「…….」

이게 아닌가…… 이거 무슨 뜻이라고 그랬지?

유주를 가장 아프게 한 건 그녀를 무척 한심하게 바라보는 사람들의 시선이었다. 입이 있어도 할 말이 없다는 게 이런 상황인지라, 유주는 입을 꾹 다물고 슬쩍 시선을 돌렸다.

「아까 봐서 알잖아. 그 여잔 한국인이야.」

「이 서류에 그런 것도 적혀 있었나?」

「눈이 달려 있으면 뭐 해? 쓰질 않는데.」

「말이 심하네.」

하이윤이 아까 전 옆으로 치워 두었던 서류를 다시 집어 들었다. 유주는 저들이 도대체 무슨 말을 하는 건가 슬쩍 시선을 두려 하였지만, 우신의 흰 재킷에 가려 보이지 않았다.

「어디 눈을 굴려?」

의미가 통하지 않아도 알았다. 이거, 위협이구나. 유주가 얌전히 시선을 내리깔았다.

무서웠다. 젠장. 진짜 무서웠다.

이들은 유주의 말을 들어 줄 용의가 전혀 없었다. 들어 준다고 해도 의미가 통하도록 말을 할 재간도 없었다. 게다가 말이 통한다고 한들, 저들이 그녀의 말을 어디까지 믿어 줄지 모르겠다.

그녀를 여기에 던져 둔 사내도 그러지 않았는가.

「서유주. 29세. 한국인 맞네? 흠…… 직업이 장의사? 우리 근래에 뭐 들어 온 시체 있어?」

「그런 거라면 린핑이 있잖아. 굳이 한국인을?」

「카이화를 태운 게 그년이래.」

아. 분위기가 바뀌었다.

목소리로 보건대 붉은 치파오의 여자가 한 말이었다. 의미는 몰라도 유주는, 그 말이 그녀 자신에게 무척 불리한 소리란 걸 알 수 있었다.

우선 분위기가 싸해졌다. 더불어 유주의 앞을 지키고 있는 흰 정장의 여성 또한 눈빛이 더욱 싸늘해졌다. 숨도 못 쉴 것 같은 불편한 분위기였다. 유주는 차라리 기절한 척, 처음부터 가만히 있을걸, 하고 뒤늦게 후회했다.

「저 여자가?」

침묵을 먼저 깬 건 녹색 드레스의 여자였다. 그녀의 말에 맞장구를 치듯 사내가 말했다.

「그럼 루첸허랑 붙어먹은 게 저 여자야?」

「그걸 알 수 없으니 살려 둔 거겠지.」

「리옌, 성격 많이 유해졌네. 대충 보니까 목에 저거 빼고 다른 외상은 없어 보이던데.」

「만에 하나라는 게 있으니까.」

「만에 하나?」

흰 정장의 여자가 뒤를 돌아보며 말했다. 유주는 그들이 자신의 처우에 관해 이야기를 나누는 것이라 생각했다. 등 뒤로 식은땀이 주룩, 흘렀다.

「나머지는 리옌에게 직접 듣지. 슬슬 롱친과 회담도 끝날 시간인데.」

「그쪽 대표로는 누가 나온대?」

「글쎄. 장치앙린 아닐까?」

「으, 최악이네. 그 너구리 새끼, 말이 안 통하던데.」

도대체 무슨 이야기를 하는 걸까. 유주는 어느새 자신을 등진 우신의 흰 재킷 등판만 바라보며 속으로만 구시렁거렸다.

여기에 왜 온 건지도 모르고, 어쩌다 이 꼴이 된 것인지도 그녀는 몰랐다. 그나마 알 수 있는 건, 그녀를 납치한 남자가 마지막으로 한, '모가지 어쩌구' 하는 말뿐. 만약 그 사내가 내뱉은 말을 칼같이 잘 지키는 이라면 그건…… 그건 정말 억울한 처사라고밖에 할 말이 없었다.

그녀는 자신의 일을 한 것뿐이었다. 그녀는 염장이였고, 죽은 사람을 깔끔히 처리해 주는 것을 밥줄로 여기고 살았다. 그 사내의 여동생을 살아생전 본 적도 없었고, 서류도 꼼꼼히 확인했다. 유주뿐만이 아니라 회사 차원에서도 그 서류들을 보고 처리하기로 결정했을 것이다.

회사!

어쩌면 회사와 이번 사건이 연관이 있는 게 아닐까? 만약 그렇다면 그녀의 납치는 부당하고도 부당했다. 너무 부당해서 바닥을 데굴데굴 구르고 싶을 정도였다.

「어쨌든 이번 일은 쉬에화가 직접 지시한 거야. 죽이든 살리든 저 여자부터 털어 봐야지.」

「랴오위가 아니라?」

「일단 카이화는 쉬에화 소관이니까.」

「그녀도 힘들겠어.」

생각을 하자, 생각을.

유주는 결코 자신에게 호의적이지 않은 네 사람의 눈치를 살폈다. 분위기 상 이들은 그녀를 끌고 온 사내와 같은 소속인 듯했다. 그게 아니라면 부하이던가. 물론 부하라고 치자니 네 명 다 사회적인 위치가 있어 보이긴 했다. 그럼 동업자인가?

중국인 네 명. 아까 전의 그 남자도 중국어를 했다. 중국, 여동생, 시체.

힌트가 너무 적었다. 결정적인 건 나왔지만 그 외의 부차적인 요소들이 전부 비어 있었다.

유주가 그녀의 일을 한 게 문제가 되는 걸까? 생각은 거기에서 멈췄다. 왠지 그녀를 표적으로 삼고 일이 벌어진 것 같다는 의구심이 가시지 않았다. 게다가 어떤 식으로도 지금의 상황을 낙관적으로 보긴 힘들었다.

최악은…… 역시 죽는 것이겠지?

생각이 거기에까지 미치자 절로 억울해졌다. 유주는 비명이라도 지르고 싶은 심정이었다.

도대체 내가 왜?

내가 뭘 잘못했는데!

「그래서 이 여자가 중국어를 못한다는 건 확실한 거야? 우리 이야기를 듣고 있다거나 하면?」

「딱히 곤란한 내용은 없지 않나?」

「어찌 되었든 룽친과 따로 만난다는 건 확실히 불편한 부분이지.」

하이윤이 히죽거리며 눈으로 유주를 훑었다. 기분이 나빴다. 하지만 이내 그녀를 훑는 시선은 두 개가 되었다. 웨이치 또한 유주 쪽으로 시선을 돌린 것이다.

「저 여자가 롱친과 관계가 있을까?」

「불쾌한 한국인이라는 건 확실하지.」

「하하, 그거 인종 차별이야, 슈란. 외국인을 대상으로 그런 말은 위험하다고.」

하이윤이 갑자기 높은 목소리로 웃음을 터트리는 탓에, 유주는 살짝 놀라 몸을 움츠렸다. 뭔가 좋은 이야기를 하나 싶었지만 분위기를 보면 그렇지도 않은 것 같았다.

그때 똑똑, 누군가 객실 문을 두드렸다. 유주를 비롯한 다섯의 시선이 일제히 문을 향했다. 곧이어 문을 열고 들어온 이는 유주에게도 익숙한 사람이었다. 익숙하다고 하긴 좀 그렇지만, 어쨌든 그녀를 납치한 납치범이었다.

「어서 와.」

녹색 드레스의 여자만이 반갑다는 듯 손을 살랑거렸다. 저 말은 알아들었다. 대충, 왔어? 정도의 느낌이었다.

남자는 하이윤을 힐끗 보고는 유주에게로 시선을 돌렸다.

「이 여자 입은 누가 풀어 준 거지?」

「나.」

우신이 살짝 손을 들었다. 역시나 말은 몰라도 어떤 뉘앙스인지는 알 것 같았다. 더불어, 유주는 저 남자가 한국어를 할 줄 안다는 사실을 기억하고 있었다. 그것도 무척 유창한 한국어였다. 발음만 들으면 한국인인지 중국인인지 분간도 가지 않을 정도였으니까.

꾹꾹 참아온 인내심이 터져 나간 건 순간이었다. 유주가 남자를 향해 소리쳤다.

"이봐요! 이거 당장 풀어요! 날 어디로 데려가려는 거예요?"

위협적인 상대가 네 명이나 있었지만 일단 성질을 부릴 수 있는 상대가 눈앞에 있다는 게 중요했다. 유주는 지금껏 참아온 만큼 길길이 악을 썼다.

그녀를 지켜보는 사람들의 시선이 곱지 않다는 게 느껴졌지만 이미 최악의 상황에 대한 계산이 나왔다. 말 그대로 '죽기밖에 더 하겠느냐'는 것이었다.

달리 생각하면, 모든 일을 끝마쳤음에도 돌아오지 않는 그녀를 걱정하며 주형이 어딘가에 신고를 할지도 모른다. 하지만…… 하루 이틀 정도 연락이 안 되어도 그저 지쳐서 그런 것이라 생각할 수도 있다. 어느 순간 무단 결근으로 퇴사하는 사람이 세상에 얼마나 많은가? 기실 그녀가 사라졌다고 신고를 할 사람이 있을지도 미지수였다.

속에서 천불이 올라왔다. 젠장. 뭐 하나 확실한 게 없었다.

"이봐요, 당신 여동생인지 누군지 난 알지도 못해요. 내가 하는 일이 뭔지 몰라요? 난 장의사예요. 장례 지도사! 그것도 염 전문이라 사망한 고인 시신만 수습해 주는 게 고작이라고요! 날 납치하는 건 번지수가 틀렸어요, 내 말 듣고 있는 거 맞죠?"

「시끄러워…….」

유주의 발악에 슈란이 중얼거렸다. 말은 못 알아들었지만 한쪽 눈가와 입가를 찡그린 채 혀를 차는 표정만 봐도 알 수 있었다. 세상에는 말로 하지 않아도 알 수 있는 것들이 존재하는 법이었다.

'왜 저러냐'인지, '미쳤냐'인지 아니면 '닥쳐'인지는 모르겠지만 유주는 억울함과 분함에 못 이겨 이미 가만히 있을 상황이 아니었다. 얌전히 가만히 있는다고 상황이 타개되는 것도 아니었다.

"야!"

멈췄던 발버둥이 재개됐다. 그녀는 마치 애벌레처럼 꿈틀거리며 침대 위를 기었다. 한심스러운 표정으로 자신을 내려다보는 시선들은 별것도 아니었다.

「도대체 뭐라는 거야?」

「우선, 풀어 줘.」

「리옌, 넌 손이 없나? 내가 왜?」

「네가 제일 가깝잖아.」

쯧, 혀 차는 소리와 함께 우신이 움직였다. 맞는 건가 싶어 움찔한 유주의 모습에 기껏 얌전해졌다고 느낀 건지, 손발의 결박을 풀어주는 손길이 퍽 배려심 깊었다.

그래도 목숨을 건 투쟁 끝에 가까스로 수족만은 자유를 찾았다. 유주는 장시간 피가 통하지 않은 손과 발을 꼼지락거리며 다시 한번 남자를 악에 가득 찬 눈빛으로 노려보았다. 남자는 코웃음을 쳤다.

「아주 기가 살아 팔팔 날뛰는군.」

"당신 도대체 누구야? 어? 내 말 알아듣는 거 다 알아. 이봐요! 아까도 말했지만 번지수 잘못 찾았어. 시체 처리는 내 담당이 아니라 내 윗선이 알아서 허가를 낸다고. 난 시키는 대로 일한 것뿐이야."

「마작은 끝났나?」

남자는 유주의 자존심을 대놓고 깔아뭉개려는 것인지, 그녀의 말을 들은 척도 하지 않았다. 오히려 재킷을 벗어 소파 위에 걸치며 마작 테이블 앞에 자리를 잡는 게, 아예 그녀가 여기에 존재하고 있다는 것 자체를 무시하는 듯했다.

속이 터지는 건 유주 하나였다. 불만스러운 마음에 다시 입을 열려는데 슈란의 시선이 매섭게 꽂혔다.

합. 고작 눈빛 하나에 유주의 패기는 10초도 되지 않아 사그라졌다. 최소한 저 남자가 그녀를 여기까지 끌고 온 건 이유가 있을 터였다. 그러니 죽이긴 죽이더라도 지금은 아닐 수 있었다.

하지만 저 붉은 치파오의 여자는 아니었다. 그녀는 지금 당장이라도 유주의 목을 조르고 싶어 안달이 난 것 같아 보였다.

원래 뻗대는 것도 발 뻗을 자리를 봐 가며 해야 하는 거였다. 유주는 슬쩍 시선도 피했다. 보브 컷의 여자가 여유롭게 리옌에게 말을 걸었다.

「이제 막 다시 시작하려던 참이야. 상대는 누가 나왔지?」

「장치앙린.」

우신은 그런 유주의 사정 따위 알 바 아니었다. 그녀는 테이블 부근의 일인용 소파에 걸터앉은 채 턱을 괴었다.

「어떻게, 협상의 여지가 있어?」

「아니. 우리가 린타우의 이권을 포기하지 않는 한 계속 이 상태일 것 같아. 꿍꿍이가 있어 보이기는 하는데 음흉하게 웃기만 하고 영 속내를 드러내지 않더군.」

「늙은 너구리는 죽지도 않지.」

우신의 말에 슈란이 유주에게서 시선을 거두고 패를 만지작거렸다. 그녀의 말투에는 조롱기가 다분했다.

「죽기는커녕 앞으로 한 오십 년은 더 살 것 같던데.」

「올해 고희를 넘겼던가?」

「환갑 아니었어?」

그를 기점으로 다시 테이블이 떠들썩해졌다. 더불어 자연스럽게 패가 돌기 시작했다. 유주는 화가 나다 못해 어이가 없을 지경이었다.

그녀는 지금 사지가 자유로웠다. 그리고 문을 지키는 사람은 아무도 없었다. 더불어, 침대맡에서 그녀를 지키던 여자도 어느새 테이블 근처로 가 담배를 한 대 빼 물고 있었다.

이건 자신감인가? 아니면 도망가지 못할 것이라는 확신인가.

유주는 그들의 태도가 둘 다라고 여겼다. 그럴 수밖에. 약 기운에 절어 희미한 기억 속에, 배에 올라탄 기억이 있었다. 게다가 객실 밖의 창문을 보면 이곳이 바다 위라는 사실을 모르고 싶어도 모를 수가 없었다.

아무도 대답해 주지 않는다. 말이 통하는 상대조차도.

순식간에 타오른 분노는 그 속도만큼 빠르게 누그러질 수밖에 없었다. 아무리 기세등등한 척하려 해도 기가 죽는 건 어쩔 수 없는 노릇이었다.

「보고는 누구한테 할 거야?」

패 섞이는 소리 속에서 들려오는 낭랑한 목소리는 슈란의 거였다. 리옌이 망설임 없이 대답했다.

「랴오위.」

「이 이상 쉬에화의 심기를 거슬러서 어쩌려고 그래?」

우려가 섞인 목소리는 우신이었다. 그녀는 혀를 차며 고개를 저었다.

「내 일이야. 내가 알아서 해.」

리옌이 냉정하게 말을 끊었다. 그에 화답하듯 하이윤이 높은 목소리로 낭랑하게 외쳤다.

「깡!」

「첫 끗발은 개끗발이야.」

「왜, 도박 중독자의 위신이 안 서?」

「초장부터 이렇게 나오기야?」

「여기 물 좀 가져다줄래?」

부산스러운 분위기 속에서 유주는 허무하고 허탈한 마음에 한숨만 내쉬며 베드 보드에 몸을 기댔다.

차라리 말이라도 알아들었다면 이 정도까진 아니었을 것이다. 유주는 없을 걸 알면서도 괜히 주머니를 뒤적거렸다.

없었다. 아무것도. 그녀의 휴대폰, 담배, 라이터까지 죄다 없었다. 분명히 담배 피우러 나갈 때 지갑을 챙겼던 것 같은데 그마저도 보이지 않았다.

신분증. 그래, 신분증이 지갑 안에 있었다. 분명 배를 탈 때 신분증을 보여 줘야 했을 테니 이 배의 승선 기록엔 그녀의 이름 석 자가 똑똑히 적혀 있을 것이다. 그렇다면 리셉션에 가서 도움을 요청해 볼 수도 있지 않을까?

「그래서 저 여자가 카이화를 어떻게 한 건 맞아?」

「아직 몰라.」

「태운 건 맞다며?」

「확인하기 위해 데려온 거지.」

「확인할 게 있나? 루쳰허랑 손을 잡고 이쪽 뒤통수를 친 거라면, 기다 아니다 따지는 것도 일인데.」

우신은 리옌의 일에 관심이 많아 보였다. 리옌은 패에 시선을 돌리지 않으면서도 질문에는 꼬박꼬박 대답했다. 웨이치도 둘의 대화에 귀를 기울이더니 패를 던지며 호쾌하게 말했다.

「그럼 일단 조져야겠네.」

「론. 하하!」

「이런 젠장?」

납치범들 사이는 매우 화기애애했다. 유주는 그들을 흘겨보며 머리를 팽팽 굴렸다.

그래, 리셉션 데스크. 왜 그걸 생각하지 못했던 걸까.

이자들은 어차피 납치범들이었다. 그녀가 여기서 울든 발악을 하든 저들은 자기네 목적을 달성하기 전까지 그녀를 풀어줄 리 없었다. 그렇다면 일단 방을 빠져나가는 게 급선무였다. 그런데 문제는 도처에 산적해 있었다.

……과연 이 상황에서 물을 달라고 해도 될까? 화장실을 가고 싶다고 하면 보내는 줄까?

「칠성불고(마작의 역 중 하나). 역시 웨이치 넌 도박에 재주가 없어.」

「아니거든? 젠장.」

비단 꼼수를 쓰기 위해서만은 아니었다. 긴장이 풀리니 찾아오는 생리적인 반응은 당연한 거였다. 하이윤이 마시는 물이 또 달기는 어찌나 달아 보이는지 모를 지경이었다.

더불어 집에 가고 싶었다. 머리가 굵어지고 스스로 돈을 벌게 되며 별로 집이란 장소에 향수를 느껴 본 적은 없었다. 언제든 갈 수 있는 장소란 그런 거였다.

그래서인지 지금은 무척 제 가족들이 살고 있던 고향집이 간절해졌다.

물론 할아버지가 돌아가시며 그 낡은 집은 팔았다. 재개발 구역으로 들어서며 마을 단위로 소소하게 장례를 치르던 구태의연한 방식도 역사의 뒤안길로 사라졌다.

그러나 새삼, 이런 상황에 처하니 알 수 있었다. 그때가 좋았다. 얼마나 평화로웠던가. 멋모르고 서울로 상경한 지 어언 십 년이었다. 안 그래도 복잡한 세파에 이리 휘청 저리 휘청하는 것도 물리던 참이었다.

그래, 젠장. 차라리 잘됐어. 돌아가면 다시 낙향해야지……. 이직 준비야 천천히 하면 되고 안 되면 귀농이라도 하면 되니까.

유주는 애써 우중충하게 가라앉는 제 기분을 밝게 바꿔 보려 노력했다. 그러나 망할. 그런 예정도 '돌아갈 수 있다'는 가정 하에 성립될 수 있는 거였다. 일단 그 부분부터가 요원했다.

"하하……."

점점 미쳐 가는구나. 유주가 허탈하게 웃었다. 한 판이 끝나고 패가 섞이는 사이 남자가 입에 담배를 물며 힐끗, 그녀를 쳐다보았다. 눈이 마주친다 싶더니 남자가 물었다.

"마작 할 줄 아나?"

그 질문도 기가 막혔지만 우습게도, 숱한 외국어 속에서 처음으로 그녀에게 건네진 관심이자 한국어였다. 유주는 자존심이 짓뭉개지는 느낌을 받았음에도 그가 그랬듯, 그의 말을 무시할 순 없었다.

"……일단은 화장실부터 보내 줘요. 그 뒤에 물도 부탁할게요. 아니, 밥이면 더 좋고……."

"적응력이 좋군. 화장실은 나가서 왼쪽이야."

개자식. 그의 허락이 떨어지고 나서야 유주는 침대 아래로 발을 내디딜 수 있었다. 그리고 그 순간 깨달았다.

나는 저 남자 명령 없이도 움직일 수 있는 사람인데 왜 지금까지 기다린 거지?

그 생각이 들자 다시 분이 차올랐다. 유주는 최대한의 분노를 담아 그를 노려보았지만 그녀의 시선을 남자는 감흥 없이 흘려보낼 뿐이었다.

딱 봐도 미움받는 데에 익숙해 보였다. 그래. 저게 진짜 자신감인가? 저렇게 생겼으니 저따위로 굴어도 된다고 생각하는 건가?

이 와중에도 개자식의 면상을 보고 설레는 자신이 미웠다. 유주는 괜한 짜증을 가득 담아 일부러 발소리를 내며 벌컥 문을 열어젖혔다. 그 순간 깨달았다.

「어디 가시려는 겁니까? 안내해 드리겠습니다.」

탈출은 불가능하다.

방을 빠져나오자마자 젊은 여성 접객원이 그녀를 맞이했다. 그 외에도 응접실로 보이는 널찍한 공간에 정장을 입은 사내가 여섯 명이나 각 방문을 지키고 서 있었다.

이곳이 선상이라는 것도 문제였다. 딱 봐도 가드로 보이는 사내 여섯, 아예 이 객실을 나선다고 해도 배 안에는 유주가 아닌, 그녀를 끌고 온 남자의 편을 들어 줄 사람들이 천지 삐까리일 터였고, 그 이전에 이 객실을 나서는 것마저도 수월치 못할 터였다.

"토…… 토일렛……."

그 생각만으로도 기가 질려서 더듬더듬 말을 뱉었다. 그러나 여자는 유주의 말을 충분히 알아들은 듯 리옌이 말한 방향으로 그녀를 안내했다.

가드들은 그녀를 감시하는 것이 분명함에도 일체의 개입은 없었다. 하지만 그녀가 조금이라도 불손한 기색을 보이면 움직일 태세가 이미 만만이었다.

"아……. 진짜 상황 노답이다……."

화장실 딸린 욕실 문을 잠그며 유주가 한숨을 몰아쉬었다. 찬물로 얼굴을 씻어 내니 잠시 자신의 모습을 살펴볼 여유가 생겼다.

퀭한 눈 밑과 퍼석한 피부는 직업적인 이유라 쳐도, 평소보다 피곤해 보이는 건 직업적인 문제 탓은 아니었다. 분명 그녀의 깡그리 사라진 시간 내내 잠만 잤을 텐데도 이 모양 이 꼴인 데에는 세상 편한 표정으로 마작 패만 섞던 이들의 탓이 컸다.

"씨발, 진짜……."

긴장과 불안, 불편함으로 인한 피로감이 유주의 어깨를 세게 짓눌렀다. 계산이 서지 않는 상황은 딱 질색이었는데, 이건 계산이고 나발이고 당장 5분 뒤의 일도 알 수가 없어 답답했다.

급한 대로 유주는 욕실에서 뭔가 챙길 게 있나 살펴보았다. 하지만 고급 호텔에 버금가는 크루즈의 욕실에는 딱 호텔 정도의 어메니티밖에 없었다. 유주는 그 비품 중 빗과 끈을 찾아냈다.

아쉽게도 꼬리빗이 아니었다. 찌를 것이라도 하나 있었다면 좋았을 것을. 유주는 쯧 혀를 차며 빗을 내려놓고 대충 머리를 손가락으로 훑어 그대로 질끈 올려 묶었다. 그것만으로도 꽤나 홀가분한 기분이 들었다.

"어디 보자……."

그다음에 살필 것이라면 단연 목이었다. 정말 당장 죽일 듯이 살벌하게 목을 조르던 남자의 모습을 떠올리면 아직도 숨통이 콱 조여 오는 기분이었다.

"아, 미친."

목은 이미 멍 자국이 양손 모양으로 올라와 있었다. 그녀가 정신을 잃고 있던 와중에도 몸뚱이는 아주 활발히 움직인 듯, 검붉게 변한 피멍은 징그럽고 끔찍했다.

의학에 정통하진 않았지만, 멍이야 살다 보면 심심찮게 드는 것이니 이 정도로 멍 자국이 남을 정도라면 최소 하루는 지났을 것이라는 추론은 가능했다. 딱 그뿐이었다.

으……. 유주는 조심스럽게 목 위를 쓸었다. 다행히 아프지는 않았지만 끔찍한 기억을 상기시키는 흉측한 몰골임은 부정할 수 없었다.

"개새끼들."

빈말로라도 제 상태를 걱정해 주는 놈 하나 없었단 사실을 상기하며 유주가 욕지거리를 내뱉었다. 그리고 다시 한번 제 소지품을 확인했다.

화장장에 입고 갔던 검은 세미 정장, 그나마 날이 더워 재킷을 벗어 놓고 담배를 피우러 나감 참에 납치당한 터라 결국 반팔 와이셔츠 하나에 슬랙스만 걸치고 이 바다 위에 둥둥 떠 있는 신세였다. 그래도 다행히 신발은 양쪽 다 있었다. 물론 한 짝은 그녀가 있던 침실 바닥을 구르고 있었지만.

"뭔가…… 호신용으로 쓸 만한 게……."

유감스럽게도 유주의 속옷은 노와이어 브라였다. 퍽 아쉬웠다. 영화 같은 데에 보면 와이어로 뭔가 할 수 있던데. 하지만 그녀는 스릴러 영화 출연진은 아니기에 그에 대한 아쉬움은 깔끔히 날려 버렸다. 대신 욕실 비품 중 거품 목욕제는 챙겼다.

미끄러우니까, 나중에 도망갈 때 바닥에 뿌려 두면 좋을 거 같아서. 물론 현실에서 그런 짓을 한다면 추격 스릴러가 아니라 꽁트가 되어 버리겠지. 그래도 그녀를 잡아 온 남자가, 미끄러운 바닥에 엉망으로 나뒹구는 모습을 상상하니 기분이 조금 나아졌다.

"흠……."

기분이 나아졌으니 상황을 파악해야지.

유주는 저들의 꿍꿍이가 무얼지 고민했다. 일단 신체적인 위협은 없었다. 물리적 폭행도, 뭣도. 물론 '아직까지'라는 전제가 붙지만 그나마 다행이었다.

하지만 도망은 엄두도 나지 않았다. 방을 빼곡하게 채우고 있던 덩치들을 떠올리니 리셉션까지 가는 길은 모 영화의 미로 끝을 찾아 나서는 길만큼 험난할 게 뻔했다.

아마 그들은 확실히, 유주에게 무언가 캐내려 할 터였다. 그 정보가 무엇인지는 그녀 자신도 알 수 없었다. 보아하니 한국어를 말하거나 이해하는 사람은 그녀를 납치해 온 사내 한 명뿐인 듯하니, 그가 그녀를 추궁할 터였다.

그런데 왜 굳이, 여기까지 와서?

의도가 뭘까. 무슨 생각으로 그녀를 여기까지 끌고 온 것인가.

이 배는, 어디로 가는 것인가.

"젠장."

스마트폰 중독이라는 생각은 한 번도 해 본 적 없는데 이 순간, 휴대폰이 없다는 게 얼마나 아쉽고 안타까운지.

유주는 재차 얼굴 위에 찬물을 끼얹고는 수건으로 대충 물기를 닦아 냈다. 화장실도 썼고, 이젠 물과 식사를 부탁했으니 그를 섭취하고, 용건을 들을 차례였다. 물론 그가 그녀의 부탁에 응해 준다는 조건 하에.

「이쪽으로 모시겠습니다.」

"어우, 씨. 깜짝이야."

최대한의 평정심을 되찾고 욕실 문을 나선 순간, 정장 사내가 그녀의 앞에 불쑥 고개를 들이밀었다. 예쁜 얼굴의 여성 접객원이 안내를 하는 것과 우락부락한 덩어리가 불쑥 나타나는 것에는 간극이 꽤 컸다.

손짓을 봐선 따라오라는 것 같았다. 평정심은 개뿔. 일단 유주는 뭣도 모르고 고개를 끄덕이며 그를 따랐다.

「여기서 잠시만 기다려 주십시오. 조금 기다리시면 식사가 준비될 겁니다.」

사내가 유주를 데리고 간 곳은 객실에 딸린 다른 방이었다. 이번에는 침대가 없었고, 직사각형 유리 테이블을 뒤에 3인용 소파가, 기역(ㄱ)자형으로 꺾어지는 자리에는 일인용 소파가 딸려 있었다. 이런 호텔에 딸린 소회의실 같았다.

대충 안에서 기다리라는 의미 같았다. 유주는 적당히 고개를 끄덕이며 대충 3인용 소파 한구석에 자리를 잡았다. 그래도 아까 그들과 떨어져서 다행이었다. 더불어 문을 잠그는 소리도 나지 않았다.

이미 생각은 정리되었기에 유주는 복잡하게 내부를 살피며 탈출구를 찾지는 않았다. 들어온 방을 제외하면 나갈 수 있는 곳이라곤 벽에 붙은 창뿐이었고, 그 창은 열릴 것 같지 않았으며, 그 너머엔 바닷물이 넘실거리고 있었으니 더 생각할 것도 없었다.

"죽이 되든 밥이 되든 뭐가 되긴 되겠지……."

물고기 밥만 안 되면 장땡 아니겠는가. 역시 포기하면 편하다고 가끔은 극단적인 생각이 도움이 되었다. 게다가 그녀의 통장 잔고로 이런 크루즈 여행은 꿈도 못 꿀 일이었다. 좋은 게 좋은 거라고 행선지가 확실해질 때까지는 즐기는 편이 나았다.

그래. 그게 낫겠지. 씨발, 별다른 잡념만 없다면야.

"잘 쉬고 있나?"

그런 생각을 하는데 문이 열렸다. 아까 그 남자였다. 울컥, 하고 또 속 안의 부아가 치밀어 올랐다.

"그쪽 눈에는 내가 잘 쉬고 있는 걸로 보이죠? 네네. 아임 파인 땡큐요."

"정말 적응력이 좋군."

하지만 이미 성질은 부려 봤고, 유주는 쓸모없는 데에 시간과 돈과 에너지를 허비하는 유형이 아니었다. 잔뜩 인상을 쓴 채 퉁명스럽게 대답하는 정도로도, 그녀가 지금 이 상황에 가진 불만이 충분히 드러났을 것이다.

그녀의 태도가 아까보다 침착해져서인지 남자도 대화의 의지가 조금은 보였다. 부디 그게 그녀의 착각이 아니길 바라며 유주는 끓어오르는 감정을 꾹꾹 누른 채 물었다.

"날 죽일 거예요?"

"아직까지는 그럴 생각이 없지."

"근데 언제 봤다고 반말?"

"아. 아까 서류를 보니 곧 서른이던데. 같이 늙어 가는 사이니 그쪽도 말 편하게 해."

"기가 막혀."

남자가 자연스럽게 일인용 소파에 걸터앉았다. 유주는 그 사내를 노골적으로 노려보았다. 지나치게 잘난 낯짝은 참 볼 맛이 났지만 이제는 떨림보다 두려움과 분노가 더 컸다. 만약 여기서 죽게 된다면 저 변변한 낯짝을 꼭 한 대 후려갈기리라. 유주는 다짐했다.

"곧 식사가 올 거야. 그때까지 나와 이야기를 좀 하지."

남자의 말투는 여상스러웠다. 유주는 열심히 인내심을 가동시켰다.

"내 얘기는 아까 다 했는데요. 그리고 무슨 서류? 내 신상을 털기라도 했나요?"

"그쪽 회사에 있는 것밖에 챙길 수 없었지. 부모님은 없고, 대학에선 미술을 전공했더군."

"나에 대한 지대한 관심이 고맙네요. 그 외에 더 알아낸 정보는 없어요?"

"정말 중국어를 못하나?"

"내 대학 시절 수강한 수업 목록이라도 이 자리에서 뽑아 드려요? 아니면 뭐, 통장 거래 내역서? 인터넷 검색 기록? 내가 중국어를 못한다는 걸어떻게 증명해야 하는 거예요? 도대체."

"아니. 그냥 아까 저 녀석들의 말을 알아들었다면 내가 따로 설명할 필요가 없었을 테니 말이야."

남자가 어깨를 으쓱거렸다. 재수 없어. 유주가 쯧, 혀를 찼다.

"내가 기억하는 건, 당신이 여동생 운운했던 것뿐이에요. 그리고 내 목을 졸랐지. 입을 틀어막았고."

"양해를 구한다고 하지 않았나?"

뻔뻔하기는! 유주는 이를 갈았다.

"그게 양해나?"

"그럼 사과하지."

사과! 저게 사과라니!

기가 막히다 못해 코가 막히고 오장육부가 막혀 터지는 소리였다. 그녀의 황당하다는 반응에도 남자는 작게 웃기만 했다. 유주가 짓씹듯 말을 뱉었다.

"사과는 정중히, 몰라?"

"말이 편해졌군."

"그쪽에서 반말 찍찍하는데 내가 말을 높일 이유가 있어? 그리고 같이 늙어 가는 사이라며?"

"그렇지."

"몇 살인데?"

"눈치 없기는. 같이 늙어 가는 사이라니까?"

"동갑?"

"그래."

"와……."

나이에 별 의미가 있는 것도 아닌데 맥이 탁 풀렸다. 최소한 대답을 해 준다는 건 대화할 의지가 있다는 거고, 그녀의 예상대로 당장 죽이겠다는 건 아니었으니까.

하지만 도대체 인생의 변곡점이 얼마나 거창해야 같은 스물아홉에 누구는 월급쟁이요, 누구는 사람 한둘 납치하는 건 일도 아닌 깡패로 전락하는 걸까. 유주는 헛웃음을 쳤다.

"어쨌든 설명해 봐. 지금 이 배가 어디로 가는 거고, 왜 날 여기까지 끌고 온 건지."

"당신, 배짱이 있군."

애당초 시체 만지는 일을 하는 사람이 담이 작을 리 없었다. 그리고 해칠 의도가 없음을 알았으니 쫄 필요도 없었다. 쫄았다고 해도 티를 내서 좋을 게 없었다. 사내의 태도로 추측컨대, 그는 지금 이 상황에서도 평정심을 잃지 않은 그녀의 모습을 높게 평가하고 있음이 나타났으니까.

이 바다 위의 감옥에서 빠져나가든, 집에 돌아가든 뭘 어찌하려면 일단 그의 도움이 필요했다. 그 또한 뭔가 꿍꿍이가 있으니 그녀를 데려온 게 분명했다. 다짜고짜 죽이지 않은 것만 봐도 그랬다.

유주의 판단은 그랬다. 부디 이게 오산은 아니길.

"통성명부터 할까? 칭리옌(清廉). 니시콴라이(泥溪宽濑) 소속이고, 니시콴라이는 내 의형제인 랴오위의 조직이지."

칭리옌. 리옌.

유주는 아까 도박판의 네 명이 중간중간 내뱉었던 단어가 이 남자의 이름임을 처음 알았다. 그럼 리옌이 어쩌고 하는 내용이 나와 관계된 거였나? 싶었지만 확인은 불가능했다.

더불어 이름과 맥락을 들으니 어느 정도 파악은 되었다. 그는 중국 마피아였다. 요즘 세상에도 이런 게 있나 싶었지만 유주는 일단 고개를 끄덕였다. 리옌이 말을 이었다.

"랴오위는 홍콩 주룽청(九龍城)을 필두로 산포콩(新蒲崗), 타이홈(大磡) 구역까지 접수한 녀석이야. 얼마 전에는 중국 본토에 지난(济南), 라이우(莱芜) 쪽으로도 발을 뻗치기 시작했고, 쯔보(淄博)와 웨이팡(潍坊)의 상권까지 잡고 있어. 거기엔 내 공도 작지 않고."

"자랑스러운 모양이네."

"자랑이지. 사내의 배포가 크고 재량이 있다는 건 충분히 자랑스러운 일이야."

주먹깨나 쓰는 게 어지간한 자랑거리인 모양인지 그가 묘하게 으쓱거렸다. 저런 모습을 보면 좀 어려 보이기도 했다. 보통은 불법적인 일을 한다면 쪽팔려 할 텐데.

유주가 고개를 끄덕였다. 계속 이야기하라는 재촉이었다.

"그리고 네가 수습한 여자는 칭카이화. 내 여동생이자, 랴오위의 의붓동생이 되지. 더불어 카이화는 그의 아내인 쉬에화가 붙어서 기르던 애였어."

뭔가 외워야 하는 것이 점점 늘고 있었다. 유주가 손을 들어 잠시 그의 말을 잘랐다.

"랴오위는 중요한 사람이란 걸 알겠어. 그런데 쉬에화? 그 여자가 붙어서 기운나는 게 무슨 소리야? 당신이 오빠잖아."

의외로 예리한 질문이었던 걸까? 리옌의 미간이 약간 꿈틀거렸다. 어쩌면 불편한 질문이었는지도 모른다는 생각이 들었지만 이미 뱉은 질문을 주워 담을 순 없었다.

"……카이화에겐 재능이 많거든."

"음……. 뭐, 그래. 그걸 랴오위와 쉬에화가 뒷받침해 준다 이거지?"

"정확히는 쉬에화가 일방적으로 마음에 들어 해서 서포트해 준다는 표현이 옳지."

"그 사람은 어떤 사람인데?"

리옌이 이번엔 작게 한숨을 내쉬었다. 명백히 불편하다는 표현이었다. 아무래도 쉬에화, 그녀와 조직 내에서의 관계가 그리 좋지는 않은 모양이었다.

"창쉬에화. 본토에서 힘깨나 쓰는 집안의 장녀지. 사업 수완이 좋고, 도박을 잘해."

"그리고 카이화는 그런 쉬에화의 짱짱한 가드 속에서 잘 자라 왔고."

"그런 셈이지."

"그런데 왜 그 여자의 시체가 한국까지 온 건데?"

바로 그 점이 알 수 없는 부분이었다. 누군가가 죽여서 한국에 데려왔다? 오히려 비행기를 탄든 배를 탄든, 해외로 나가는 게 훨씬 눈에 띄는 법이다.

카이화를 죽여서 처리하려면 차라리 그 넓은 중국 땅덩이 어딘가에 파묻어 버리는 쪽이 좀 더 효율적일 터였다.

사건 개요도 아닌, 배경 설명만 들은 유주도 떠올릴 수 있는 생각을 리옌이 하지 않았을 리 없다. 하지만 그녀의 질문이 꽤나 거슬렸던 것일까. 틈 없이 이어지던 대화가 잠시 끊겼다. 리옌은 미간을 살짝 찌푸린 채 살짝 혀를 찼다.

"아직 죽었는지 확인되진 않았어."

먼저 죽었다는 식으로 말한 게 누구인데 다른 사람이 죽었다고 하는 건 거슬리는 모양이지? 유주는 순순히 양손을 들어 올렸다.

"그래. 어쨌든 죽었다는 가정 하에, 왜 당신 여동생의 '시체로 추정되는' 사람이 한국까지 온 건데?"

고작 몇 마디 단서 조항을 붙인 것뿐인데 리옌은 그것으로 만족한 모양이었다. 그는 넥타이를 조금 헐겁게 풀어내며 작게 한숨을 쉬었다.

"바로 그 부분을 찾기 위해 내가 당신을 찾아간 거지. 카이화가 사라지기 직전, 마지막으로 접촉한 게 루쳰허라는 녀석이야. 네가 사진을 보고 알은체를 한 그 새끼 말이야."

아하.

대충 흐름이 잡혔다. 등장인물이 몇 있었지만 말하는 내용은 단순했다. 랴오위, 쉬에화, 리옌, 카이화. 그들은 중국인들 특유의 꽌시인지 뭔지 하는 비슷한 이념으로 묶인 유사 가족이란 의미였다. 그중에서 리옌에게는 유일한 진짜 혈육인 카이화가 사라진 것도 모자라 시체가 되었다고 하니 눈이 뒤집힐 만도 했다.

그럼 성철현…… 아니, 루쳰허라는 그 남자가 카이화를 죽인 건가? 유주는 고개를 갸웃거렸다.

"내가 하는 질문이 무례하지 않길 바라는데……."

"뭐지?"

"단가가 좀…… 안 맞는데? 뭐, 내가 중국인들하고 거래하는 사람은 아니지만 중국 쪽이 시체를 조용히 처리하는 데엔 한국보다 상황이 좀 더 나은 걸로 알고 있거든. 아니라면 사과하겠지만, 일단 내가 알기로는 그래."

"머리가 좀 굴러가는군. 대화하기 편해."

리옌은 유주의 이해력이 보통 수준은 된다는 것을 무척 만족스러운 말투로 칭찬했지만, 그 표정은 살짝 일그러져 있었다. 아무리 담담하게 이야기하려 해도 그가 지칭하는, 그리고 유주가 다룬 시체가 여동생이기 때문일 터였다. 저 일그러진 표정은 분명 불쾌감을 나타낸 것이겠지.

그는 유주와의 첫 만남에서 짐작한 것보다 훨씬 신사적이었고, 그녀에게 고압적으로 굴지도 않았다. 첫인상이 완전히 바뀐 것은 아니었지만 그가 할 수 있는 한, 유주를 존중하고 있었다.

"어쨌든 내 말은……."

그래서 유주도 그를 존중하기로 했다. 그의 위에서 내려다보는 듯한 말투는 거슬렸지만 지금, 리옌의 말대로라면 하루아침에 여동생이 사라졌고 시체가 되었다는 뜻이다.

"무슨 뜻인지 알지? 그, 음…… 좀 이상하다고. 한국은 그런 절차가 까다롭단 말이야. 게다가 서류는 완벽했어. 회사가 멍청이인 줄 알아? 의사가 내준 사망 진단서까지 진짜였다고."

"사망 진단을 내리는 건 의사 자격만 있으면 얼마든지 가능해."

유주가 애써 다른 가능성을 제시했지만 리옌의 말투는 단호했다. 아무래도 그녀가 사진 속 인물을 알아본 걸 보고, 리옌은 카이화의 죽음을 확정지은 듯했다. 그녀가 다른 신분으로 죽은 것이라고.

그렇다고 지금 와서 아닌 것도 같다는 식의 이야기는 할 수 없었다. 진위와 무관하게 죽음 앞에 헛된 희망은, 산 사람마저 죽게 만든다. 그 부분은 감히 서유주가 입 댈 수도 없는 부분이었다.

"그 얘기를 하려는 게 아니잖아? 기본적으로 사람을 하나 죽여서 태우는 과정은, 한국에서는 무척 번거롭고 복잡해. 굳이 이런 것까지 확인해야 하나 싶은 절차도 많고."

"그래. 그 부분은 나도 물론 알고 있어. 거기서 굳이 몇 가지 짚어 주자면 첫째, 우리는 홍콩 사람이고. 둘째, 중국에서 벌이는 개수작은 당연히 눈에 띄어. 마지막으로 루첸허가 왜 굳이 한국까지 가서 개수작을 벌인 건지는 이쪽에서도 의문이고."

그녀도 그게 제일 의문이었다. 왜 그랬을까. 무엇 때문에 그랬을까.

만약 그래야만 했다면 이유가 뭘까.

"성철현."

"음?"

그러다 불현듯 생각이 났다. 성은영에게는, 확실한 법적 보호자가 있었다. 문제의 시초. 사건의 발단.

"성철현이란 이름으로 털어 보라고. 내가 본 사망 진단서와 가족 관계 증명서에는 성철현과 성은영이라는 두 사람이 남매로 되어 있었으니까. 그쪽이 쑤셔 볼 건 내가 아니라 그쪽이잖아?"

혹시나 하는 마음에 유주는 매우 적극적으로 그의 말에 대답했다. 아는 걸 죄다 털어놓고 나면, 그리고 그 털어놓은 밑바닥에 아무것도 없음이 밝혀지고 나면 돌아갈 수 있을지 모른다는 알량한 기대감도 있었다.

하지만 리옌은 고개를 저었다. 그녀의 대답이 무용지물이라는 표현이었다.

"호적조차 완벽하게 위조해 주는 전문가가 있다는 걸 알면 놀라 까무러치겠군, 당신."

"……그런 게 있단 건 알아. 내가 접할 일이 없었을 뿐이지."

"그럼 영광스러운 첫 경험이라고 생각해. 당신이 확인한 그 서류들은 가짜일 확률이 매우 높아. 아니, 죄다 가짜겠지."

"망할……."

단정적인 대답에 안 그래도 몇 없던 유주의 패가 죄다 사라졌다. 이제 손이 텅 비었다. 하…… 허탈함에 맥이 탁 풀렸다.

그런 유주를 바라보는 리옌의 시선은 뭔가를 가늠하듯 날카로웠다. 눈치를 어디에 팔아먹은 게 아닌 이상 그 시선을 느끼지 못할 리 없었다.

유주도 알았다. 그는 그녀를 전혀 신뢰하지 않고 있었다. 그녀가 그를 신뢰하지 못하듯이.

"저기……."

그걸 깨닫고 나니 노곤하게 풀려 있던 어깨의 근육이 다시 뻣뻣하게 굳어졌다. 유주가 침을 삼키며 물었다.

"그럼…… 우선 이것만 대답해 줘."

"어떤 걸 말이지?"

"나한테 진짜 중요한 얘기는 다른 거잖아."

"중요한 거라니?"

리엔이 진심으로 모르겠다는 표정을 지어 보였다. 그가 그녀를 믿지 않는 건 이해할 수 있었다. 하지만 그건 그녀가 이런 번거로운 일에 강제로 끼어들어야 할 명분이 되지 못했다.

"날 여기에 왜 끌고 온 건지, 어디로 가는 건지, 날 앞으로 어떻게 할 건지."

"아. 그게 중요한 건가?"

"미안한 소린데…… 나한테는 당신 여동생보다 중요한 문제거든? 이쪽은 사활이 걸려 있다고."

유주의 말에 리엔이 턱을 문지르며 잠시 생각에 빠졌다. 그때 노크 소리와 함께 문이 열렸다. 왜건에 실려 오는 것은 분명 유주의 식사였다.

몇 시간이나 물과 식사를 섭취하지 못한 걸까? 유주는 일단 테이블 위에 오르는 식사를 눈으로 좇으며 간간이 리엔의 표정을 살폈다. 그리고 벨 보이가 나가자마자 리엔이 입을 열었다.

"난 아직도 당신이 첸허와 손을 잡았다고 생각하는 입장이지만……."

그 말은 유주의 식욕을 떨어뜨리기에 제격이었다. 하지만 그녀는 충분히 이성적이었고, '하지만'이라는 뒤의 말을 기다릴 정도의 인내심이 있었다.

"당신이 완전무결한 피해자라는 입장도 지울 수 없으니 계약서를 쓰지."

옳거니.

절망 속에 한 줄기 희망의 빛이 보였다. 유주는 속으로 쾌재를 불렀다. 어떻게 해도 그녀가 루첸허인지 누텔라인지 뭔지 하는 새끼와 모종의 결탁을 했다 증명하는 쪽이, 그녀가 순수한 피해자라는 사실을 입증하는 것보다 몇만 배 정도 더 어려울 것이 뻔했기 때문이다.

"어떤 계약서?"

하지만 유주는 기쁜 마음을 노골적으로 드러내지 않기 위해 부단히 표정 관리에 애를 썼다. 아직까지 그녀는 리옌의 페이스에 맞춰 가야 하는 입장이었다. 계약서를 쓰기 전까지는, 최소한 무언가가 담보되기 전까지는 방심할 수가 없었다.

조직이란다, 조직. 게다가 위조된 사망 진단서에 홀라당 속아 넘어가는 상황도 겪었다. 이미 모든 게 비현실적인데 눈앞의 이 새끼가 수틀리면 사람을 토막 내 바다에 던져 버리는 사이코패스가 아니라고 그 누가 장담할 수 있겠는가? 심지어 지금 상태로는 그녀가 사라진 것조차 모르는 사람들이 아직 태반일 텐데.

"고용 계약서 정도면 어떨까 싶은데."

"고용? 그쪽이랑 내가?"

"우선은 루쳰허를 찾는 게 급선무야. 그래야 당신이 소각한 그 시체가 카이화가 맞는지 아닌지 알 수 있으니까. 그리고 만일 카이화가 살아 있다면 그녀를 찾을 때까지 당신이 내 일에 협조해 줘야겠어."

"내가 그래야 하는 이유는?"

"당신은 따지는 것도 많군."

그의 말이 맞았다. 유주는 남들이 전부 다 대충 넘기는 보험 약관까지도 하나하나 읽어 보고 딴죽을 거는 피곤한 성격이었다. 그래서 그녀의 성격이 이 일에 더욱 잘 맞았던 것도 있다.

아주 작은 상처 하나, 작은 흔적 하나 놓치고 싶지 않았다. 실수가 생길 법한 일은 더더욱 그랬다. 오히려 이렇게 재고 따지는 성격 탓에 지금까지도 일을 때려치우겠다, 때려치우겠다 하며 질질 끈 것도 있었다. 계산속이 너무 복잡했던 탓이다.

하지만 지금 상황에서는 그 성격이 득이 되면 되었지 실이 될 것 같진 않았다. 유주는 그가 짜증을 내기 전까지는 계속 꼬치꼬치 캐물을 생각이었다. 아니, 짜증을 내더라도 들어야 할 건 듣고 챙겨야 할 건 챙겨야겠다.

"천성이 이래. 뭘 숨기고 의뭉 떠는 거 난, 못 해."

"이유를 듣기 전까지는 납득도 쉽지 않은 성격일 테고."

"잘 아네."

리옌은 그녀의 대답에 다시 한번 씩 웃었다. 확실히 대화가 통하는 유일한 상대라고 생각하니 그 보정 탓인가 아까보다 조금은 덜 얄미워 보였다. 그가 유주의 목을 졸라 여기까지 데려왔다는 것도 변함이 없었고, 다른 이들 앞에서 그녀를 무시했다는 것도 여전했지만 타협이 가능한 상대라는 건 소중한 법이다.

"이번 일은 랴…… 쉬에화가 직접 지시를 내린 일이야. 내 여동생이기 이전에 우리 가족의 일이라 이거지."

"……그 책임을 내가 져야 해?"

"어느 곳에서나 통용되는 원칙 아닌가? '의무에는 책임이 따른다.' 당신이 마무리를 한 일에 대한 책임이 좀 더 커진다고 생각해."

너무나 쉬운 그 대답에 어이가 없었다. 유주는 화를 내지 않기 위해 숨을 고르며 침착하게 다시 물었다.

"그 책임의 범위가 어느 정도인데? 나 소송 걸려?"

"필요하다면. 하지만 소송도 걸리지 못할 확률이 더 크지."

그 대답에 유주는 모골이 송연해졌다.

과민하다고 여길지 모르겠지만 홍콩 마피아와 책임이라는 단어가 연결되니 그랬다. 유주는 '만약 내가 튀면 어쩔 거냐'는 식의 질문을 하려다 말았다. 일이 어그러질지도 모른다는 그 일말의 가능성은 오히려 그녀의 내적 불안만 심화할 뿐이었다.

그래도 그 한마디로 정리가 되긴 했다.

칭리옌은 카이화 사건이 무탈하게 해결되지 않을 경우 유주에게 대가를 받아 낼 셈이었다. 그녀를 끌고 올 때 했던, 유주의 '모가지'를 수습하겠다는 말은 허언이 아닌 것이다.

그녀가 자신이 순결한 피해자라는 사실을 증명해 낸다면 아무 일도 없을 것이다. 오히려 그에 따른 피해 보상도 따르겠지.

하지만 그 과정이 과연 호락호락할까?

유주에게 제시된 선택지는 고작해야 지금 이 홍콩 출신 조폭 손에 사달이 나든가, 나중에 뭔 사달이 나든가 둘 중 하나였다. 그래도 어느 쪽이 보다 덜 비참한지는 확실했다.

유주는 불 보듯 뻔한 앞날에 한숨을 삼켰다. 어쩜 이렇게 불합리할 수가.

"……나한테 다른 선택지가 있어?"

"국제 미아가 되는 건 아주 즐거운 기분일 거야. 그렇지?"

그래도 혹시나 하는 마음에 던져 본 희망은 단칼에 잘려 나갔다. 유주는 리옌의 협조 없이는 이 상황에서 벗어날 수조차 없었다.

치사한 새끼. 결국 한숨과 함께 유주는 진짜 묻고 싶은 말을 내뱉었다.

"협조하면 최소한…… 아니, 협조해서 내가 무고한 게 밝혀지면 당신이 날 보호해 줄 거라 믿어도 돼?"

유주의 말에 리옌이 고개를 끄덕였다.

"그래. 우리는 서로를 믿지 않지만 최소한 난 당신에게 기회를 주고 있는 거지."

그의 말에 눈이 번쩍 뜨였다. 기회. 그래, 이건 기회이기도 했다.

그녀의 통장에는 또래들보다 많은 액수의 저축액이 예쁘게 찍혀 있었지만 요즘의 물가로 따졌을 때 다른 직종으로의 이직을 준비하며 여유를 부릴 정도라고 할 순 없었다. 세상은 숨만 쉬어도 돈이 나가는 법이었고, 돈이라는 건 줄어들수록 사람을 압박하는 무시무시한 사회적 제약이 됐다.

어차피 리옌이 그녀에게 건넬 수 있는 계약의 보상은 돈밖에 없었다. 그게 아니라면 그가 뭘 제안할 것인가?

오히려 답은 빨리 나왔다. 이참에, 뽕을 뽑자. 어차피 나는 결백하니까.

"액수를 제시해 봐."

"액수?"

"고용 계약이라며. 기간과 액수를 제시하면 내가 합의 가능한 사항인지 아닌지 판단해 볼게. 계약서에 서명하는 순간부터 당신은 나에게 위해를 가하면 안 되고, 나는 당신 일에 적극적으로 가담하는 거야. 어때?"

"성격이 당돌하기까지."

살아생전 당돌하다는 말을 입 밖으로 내는 인물은 처음 봤다.

유주는 자신에 대한 평가가 가지각색으로 변하는 걸 직접 들으며 점점 묘한 기분이 되었다. 오늘 하루만 해도 들은 말이 몇 개인지 모르겠다.

그래도 다행인 건 리옌의 태도가 유주의 상상 범위 내에 있다는 것이었다. 돈으로 협상하는 건 가능해 보였다.

모름지기 세상은 돈이 최고고, 돈 주는 놈에게 밉보여서 좋을 게 없었다.

"그럼 조건을 생각해 올 테니, 일단 식사를 들지. 다 식겠군."

리옌이 마치 큰 선심이라도 베풀듯 자리에서 일어났다. 유주는 고개를 끄덕였다.

치즈와 덜 익은 계란프라이가 올라간 함박스테이크는 그 두께만 봐도 군침이 흐를 정도였다. 누가 고른 메뉴인지는 모르겠지만 그녀의 식성에는 딱 맞는 탁월한 선택이었다. 아까부터 노래를 불렀던 물도 있었고, 식욕을 저하시키는 상대는 자진해서 방을 나가 주겠다고 한다. 기쁜 식사가 되지 않을 리 없다.

"다른 녀석들과 이야기를 나누고 오지. 천천히 들도록 해."

유주는 대답도 하지 않고 포크와 나이프를 들었다. 리옌이 그런 유주에게서 시선을 돌렸다. 그리고 들어왔던 것처럼 조용히 방을 나섰다.

"음……."

식사는 외관과 마찬가지로 훌륭했다. 유주는 그가 돌아오기까지 아주 느긋하게, 평소와 다름없는 페이스로 식사를 즐겼다.

물론 그 와중에도 아까 전 그녀를 위협하던 네 명의 얼굴이 떠올라 괜한 불안감이 엄습하기는 했다. 노골적으로 악력을 과시하던 흰 정장의 여자나, 적의를 숨길 생각조차 없던 빨간 치파오의 여자와 함께 움직여야 한다면 앞으로 이런 여유롭게 시간을 즐기지 못할 수도 있었다.

"······집에 돌아갈 수 있어."

하지만 역시 그건 나중의 일이었다. 일단 돌아갈 수 있다는 희망이 생긴 이상, 어떻게든 해야 했다.

500㎖ 생수까지 깔끔하게 비운 유주는 소파 위에 길게 드러누웠다. 식사는 훌륭했고, 제 안전은 보장되었다. 그제야 이성을 두르고 침착함을 유지하던 긴장감이 제 일을 했다.

두려움에 심장이 콩닥콩닥 뛰었다. 리옌이 나가 주어서 정말 다행이었다. 유주는 몇 번이나 마른세수를 거듭하며, 차가운 손끝을 주물럭거리며 스스로를 다독였다.

지금 상황에서 유주를 위로해 줄 수 있는 건 그녀 자신밖에 없었다.

"이봐."

너무 긴장이 풀린 탓일까? 아니면 긴장으로 인한 피로가 누적된 탓일까.

리옌이 돌아온 건 그를 기다리다 못해 유주가 선잠에 빠진 직후였다. 선잠이 맞나? 그녀가 졸린 눈을 비비며 자리에서 일어나니 이미 테이블 위는 누군가에 의해 정리가 끝난 상태였다. 생각보다 오래 잠들었던 것일 수도 있었다.

그는 막 잠에서 깨 슴벅거리는 유주를 보며 다소 어이없어하는 표정이었다. 유주는 입가를 손바닥으로 쓸었다. 다행히 침은 안 흘렸다.

"어, 음. 잠깐 졸았네. 왜?"

"······읽어 봐."

그가 헛웃음과 함께 종이 한 장을 건넸다. 아직 잠이 덜 깬 머리로도 유주는 그게 뭔지 알 수 있었다.

"계약서야?"

대답 대신 리옌이 어두컴컴한 방의 불을 켰다. 방에는 시계가 없는 대신 바다 쪽으로 창이 나 있었는데, 이미 창밖도 어둑어둑한걸 보면 지금이 밤이라는 사실을 알 수 있었다. 주변에 불빛 하나 없는 망망대해 위에서는 정확한 시간을 파악하기 어려웠다.

유주는 눈매를 찡그리며 잠시 빛에 익숙해질 때까지 눈을 깜빡거렸다. 그러곤 곧바로 계약서로 시선을 돌렸다.

"잠깐. 내가 왜 을이야?"

우습게도 유주가 계약서를 보고 맨 처음 내뱉은 말은 그거였다. 그 말에 리옌 또한 어이가 없었는지, 재킷을 벗어 소파에 걸쳐 두며 헛웃음을 뱉었다.

"내가 돈 주고 당신을 고용하는 거니까 당연한 거 아냐?"

"내가 그쪽에 조력하는 거지."

"아무튼 그런 건 넘어가고, 세부 항목이나 읽어."

그래, 중요한 건 그게 아니었다. 원래 세상은 돈 주는 놈이 갑이었다. 유주는 애써 그렇게 합리화하며 다소 언짢은 기분으로 다시 계약서를 보았다.

계약 기간은 6개월이었다.

6개월? 유주는 다시 그에게 따지고 싶은 마음이 들었지만 다행히 단서 조항은 있었다. '단, 칭카이화를 찾을 때까지가 최종 기한이며 이는 업무 수행 능력에 따라 기간이 단축 또는 연장될 수 있다.'

아주 다행이었다. 유주가 두 번 따지기보다 한 번에 묶어 따질 수 있어서. 두 번 따로 따지는 건 너무 비효율적이잖은가?

"이 기간 말이야."

"음."

"만약 반년 뒤까지 성철…… 아니, 루쳰허라는 남자나 당신 여동생을 찾지 못하면 난 어떻게 되는 거야? 아니면 찾긴 찾았는데 정말 죽은 거면…… 그리고 루쳰허도 못 찾으면……."

"그럼 당신이 책임을 지는 거지."

"······죽으나 사나 반년 내로는 뭔가 끝나야 한다 이거네?"

"그것도 최대한으로 잡은 거야. 본토에서는 쉬에화가 사람을 움직일 테니 우리는 다른 쪽으로만 찾으면 돼."

"그럼 당신이나 내가 아니라 다른 사람이 찾아도 되는 거야? 굳이 내가 찾지 못해도 괜찮다는 거지?"

"그렇지. 그래서 난 당신이 계약 기간이 긴 쪽을 선호할 것이라 생각했어."

"왜?"

"부탁이니 계약서를 다 읽고 질문을 해 주지 않겠나?"

부탁이라는 단어까지 써 가며 이야기한다면 들어주지 못할 이유도 없었다. 유주는 다른 항목을 읽었다.

1. 갑과 을의 계약은 최대 6개월까지로 한다. 단, 칭카이화(당사자 1)를 찾을 때까지가 최종 기한이며 이는 업무 수행 능력에 따라 기간이 단축 또는 연장될 수 있다.

2. 을이 갑의 업무에 협력하는 동안 그에 필요한 이동 경비, 식대, 숙박비 등은 전부 갑이 지불하도록 한다.

3. 단, 을은 갑과 근무하는 동안 개인적인 통신 장비 등은 일체 사용할 수 없으며 부득이하게 사용 시, 갑이 지급한 것만을 사용한다.

4. 을에게 유리한 조건으로 근무가 마무리될 경우, 임금은 6개월 기준으로 지급한다. 이때의 지불은 일시로 한다.

5. 임금은 시간당 1만 원으로 책정하며, 8시간 이후 1.5배를 적용한다.

6. 위험 수당은 별도로 책정하며, 성공 수당은 루첸허(당사자 2)를 찾을 경우 3천만 원을, 당사자 1을 찾을 경우 5천만 원으로 하며 이는 보수와 함께 지급한다.

7. 6개월 기준 일시금으로 지급될 금액은 1억 5천만 원으로 책정한다.

미쳤다······.

위의 항목 중 꼬투리를 잡자면 잡을게 한도 끝도 없었다. 하지만 유주는 맨 마지막 항목을 본 순간 자신이 무슨 트집을 잡으려 했는지 깡그리 잊어버리고 말았다.

현재 그녀의 연봉은 유족들이 가끔 찔러주는 사례비까지 싹싹 긁어모아도 4천 중반이었다. 물론 또래들에 비해 결코 뒤처지는 액수는 아니었다.

하지만 15년 차 장의사라고 해도 미성년자 때엔 그저 용돈 벌이하는 수준에 지나지 않았고, 대학 시절엔 파트타임 정도로만 일했다. 정식으로 상조회사에 편입되어 돈벌이를 한 건 4~5년 남짓이었던 데다가 회사에 들어가 경력을 인정받는 2년간은 그저 그런 수준의 연봉을 받았을 뿐이다. 더구나 학자금 대출을 전부 갚은 지도 얼마 되지 않았다.

그런 그녀에게 1억 5천이라는 돈은 현실적으로 무척 큰 액수였다. 유주가 입을 벌린 채 뭐라 말을 잇지 못하자, 리옌이 예상한 반응이라는 듯 굳이 부탁하지 않은 설명을 덧붙였다.

"한국에서 대충 기본 시급이 1만 원 정도라며? 이 정도면 적당한 조건 같은데."

아…… 인정.

유주는 패배감에 부들부들 떨면서도 그의 거만함을 기꺼이 받아들이는 수밖에 없었다.

실상 뽕을 뽑는다고 해도 고작 몇천만 원 정도를 예상했던 그녀에게 이 돈은 확실한 미끼이자 함정이었다. 물론 도장을 찍지 않는다는 선택지는 없었지만 너무 순순히 넘어가면 쉬워 보이지 않겠느냐 이거였다.

"돈만 보면 그렇지."

"……뭔가 더 요구할 게 있나?"

"내 일신상의 안전을 보장해야지. 기억 안 나? 내가 아까 그랬잖아. 계약서에 서명하는 순간 당신이 나에게 위해를 가하지 않겠다는 보장도 있어야 하고."

"······지금 내가 여자에게 손찌검이나 하는 얼간이라고 말하는 건가?"

유주가 빤히 리옌의 얼굴을 응시했다. 그의 시선이 자연스레 유주의 목 부근으로 향했다. 모르는 척, 잊은 척할 수도 없이 노골적인 외상이라 그는 입을 꾹 다물었다. 좀 더 뻔뻔하게 굴었다면 욕설이라도 한 바가지 퍼부어 줄 수 있었을 텐데. 유주는 아쉬워하며 보란 듯이 제 목덜미를 쓸었다. 느낌 탓인지 졸렸던 목이 아직도 욱신거리는 듯했다.

"당신은 나에 대해 뭘 아는데?"

"뭐?"

"내가 루첸허인지 뭔지 하는 새끼랑 손을 잡았는지 아닌지 모른다며. 똑같아. 나도 당신이 무식하게 여자한테 주먹질하는 놈팡이인지 아닌지 몰라. 그러니 그 대목을 무조건 넣어. 아니면 계약할 생각 없으니까."

"······."

"알겠지만 그 내용은 계약이 끝나고 내가 안전하게 집에 돌아가며 그 이후 내게 아무 일도 생기지 않아야 한다는 의미야. 그리고 내 몸에 손대지 않겠다는 조건은 다른 사람들에게도 유효해야 하고. 난 맞고는 못 살아. 그러니 어물쩍 넘길 생각 하지 마."

리옌은 그녀의 말에 말문이 턱 막힌 듯 아무 말도 하지 못했다. 어이없어 하는 것 같기도 했지만 유주는 진심이었다.

아까 전 우신이 그녀의 턱을 잡아채던 우악스런 손길이 떠올랐다. 게다가 방 밖을 지키고 있던 가드들의 덩치를 떠올려 보자니 괜히 등골이 오싹했다. 막말로, 사람 좀 부릴 줄 아는 놈들이 굳이 제 손으로 사람을 팰 일이 얼마나 되겠는가?

······역시 유주에게는 확실한 보증이 필요했다. 물론 계약서라는 것도 법적 효력이 없으면 무효라지만 최소한의 안전장치는 될 수 있었다. 그거라도 없으면 이 미친놈들이 그녀를 언제 잡아 죽일지 누가 알겠는가?

"······그럼 일단 액수에는 이의가 없다는 뜻이군."

"좀 더 올려 주먼 나야 좋고. 사실 이것도 좀 적어."

아까지는 억 단위 액수에 약간 위축되어 있었지만 말을 뱉을수록 유주의 담력은 점점 커져 갔다. 그리고 역시나, 다시 따져 보니 1억 5천이 이렇게 질질 끌려다니며 24시간 감시당하는 금액이라 생각하니 그리 크게 느껴지지도 않았다.

코딱지만 한 서울의 원룸도 막상 구하려고 보면 전세 1억이 우스웠다. 게다가 시급으로만 따졌을 때 유주의 몸값은 1만 원이 이미 넘은 상태이기도 했다.

이런 마당에 최대 반년간 직장에 돌아가지 못하는 사람을 붙잡아 두고 원래 받던 시급보다 낮춰 부르는 건 상도덕이 아니었다. 그런 생각마저 들었다.

"터무니없는 폭리야."

리옌의 목소리에 미묘한 당혹감이 서렸다. 유주가 코웃음을 쳤다.

"난 폭리 좀 취해도 돼. 그리고 내 몸값이 얼만데? 이걸로는 안 되지."

"한국에서는 장의사가 그렇게 대접을 받나?"

"장난해? 시급은 아르바이트하는 애들이나 받는 거지, 내가 지금 몇 년 차인데? 게다가 애당초 처음 만났을 때 순순히 계약하자고 했으면 보다 합리적인 타협이 가능했을걸? 이건 그쪽이 자처한 거야. 난 이 돈으로는 계약 못 해. 아니, 이 조건들 자체가 나한텐 난센스야."

뻔뻔하게 나가자고 하니 한도 끝도 없었다. 유주는 이렇게까지 하는 건 좀 심했나? 싶었지만 그녀는 전부터 표정 관리에는 일가견이 있었다.

"……좋아. 다시 작성해 오지."

리옌이 뭐 씹은 거 같은 표정으로 그녀의 손에서 계약서를 거둬 갔다. 이번에도 먹혔다. 유주는 속으로 크게 숨을 내쉬며 그의 등 뒤에 대고 한마디를 덧붙였다.

"변호사도 데려와. 공증받게."

마지막 말은 붙일 필요가 없나 싶었지만 뭐든 확실하면 좋은 거였다. 리옌이 나가고 나서야 유주는 실제로 숨을 몰아쉬었다.

「그럼 이대로 계약 체결하는 것으로 하겠습니다.」

리옌은 어디서 정말 변호사처럼 보이는 사람까지 그녀 앞에 데려왔다. 역시나 중국어를 사용했기에 말은 못 알아들었지만 중간에 앉아 뭐라 지껄여 대는 품새는 제법 그럴듯했다.

유주는 그 변호사의 말을 들을 필요도 없었다. 계약서는 한국어였으니까. 거기에 그녀의 요구 조건도 충분히 반영되었다. 조항은 일부 수정되었고, 루첸허와 카이화를 둘 다 찾지 못할 경우를 제외하고 그녀가 근무하는 동안 일신상의 위해는 전혀 없을 것이라는 8번 조항, 그녀가 돌아간 뒤 최소 5년 간은 니시콴라이에서 그녀에게 어떠한 터치도 없을 것이라는 9번 조항과, 그 단서 조항도 추가되었다.

당연히 5년 항목에 유주는 태클을 걸었다. 그리하여 리옌이 '5년 이후에도 우리 조직에 의해 피해를 입을 시 그에 합당한 보상을 할 것'이라는 추가 대목이 추가된 세 번째 계약서를 받아들고 나서야 그녀는 합의를 표했다. 사실 괘씸죄에 걸려서 계약 액수가 줄어들진 않을까 했는데 아니었다. 의외로 리옌의 새 계약서에서 수정된 건 액수 부분이었다.

8. 갑은 을의 도움 여하와 무관하게 업무가 끝날 시, 업무 수행 기간에 관계 없이 수고비 2억을 지급한다.

이 정도 조건이라면 유주가 적극적으로 협조하지 않을 이유가 없었다. 묵직한 만년필로 계약서에 서명을 하자니, 그녀는 자기가 뭐라도 된 기분이었다. 물론 착각이 분명했지만.

"그럼 이제 계약이 체결됐으니 확실히 해 두도록 할까?"

조건과 서명을 확인한 리옌이 계약서 한 부를 파일에 끼워 돌려주며 말했다. 여기서 뭘 더 확실히 하겠단 건가. 유주가 멀뚱한 시선으로 그를 올려다보았다. 리옌은 아까와 같은 무표정으로 돌아와 있었다.

"평소에는 기본적으로 나와 움직이겠지만 내가 일이 있을 땐 아까 그 녀석 중 한 명과 붙어서 움직이도록 해. 통역사가 붙을 거고, 절대 혼자서는 행동하지 못할 거야. 이해하겠나?"

이해하겠냐는 말이 없었어도 이해했을 것이다. 게다가 이미 이건 선택이 아니라 통보였다. 이미 예상한 부분이었다. 유주가 군말 없이 고개를 끄덕이자 리옌이 품속에서 무언가를 꺼냈다. 지금까지 유주가 그렇게 애타게 기다리던 물건이었다. 휴대폰.

"이거 내 거 아닌데?"

"계약 기간엔 이것만 사용해. 당연히 국제 전화나 인터넷 사용은 안 돼. 하지만 일하는 중이니 메시지를 주고받거나 전화를 받는 정도면 충분하겠지."

일말의 항의를 담아 '내 것을 돌려 달라'는 의사 표시를 했지만 역시나 씨알도 먹히지 않았다. 메시지와 전화만 가능이라니. 요즘 키즈 폰도 이렇게 나오진 않았다. 하지만 그의 말에 일일이 토를 달기에는 2억이라는 액수가 눈앞에 아른거렸다.

"그래도 가족한테는 연락해야지, 나도."

"그건 내 폰을 쓰도록 해."

"나중에 우리 가족이 그쪽 폰으로 연락해도 상관없어?"

"장난해? 당연히 연락 안 될 거라고 해야지. 그 정도 임기응변은 할 줄 알잖아?"

유주의 소심한 반항은 그대로 끝이 났다.

결국 집에는 전화를 걸 수 있게 되었다. 집이라고 해도 부모님도, 형제도 없는 그녀에게 있는 혈육이라고는 삼촌뿐이었다. 그나마도 그녀가 서울에 올라오며 명절을 앞두고 안부나 전하는 사이에 불과했다.

유주는 전화를 받아 들며 그가 자리를 비켜 주지 않을까 했지만, 역시나 그는 당당히 자리를 지키고 앉은 채였다.

"뭐 해? 전화를 빌려주는 건 이번뿐이야."

돈도 많은 놈이 쪼잔하긴.

유주는 결국 그의 휴대폰에 익숙한 번호를 꾹꾹 눌렀다. 삼촌의 번호를 기억할 수 있다는 게 다행이었다. 그녀의 삼촌은 지방에서 아직도 개인 장의사를 하고 있었는데, 사업 때문에 근 이십 년 넘게 휴대폰 번호를 바꾼 적이 없었다.

—여보세요?

"삼촌. 저예요."

—네가 어쩐 일이냐? 오늘 명절이냐?

"무슨 말이 그래요. 그냥 삼촌 생각이 나서 해 본 거지."

—그래, 넌 살아 있고?

"죽었으면 전화했겠어요?"

퉁명스럽게 대답하는 유주의 목소리가 가늘게 떨리고 있었다. 그녀는, 휴대폰을 든 오른손을 왼손으로 꾹 부여잡았다. 떨고 있다는 걸 리옌에게 들키고 싶지 않았다.

대범한 척했지만 유주의 인생이 갑작스레 변한 건 고작 몇 시간 전부터였다. 돈에 대한 욕심이 생긴 것도 맞았고, 죽이지 않을 것 같으니 뻔뻔해진 것도 맞았다.

하지만 무섭고 혼란스러운 것도 맞았다. 그녀는 남들만큼 겁이 많았고, 남들만큼 두려워할 줄 알았다. 그저 남들보다 표정과 감정을 잘 갈무리하는 것뿐이었다.

친숙한 사람의 목소리를 듣고 나니 울컥, 설움이 밀려왔다. 무슨 말이라도 전하고 싶었다. 가령, 정말 재수가 없으면 죽을 수도 있다는 말 같은 거.

"그냥 이번 추석 때 못 내려갈 수도 있으니까 승헌이랑 예담이랑 제사 잘 지내시라고."

―왜 못 와?

"연휴라고 사람 안 죽는 거 아니잖아요. 서울살이가 팍팍하니 남들 놀 때 일해야지."

목소리가 살짝 뒤집어졌다. 리옌이 눈치챌 정도였는지는 모르겠지만 삼촌은 눈치를 챈 것 같았다.

그녀는 몸을 살짝 틀어 리옌에게서 얼굴을 숨겼다. 6개월이었다. 카이화를 찾지 못해도 반년 뒤에는 돌아갈 수 있었다. 하다못해 루쳰허의 행적만 찾아내도 3천만 원이니 유주는 손해 볼 것이 없었다.

기실, 리옌이 얼마나 믿을 수 있는 사람인지는 차치하고서라도 그녀는 앞으로 그의 신뢰에 기대 지내야 했다. 아무 일 없을 것이라 믿는 수밖에 없었다. 아니, 믿었다. 그녀의 무고함은 하늘이 알고 땅이 알고 있으니까.

하지만 그동안 유주는 한국 땅을 밟지 못할 것이었다. 그 별거 아닌 사실이 왜 이렇게까지 서러운지.

―그럼 언제 내려올 건데?

"삼촌 언제는 내가 꼴도 보기 싫다더니 이젠 조카 얼굴이 그리워?"

―돈이나 보낼 거면 그 짓 하지 말아라. 구정엔 내려오고.

"봐서요. 쨌든 목소리 들었으니 됐어. 끊어요."

―싸가지 없기는. 너도 잘 살아라.

전화를 끊고 나니 마음이 무거워졌다. 괜히 전화를 한 듯싶었다.

리옌에게 전화기를 돌려주고 유주는 소파에 철퍼덕 주저앉았다. 이상하게 맥이 다 빠지는 기분이었다.

"이제 정리는 다 된 건가?"

리옌의 목소리는 평이했다. 하긴, 그가 심란할 건 아무것도 없었다.

허탈한 표정으로 고개를 끄덕이곤 유주가 자리에서 일어났다. 그리고 창밖을 바라보았다. 여전히 수평선이 멀었다. 검은 바다는 얌전히, 부드러운 움직임을 반복하며 밤을 역동하고 있었다.

저 멀리 반짝이는 도시의 불빛들이 배의 역동에 따라 흔들렸다. 그립고 아련해 보이는 불빛이었다. 유주는 괜한 감상에 젖을 것 같아 고개를 저었다.

이미 결정은 끝났다. 이 이상의 낙심은 소모일 뿐이었다.

"그래서 이제, 난 어디로 가게 되는 건데?"

애써 당당한 목소리로 물었다. 기죽은 건 잠시면 족했다. 리옌은 그런 유주를 내려다보며 한쪽 입매만 살짝 말아 올렸다. 비웃는 것 같은 표정이었다.

"당신이 잠들어 있던 건 이틀이었지. 그간 피로가 많이 쌓인 모양이더군."

"……그래서?"

"그사이 이 배는 속초를 떠났고 블라디보스토크로 향하는 중이야."

"그래서 내가 지금 러시아로 간다는 거야?"

"아니? 당신은 거기서 내리면 안 되지."

리옌의 목소리에 웃음기가 서렸다. 유주는 팔짱을 끼고 쌍심지를 켰다. 말 한마디 통하지 않는 낯선 곳으로 떠밀릴 것 같다는 불안감에 가슴이 쿵쿵 뛰었다.

"그럼?"

"이 배의 최종 종착지는 당신도 아는 곳이야."

"어딘데? 말 돌리지 말고 확실히 말해."

"부산."

"……어?"

순간 유주는 '부산'이라는 나라가 새로 생긴 줄 알았다. 하지만 아니었다. 리옌의 목소리는 확실히 아까보다 훨씬 즐겁고 유쾌하게 들렸다.

"부산 몰라? 한국."

아…… 개새끼. 비웃는 게 맞았다.

유주의 표정이 사정없이 일그러졌다. 아까 전 웃음이 확실한 비웃음이라는 걸 알려 주기라도 하는 듯, 리옌은 코웃음을 쳤다.

"영화를 너무 봤어. 당신이 우리 조직에 큰 해를 끼친 것도 아닌데 외국으로 끌고 간다는 게 말이나 되나? 물론, 이 배에는 여권 없이 승선했지만 말이야."

그녀가 탄 배는 속초에서 출발한 국내 크루즈였다. 심지어 비즈니스를 위해 러시아와 일본을 잠깐 찍고 오는 것에 불과한 닷새짜리였다.

그런 주제에 인당 몇백을 호가하는 물건이란다. 처음 그 말을 들었을 때 유주는 자신의 비장한 각오가 허무하게 무너진 것 같아 화도 났지만, 나쁠 건 없었다. 하지만 리옌이 그녀를 놀려 먹으려 했다는 건 확실하기에 미간에 잡힌 주름은 펴질 줄 몰랐다.

"영화가 아니라서 내 목을 조르고 약을 쓰고? 잘하는 짓이다."

"그렇게 화내지 마. 당신과 협상하기 위해 잠깐 숨 돌릴 틈이 필요했을 뿐이라고. 놀란 건 이쪽이야."

"그쪽이 왜 놀라?"

"그리 독한 약을 쓴 것도 아닌데 이틀 내내 깨어나지 않아서. 설마 죽은 건가 싶어 의사까지 불렀다니까?"

"……우리 일은 원래 고된 일이야. 피로가 쌓이는 건 당연하다고."

"그러니까 말이야. 일이 잘 마무리 된 후에 다른 일을 찾아보는 건 어때? 좀 덜 피로한 걸로."

유주의 협조를 얻어낸 것이 만족스러운 모양인지 리옌의 태도는 아까보다 한결 부드러웠다. 저런 재미없는 말을 농담이랍시고 던지는 것만 봐도 상태가 빤했다.

하지만 표정이 별로 없는 것은 그녀가 원래 상상했던 그의 모습다웠다. 얼굴 위엔 미미한 정도의 감정이 일순 떠올랐다가 사라질 뿐, 매서운 눈매나 근엄한 입매가 들뜨는 경우는 거의 없었다. 목소리에 조롱기나 즐거움이 서려 있어도 딱 그 정도였다. 잘난 외모가 아까울 정도였다.

"어쨌든 난 엄청 놀랐다고. 당신이 내 입장이었다면 안 놀랐겠어?"

"글쎄. 우리 쪽에서는 잡히고 뜯기는 일이 워낙 많아야지."

"퍽이나 자랑이다."

"헛소리는 여기까지 하고. 이제 설명 좀 듣지?"

리옌은 배가 도착하기 전까지 상황을 알아야 할 거라며 간단히 정보를 풀었다.

현재 카이화의 실종과 그 내막을 정확히 아는 사람들은 아까 마작을 치던 네 사람과 랴오위, 쉬에화, 리옌뿐이었다. 그리고 카이화를 찾기 위해 한국에 파견된 사람이 리옌이었고, 하필 그의 관할지에서 흔적을 찾은 것이었다.

"음……. 말인즉, 지금부터는……."

"카이화가 왜 죽었는지를 찾아내야 하는 거지."

설명을 다 듣고 나니 입맛이 썼다. 하지만 유주는 애써 그에 대한 연민을 추슬렀다. 지금 누가 누굴 딱하게 여기겠는가. 현 상황에서 제일 불쌍한 건 괜한 남의 집안일에 불벼락 맞은 유주, 그녀 자신이었다.

"알겠어. 알겠다고. 그나저나 당신 중국인은 맞지?"

"그렇지. 뭐가 문제라도 있나?"

"한국어가 유창해서."

"늙은 꼰대들은 상대가 외국인이라고 생각하면 앞에서 뒷말을 하기 마련이지. 그렇다고 한국어를 잘하는 티를 내면 그때부터 연공서열을 따지고."

"헐."

중국인이라는 놈이 꼰대라는 단어나 연공서열이란 단어까지 입에 담다니. 그의 언어 습득 능력은 이미 유주와 동일한 수준이라고 봐도 무방했다.

어쨌든 그의 말은 비즈니스 상대들이 앞담 까는 걸 다 알아들어야 속이 시원하다는, 뭐 그런 거였다. 하기야, 알 만하지. 유주는 고개를 끄덕였다. 하지만 원래 뒷담이야 어디에서나 까는 법 아닌가.

"그건 다 똑같잖아?"

"그렇지. 하지만 가끔은 사람을 앞에 두고 대놓고 딴 주머니를 차려고 하니, 말을 안 배울 수가 있나."

"통역을 쓰면 되잖아?"

"뉘앙스라는 게 있는 법이니까."

"하하!"

유주는 고개를 젖힌 채 크게 웃음을 터트렸다. 배에 타고 처음으로 찾아온 유쾌한 기분이었다.

뉘앙스란다, 뉘앙스. 그것도 아주 한국적인 발음으로 '뉘앙스'라고 정확히 말하는데 그게 왠지 너무나 우스웠다.

그러면서도 내심 그가 한국어를 잘해서 다행이라는 생각이 들었다. 아까 전, 마작을 하던 네 명 중 한 명이 한국 담당이었다면 말이 잘 맞았을지 확신하기 어려웠다.

아, 그래. 네 사람.

유주가 고개를 번쩍 들었다. 휴대폰을 들여다보던 리옌이 그녀의 눈빛에 살짝 인상을 찌푸렸다.

"……뭐야?"

질문할 게 있다는 걸 알아챈 표정이었다. 유주는 고개를 건들거렸다.

"별 건 아니고. 아까 저 사람들."

"그들이 왜?"

"그쪽이 그랬잖아. 당신이 바쁠 땐 저 사람 중 하나랑 붙어 움직일 거라고."

"그렇지."

"그럼 저 사람들도 한국에 계속 체류하는 거야?"

리옌이 고개를 끄덕이려다 살짝 저었다. 그러곤 다시 시선을 휴대폰으로 돌렸다.

"하이윤은 빼고."

"하이윤이 누군데?"

"짧은 머리 여자."

"녹색 드레스?"

"그래. 그녀는 블라디보스토크에서 하선할 거야."

하이윤. 그 여자 이름이 하이윤이었구나. 유주가 고개를 끄덕였다.

"그 여자도 카이화를 찾는 거야?"

"카이화를 찾는 건 덤이지. 그녀는 그녀의 일이 있어."

"조직?"

"그 여자는 의사야. 그래 봬도 말이지."

쯧, 혀를 차며 리옌이 대답했다.

의사라. 멋진 직업이네. 유주가 고개를 끄덕였다.

아까 전 마작 패거리 중 가장 한량 같아 보이던 건 그녀였다. 의외로 번듯한 직업을 가졌다는 사실이 놀라웠다.

"다른 사람들은?"

"흠?"

"다 알려 달라는 건 아니고 이름 정도는 미리 알려 줘야 하지 않아? 나랑 그 사람들이 직접 통성명을 할 순 없는 노릇이니까."

「真的中文连一句话都听不懂吗(정말 중국어는 한마디도 못 알아듣는 건가)？」

"……괜히 시험하려 들지 말고."

유주가 짜증스럽게 그의 말을 받았다. 마치 영화에 나오는 반전처럼 '짜잔! 나는 사실 너희의 말을 전부 알아들을 수 있지롱!' 하고 깜짝 놀라게 해 줄 수 있다면 좋겠지만 유감스럽게도 그녀는 정말 중국어를 몰랐다. 유일하게 할 수 있는 '부야오샹차이(음식에 고수는 빼 주세요)'라는 말은, 앞으로 영영 봉인해 두기로 마음먹은 참이기도 했다. 물론 여전히 무슨 뜻인지 모른다는 것도 무덤까지 가져갈 비밀이었다.

「Then, can you speak English(그럼 영어는 할 줄 아나)？」

"알아듣는 정도라면. 빨리 말하거나 좀 어려운 단어가 나오면 못 알아듣지만."

「ты умеешь говорить на русском(러시아어는 할 줄 알아)?」

"장난해? 그보다 당신 몇 개 국어를 하는 거야?"

"여기에 일본어까진 할 줄 알지. 우리 주 거래처들이 있으니까."

"재주도 좋네."

4개 국어를 할 줄 안다면 깡패 같은 짓을 하지 않아도 충분히 먹고살 수 있을 텐데.

그런 말은 하지 않았다. 남들이 들으면 '여자가 그런 일을 어떻게 해요?'라는 말을 듣는 유주에게도 사연이 있듯, 리옌에게도 나름의 이야기가 있을 터였다. 굳이 그런 부분들을 캐내고 싶진 않았다.

누군가의 이야기를 듣고 싶지 않다는 건, 자신의 이야기를 하고 싶지 않다는 의미와도 동일했다. 유주가 적당히 고개를 끄덕이며 손을 허공에 내저었다.

"잘난 척은 거기까지 하고. 그 흰 정장을 입은 여잔 누구야?"

분주히 손가락을 놀리던 리옌이 수신된 메시지를 확인하고는 휴대폰을 품속에 집어넣었다.

유주가 짧은 시간 내에 리옌의 성격을 어느 정도 파악한 것에 비해, 리옌은 그녀를 판단할 시간이 훨씬 많았다. 아마 그는, 자신이 설명해 주지 않는다면 유주가 계속 그의 대답을 물고 늘어지리라 예상했을 것이다.

"왕우신. 그녀는 중국 본토의 뼈대 있는 귀족 집안 아가씨야. 참고로 무척 부유하지. 명품 매장을 몇십 개나 제 명의로 가지고 있어."

리옌이 심드렁한 표정으로 대답했다. 별 궁금해할 것도 아닌데 뭐가 그리 알고 싶으냐는 투였다.

"……진짜? 와… 부럽네."

그 무심한 반응에 유주는 진심을 담아 대꾸했다. '그사세(그들이 사는 세상)'라고 하더니 그 단어가 딱 맞았다. 명품 매장을 몇십 개나 가지고 있는 게 어떤 기분인지 상상도 되지 않았다.

보통의 경우, 사람에게 생기는 일의 80%는 돈으로 해결이 된다. 누군가는 이런 생각을 자본주의와 배금주의에 젖은 썩어 빠진 것이라 비난할 수 있겠지만 지금껏 그저 평범하게만 살아온 유주에게는 그랬다.

"확실히 그녀의 재력은 부러울 수준이지. 그녀는 랴오위의 가장 막강한 사업 파트너 중 하나야. 돈으로 돈을 낳는 황금알의 거위 같은 존재니까."

그녀의 생각을 알 리 없는 리옌은 여전히 담담한 목소리로 유주의 말을 받아 주었다. 이번에는 황금알을 낳는 거위란다. 묘사 한번 고급지다.

"그래? 그럼 나도 성질 건드리면 안 되겠네."

"당신은 왜?"

"돈이면 다 되는 세상이잖아. 멋모르고 깝죽대다가 바닷속을 헤엄치긴 싫거든."

리옌의 입가와 미간이 꿈틀거렸다. 그의 표정은 딱 '재미가 있는 것도 아니고 없는 것도 아닌 농담을 들었을 때 애매하게 웃어 주는' 것에 가까웠다. 농담은 아니었는데. 유주는 그 말이 진심이라는 것도 비밀로 삼기로 했다.

"너에게 주어지는 보상금도 그녀의 주머니에서 나오는 거야. 이건 쉬에화의 명령이니까."

"아, 그 쉬에화라는 사람은 랴오위 아내라고 했지? 실제로 뭐…… 엄청 높은 사람인가 봐?"

"정말 알고 싶은 것도 많군."

무언가 더 말을 하려던 참인 듯했으나 배가 일순간 크게 출렁였다. 거의 미동조차 없이 해상을 내지르던 크루즈가 이렇듯 큰 움직임을 보일 이유란 뭐란 말인가.

유주는 깜짝 놀라 창가에 달라붙었다. 저 멀리 보이던 불빛이 점점 가까워지고 있었다. 동시에 리옌이 휴대폰을 꺼내 들었다.

"이제 이야기는 이쯤 하지. 하선이 다가오고 있으니까."

"……난 여기서 안 내린다며?"

"출발은 내일 오전이야. 가드들과 함께 객실을 지키고 싶다면 말리지 않겠어."

한 번에 말해 줘도 좋을 내용을 한 바퀴 배배 틀어 버리는 건 리옌 특유의 말버릇이 분명했다. 짧은 시간이었지만 유주는, 그의 성격 또한 저 말투만큼이나 배배 꼬였으리라 장담할 수 있었다.

"아…… 그런데 나 여권 없이 승선한 거라며. 하선할 수 있어?"

"당신의 여권으로 승선했다고는 하지 않았지. 실제로 당신은 당신 여권 없이 탔잖아?"

진짜 성격 더럽게 좋네.

짜증이 팍 치밀어 올랐지만 일단 배에서 내릴 수 있다는 것만으로도 좋았다. 가드들이라니. 듣기만 해도 얽힐 것 같은 그 단어는 분명, 아까 전 응접실에 꽉꽉 들어차 있던 시커먼 덩어리들을 지칭하는 게 분명했다.

"내리고 싶어. 내리게 해 줘."

"좋아."

"……너무 순순한데?"

"당신이 러시아에서 선택할 수 있는 건 동사냐 아니냐 정도겠군. 아, 인종차별 당하기와 피하기?"

개새끼…….

유주는 욕설을 짓씹어 삼키며 간신히 말했다.

"없던 멀미도 생기는 기분이니까 하선하게 해 줘……."

"그럼 위에 뭔가 걸쳐야겠군. 저녁엔 좀 쌀쌀할 수도 있으니."

리옌의 목소리는 즐거워 보였다. 참 흥도 많네. 유주가 속으로 툴툴거리며 옷가지라도 하나 빌려주려나 기대하던 참이었다.

"이참에 슈란과 안면을 트도록 해. 우리 일행 중 가장 친절한 건 그녀이니까."

* * *

「싫어!」

아, 이 여자가 슈란이었구나.

유주는 리옌이 그녀에게 했던 마지막 말을 곱씹으며 유구무언이라는 단어를 머릿속에 새겨 넣고 있었다.

그녀에게 유달리 공격적이던 빨간 치파오의 여자. 그 여자가 슈란이었다. 다시 봐도 예쁘고 사랑스러운 외모였지만 리옌이 말한 '친절'이라는 단어와는 영 거리가 멀어 보였다. 무엇보다 슈란 자체가 유주에게 친절을 행할 의사가 전혀 없어 보였다.

「일단 내 옷은 저 여자한테 맞지도 않고, 난 내 물건이 타인의 손을 타는 것도 싫어!」

「겉옷 정도는 괜찮잖아? 게다가 호텔 물품도 공용이야, 슈란.」

「아니…… 그게 문제가 아니잖아? 왜 하필 내가 보모 역할을 해야 하는 건데? 우신에게 하라고 해!」

아…… 뭐라고 말하는지 하나도 모르겠다…….

유주도 눈치가 있으니 어떤 내용일지는 뭐, 대충 예상이 갔다. 아마 리옌은 그녀에게 옷을 빌려주라고 하고 있는 것일 테다. 슈란은 그게 싫다고 바락바락 우기고 있는 것일 테고.

그런데 왜 하필 슈란의 옷일까?

유주의 키는 169센티미터였다. 1센티가 모자라 170을 찍지는 못했지만 그녀 나이대 평균으로 따졌을 때 결코 작은 키는 아니었다. 게다가 잦은 밤샘과 식욕 부진으로, 비만까지는 아니지만 결코 44사이즈도 무난히 소화할 정도로 작고 가냘픈 체형은 아니었다.

그런데 저런 작고 아담한 여자의 옷을 빌려 입는다고? 정말 그게 될 거라고 믿었다면 리옌은 엄청난 머저리이거나 안구 이식이 필요한 수준의 절망적인 시력의 보유자일 것이다.

「우신에게는 못 맡기지, 저 여자.」

「······.」

「알잖아? 우신은 니시콴라이 사람이 아니야. 조금이라도 위험을 줄이는 편이 낫지.」

「그래서 내가 저 여자랑 같이 움직여야 한다는 거야, 뭐야?」

「그래 주면 내 부담이 한결 줄어들지. 한국에서 너와 함께 움직일 땐 통역을 붙일 거야.」

「이래서 이 일을 안 맡으려고 했어! 하여간 이상한 데에다 날 끼워 넣어서는······!」

「내가 믿을 만한 상대는 너뿐인 걸 알잖아?」

「입 털지 마.」

지금 몇 시나 됐으려나. 유주는 그 생각을 하다 퍼뜩, 아까 리옌이 휴대폰을 하나 줬었던 걸 떠올렸다. 글로벌 코리아라고 하더니 한국 제품이었고, 스마트폰인 건 맞았지만 몇 세대가 지난 거였다.

인터넷 연결을 막아 놓아서일까. 액정에 표시된 시간은 동기화가 되지 않아서인지 여전히 한국 시간이었다.

오후 20:37. 날짜로는 확실히 이틀이 지나 있었다.

보통 일이 끝난 직후, 이 시간은 이불 속에 있을 시간이다. 그녀를 지치게 하는 건 몸의 고단함이 아니라 심리적 피로감이었다. 그와 견주어 몸이 유달리 찌뿌듯하게 느껴지는 요인에 시차는 고려 대상이 아닐 터였다. 창밖은 아무리 보아도 밤이었고, 그녀가 알고 있는 어둠과 무척 흡사했다. 막연하게나마 러시아가 한국 바로 위에 있으니 대충 비슷한 시간대가 아닐까 싶었다.

「슈란, 어차피 부탁할 상대는 너밖에 없어.」

「그러니까 왜!」

「웨이치가 여기서 하이윤과 함께 하선하겠다는군.」

「…….」

「일정상으로 둘은 7일간 여기 머무르겠지. 웨이치가 일본에 가지 않게 되었으니 우리 일정도 하나 붕 뜬 셈이야.」

「기도 안 차는군. 그래서 나에게 시키는 게 기껏 보모 노릇이라.」

슈란이 헛웃음을 치며 유주를 살벌하게 노려보았다. 앗씨, 깜짝이야. 유주는 재빨리 시선을 휴대폰으로 돌리며 딴청을 피웠다.

리옌도 그런 유주의 모습을 힐끔거리고는 피식 작게 웃음을 터트렸다. 그 덕에 슈란의 눈매가 더욱 매서워진 탓에 유주는, 슈란의 작은 코트라도 한 벌 얻어 입고 싶어질 정도로 한기를 느꼈다.

「게다가 이 크루즈엔 우리와 같이 블라디보스톡항에서 하선하는 롱친의 부하가 깔려 있어. 어쩌면 장치앙린을 다시 만나게 될지도 모르겠군. 웨이치의 수하들은 덤이겠지? 그런 마당에 저 여자를 그냥 내버려 두기엔 너도 찝찝하지 않겠어?」

「하…… 진짜…….」

「지금 신뢰가 있는 건 너밖에 없으니 저 여자는 너에게 부탁해야겠어, 슈란.」

「이 빚은 비싸게 먹힐 거야.」

"하……."

정말…… 인터넷이 안 되는 것인가요…….

일평생 와이파이와 5G의 혜택을 누려 온 유주가 휴대폰을 만지작거리며 깊은 한숨을 내쉬었다. 심지어 연락처에는 번호가 딱 하나만 저장되어 있었다.

'淸廉'

유주는 직업상 영어 따위보다 한자에 더 능통했고, 발음으로 대충 유추가 가능한 그 이름은 분명 리옌의 것이 맞을 것이다.

청렴. 청렴결백하다의 그 청렴이 저 남자 이름이라니. 그래서인가? 휴대폰도 아주 흠잡을 데 하나 없이 맑고 깨끗했다. 젠장.

「어이.」

설마 이 폰 와이파이도 안 잡힐까?

유주는 설정에 들어가 와이파이 표시 설정을 해 보았다. 와이파이 표시가 뜨기는 했다. 무료 와이파이 존에 가면 어떻게든 뭔가 할 수 있지 않을까? 그런 생각이 들었다.

물론 계약을 했으니 허튼짓을 하겠다는 의미는 아니었다. 그래도 나중에, 혹여 나중에 무슨 일이 생겼을 때 어떤 식으로든 외부에 도움은 청할 대안은 있는 편이 나았다.

「어이.」

"이봐, 당신을 부르잖나."

"어? 나?"

유주는 화들짝 놀라 고개를 들었다. 슈란과 리옌은 둘만의 대화가 끝난 모양인지 그녀를 빤히 바라보고 있었다.

"왜?"

"우리 일행은 잠깐 하선했다가 내일 오전에 다시 돌아올 거야. 이 크루즈에 남아 있기 싫다고 했으니 당신도 슈란과 함께 호텔로 가면 돼."

유주의 시선이 반사적으로 슈란에게 향했다. 슈란의 표정은 여전히 불만 가득해 보였다.

"그…… 아니, 슈란이 그렇게 하겠대? 통역은?"

유주가 조심스럽게 물었다. 리옌이 슈란을 힐끔 보고는 대수롭지 않게 지껄였다.

「She speaks English.」

결국 알아듣는 건 유주의 몫이라 이거였다. 아…… 첩첩산중이네. 유주가 어색하게 웃었다. 슈란이 인상을 잔뜩 찌푸렸다.

「쪼개지 마.」

Crack. 동사. 갈라지다, 깨지다.

대충 웃지 말라는 뜻 아니면 머리를 쪼개 버리겠다는 뜻 같아서 유주는 얌전히 표정을 거뒀다. 슈란이 길게 한숨을 내쉬었다.

「저 여자도 같이 내리는 건가?」

웨이치가 일본에 들르지 않음으로써 일본을 찍고 부산항으로 입국하는 크루즈에는 재승선할 필요가 없었다. 열차든 비행기든 배든 간에 블라디보스토크에서 한국으로 입국하는 방법은 다양했으므로, 유주와 리옌을 비롯한 일행은 항까지 마중을 나온 리무진을 타고 하이윤이 묵기로 한 호텔로 향했다.

하이윤을 데리러 온 리무진은 8명까지도 쾌적하게 수용이 가능했다. 유주는 툭툭 내뱉는 하이윤의 말을 비롯해, 자신을 저격하고 있는 중국어 대화도 이제 얼추 무시가 가능한 수준이 되었다.

그도 그럴 것이 선내 방송부터 뭐 하나 외국어가 아닌 게 없었으니, 그냥 그러려니 하게 되는 거였다. 유주는 리옌이 이끄는 대로 순순히 구석에 자리를 잡고 앉았다.

「음? 그러게. 이봐, 리옌. 데려가서 뭘 어쩌려고?」

하이윤의 샐쭉한 말을 웨이치가 받았다. 우신은 그런 둘을 보며 살짝 리무진 창을 내리곤 담배를 입에 물었다. 지금 상황에 제일 관심이 없어 보이는 건 그녀였다.

「우선은 호텔에 처박아 둬야겠지. 배에 그냥 두는 것보단 낫지 않겠나.」

「정말 그것뿐이야? 남녀 사이 모르는 거라던데.」

「그렇게 치면 너와 하이윤은 정분을 쌓아도 몇 겹은 쌓았겠군.」

웨이치의 짓궂은 말에 리옌도 심술궂은 표정으로 대꾸했다. 그 말에 양팔을 쓸어내리며 하이윤이 진저리를 쳤다.

「으…… . 농담이라도 그런 말은 하지 마, 징그러우니까.」

「그럼 정말 농담은 여기까지 하고. 웨이치, 왜 일본 쪽 거래를 파투 낸 거지?」

우신을 보며 유주는 멍하니 생각했다. 진짜 간지 오져 버린다고.

흰 코트까지 완벽하게 소화하는 모습의 우신은 확실히 멋스러웠다. 유주는 그녀가 '명품관을 몇 개나 소유한' 사람이라는 걸 떠올렸다. 역시 자본의 힘이라는 걸까? 괜히 코트에서까지 광택이 흐르는 것 같았다. 그녀는 담배도 무척 본새 나게 피웠는데 유주는 그것마저도 자본의 힘 같아서 내심 감탄을 토했다. 같은 여자가 봐도 멋지다는 평가는 후하게 나오는 게 아닌 법이었다.

「딱히 내가 갈 필요가 없었을 뿐이라고. 게다가 일본은 상황이 안 좋잖 아? 그런 데 가서 파칭코를 하느니 하이윤과 함께 카지노에서 노는 편이 즐겁지.」

하이윤은 아까 전 녹색 드레스 위에 어깨에 걸치는 스타일의 얇은 시폰 볼레로를 입고 있었다. 그에 반해 일반 정장 코트를 걸친 웨이치는 약간 더 워 보였는데 연신 그녀에게 치근덕거렸다. 나잇값을 못 한다는 느낌이 물씬 풍겼다.

그렇지만 같은 소속이라서인지 대체로 화기애애해 보였다. 심지어 슈란마 저도 그들과 대화할 때는 제법 상냥해 보였다. 어쩌면 불친절한 것은 유주에 게만일 수도 있었다.

「그래. 지난번처럼 건물 하나를 날려 먹지는 말고.」

슈란은 허리까지 오는 숏 카디건을 걸친 상태였고, 리옌도 얇은 소재의 세미 하프코트를 걸치고 있었다. 유주는 슈란이 챙겨 온 옷 중, 검은 롱코 트를 빌려 입은 참이었다. 질감이나 마감 상태로 보면 결코 싸구려는 아니 었지만 그 다섯 명의 행색에 비하면 극히 초라했다.

그래, 역시 세상은 자본이지.

유주는 그들의 대화에 끼어들 수 없음을 이미 알았기에 그저 창밖만 멍 하니 응시했다. 그리고 의식적으로 코트 깃을 한껏 끌어 올렸다. 아무래도 리옌이 말한 '친절하다'라는 데에는 일부러 큰 치수의, 그것도 깃을 올릴 수 있는 코트를 빌려주는 데에 국한된 모양이었다. 별로 춥지도 않은데 코트

앞섶을 계속 쥐고 있는 게 얼마나 어색한 몰골인지 알면서도 스카프 한 장 빌려주지 않는 것을 보면.

"그러고 보니 별로 춥지는 않네."

유주가 창밖을 바라보며 조용히 중얼거렸다. 러시아라고 해서 엄청난 무언가가 있는 것도 아니었다. 그저 어두웠다. 한국 어느 시골에서나 볼 수 있는 어둠뿐이었다. 게다가 계절이 계절이니만큼 그녀가 상상해 온 러시아답지 않게 그리 춥지도 않았다.

물론 창 너머에서 느껴지는 냉기는 여름답지 않았지만 이런 가을용 얇은 코트 한 장으로 버틸 만한 정도였다. 겨울에 온다면, 그녀가 가지고 있는 러시아라는 나라에 대한 선입견을 아주 충족시켜 주겠지만 말이다.

「그건 오해라니까, 슈란. 그때 딜러 녀석이 사기를 친 거였다는 내 말을 왜 안 믿어 주는 거야?」

「도박쟁이의 말은 술주정뱅이의 약속만큼의 신뢰가 있지.」

「간만에 옳은 소리를 하는데?」

혼자 이런저런 생각에 잠겨 있으려 노력해 봐야 소용도 없었다. 유주는 슬쩍 시선을 다시 사람들 쪽으로 옮겼다. 그래도 리옌에게 대충 이야기를 듣고 나니 얼추 그림이 보이기는 했다.

우신은 이른바 자금줄이었다. 하이윤은 집안은 못 들었지만 의사라고 했으니 뭔가 랴오위의 조직에 도움을 주는 조력자 역할일 게 뻔했다. 아니, 이 자리에 있는 모든 이들이 랴오위와 리옌의 조력자들일 것이었다. 아무리 봐도 저들은, 주먹을 쓰는 일과는 연관이 없어 보였으니까.

그런데 그새 무슨 변화가 있던 걸까.

유주는 선상에 머물러야 한다고 했다가 행선지가 호텔로 바뀐 데에는 뭔가 이유가 있을 거라고 생각했다. 이런 식의 짐작만 가능할 뿐이었다. 그녀와 대화하는 내내 휴대폰을 만지던 리옌의 태도로 보면 무언가가 틀어진 것이 분명했다.

그러고 보니, 하이윤. 저 여자만 러시아에서 하선한다고 했던 것 같은데……

「그럼 일본은 웨이치가, 러시아는 내가 수색하는 거지? 우신은?」

하이윤은 하여간 입을 쉬지 않았다. 그새 우신은 담배를 다 태우고 창을 올렸다. 분명 대화에서 '우신'이라는 이름이 나왔음에도 그녀는 자신에게 돌아오는 관심에 추호도 반응하지 않았다.

「한국에서 쇼핑할 거라고 하던데.」

대신 말을 받은 건 웨이치였다. 잘 보면 다섯 명의 멤버는 제각기 어울리는 상대가 따로 있는 모양이었다.

「역시 부르주아야. 당의 사랑을 한 몸에 받고 있다니까?」

「빈정거리지 마. 요즘 자금이 안 돌아서 골치니까.」

「그래? 샹깡(홍콩) 때문인가?」

「말조심해야지, 하이윤. 여기 깡 출신이 둘이나 있다고.」

「어머, 실수. 우리 윗대가리도 깡 출신인데 말이야. 내가 이렇게 가끔 실수를 한다니까?」

오……. 또 분위기가 미묘해졌네.

말이 안 통하니 좋은 점이 하나 있었다. 괜히 눈치가 늘어난다는 거였다. 유주는 짓궂게 킬킬거리는 하이윤과 웨이치를 보며, 그리고 그 둘이 은근히 슈란과 리옌을 훑어보는 것에 어떠한 악의를 느꼈다.

어떤 감정들은 굳이 표현하지 않아도 드러난다. 그와 마찬가지로, 굳이 의도한 감정은 상대에게 아주 노골적으로 느껴지기 마련이었다. 피부로 느껴지는 비아냥거림은 자신을 향한 것도, 말이 통하는 것도 아니지만 유주의 기분을 아주 불쾌하게 만들었다.

「1절만 해. 도대체 언제까지 그따위로 살 거야?」

그런 유주의 추측은 옳은 것이었는지 우신이 툭, 대화 사이에 끼어들었다. 말투가 뾰족한 것으로 보아 분명 지금의 대화는 상당히 저열했을 것이고, 하이윤과 웨이치의 행실에 대해 불쾌하게 지적했을 것이다. 그도 그런 것이, 우신의 말에 둘의 표정이 약간 일그러지더니 아까보다 훨씬 저열한 빛을 띠었기 때문이다.

「그럼 그럼, 여왕님 말씀을 들어야지. 이러다 우리도 괜히 눈 밖에 나면 어? 다들 입조심, 행동 조심해야지.」

「그럼 그럼. 마마, 홍복을 누리소서. 아하하!」

화기애애하다는 말은 취소해야 할 것 같았다.

삽시간에 리무진 안에는 은근한 멸시와 조롱의 분위기가 풍기기 시작했다. 이건 확실하고도 명백한 무례함이 분명했다.

아까까지는 말이 통하지 않아 불편하다고 생각했지만 지금 와서는 말이 통하지 않아 다행이었다. 유주는 어쭙잖게 대화에 끼지 않아도 되는 대신, 표정 관리를 할 필요도 없었다. 하지만 어쩐지 계속 눈치는 살피게 되었다.

리옌과 슈란. 아까 전 도마 위의 생선이 유주였다면 이번의 표적이 둘이었다. 리옌은 그들을 한심하다는 시선으로 바라보다 유주를 향해 고개를 돌렸다.

"그러고 보니 대답을 듣지 못했군."

"어? 나? 무슨 대답?"

예상치 못한 타이밍에 날아 온 질문에 유주가 적잖이 당황했다. 리옌은 그들의 무례함에 맞서는 대신 대화 상대를 그녀로 변경한 듯했다.

자연스럽게 슈란과 우신의 시선 또한 유주에게로 옮겨 왔다. 한껏 남 놀리는 데에 신이 난 하이윤과 웨이치를 상종하지 않는 게 답이라고 결론을 내린 듯했다.

그래 봐야 그녀의 말을 알아들을 수도 없는 주제에.

"마작은 할 줄 아나?"

"……그거? 할 줄 모르지, 당연히. 짝 맞추는 거라면 인터넷으로 몇 번 해 봤지만."

"그것도 마작으로 치나?"

"한국에서는 마작 이름 달고 나오는 게임은 짝 맞추기뿐인데?"

"한심하긴."

리옌이 곧바로 고개를 돌렸다. 유주는 기도 안 찬다는 표정을 지었지만, 그녀의 표정까지 신경 써 줄 정도로 다감한 사람들이 이 자리에 있을 리 없었다.

기다렸다는 듯 슈란이 입을 열었다.

「뭘 물어본 거야?」

「그녀는 도박에 재주가 없다는군. 마작도 할 줄 모른다는데?」

「한국은 마작판도 별로 없지 않나?」

「풍류를 모르는구먼.」

두 험담꾼을 무시하기 위해 나를 희생양으로 던졌겠다…….

유주는 허탈하게 웃으며 다시 시선을 창밖으로 두었다. 어떻게 굴러가는 판인지는 몰라도 이용당한 건 확실했다. 그러나 유치한 짓거리는 무시하는 게 답이기는 했다. 그 증거로, 아까 전까지 슈란과 리옌을 중심으로 한 조롱의 분위기는 한층 가셔 있었다.

전부 조력자인 건 아닌 모양이지?

하기야. 원래 있는 놈들이 더 하다고 그랬다. 확실하진 않아도 죄다 날고 기는 양반들일 텐데, 자신의 입장에 불만 한두 가지 정도는 가지고 있을 법도 했다. 그게 아니더라도 돈이라는 게 그렇듯이 사람 사이에 갈등을 만들어 내는 물건이기도 하고.

「아, 슬슬 보이는군.」

「쓸데없이 배에서 너무 많은 시간을 보냈어. 뭔가 먹고 싶은데.」

「레스토랑은 이미 닫았으려나?」

「카지노는 열었겠지.」

삽시간에 위화감은 사라졌고 차는 점점 목적지에 가까워졌다. 그렇게 유주의 입김으로 차창이 뿌얘질 무렵, 멀리서만 보이던 호화로운 리조트 호텔 정문에 차가 멈춰 섰다.

역시 세상은 돈이 최고네. 유주가 호화롭다 못해 찬란한 입구를 보며 헛웃음을 삼켰다.

"다 왔군."

리옌의 말은 유주에게 하는 소리였다. 유주가 고개를 끄덕이고 휴대폰을 바지 주머니에 밀어 넣었다.

그런 그녀에게 무언가를 내민 건 슈란이었다. 여권이었다. 남색 겉표지에는 중화인민공화국이라 쓰여 있었고, 그 아래에는 또박또박한 글씨로 'HONG KONG'이라 되어 있었다.

"······내 거야?"

"임시지만."

유주의 혼잣말에 리옌이 친절하게 대답했다. 안을 열어 보니 언제 준비한 것인지 유주의 사진이 붙어 있었다. 하지만 이름은 달랐다.

淸开花. 청······ 하고 무슨 화. 낯선 한자에 유주가 미간을 찌푸리자 리옌이 말을 덧붙였다.

"카이화 여권이다. 원래는 당신을 데리고 여기저기 들쑤실 생각이었기에 급조한 거야."

"아. 이 한자는 뭔데?"

"개화."

꽃이 피어난다는 이름이라니. 영미권보다는 중화권 문화에 익숙한 유주에게는 퍽 낭만적으로 느껴지는 이름이었다. 청렴, 청개화, 전부. 아마 한국에서는 사용하기 낯선 이름들이라 더 그럴 수 있었다.

"이름 예쁘네······."

"그렇지?"

「둘이 뭘 속닥거리는지는 모르겠지만 나머지는 내려서 하지?」

슈란이 둘을 재촉했다. 벨 보이에 의해 차 문은 열려 있었다. 무슨 뜻인지 알아챈 유주는 고개를 끄덕이며 차 밖으로 걸음을 내디뎠다.

그러곤 머릿속으로 되뇌었다. 유주가 카이화의 이름을 칭찬했을 때, 잠깐이나마 드러난 리옌의 표정을.

그건 정말…… 애정이 넘치는 미소였다. 리옌이 그녀를 사랑하고 챙기는 마음이 얼마나 큰지 알 수 있는, 감정이 담뿍 담긴 그런 미소.

"음…… 확실히 가족이 죽었다면…… 좀 오버할 만하지."

「뭐 해? 따라와.」

슈란이 채근하듯 말했다. 영어 할 줄 알던데, 그냥 영어로 좀 하지. 유주는 눈치껏 그들의 뒤를 따랐다. 일단 슈란과 함께 방을 쓰는 건 명백했으니까.

"……우와……."

그리고 리조트에 들어선 순간, 유주는 자본의 맛을 실감했다. 높은 천장이야 그렇다 쳐도 내부 인테리어가 마치 드라마 세트장 같았던 탓이다. 만약 카이화를 찾는 과정이 이런 호텔 투어라면 그리 나쁜 게 아닐지 모른다는 생각이 들 정도였다. 물론 그게 헛된 망상이라는 것까지도 알았다.

「객실은 내 것만 예약했어. 너희는 따로 잡아야 할 거야.」

「일주일 체류하기로 했나, 하이윤?」

「나야 그렇지.」

「그럼 나도 일주일간 하이윤과 함께 있겠어. 너희는?」

「네가 왜 나랑 같이 있어?」

「너무 그러지 마. 혼자 지내는 건 너무 외롭잖아? 나랑 재미 좀 보자고.」

대놓고 뒷일을 벌이겠다는 선언 같은 웨이치의 말에 슈란과 리옌이 인상을 찌푸렸다.

웨이치는 원래 알아주는 도박광이었다. 그것 자체는 문제가 아니었지만 그는 인생 자체를 도박적으로 즐긴다는 게 문제였다. 즐거움을 위해 구태여 인생에 변수를 만드는 그의 성향은 지금껏 몇 번이나 문제가 되었다.

기대도 하지 않았지만 방해만 되지 않길 바라며, 리옌은 한숨과 함께 대답했다.

「우리 셋은 오늘만 묵고 내일 오후 배로 다시 한국에 돌아갈 거야.」

「그럼 내가 객실을 잡지.」

「슈란과 이 여자는 같은 객실을 쓸 거야.」

「같은 객실이라는 게 같은 침대라는 의미는 아니지?」

「트윈 베드면 돼.」

「가엾은 슈란. 뒤치다꺼리를 맡았네.」

웨이치가 낄낄거리며 리셉션 데스크로 향했다. 거기에는 전형적인 러시안 스타일의 직원 셋이 있었는데 무척 신뢰 가는 미소를 짓고 있었다. 게다가 그 부근에는 멀리서 봐도 꼬부랑글자들 사이에 단연 독보적인 친숙함을 자랑하는 한국어 리플릿도 보였다.

저 프런트 직원들, 한국어 할 줄 알려나?

유주는 주변으로 시선을 돌렸다. 아무래도 호텔로 오는 내내 한적하기만 했던 주변 풍경을 떠올리자니 이 호텔은 여행객들이 쉬이 올 곳은 아닌 모양이었다. 그를 방증하듯 로비에는 정장이나 드레스 같은 격식 있는 차림을 한 이들이 왕왕 눈에 띄었다.

그중에는 익숙한 검은 머리의 사람들도 있었다. 하지만 그들보다 더 눈에 띄는 건, 전면 유리로 된 벽 너머에서 담배를 태우는 시커먼 사내놈들이었다.

"잠깐 여기서 기다려."

리옌이 그녀를 로비 근처의 카우치로 잡아끌었다. 유주는 얌전히 고개를 끄덕이려다 돌아서려는 그의 소매를 덥석 잡았다.

"왜?"

"나 리플릿 한 장만 가져와도 돼?"

딱히 도망치려는 의도나 이상한 꿍꿍이는 없었다. 유주는 그저 순수하게,

이곳이 어디고 그녀의 위치 정도는 알아두고 싶었다. 살면서 언제 또 러시아에 오게 될지 모르는 일이니까.

"리플릿은 왜?"

"그냥? 온 김에 기념으로 한 장 가져가고 싶어서."

"관광 온 걸로 착각하는 건 아니지?"

리옌의 얼굴 위로 떠오른 것은 의심이었다. 분명 그녀가 잔머리를 굴린다고 생각하는 게 뻔했다. 그거야말로 리옌이 유주를 몰라도 한참 모르는 거였다. 잔머리? 굴릴 생각이었다. 다만 이런 낯선 곳 말고 제 익숙한 땅에서.

"아무렴 어때? 저거 한 장 가져오는 것도 안 되니?"

"……여기선 쓸데없이 움직여 봐야 좋을 거 없어. 나중에 한 장 챙겨 줄 테니 지금은 가만히 있도록 해."

어라? 유주는 그의 말에 담긴 조심스러움에 괜한 위화감을 느꼈다.

쓸데없이 움직인다는 기준이 무엇인지는 몰라도 눈에 띄지 않는 게 좋다는 말은 그 자신에게도 해당되는 이야기인 듯 했다. 리옌은 유주를 앉혀 두고 키를 가지러 간 웨이치와 주변을 힐끔거렸는데, 그 모습이 흡사 누군가를 경계하는 것 같았다.

분명 리옌은 러시아와도 거래를 한다고 이야기했었다. 그럼 러시아도 나름 자기네들의 앞마당이라는 뜻이었다. 그런데 저렇게 안절부절못할 필요가 있나?

「유감이야. 늦게 객실을 잡는 바람에 괜찮은 방은 거의 다 예약이 끝난 상태더라고. 특히 슈란, 이 아가씨와 같은 방을 써야 한다며? 객실이 마음에 안 들 것 같은데.」

그사이 웨이치가 슈란과 우신에게 다가가 뭐라 지껄이며 키를 건넸다. 그러고는 자신과 멀찍이 떨어진 리옌에게도 다가왔는데, 리옌이 은근슬쩍 유주의 앞을 막아섰다.

「아, 그리고 우리 신사분은…….」

「장치앙린이 하선했나?」

「엉?」

「저 밖에 있는 녀석들. 롱친의 부하잖나. 어떻게 된 일이지? 분명 배에 남아 있겠다고 했던 것 같은데. 네 짓인가?」

리옌의 목소리가 평소보다 험악했다. 뭔지는 몰라도 이곳에 온 게 그리 좋은 선택은 아니었나 보지. 유주는 아무래도 좋으니 일단 쉬고 싶다는 생각에, 카우치 등받이에 몸을 푹 기댄 채 살짝 눈을 감았다.

좀 편하게 쉬고 싶었다. 아무리 배에서 오랜 시간 뻗어 있었다고는 해도 피곤한 건 피곤한 거였다. 손발이 묶인 채로 침대에 구부러져 있던 모습을 떠올리니 다시금 피로가 몰려오는 것 같았다.

흔들리지 않는 지상에서, 완벽한 숙면을 취하고 싶었다. 그 생각 탓인지 하품이 절로 났다. 입이 쩍 벌어지는 걸 간신히 손바닥으로 가리고 반사적으로 눈을 뜨니, 제 쪽을 보고 있던 것인지 슈란과 정면으로 시선이 마주쳤다. 그녀는 쯧, 하고 보란 듯이 혀를 찼다.

불만이 있으면 말로 하든가. 유주는 이런 공공장소에서 실랑이를 하는 그들을 외면했다. 어차피 슈란도 이내 그녀에게서 고개를 돌렸다.

「어이, 리옌. 왜 이래? 내가 뭘 어쨌다고. 뭐, 롱친 놈들도 편한 호텔에서 두 다리 쭉 뻗고 쉬고 싶었던 걸 수도 있지.」

「내가 하선하지 않았다면 이 호텔에서 장치앙린과 접선이라도 할 생각이었나, 웨이치?」

「그거 과민 반응인 건 알지?」

「왜 일본 일정을 취소한 건지 설명이 필요하겠는데.」

「워워, 거기 두 사람. 적당히 하지?」

그사이 리옌과 웨이치의 오고 가는 말투가 점점 곱지 않아지고, 결국 슈란이 끼어들었다. 우신은 어디론가 전화를 거는 중이었고, 하이윤은 리셉션 데스크에 서서 뭐가 그리 즐거운지 직원과 무어라 대화를 나누고 있었다.

원체 어떻게 굴러가는 상황인지 알 수 없었다. 유주도 이대로라면 객실로 올라가는 건 한참 뒤의 일이 될 거 같아 그의 옷소매를 재차 잡아당겼다. 리옌이 잔뜩 인상을 찌푸린 채 그녀 쪽으로 고개를 돌렸다.

　"뭐야?"

　"뭐긴. 나 올라가고 싶어. 싸우는 거든 사랑을 나누는 거든, 나는 이 거북한 분위기에서 좀 빼내 주면 안 돼?"

　유주가 턱짓을 하며 웨이치를 가리켰다. 리옌이 작게 혀를 차며 웨이치와 슈란을 번갈아 살폈다. 그리고 무언가 참는 듯한 표정으로 고개를 끄덕였다.

　"그래. 그게 좋겠군. 당신은 슈란과 같은 방을 쓰게 될 거야."

　"그래? 그럼 당신은?"

　유주가 재차 그를 향해 턱짓했다. 리옌의 미간이 더욱 구겨졌다. 웨이치에게 시건방진 짓을 하는 건 괜찮지만 그에게 대드는 모양새는 곱게 느껴지지 않는 듯했다.

　"……나는 이들과 함께 아래에 내려가 봐야 해."

　"아하."

　"그러니 제발 슈란과 함께 객실에 얌전히 있어 주지 않겠나? 부탁이니까."

　유주가 깨어난 이래 내내 그녀와 부딪힌 리옌이 그녀의 성격을 모를 리 없었다. 유주는 순순히 고개를 끄덕였다. 제발이라는 말과 부탁이라는 단어까지 포함되어 있으니 들어주지 못할 것도 없었다.

　게다가 그는 지금 무척 기분이 안 좋아 보였다. 유주는 비록 남을 도발하고 골려먹기 좋아하는 성정이었지만, 그것도 때와 장소는 가릴 줄 알았다. 성질머리도 받아 주는 놈이 있어야 부릴 수 있는 법이다.

　"그래, 그럼."

　「음……. 뭐. 분위기상 이 아가씨는 이제 올려 보내면 되는 건가?」

　웨이치가 카드키를 흔들거리며 말했다. 리옌이 고개를 끄덕였고, 슈란 또한 탐탁잖은 표정으로 고개를 끄덕였다.

「그럼 아가씨는 조심히 올라가시고. 응? 우리 또 언제 볼지 모르겠네.」

웨이치가 유주를 향해 말했다. 물론 여전히 알아들을 수 없는 말이었지만 그 느물거리는 표정과 능청스러운 뉘앙스만은 정확히 이해가 되었다.

이런 놈도 부자란 말이지…….

유주는 세상의 부조리함을 느끼며 살짝 인상을 쓴 채 묵례를 건넸다. 그런 그녀에게 웨이치가 새삼 사람 좋은 미소를 지으며 그녀의 손을 살짝 잡아끌었다.

「심심해지면 카지노에 놀러 와요. 난 거기 있을 거거든. 정 외로우면 내 침대를 따뜻하게 데워 주러 와도 되고.」

물론 대외적으로는 그렇게 보인다는 의미였다. 상대방의 동의 없이 손을 잡는 것도 성추행이었다. 유주가 거칠게 손을 빼내자 뭐가 그리도 즐거운지, 어느새 그들 곁에 다가온 하이윤이 킬킬거렸다.

「그래. 슈란 너도 놀러 와. 객실 안에서 보모 노릇이나 하고 있으면 심심하지 않겠어? 아, 군자금이 필요하려나?」

하이윤은 유주를 힐끔 흘겨보다 슈란을 향해 더없이 갸륵한 표정을 지어 보였다. 그러더니 무언가 생각난 듯, 지갑을 꺼내 현금 한 뭉치를 억지로 슈란의 손에 쥐여 주기까지 하였다.

「우리 아까 마작 정산 안 했었지? 이거면 룰렛 몇 판 돌릴 정도는 될 거야.」

말에는 맥락이라는 게 있고 뉘앙스라는 게 있다. 유주는 하이윤의 어투와 눈빛, 손짓, 그리고 성조 사이의 미묘한 목소리 떨림 등으로 하이윤이 슈란을 조롱하고 있다는 걸 알 수 있었다.

리무진 안에서의 상황도 떠올랐다. 그때의 분위기도 이와 비슷했다.

하이윤이나 웨이치나 적당히라는 걸 모르는 사람들 같았다. 유주는 슈란의 안색을 살폈다. 좋지 않았다. 끼어들어도 상관없어 보였다. 유주는 그대로 슈란의 팔목을 잡아챘다. 덕분에 하이윤이 억지로 쥐여 주었던 현금 다발이 바닥으로 우수수 떨어졌다.

유주는 그 돈으로는 눈길도 주지 않았다. 말도 못 알아듣는 제가 느끼기에도 불쾌한 말들이 오고 갔을 터인데 슈란이라고 저 돈에 미련이 있을 리 없었다. 그러니 저건 바닥에 떨어져 남들에게 밟히든 말든 상관없는 돈이었다.

「뭐야?」

갑작스런 접촉에 놀란 듯 슈란이 화들짝 놀라며 그녀를 돌아보았다. 괜한 참견이라면 어쩔 수 없지만, 곤란한 상황이었다면 도와줬다고 감사 인사를 받아도 모자람이 없는 상황이었을 것이다.

다만 문제가 있다면 잡기는 잡았는데 무슨 말을 해야 할지는 모르겠다는 것이었다. 빌어먹을 한국의 주입식 교육. 영어 듣기 평가는 하지만 말하기 평가는 하지 않는 전형적인 암기 교육에 익숙해진 그녀는 '됐으니까 빨리 방으로 가자'는 말 한마디를 뱉는 게 그렇게 어려울 수 없었다.

게다가 그녀가 마지막으로 영어를 배운 건 십 년도 더 전이었다. 대학 시절, 그녀의 전공은 장의 쪽과도, 영어와도 관련이 없는 미술이었다. 그것도 동양화.

"……고 업스테어즈(Go upstairs)?"

영어는 말꼬리만 올리면 의문형이 되던가? 조악한 발음도 발음이었지만 이게 문법적으로 맞는지도 의문이었다.

큽……. 리옌이 웃음을 참는 소리가 들려왔다. 유주의 얼굴이 금세 새빨갛게 익었다. 대놓고 웃는 것보다 저런 반응이 더 민망했다.

「가 보지 그래? 곧 그 여자가 쟤가 될 것 같은데?」

분명 저건 나를 비웃는 소리일 거다.

그렇게 확신하며 유주는 어디론가 숨고 싶은 기분에 입술을 깨물었다. 게다가 설상가상으로 슈란은 유주의 손을 뿌리쳤다. 그러고는 성큼성큼 그녀를 지나쳐 갔다.

「빨리 안 와?」

그리고 아주 매섭게 유주를 향해 소리쳤다.

Come. 저거 지금 따라오라는 거 맞지? 유주는 하늘이 당장 무너지기라도 하는 듯 급하게 그녀의 뒤를 쫄레쫄레 쫓았다.

"이 망할 놈의 오지랖은……."

이대로 모든 일이 끝나 이직 준비를 하며 반드시 영어 공부를 하리라. 유주가 혼자 중얼거렸다. 승강기 버튼을 누른 슈란이 그녀를 힐끔거렸다.

그녀의 표정은 아까보다 한결 풀어져 있었다.

* * *

「멍청한 짓이었지만 나쁜 짓은 아니었어. 꽤 괜찮은 대처였다고. 그런 상황에서 나도 걔네랑 계속 얼굴을 마주하고 있는 건 좀 역겨웠거든.」

Stupid. Bad, Good, Disgusting, Face.

슈란은 객실로 들어서자마자 카디건을 벗어 놓으며 유창한 영어로 유주에게 무어라 말을 풀어 놓았다. 유주는 마치 외화 드라마를 자막 없이 틀어 놓은 것 같은 답답함을 느꼈지만, 중국어를 듣는 것보단 한결 편한 기분으로 단어들을 뚝뚝 떼어다 그녀의 말을 추론할 수 있었다.

"음, 유어 웰컴?"

「지금도 내 말을 잘 못 알아듣는 것 같긴 하지만 기본적인 의사소통은 가능하겠지. 그래서 당신 이름이 유주라고?」

이번엔 확실히 알아들었다. 네 이름이 유주가 맞냐는 말.

유주가 고개를 끄덕였다. 슈란도 같이 고개를 끄덕이며 침대가 두 개 있는 넓은 트윈베드룸의 중앙 탁자 위에 현찰 뭉치를 던져버렸다. 그녀는 불쾌해 보였고, 무척 피로해 보였다. 유주만큼이나.

「그래, 유주. 당신이 리옌과 무슨 거래를 했는지 난 몰라. 알고 싶지도 않고. 하지만 우리 일에 방해만 되지 않았으면 하는군. 알겠어? 방해하지 마.」

Stick? 그건 잘 모르겠지만 뒤에 강조하듯 내뱉은 Interfere라는 단어는 고등학교 시절, 수능에 나온다고 달달 외운 것 중 하나였다. 리옌을 방해하지 말라는 말인가, 아니지. Our work라는 말이 들어갔으니 우리를 방해하지 말라는 뜻일 터였다.

　방해라니.

　유주는 하루라도 빨리 일이 해결되어 일상으로 돌아가는 것이 간절한 사람이었다. 방해는커녕, 그 누구보다 적극적으로 협조할 의사가 다분한 입장인 것이다. 물론 중간에 돈이라는 매개체가 끼어 있기는 했지만 무엇이 포함되었든 간에 카이화와 루쳰허의 일이 해결되기 전까지는 죽도 밥도 안 되니 당연했다.

　유주는 그녀가 아는 영어 회화 문장 중, 긍정의 대답을 당당하게 내놓았다. 그녀가 할 수 있는 가장 완벽한 답변이었을 것이다.

　"OK!"

　지나치게 호쾌한 대답이 오히려 불신을 조장한 것 같다면 착각일까? 급격히 피곤한 표정이 된 슈란이 한곳을 손가락으로 가리켰다. 그러곤 말했다.

　「알겠으면 씻고 빨리 잠이나 자. 그게 도와주는 거니까.」

　그것 참 감사합니다.

　유주는 욕실 바로 앞 드레스 룸에 걸려 있는 배스로브를 확인하곤 곧장 안으로 들어갔다. 마침 씻고 싶던 차였다. 곧바로 욕조 마개를 꽉 닫아 두고 물을 틀었다. 그러곤 급한 대로 옷을 벗은 뒤 세면대에서 얼굴을 씻었다.

　"후아⋯⋯."

　밖에서 슈란이 기다리는 것 따위 신경 쓰고 싶지 않았다. 거의 50시간 만에 욕조에 몸 담글 기회가 생겼다.

　욕조의 물은 생각보다 빨리 찼다. 뜨거운 물에 몸을 담그고 나니 그제야 채무처럼 적립해 둔 피로가 노곤하게 몰려왔다. 더불어 어디 도망이라도 간 것 같던 여유라는 녀석도 슬그머니 찾아왔다. 밀린 생각을 정리하기에 이보다 더 제격인 상황은 없었다.

"일단 슈란은 아군으로 간주해도 된다 이거지?"

옷을 빌미로 유주를 슈란에게 데려간 것도, 리무진 안에서 은근히 패를 가르던 분위기도, 그리고 리옌이 별도로 대화를 나눈 것도 그녀의 시야 안에서는 오로지 슈란뿐이었다. 즉, 다른 이들은 몰라도 현 상황에서 리옌에게 있어 슈란은 덮어놓고 의심을 피해 가는 인물이었다.

아무리 눈치가 없어도 저들의 역학 관계에 따라 유주는 자신의 입지가 위험해질 수도, 안전해질 수도 있다는 건 알았다. 그리고 그들의 힘겨루기는 아직까지 팽팽한 듯했다. 중도파는 우신 정도겠지.

"경호원 하나 없이 날 슈란과 객실에 밀어 넣은 것도 그녀를 완전히 믿거나…… 아니, 그것뿐일 테고. 흠."

리옌이 유주에게 순순하게 굴어준다고 해서 그가 중국의 조직인지 뭔지인지는 변하지 않았다. 그리고 그런 남자에게 신뢰받는 슈란에게도 뭔가 있기는 할 터였다. 가령 엄청난 무술 유단자라든가.

"……."

하지만 유주는 그 생각은 깔끔히 지워 버리기로 했다. 아까 잠시였지만 잡아 본 슈란의 팔목은 놀라울 정도로 가늘었다. 저 팔로 누군가를 때린다? 그럼 상대의 피해를 걱정하기보다 그녀의 가녀린 팔목이 작살날 게 더 걱정스러울 정도였다.

그러나 리옌이 아무 생각 없이 유주에게 슈란을 붙여 두었을 것이라는 생각은 들지 않았다. 아마 다른 선택지가 잔뜩 준비되어 있겠지. 물론 그 방법 중에는 유주가 여차해서 도망가거나, 그에게 협조하지 않았을 때 강제로 자발성을 불어넣어 주는 난폭한 수단도 포함되어 있을 터였다.

"아, 모르겠다."

유주는 잠시 생각을 그만두고 그대로 물속에 잠겼다.

아까 크루즈에서 간단하게 세수만 하는 것과 완전히 다른 기분이었다. 이틀 내내 잠들어 있었다고 했으니, 자는 동안 나온 피지나 땀 등이 옷과 피부에 아주 진득하게 달라붙어 있을 터다. 그래서인지 물속에서 몸을 훑으니 괜히 손바닥이 뻑뻑한 것 같기도 했다.

"아이고, 좋다……."

일단 몸을 좀 불린 뒤에 보디 워시로 씻어 내면 이 찝찝한 기분까지 씻겨 나갈까.

유주는 눈을 감은 채 턱까지 물속에 완전히 파묻었다. 습한 열기가 머리 끝까지 그녀를 적시는 것 같았다.

이 모든 상황이 너무나 작위적이었다. 너무 비현실적이어서 영화같이 느껴지기도 했다. 그리고 유주는, 이게 정말 영화라면 자신은 그저 엑스트라 1에 불과하다는 것을 무척 잘 알고 있었다. 세상에는 분수라는 게 있는 법이었고, 그녀에게는 현실을 타개할 만한 방안도 없었다.

기껏해야 타협 정도가 고작이었다.

"그래. 나야 뭐, 잘되면 2억이다."

그렇게 생각하니 한결 마음이 편해졌다. 어차피 유주와 저 사람들은 일만 해결되면 다시는 보지 않을 사람들이었다. 더불어, 유주가 재수 없게 오지랖을 부리지만 않았어도 만날 일 자체가 없었을 인간들이다.

너무 깊이 개입하면 안 된다. 그 정도야 얼마든지 알고 있는 사실 아닌가. 유주는 자꾸만 많아지는 생각을 애써 갈무리하고, 괜히 복잡해지는 감정을 추스르려 노력했다.

"카이화……."

그러나 괜히 심란해지는 것은 어찌할 도리가 없었다.

리옌의 여동생. 그리고 루쳰허.

그들이 왜 한국에 와서 일을 벌인 건지, 그리고 유주, 자신이 본 사내가 정말 루쳰허가 맞는지. 더불어 정말 무슨 일이 생긴 것은 아닌지. 그 무엇도 확실치 않았다. 더불어 리옌이 그녀를 데리고 다니며 어떻게 조사를 할 것인지도.

"······하루가 너무 길다."

욕조에서 졸기 전에 일어나야겠다는 생각으로 유주가 몸을 일으켰다. 그리고 샴푸와 보디 워시를 아주 아낌없이 사용했다. 온몸의 찝찝함이 전부 떨어져 나갔다고 느껴질 때까지.

"후아!"

시원한 소리를 내며 욕실 밖을 나서니 슈란이 심드렁한 표정으로 TV 채널을 돌리고 있었다. 이 분위기에 맥주라도 하나 있으면 딱인데. 그런 아쉬움이 들었지만 유주는 내색하지 않은 채 배스로브를 걸치고 슈란에게 다가갔다.

슈란은 유주를 힐끗 쳐다보았지만 아까의 재잘거림이 제 할 말의 전부였던 모양인지 별다른 흥미를 보이지 않았다. 흥미를 가져 주어서 고마울 것도 없었지만 왠지 그 반응은 약간 상처였다.

"음······ 유어 턴(Your turn)."

유주의 말에도 슈란은 반응이 없었다. 그래, 개가 짖는구나. 유주는 슬금 눈치를 보다 창가에 가까운 침대에 털썩 주저앉았다.

「물기는 말리고 올라가지 그래?」

"어? 뭐?"

유주를 본 척도 안 하는 것 같더니 슈란이 뭐라 지껄여 댔다. 유주가 멍청히 되묻자 슈란이 무척 또박또박한 발음으로 말했다.

「헤어드라이어. 저기 있다고.」

"아하, 오케이. 언더스탠. 알아들었어."

조금이라도 말이 통하는 건 아주 기쁜 일이었다.

유주는 평소라면 그냥 두면 마른다고 되는대로 내뱉었겠지만, 하여간 누구와도 굳이 사이가 틀어져 좋을 건 없었다. 유주는 귀찮음을 무릅쓰고 곧바로 자리에서 일어났다.

배스로브가 걸려 있던 드레스 룸에는 기본적인 스킨, 로션, 보디로션 등의 어메니티와 헤어드라이어가 있었다. 그제야 유주는 제멋대로 던져둔 자신의 슬랙스 주머니에 거품 목욕제가 들어 있었음을 상기했다.

도망갈 때 뿌리지 못할 거라면 그냥 써 버릴걸. 헤어드라이어의 전원을 켜며 유주가 픽 웃었다.

「웨이(喂).」

꺾어진 벽 하나를 둔 채로 슈란의 목소리가 들렸다. 아, 저 말은 중국 영화에서 간간 들어 보았다. 보통 전화 받을 때.

통화에 방해가 될까 싶어 드라이어를 껐다. 슈란의 목소리가 드레스 룸까지 울리는 걸 보면 이 기계 소리도 어지간히 요란하게 방에 울려 퍼질 터였다. 대신이라도 할 것도 없이 스킨 통을 집어 들었다. 남녀 공용이었고, 약간 알코올 냄새가 났다. 오래된 게 아니라면 그리 양품은 아닐 것이다.

「샨쯔가 이쪽으로 왔다고? 직접? 왜?」

슈란의 목소리가 당혹스러운 듯 떨렸다. 뭔가 일이 틀어진 모양이었다. 유주는 찹찹, 얼굴에 스킨과 로션을 순서대로 바르면서도 귀는 쫑긋 열어 두었다. 내용이 중요하겠나. 분위기가 중요한 거지.

「아니. 잠깐만. 지시가 잘못된 모양인데, 난 그런 말 한 적 없어. 미쳤어? 여기 묵게 된 것도 예정 밖의 일인데 걔를 여기로 부르게? 아니…… 너랑은 말이 안 통해. 리옌 있지? 바꿔.」

아는 이름이 나왔다. 뭔가 다급하게 다다다 쏘아붙이는 걸 보면 저쪽도 리옌만큼이나 뭔가 일이 틀어진 것 같았다.

그럼 다섯 명이 각기 다른 일을 하는 건가? 한 가지 확실한 것은 그들의 손발이 더럽게도 안 맞는다는 사실이었다. 아까 로비에서의 일도 그렇고, 지금 슈란의 날이 바짝 선 것도 그렇고. 하여간 조용히 넘어가는 순간이 없었다.

로션이 피부에 잘 흡수된 것까지 확인한 유주는 다시 드라이어를 들었다.

머리를 말리다 말아서인지 괜히 더 꿉꿉했다.

그래, 뭐. 정 불편하면 지가 베란다에 나가든가 하겠지. 유주는 다시 전원을 켰다. 뜨거운 바람에 머리카락이 이리저리 나부꼈다.

귀를 살짝 덮는 짧은 머리에서 어깨까지 내려오는 정도로 길었을 뿐인데 드라이하는 시간이 옛날의 배는 되는 것 같았다. 손가락으로 머리칼 사이를 탈탈 털어내며 드라이를 마친 유주가 머리카락을 양손으로 한 번에 쓸어 넘기며 고개를 들었다. 그러다 헉하는 소리를 냈다.

"아씨, 깜짝이야!"

「잠깐 외출할 거야. 지금 당장 잘 건 아니지?」

언제 통화가 끝난 건지, 유주의 뒤에 팔짱을 낀 채 서서 거울을 통해 그녀를 바라보는 슈란의 표정이 매서웠다. 하지만 그녀에게 화가 난 것 같진 않았다. 아마도.

"뭐?"

「볼일이 있어. 잠깐 아래에 내려갈 건데, 넌 거기서 아무 말도 안 해도 돼. 어차피 내 볼일만 끝나면 바로 다시 돌아올 거니까. 혹시 배가 고파? 그럼 뭔가 먹어도 좋고. 아니지, 젠장. 혼자 따로 움직이면 안 된다고 했지.」

다운, 애니띵, 백, 비즈니스, 아 유 헝그리? 잇, 얼론.

그러니까 아래에 가서 배고프니 뭔가 먹은 뒤에 혼자 올라오란 얘긴가? 아니, 볼일이 밥 먹는 건가? 일단은 이 방을 나서야 한다는 의미인 건 통했다.

유주에게 있어 휴식이란 집 밖에 나가지 않고 하루 종일 이불에서 꼼지락 거리며 자다 놀다를 반복하는 걸 의미했다. 씻기까지 한 마당에 다시 밖에 나가야 한다는 말은 그리 탐탁지 않았다.

그녀가 기상한 건 고작 여섯 시간 전이었다. 그때부터 지금까지 내내 사람 정신을 쏙 빼놓는 일만 겪었음을 감안하면 너무 하루가 길다는 느낌이 들었다. 어쩌면 그녀가 기절해 있는 동안 쌓인 것들이 숙제처럼 찾아오는 것일지 모른다.

「어쨌든 잠깐 볼일이나 보고 오자고. 지금 잘 건 아니잖아?」

돈트 슬립, 나우.

당연히 그건 아니었다. 귀찮지 않은 것도 아니었지만 유주는 그게 무엇이든 간에 일을 시작하면 제법 성실히 임하는 유형이었다.

리옌이 말한 '절대 혼자 움직이지는 못할 것'이라는 말은 그가 그녀를 그렇게 강제하겠다는 의미이기도 했지만 동시에, 그녀가 그에게 신뢰를 얻기 위해선 독단적으로 움직이지 않아야 한다는 이중적인 의미를 띠고 있었다.

하지만 유주는 리옌과 계약을 했다. 시간 외 수당이 포함된 계약을.

"오케이. 벗, 아임 낫, 아니지. 아이 해브 낫 어나더 클로스."

그러니 고용주 일행이 원하시면 움직여 드려야지. 유주는 되는대로 아는 단어들을 늘어놓았다. 어차피 쪽이야 한 번 팔리나 두 번 팔리나 아예 의사소통이 먹통 된 것보다 나았다.

문법도 발음도 엉망인 영어였지만 슈란은 그녀가 무슨 말을 하는지 알아들은 모양이었다.

「우신이 옷을 빌려줄 거야.」

랜드? 아, lend. 빌리다.

슈란이 또박또박 천천히 말해 준 덕에 우신이 옷을 빌려준다는 말까지는 알아들었다. 하지만 남은 문제는 더 있었다. 기민하게 그녀 표정을 포착한 슈란이 물었다.

「왜? 뭐 더 문제 있어?」

"음…… 아이 해브 낫 어나더 언더웨어."

유주의 말에 슈란은 잠깐 벙찐 표정을 지었다가 다시 휴대폰을 들었다.

리옌의 말이 맞았다. 슈란은 정말 친절했다. 그녀가 조금 덜 친절했다면 유주는 속옷 없이 옷을 입는 불상사를 경험했을 것이다.

「이 여자 영어는 할 줄 안다고 했던가?」

우신은 과연 부르주아답게 그새 옷을 갈아입은 채였다. 유주의 기억이 정확하다면 그녀의 흰 슈트는 아까 전 호텔에 들어설 때까지 먼지 한 점 없는 상태였음에도, 지금 그녀는 암녹색 이브닝드레스를 걸치고 있었다.

거기에 말끔히 머리를 틀어 올린 모습도 기가 막히게 잘 어울리긴 했다. 아까 전, 그녀의 모습이 루시 리우 같았다면 지금은 공리 같았다. 〈트라이어드〉에 나오던 공리.

「안다고 했어. 아마 지금 네가 한 말도 알아는 들었을걸?」

「그럼 별 반응이 없는 건 내 말을 무시하는 건가?」

「그래? 내 눈엔 기분 나빠 보이는데.」

슈란의 대답은 아주 정확했다. 유주는 우신의 말에 기분이 나빴으며, 그녀의 말을 무시한 건 우신의 질문이 유주를 향한 게 아니기 때문이었다.

지금 유주의 표정은 대놓고 어이없다는 표정이었다. 입을 살짝 벌린 채 한쪽 입매가 씰룩거리는 그 표정 말이다. 그런데 무반응이라니. 이건 우신의 시력이 매우 안 좋거나 그녀가 타인에게 아예 관심이 없거나 둘 중 하나였다.

같은 동양권 사람 주제에 영어 사용 유무를 두고 차별이라니. 우신은 유주가 가지고 있는 부르주아지에 대한 편견에 무척 부합했다. 심지어 별로 물욕이 없어 보인다는 것까지 그랬다.

「그래? 불쾌했다면 미안. 그리고 이 옷이 맞을지 모르겠네.」

우신은 명품 로고가 새겨진 커버 하나와 쇼핑백을 유주에게 내밀었다. 쇼핑백 안에 든 건 포장을 뜯지 않은 새 속옷이었는데 유주도 아는 유명 브랜드의 것이었다. 몇 번 그 란제리 매장을 지나며 '저런 걸 도대체 누가 입어?'라고 생각한 화려한 것이기도 했다.

포장 커버 안에 든 건 더 가관이었다. 허리춤에 자잘한 다이아가 박힌 블랙 롱 드레스였는데 앞과 뒤가 거의 다 트인 상태였다. 속옷이나 드레스나 가격은 모르지만 한 가지 확실한 건, 보통 사람이 평소에 입고 다닐 디자인은 절대 아니었다. 유주에게 어울리는 스타일은 더더욱 아니었고.

정확히 말해, 평범한 사람이라면 일생 도전해 볼 일이 없는 스타일이기도 했다. 그 스타일에 놀란 유주가 뭐라 말해야 할지 몰라 입을 벙긋거리자 그녀의 심경을 대변하듯 슈란이 말했다.

「너무 야한 거 아냐? 많이 파였는데.」

「원래 그렇게 입는 거야. 속옷을 노출하는 스타일이라서 일부러 속옷 디자인까지 맞춰 골라온 거라고. 아, 끈 몇 개가 늘어진 쪽이 뒷부분이야.」

친절한 설명은 고마웠지만 여전히 입을 엄두는 나지 않았다. 하지만 우신의 단호한 표정을 보니 다른 옷을 빌려줄 리는 만무했고, 슈란의 미묘한 표정을 보니 실랑이는 여기까지였다.

"내, 내가…… 아, 그러니까, 아이 머스트 웨얼 잇?"

뜻만 통하면 장땡 아니냐. 그런 용기로 말을 내뱉으니 우신이 어깨를 으쓱거렸다. 그리고 손가락으로 욕실 방향을 가리켰다. 드레스 룸이 있는 위치였다.

「말씨름할 시간 없어. 입고 나와. 당장.」

롸잇 나우. 아주 확실한 대답이었다. 유주가 발을 질질 끌며 드레스 룸으로 향했다. 신뢰고 나발이고 지키지 말 걸 그랬다. 방에 있겠다고 좀 버텨볼걸.

「도대체 어떻게 된 거야? 샨쯔가 왜 여기로 와?」

유주가 드레스 룸으로 향하자마자 우신과 슈란은 중국어로 대화를 시작했다. 영어로 대화했다면 단어로 뭔가 상황을 추측할 수 있었을 텐데, 지금은 슈란에게 말을 거는 우신의 목소리가 다소 황당하다는 느낌밖에 받을 수 없었다.

「나도 몰라. 지금 전화 받고 얼마나 놀랐는지 알기나 해? 게다가 나를 찾았대. 롱친의 수하가 쫙 깔린 카지노에서.」

「……정보가 샜나? 그 녀석이 우리 정보원이라는 거.」

「아무리 봐도. 하지만 왜 지금이지? 벌써 몇 년째인데…….」

「몰라. 저 여자도 그렇고 판이 이상하게 굴러가, 지금.」

「일단 의심할 상대는 빌어먹을 웨이치뿐인데. 그 새끼는 무슨 생각인 거지?」

그래, 내 편 네 편 가르며 놀자 이거지? 유주는 그들의 말소리를 흘려들으며 배스로브를 훌렁 벗어 버렸다. 그러곤 쇼핑백 안의 속옷 포장을 뜯었다.

75B. 아무리 봐도 우신의 가슴이 이것보다 작진 않았던 거 같은데. 유주는 우신의 사이즈를 알게 된 것을 투 머치 인포메이션으로 여겨야 하는지, 자신의 정확한 사이즈가 한눈에 간파당한 것을 억울하게 여겨야 하는지 미묘하며 속옷을 입었다. 화려한 레이스와 중앙에 달린 참이 흔들리는 그 디자인은 참으로 요란스러웠다.

하기야 단순히 착용이 목적이 아니라 쇼잉이 목적인 속옷이니 그러려니 하려 했다. 팬티도 마찬가지였다. 하지만 드레스는 정말 아니었다.

한 번에 뒤집어쓰기만 하면 되는 디자인이었지만 일평생 드레스라는 것 자체와 담을 쌓아 온 유주에게 그것은 너무나 낯선 물건이었다. 게다가 브래지어를 과시하는 듯한 디자인은 더더욱 적응을 방해하고 있었다.

이걸 입고 내려가서 사람들 사이에 서 있어야 한단 말이지……. 끙, 앓는 소리를 내며 유주가 부드러운 드레스를 만지작거리는 사이 슈란이 소리쳤다.

「이봐, 아직이야?」

그렇게 급하면 자기들끼리 가면 될 것이지. 유주는 한숨과 함께 가벼운 숄 하나 챙겨오지 않은 우신의 무심함을 욕했다. 그리고 에라 모르겠다는 심정으로 드레스를 걸쳤다.

피부 위를 미끄러지듯 흘러내리는 드레스는 분명 눈이 돌아가게 아름다웠다. 심플하지만 과감한 디자인은 정말 도전적이었고, 허리춤의 다이아는 브래지어의 참 장식과 어우러진 포인트가 되었다. 물론 런웨이 위에서의 평가는 그랬을 것이다.

하지만 지금 그 옷을 입은 사람은 일반인이었다. 하다못해 화장이라도 하면 좀 괜찮아 보였을지도 모르지만 유주에겐 선택권도, 사유 물품도 없었다. 그러고 보니 구두는 어쩌지? 그런 생각으로 어색하게 드레스 룸을 나섰다.

「아, 맞다. 스카프가 필요하겠네. 귀걸이도.」

우신이 유주를 보자마자 별 감흥도 없이 말을 뱉었다. 칭찬이든 욕이든 좀 알아먹게 해 주면 좋을 텐데. 유주가 멋쩍은 표정으로 어정쩡하게 서 있자 우신이 다가와 그녀의 옷태를 살폈다. 과연 브랜드 숍 오너다운 태도로 주름 잡힌 곳을 펴 주기도 했다.

「그런데 이 여자를 무슨 명목으로 아래에 데려가는 거야?」

그 전문가적인 손길에 유주가 멋쩍게 서서 어쩔 줄 몰랐다. 우신이 무슨 말을 하는 건지 몰라서 더욱 그랬다.

「혼자 둘 수 없으니까 데려가는 거야. 도망이라도 가면 어떡해?」

「그럼 이 여자를 카이화라고 소개할 건가?」

「여건이 된다면 소개 안 해도 될 테고. 일단 샨쯔가 문제야.」

「분명 뭔가 원하는 게 있으니 이렇게 들쑤시는 걸 텐데…….」

유주는 대놓고 푹, 한숨을 쉬었다. 자기들끼리 숙덕거리는 걸 보니 마음에는 안 드는데 어떻게 타개할 대책이 없다는 게 빤히 보였다.

카이화라는 말이 나온 것도 괜히 꺼림칙했다. 리옌이 유주에게 준 여권. 그건 분명 카이화 거였다. 저들이 이야기하는 것도 그 부분일 거였다. 잘은 모르지만 저들이 이곳에 온 것도 사업적인 부분이 포함되어 있을 것이고, 사업 상대 중에 카이화를 아는 사람이 분명 있을 것이었다.

「그래. 일단 카이화 이름을 대고 간다면 이대로는 못 보내겠네. 더 필요한 걸 챙겨 갈 테니까 일단 둘이 1층 파우더 룸에 내려가 있어.」

우신이 슈란에게 뭐라 말하더니 먼저 방을 나섰다. 정적 속에 남은 유주는 여전히 어정쩡한 자세와 민망한 표정으로 목각처럼 서 있었다.

그 모습에 슈란이 한숨을 푹 내쉬곤 자신의 백을 열었다. 이내 그녀가 유주에게 건네준 건 화장품이었다.

「세 분이십니까?」

슈란이 시키는 대로 얼굴에 뭔가 찍어 바르고, 우신이 주는 대로 주워 입으니 그럭저럭 사람 행색은 나왔다. 지하로 내려가는 승강기에 타기 전, 슈란은 입 열지 말고 가만히만 있으면 된다고 세 번이나 강조했고, 유주는 그 말에 얌전히 고개를 끄덕였다.

다른 건 몰라도 유주는 어디 가서 말을 아끼는 것 하나는 자신이 있었다. 주변에 말을 들어줄 사람이 있을 때나 따박따박 하는 거지, 모르는 사람들 앞에서 낯짝 뻔뻔하게 한국어나 되지도 않는 영어로 재잘거릴 자신이 있을리 없기도 했다.

그렇게 그들이 향한 곳은 지하의 넓은 홀 왼편에 붙은 카지노였다. 바와 함께 붙어 있었는데 그 안쪽은 얼핏 보아도 '이런 분위기'에 익숙한 사람들이 주를 이뤘다.

그런 분위기에 익숙하지 않은 사람들은 절로 겸손해지는 분위기인지라 유주는 얌전히 양손을 앞으로 모은 채 슈란과 우신의 뒤를 쫓았다. 카지노 직원의 안내로 안쪽을 향하니 위압감은 더욱 심해졌다. 일반적으로 호호깔깔 웃고 떠드는 사람들 저편에, 누가 보아도 위화감을 조성하는 시커먼 인간들이 떼거리로 몰려 있던 것이다.

다들 상갓집 가는 것도 아니고 왜 다들 모여서 저 지랄이래. 유주가 속으로 혀를 찼다. 그리고 그중 아는 사람을 목격했다.

리옌이었다.

「이제 오는군.」

리옌이 먼저 슈란과 우신, 유주를 보고 알은체를 했다. 아니, 그가 성큼성큼 다가와 구태여 아는 척을 한 건 유주 쪽이었다.

카이화. 그래, 난 카이화다. 유주는 그렇게 생각하며 그냥 싱긋 웃었다. 고용주께서 그러시길 바라면 그녀는 지금은 카이화가 아니라 옆집 멍멍이 연기라도 해야 할 입장이었다. 자본주의란 그런 것이었고, 시간 외 수당은

1.5배였으니까. 게다가 아무 말도 안 하고 자리만 지켜 주면 된다고 했으니 웃음 정도야 서비스로 보낼 수 있었다.

「그 드레스는 네 것이 아닌 것 같은데?」

그런 유주의 미소를 무시하듯, 리옌이 딱딱하게 굳은 표정으로 유주의 전신을 눈으로 훑었다. 돼지 목에 진주 목걸이라고, 안 어울리는 거야 그녀도 알았다. 그렇다고 해서 저런 삐뚜름한 시선은 뭐란 말인가.

불만에 젖어 표정이 일그러지려는 걸, 애써 웃음으로 수습했다. '여긴! 나의! 가슴!', '이건! 나의! 속옷!'을 어필하는 드레스가 안 어울리는 건 그녀 탓이 아니었다.

게다가 우신이 챙겨 온 스카프는 숏 스타일인지라 멍을 가리는 게 고작이었다. 가슴을 주변 사람들에게 자랑하는 자태는 여전했다. 유주는 민망함에 왼팔로 자신의 허리를 감고, 오른손으로 가슴골 있는 부분을 가렸다.

「내가 입혔어.」

「우신…… 카이화에게 이런 건 안 어울린다니까.」

「걔도 다 컸거든? 자꾸 어린애 취급하니까 엇나가는 거야.」

「그나저나 리옌, 날 찾는 녀석은 누구지?」

대화가 길어질 걸 경계하는지, 슈란이 재빨리 우신과 리옌의 말속에 끼어들었다. 리옌은 달갑잖은 표정으로 자신의 재킷을 벗어 유주의 어깨에 걸쳐 주었다.

유주는 그의 배려에 기다렸다는 듯, 손으로 재킷 앞을 여몄다. 솔직히 평소 내놓지 않던 신체 부위까지 노출된 터라 쌀쌀하던 참이었다. 유주는 리옌이 여동생에게 보이는 배려가 못내 고마웠다. 물론, 그녀가 카이화보다는 훨씬 연상이긴 했지만.

「곧 올 거야. 슈란, 무슨 일을 벌인 거야? 왜 롱친 녀석이 널 찾지?」

킁. 유주는 저도 모르게 리옌의 재킷 안쪽의 냄새를 맡았다. 재킷엔 그를 처음 만났을 때의 코롱 향이 가득 배어 있었다. 그때도 느꼈지만 향이 무척 좋았다. 어느 브랜드의 것인지는 모르겠지만, 알아내고 싶을 정도였다. 너무 남성적이라 그녀가 사용할 순 없겠지만 말이다.

「글쎄? 나에게 뭔가 상담하려는 게 아닐까? 이직이라던가.」

「그건 썩 재밌는 농담이 아니군요, 황샤오지에(Miss Hwang).」

리옌과 슈란의 대화에 또 다른 누군가가 끼어들었다. 분위기로 보나 뭐로 보나, 사업상의 상대인 듯싶었다.

유주는 자신에 대한 관심이 빨리 꺼진 것에 감사하며 반걸음 뒤로 물러섰다. 말이 물러서는 것이지, 거의 리옌의 뒤에 숨다시피 했다. 다행히 그의 체격은 무척 건장했고, 검은 와이셔츠를 입은 덕에 재킷이 없어도 어색하지 않았다. 그녀가 숨기로는 제격이었다.

「그리 부르는 것 또한 달갑지 않습니다, 장 대인. 간만이네요.」

「황씨 가문의 자랑 아닙니까. 불쾌할 줄 몰랐군요.」

「그런 의미라면 존경의 의미를 담아 불러 주셔야지요. 그리고 절 찾은 용건이 뭡니까? 날 찾는 녀석은 누구고?」

아. 아까 본 사람이다.

유주는 그를 곧바로 알아보았다. 흰머리가 희끗거리는 풍채 좋은 장년의 사내. 분명 그녀가 객실로 올라가기 전에 보았던 사내였다. 뒤에 줄줄이 비엔나소시지처럼 사람을 이끌고 들어왔었기에 기억이 났다.

멀리서 볼 때는 몰랐지만 가까이에서 보니 그는 위협적일 정도의 거구였다. 험상궂은 인상은 아니었지만 심술기가 붙은 나부대대한 얼굴이 안 그래도 비대한 그의 몸집을 한껏 부풀려 주어 위압감을 느끼게 했다.

그는 카지노 바 카운터에 앉아 있는 유일한 사람이기도 했다. 그것만으로도 그의 위치를 능히 짐작케 하였다. 별로 눈에 띄어서 좋을 것 없다는 사실까지도 절로 알아챌 수 있었다.

「잠시 기다리면 올 겁니다. 그래서 청 선생, 그 뒤에 있는 이가 그 유명한 작사(雀師)의 여동생이오?」

「제 여동생입니다, 대인. 하도 주변에서 장 태태(太太: 부인. 여성을 높여 부르는 말)의 여동생이라고 하니 저도 가끔 헷갈립니다만.」

「소문의 그이가 맞군요. 소개해 주지 않을 겁니까?」

리옌이 오른팔을 뒤로 하여 유주의 허리춤을 자신에게 더욱 밀착시켰다. 대놓고 그녀를 숨기려 하는 행동인지라 유주는 얼결에 그의 등에 착 달라붙게 되었다.

손을 올려 와이셔츠를 부여잡으려니 어색했고, 그대로 손을 내리고 있자니 위치가 어정쩡했다. 이도 저도 아닌 상태로 한쪽 뺨을 가만 등 뒤에 대고 있으니 얇은 와이셔츠 너머로 체온이 느껴졌다. 갑자기 그의 코롱 향이 조금은 야하게 느껴졌다.

「낯가림이 심합니다.」

「제법 패를 잡는다고 들었는데, 다른 작사들 앞에서는 낯을 가리지 않는 모양이지요?」

「연습 상대라고 해 봐야 다 아는 이들 아닙니까. 아직 밖에 내놓지 못한 것도 아직 어린 태가 나서 그렇습니다.」

「그래도 소개도 해 주지 않는 건 서운하군요. 나중에 우리 쪽 애들과도 패를 맞춰 볼 게 아닙니까.」

유주를 제 쪽으로 끌어당기는 리옌의 손에 힘이 실렸다. 유들유들한 장 선생의 목소리와 리옌의 반응으로 추측건대 분위기의 흐름이 심상찮은 듯했다.

「카이화.」

지금껏 유주에게 제대로 말 한 번 걸지 않던 리옌이, 유주를 불렀다. 영어로 말한다는 건, 지시를 들으라는 소리였다.

유주는 멀뚱히 고개를 들었다. 리옌이 고개를 틀어 그녀를 내려다보고 있었다.

「장 선생이 너와 따로 인사를 나누고 싶다는구나. 괜찮겠니?」

리옌의 말투는 정말 제 동생에게 하듯 부드러웠지만 그녀에게 닿아 있는 손가락이 꿈틀거리는 게 느껴졌다. 잔뜩 힘이 실린 그 신호를 못 알아먹을 정도로 그녀는 눈치가 없지 않았다. 게다가 지금의 이런 거북한 분위기 속에선, 아무리 눈치가 바닥을 기는 사람이라고 해도 하나의 대답밖에 하지 않을 터였다.

싫어. 그런 완고한 뜻을 담아 유주는 부드럽게 고개를 저었다. 실제로 어쭙잖게 저들 사이에 끼어 안면을 트고 싶지도 않았다.

「미안합니다, 대인. 제 여동생은 지금 분위기가 달갑지 않은 모양이군요. 이럴 줄 알았으면 그냥 방에 있으라고 할 걸 그랬습니다.」

「아닙니다. 여동생을 아끼는 모습, 매우 보기 좋습니다. 저에게도 여동생이 하나 있긴 하지요. 사이가 좋진 않습니다만.」

거절의 뜻을 전했음에도 분위기가 나빠 보이지 않았다. 오히려 둘 다 말투가 좀 더 정중해진 느낌이었다. 딱히 문제가 없다면 이제 객실로 돌아가도 괜찮으려나? 유주가 살짝 손을 들어 리옌의 와이셔츠를 잡아당겼다. 그러나 그의 입에서 그녀가 원하는 답은 나오지 않았다.

언제까지 이 껄끄러운 자리에 있어야 하나. 유주가 슬슬 주변 눈치를 살폈다. 정작 같은 팀원인 것 같던 하이윤은 바카라 테이블에서 게임을 즐기는 중이었고, 웨이치는 포커판에 서서 어떤 여자와 이야기를 나누고 있었다.

둘 다 이쪽은 신경도 쓰고 있지 않았다. 그 태도는 명백히 그들이 들어온 걸 아예 무시하는 쪽에 가까웠다. 그들과 아무 상관이 없는 유주조차도 빈정이 상할 정도로 노골적인 태도였다.

「대인에게 여동생이 있었습니까? 처음 듣는군요.」

「제 여동생은 이런 쪽 일을 달가워하지 않습니다. 지 오라비 꼴도 보기 싫다고 뛰쳐나간 게 뭐가 예쁘겠냐마는, 그냥 둘 수 없어 매부의 사업을 조금씩 도와주고 있지요.」

「손님께서 찾아오셨습니다, 대인.」

「아, 이쪽으로 오라고 해.」

안내원을 따라 누군가가 그들 무리로 찾아왔다. 각이 잡힌 걸음의 젊은 남자였다. 잘 봐줘야 스물네댓 살이나 되었을까 싶은 그는 리옌과 우신, 슈란을 무시한 채 장 대인에게 깍듯이 인사했다.

「어르신을 뵙습니다.」

「샨쯔. 우리가 마지막으로 본 게 작년 원저우에서였나?」

「네이후의 가게에서 뵈었었지요.」

「그래. 자네가 여기 황씨 가문의 소공녀를 찾았다지? 그래서 내가 직접 모셨다네.」

「간만에 뵙습니다, 황서란.」

유주는 어느새 리옌의 등에 등을 붙인 채 완전히 돌아서 있었다. 지루한 사업 이야기야 듣고 싶지도 않았고, 카지노에는 볼거리가 많았다.

험한 일을 하는 족속들이 그렇듯 아니, 어린 나이에도 연차만 쌓이면 쉽게 돈을 벌 수 있는 곳이 그렇듯 장의사 중에는 노름에 빠진 이들이 적지 않았다. 그들은 대개 강원랜드나 지역 오락실을 찾아갔다. 그런 곳에 가 봤다며 허세를 부리는 놈들도 있었다.

유주도 몇 년 전에 딱 한 번 회사 사람들을 따라 카지노에 가 본 적이 있었다. 거기서 유주는 15만 원을 잃었다. 거기 간 사람 중 가장 적게 잃은 금액이었다. 그나마 유주가 일찌감치 운이라는 녀석과 연이 없음을 깨닫고 재빨리 발을 빼서 망정이지, 안 그랬으면 한 달 월급 정도는 날렸을 것이다.

따지고 보면 매번 그랬다. 학창 시절 내내 감에 따라 찍은 문제가 그녀의 성적 향상에 도움을 주는 일 따윈 없었다. 복권을 사도 항상 꽝이었다. 제일 높은 당첨 금액이 2천 원이었다.

그만치 유주는 운이 없었다. 그래도 보는 건 좋아했다. 남의 불행이니까. 남의 죽음 앞에 무덤덤해질 수 있는 것과 마찬가지였다.

「난 이 자식이 누군지도 모른다니까? 어이, 머저리. 너 내가 누군지나 알고 부른 거야?」

「당신이 니시콴라이의 정보를 물어다 줄 거라는 첩보가 있었습니다. 하지만 그것이 착오였나 보군요.」

「그러니까 이 얼간아, 내가 너희 쪽에 우리 정보를 왜 팔아? 미친 거 아냐, 이거?」

「자자, 둘 다 그만하고. 내 입장에선 둘의 말을 전부 믿어 주고 싶지만 둘이 결탁했을지도 모른다는 의심을 거둘 수 없는 상황이군요.」

등 뒤에서 와자지껄하게 벌어지는 논쟁 따위야 유주의 알 바도 아니었다. 쓸데없는 생각과 상황에 빠져 있어서인지 괜히 하품이 나왔다. 손으로 입가를 가리며 늘어지게 하품을 내뱉는데 퍼뜩, 이쪽을 살피는 웨이치와 눈이 마주쳤다.

웨이치는 눈이 마주치자 양손으로 가슴 아래를 받쳐 올리는 시늉을 했다. 휘파람 부는 저질스러운 행동과 함께.

명백한 성희롱이었다. 그에 따른 감상은 당연하게도 저급하다는 것뿐이었다. 생리적인 역겨움이 혐오감과 함께 스멀스멀 피어올랐다. 제대로 말도 섞어 본 적 없는 인간에게 부정적인 감정을 갖는 건 한순간이었다.

「장 대인이 무슨 생각을 하는지는 알겠지만 니시콴라이 사람으로서 무척 불쾌하군요. 이건 선전 포고입니까?」

「그런 험한 말 하지 마시오, 황 공녀. 나는 롱친과 니시콴라이의 사이가 부디 이 작은 소란으로 틀어지지 않길 바라는 겁니다.」

「그럼 날 부를 게 아니라 저 멍청한 자식에게 책임을 물어야지요? 감히 제까짓 게 뭐라고 나를 불러내서 롱친의 정보를 거래하려 했다는 추문을 만든단 말입니까?」

「그럼 이건 어떨까요? 청 선생.」

한껏 성이 난 슈란의 태도는 매우 강경했다. 장치앙린은 그녀에게서 시선을 거두고 리옌을 향해 고개를 돌렸다. 다소 슈란을 무시하는 태도였지만, 그녀는 장치앙린에게 성을 내는 대신 똑같이 리옌에게로 눈을 돌렸다.

니시콴라이와 관련된 문제를 다룰 만한 실세는 그라는 듯이.

「뭔가 하실 말씀이라도 있습니까? 장 대인.」

「여기는 카지노 아닙니까. 누군가의 책임을 끝까지 추궁하기보다는 어느 한쪽이 물린 것이니 장소에 걸맞은 해결을 보는 게 좋을 듯하군요.」

대화는 부드러웠지만 조건은 까다로웠다.

리옌은 입을 굳게 다물었다. 도박과 장치앙린. 상성이 좋지 않았다. 그리 달갑지 않은 전개가 될 게 뻔했다. 그러나 응하지 않는다고 하면 아까 전 지나간 공방이 재현될 뿐이었다. 그의 침묵에 장치앙린은 주변을 둘러보며 껄껄 웃었다.

「나도 복잡한 건 싫습니다. 청선생도 마찬가지 아니오?」

「……그렇지요.」

「마침 여기엔 운을 시험할 것들이 참으로 많지요.」

「…….」

「샨쯔는 롱친의 사람이고 황 공녀는 니시콴라이의 사람이니, 우리 둘이 대표로 운을 시험해 보자 이겁니다. 이런 좋은 장소에서 서로 지리멸렬하게 말싸움을 해 봐야 뭐가 해결되겠습니까?」

유주는 웨이치의 눈을 피하며 쯧, 혀를 찼다. 그렇게 시선을 돌리다 카지노 저편, 스포츠카가 상품으로 장식된 무대 옆에 드링크 바가 보였다.

지금 유주가 리옌 무리와 있는 곳도 바 테이블 근처였지만 여기선 뭘 마실 분위기가 아니었다. 하지만 혼자 움직일 순 없었다. 일단 말이 통할지도 의문이었다. 차라리 위에 올라가서 물을 마실까, 그렇게 고심하던 참이었다.

「아니지. 당신이 그렇게 아끼는 동생분의 실력을 보고 싶군요.」

「……카이화는 패를 잡지 않습니다, 대인.」

「패가 아니라 운을 시험하는 것뿐입니다. 그녀가 정말 장 태태의 동생이라면 오히려 지금의 판이 니시콴라이에 유리하게 돌아갈 수 있을 겁니다. 카이화라고 하였던가요? 그렇다면 이제 봉오리로 남아 있을 시기는 지나지 않았습니까.」

유주는 그렇게 안을 살피다 카이화의 이름에 화들짝 놀라 뒤를 돌아보았다. 그래 봐야 리옌의 넓은 등짝밖에 보이지 않았지만 맞닿은 천 너머로 느낄 수 있었다. 그가 긴장하고 있었다.

동생의 이름이 거론되어 화가 난 건가? 아니면 지금의 분위기가 험악한 쪽으로 흘러가는 것일까? 유주가 다시 몸을 틀어 리옌의 등에 이마를 기댔다. 별로 위로하고 싶은 건 아니었다. 그저, 이 상황을 빨리 끝내 달라는 재촉 같은 거였다.

「제 동생의 운으로, 니시콴라이를 시험하겠다는 겁니까? 그녀는 저와 장 태태의 소관에 있는 아이입니다. 그녀를 끌어들이겠다는 건, 최소한 저를 이 판에 앉히겠다는 의미이고요. 진지하게 말씀드립니다만, 대인. 저까지 끌어들이는 건 실수하시는 겁니다.」

「하지만 청 선생도 의심하지 않을 수 없잖습니까? 감쪽같이 사라진 중간 정보책은 황 공녀가 니시콴라이의 정보를 들고 롱친에게 거래를 요구했다는데…… 이건 우리 쪽에서도 썩 유쾌한 상황은 아닙니다. 샨쯔의 말이 사실이라면 니시콴라이 내부에서 배신의 전조가 있었다는 것이고, 황 공녀의 말이 맞다면 우리 쪽을 가지고 논 어떤 작자가 있다는 건데.」

「……」

「아니지. 이건 둘 다 기만하겠다는 어떤 음모로밖에 보이지 않는군요. 그렇다면 차라리 이 자리에서 그 문제를 마무리 짓는 게 서로 간에 속 편하지 않겠습니까?」

「허.」

「가족 일은 가족 내에서 해결해야지요. 가장은 그 역할을 하는 존재이고.

보호자가 되었으면 구성원을 적재적소에 배치하는 법도 알아야 합니다.」

저 아저씨 말 참 많네.

아무래도 아까 샤워한 여파가 지금 오는 것인지 유주는 슬슬 눈이 감겼다. 어쩌면 이런 피로감은 오래간만에 신은 하이힐 때문일지도 모른다.

하여간에 그녀는 피곤했다. 빨리 올라가고 싶은 마음에 슬쩍 곁눈질로 우신과 슈란을 보니, 우신이야 그렇다 쳐도 슈란의 표정은 험악하기 그지 없었다. 붉으락푸르락하는 게 곧 폭발할 것 같기도 했다.

……당장 올라가기는 그른 듯싶었다.

「……뭘 제안하려는 겁니까?」

하품이 쩍쩍 나와 유주는 리옌의 등에 이마를 기댄 채 흉하게 입을 벌렸다. 그렇게 몸을 밀착시키고 있자니 그가 숨을 쉬거나 말을 내뱉을 때마다 미묘하게 떨리는 근육의 약동이 느껴졌다. 유주는 새삼, 그의 몸이 참 잘 만들어진 것 같다는 생각을 했다.

죽은 사람의 헐벗은 몸을 몇백 번이나 보며, 유주의 머릿속에도 나름의 분류 체계가 생겼다. 이렇게 좋은 몸을 가진 건장한 사내의 시체가 입고될 땐 사인이 사고사 아니면 강력 범죄 사건인 경우가 많았다. 특히 범죄에 연루된 경우에는 간혹, 그 형태가 많이 망가져 조각조각 맞춰야 하는 일도 부지기수였다.

그나마 문신이 있으면 맞추기가 쉬웠다. 그건 염보다는 공작에 가까운 일이었으니까. 하지만 별로 하고 싶은 경험은 아니었다. 유주는 대개 그런 시체가 들어오면 남자 직원에게 염을 맡겼다. 일단 남체가 불편하기도 했다.

「그냥 카드 뽑기는 어떨까요?」

「카드 뽑기?」

「포커 룰로 따져서 서로 카드를 한 장씩 뽑는 겁니다. 당신의 여동생이 더 높은 패를 뽑으면 황 공녀의 말이 맞는 것으로, 내 패가 더 높으면 샨쯔의 말이 맞는 것으로 이야기를 마무리 짓지요.」

「서로 간에 책임은 어떻게 물을 생각이십니까?」

「흠…… 그냥 빚을 하나 달아 두는 것으로 할까요?」

「…….」

「롱친과 니시콴라이, 둘 다 서로 필요할 때 꺼내 쓸 수 있는 보험을 하나씩 달아 두는 겁니다. 이 정도면 나쁘지 않아 보이는데, 청 선생 생각은 어떠시오?」

「허어.」

「아니면 싱하오의 대인에게 이것까지 여쭤봐야 하오?」

장치앙린의 말에 리옌의 미간이 꿈틀댔다. 그는 곧바로 유주를 뒤돌아보았다. 그 과정에서 그가 갑자기 몸을 트는 바람에 그의 등에 기댄 채 눈을 감고 있던 유주는 화들짝 놀라 떨어졌다.

일이 끝났느냐고 묻고 싶었다. 하지만 유주를 내려다보는 리옌의 눈빛이 심란했다. 그가 몸을 완전히 돌려, 유주의 양어깨에 손을 짚었다. 그리고 상체를 조금 숙인다 싶더니 귓가에 입술을 가져다 댔다.

"당신이 일할 차례야."

하마터면 큰 소리로 대답할 뻔했다. 유주는 자신과 리옌을 향한 사람들의 시선을 느끼고는 자칫 굳어질 뻔한 표정을 애써 풀었다. 그리고 그의 목소리만큼이나 작게 속삭였다.

"……뭘?"

"적당히 분위기를 봐서 카드를 뽑아."

"뭐?"

"별거 아니야. 이 일은 그냥 당신 업무의 일환이고, 당신에게 어떤 불이익도 가지 않을 일이야. 다만…… 장치앙린보다 높은 패를 뽑게 되면 좋겠군."

높은 패를 뽑으라고 하는 주제에 별거 아니라고 말해 봐야 효과가 있을 리 없었다. 유주가 그를 흘겨보며 대꾸했다.

"……카드를 뽑으면 방에 올라가서 쉴 수 있어?"

"당신은 확실히 쉴 수 있지."

"혼자인데도 상관없이?"

"1인실에서 재워 주지. 아침까지 깨우지 않을 거야."

"……뭔지 몰라도 낮은 패 뽑았다고 안 재우면 바로 계약 파기일 줄 알아."

유주의 승낙에 리옌이 피식 웃었다. 그의 웃음소리가 귓전을 간질여, 유주는 저도 모르게 어깨를 움츠렸다. 하지만 그 감각은 잠시였다. 다시 고개를 든 리옌의 표정은 여느 때와 다름없이 뻔뻔한 표정이었다.

그는 유주의 허리를 부드럽게 감았다. 여동생이라기보다 마치 연인을 대하듯 다정한 자세였다. 그녀를 바 카운터로 이끈 리옌은 가볍게 손을 들어 사람을 불렀다.

「여기, 잠깐 카드 한 벌 빌려주겠나?」

마치 기다렸다는 듯 사내가 카드 한 벌을 가지고 왔다. 시중에서 흔히 볼 수 있는 디자인의 플레잉 카드였다. 그것을 받아 든 리옌이 능숙하게 셔플을 하곤 바 테이블 위에 일렬로 깔았다. 카드 간 거리가 균일한, 마치 카지노 딜러같이 부드러운 솜씨였다.

「장 대인, 먼저 뽑으시죠.」

「숙녀분이 먼저 하는 게 좋을 것 같군요.」

「카이화.」

리옌이 유주를 불렀다. 유주가 고개를 들어 리옌을 보니 그가 눈을 마주치며 살짝 고개를 끄덕였다.

유주는 자신이 얼마나 운이 없는지 알았다. 그런 마당에, '높은 카드를 뽑으라'는 요구는 부담스럽기 그지없었다.

이게 뭐라고 긴장되고 난리냐. 유주가 작게 숨을 몰아쉬며 카드 한 장을 뽑았다. 클럽K. 농담으로라도 낮은 카드라 할 수 없었다. 긴장으로 떨리던 호흡이 안도의 한숨으로 바뀌었다. 옆에서 장치앙린이 작게 탄성을 뱉었다.

「역시, 장 태태의 동생이라 그런지 좋은 패를 짚는 능력이 있군요.」

「운일 뿐입니다.」

「운도 실력이지요.」

장치앙린의 말을 받아치는 리옌의 목소리도 한결 풀어진 것으로 보아 썩 괜찮은 느낌이었다. 유주는 괜히 뿌듯함을 느꼈다. 별거 아니잖아? 그렇게 생각한 찰나였다.

「하지만 오늘의 운은 제가 더 좋은 모양입니다.」

투실한 손가락이 뽑은 카드는 A였다. 그것도 가장 높다는 스페이드A.

장치앙린은 자신이 뽑은 카드가 자랑스러운지 껄껄 웃으며 그를 몇 번이나 흔들었다. 그러곤 그 카드로 유주가 뽑은 카드 위를 덮었다.

「이로써 이 일은 해결된 겁니다. 니시콴라이는 롱친에 빚이 하나 생긴 것이고요.」

나 뭔가 잘못한 건가?

유주가 눈알을 굴리며 슈란과 리옌의 눈치를 살폈다. 둘 다 표정은 변함이 없었다. 오히려 리옌은 살짝 웃기까지 했다.

「오늘의 패배를 배워 두도록 해라, 카이화. 운도 확실한 실력이구나.」

「동생분 기를 너무 죽이지 마시오, 선생. 이건 그저 여흥이 아닙니까.」

「이 아이는 승패에 예민하답니다. 패배라는 것을 제대로 가르치지 못한 제 부덕함 탓이지요.」

「그것은 경험이 해결해 줄 문제지요.」

표면적으로 나쁜 분위기는 아니었다. 하지만 유주는 확신할 수 있었다. 지금, 리옌은 이 상황을 매우 불쾌하게 여기고 있었다.

표정으로 드러나지 않아도, 오히려 표정으로 드러나지 않기에 느껴지는 것들이 있다. 잔잔한 미소가 감도는 입가에 감긴 분노라던가, 접히지 않은 눈가에 흉흉하게 도사린 살기 같은 종류가 그러했다.

유주는 운은 없었지만 감정에는 항시 민감했다. 분위기를 읽는 데에도 일가견이 있었다. 지금 이 흐름은 불길했다.

「카이화.」

리옌의 목소리는 여상스러웠지만 괜히 켕기는 마음에 유주는 입을 꾹 다물고 그와 눈만 맞추었다. 잘못한 것도 없건만 괜히 아쉽고 분했다. 더 높은 패가 존재할 수도 없는 상황이었지만 그녀가 장치앙린의 카드를 뽑았다면 지지 않았을 상황이었다. 물론 억지라는 건 안다. 그러나 항상 운이라는 건 놓치고 나면 더욱 아까운 법이었다.

「이제 그만 올라가자. 밤놀이는 여기서 끝이다.」

그녀를 바 테이블로 이끌었던 때처럼 리옌이 부드럽게 유주의 허리를 감았다. 유주는 얼결에 장치앙린에게 꾸벅 묵례를 하곤 걸음을 옮겼다.

괜히 등 뒤가 따끔따끔했지만 무시하기로 했다. 남의 사업 따위 관심도 없었다. 저치들이 여기서 술 마시고 고스톱을 치든 스트립쇼를 하든 알 바도 아니었다. 그냥 오늘 그녀의 일은 이것으로 끝났다는 것만이 중요했다.

"잘했어."

승강기에 올라탐과 동시에 긴장이 풀렸다. 유주가 크게 숨을 내쉬며 자리에 쪼그려 앉았다. 리옌이 그런 유주를 위로했다. 그를 올려다보며 유주는 짜증스럽게 말했다.

"다시 이딴 짓 시키지 마. 그리고 도망 안 칠 테니까 앞으로는 비즈니스 있을 때 날 좀 혼자 내버려 둬."

"단서 조항이 매력적이군."

그렇게 말하면서도, 리옌은 그녀에게 혼자 움직이게 해 주겠다는 말은 하지 않았다.

Chapter 2

"으⋯⋯."

유주가 눈을 뜬 건 오전 8시가 좀 넘은 시간이었다. 그것도 자의로 기상한 건 결코 아니었다.

객실에 비치된 전화기가 연신 요란하게 울려 대고 있었다. 어렴풋이 꿈속에서 사이렌 소리를 들은 것도 같았는데, 결국 그녀가 들은 건 이 벨 소리인 모양이었다.

─왜 이렇게 전화를 늦게 받아?

받지 않으면 주구장창 울려 댈 것 같은 느낌에, 유주는 손만 더듬더듬 뻗어서 전화기를 집어 들었다. 그걸 귀에 가져다 대기도 전에 남자의 목소리가 수화기 너머로 흘러나왔다.

"누구세요⋯⋯."

─적당히 잠 깼으면 내려오지 그래?

채근하는 목소리를 듣고 나서야, 유주는 상대가 리옌임을 뒤늦게 깨달았다. 따지고 보면 한국어로 그녀를 깨울 사람은 이 러시아 땅에 단 한 명뿐이었다.

"왜?"

—여긴 조식이 맛있거든.

"……안 깨울 거라며."

—당신이 아침 식사를 할 거라 생각했거든. 싫다면 그대로 다시 자. 조식은 11시까지만 제공되니까 그건 알아두고.

리옌은 그 말을 끝으로 뚝, 전화를 끊었다. 유주는 에이씨, 짜증을 부리며 전화를 끊었다. 제 할 말만 하면 다인가 싶다가도 또 밥 먹으라고 깨운 걸 보면 나쁜 놈 같지 않기도 했다.

"어으, 죽겠다."

아니, 나쁜 놈이 맞았다. 결국 한번 잠에서 깨니 다시 자는 일도 쉽지 않았고, 뇌가 깨어나니 배가 고팠다. 결국 유주는 리옌의 말에 따르기로 했다. 호텔 조식. 앞으로 몇 번이나 이런 경험을 할지는 모르니까.

늘어지게 하품을 하며 그녀는 자신이 잠든 객실을 한번 둘러보았다. 결국 어제 유주는 그대로 리옌과 함께 올라와 그의 방으로 안내받았다. 자기는 알아서 할 테니 편하게 쓰라는 말에 겸손을 떨 그녀가 아니었다.

침대가 하나라서인지 아니면 웨이치가 차별적으로 방을 고른 것인지는 모르겠다. 일단 이 방은 뷰가 좋았고, 방이 무척 크고 넓었으며, 침대가 장난 아니게 광활했다. 느낌 탓인지 모르겠지만 시트도 다른 것 같았다.

물론 낯선 환경인지라 유주는 새벽까지 이런저런 생각에 쉬이 잠을 이루지 못했다. 그래도 잠 자체는 무척 잘 잤다. 머리가 맑았고, 기분도 나쁘지 않았다.

다만 라운지로 내려갈 준비를 시작하자 좋은 기분은 반쯤 사그라졌다.

옷이 없었다. 그녀는 오 분 넘게 어제 입고 올라온 드레스를 내려다보며 번민했고, 결국 식욕 앞에 무릎을 꿇었다. 그래도 다행히 리옌의 재킷은 앞섶을, 우신의 스카프는 목을 잘 가려 주었다. 하지만 역시 모양새가 어정쩡한 것은 어쩔 수 없었다.

스카프야 여성용이 맞다고 하지만 리옌의 품은 유주보다 훨씬 넓었고, 막 잠에서 깬 꾀죄죄한 몰골에 드레스, 스카프, 품이 큰 재킷은 썩 훌륭한 조합이 아니었다.

"좋은 아침."

내려가자마자 유주는 곧바로 리옌을 발견할 수 있었다. 그는 라운지 정중앙 테이블에 앉아 책을 읽고 있었다. 그 모습은 그가 어두운 쪽에 속한 사람이라는 상상의 여지를 완벽하게 차단했다. 멀끔하고 말쑥하고 심지어 핸섬하기까지 한 이십 대 남성. 자기 손에 피를 묻히기보다 결혼 시장에서 여자들의 간택을 받는 입장이 더 어울린다고밖에 말할 수 없었다.

다만 그녀에게 인사를 건네는 리옌의 표정은 별로 좋은 아침 같지 않았다. 피차일반이니 다행이었다. 유주는 인사를 생략하기로 했다. 별로 좋지 않았으니까.

"다들 어디 갔어?"

리옌은 대답 대신 테이블 한편에 올려 둔 쇼핑백부터 그녀에게 건넸다. 유주는 뭣도 모르고 일단 받아 든 뒤 안을 살폈다. 거기에는 청바지에 얇은 면티, 그리고 흰 운동화가 들어 있었다. 속옷은 없었다. 그건 아무리 리옌이라고 해도 구해 주기 곤란한 모양이었다.

"옷?"

"슈란과 웨이치는 외출, 우신은 내려오지 않았어. 하이윤은 몰라. 어제 새벽에 호텔에서 나서서 아직 안 들어왔으니까. 그리고 조식 시간 종료까지 아직 여유로우니 옷 갈아입고 오지? 나도 아침 식사는 아직이거든."

리옌의 여상한 말투는 그의 소소한 배려를 돋보이게 했다. 하지만 유주의 입장을 생각해 준 건 확실했다. 태연한 척 굴어도 '이건 나의 가슴이오, 이건 나의 속옷이다!' 하고 전시하는 의상은 당연히 불편했다.

그녀의 간지러운 부분을 정확히 긁어 준 리옌 덕분에 유주의 기분은 금세 상승했다. 그녀는 리옌 쪽으로 엄지를 치켜세웠다.

"센스 좋은데?"

"기본이지."

하하, 유주가 기쁨의 웃음을 터트렸다. 덩달아 리옌도 그녀의 반응이 퍽 흡족한 듯 웃었다. 그러곤 시계를 들여다보았다.

어제와는 사뭇 다른 상냥한 분위기였다. 그래서 적응이 안 되었다고? 천 만에. 유주의 입장에서는 그가 친절한 편이 나았다. 앞으로 죽으나 사나 일이 해결될 때까지는 서로 얼굴을 보고 지내야 하는데 불친절한 것보다 는 부드러운 쪽이 좋지 않겠는가.

그래서 유주도 상냥하게 나가기로 했다. 그녀는 빈정거림을 비롯한 비틀린 감정 하나 없이 순수한 마음으로 씩 웃었다.

"좋아. 금방 올 테니까 조금만 기다려. 아! 우리, 출발은 언제야?"

"……아마 슈란의 일이 끝날 즈음."

"그럼 시간 느긋하네. 호텔 체크아웃은 몇 시인데?"

"14시?"

"먹고 쉬면 되겠다. 오 분이면 돼."

유주가 발걸음도 가볍게 파우더 룸으로 향했다. 사실 그리 가볍진 못했다. 우신이 빌려준 구두는 245인 유주의 발 사이즈에 정확히 맞았지만, 앞코가 뾰족해서 발볼이 넓은 그녀에게는 걸을 때마다 약간 고문이었다.

그에 반해 리옌이 사 온 신발은 다소 품이 넉넉했지만 끈을 꽉 조이면 불편함 없이 움직일 수 있었다. 발바닥에 쿠션도 제대로 깔려 있어 걷기도 편했다.

"여기 조식은 얼마야?"

"800루블 정도였나."

파우더 룸에서 옷을 갈아입고 나온 유주는 드레스가 담긴 쇼핑백을 자연 스레 리옌에게 건넸다. 그녀가 전해 준다고 해도 땡큐, 한마디밖에 못 할 게 뻔했기 때문이다. 리옌이라면 드라이클리닝을 하든 뭘 하든 우신의 구미에 맞춰 잘 돌려줄 것이라 믿었다. 리옌 또한 쇼핑백을 받아 들며 아무렇지 않아 했다. 유주는 그와 함께 식당에 들어갔다.

"어젠 어떻게 됐어?"

한결 풀어진 것은 유주나 리옌뿐이 아닌지 뷔페 안의 사람들도 어젯밤에 보았던 복장과는 한결 달랐다. 훨씬 편안하고 캐주얼한 분위기였다. 심지어 가족 단위의 방문객도 보였다. 카지노나 바와는 다른 일상적인 분위기는 낯선 타지에서의 불안감을 한결 완화해 주었다.

짧은 시간이지만 숙면한 덕에 컨디션도 좋았다. 게다가 유주 앞에 널리고 깔린 건 보는 것만으로도 포만감을 느끼게 하는 식사 거리였다. 그래서인지 그냥 묻고 싶어졌다. 어젯밤 그녀를 잠 못 이루게 한 고민거리에 대해서 말이다.

"뭐가 말이지?"

"내가 게임에서 진 거잖아. 카드 뽑기."

"아."

"무슨 상황이었는지 물어봐도 돼?"

"당신은 알고 싶은 것도 참 많군."

리옌이 피식거리며 유주의 접시에 베이컨을 한 조각 놔 주었다. 유주는 덩달아 반숙 계란을 자신의 접시에 얹었다.

"괜히 찝찝하잖아. 더 높은 카드를 뽑아 달라며."

"당신은 충분히 높은 카드를 골랐지."

"그런데 그쪽이 더 높은 걸 뽑아 갔잖아?"

"신경 쓰지 마. 원래 이쪽 인간들 사고가 말초적인 거에만 몰려서 그딴 시답잖은 짓거리를 종종 하는 편이니까."

리옌은 대수롭지 않게 말했지만 유주가 느낀 어제의 분위기는 결코 시답잖지 않았다. 그 정도는 말을 못 알아들어도 알 수밖에 없었다. 하지만 유주는 더 묻지 않기로 했다. 더 이상 이야기하고 싶지 않은 상대에게 캐묻는 것은 예의 있는 행동이 아니었다.

"요거트, 내 것도 떠 줘."

"그럼 당신은 음료를 가져와."

"그쪽은 뭐 마실 건데?"

"물이면 돼."

"싱겁긴."

게다가 유주가 우호적으로 군다면, 리옌은 상호 간에 매너를 주고받을 수 있는 좋은 상대였다. 짧은 시간이었지만 그는 기가 막히게 잘생긴 얼굴만큼이나 출중한 배려심을 내비쳤다.

요거트를 부탁하고 유주는 접시 하나에 물 두 컵을 얹었다. 두 손이 가득 찼다. 리옌이 자리를 잡고 멀뚱히 서서 유주를 불렀다. 퍽 어색한 광경이었다. 하지만 그리 나쁘진 않았다.

물론 십 분 내로 그 생각은 바뀌었지만.

"……뭐?"

좋다고 생각한 내가 멍청이였지.

발단은 그녀의 그 질문이었다. 유주는 핫케이크 위에 정성스럽게 버터를 펴 바르며 기분 좋게 한 마디 질문을 건넸을 뿐이다.

'앞으로 내가 무슨 일을 하면 돼?'라고.

"못 들었어? 시체 브로커를 찾아야 한다고."

"……그걸 내가? 아니, 잠깐만. 나 그런 거 몰라."

"당신이 모를 거라는 건 알아. 애당초 브로커가 왜 브로커겠어? 개나 소나 다 알면 그게 브로커야? 부동산 중개업자지."

되는대로 지껄이는 듯한 말이었다. 유주는 어이없음에 버터나이프까지 내려놓았다.

"잘 아네. 그런데 그걸 내가 어떻게 알아?"

"동업자들끼리는 얘기가 통할 테지."

"……그런 거라면 당신네 일 아니야? 조폭이라며."

"듣기 거북한데. 조직 폭력배라니."

"조직이라며?"

"조직, 명사. 특정한 목적을 가진 개체나 개인이 집단을 이루는 것."

놀리는 말투에 유주는 당혹감과 미미한 분노를 느꼈다. 그래, 리옌은 처음 만났을 때부터 그다지 상냥하지 않은 화법을 구사했다. 게다가 애당초 그가 유주에게 시킬 건 그리 많지 않았다.

영화에서처럼 무슨 첩보 보안 요원으로 어디 잠입을 시킬 것인가, 해킹을 시킬 것인가, 누군가의 암살을 지시할 것인가? 그러나 이건 얼핏 듣기에도 터무니없이 위험해 보였다. 그리고 너무나⋯⋯. 현실성이 없어 보였다.

현실성이 있어도 문제였다. 최소한 죄는 짓고 살지 말아야지, 그게 유주가 가진 인생관이었다. 그런 마당에 시체와 암거래라니. 그 단어의 조합만으로도 느껴지는 이 불법적인 기운은 뭐란 말인가?

게다가 까딱하면 그런 곳에 들락날락했다는 것만으로도 유주의 커리어는 끝장날 것이다. 비약일지 모르지만 최소한, 그런 상황을 감내하는 건 결코 달갑지 않은 일일 것이다.

"한국에서 시체를 매매할 일이 얼마나 된다고 생각해?"

"시체는 의외로 돈이 돼. 돈을 원하는 사람은 세상천지에 널리고 깔렸지."

"많다고?"

"순진한 건 죄가 아니야. 깨끗하게 살아왔다는 증거니까."

그딴 말을 이런 상대에게 들어봐야 비꼬는 것으로밖에 들리지 않는다. 유주가 한숨을 길게 내쉬며 다시 포크를 집어 들었다.

"그으래, 내가 깨끗하게는 살았지. 그런데 그건 싫어. 돈을 억만금을 준대도 그런 류의 인간들하고 얽히기 싫거든. 다른 걸 제안해 봐."

"엮여 본 적이 있는 것처럼 말하는군."

예리한 리옌의 지적에 유주가 잠시 뜨끔한 표정을 지었다. 금세 그 표정은 지워졌지만 상대는 그녀의 일거수일투족을 관찰하고 있는 남자였다. 리옌이 그를 놓칠 리 없었다.

"설마 당신……."

"아, 아냐! 그냥…… 아, 젠장. 그래. 소문은 들어 봤어."

"소문만?"

떠보는 걸 알았지만 유주는 입술을 달싹이며 잠시 고민했다. 과거라고 할 건 없었지만 괜히 찝찝한 사실을 밝혀서 좋을 것도 없다는 걸 알았다. 그러나 그녀는 숨기고, 아닌 척 눙치는 데에는 영 일가견이 없었다.

에휴. 유주의 입에서 긴 한숨이 흘러나왔다. 그때까지도 리옌은 날 선 눈 빛으로 그녀를 뚫어지게 응시하고 있었다.

"그래. 옛날에, 나한테 그 비슷한 제안 같은 게 들어온 걸 본 적 있어."

"당신한테 직접?"

"어어, 그런데 오해는 하지 마. 무연고자 시신을 구해 줄 수 있냐는 거였 는데, 그게 당신이 바라는 뭐, 브로커, 그런 건 아닐 수도 있으니까. 그냥 할아버지랑 삼촌 두 분 다 이쪽 일을 하시니까 나한테 살짝 줄을 댈 수 있 는지 떠본 거 같아."

유주가 대학에 가기 전이었나 그 이후였나, 하여간 스무 살 전후였을 때의 일일 것이다. 삼촌에게 찾아온 손님 중 하나였는데 결국 삼촌에게는 운을 못 떼고 유주만 찔러 본 느낌이었다.

그가 건네주었던 명함의 이름도 뭣도 기억나지 않았다. 다만 하나 떠오르는 것은, 그 명함에 무슨 부속 연구소라 적혀 있던 것뿐이었다.

"흠."

"의대에선 시체 기증을 받기도 하니까 그 비슷한 일환이겠지 싶은데. 어쨌든 난 국내에 불법 루트로 시체를 사고파는 경로는 몰라."

"모르면 찾아내면 되는 거지."

"아……. 거참."

결국 이야기는 다시 원점이었다. 유주가 설레설레 고개를 젓자 리옌이 포크와 나이프를 내려두고 물컵을 집어 들었다.

다리를 꼰 채 의자에 느긋하게 기대 잔을 집어 드는 그 모습은 아무리 봐도 맞선 시장에서 상대 여자를 유혹하는 매력적인 제비 정도로밖에 보이지 않았다. 뺨을 한 대 올려붙이고 싶을 정도로 여유 만만해 보인다는 의미이기도 했다.

"당신의 삼촌이라는 분이 결백하다는 전제하에, 그쪽 바닥에서 오래 구른 베테랑부터 찾아보는 걸로 하지."

"……."

"당신이 중개인을 찾으면 그 이후부터가 내 일이야. 나도 괜히 남의 땅에서 들쑤시며 분위기 사납게 만들고 싶진 않으니까."

"허어……."

"난 당신이 내 일에 적극적으로 협조하겠다 한 거로 기억하는데. 당신이 직접 서명한 그 계약서는 설마 내 환상 속의 물건이었나?"

입맛이 뚝 떨어졌다. 유주가 답답한 마음에 테이블을 가볍게 내려쳤다.

"이봐. 내가 어지간하면 이런 말 안 하려고 했거든? 당신 인생이니까."

유주의 날 선 말투에 리옌이 까닥, 턱짓을 했다. 어제 유주가 그의 성미를 돋우기 위해 했던 행동이었다. 그게 효과가 있었느냐 하면, 탁월했다. 유주는 자신의 목소리에 독이 바짝 오른 것을 느낄 수 있었다.

"제발 말본새 좀 고쳐. 아니면 상대 열받으라고 일부러 그러는 거야? 그거 별로 좋은 습관 아니다?"

"자주 듣는 말이군."

"그러다 칼 맞아 뒈질걸?"

"그건 사실이고."

"고자나 돼 버리라지."

"……."

"재수 없는 새끼. 좋은 마음에 충고를 해도 받아치는 꼬라지가 뭐 그따위래."

"허."

"하여간 분위기 조지는 데 뭐 있어요. 딱 친구 없을 스타일이네."

면전에 대놓고 욕설을 한 바가지 퍼부으니 그나마 속이 좀 후련해졌다. 그대로 유주는 800루블짜리 식사를 내버려 둔 채 자리에서 일어났다.

"슈란이 오면 불러. 아니면 체크아웃 이후에 다시 로비에서 만나든가."

"어딜 가려고?"

리옌이 재빨리 유주의 손목을 낚아챘다. 미간에는 주름도 잡혀 있었다. 그 모습에 오만상을 쓰며 유주가 손을 털어 냈다. 그러곤 퉁명스럽게 대답했다.

"안 좋은 소리 들었으니 귀 씻으러 간다, 왜."

"당신도 말본새는 만만찮은데."

"누구랑 비교하면 내 말투는 선녀지."

"기도 안 차는군."

"마찬가지야. 방에 있을게. 나 또 붙잡으면 나한테 반한 거라고 생각할 거야."

그 말에 질색팔색한 건지 리옌은 유주를 두 번 붙잡지 않았다. 유주는 아까 객실에서 내려올 때 카드키를 반납하지 않은 스스로의 혜안에 감탄하며 그대로 승강기에 올라탔다.

"……브로커…… 브로커라……."

그렇게 호텔방에 들어선 유주는 실제로 귀를 씻기는 했다. 원래 고인 다루는 사람들은 미신을 많이 믿었다. 하지만 딱 그것만 하자고 올라간 건 아니었다.

리옌은 계약서를 작성할 때 좀 더 신중해야 했다. 호텔 방엔 컴퓨터가 구비되어 있었다. 저 헛똑똑이가 진정 '전자 기기 사용 금지'라는 계약 조항을 내세우고 싶었다면 좀 더 철저히 대비해야 했다.

욕조에 몸을 담그기 위해 물을 틀어 두고, 유주는 컴퓨터로 구글에 접속했다. 구글 주소 뒤에 '.com'을 붙이니 그녀가 아는 구글 화면이 떴다.

"되게 느리네……."

이렇게 저렇게 키보드 설정을 몇 번이나 만진 끝에 영어나 러시아어가 아닌 한글 검색을 할 수 있게 되었다. 그대로 유주는 '시체'라는 단어를 치고 엔터키를 눌렀다. 난항은 무척 느린 인터넷 속도였다.

"아, 물!"

화면이 조금씩 뜨기 시작할 때, 욕조에서 흘러넘친 물이 바닥에 찰방거리는 소리가 들려왔다. 유주는 컴퓨터를 두고 후다닥 욕실로 뛰어 들어갔다.

이번에는 방에 있던 입욕제까지 털어 넣은 참이었다. 소금 결정 같은 거였는데 그 색이 심상찮다 싶더니 물이 옅은 와인색이었다. 유주는 킁킁 냄새를 맡아 보고는 망설임 없이 욕조에 몸을 담갔다. 슈란과 함께 쓰던 트윈 베드룸의 욕조와는 크기 자체가 다른 넓은 월 풀은 혼자 발장구를 쳐도 될 만치의 너비를 자랑했다.

"브로커……."

유주는 물속에 머리끝까지 담갔다 빼며, 젖은 머리를 뒤로 말끔히 쓸어 넘겼다. 순식간에 정수리까지 훅하고 달구는 열기가 오히려 그녀를 침착하게 만들었다.

리옌의 요구는 이해 못 할 게 아니었다. 다만 유주는 그 빈정거리는 말투가 마음에 안 들었을 뿐이다.

앞서 생각했던 것과 같이, 그가 유주에게 부탁할 수 있는 건 한국에서 무언가를 자유롭게 찾아달라는 것 외엔 없었다. 시체 브로커라는 듣도 보도 못한 생소한 단어가 그녀의 심리적 허들을 훅, 높였을 뿐이다.

하지만 일이니 찾아야겠지. 유주는 목을 뒤로 젖혀 욕조 턱에 완전히 기댄 채 물 위에 누웠다. 그리고 눈을 감았다. 리옌의 조건을 떠올렸다.

삼촌이 결백하다는 전제하에 이쪽 바닥의 베테랑부터 뒤져 본다라.

장의사들도 협회가 있으니 찾아보는 건 어렵지 않았다. 하지만 아무나 붙잡고 들쑤신다고 해서 답이 나오는 건 아니었다. 리옌이 제시한 조건에서 몇 가지가 더 덧붙여져야 필터링이 가능할 것이었다.

"시체 매매라⋯⋯."

그럼 관건은 시체가 아니라 '매매' 쪽이었다. 아무래도 돈 욕심이 있는 사람이어야 할 테고, 입이 무거워야 할 것이다.

그럼 또 문제가 생긴다. 입이 무거운 사람이 브로커에 대해 알려 줄 리가 있겠느냐 이거다.

"참 나. 내가 무슨 추리 만화 주인공도 아니고⋯⋯."

만화나 소설 속에서는 그런 대상자들을 참 잘도 찾아냈지만 유주에겐 그런 능력이 없었다. 상식적으로 누군가 유주를 붙잡고 '혹시 시체 매매 브로커에 대해 아시나요?'라고 물어본다면 그녀는 가차 없이 이렇게 말할 것이다.

미친놈.

"미친놈⋯⋯."

그 말은 리옌에게 되돌려 줄 수 있는 말이기도 했다. 미친놈.

물론 브로커를 찾는 이유는 알 수 있었다. 상대가 살아 있다면 그에 따른 생존 반응이 남기 마련이었다. 카드를 쓰든, CCTV에 포착되든 말이다.

하지만 상대는 죽은 사람이다. 그리고 그 죽은 사람에 대한 흔적을 쫓을 수 있는 유일한 루트는, 그 사람이 생전에 마지막으로 교류했던 이다.

"아."

그제야 왠지 감이 잡혔다.

카이화의 사망은 우선 차치해야 한다. 그녀가 죽었다면 단순히 유골만 수습하면 될 일이다. 그러나 그 죽음에는 이유가 있을 터였다. 그리고 지금, 그 죽음의 이유는 카이화가 죽기 직전 마지막으로 동행했다는 루쳰허가 알고 있을 터였다.

시체가 문제가 아니다. 시체 관계자의 문제다.

루쳰허. 어쩌면 그 사람이 시체 브로커와 연이 닿은 사람일지도 모른다.

「난 커피 한 잔 사 올게. 아침부터 움직였더니 영 머리가 안 돌아가네.」

「그럼 우린 여기서 기다리고 있겠어.」

「그래. 커피 안 필요하지? 내 것만 사 올게.」

슈란이 호텔로 돌아온 건 체크아웃 10분 전이었고, 그대로 슈란과 리옌, 유주는 호텔에서 제공하는 리무진을 타고 국제공항으로 향했다. 돌아갈 때는 비행기를 타는 모양이었다.

오전에 있었던 소소한 실랑이로 한두 마디 말이 나올 거라 생각했지만 리옌은 평소와 같았다. 그녀의 말에 화가 난 것 같지도 않았다. 물론 그가 화를 냈다고 해도 유주는 그의 말을 귓등으로도 안 들을 생각이었다. 이미 그녀의 머릿속에는 다른 생각들로 꽉 차 있었기 때문이다.

"어디 잠시 앉아 있는 건 어때?"

리옌이 유주의 팔을 살짝 잡아끌었다. 누가 봐도 나사 하나가 풀려 있는 그녀가, 다른 사람들과 부딪힐 것 같아서였다. 유주는 그제야 "어?" 하며 고개를 들었다.

"정신을 어디에 팔고 있는 거야?"

"아, 잠깐 생각 좀."

"커피 필요해? 슈란이 사러 갔는데."

"아니, 괜찮아. 그래, 앉자. 나 뭐 좀 물어보게."

유주의 말에 리옌은 여상한 표정으로 그녀를 벤치로 데리고 갔다. 유주는 자리에 앉기 무섭게 몸을 틀어 리옌을 똑바로 바라보았다. 도대체 뭘 물으려고 하는 건가, 리옌의 얼굴 위에 생각이 고스란히 드러났다.

유주는 그에게 살짝 몸을 붙였다. 잘생긴 얼굴이 약간 당혹감에 물드는 광경은 보기 드문 것이었지만 지금 중요한 건 그게 아니었다.

"당신이 시체 브로커를 찾는 이유 말이야."

"음?"

"그 루첸허가 브로커인 거. 맞지?"

"호오."

대답보다 확실한 호응이었다. 유주의 예상이 맞은 모양이었다. 그 기세를 타 유주가 쏘아붙이듯 말을 이었다.

"당신이 한 말을 오래 생각해 봤거든? 그런데 나오는 결론은 그것뿐이야. 루첸허가 브로커였고, 그가 서류를 위조해서 카이화…… 카이화가 죽었는지 아닌지는 차치하고, 일단 그녀의 시체를 한국에서 소각했어. 아마 중국에는 당신네 손이 뻗쳐있기 때문에 수색에 들어가면 금세 잡힐 거라고 생각했기 때문이겠지."

"훌륭한 추리군."

"내 말 아직 안 끝났어. 어쨌든 루첸허가 한국에서 카이화를 처리하려고 한 이유는 둘 중 하나일 거야. 그가 카이화를 죽였거나, 아니면 카이화를 어디로 빼돌리려고 했거나. 아마 당신도 나와 같은 생각을 했을 테고."

"그래, 맞아."

"그럼 조금 더 근본적인 질문을 할게. 루첸허가 '시체 매매 브로커'였어?"

"정확한 추측이야."

리옌은 시원스럽게 대답했다. 그가 미적거리지 않은 덕에 유주의 머릿속도 한결 후련해졌다.

카이화가 살아 있을 수도 있다.

왜, 어째서 구태여 일을 이렇게 복잡하게 꼬아 가면서까지 루첸허가 카이화를 한국으로 빼돌린 것인지는 모른다. 하지만 리옌이 하려는 일만은 명확했다.

일말의 생존 가능성. 거기에 뭔가 걸어 보고 싶은 것이다.

그녀의 번민하는 표정을 보며 리옌은 주변을 살폈다. 그리고 이내 그답지 않게 상냥히 말을 덧붙였다.

"루첸허는 한국을 주 거점으로 삼았어. 그는 재중 동포였거든."

"아…… 조선족이라고 하는 그?"

"그렇게 부르기도 하지. 그가 주로 하는 일은 한국에서 '사연이 있어 중국 본토로 돌아오지 못한' 시체를 들여오는 일이었어. 동시에, 중국에서 사연이 있어 합법적으로 한국 땅에 돌려보내지 못하는 시체를 보내 주는 일도 했고."

"……품이 많이 들 것 같은데."

"그러니 제법 쏠쏠한 장사가 되었지."

머리로는 이해가 되지만 확 와닿는 얘기는 아니었다. 하지만 유주는 토달지 않고 얌전히 들었다. 별세계 이야기 같고 외계인이 말하는 것 같다고 해도 그녀가 발을 들인 이상 이제 그녀에겐 현실이 될 이야기였다. 꼭 알아 두어야 하는 내용이기도 했다.

"그래서? 그가 당신네를 배신한 거야?"

"배신이라고는 할 수 없지. 그는 장사치고, 우리와 전속 계약을 맺진 않았으니까. 하지만 신뢰 관계에 금이 간 건 확실해. 니시콴라이에서 그치에게 떼 주는 돈이 섭섭한 수준은 아니었거든."

즉, 장사치인 루쳰허에게 있어 '카이화의 시체'는 리옌의 조직이 주는 돈의 몇 배의 가치가 있거나, 그가 이 정도의 모험을 해야 할 정도의 다른 의미가 있어야 한다는 거였다. 유주가 고개를 끄덕였다.

"그럼 당신이 보기엔 뭐 같아?"

"뭐가?"

"그가 당신네를 등진 이유 말이야. 그쪽에서도 뭔가 조사를 했을 거 아냐. 공유해 줘. 알아야 나도 머리를 좀 더 굴려 보지."

유주의 말에 리옌이 기분 좋게 웃었다. 그러곤 큰 손을 들어 올리더니 유주의 머리 위를 덮었다. 마치 개를 쓰다듬듯이.

"뭐야?"

유주가 그 손을 탁 쳐냈다. 리옌은 별로 기분 나빠 하지 않고 순순히 손을 거뒀다. 그의 표정은 제법 인자해 보였다. 말투는 전혀 그렇지 못했지만.

"거기까지 해 둬. 그 이상은 당신이 알아봐야 일하는 데 도움 될 게 없으니까."

"뭐?"

"당신이 하나부터 열까지 따지고 드는 성격이라는 건 알겠어. 여기까지 추론한 것도 훌륭한 편이지. 하지만 그뿐이야. 여기까지만 알아도 당신이 당신 몫의 일을 하는 데엔 무리가 없어."

칭찬같이 들리지만 그건 노골적인 '경고'였다. 그 이상 끼어들지 말라는.

유주도 알았다. 리옌의 말은 하나부터 열까지 틀리지 않았다. 하지만 사실…… 남의 일처럼 여겨졌기에 오히려 냉정히 판단할 수 있었던 거였다.

아무리 시체 사진을 들이대고 홍콩 마피아니 뭐니 하는 소리를 늘어놔 봐야 그것이 현실처럼 느껴지지 않으면 영원히 그 흐름 속, 유주는 타자로 남을 수밖에 없었다. 그렇게 객관화 된 입장은 때때로, 흐름 속에서 전체를 파악하려 버둥거리는 것보다 훨씬 냉정하고 이성적으로 상황을 분석할 수 있는 좋은 무기가 되었다.

유주는 그런 자신의 입장을 활용하려던 것뿐이었다. 조금은 흥미 본위인 것도 있었지만 베이스는 그랬다.

"그러니 거기까지 해 둬."

「……두 사람 뭐 해?」

타이밍 좋게 슈란이 커피를 들고 둘에게 다가왔다. 리옌은 아무 일 없었다는 태연한 낯짝으로 어깨를 으쓱거리며 대답했다.

「협력자 간의 프렌드십을 확인하는 중이었지.」

「마치 개새끼를 칭찬하는 느낌이던데.」

슈란이 영어로 말한 건, 유주 들으라고 하는 소리였다. 개를 칭찬하는 느낌. 딱 그랬다.

그제야 유주는 리옌이 그녀의 온갖 성질을 다 받아 주는 이유를 알 수 있었다. 그녀에게 카이화의 실종 또는 사망이 '남 일'이듯이, 리옌에게 유주도 완전한 '타인'이었다. 남에게는 얼마든지 상냥해질 수 있었다. 감정을 소모할 필요도, 쓸모없는 에너지를 허비할 필요도 없었다.

언제든 안 보면 그만이기 때문이다.

"슬슬 일어나지."

리옌이 먼저 자리에서 일어났다. 유주도 얌전히 헝클어진 머리를 정리한 뒤 몸을 일으켰다.

어차피 남이니 그는 유주가 개새끼라 욕을 하고 뺨을 후려쳐도 큰 반응이 없을 것이었다. 그러니 그가 그녀를 개새끼 취급한들, 기분 상할 필요가 없었다.

빈정은 상했지만.

* * *

와…… 진짜 한국이야.

러시아에서 한국은 비행기로 두 시간 정도밖에 걸리지 않았다. KTX로 서울에서 부산까지 세 시간 남짓 걸리는 것을 생각해 보면, 비록 수단이 다르다고 해도 러시아는 충분히 한국과 가까운 국가였다.

게다가 비즈니스석을 탄 것도 처음이었다. 아니, 해외에 나간 것 자체가 처음이다. 이전까지는 해외나 국내나 다 사람 사는 곳이 거기서 거기라 생각했다. 그러나 이제 막 관심이 생긴 차였다. 이 일이 끝나면 어디 좋은 곳으로 돈 펑펑 쓰는 호화로운 여행을 떠나 볼까 싶을 정도로 러시아 호텔의 야경은 아름다웠다.

"기분이 어때?"

리옌이 슬쩍 유주에게 말을 붙였다. 셋의 자리는 통로를 사이에 두고 왼편 통로 가에 리옌이, 오른쪽 자리의 통로에 슈란, 그리고 창가에 유주가 붙어 앉는 모양새였다.

그 통로로 몸을 길게 빼 가며 말을 걸어오는 친근한 태도가 우스웠다. 왜 갑자기 친한 척이래. 유주는 일부러 창가로 고개를 돌리며 짧게 대답을 뱉었다.

"좋아."

리옌은 뭔가 말을 더 붙이려는 듯했지만 곧바로 슈란이 다가왔다. 유주는 옆자리 인기척을 느끼면서도 고개를 돌리지 않았다.

「이십 분 후 착륙이래. 공항 앞에 차 있을 거고 일단 숙소로 자리부터 옮기자. 한국 쪽에 있는 애들이랑 연락은 미리 해 놨어?」

이미 익숙할 터이지만 오늘따라 슈란의 종알거림이 유난히 거슬렸다. 아내가 예쁘면 처가 말뚝에도 절을 한다는 말의 반증처럼, 한 놈이 밉상이니 한 놈의 목소리마저 듣기 싫어진 모양이었다.

다음번에 해외에 나가게 된다면 반드시 이어폰을 챙기리라. 유주는 조용히 제 마음속 리스트에 그 내용을 채워 넣었다.

「아니. 그냥 조용히 움직일 생각이야. 말이 많이 퍼져 봐야 좋을 게 없으니까.」

「그럼 어떻게 찾으려고?」

「그래서 저 여자를 고용한 거잖아?」

「……난 모르겠다. 알아서 해.」

슈란이 시트에 몸을 깊게 기대는 게 느껴졌다. 유주도 눈을 질끈 감았다가 천천히 다시 떴다. 눈이 아플 정도로 흰 구름 위를 떠다니던 비행기의 고도가 점차 낮아졌다. 차창 너머, 아주 작게 공항이 보이기 시작했다.

"이쪽으로."

시종일관 불퉁한 표정의 유주를 리옌은 제법 살뜰히 챙겼다. 출국 수속을 밟으며 유주는 위조 여권이 걸리지는 않을까 걱정했지만 문제없었다. 오히려 문제가 없는 게 문제 같았다. 한국 입국 심사가 그렇게 까다롭다더니 그것도 다 거짓말인가. 맥이 풀릴 정도였다.

그렇게 공항에서 다시 서울 도심으로 빠지는 데 한 시간. 유주도 들어 본 유명한 이름의 호텔에 도착하고 나서야 여정은 끝이 났다. 시간상으로 치면 고작 사흘 만에 다시 맡는 서울 공기가 그렇게 상쾌하게 느껴질 수가 없었다.

이대로 집에 가면 안 되나? 싶었지만 리옌은 자연스럽게 호텔 체크인을 하며 유주에게 키를 건네주었다. 아무래도 이곳에서, 함께 지내야 하는 모양이었다.

"통역사가 올 거야."

리옌의 말에 유주가 얌전히 고개를 끄덕였다. 혼자는 두지 않을 거라고 엄포를 놓더니, 러시아보다 한국에서 유주 혼자 움직이는 게 더 수월하다는 걸 아는 걸까, 모르는 걸까?

어쨌든 방 키가 세 개인 것으로 보아 그녀는 독방이었다. 아주 편히 쉴 수 있을 것 같았다. 물론, 여기서 지하철 한 시간 거리의 본인 원룸이 제일 속은 편하겠지만.

"그래."

"통역사는 슈란이랑 같이 있을 거야. 저녁까지 시간이 있으니 당신은 나랑 같이 한 바퀴 돌지."

"알겠어."

"……듣자 하니 장의사들도 협회가 있다고 하던데."

그건 또 어디서 주워들었대. 유주가 고개를 끄덕였다. 하지만 이름만 협회지 거기에 사람이 많이 상주하고 있진 않을 거였다.

"그럼 협회로 가면 되는 거지?"

유주는 군말 없이 고개만 끄덕였다. 유주의 반응에 리옌이 묘하게 떨떠름한 표정을 지었다. 그러곤 굳이 물어보지 않은 말을 덧붙였다.

"가서 명단을 받을 거야."

"장례인 명단?"

"그래. 그 명단을 받아 내는 것부터가 일의 시작이 되겠지."

되는 대로 들쑤시고 다닐 거라 생각했는데 의외로 생각은 있었다. 하지만 명단을 어떻게 얻어 낼지에 대한 생각은 해 보지 않은 모양이었다. 유주는 알아서 하라는 듯 어깨만 들썩거렸다. 리옌이 시간을 확인하며 슈란에게도 가벼운 전달사항을 알렸다. 그러곤 다시 유주에게 말했다.

"한 시간 뒤, 로비에서 봐."

"알겠어."

리옌은 뭔가 할 말이 더 있는 표정이었지만 구태여 말을 덧붙이지는 않았다. 유주는 대충 그가 생각해 둔 게 있으니 저러는 거겠지 했다. 단지 그녀는 빨리 호텔 방으로 올라가고 싶었다. 아직 그녀가 찾아야 할 게 있었다.

그리고 아닌 척하려 해도 그가 공항에서 보인 태도에 기분이 상했다. 그간 몇 번이나 리옌과 가벼운 말다툼을 하더라도 넘길 수 있던 건 자신들이 동업자라고 생각했기 때문이다.

하지만 키우는 개라면 주인 말에 말대꾸하지 않는 게 도리였다. 하지만 다시 생각해도 개라는 표현은 자존심이 상했다. 사람에게 개가 뭐야, 개가.

물론 그 말은 슈란이 했다만.

"식사는……."

"됐어. 이따 봐."

승강기 안에서 리옌이 다시 한번 말을 걸어왔지만 유주는 차갑게 일축하고 먼저 훌쩍 내려 버렸다. 아무리 직장 생활을 오래 해서 배알이라는 게 둥글둥글 마모되었더라도 기분 나쁜 티는 팍팍 내줄 생각이었다.

그래야 똑같은 망발을 안 지껄이지.

「시체」

유주는 객실에 들어가자마자 방의 커튼을 치고 컴퓨터를 켰다. 러시아 호텔에서는 인터넷 상태가 영 좋지 않아 별 정보를 얻을 수 없었다. 오히려 직관적인 단어를 검색한 탓에 오랜 시간을 기다려 전혀 필터링 되지 않은 끔찍한 사진들만 잔뜩 구경하고 왔을 뿐이다.

하지만 상황이 달라졌다. 유주는 한국에 있었고, 한국 호텔에 PC는 기본 옵션 중 하나였으며, 괜히 인터넷 강국으로 불리는 게 아니었으니까. 게다가 한국어로 검색도 쉬웠다.

시체, 시체 매매, 시신, 시신 매매, 암거래, 시체 거래

주요 키워드를 조합하여 검색을 돌리니 흥미로운 기사가 몇 개 눈에 띄었다.

"시체 조직 부위별 매매……."

십 년도 더 된 기사였다. 물론 한국에서 벌어진 사건도 아니었다. 하지만 대략적인 갈피는 잡을 수 있었다.

조직 재생 회사, 병원, 연구소, 제약회사, 의료 기구 회사 등에서 시체를 원한다는 부분이었다. 이건 알아둘 만했다. 대략적인 가격도 나왔다. 부위별로 잘라서 팔면 더 비싸게 먹힌다는 거였다.

죽은 사람의 몸은 결코 고결한 게 아니었다. 유주는 죽은 자에게 최대한의 예의를 갖추는 입장이었지만 현실이 그랬다.

죽으면 끝이다. 그대로 시체는 화장되거나 땅에 묻힌 채 썩어 자연으로 돌아가길 기다린다. 그게 끝이었다. 아무것도 없었다.

죽음 뒤에는 정말, 끝도 없는 공허와 침묵밖에 없었다.

"흠……."

기사들은 죄다 옛날 거였고, 최신 것은 없었다. 국내의 것도 없었다. 하지만 그 아무것도 없는 것에서까지 재산 가치를 찾아내는 이들이 적발되었다고 사라졌을 리 없다. 더불어, 돈이 된다는 걸 알았으니 세계 어디에서도 생겨날 수 있었다.

"허어."

한국에 정말 시체를 돈으로 사고파는 집단이 있다면.

만약 그렇다면 확실히 그 시체를 직접적으로 다루는 사람들부터 찾는 게 최우선이었다. 장의사 협회부터 찾아보겠다는 리옌의 선택은 제법 타당했다. 쫓아가는 것보다 오히려 그걸 원하는 사람들부터 찾는 게 나을 수 있으니까. 게다가 유주는 현직 장의사니, 미끼를 던지면 덥석 물지도 모른다.

"그런데 위험해 보인단 말이지."

문제는 그거였다. 유주가 먼저 제안하기에는 너무나 위험해 보였다. 인정하기 싫지만 아직까지도 여자 장의사라고 하면 그 경력에 무관하게 흰눈을 뜨고 보는 사람들이 태반이었다. '여자가 그런 일을 해요?'라는 노골적인 말을 들은 경우도 허다했다. 더구나 그녀는 사회적으로도 그리 많은 나이가 아니었다.

고작 사회물 몇 년 먹은 여자가 시체를 팔겠다며 접근한다? 그럼 오히려 유주가 찾으려는 그 브로커 집단이 먼저 꼬리를 말 수도 있었다.

생각이 많다고 해도 어쩔 수 없었다. 그녀는 아직 할 수 있는 것보다 못하는 게 더 많은 나이였다.

"아, 벌써 시간이 이렇게 지났네."

클릭 몇 번에 30분이 훌쩍 지나갔다. 유주가 침대에 벌렁 드러누웠다. 장례사 협회에 들러서 명단을 받고 나면 그를 추리는 작업을 해야 할 터였다. 그 이후엔, 이제 발품 타임 시작이겠지.

진짜 피곤한 건 거기부터일 것이었다. 유주는 한숨을 내쉬며 호텔 구석에 카페가 있었음을 기억해냈다. 커피라도 한 잔 마시고 있을까 했지만 이내 돈이 없음을 깨달았다.

"그러고 보니 내 지갑!"

유주는 화장장에서 납치당할 때 자신이 무엇을 가지고 있었는지 다시금 떠올렸다. 담배와 라이터가 있었다. 그리고 당시에, 지갑도 가지고 있었다. 머니클립이었고 그 안에는 그녀의 신분증과 운전면허증, 신용카드가 죄다 들어 있었다. 현금도 있었다. 얼마였더라? 불과 3일 전 일인데 벌써 옛날 일 같았다.

"하, 진짜."

자꾸 좋은 게 좋은 거라고 넘겨야지 하다가도 울컥울컥했다. 생각난 김에 자리에서 일어나 욕실로 달려갔다. 불을 환하게 켜고 턱을 치켜들었다.

"씨발."

하루하루 조금씩 빠지고는 있지만 여전히 살벌한 멍 자국이었다. 오히려 엊그제까지는 전체적으로 다 시뻘건 덕에 통일감이라도 있었다면, 오늘은 푸르딩딩하고 누리끼리한 부분들이 얼룩덜룩해서 더욱 보기 흉측했다.

이것 때문에 계속 스카프를 하고 다닌다면 이제 땀띠까지 걱정해야 할 판이었다. 이건 베이스나 컨실러로 커버 될 수준도 아니었다.

"하여간 어떻게 정을 붙일 수가 없어."

유주는 쯧, 혀를 차곤 욕실을 나섰다. 한동안은 땀띠가 생기든 말든 스카프로 둘둘 동여매고, 좀 멍이 빠지면 다른 방법을 찾아봐야 할 성싶었다. 그나마 다행인 것은 내출혈이 가시는 속도가 제법 빠르다는 것이었다.

좋아. 오늘 이것까지 꼬투리 잡아서 한바탕 지랄해야지.

뭐든 추궁은 트집 잡을 거리가 있을 때 하는 게 맞았다. 유주는 아까 전 더러웠던 기분까지 몰아서 그에게 쏟아낼 생각으로 프런트로 내려갔다.

"아, 고객님. 마침 내려오셨네요. 일행분은 앞에서 기다리고 계십니다."

그녀를 알아본 직원 하나가 상냥하게 말을 걸어왔다. 유주가 고개를 끄덕였다. 아무래도 리옌은, 직접 그녀에게 말을 걸어 박대를 당하느니 직원을 통해 그녀를 호출할 생각이었던 모양이었다.

내가 성질부리는 게 이제야 좀 겁이 나는 모양이지? 유주는 가소롭다는 듯 코웃음을 치며 호텔 앞으로 나섰다. 마침 벨 보이가 리옌에게 무언가를 건네주고 있었다. 자동차 키였다.

그 앞에 있는 건, 암청색의 고급스러운 외제 세단이었다. 유주도 익히 들어 알고 있는 브랜드였다. 그녀는 힐끗 차를 살피고는 리옌을 향해 퉁명스럽게 내뱉었다.

"웬 차야?"

"한국에서 움직이려면 차가 있는 편이 나을 테니까. 샀지."

"……샀다고?"

어이가 없는 대답이었다. 그래, 뭐. 돈이 썩어난다면야 차를 한 대를 사든 열 대를 사든 뭔 상관이겠는가. 굳이 서울의 교통 체증을 체감하고 싶다는데.

"그래. 이래저래 움직일 거면 택시보단 낫겠지."

유주가 조수석 문을 열려는 찰나였다. 불쑥, 그녀의 시야로 긴 팔이 비집고 들어왔다. 팔의 주인이 누구인지 볼 것도 없었다. 무슨 짓이냐는 그녀의 눈빛에 리옌이 천연덕스럽게 말했다

"당신, 면허가 있던데."

뻔뻔스런 리옌의 표정에 유주는 정말 손이 튀어 나갈 것 같아 주먹을 꼭 말아 쥐었다. 참고 참으려 했다. 하지만 이런 통보식의 상황은 참기가 어려웠다. '같이' 움직인다는 건, 최소한의 의논이라는 게 필요하다는 뜻 아니겠는가?

"설마설마 싶은데……."

"음?"

"이거, 나보고 운전하라고?"

"뭐 문제라도 있나?"

"엄청나게 많아. 숫자라도 붙여서 열거해 줘?"

첫 번째. 이건 합의되지 않은 사항이었다. 두 번째. 그럼에도 그는 이 차를 직접 몰고 다닐 생각이었다. 세 번째. 유주는 세단을 몰아 본 적 없다. 마지막. 엄밀히 말해 유주의 면허증은 장롱이었다.

그런 가운데 그녀의 손에 차키를 쥐여 주는 리옌의 행동에 어이가 없을 따름이었다. 아이고, 머리야. 유주가 이마를 짚었다.

"나 운전 못 해."

"……면허증 날짜를 보니 딴 지는 꽤 된 것 같던데."

"서울 살면 차가 따로 필요 없거든? 그 면허증 발급받고 도로 딱 두 번 나가 봤어. 두 번."

"기도 안 차는군."

"그 말은 내가 해야 할 말이거든? 그리고 진짜 돈이 썩어나? 뭐 하러……."

남의 돈이니 참견하지 말아야겠다고 생각했지만 대책 없는 소비 성향에는 한숨만 나왔다. 돈 씀씀이의 문제가 아니었다. 그냥 그는 근본적으로, 아주 많이 잘못되었다.

그는 지나치게 자신의 기준으로 무언가를 판단했다. 루첸허와 마지막으로 만났다는 것만으로 유주를 공범 취급한 것이나, 면허증이 있다고 운전이 가능할 것이라 생각하는 것처럼 말이다.

서류나 객관적으로 드러난 정황, 뭐 그런 객관적인 부분들만 보고 이성적으로 판단을 내리는 게 나쁘다는 건 아니었다. 그러나 그 판단이 오답일지도 모른다는 부분을 무시하는 것. 그게 문제였다. 유주의 분통을 터트리게 만드는 요인이기도 했다.

"그럼 이 차는 어떻게 해야 하지?"

무엇보다도 그는 이곳이 한국이라는 걸 잊은 듯이 굴었다. 자기네 땅에서야 왕일 수 있었다. 하지만 환경이 바뀌고 사정이 달라지면 사고도 유연해져야 하는 법이거늘……. 유주가 미간을 짚었다.

"지금 그걸 나에게 묻는 거야? 처음에 차 살 때 생각이 있었을 거 아냐? 게다가 차가 뭐, 그 자리에서 바로 살 수 있는 물건이야? 미리 예약 걸어 두고 출고되길 기다렸을 거 아냐?"

휴…… 유주가 길게 숨을 내쉬며 잔소리를 멈췄다. 혈압이 올랐다. 그러고 보니 리옌이 같이 늙어 가는 사이라고 했던가? 유주는 고개를 뻣뻣하게 치켜들었다. 리옌은 어딘가 기죽은 것처럼 보였다. 기 좀 죽었으면 싶은 유주의 마음이 투영된 것인지도 모른다.

"야."

유주가 혀를 끌끌 차며 고개를 저었다. 한국 나이 29세면 결코 적은 나이가 아니었다. 그런데 도대체 무엇 때문에 저렇게 현실 감각이 은근히 둥둥 떠 있는 것일까?

"조직 생활은 몇 년 했어?"

"⋯⋯갑자기 호구 조사인가?"

"대답이나 해 봐. 조직 생활 몇 년 했어?"

"올해로⋯⋯ 17년이 되는군."

"그, 랴오위라는 사람 말만 듣고 일했지? 남들이랑 제대로 협업해 본 적도 없이."

유주의 말이 정곡인 모양인지 리옌의 입매가 일자로 닫혔다. 유주는 뭐, 아동 발달이나 그딴 거에 지식이 없었지만 대충 예상은 가능했다.

17년이면 리옌이 고작 열두 살밖에 안 됐을 나이다. 그때 처음으로 조직에 들어가서 생활을 했다면 일상적이고 평범한 관계를 접하기는 어려웠을 것이다. 더구나 조직이라는 특수 상황이 아니라도 스물아홉의 남자라면 대학을 졸업하고 한참 사회 물을 먹어 가며 빠른 적응을 위해 급발진과 급정거를 반복하는 나이였다.

보통 사람들도 사회 진출 시에 많은 실수를 한다. 그런 마당에, 기본적인 사회 경험조차 부족한 이에게 무엇을 바라겠는가? 그가 살던 세상에서는 이런 일방통행적이고 표면적인 해석을 통한 문제 해결이 가능했겠지만 일반적인 방식은 절대 아니었다.

이건 개인적 성향의 차이라기보다는 경험과 접근 방식의 차이였다. 부아는 치밀었지만 더 이상 그를 탓할 순 없었다. 유주가 어금니를 사리문 채 조용히 물었다.

"면허는 있어? 당신."

"있기야 하지만, 나보고 운전하라고?"

어디 운전기사를 맡겨 놓기라도 했나……. 유주는 욕설이라도 한바탕 퍼부을까 하다가 간신히 참았다. 그리고 일단 생각했다.

중국 차나 한국 차나 모는 건 매한가지일 테니 리옌이 운전을 해도 문제는 없을 터였다. 하지만 재수 없으면 무면허 운전인 게 발각될 것이다.

그래도 이 차를 어떻게 할 수 없다면 끌고 다니는 것도 답이긴 했다. 물론 이건 무척 비합리적인 생각이었고, 멍청한 생각이었다. 결국 그녀가 내린 결론은 간단했다. 두 가지 선택지 중 하나를 택하는 것이었다.

"지금 기사는 못 불러?"

"카이화를 찾는 일에 사람을 더 늘리고 싶지 않아."

"왜?"

"일이 커지면 그녀가 돌아와서 곤란할 테니까."

납득이 갔다. 아직 카이화가 살아 있을 것이라 희망을 걸고 있는 이에게는, 그녀가 돌아온 후가 매우 중요할 것이었다.

어쩔 수 없지. 그럼 차선책이다.

"당신 운전은 할 줄 알지?"

"……정말 나에게 시킬 생각인가?"

"기세 좋게 운전하라던 양반 어디 갔니? 자기가 못 하는 건 남에게 시키지 마라, 뭐 이런 말 몰라?"

"난 당신이 당연히 운전할 수 있을 거라 생각했어."

슬쩍 발을 빼는 모양새가 영 자신이 없어 보였다. 그래, 네가 뭘 알겠니. 유주는 고개를 저었다.

"어쨌든 운전은 할 줄 안다는 거 아냐. 나보다는."

"……그렇겠지."

"그럼 당신이 옆에서 가이드라도 해. 나 요즘 차에 대해서는 잘 몰라."

유주가 리옌에게서 차 키를 빼앗아 들었다. 그리고 무척 피로한 표정으로 턱을 까딱였다.

그놈의 턱짓에 발끈하던 걸 떠올려 보면 지금 그녀의 행동도 무척 마음에 안 들 터인데 리옌은, 순순히 고개를 끄덕였다. 자기가 운전하지 않아도 된다는 사실에 안도한 듯했다.

그 모습이 더욱 얄미웠다.

"알겠어."

"그럼 타. 좀 느려도 불평하지 말고."

한국에 와서 본격적으로 둘이 움직이려고 하니 초장부터 잡음이 많았다. 이대로 루첸허를 무사히 잡고 카이화의 행방을 제대로 알아낼 수나 있을까. 한숨만 나왔다.

"브레이크 잡는 게 어색해."

초심자에 가까운 유주의 운전 실력은 장례 지도사 협회까지 가는 데 아무런 문제도 되지 않았다. 애당초 서울이다. 서울에서 서울로 이동하는 데 중간에 걸리는 신호가 몇 개고, 과속 단속 구간이 몇 개며, 체증 구간이 몇 개란 말인가. 끼어들기나 차선 변경에서는 애를 많이 먹었지만 유주가 아무리 밟는다고 해도 결과는 거기서 거기였을 것이다.

하지만 급정거 횟수가 잦았다. 주행 시간보다 더 오래 걸린 주차를 끝내며 조수석에서 내린 리옌이 목덜미를 매만졌다. 뻐근한 듯했다. 유주는 저도 모르게 빽 소리를 질렀다.

"남이사!"

"그래서 여기가 협회라고?"

무척 편안한 세단에서 전혀 편하지 않은 경험을 했으니 불평을 할 만도 한데, 리옌의 불평은 딱 거기까지였다. 유주는 멋쩍음에 괜히 툴툴거리며 대답했다.

"어."

"그럼 여기서 명단부터 확보해야겠군."

"……그런데 있잖아."

"음?"

"협회에 등록 안 된 장의사들도 많은 거 알지?"

혹시나 해서 물었다. 어쭙잖은 탐정 놀이도 나쁘진 않았지만 그거야 공권력이 있거나 그녀의 직업이 탐정일 때에나 해당되는 얘기였다. 리옌은 그 정도는 안다는 듯 고개를 까딱거렸다.

"그래도 일단 큰 범위부터 추려 나가야지."

"……차라리 당신네 사람들을 푸는 게 제일 빠르지 않을까?"

"다시 한번 말하지만 큰일을 벌이고 싶은 생각은 없어."

"그렇지만……."

"큰일이 되는 건, 카이화가…… 죽었다는 게 밝혀지고 나서야."

그의 머뭇거림이 느껴졌다. 유주는 그의 입장이 이해되었기에 한숨과 함께 그냥 고개만 주억거렸다.

지금, 카이화의 존재는 계륵(鷄肋) 같은 거였다. 죽었단 사실을 어딘가에 알려서 호소하자니 살아 있을지 모르는 일말의 가능성이 있을뿐더러 그 죽음이 불분명하고, 살아 있다고 하기에 당장 그 존재가 눈앞에 없으니 증명해 내야 할 것이 산더미였다.

랴오위의 오른팔이라고 떵떵거리는 스물아홉 살짜리 남자가, 이 낯선 한국 땅에서 직접 발로 뛰어 봐야 상황이 얼마나 녹록하겠는가? 결국 그의 나침반이나 지도가 될 건 유주였다. 불만을 말하기도 지쳤다. 그녀가 먼저 걸음을 옮겼다.

"그래. 가자고. 뭔가 준비해 온 말은 있지?"

"그거야 뭐."

"올라가자."

협회는 5층이었다. 유주와 리옌은 승강기 안에서 아무 말도 없었다. 할 말이 있는 것도 아니었으니 당연했다.

협소한 공간에서 빠져나오자마자 철문이 보였다. 평범한 협회 사무실이었다. 프런트 뒤로 복도가 있고, 그 복도 양쪽에 몇 개의 사무실이 나누어져 있는 게 보였다. 비록 조금 좁고 허술해 보였지만 있을 건 다 갖추고 있었다.

외부인을 상대하는 직원은 한 명뿐이었다. 유주는 자신과 눈이 마주친 직원에게 살갑게 웃어 보였다.

"안녕하세요?"

"어서 오세요. 어떤 일로 찾아오셨나요?"

"그게……."

유주가 잠시 머뭇거리자 자연스럽게 리옌이 한 발짝 앞으로 나섰다. 그는 살짝 고개를 끄덕였다.

"혹시 각 지방별 장례인 명단을 받아 볼 수 있을까 해서요."

"무슨 일로 그러시는데요?"

다짜고짜 명단을 받아 보고 싶다 하니 당연한 반응이 튀어나왔다. 리옌은 직원의 질문에 살갑게 웃었다. 그러나 여전히 웃는 모습이 미묘하게 어색했다.

"기사를 쓰고 싶어서요."

"기사요?"

"예. 이쪽 분에게 처음 인터뷰를 부탁드렸는데 아무래도 본인보다 더 전문적인 분에게 여쭤보는 게 좋을 거 같다는 조언을 들어서요. 염치 불고하고 이렇게 찾아왔습니다."

리옌이 품속에서 명함 케이스를 꺼냈다. 유주가 힐끗 보니 거기에는 이름도 못 들어 본 회사 이름과 '기자 이정윤'이라는 직함이 쓰여 있었다.

"아…… 기자분이세요? 뭘 취재하시려고요?"

누그러질 것이라 예상했지만 데스크 직원 목소리에는 오히려 경계심이 서렸다. 무슨 일을 이따위로 하나 싶어 유주가 끼어들었다. 아무래도 지금까지 잘난 낯짝만 들이밀면 어지간한 일은 프리패스 된 모양인데, 여긴 한국이었다.

기레기가 판치는 나라!

"저는 A상조 회사 소속 장례 지도사 서유주예요. 협회에도 가입되어 있고요. 이분이 전통 장례 풍습과 제례에 관해서 기사를 쓰고 싶어 하시는데 제가 신참내기라 아는 게 별로 없어서요."

"아……."

유주가 첨언하고 나서야 직원의 표정이 살짝 풀렸다. 리옌이 다른 건 몰라도 국내에서 기자라는 직업이 어떤 이미지인지 모른다는 건 확실했다. 차라리 파견 나온 해외 기자라는 입장이 더 나았을 지도 모른다.

"그런 거라면 소속 상조 회사에 있는 분들을 취재하셔도 좋을 텐데요."

"제가 다루고 싶은 건 상조 회사의 프랜차이즈화 된 시스템이 아니라 보다 전통적인 방식이라서요."

"그런 거라면 무형문화재인 분들을 찾으셔야죠."

직원의 태도는 완고했다. 리옌은 이런 상황은 겪을 줄 몰랐던지 당황하는 기색이 역력했다.

이럴 줄 알았지. 명부라는 걸 쉽게 내줄 곳이 어디 있겠는가. 유주는 다른 방식을 사용하기로 했다. 조금 우회적이고 덜 위협적인 방식이었다.

"그럼 각 지역에 어느 상조 회사가 있는지 그 명단은 괜찮죠? 아니면 지역별 지사만 알려 주시면 나머지는 저희가 수소문해서 찾아볼게요."

"……지역별 상조 명단요?"

"네. 그 정도는 괜찮잖아요. 부탁드려요."

직원은 노골적으로 성가시다는 표정이었다. 하지만 지역별 상조 명단 정도야 검색해도 나오는 것이니 전체 목록을 뽑는 것은 그리 어렵지 않을 것이었다. 아나나 다를까. 직원은 그 정도야 알려 줄 수 있다는 듯 어깨를 으쓱거렸다.

"잠시만 기다리세요. 여쭤보고 올게요."

그렇게 장례인 협회에서 지역별 상조 명단을 받아 건물을 나선 건 그들의 퇴근 시간이 조금 지나서였다. 다시 차에 올라타며 리옌은 피곤한 듯 한숨을 쉬었다.

그 모습에 유주는 어딘가 고소한 기분이었다. 명부 하나 얻는 것도 직접 발로 뛰니 만만한 게 아니지? 세상만사가 그렇게 만만한 게 아니란다. 비웃어 주고 싶었다.

"마침 딱 퇴근 시간이네. 길 막힐 텐데, 저녁 어떻게 할래?"

하지만 유주는 어른이기 때문에 그러지 않기로 했다. 대신 저녁 식사에 대해 물었다. 여섯 시. 아침 일곱 시 반부터 아홉 시까지가 1차 지옥이라면 2차 지옥은 오후 다섯 시부터 시작된다. 유주는 자신의 운전 실력과 비례한 속도로 기어서 호텔에 들어가고 싶은 생각은 없었다. 차라리 차를 두고 움직이는 게 더 빠를 것이 분명했으니까.

"……난 괜찮아."

설마 기죽었나? 유주가 씰룩거리는 입꼬리를 애써 꾹꾹 눌렀다. 별로 의도한 건 아니었지만 아까 운전 사건부터 지금 명부 획득까지 오히려 구박하지 않은 게 그의 무능함을 자극한 것 같았다. 뻔뻔하기만 할 줄 알았던 사내가 보이는 의외의 일면은 이 스트레스뿐인 일정에 의외의 수확이었다.

"그러지 말고. 나도 본 협회는 잘 안 와서 모르는데 이 주변에 꽤 먹을 만한 곳이 있을 거야. 아니면 슈란에게 연락해 봐. 식사 같이하자고. 아, 통역은 왔대?"

시동을 걸며 유주가 쏘아붙이듯 물었다. 그게 약간은 도움이 된 걸까. 리옌이 무언가 생각난 듯 휴대폰을 들었다.

"그렇군. 통역사."

"그래. 전화해 봐. 그리고 내가 슈란이랑 붙어 다닐 때 나랑 슈란 사이에 통역사가 있을 거잖아? 가급적 저녁은 같이 먹는 게 낫겠네, 안면도 틀 겸. 그 통역사가 아직 안 돌아갔다는 전제하에."

"나쁘지 않은 생각이야."

기분 전환이 빠른 것도 그의 성격인 듯싶었다. 의외로 단순한 부분이 있는 건가? 교통 체증에 운전하고 싶지 않다 생각한 게 불과 2분 전이었지만 일단 명단은 확보했고, 오늘은 이 이상 할 수 있는 일이 없었다.

결국 자의 반, 타의 반으로 유주는 다시 아주 느릿한 운전 재활 연습에 들어가기로 했다.

「웨이.」

호텔로 돌아가 저녁 식사를 끝내고 나면 우선 명단을 훑어볼 생각이었다. 그 뒤에 인터넷을 검색하면 큰 상조 회사 같은 경우에는 이름을 확인할 수 있을지도 모른다.

이름을 확인하면? 그 뒤는 오히려 쉬웠다. 유주도 조부와 삼촌을 등에 업고 업계 생활을 한 지 십수 년째다. 아는 사람들부터 수소문하면 될 것이었다. 어떻게든 찾다 보면, 뭔가 길이 나오겠지.

「그럼 밤에 따로 만나서 이야기하지. 알겠어. 아, 술은 마시지 마. 부탁이니까.」

리옌이 슈란과 통화를 끝낼 즈음, 유주의 머릿속에는 간단한 계획이 말끔히 정리된 채였다. 그녀가 위험의 최전선에 노출되지 않는 한도 내의 계획이었다.

"통화 끝났어?"

"오늘은 통역사와 식사를 하겠다는군. 그리고 우신이 내일 입국하기로 했어."

"우신? 왜?"

"그녀는 한국에도 매장이 있으니까."

아, 그사세.

유주가 납득하며 고개를 끄덕였다. 그리고 입을 다물었다. 더 할 말이 없었으니까.

깊이 파고들지 말라고 하니 질문을 할 수도 없었고, 물어볼 게 없으니 그의 대답을 바랄 것도 없었다. 게다가 리옌은 애당초 유주에게 가진 궁금증을 스스로의 판단과 강압에 의해 캐낼 뿐, 질문이나 대화 형식으로 풀어 나가려는 노력 자체가 없었다.

"……."

"뭔가 먹고 싶은 건 없나?"

유주가 평소보다 말수가 적어졌다는 걸 알아챈 건지, 아니면 침묵이 어색해서인지 리옌이 슬쩍 말을 붙여 왔다. 유주가 양손으로 운전대를 잡은 채, 시선을 정면에 고정하고 입만 벙긋거렸다.

"글쎄? 호텔식은 나보다 그쪽이 더 잘 알지 않아? 아님 나가서 먹으려고?"

"슈란과의 저녁 식사는 패스야. 당신하고 나하고 둘이 해결하면 돼."

"미리 말하지. 저쪽 근방에서 해결하면 됐을 텐데."

차는 이미 도로로 나온 채였다. 내비게이션이 좌회전을 하라고 해서 낑낑대며 1차선에 간신히 끼어든 게 조금 전의 일이다. 다시 나가는 일은 어려울 터였다. 리옌이 픽 웃으며 슬쩍 기어를 중립으로 바꿨다.

"뭐 해?"

"대기 중일 때는 이래도 돼. 연료 덜 먹어."

그는 어떻게든 유주에게 말을 붙이려 노력하는 것 같았다. 그 노력이 퍽이나 가상했다.

"기름값 아껴? 쩨쩨하긴."

"아까 오면서 보니 서울은 신호가 길던데. 길바닥에 버리는 돈도 만만찮겠어."

"서울만 이래. 그리고 도시 어디나 붐비는 곳은 있잖아."

"하긴. 홍콩도 러시아워 걸리면 도로에서 밤을 지새우는 일이 허다하지."

"당신이 한국의 명절 귀성을 겪어 봐야 하는데."

내비게이션에 표시된 지도는 길이 죄다 빨간색이었다. 정체가 어마어마하다는 뜻이었다. 고작 십몇 킬로밖에 되지 않는 거리임에도 예상 도착

시간은 한 시간이 넘어갔다.

리옌이 화면을 보고 쭛, 혀를 찼다. 그러고는 주변을 슬쩍 둘러보며 말했다.

"차라리 이 근방 어디에서 뭔가 먹고 가는 건?"

"그러니까 그건 아까 말했어야지. 지금 어디 들어가서 주차를 하라고? 주차하는 시간이 도착하는 시간이랑 같을걸?"

유주의 입이 다시 다물렸다. 잠깐의 침묵 끝에 하아, 리옌이 한숨을 내쉬었다.

"나에게 기분 상한 게 있나?"

아예 눈치가 없지는 않네. 유주가 조소를 삼켰다.

"당신이랑 나 사이에 기분 상할 일이 있었나?"

"이봐."

"응, 저봐. 왜?"

"말장난할 생각 없어. 기분 상한 게 있으면 그냥 말해. 괜히 삐져 있지 말고."

"개새끼 기분도 신경 써 주고. 내 신분이 조금 상승했나?"

유주의 뼈 있는 말에 리옌이 입을 다물었다. 힐끗 살펴보니 난처하기는 한데, 어떤 식으로 이야기를 해야 할지 갈피를 못 잡는 표정이었다. 저대로 두면 천년만년 생각만 할 것 같았다. 정말, 생각만.

"당신 문제가 뭔지 알아?"

그런 답답한 남자를 위해 유주는 조금 팁을 던져 주기로 했다. 물론 '삐졌다'는 식으로 그녀의 상태를 어림짐작한 부분까지 그냥 넘어갈 생각은 없었으므로, 팁이라기보다는 예쁘게 매도한다는 쪽이 옳은 표현이긴 할 터이다.

"독단적이고 강압적이라는 거야."

유주는 한숨과 동시에 좌회전 신호를 넣었다. 딸깍딸깍, 깜빡이 켠 소리가 지루하게 이어졌다. 차의 행렬은 끊이지 않았고 신호는 바뀔 기미가 보이지 않았다. 고작 교차로인데 그랬다. 유주는 차량 신호가 언제 바뀔지에 주목하며 말을 뱉었다.

"난 설명이 필요한 사람이야. 뭐든, 꼼꼼히. 매사 어느 것 하나 소홀히 해 본 적 없어. 잘난 척하는 게 아냐. 성격이 원래 이래. 우리 계약서 쓸 때 기억하잖아? 나는 뭐든 거리끼는 거 하나 없이 따져 보고 내가 납득해야 그때부터 뭔가 할 수 있는 타입이라고."

신호가 바뀌었다. 유주가 다시 입을 다물고 천천히 핸들을 꺾었다. 그 와중에도 차선을 바꿔 가며 끼어들려는 차가 있었지만 유주는 클랙슨을 울리는 대신 끼어들게 내버려 두었다. 자신이 없으면 승부를 걸면 안 되는 게 세상의 이치였다.

확실한 담보.

유주가 항상 원하는 건 그거였다. 지금은 그녀의 운전 실력이라는 담보가 없으니 소심해질 수밖에 없었다. 몇 초라도 지는 거였다. 인간관계도 마찬가지였다. 유주는 어떻게 해도 리옌을 이길 방도가 없었다. 그러니까 한 수 계속 접어주는 거였다.

하지만 리옌이 먼저 물꼬를 텄으니 마냥 숨죽이고 있을 필요는 없었다.

"너, 이거 보이지?"

유주가 스카프를 벗어 던지며 제 목을 가리켰다. 여전히 시뻘건 피멍이 든 목이 드러났다. 리옌이 입을 합 다물었다.

"예뻐 죽겠지? 어? 그렇지? 칭찬 좀 해 보지 그래?"

"……."

"왜 입을 다물고 그러실까? 네가 다 잘나고 옳아서 지금까지 나불거린 거 아니었니? 야, 빨리 칭찬하라고. 예뻐 죽겠으니까 아주 세상 오만 데에다 자랑하고 다니라고. 어?"

"그……."

리옌이 뭐라 말하려는 듯 입술을 달싹였다. 하지만 아직 유주는 그의 말을 듣고 싶지 않았다. 따질 것이 산더미인데 고작 몇 마디 쏘아붙였다고 분이 풀릴 리 없었다.

"너는 내가 그냥 성질머리가 지랄 같다, 이렇게 생각할지 모르겠는데 나 그렇게까지 경우 없지는 않아. 무슨 의미인지 알아? 열받는 거 있어도 따질 구실이 있어야 따지고, 화낼 만하니까 화내는 거라고. 나 지금까지 그 쪽한테 아무 이유 없이 화낸 적은 없는 거 같거든? 있으면 말 좀 해 봐. 어?"

"……그렇군."

"티 다 나잖아? 생각나는 거 있으면 캐물어야 하고, 열받는 거 있으면 따져 물어야 하고. 뭐든 알 건 알아야 할 거 아냐? 마찬가지야. 물론 자기가 잘못하면 쪽팔리지. 나도 나에 대한 지적은 듣기 싫어. 그런데 그런 거 다 피해서 귀 막고 입 닫고 살면, 문제가 해결돼? 인생이 그렇게 되냐고."

리옌은 유주의 말을 얌전히 들었다. 그녀의 태도가 마뜩잖다는 건 비행기에 타기 전부터 알 수 있었다. 유주가 너무 얌전하고 순응적이었으니까.

그에 대한 이유를 이야기하려 했지만 딱히 할 말도 없었다. 유주가 하는 말들을 보면, 그녀가 그의 입장이나 생각을 전혀 이해하지 못한다고 보기도 어려웠던 탓이다. 괜한 훈계를 하는 것도 경우가 아닌 듯해 리옌은 벌린 입을 다시 다물었다. 그 기척에, 유주가 다시 길게 한숨을 내쉬었다.

"리옌."

"……말해."

"난 그쪽이 하나하나 말하라고 요구하는 게 아냐. 브리핑하라는 것도 아니고. 그냥 한담이나 하자는 거야. 이런 건. 가벼운 갈등 상황이니까."

물론 아까 전, 유주의 성질머리가 팔팔 살아 날뛰던 때에 대화를 했으면 이렇게 평화로울 순 없었을 것이다. 하지만 끓어오른 시간은 지났고, 애써 말투를 억누르려 노력하니 절로 기세도 조금은 누그러졌다.

거기에는 리옌의 다소 순종적인 태도도 한몫했다. 침착한 유주의 말투에 리옌이 작게 대답했다.

"그래."

"흥미 본위로 막 물어본 부분이나 막말한 건 나도 미안하다고 사과하겠는데, 당신도 나한테 사과할 부분은 분명히 있어."

"……."

"일단 최장 반년은 얼굴 볼 거잖아? 뭐, 일이 잘 풀리면 재수 좋게 내일쯤 루쳰허가 우리 앞에 짠 하고 나타날 수도 있겠지만 그럴 가능성은 낮고. 그럼 죽으나 사나 얼굴은 계속 마주 보며 지낼 사이인데 서로한테 좀 맞춰 가자고. 그러니까 그냥 말 나온 김에 지금 말해. 내가 입 다물고 지내길 원하는지, 아니면 끼어드는 걸 어디까지로 한다든지 뭐 그런 가이드라인도 좀 제시해 주고."

그녀의 말에 리옌이 자신의 자리에 똑바로 앉았다. 곁눈질로 살펴보니 그의 표정이 미미하게 굳어 있었다.

물론 유주도 자신의 생각이나 방식을 무조건 옳다 여기는 편은 아니었다. 그녀가 무의식적으로 드러내는 행동이나 말투에 그녀 자신의 성마른 기질과 일일이 다 따지고 드는 피곤한 성향이 드러날지는 몰라도, 그걸 타인에게 강요하는 건 옳지 않다는 정도는 알았다. 그렇게 갈등을 빚은 경우도 여러 번이었다.

어차피 세상사람 모두와 백 퍼센트 다 맞추어 가는 건 불가능했다. 그래도 갈등을 미연에 방지하기 위해 설설 기는 건 도저히 할 수 없었다. 그러니 갈등이 생기면 어떻게든 해소하는 쪽을 자연스레 선호하게 되었다. '기분'의 문제가 아니라 실제적인 오해와 방식의 문제라면 이쪽이 더 효율적이었다.

하지만 리옌의 방식은 그녀와 정말 맞지 않았다. 차라리 회사라면 때려치우기라도 하겠지만 리옌과는 그녀의 뜻대로 고용 계약을 파기할 수도 없는 상황이었다. 그의 성향을 고려해 볼 때, 그 또한 유주와 맞지 않는다고 피곤해할 게 뻔했다. 지금까지 유주가 본 입장에선 그랬다.

"확실히 나는 강압적인 면이 있어. 그건 인정하지."

오랜 침묵 끝에 리옌이 입을 열었다. 인정이란다. 별로 마음에 드는 대답은 아니었지만 그의 노력이 가상하니 유주는 조금 더 그의 입에서 나올 말을 기다려 주기로 했다. 그녀의 인내심은 최소한 리옌보다 깊었다.

"목은…… 내일 의사에게 한 번 보여 주는 게 어떨까 해."

"장난해? 어쩌다 이랬냐고 하면 당신이 날 죽이려 들었다고 말하라는 뜻이야?"

정정하겠다. 유주의 인내심은 그리 깊지 않았다. 참고 들어주겠다는 생각을 한 지 일 분도 되지 않아 그녀의 목소리에 날이 섰다. 리옌이 무뚝뚝한 목소리로 대답했다.

"의사를 불러 주겠어."

"퍽이나 고맙네."

"……그리고 계약 조건 중 마음에 들지 않는 부분이 있으면 수정하도록 하지."

"넌 뭐가 문제니?"

유주의 목소리에 진심 어린 짜증이 서렸다. 리옌이 다시 입을 꾹 다물었다. 그의 얼굴에 유주가 짜증 내는 포인트를 완전히 모른다고 하기엔, 머리로는 알지만 도저히 와닿지 않는다는 표정이 둥둥 떠 있었다.

꼭 저런 유형이 있지. 유주가 쯧, 혀를 찼다. 알면서 인정하지 못하는 유형들에게는 번거로워도 굳이 말로 해 줘야 했다. 그래야 알아먹었다. 상대까지 피곤하게 만드는 스타일이었다.

"멍은 시간 지나면 빠져. 내가 원하는 건 의사를 불러 달라는 게 아니란 말이야. 모르는 거 아니잖아? 그냥 말 한마디만 성의 있게 하면 되는 걸 왜 일을 크게 못 벌여 안달이야?"

"……."

"가볍게 '그건 내가 미안~' 한다고 끝이 아니라고. 내가 말하는 방식이 어려워? 이해가 안 돼? 그냥 앞으로 계획은 이렇다. 어떻게 될 예정이다,

이런 건 미안하다, 저런 건 이렇게 하자. 그렇게 서로 얘기를 좀 하자는 게, 그렇게 거창한 얘기야?"

「거참…….」

"한국어로 해! 내 말 다 알아듣잖아!"

유주가 빽 소리를 질렀다. 리옌이 잔뜩 인상을 쓴 채 유주의 옆모습을 노려보았다. 유주는 급히 시선을 이리저리 돌렸다. 이대로 운전을 계속해 봐야 좋은 꼴이 나지 않을 거 같았다. 어딘가 차 세울 곳이 필요했다. 하지만 마땅한 자리도 보이지 않았다. 유주는 자신의 미숙한 운전 실력에게까지 화가 났다.

"그냥 혼잣말이었어. 소리 지르지 마."

리옌은 역력히 당황한 기색으로, 그녀를 향해 최대한 조심스럽게 말했다. 무심결에 튀어나온 중국어 한마디가 그렇게 화를 낼 일인가? 싶은 표정이었다.

갈 길이 멀었다. 유주는 좋게 좋게 말하는 걸 포기했다.

"그럼 내가 소리 지르게 하지를 마!"

"당신 지금 운전 중이야, 흥분 좀 가라앉히라고!"

"그래, 이 거지 같은 운전! 이것만 해도 그래!"

"……아무리 화가 나도 차를 중간에 버려두고 가는 짓은 안 했으면 좋겠는데."

유주가 그 말에 더 열이 뻗칠 것이란 사실을 모르는 모양이었다. 설마 유주가 그렇게 무책임한 인간으로 보이는 것일까? 아니면 이 상황에 농담을 던지는 것인가?

만약 그녀가 무책임한 사람이었다면 그녀의 삶은 한결 수월했을 것이다. 당장 한국 땅을 밟자마자 튀어 버렸을 테니까. 그리고 지금 상황에 농담한 거라면 저 저주받아 마땅한 유머 센스는 태평양 어딘가에 수장시켜 버려야 했다.

"미쳤어? 무면허한테 차만 덜렁 남겨 두고 가게? 도대체 날 뭐로 보는 거야?"

"그럼……."

"리옌, 입 닥쳐."

"뭐?"

"정말 내가 이 차로 어디 한 곳 들이받기 전에 입 다물라고. 호텔 갈 때까지 아무 말도 하지 마."

"……그거면 되나?"

"어. 하…… 이래서 입 다물고 있던 건데. 아, 지금부터 하는 말은 전부 혼잣말이니까 절대 대답하지 마. 진짜 들이받을 거야. 농담 같으면 어디 입 벌려 봐."

"……."

"정말 말 재수 없게 하는 데 도가 텄어, 아주."

리옌은 유주가 정말 사고라도 낼까 입을 다물었다. 아주 다행이었다. 입으로는 버럭거렸지만 유주의 머릿속은 평소처럼 차분했다.

그녀는 제 성격을 잘 알았다. 만약 리옌이 계속 제 성질을 긁었다면, 그녀는 분명 또 화를 냈을 테고. 그러다 재수 없게 어디 한 곳 들이받는 순간 몸 축나고 지갑 축나는 건 확정이었다.

"이 망할 놈의 도로는 체증이 풀린 걸 본 적이 없어!"

한껏 성질을 부린 탓인지, 덕인지. 하여간 차는 예상 도착 시간보다 십 분이나 빨리, 그것도 아무런 사고 없이 호텔에 도착했다. 차에서 내리는 리옌은 말 그대로 '십년감수'한 표정이었다.

아무래도 어디 한 군데 들이받을지 모른다는 유주의 협박을, 곧이들었음이 틀림없었다.

"……하."

유주는 리엔과의 저녁 식사를 거절하고 그가 건네준 휴대폰과 지갑만 챙겨 편의점에 내려가 담배를 샀다. 그리고 흡연 구역으로 향했다.

흡연 구역에는 특유의 니코틴 냄새가 가득했다. 유주는 최대한 야외 쪽의 벤치에 걸터앉은 채 담뱃갑을 뜯었다.

그녀가 흡연을 시작한 건 상조 회사에 입사하고 1년이 조금 지났을 무렵이었다. 어릴 적에는 할아버지나 삼촌이 왜 그렇게 담배를 태워 댔는지 몰랐으나, 본격적으로 회사 생활을 시작하며 왜 그들이 담배를 피우는지 이해할 수 있게 되었다.

"뭐 먹지."

유주는 멍한 표정으로 담배를 입에 물며 혼잣말을 했다. 그녀의 기분을 풀어 주고자 멋쩍은 표정으로 식사를 권하던 리엔의 멍청한 낯짝을 떠올리니 괜히 속이 답답하고 짜증이 치솟았다. 일말의 후회도 함께였다.

언제나 이랬다. 유주는 누군가를 감정적으로 대하는 것이 영 서툴고 어색했다. 물론 참다 참다 버럭 성을 내는 경우는 왕왕 있었지만 그것도 정도라는 게 있었다. 아까 전의 그녀는, 다시 떠올리기 민망할 정도로 감정적이었다.

내일쯤, 오늘 유주의 기분이 완전히 전소된 뒤에 그가 대화할 여지가 있다면 협상의 카드로 그녀는 자신이 지금껏 생각한 내용을 이야기하고 의논해 볼 생각이었다. 중요한 건 먼저 루첸허를 찾는 것이었으니까.

물론 일방적으로 화를 내고 구실 좋은 사과를 건네는 제 모습이 부끄러운 건 어쩔 수 없었다. 유주는 일부러 고개를 몇 번이고 저으며 그 수치스러움을 떨쳐 내려 노력했다. 아주 요 며칠, 빌어먹을 놈 하나가 인생에 끼어든 탓에 잘 통제되고 있던 감정과 인생에 제동이 걸려도 단단히 걸렸다.

"아…… 피곤해."

어깨가 뻐근했다. 유주는 고개를 양쪽으로 움직이며 들어가 할 일을 떠올렸다. 물론 별로 할 건 없었다. 시간 되면 자료 좀 찾아보고, 생각이나

좀 하고. 그보다 앞선 것이 씻고 식사를 하고 잘 자는 것이었는데 문제가
있었다.

"집에 한 번 다녀왔으면 싶은데, 씨알도 안 먹히겠지."

사흘 만의 흡연인지라 평소보다 니코틴이 뇌에 강하게 휘감겼다. 살짝
머리가 핑 도는 느낌에 유주가 잠시 눈을 감으며 고개를 뒤로 젖혔다.

일단 수중에 돈은 있었다. 하지만 반년 동안 내내 옷이나 속옷을 사 입을
순 없는 노릇이었다. 계약서상에는 숙박비, 경비 등이 포함되어 있었다. 하
지만 생필품에 대한 언급은 없었다.

그 부분은 당연히 유주가 감당해야 하는 것들이었다. 아무리 낯짝이 두꺼
워도 생판 남에게 양말이니 속옷이니 뭐니 사 달라고 매달리는 건 죽기보다
쪽팔린 짓이었다. 그러나 그런 소소한 생필품들은 의외로 한번 사들이기 시
작하면 밑도 끝도 없었다.

"이런 상황에서까지 생활비 걱정이네, 나 원."

"뭐가?"

순식간에 다가온 인기척에 유주가 고개를 재빨리 바로 하고 눈을 떴다.
담배도 안 피운다는 리옌이, 그녀의 맞은편 벤치에 자리를 잡고 앉았다. 그
러곤 살짝 인상을 썼다. 주변의 담배 냄새가 마음에 들지 않는 모양이었다.

"어…… 뭐가?"

"생활비가 왜? 갑자기."

리옌이 유주에게 손을 내밀었다. 손 모양새를 보건데 담배를 달라는 것
같았다. 그는 비흡연자 아니었나? 반신반의하면서도 유주는 저도 모르게
그의 손에 담뱃갑과 라이터를 건네주었다. 이내 유주의 의심에 호응하듯
리옌의 긴 손가락 사이에 담배 한 개비가 걸렸다.

"담배 안 피우지 않아?"

"아주 가끔은 피워. 그래서 뭐가 문제야?"

별걸 다 묻는다 싶은 한편, 생각하면 서두는 꺼내 볼 수 있는 내용이었다.

문제라면 그들이 오늘 입국했으니 계약서에 서명한 건 채 하루밖에 지나지 않았다는 거였다.

하루밖에 안 지났는데 집에 다녀오겠다는 말을 해도 되나? 잠시 고민했다. 하지만 유주는 이내 알아챘다. 리옌이 그렇게 물어오는 건, 나름의 불통에 대한 해소 요청이라는 걸 말이다.

유주의 후회에 죄책감이 1g 없었다. 그녀는 이번에야말로 울컥하지 않기 위해 침착하게 대답했다. 그가 그녀의 성미를 건드리려 하지 않는다면, 그녀가 먼저 그의 성미를 건드릴 필요도 없었다.

"생필품 같은 게 필요해서."

"호텔에 다 있잖아."

"그거 말고. 양말도 그렇고 옷도 그렇고. 뭐 그런 거. 언제까지 이런 거 하나하나 다 사서 쓸 순 없으니까."

"아."

"그리고 괜찮으면 중간에 한 번씩 집에는 다녀오고 싶어. 공과금이나 그런 건 다 자동 이체지만 우편물 온 건 확인해야지."

"그렇군."

"회사에 얘기도 하긴 해야 해. 휴직은 아마 무리일 테니까 퇴사하는 방향으로. 일이야, 뭐. 이번 일이 끝나면 다시 잡으면 되니까."

유주의 말을 단칼에 거절할 거라 생각한 것과 다르게 리옌은 제법 진지한 표정으로 고심했다. 씨알이 먹힐까 하는 일말의 희망으로 유주가 그의 얼굴만 빤히 쳐다보았다.

"당신 생각은 존중해. 여기는 지금까지 당신이 생활하던 도시고, 생활에는 여러 가지가 필요하니까."

리옌은 한 모금 빨지도 않은 담배를 쓰레기통 식으로 된 재떨이에 비벼 껐다. 다음 말이 나올 걸 알았다. 유주는 자신도 한 모금밖에 피우지 않은 담배를 껐다.

"하지만 혼자는 안 돼. 미안하지만 그건 계약 사항에 있는 내용이고, 아직 당신과 나 사이는 신뢰를 담보로 할 정도는 아니니까."

사실 유주는 아주 많이 놀랐다. 그가 이 정도까지 뒤로 물러나 줄 것이라곤 생각하지 않았다.

또다시 끓어올랐던 전의가 사그라들었다. 아무래도 리옌은, 사람을 쥐락펴락하는 데 일가견이 있는 모양이었다.

"그래, 뭐. 나도 그쪽 입장은 충분히 이해해."

"집에는 언제가 볼 생각이지?"

"가급적 빨리. 집에 캐리어 있으니까 거기에 필요한 것만 챙겨오면 돼. 회사에 연락은……."

이미 며칠째 연락을 안 받는 유주의 근태는 이미 보고되었을 것이다. 그럼 아마 퇴사도 빨리 진행될 터였다. 실종 당일, 그리고 이틀, 오늘. 도합 4일째 결근이니 이쯤 되면 저쪽에서는 무단 잠수 퇴사라고 확정 지었을 수도 있었다.

"회사는?"

"회사는 전화만 해도 되겠지, 뭐. 연락 못 한 게 벌써 며칠째인데."

딱히 죄책감을 자극하려는 건 아니었다. 애당초 매일같이 퇴사와 이직을 입에 달고 살았으니 지금의 회사에 큰 미련도 없었다. 하지만 리옌의 얼굴 위로 잠시 떠올랐다 가라앉은 감정은 분명 미안함이었다.

진짜 이 남자, 생각보다 불여시인가?

이미 한 번 강하게 감정들을 토해 놔서일까? 지금의 저 반응은 리옌을 '꽤나 괜찮은 성격의 남자'로 보이게 했다. 하기야, 좀 강압적이었다 뿐이지 그는 소통이 불가능한 상대는 아니었다. 타협의 여지도 있었다. 그리고 지금, 그녀와 대화를 하고자 노력하는 기색도 있었다.

유주가 바람 빠지는 소리를 내며 작게 웃었다. 매사 완벽하게 보이는 사람이 실수를 했을 때 인간미가 느껴져 더욱 호감이 간다는, 예전 TV 방송 내용이 떠올랐다. 리옌이 딱 그랬다.

아무리 봐도 인간미라고는 그의 피부 모공만큼이나 없어 보였는데, 은근히 허당인 모습이나 허세 가득한 모습이 의외로 귀여웠다.

그런 기색이 느껴져서일까? 리옌이 살짝 인상을 썼다.

"왜?"

"뭐가?"

"왜 웃는데?"

"그냥. 내가 퇴사하는 건 딱히 그쪽 탓은 아닌데 엄청 미안해하는 거 같아서."

"……."

리옌은 아니라는 소리는 하지 않았다. 다른 거면 모를까 그가 초래하지 않은 일에 대한 죄책감은 얹어 주고 싶지 않아, 유주는 쓸데없는 소리란 걸 알면서 입을 열었다.

"예정보다 몇 달 앞당겨진 거긴 한데 퇴사 예정이긴 했어."

"……왜?"

"이직하려고."

"다른 회사로?"

"아니, 아예 다른 거 배워서 다른 업종으로. 우리 쪽 일이 재밌지는 않거든. 이번 일만 해도 그렇고."

하지만 짚을 건 짚고 넘어가야겠기에, 유주는 콕 집어 '이번 일'을 언급했다. 아무리 재미가 없는 일이라고 해도 재앙이 들이닥치는 것과는 별개였다. 리옌이 다시금 살짝 미안한 기색을 내비쳤다.

"그 부분도 사과…… 아니, 미안해."

발전이 있는 남자였다. 유주는 기꺼이, 칭찬에 후해지기로 했다.

"좋아. 아주 좋은 태도네. 어쨌든 퇴사에 대한 건 별로 생각하지 마. 난 이번 일이 끝나면 그쪽한테 받은 돈으로 이직 준비를 할 거니까."

"뭘 하려고?"

여전히 약간 주눅 든 말투였다. 유주는 좀 더 놀려 줄까 하다가 그만두기로 했다.

제대로 된 사과라 보기에는 어려웠지만 리옌은 딱 봐도 자존심이 쓸데없이 센 남자였다. 그런 인간을 쥐고 휘두르는 것도 능력이 되어야 하는 짓이지, 어쭙잖게 건드렸다가는 화만 돋우기 십상이었다. 유주는 지금의 이 평화로운 분위기를 깨고 싶은 생각이 별로 없었다.

"내 대학 전공이 뭐였는지 알아?"

"아……. 이력서에서 본 것 같은데."

"미술이야. 동양화."

"그래, 그거. 별로 어울리지 않는 전공이라 좀 놀랐어."

어울리지 않는다는 말을 대놓고 들었지만 별로 기분이 나쁘진 않았다. 유주는 수긍하듯 눈을 깜빡였다.

"그렇지. 근데 우리 할아버지랑 삼촌이 죄다 장의사였거든. 그래서 뭐, 배운 게 도둑질이라고 이쪽 일을 할 건 확실한데 전공은 다른 걸 해 보고 싶었어."

"그래?"

"응. 그런데 책상 앞에 앉아만 있는 건 취향이 아니라서. 원서도 그냥 충동적으로 넣은 건데 어쩌다 붙은 거야. 문제는 진학해서도 영 신통찮았다는 거지. 잘 되면 그쪽으로 나가려고 했는데 안 되니 뭐, 별수 있나. 할 줄 아는 거 해야지."

유주는 어쩐지 그와 이런 자리에서 이런 이야기를 하는 자신이 매우 낯설게 느껴졌다. 드라마의 한 장면 같기도 했다. 아무래도, 일평생 접점조차 없는 인간이랑 마주 보고 있는 상황 자체가 만들어 내는 비합리적인 분위기 때문인 것 같았다.

"고향 친구 중에 얼마 전 공방을 연 애가 있어. 그래서 나도…… 공부는 무리고 손으로 꼼지락대는 걸 배워 볼까 하던 참이야. 목공이든, 가죽 공예든.

일단 배우는 거나 공방을 여는 거나 다 돈만 있으면 되는 기고, 그런 거에 로망은 있었거든."

"그렇군."

"그러니까 딱히 신경은 안 써도 돼. 아까 내가 퍼부어 댔던 건 나도 미안해. 딱히 그쪽이랑 척지려고 한 말은 아니니까 너무 담아 두진 말고."

"그렇게 생각하진 않아."

유주는 잠시 턱을 괸 채 그를 응시했다. 처음부터 이렇게 순순한 태도로 그녀에게 다가왔다면 그녀도 사랑에 빠진 양, 쓸개 다 빼 주었을 것이다. 아니지, 직업이 아웃인가? 어찌 되었든 그의 번드르르한 겉가죽 안쪽은 결코 지금처럼 말랑하지 않은 걸 알기에 유주는 속으로만 입맛을 다셨다.

이 정도면 김칫국을 사발로 마시는 게 아니라 그냥 김칫국에 퐁당 뛰어들어 헤엄을 치는 꼴이었다. 어차피 그의 취향은 그녀가 아닐 텐데. 거기까지 생각한 유주는 웃차, 자리에서 일어나 엉덩이를 툭툭 털었다.

"앞으로도 딱 이 정도만 합시다. 어? 평화롭게 대화로 푸니까 얼마나 좋아. 쓸데없는 감정 소모도 없고."

"그러네."

"그쪽도 불만 있으면 그때그때 말해. 서로 빨리 털고, 각자 갈 길 가야지. 6개월 꽉 채울 건 아니잖아?"

리옌이 고개를 끄덕였다. 유주는 그 반응에 아까처럼 미적지근한 웃음이 아니라 이거 보라는 식의 환한 미소를 지어 주었다.

역시 말로 해서 안 되는 건 없었다.

"그럼 쉬어. 일정은 천천히 생각해 보자. 아마 며칠간은 우리 협회에서 받아 온 목록만 쭉 훑어봐야 할 거야."

"……그래."

"나 먼저 들어갈게."

유주가 먼저 자리에서 일어났다. 리옌이 굳은 표정으로 고개를 끄덕였다.

앞으로 몇 번이나 더 볼 지겨운 얼굴인데 새삼 잘 자라는 인사는 할 필요도 없었다.

그래도 유주는 이렇게 대화하려는 의지를 보여 준 리옌에게 조금은 고마운 마음을 가지기로 했다. 더불어 내일부터는 좀 더 친절하게 대해야겠다는 다짐도.

「웨이.」

―「선생님, 저녁 식사는 하셨습니까?」

유주의 모습이 완전히 사라진 걸 확인하고 리옌은 어디론가 전화를 걸었다. 전화를 받은 상대는 사내였다. '선생님'이라는 정중한 표현에 비하여 목소리는 지나치게 밝았고, 진중한 느낌이 별로 없었다. 어쩐지 가벼운 느낌이 물씬 풍겼다.

「슈란은?」

―「황 공녀님은 지금 저와 함께 저녁 식사 중이시죠. 지금 반주도 한잔 하고 있습니다. 제발 와 주시면 안 될까요?」

―「야, 그렇게 부르지 말랬지?」

슈란의 목소리는 앙칼졌지만 혀가 살짝 풀어져 있었다. 술이 약한 것에 비해 그녀는, 술을 너무 좋아했다.

「술 먹이지 마. 내일 하루 종일 시체로 만들 셈이야?」

―「이 식당도 공녀께서 오고 싶다고 하셨고, 술도 공녀가 시키셨으니 저한텐 아무 죄도 없는 겁니다? 그런데 정말 식사 안 하셨으면 오세요, 형님. 한국은 오랜만인데, 제 술 한 잔 받으셔야죠.」

「나중에. 잠깐 대화할 시간 되나?」

―「일 얘깁니까? 잠시만요. 슈란, 잠깐 나갔다 올게. 아니, 잠깐. 마시지 말고. 에헤이, 정말!」

상황이 생생히 그려졌다. 리옌은 피식 웃음을 터트렸다. 뭔가 한바탕 휩쓸고 지나간 상황 이후에 잠시 수화기 너머가 고요해졌다. 상대가 자리를 옮긴 모양이었다.

―「네, 이제 말씀하세요. 메모도 가능합니다.」

「저번에 말했던 그 여자 있지.」

―「아, 서유주요. 기억합니다.」

문득 리옌의 눈에 유주가 건넸던 담뱃갑과 라이터가 보였다. 그녀가 미처 챙겨 가지 못한 것들이었다. 리옌이 그 안에서 담배 한 대를 꺼내 물었다. 그리고 불을 붙이며 말했다.

「그래, 그 여자. 가족 관계나 뭐 그런 건 다 조사됐나?」

―「당연하죠. 제가 설마 준비도 안 해 놓고 만나 뵙자고 했겠습니까. 지금 여기서 브리핑도 가능하게 달달 외워 놨어요.」

「지금 읊을 필요는 없어. 아침에 서류로 받아 볼 테니까 슈란에게 맡겨 두면 돼.」

―「예, 예. 그리고요?」

「……그 여자 가족들이랑 집 근처에 사람 좀 풀어 놔. 혹시 모르니까.」

―「그건 수월하겠네요. 더 필요한 건 없으시고요?」

남자가 과장스럽게 안도의 한숨을 뱉었다. 쉬운 일을 맡긴다고 좋아하는 기색이 역력했다. 쯧쯧. 리옌이 혀를 찼다.

「없어. 아니다. 하나 더 있네.」

―「또 뭐요? 어려운 것만 빼고 말해 봐요.」

「까분다.」

―「하하. 그래서 하나는 뭔데요?」

쓰읍, 간만에 담배를 한 모금 빠니 목구멍 안쪽이 까끌거리며 왠지 간지러움이 올라오는 것 같았다. 너무 오래간만이라 니코틴에 면역력이 완전히 사라진 것 같았다. 쿨럭, 크게 터져 나오려는 기침을 삼키며 리옌이 담배를 껐다.

—「형님?

「아냐. 어쨌든 내일이나 모레쯤에 서유주 그 여자 집에 한번 가 볼 거야.」

—「고향 집이요? 아니면 혼자 사는 B구의 그 집이요?」

「혼자 사는 집. 그러니까…….」

리옌이 담뱃갑과 라이터를 품속에 챙겼다. 그리고 다시금 유주가 사라진 방향을 힐끗 눈으로 살폈다.

「그 여자 집 좀 먼저 들쑤셔 봐. 오늘 새벽이어도 상관없으니까 최대한 빨리. 이상한 거 나오면 먼저 확인한 뒤에 그대로 두고.」

* * *

"안녕하세요. 이현재입니다. 올해 스물여덟이고, 지금 정치외교 석사학위 밟고 있습니다. 원래는 중국학 전공했어요. 앞으로 잘 부탁드릴게요."

"예, 안녕하세요? 서유주예요. 전 내년이면 서른이네요."

"아, 그럼 말 편하게 하세요. 하하."

리옌이 슈란과 유주를 위해 구했다는 통역사는 젊은 청년이었다. 유주와 또래로 보인다 싶더니 아직 학생이란다.

어디서 이런 싹싹한 사람을 찾았을꼬. 유주가 허허 웃으며 리옌을 살짝 흘겨봤다. 그리고 목 폴라를 살짝 끌어 올렸다.

평소처럼 아침 식사 권유 전화를 걸 것이라 예상했는데 리옌은, 그녀를 깨우는 대신 객실 문을 두드렸다. 문틈으로 그가 건넨 것은 쇼핑백 안에 담긴 여름용 목폴라 몇 장이었다. 이런 아침에 어디서 구해 왔는지 모를 일이었다.

"아니에요. 엄청난 고급 인력이신데 어떻게 말을 편하게 하나요. 그러고 보니 원래는 어제 만나 뵈어야 했는데……. 리옌, 슈란은?"

매번 스카프를 챙겨야 하는 번거로움에서 벗어나게 해 준 건 고마웠다. 고맙긴 한데 그것과 지금의 이 상황은 별개였다.

아는 사람을 더 늘리고 싶지 않다면서 순진한 대학원생을 꼬드겨? 어차피 이치도 돈으로 구슬렸을 게 뻔했다. 그의 뻔뻔함에 한숨이 나왔다.

"아, 어제 황서란 씨는 만났습니다. 오늘은 서유주 씨 뵈러 온 거예요. 그래도 제가 두 분 사이를 통역해 드릴 건데, 두 분 모두하고 다 안면은 터야죠."

분명 리옌을 대하는 유주의 퉁명스러움을 느꼈을 텐데도 현재는 서글서글하게 말을 받았다. 그는 정말 정이 가는 성격이었다. 유주는 그가 참 말이 많다 생각하면서도 그리 나쁘진 않았다.

변덕이 죽 끓듯 하면 곤란하겠지만 그런 게 아닌 다음에야, 유주는 적당히 넉살이 좋은 사람을 좋아했다. 주형도 그랬다.

아, 최주형. 그 자식 잘 살아는 있나.

"그래요? 다행이네요. 그래도 같이 식사하고 가면 좋겠네요. 리옌, 슈란한테 연락 좀 해 봐."

"……몸이 안 좋아서 오늘은 안 내려올 거야."

"그래? 어디 아프대?"

"가끔 그래."

"무슨 말이 그래? 그래도 밥은 먹어야 할 거 아냐. 가서 상태 좀 확인하고 와. 정 안 되면 병원이라도 데리고 가야 할 거 아냐?"

리옌이 유주의 등쌀에 못 이겨 승강기로 향했다. 그가 엘리베이터에 타는 걸 확인하고 유주가 현재에게 카페 쪽을 가리켰다.

"기다리면서 커피 한잔하실래요?"

"감사하죠."

현재는 사람 불편하지 않게 말을 줄줄 잘 늘어놓는 타입이었다. 고등학교와 대학은 중국에서 나왔고, 역시 한국이 좋아 들어온 뒤에는 이런 용돈벌이를 하며 대학원 생활을 하는 중이라고 했다.

그래도 이번처럼 액수가 짭짤한 건수는 처음이라 방학인 김에 무턱대고 휴학계를 냈단다. 지도 교수가 버럭버럭 화를 내면서도 등록금을 벌어야 생활을 한다는 눈물 젖은 호소에 어쩔 수 없이 한 학기만 쉬고 빨리 돌아와서 졸업 논문을 쓰자고 했다는 말까지 듣는 데 채 십오 분이 걸리지 않았다.

그는 무척 수다쟁이였지만 말재간이 좋았다.

"사실 이번 일은 부모님한테도 비밀이에요. 돈 번다고 휴학했다는 걸 알면 어머니가 가만히 안 계실걸요?"

"그럼 어떻게 뒷감당을 하려고요?"

"논문 통과 못 해서 한 학기 더 다녀야 한다고 해야죠. 아무리 생각해도 기간 대비 페이가 이렇게 센 일은 찾기가 힘들거든요."

도대체 리옌이 얼마를 제시했기에 이러나 싶으면서도 그가 순진한 학생이라는 점이 영 못내 거슬렸다. 유주가 슬쩍 주변을 살폈다.

"그…… 돈 많이 주는 일이 더 미심쩍은 거 알죠? 조심해요."

"하하!"

현재가 호탕하게 웃음을 터트렸다. 허무맹랑하게 들릴 법도 했지만 그래도 나름 걱정해 준 건데. 유주가 떨떠름한 표정을 짓자 현재가 오해하지 말라며 손사래를 쳤다.

"아, 그…… 황서란, 아니 슈란이 무슨 일을 하는지는 대충 알아요. 펜팔 친구였거든요."

"……예?"

"펜팔 친구요. 편지 주고받은 지 꽤 됐어요. 초등학교 때부터 삼국지 팬이다가 중국 드라마에 빠졌었거든요. 그래서 한자 공부하고, 그때 유행이던 펜팔 친구 찾고 하다 보니 여기까지 왔네요."

"아……."

펜팔이라니. 유주가 본 슈란의 이미지와는 몇백 광년 정도 떨어진 단어였다. 책상 앞에 앉아서 편지를 쓰는 그녀의 모습이…… 조금 어울리긴 했지만 그래도 유주만 보면 못 잡아먹어 안달인 모습과는 상당한 괴리가 있었다.

유주가 놀라 입을 떡 벌리자 현재가 다시 하하, 크게 웃었다.

"유주 씨는 중국어에 대해 전혀 모르세요?"

"아, 네. 저는 뭐…… 중국 영화 몇 편 보긴 했는데 영 말은 못 알아듣겠던데요."

"그럼 슈란이 쓰는 말이 광둥어라는 것도 모르겠네요?"

"……뭔가 차이가 있나요?"

"당연히 있죠. 관화(官话) 중에서도 북경어를 제외한 나머지 말은 중국에서도 죄다 사투리이긴 해요. 엄밀히 말해서 우리가 말하는 중국어는 죄다 베이징어라고요. 별로 차별은 없지만요."

"그래요?"

"네. 그런데 슈란은 광둥어를 써요. 홍콩, 마카오. 뭐 이런 데에서 쓰는 말이거든요."

"그렇구나……."

"아마 한국에선 광둥어가 북경어보다 친숙할 거예요. 우리 어린 시절에 홍콩 영화 좀 보고 컸잖아요? 주윤발, 이연걸, 재키찬! 이런 사람들 영화에 나온 게 대부분 광둥어예요."

"오…… 그렇구나."

사실 별로 알아듣지도 못했지만 열심히 호응은 해 줬다. 유주의 영혼 없는 리액션을 알아챈 것인지 다시 현재가 껄껄 웃음을 터트렸다. 누구와는 다르게 참 웃음도 많았다.

"나중에 시간 되면 중국어도 조금 가르쳐 드릴게요. 뭐든 배워 두면 좋은 거잖아요? 아, 저기 내려오시네요."

다 마신 아이스커피의 얼음이 거의 녹았을 무렵 리옌이 내려왔다. 그는 슈란의 상태는 영 좋지 못하지만 병원에 갈 정도는 아니며, 오늘 하루 쉬면 될 것 같다는 말과 함께 현재에게 의례적인 식사를 권했다. 현재는 그게 예의상이라는 걸 알면서도 쿨하게 받아들였다.

결국 그들은 현재의 추천에 따라 주변의 딤섬 집으로 향했다. 별로 외식을 즐기지 않는 유주는 그때 딴딴면을 처음 먹어 보았고, 땅콩기름에 대한 묘한 존경심을 갖게 되었다. 한국에서 잘 쓰지 않는 식재료라 맛이 이상할 줄 알았는데 굉장히 의외였다.

"그럼 슈란의 몸 상태가 좋아지면 불러 주세요. 저는 부르실 때까지는 공부 좀 하고 있을게요."

결국 밥도, 후식도 리옌이 샀다. 현재는 넉살 좋게 테이크아웃 커피까지 뜯어낸 뒤에 정중히 인사를 하고 돌아섰다.

"상조 회사도 회사지만 무연고자 시신 처리 관련해서 장례식장 쪽도 뒤져 보면 좋을 거 같아."

리옌과 유주는 곧바로 호텔로 돌아왔다. 이내 둘이 향한 곳은 리옌의 방이었다.

둘은 어제 얻어 온 협회 명부를 깔아 둔 채 이야기를 시작했다. 발품을 최소화하기 위한 과정이었다.

"그렇겠군. 무연고자는 빈소를 차리지 않을 테니까, 상조를 낄 필요도 없을 테고."

"응. 사망 확인은 의사가 하는 건 똑같은데 그대로 장례식장으로 운구해서 곧바로 화장장으로 보내 버리는 게 수순이거든. 내가 중개인이라면 멀쩡한 사망자보다는 이렇게 뒤탈 없는 쪽을 뒤져 볼 거 같은데."

"하지만 그런 시신들은 병력이 뚜렷하지 않지. 신용하기 어려울 거야. 게다가 무연고자 시신의 경우 건강이나 그 외 다른 상태가 좋지 않을 확률이 높고."

"음…… 그래도 역시 화장장 쪽도 알아보는 게 나을 것 같은데."

"어디 아는 곳 있어?"

"글쎄. 이 일로 내 인맥을 들쑤셔도 될지가 제일 의문이야."

아까 전 잠시 주형 생각을 해서일까. 그에게 연락해 볼까 싶었다.

그는 유주가 일하던 회사의 1년 후배였다. 술을 좋아했고, 골초였지만 일만은 성실히 했다. 돈 많이 번다는 말에 장례업계에 덜컥 뛰어들었다가 학자금 대출에 묶여 살아가는 놈이었지만 일머리도 좋고 성실했으며 모든 처리 절차도 꼼꼼했다. 이현재처럼 넉살이 좋아서 화장장이나 장례식장 사람들하고도 곧잘 어울릴 줄도 알아서 인맥도 꽤 괜찮았다.

무엇보다 그는, 보기와는 다르게 입이 매우 무거웠다.

"내 후배한테 연락 해 봐도 돼?"

"후배?"

"응. 믿을 만한 녀석이야."

"내가 말했지. 이 이상 아는 사람을……."

"늘리지 않았으면 하는 거 알아. 안다고. 그런데 지금 난 지금 고립무원이거든? 이렇게 손발 다 묶어 놓고 뭘 찾으라는 거니? 최소한의 조력자는 필요할 거 아냐."

리옌에게는 미안한 소리지만 만약 가능하다면 유주는, 그에게는 비밀로 한 채 주형에게 따로 부탁할 것이 있었다. 성은영. 그러니까 카이화의 시신에 대한 거였다.

리옌이 확인했다고는 하지만 그도 회사 내부의 업무 관련 서류까지는 빼내지 못했을 터였다. 비록 유주의 이력서는 빼 갔다고 하지만…… 그가 카이화의 서류에 접근했더라도 정보가 확실하면 좋지 않겠는가?

분명 성은영의 사인은 병사였다. 하지만 리옌의 말마따나 서류가 조작되었다면, 성은영이라는 여자와 그녀의 죽음 사이에는 분명 문제의 소지가 있을 터였다.

실존하는 성은영이든, 가공의 성은영이든 뭐든, 일단 한 사람의 젊은 여자가 죽었다는 사실은 분명했다. 그러니 그 존재의 실체부터 추적해 나간다면 무언가 실마리가 잡힐지도 모를 일이었다.

리옌에게도 이 부분에 대해 영영 숨길 생각은 없었다. 뭔가 의심할 부분이 생기면 그때 이야기해도 될 것 같았다.

유주는, 불과 어젯밤에 '서로 이야기할 건 이야기하자'고 말했으면서 속셈을 하는 자신의 모습에 약간 양심이 찔렸으나 리옌도 유주에게 숨기는 게 한두 가지는 아닐 듯하다는 합리화로 애써 무시했다.

"……믿을 만하다는 게 어떤 의미지?"

유주의 말에 리옌이 약간 반응을 보였다. 다행이었다.

"입이 무거워. 손도 야무지고. 가족들이 이쪽 일을 하는 건 아닌데, 워낙 성격이 그래 놓으니까 어르신들한테 예쁨을 많이 받아. 식장이나 화장장 사람들하고도 금세 친해지는 편이라 대화의 물꼬도 잘 트고."

"그 녀석에게 어떤 도움을 받을 생각인데?"

"우선 후보군을 추리는 데 도움은 될걸? 일단은 사내놈이라 일만 있다 하면 지방 출장도 마다하지 않는 녀석이거든."

리옌이 잠시 고민하는 듯했다. 돼라, 돼라, 돼라……. 하지만 그는 고개를 저었다.

"위험이 너무 커. 그건 차선책으로 밀어 두지."

젠장. 이건 안 되네.

유주는 고집부리지 않고 얌전히 고개를 끄덕였다. 우선은 최주형의 연락처가 필요했다. 유주는 그와 제법 친한 사이였지만 휴대폰 번호를 외울 정도까지는 아니었다. 차후에 기회가 된다면 회사에 전화해 그의 번호를 알아내면 되는 일이었다. 이후에는…… 호텔에서도 전화는 걸 수 있으니까, 그 부분은 안심이었다.

"혹시나 해서 말하는데 내가 준 전화 외의 통신 수단으로 녀석과 접선하진 마. 우리 관계에 신뢰가 깨질 테니까."

귀신같은 놈. 유주가 속으로 혀를 내둘렀다. 우선은 연락까지 며칠이 더 걸릴 성싶었다.

"그런 짓 안 해."

"그럼 다행이군. 일단 목록들을 대충 추려서 지역마다 한두 군데씩 내려가서 확인해 보는 걸로 하지. 어차피 그 지방에 내려가면 지역 사회 네트워크가 있을 테니까 소문을 수집하는 게 더 빠를지도 몰라."

결국 발품을 팔기는 해야 한다는 소리였다. 유주가 명단을 내려다보았다.

명단에 수록된 크고 작은 상조 회사의 개수는 약 250개. 전국 팔도로 나누면 한 지역에 약 30곳이라고 하지만 서울·경기권에 몰려 있을 것을 예상하면 지방에는 최대가 30개이고 나머지는 10~20개 사이일 터였다.

게다가 리옌의 말마따나 지역마다 따로 협회가 있으니 생각보다 그리 험한 일은 되지 않을 가능성이 높았다. 이론상으로는.

"그럼 언제부터 착수할 건데?"

"흠……. 당신, 집에 다녀와야 한다고 하지 않았나?"

유주의 질문에 리옌이 다시 질문했다. 잊지 않았군. 유주가 묘하게 흐뭇한 표정으로 고개를 끄덕였다.

"다녀와야지. 근데 당신도 따라갈 거 아냐?"

"그렇지."

"언제 갈래? 캐리어 싣고 올 거니까 차는 운전해서 가야 할 거 같은데. 이왕이면 차 안 막히는 시간에 다녀오자."

유주의 말에 리옌이 잠시 고민했다. 그러고는 휴대폰을 들어 무언가를 들여다보며 손가락을 톡톡 움직이더니 고개를 끄덕였다.

"오늘 밤. 저녁 식사 이후에 다녀오지. 짐 챙기는 데 시간 오래 안 걸리지?"

"당연하지."

아무리 호텔 생활이 좋아도 며칠 만의 집이었다. 게다가 러시아워에 무사고로 왕복 운전에 성공했던 경험 덕분에 그녀는 운전에 아주 약간 자신감이 붙은 상태였다.

유주가 확신을 가지고 세차게 고개를 끄덕였다. 리옌은 그녀의 밝은 표정을 보고 무슨 생각을 하는지 알아챈 듯했다. 그가 급하게 말을 덧붙였다.

"대신, 이번에는 기사를 부를 거야."

쯧. 운전은 해야 느는 거랬는데.

유주는 아쉬움에 웃음기를 거뒀다.

"……미친, 이거 뭐야?"

유주의 집은 대출을 끼고 얻은 8평짜리 원룸이었다. 그리 치안이 좋은 동네는 아니었지만 최소 비용으로 이불 한 채 깔면 숨이 막힐 거 같은 공간을 벗어나려면 치안 정도는 포기해야 했다.

그래도 이런 일은 처음 겪는 것이었다. 우편함에 아무것도 없다 싶더니 현관문을 열고 들어가자마자 신발 벗어 두는 곳에 고지서들이 죄다 봉투가 뜯긴 채 널브러져 있었다.

그뿐만이 아니었다. 집 안엔 누가 봐도 명백한 '침입'의 흔적이 있었다. 끔찍한 것은 베개와 침대 매트리스까지 누군가 칼로 찢어 놓았다는 것이었다. 이부자리가 그 모양이니 다른 부분들은…… 말로 할 필요도 없었다.

"……도둑이라고 보기에는 심한데."

"이게 도둑 짓이겠어? 어떤 미친 도둑 새끼가 침대를…… 아니, 아…… 일단, 아 경찰…… 아니, 잠깐 그 전에 통장부터!"

유주는 신발도 벗지 않은 채 집 안으로 달려 들어갔다. 어차피 바닥에는 침입자들의 신발 자국과 흙이 잔뜩 떨어져 있었다. 그 가운데 유주는 책상 서랍을 열었다. 다행히 통장은 있었다. 적금 통장과 예금 통장, 비상금 통장 전부 다 무사했다.

"리옌, 내 휴대폰 지금 있어?"

"그건 왜?"

"은행 어플로 잔고를 확인해 봐야, 아니…… 아…… 이게 도대체 무슨 상황이야……."

유주가 미간을 짚었다. 리옌이 그런 그녀의 양어깨 위에 손을 얹었다. 그는 무척 침착했다.

"침착해. 우선 통장이 남아 있다는 건 다행이군. 계좌 확인도 해 보면 그만 이니까. 그 외의 귀중품은?"

"……없어. 보면 알잖아. 나는 화장도 잘 안 해."

"그럼 잠깐만 기다려. 보일러실과 화장실을 확인해 볼게."

확인이라는 거창한 말을 썼지만 욕실이나 창고 대용으로 쓰는 보일러실은 전부 유주가 서 있는 곳에서 세 걸음도 채 되지 않았다. 리옌은 화장실 창틀과 보일러실의 쪽창 상태를 확인하고 방 전면에 있는 창가를 들여다보았다. 그러곤 유주의 어깨를 한 팔로 감싸 안고는 창가로 이끌었다.

"창틀에 발자국이 있어."

"……."

"도둑이 확실한 거 같군. 매트리스나 베개는 혹시 모를 귀중품이 있나 살펴본 것 같고."

리옌의 말에 유주가 허탈하게 코웃음 쳤다.

"말이 되는 소릴 해. 세상 어떤 도둑이 통장이랑 도장을 보고도 그냥 넘어가?"

"그렇게 믿는 게 당신 정신 건강에 좋을 것 같아서 말이지."

"……."

"피해가 없다면 피해 신고도 할 수 없을 거야. 그래도 경찰에 신고하면 발자국의 주인이 누군지 정도는 찾아봐 줄 수 있겠지. 하지만 아까 들어오며 보니, 이 일대에는 CCTV도 몇 대 없는 것 같던데."

리옌의 말에 유주가 입을 꾹 닫았다. 그러곤 잠시 뒤 말했다.

"그럼 이 일이…… 당신네 조직과 관계가 있다고 생각하는 거야?"

"루쳰허가 그랬을지도 모르지."

"그 사람이…… 나한테 왜?"

"글쎄. 내가 당신을 고용한 거와 비슷한 이유 아닐까?"

유주의 입이 다시 다물렸다. 잠시 생각 끝에 유주는, 리옌의 팔을 뿌리치고 보일러실에 있는 캐리어를 끌고 왔다.

기내용이 아닌 큰 캐리어였다. 유주는 이불장을 겸하는 옷장을 열어 거기에 옷을 되는대로 쑤셔 넣기 시작했다. 차곡차곡 담는다는 건 선택지에 없었다. 이미 옷장도 죄다 뒤집혀 있으므로 호텔에 가서 다시 정리해야 했다.

"젠장. 망할, 빌어먹을! 이게 도대체 무슨 꼴이야?"

외간 사내 앞에서 속옷 장을 열었다는 부끄러움은 없었다. 이미 정체 모를 침입자들이 그녀의 속옷들까지 죄다 까뒤집어 놨기 때문이었다. 유주는 캐리어 안에 옷가지와 속옷들을 있는 대로 쓸어 담고는 화장대 위에 있는 몇 개 안 되는 화장품과 액세서리류를 다시 담았다.

유주의 말마따나 짐을 싸는 데에는 오래 걸리지 않았다. 그녀는 집을 정리할 생각조차 없는 듯 마지막으로 얇은 겉옷 몇 개까지 캐리어에 쑤셔 박고는 그대로 지퍼를 잠갔다. 리옌은 유주의 손에서 캐리어 손잡이를 뺏어 들고는 실내를 둘러보며 덩달아 심란한 표정으로 한숨을 푹 쉬었다.

"나중에 집은…… 따로 변상해 주도록 하지."

"골치 아프다 정말……."

"청소 업체도 불러 주겠어."

"……지금 그 문제가 아니잖아."

유주의 목소리에 짜증이 서렸다. 리옌은 고개를 끄덕였다.

"알아. 하지만 하나씩 문제는 해결해야지."

"아니, 왜 애먼 나한테 그런데? 그 미친놈은?"

"정상인이 받아들이기 힘든 사고방식이긴 하지."

"또라이 새끼 아니야? 아, 어이없어."

"……한 번 찾아왔으니 두 번 다시 오진 않을 거야."

"그래야지……. 아, 우편물."

유주는 그대로 집을 나서려다 잠시 걸음을 멈췄다. 침입자들이 뜯어 발겨 놓은 우편물들을 확인은 해야 할 것 같아서였다.

주민세 안내, 뭐시기 안내, 어디선가 날아 온 광고 전단지. 그냥 내다 버려도 소용없을 것들 사이에 무언가 낯선 봉투가 보였다.

아무것도 적혀 있지 않은 흰 봉투였다. 당연히 입구는 열려 있었고, 안에는 흰 종이가 들어 있었다. 유주는 미심쩍게 봉투와 안쪽을 몇 번이나 다시 확인하고는 종이를 꺼내 들었다.

종이에는 단 한 줄만이 적혀 있었다.

[문제의 원인은 당신에게 있다]

"……미친."

유주는 몸을 부르르 떨며 질색을 했다. 리옌이 그것을 받아 들고는 표정을 굳혔다. 편지는 워드로 작성된 것이었다. 그는 앞뒷면을 다시 한번 살펴보고, 봉투 안까지 꼼꼼히 확인한 뒤 그걸 다시 봉투 안에 밀어 넣었다. 그러고는 자신의 품속에 챙겼다.

"그걸 왜 챙겨!"

"이건 별도로 지문 감식을 받아 보게."

"지문 감식?"

"민간 조사를 전문적으로 하는 곳 중에 지문 감식을 해 주는 곳도 있어. 이런 정보는 별로 해박하지 못하군."

"그딴 걸 내가 왜 알고 살아야 해?"

유주는 어이없는 목소리로 대답했지만 납득하는 모양새였다.

리옌은 반쯤 공황 상태인 유주를 대신해 재차 화장실 창과 보일러실 창, 그리고 전면 창의 잠금을 확인했다. 수도를 잠그고 보일러도 외출로 돌린 뒤 가스레인지 밸브까지 꼼꼼히 확인해 주었다. 더불어 필요 없는 콘센트

플러그를 빼 주는 섬세한 배려심까지 보였다.

그런 그의 모습을 보자니 유주도 슬슬 정신이 돌아왔다. 그녀는 리옌이 분주히 움직이는 동안 씨근덕거리면서도 신발장 안에서 이동하기 편한 운동화 두 켤레를 챙겼다. 낮은 굽의 검은 구두 한 켤레는 혹시 모르는 덤이었다.

"준비는 다 된 건가?"

"……응."

"그럼 일단 나가지. 남의 생활 공간이 이런 난장판이 된 걸 보는 건, 나로서도 그리 유쾌하지 않아."

리옌이 캐리어를 들고 유주의 어깨를 감싸 안았다. 유주는 신발이 든 쇼핑백만 덜렁 든 채 그의 어깨에 매달려 집을 나섰다.

"편지의 뜻이 뭐일 거 같아?"

호텔로 돌아간 둘은 자연스럽게 유주의 호텔방으로 같이 올라갔다. 짐을 내려놓고 해야 할 이야기들이 있었기 때문이다. 어수선한 공간을 벗어나니 유주도 침착함을 되찾았다. 그녀가 먼저 꺼낸 말은 당연하게도 편지에 대한 거였다.

"입을 다물라는 거겠지."

"그런데 이 편지 좀 이상하잖아? '문제의 원인은 당신에게 있다'라니. 내가 문제의 핵심이라는 얘기 같잖아?"

유주의 말에 리옌이 한숨을 쉬었다. 암묵적인 긍정이었다.

"당신의 행보가, 뭔가 마음에 안 든다는 거겠지."

"진짜 비상식적이네. 내가 끼어들고 싶어서 끼어든 것도 아닌데."

유주가 한숨과 함께 호텔 내선 전화기 옆의 메모장과 볼펜을 들고 왔다. 모름지기 생각을 정리할 땐 끼적이는 게 최고였다.

그녀의 행동에 리옌도 테이블로 다가왔다. 유주가 슬쩍 앉으라고 눈짓한 뒤 펜을 들었다.

"진짜 엿 같은데, 또 저 협박 편지를 남긴 개새끼가 아무 생각 없이 저렇게 말한 거 같지는 않다는 말이지."

종이 위에 일의 순서를 간단하게 적었다.

1. 성은영이 죽었다.
2. 카이화가 살아 있는 것 같다.
3. 루첸허를 찾아야 한다.

"아무리 봐도, 내가 움직여서 문제가 생길 법한 인간들은 이 세 가지에 연루된 인물들 같은데…… 그 전에, 무슨 문제가 생겼는지도 말 안 해 주고 내가 화근이라고 하면 뭘 어떻게 받아들여야 해?"

어디서, 무슨 문제가 생긴 걸까? 유주가 리옌의 표정을 살폈다. 그의 안색에는 변함이 없었다.

"추적 자체가 불만인 사람일 수 있지. 가령, 루첸허라던가."

"근데 내 생각엔 그게 제일 가능성이 낮아 보이는데."

"왜?"

리옌의 얼굴 위로 떠오른 표정은 의아함뿐이었다. 거기에 다른 의혹은 없어 보였다.

사실 유주는 그를 조금은 의심하고 있었다. 이런 상황을 자주 봐서 익숙하다, 뭐 그렇게 생각할 수는 있었다. 하지만 아무리 생각해도 그는 직접 가서 깽판 치는 입장이지, 깽판을 목도하는 입장은 아니지 않은가?

게다가 상식적으로 아무리 익숙하다 해도, 예고 없이 변칙적인 상황과 맞닥뜨리면 누구나 잠시라도 놀라고 동요하기 마련이었다. 유주가 시체를 보는데 익숙하다 해서 사고 장면을 보고 놀라지 않는 것과 마찬가지였다. 그런데 그는 너무나 동요가 없었다. 오히려 저렇게 냉정한 모습이, 그가 그녀에게 무언가 숨기고 있는 것은 아닌가 하는 의구심을 불러일으켰다.

하지만 저렇게 백지장 같은 표정을 보고 있으면 맥이 풀리기 마련이었다. 그래. 지금 당장은 저 짓을 저지른 게 누구인지 중요한 게 아니었다. 일단 집 안이 엉망이 되었다는 것 외에 별다른 피해는 없었다. 그가 물리적으로 보상까지 해 준다고 했으니 그저 열 좀 받고 마는 수준에서 그치는 것이다.

침착하자. 유주는 호흡을 가다듬으며 순순히 제 속내를 털어놓았다.

"……내가 볼 때, 루첸허는 납치당했어. 그게 아니어도 납치 비스무레한 뭔가가 있었던 거 같아."

"뭐?"

리옌이 말도 안 되는 소리를 들었다는 듯 인상을 찡그렸다. 물론 유주도 그게 허무맹랑한 말이라는 걸 알았다. 하지만 조금씩 기억을 더듬어 가니 생각이 났다.

'밖에 또 엄청 시끄럽던데.'
'왜, 뭐 있어?'
'몰라요. 장례차 말고 뭔 시커먼 차들이 줄줄이 들어오더만.'
'부자라고 안 죽는 건 아니잖냐. 나갔다 올게.'

화장장에 가기 전의 일이었다. 유주는 그때 분명 성은영의 염을 마치고 마지막을 준비하고 있었다.

도대체 무엇이 이상했던가.

떠올려 보니 이유가 한 가지 더 있었다. 장례식은 통상 3일장으로 치러진다. 1일 차에 시신을 안치하고, 2일 차에 염습과 입관을 하고, 3일 차에 발인하기 마련이다.

하지만 성은영은 2일장을 하겠다고 했다. 그것을 나중에 통보받은 탓에 염습과 입관, 발인과 화장이 당일에 이루어진 것이다.

돈이 없어 그럴 리는 없었다. 루첸허로 추정되는 남자는 분명 돈은 선불로

다 치렀다. 그냥 일을 빨리 처리하고 싶었던 것으로 추정된다. 그런 2일차 오전, 염습이 다 끝나 담배를 피우러 나가던 유주가 본 건 분명 '시커먼 차들'이었다. 주형이 먼저 본 것들이다.

그 시커먼 차 군단은 결국 화장장까지 따라왔다. 두 번째로 본 검은 세단 군단이 리옌의 것이었다면 첫 번째 본 검은 세단 군단은 뭐였을까? 그날 유주에게 위화감을 조성한 건 그 검은 세단들뿐이었다.

"당신, 나 찾으러 왔던 날 있잖아."

"그날, 왜?"

"혹시 나 찾으러 오기 전에 장례식장에도 왔었어?"

"아니."

리옌이 지금 자작극을 벌이는 게 아니라면 그 검은 세단 군단은 다른 사람의 것이었다는 말이 된다. 여동생을 두고 리옌이 자작극을 벌이는 것이라 생각하기는 어려웠다. 그가 니시콴라이라는 조직 내부의 알력에 휘말려 무슨 일이 있었다는 가능성도 있었지만, 유주는 그 부분은 모르기 때문에 깔끔하게 생각하기를 포기했다.

"그날 장례식장에, 당신이 끌고 온 것과 같은 검은 세단들이 줄줄이 들어왔어."

"……."

"그리고 루쳰허는 그 직후에 사라졌어. 그래서 내가 화장장에 따라갔던 거야. 유족이 없으니까 대신 처리해서 안치해 주는 일까지 맡은 거라고."

"……그렇군."

"루쳰허는 자신의 신변에 무슨 일이 생기리라는 걸 짐작했을 수도 있어. 그는 우리 쪽과 장례식장 쪽에 이미 지불을 끝마친 상태였으니까. 세상천지에 일 처리도 다 안 끝났는데 덥석 돈부터 내는 놈이 어디 있어? 그것도 사람이 죽었는데."

"……."

"억측일 수도 있지만 최소한 루첸허가 그들을 따라간 건, 비자발적인 거 같아. 아마 이 메시지를 보낸 게 그를 잡아간 놈들일 수도 있다고."

"굳이 그렇게까지 복잡하게 생각할 필요가 있나?"

"모든 가능성을 열어 두자는 거지."

리옌은 말꼬투리를 잡으면서도 유주의 말을 전면으로 부정하진 않았다. 만약 정말로, 루첸허에게 손을 쓴 다른 집단이 있다면 이야기가 틀어지는 것이었다. 그걸 알기 때문에 유주는 계속 말을 이었다. 무엇이든지, 가능성이 열려 있다면 그 모든 것들을 다 탐색해야 했다.

"이 편지를 루첸허를 잡아간 입장에서 해석하면, 카이화와 루첸허, 둘의 일을 그냥 시체만 찾는 일로 끝나는 게 아니야. 그들이 바라는 건, 내가 아예 이 일에서 손을 떼는 것일 수도 있어."

"어째서?"

"일이 흐지부지 끝나길 바라니까?"

"그러니까 어째서."

"……그러니까 당신네 내부 문제일 수도 있다고 말하고 싶은 거야, 나는."

그에게 모든 책임을 전가하려는 건 아니었지만, 만약 유주의 가설대로 내부의 문제라면 더욱 그를 찾는 게 어려워질 수 있었다. 리옌도 그걸 알았는지 굳은 표정이 도통 풀리지 않았다.

"하지만…… 당신이 보고 들은 걸 함구하라는 의미일 수도 있어."

리옌이 어렵게 내뱉은 말이었다. 유주는 흔쾌히 고개를 끄덕였다.

"당연하지. 나도 그 정도 생각은 해. 누구든 간에, 내가 이 일에 끼어든 게 무진장 마음에 안 드는 사람이 있다는 의미겠지. 하지만 어떻게 생각해도 이상하잖아? 내가 보고 들은 게 뭔데? 카이화가 죽었는지, 성은영이 죽었는지도 모르는 이 애매한 정보 하나를 함구해서 뭘 하려고?"

"……그건 확실히 애매하군."

"그러니까. 당신도 나도 모르는 무언가가 아직 남아 있는 거야. 그게 상대방

측에는 엄청나게 불리한 정보인 거고. 그러니 이렇게 들쑤시는 게 달갑잖은 거겠지.”

“그렇게도 생각할 순 있겠군.”

“그런 맥락에서 보면, 내 집이 수색당한 것도 조금은 이해가 가잖아? 내가 이 일에 개입되었다는 걸 아는 사람이거나, 개입될 수도 있다고 추측한 사람의 소행이겠지. 뭔가 실마리가 있을 거라고 지레짐작한 거야. 분명히.”

리옌은 그 부분은 부정하지 못했다. 유주는 ‘내부 소행?’이라고 쓴 부분에 동그라미를 친 채 펜을 내려놓았다.

“리옌. 당신은 일을 키우지 않기 위해 최소한의 인력으로 움직이고 싶다고 했지?”

“……”

“하지만 이미 샜어. 내가 봤을 땐 백 퍼센트 정보가 샌 거야. 이건 아마 당신도 이미 짐작했을 테고.”

“하…….”

“P장례식장에 한번 가 봐야겠어. 우선은, 그게 제일 중요할 거 같네.”

유주의 말에 리옌이 머리를 쓸어 넘기며 깊은숨을 토했다. 고작 말 몇 마디를 나눈 것뿐인데 피곤한 기색이 가득했다. 유주의 심경도 피로하고 복잡하긴 매한가지였다.

뭔가 이상한 것들이 계속 생겨나고 의심할 문제들이 툭툭 튀어나오는데, 그 근원이 어디인지 갈피를 잡지 못하는 상황이었다. 무엇부터가 문제였을까. 도대체 왜?

왜?

가장 근원적인 질문에 대한 답이 나오지 않았다. 도대체 왜, 누가, 무슨 이유로 어떠한 짓을 했기에 지금의 상황이 만들어진 것인지 도통 해답이 나오지 않았다.

“시간이…… 늦었군. 나는 내 방으로 돌아가야겠어.”

리엔이 평소보다 낮게 깔린 목소리로 말했다. 평소보다 미적지근한 반응이 조금 이상했지만 머릿속이 복잡하겠거니, 하며 유주는 고개를 끄덕였다. 어찌 알아챈 건지 그는, 유주의 어깨를 살짝 두드려 주며 자리에서 일어났다.

"남은 이야기는 내일 더 나누도록 하지."

"그래."

"푹 쉬어."

"잘 가."

감흥 없는 인사였다. 유주는 리엔이 자신의 객실을 나서고, 문이 제대로 닫힌 것까지 확인하고 나서야 펜을 다시 들었다.

우선은 '누가'가 문제였다. 이 사건의 주체는 누구일까.

루첸허가 ○○한 이유로 카이화를 죽였다.

루첸허가 ○○한 이유로 카이화가 죽은 것처럼 위장하여 그 시체를 빼돌렸다.

누군가가 ○○한 이유로 카이화를 죽였다.

누군가가 ○○한 이유로 카이화가 죽은 것처럼 위장하여 그 시체를 빼돌렸다.

여기까지 쓰고 유주는 자신이 너무 편협하게 생각한 건 아닌지 잠시 고민했다. 이렇게 해 봐야 가설은 고작 네 개다. 그런데 모든 가설은 그를 뒷받침하는 주장이 있어야 한다.

주장. 그러니까 근거. 다른 말로는 그렇게 해야 할 이유, 마땅한 동기.

동기. 그래. 유주가 아무리 가설을 몇십 몇백 개를 세워 본들 그건 다 무의미했다. 가장 결정적인, '그런 짓을 해야만 하는 이유'가 없었으니까. 그 부분이 부재한 채라면 머리를 굴려 봐야 무슨 소용이 있겠는가.

중요한 건 동기를 가질 수 있는 '사람'이었다.

그리고 이 문제의 핵심은 바로 이거였다. 사람.

그 사람은 카이화에게 또는 루첸허에게. 그도 아니라면 리옌이나 랴오위 뭐 이런 이들에게 직, 간접적인 목적을 가진 이들일 것이다.

그런데…… 꼭 외부인만이 목적을 가지고 있을 필요는 없지 않나?

카이화가 ○○한 이유로 죽었다.

카이화가 ○○한 이유로 자살했다.

카이화가 ○○한 이유로 죽은 것처럼 하여 도망갔다.

"무슨 소설 쓰는 것도 아니고."

유주는 맨 마지막 가설을 끼적이곤 피식 웃었다. 그리고 펜을 다시 내려놓았다. 모든 것이 복잡했다. 꼬치꼬치 캐묻고 파고드는 성격이 이렇게나 피곤하다. 그러니 우선 캐리어부터 정리하기로 했다. 리옌의 말마따나 하나씩 문제를 해결해야 했다.

제일 급한 건, 오늘 갈아입을 속옷이었다.

* * *

"당신의 말대로 하지."

고작 며칠이었지만 유주는 그의 루틴에 익숙해졌다. 리옌은 일이 없다고 해도 아침 일찍 일어나 샤워를 하고 꼭 식사를 챙겼다. 오늘은 어제 아프다고 한 슈란과 통역사인 이현재도 동석한 자리였다.

호텔 조식은 2만 원 선이었다. 하지만 가벼운 메뉴들만 늘어서 있는 데다 잠에서 깬 지 얼마 안 된 상태로 먹는 식사라는 점을 고려할 때 결코 저렴한 가격은 아니었다.

그러나 뭐든 익숙해지면 무뎌진다고, 초반에 돈이 아까워 이것저것 싹싹 긁어먹었던 유주는 이제 요거트 두 그릇과 과일로 식사를 마무리하곤 했다. 배부른 소리지만, 이것도 자주 먹으니 질렸다.

"뭘?"

이현재는 슈란의 옆에 붙어 유주와 리옌의 대화를 중국어로 통역해 주고 있었다. 그래서인지 슈란도 똑같은 표정이었다. 뭘?

"P장례식장. 거길 가 봐야겠어."

"아아."

"그 검은 리무진에 대한 것부터 알아봐야겠지. 그리고 내부 CCTV도 돌려 볼 수 있다면 좋겠는데."

아무래도 리옌은 밤사이 생각이 많았던 모양이다. 유주는 벌꿀이 들어간 요거트를 수저로 휘휘 저으며 가볍게 대꾸했다.

"거기까지 장례식장에서 협조할까?"

"당신이 협조를 받아낼 수 있다면 좋겠는데."

"리옌, 당신이 내 능력을 아주 고평가하고 있단 건 알겠네."

"역시 그 부분은 힘들겠지."

이참에 한번 푸시 해 봐? 유주가 힐끗 리옌과 슈란의 눈치를 살폈다. 그리고 다시 여상스런 표정으로 작게 중얼거렸다.

"주형이가 있으면 편할 텐데."

"뭐라고?"

아니나 다를까. 리옌은 유주의 혼잣말에 반응했다. 유주가 아니라는 듯 손사래를 쳤다.

"어제 말한 아는 동생. 걔가 그 장례식장 사람들이랑 친하거든. 근데 됐다며. 나도 그냥 생각나서 해 본 소리니까 못 들은 걸로 해."

말은 그렇게 했지만 곧이 들어주길 바랐다.

슈란이 리옌의 표정을 살폈다. 리옌은 포크질을 완전히 멈추고 잠시 생각에 잠긴 듯하더니 툭, 무심히 말을 던졌다.

"회사에 퇴사 전화를 오늘 하는 걸로 하지."

"……어?"

"그리고 그 동생이 오늘 회사에 남아 있다면, 통화 정도는 허락하겠어."

허락이나 마찬가지였다. 아싸! 유주가 들뜬 속내를 애써 감춘 채 고개를 끄덕였다. 사실 모르는 척 눙을 치고 싶었지만 그녀의 고의성을 리옌이 모를 리 없었다. 가만 보면 며칠 전부터 그는, 유주에게 묘하게 유하게 굴었다.

"밥 먹고 곧바로 전화해 볼게."

"내 앞에서?"

"그래도 상관없어."

어느 정도의 타협선. 유주는 그걸 잘 알았다. 유주는 간잽이를 잘했다.

"이상한 소리 안 할 거니까."

"그럼 객실에 올라가서 곧바로 하도록 하지."

처음 했던 약속들이 흐지부지되어 가고 있었다. 리옌은 어제 실제로 의사를 불러 주었고, 어영부영 그녀의 휴대폰과 지갑을 돌려주기도 했다.

경계(經界)가 허물어지는 건 오히려 경계(警戒)해야 할 일이었다. 유주는 그의 변화에 기꺼움을 느끼면서도 그의 시야 안에서 전화를 걸며 도리어 조심스러워졌다.

모름지기 혁명에 성공하면 왕이오, 실패하면 역적이랬다. 리옌을 도와 루첸허를 찾는 것이 목적임에도 유주가 제 꿍꿍이를 다 풀어놓지 못한 건 역적이 되고 싶지 않은 탓이었다.

─예, 사랑과 정성으로 고객을 모시는 A상조 윤성조 팀장입니다. 무슨 일로 전화하셨습니까?

"팀장님, 저예요. 서유주."

유주가 목청을 가다듬고 대답했다. 입사하고 나서는 내부 연락만 했지 상담 전화 직원과 통화를 한 건 처음이었다. 유주는 자신의 신원을 밝히고 현재 사무실에 있는 팀장급을 바꿔 달라고 요구했다.

그렇게 해서 전화를 받은 게 윤성조였다. 다행이었다. 그는 유주의 직속 상관이었고 삼촌의 한참 아래 후배였다. 믿을 만한 사람이었다.

─서유주?

"네, 저요."

─야! 너 왜 출근 안 해, 인마! 무슨 일 생긴 줄 알고 걱정했잖아!

어우, 귀청이야. 유주가 살짝 휴대폰을 귀에서 뗐다가 소리가 잦아들고 나서야 다시 제대로 자세를 잡았다. 그의 일그러진 표정이 눈앞에 선했다.

"개인 사정이 좀 있어서요."

─사정은 무슨, 너만 있냐? 이 자식이 완전히 빠져 가지고…… 그래서 언제 다시 나올 건데? 혹시 사고 났어? 그래서 연락 안 됐던 거야?

사고라면 사고였다. 유주는 작게 웃었다. 그녀의 웃음에 잠시 리옌의 시선이 잠시 그녀를 향했지만 딱히 의심하는 눈빛은 아니었다. 유주는 조금 더 대범해지기로 했다.

"그런 건 아니고요. 그냥 사정이 있었어요."

─야, 그래도 회사가 장난도 아니고. 며칠 잠수 타다가 갑자기 못 나오겠다고 하면 뭐가 되냐? 어?

"설명해 드리기가 좀 그래요."

─거참. 마음대로 출근하고 마음대로 퇴사하고. 아주 맞먹어라, 맞먹어.

"알겠어요. 그럼 직접 찾아뵐게요. 어차피 사직서도 써서 내야 하는 거죠?"

유주가 반쯤 성조의 말을 무시하며 제 할 말만 좋을 대로 지껄여 댔다. 지금까지 퇴사 처리 안 하고 기다려 준 성의는 고맙지만 그의 성질머리를 받아 줄 때가 아니었다. 유주의 목적은 회사에 들르는 거였고, 주형을 만나는 거였으며, 성은영에 대한 서류를 빼내는 것이었다.

─너 진짜 그만두려고 그래?

"알았어요. 가면 되잖아요, 가면. 소리는 지르지 마시고요."

─뭐라는 거야?

"오늘 오후에 들를게요. 사직서랑 또 뭐 써야 하는 거 있어요? 제가 챙겨 가야 하는 건 없고요?"

제발 장단 좀 맞춰 주세요…….

유주의 간절한 속내가 통하기라도 한 걸까? 그간의 무단 결근에 버럭거리기만 하던 성조의 목소리가 조금 누그러졌다.

─……너 진짜 무슨 일 있긴 한 거냐?

"그럼…… 점심시간 이후는 무리고, 세 시까지 갈게요. 주형이는 오늘 사무실 들어와요?"

─……그래. 무슨 일인지는 일단 들어와서 듣자. 이따 늦지 않게 와. 주형이놈도 그때는 들어오겠지.

공적으로가 아니라 사적으로도 어느 정도 아는 사이여서 그런 건지, 성조는 유주가 어딘가 이상하다는 걸 알아챈 모양이었다. 제대로 오라고 해 준 것만으로도 감지덕지였다. 유주가 오후의 약속을 기약하며 전화를 끊었다. 맞은편에 앉아 유주의 말을 듣고 있던 리옌이 살짝 인상을 썼다.

"회사에 가 보려고?"

"오라잖아. 사직서는 써야지. 회사에서 날 자른 게 아니라 내가 자진해서 퇴사하는 거니까 그에 따른 절차가 필요하다네."

유주의 말에 틀린 게 없으니 시비 걸 것도 없는 모양이었다. 리옌은 불만스러워 보였지만 알겠다며 고개를 끄덕였다. 그러곤 시간을 확인했다. 아직 채 열한 시가 되지 않았다.

"그럼 장례식장부터 빨리 들러야겠군."

"아니지. 이따 회사에 다녀온 뒤에 주형이를 앞세워서 가자."

"그놈이 있다던가?"

"이따 세 시에는 있을 거래. 잠깐 둘러본다고 하고 데리고 나오면 돼. 핑계 댈 것도 있잖아? 정말로 루쳰허가 사라졌으니까."

"그럼 당신이 장례식장에 가서 둘러대도 될 게 아닌가?"

"당신이 뭘 모르는 모양인데, 여자가 시체를 만지면 부정 탄다는 속설이 아직도 파다한 게 이쪽 판이야. 거기 장례식장 직원들은 나랑 밥은 먹어도 술은 안 마셔. 하지만 주형이와는 3차, 4차까지 달린다고."

"……."

여자가 시체를 만지면 부정을 탄다는 낭설은 유주도 들어 본 적 없지만 되는 대로 지껄였다. 너무 급히 움직이나 싶었지만 유주도 믿을 만한 패 한두 장 정도는 들고 있어야 했다. 그리고 보험은 원래, 사고 나기 전에 들어 두는 법이었다.

그리고 최주형이라면 분명 그녀에게 도움 패가 되어 줄 터였다.

"그 녀석에게 쓸데없는 소리를 지껄이지 않을 거라고 내가 어떻게 믿지?"

"날 믿는 게 어떻게 내 몫이야? 당신 몫이지. 하지만 난 내 일은 확실히 해. 날 믿고 안 믿고는 내가 어떻게 하느냐가 아니라 당신이 나를 어떻게 보느냐에 따라 다른 거야."

"궤변이야."

"정설이지."

리엔이 삐뚜름한 표정으로 유주를 빤히 응시했다. 진위를 가려 보겠다는 듯한 표정이었다.

유주는 태연했다. 이 정도에 동요하지 않았다. 여섯 살 때 처음으로 부모님이 돌아가셨다는 통보를 들은 이후, 그녀는 다른 건 몰라도 표정 관리만은 자신이 있었다. 어제 차 안에서 울컥한 게 예외적인 상황이었을 뿐이다.

"난 당신이 나를 시험하는 건가 때때로 고민을 해."

리엔의 말에는 가시가 박혀 있었다. 그 가시는 유주의 양심을 아주 제대로 찔렀다. 그러나 유주도 그간 남 밑에서 월급을 거저 받아먹지는 않았다. 그녀는 그간 다져 온 뻔뻔한 낯짝으로 여상하게 웃어 보였다.

"와, 서유주 난 년이네. 말 튼 지 얼마 되지도 않은 사람까지 번뇌에 젖게 만들고."

하지만 적당한 분위기로 넘어갈 수 없었다. 리옌은 의미심장한 표정을 지으며 눈매를 갸름하게 접었다.

"충동적인가 싶으면 또 계획적이고, 계산적이란 말이지. 잇속 계산하는 데에 특화된 건지 꼭 자기한테 유리한 상황만 되면 머리가 빠릿빠릿 돌아가는 것도 같고."

"기억나네. 나한테 당돌하다고도 했었지? 당신. 살아생전에 그런 평가를 육성으로 들어 본 건 처음이었는데."

"그래. 게다가 배짱도 아주 좋아."

유주의 말에 리옌도 당시 상황이 떠오른 건지 살짝 미소 지었다. 입가의 근육이 살짝 꿈틀거리는 작은 미소였지만 충분히 알아볼 만한 정도였다.

하지만 유주는 별로 웃음이 나오지 않았다. 리옌은 사람을 쥐락펴락하는 데에 정말 일가견이 있어 보였다. 그냥 멍청하고 허당 기만 가득한 사람이었으면 대하기 이보다 더 녹록했을 텐데. 아쉬울 정도였다.

그녀의 시선을 느끼며 리옌은 의자 팔걸이 부분을 손가락으로 톡톡 쳤다. 그리고 몸을 등받이에 한껏 기대며 눈을 감았다.

"솔직히 그런 점들이 나쁘진 않아. 가끔 내 말문을 막히게 하지만 오히려 원하는 걸 꽁하게 감추고 있는 것보다는 할 말 다 하는 편이 낫지. 그냥 휩쓸리기만 하는 사람은 인간적으로도 매력이 없고."

"평가가 후하네."

"하지만 계속 의심하게 된단 말이지. 이게 무슨 이유일까?"

유주가 하는 짓들을 보면 야금야금 제 영역을 넓혀 간다는 걸 누가 봐도 알 수 있었다. 하지만 유주는 여전히 태연자약한 얼굴이었다. 그녀는 전화기를 테이블 위에 올려 둔 채 팔짱을 꼈다.

"그것도 당신이 과민한 탓 아닐까?"

"과연?"

"그도 그렇잖아? 아무 죄도 없는데 내가 왜 뒷주머니를 차겠어. 당신한테 협조해서 빨리 사람만 찾으면 완전 자유인데."

"내가 물어보고 싶은 게 그거야. 어쩐지 당신은 루첸허를 찾는 것만이 목적이 아닌 거 같단 말이지."

유주에게 다른 목적이 있다면 그건 하나였다. 최악의 상황에서 살아남기.

"난 당신한테 협조하는 거야, 리옌."

"잘 알고 있지. 머리가 좋은 건 나쁜 게 아냐."

"그런데 뭐가 문제야?"

리옌이 천천히 눈꺼풀을 들어 올렸다. 유주가 때때로 리옌을 시험하듯 굴었다면, 리옌은 때때로 유주가 의식하도록 행동하는 경우가 분명히 있었다. 여자에게 어떤 표정이, 어떤 자세가, 어떤 말투가 매력적으로 보이는지 인식하고 있다는 거였다.

그녀의 인정이 필요하고 자시고 간에 리옌은 미남이었다. 다만 그 매력이 위험하게 드러난다는 게 문제였다. 처음 화장장 부근 흡연 장소에서 그를 처음 만났을 때, 그녀는 확실히 그를 위협적이고 위압적이라고 느꼈다. 외모를 평가하기 이전에 위험한 냄새가 풍기기 때문이었다.

하지만 이렇게 과시하듯 자신의 자태를 뽐낼 때를 보면 새삼스럽게 깨닫게 된다. 저놈, 생긴 거 하나는 참 착하구나. 저렇게 생겼으니 저따위로 굴어도 용서받는다 이건가, 하고.

"서유주."

"왜?"

"서로 잘해 보자고 한 건 그쪽이란 걸 항상 잊지 말아 주었으면 좋겠어."

저음의 목소리는 야릇했고, 부드러운 말씨는 감미로웠다. 하지만 그 안의 경고는 확실했다. 자꾸 간을 보지 말라는 거였다. 유주는 그저 고개를 끄덕였지만 딱히 속으로 수긍하진 않았다. 그녀가 살려고 여기저기 발을 걸치려 드는 건, 그의 일을 방해하고자 하는 게 아니었다.

정말 여차한 순간에 달아나려고 하는 것뿐이었다.

"그 생각엔 변함없어."

"그럼 일정은 뒤로 늦춰졌군."

어깨를 짓누르는 것만 같던 기세가 조금은 누그러졌다. 인생에는 치고 빠지는 타이밍이 있는 법. 유주가 고개를 끄덕이며 자리에서 일어났다. 팔걸이를 붙잡은 손이 살짝 후들거렸다.

"그럼. 난 내 방에 가 있을게."

"그래."

"이따 두 시쯤 로비에서 봐."

"알겠어."

회사에 같이 가자는 뉘앙스를 풍겼더니 알았다고 한다. 유주는 간다는 말 없이 그의 객실을 나섰다.

"미친놈, 사람 심장 떨리게."

유주는 방에 돌아와 찬물로 세수를 했다. 아까 전의 위압적인 분위기를 떠올리니 여전히 손에 잔떨림이 느껴졌다. 자리를 피할 때 그녀의 행동이 크게 어색하지 않았다는 것만이 다행이었다.

리엔과의 대화는 유주의 심장을 두 가지 의미로 떨리게 했다. 하나는 그가 대놓고 유주를 위협한 탓이오, 하나는 그가 대놓고 유주를 홀리려 한 탓이다.

아무리 연애사에 둔감한 유주라도 누군가가 자신을 유혹하려는 행동 정도는 알 수 있었다. 목소리의 톤, 눈빛, 행동. 죄다 전형적이었지만 그건 그만큼 자신의 기본적인 매력에 자신이 있다는 남성적인 몸짓이었다.

그가 왜 그런 행동을 보였는지도 어느 정도 감은 잡혔다. 다른 것으로도 회유가 안 되니 이젠 꼬셔 보겠다 이거였다. 물론 이건 유주의 비약일 수 있었다.

혹은 그녀가 그렇게 보고 싶어 한 것이라던가.

"생각을 말아야지."

상대를 생각하는 것도 관심이 있어야 가능했다. 유주는 그에 대해 관심을 갖고 싶지 않았다. 알아봐야 독이 되면 됐지 득이 될 건 없었다.

"그래. 생각을 말아야지."

물론 생각을 하는 것보다 안 하는 게 더 어려웠다. 유주는 침대 위에서 좀 뒹굴거리다, 별 재미도 없는 인터넷 게시 글을 좀 둘러본 후 리옌의 점심 식사 권유를 거절했다. 이후 되는 대로 TV 채널을 돌리니 중국 영화가 나왔다. 시대극이었다.

그 쨍알거리는 말투를 듣는 것만으로도 피로감이 몰려왔다. 유주는 쯧, 혀를 차며 티브이 전원을 꺼 버렸다.

-Rrrrrr

객실 안을 울리는 전화 소리에 유주는 잠에서 깼다. 휴대폰으로 동영상을 몇 편 돌려 보다 깜빡 잠에 빠져든 모양이었다. 늘어지게 기지개를 켤 때까지 신호가 끊어지지 않아 전화를 받았다. 시간을 확인하니 두 시가 넘어 있었다.

―안 내려오나?

당연하게도 리옌이었다. 유주가 하품을 하며 대답했다.

"잠깐 졸았어. 금방 내려갈게."

욕실로 달려가 눈곱을 떼고 가볍게 얼굴을 씻었다. 스킨만 바르고 내려가니 1층 로비에서 리옌과 슈란, 현재가 전부 그녀를 기다리고 있었다.

「좀 일찍 다녀.」

슈란이 매섭게 말했다. 현재가 난처한 표정으로 어깨를 들썩였다.

"좀 일찍 다니라네요, 유주 씨."

"미안해요. 바로 출발하면 안 늦을 거예요."

"둘은 우리와 함께 안 가."

"우리?"

"당신과 나 말이야, 유주. 슈란과 현재는 공항에 갈 거야."

"공항? 왜?"

"오늘 다른 분이 들어오신다네요."

아. 유주는 어렴풋이 어제 리옌이 했던 말을 떠올렸다. 우신이 오늘 입국한다는 말이었다. 알겠다며 고개를 끄덕이니 정말 슈란과 현재가 기다렸던 건 유주였던지, 두 사람은 이만 가 보겠다며 먼저 정문을 나섰다. 유주가 멋쩍게 목덜미를 쓸었다.

"졸았어."

"그건 아까 들었어."

"차로 움직일 거지?"

"약속 시간이 빠듯하니 이만 출발하지. 기사는 이미 와 있어."

"알았어. 미안."

순순히 사과하고 리옌과 함께 정문으로 나섰다. 리옌이 말하는 기사는 별거 없었다. 대리 기사였다.

다행히 차가 막히는 시간은 아니었기에 회사에는 금세 도착했다. 리옌이 기사에게 돈을 주고 이따 다시 연락하겠다고 했다. 유주는 새삼스레 회사를 올려다보며 그를 기다렸다.

"올라가지."

"응."

회사에 올라가며 유주는 상황을 다시 머릿속으로 그렸다. 만약 사직서를 쓰고 물품 수령서 등등을 끼적이는 자리에까지 리옌이 끼어들면 어떻게 하나 고민이 됐다.

하지만 성조를 믿기로 했다. 원래 사회 밥을 오래 먹으려면 눈치가 좋아야 했고, 그 방면에서 윤성조는 서유주에 비할 바 없는 베테랑이었다.

"이야, 무단 퇴사자 서유주 사원님, 이제 오십니까?"

엘리베이터가 열리자 그 앞 스툴에 앉아 있던 성조가 벌떡 자리에서 일어났다. 그는 먼저 내린 유주를 반기더니 이내 뒤에 선 리옌을 보고 그녀

에게 눈짓했다. 누구냐는 표정이었다. 유주는 슬쩍 눈치를 살피며 모르는
척 웃었다.

"팀장님 처음 보시죠? 제 사촌이에요. 짐이 있다고 하니 따라와 줬어요."

"그래? 안녕하세요, 서유주 사원이 이렇게 갑자기 그만두게 되어서 유감
이네요."

"그러게요."

리옌이 무뚝뚝하게 대답했다. 성조는 둘을 고객 상담실로 데리고 갔다.
그러곤 들으란 듯이 유주에게 말했다.

역시 한솥밥 먹던 시간이 시간이니만큼 눈치 하나는 기가 막혔다.

"너 인마, 일 이딴 식으로 그만두는 경우가 어디 있어?"

"죄송하다고 했잖아요. 그냥 개인적인 일이 여러 개 겹쳐서 어쩔 수 없었
어요."

"개인적은 무슨…… 어쨌든 알았다. 따라와. 일단 서류부터 쓰자."

자리에 앉기가 무섭게 독촉이 떨어졌다. 무슨 사인인지야 뻔했다. 유주가
기다렸다는 듯 자리에서 일어나자 리옌이 그녀의 손목을 잡았다.

"여기서 작성하면 안 되는 겁니까?"

그 물음은 성조를 향한 거였다. 성조가 유주와 리옌을 번갈아 보다가
고개를 저었다.

"아무리 그래도 회사 내부 자료라는 게 있어서 말입니다. 서유주 사원이
보고 마무리해야 하는 것들도 있고요. 어찌 되었든 사원 개인 자료랑 내부
업무 자료인데 다른 분이 계신 자리는 좀 불편하네요."

"그렇습니까?"

"예. 곧 직원이 차 가지고 올 거예요. 잠시만 기다리세요. 확인 다 하고
짐 정리하는 데 그리 오래 걸리지는 않을 겁니다."

성조가 사람 좋게 웃으며 말하니 리옌도 더는 할 말이 없는 모양인지 그
녀의 손목을 순순히 놔줬다. 그러면서도 살짝 눈치는 줬다. 쓸데없는 일을

벌이지 말라, 그기었다.

유주가 그에 화답하듯 눈짓을 하고 상담실을 빠져나왔다. 문이 닫힌 걸 확인하고 성조가 길게 가슴을 쓸어내렸다.

"서유주. 너 사채 썼나?"

"아저씨는 뭔 말을 그렇게 해요? 내가 사채 쓸 사람으로 보여요?"

"그게 아니면 저 남자 뭔데? 너 사촌 없잖아."

"왜 없어. 승헌이랑 예담이 둘 다 내 사촌이구만."

"말장난하지 말고."

"들어가서 얘기해요."

유주가 재촉하며 성조를 사무실로 밀어 넣었다. 약 30여 명이 근무하는 회사 내부에는 따로 면담실 같은 게 구비되어 있었다. 성조는 유주를 데리고 그중 비어 있는 곳으로 향했다.

"무슨 일이냐?"

성조는 문고리까지 걸어 잠갔다. 유주는 창가에 서서 주변을 살폈다. 이 일을 외부에 털어놓는 건 이번이 처음이었다. 죄를 지은 것도 아닌데 심장이 콩닥콩닥했다.

"아저씨. 내가 마지막에 주형이랑 맡았던 일 있잖아요."

"어, 그거. 왜?"

"사달이 나도 단단히 났어요."

유주가 천천히 입을 열었다. 곱씹어 봐야 좋은 것 없는 일들이 숱하게 머릿속을 스쳐 지나갔다. 물론 그것들을 하나부터 열까지 곧이곧대로 말할 수는 없었다.

그녀와 관련된 부분과 적당히 숨겨야 하는 내용들, 그리고 감정을 거르고 나니 실제 설명은 그리 길게 이어지지 않았다. 성은영. 그 여자가 죽고 성철현. 그 인간이 사라진 뒤 저 사람에게 잡혀 있었다는 내용이 고작이었다. 하지만 필요한 부분만 추려 이야기해도 경악할 만한 일이었다.

유주의 설명을 다 들은 성조가 기도 안 찬다는 듯 헛웃음을 터트렸다.

"저 인간 머리가 살짝 맛간 거 아니냐?"

리옌과 계약한 부분, 납치당했던 사실, 집을 습격당한 내용까지 제외하고 나니 앞뒤 내용도 썩둑 썩둑 썰려 나가 졸지에 리옌만 정신 나간 인간이 되어 버렸지만, 별로 틀린 부분은 아니니 유주는 굳이 그 부분을 정정하지 않았다.

"내 생각도 비슷해요. 그런데 어떡해요. 죽이겠다고 달려드는데 협조해야지."

유주의 말에 성조가 한숨을 푹 내쉬었다. 그새 십 년은 늙은 것 같았다.

"너 이거 창진 형님도 혹시 아냐?"

"삼촌한테는 말하지 말아요. 걱정시키긴 싫으니까."

"뭘 알리지 말래. 창진 형님한테 이미 전화 왔었어, 인마. 너 좀 이상한데 무슨 일 있냐고."

"그래서요?"

"그래서는 뭘 그래서야. 요 며칠 네가 연락도 안 되고 출근도 안 한다고 하니까 연락되면 자기한테도 연락 좀 달라고 하더만."

다행이었다. 유주의 실종과 그녀의 이상한 기색에 대해 그녀의 삼촌이 눈치챘다는 사실이 말이다. 이로써 유주에게 무슨 일이 생기면 신고해 줄 사람은 확실히 생겼다. 아무리 그래도 가족이 신고하는 게 남이 신고를 해주는 것보다는 나을 터였다.

"그럼요, 아저씨."

"이게 팀장을 자꾸 아저씨라고……."

"아니, 그런 거 따질 새 없어요. 어쨌든 나 성은영 그 여자, 서류 기록 좀 보여 줘요."

"뭐? 야, 인마, 그건……."

"이상하잖아요. 저 인간은 사망 진단서나 의료 기록도 조작이 가능하니 어쩌느니 하는데, 일단 우리가 수습한 건 확실하잖아요. 죽은 사람이 있고, 그 처리 기록도 있는데 그럼 저 인간 여동생은 어디로 갔고, 아저씨나 내가 본 그 유족은 또 누구란 건데요?"

유주의 말에 성조도 같은 생각인지 반박은 않았다. 그는 허, 짧은 숨을 토하고는 괜히 주변을 살폈다.

"카피해 준다고 해도 가져갈 수 있는 상황이 아니잖아. 네 말을 들어 보니 네 짐도 저 인간이 다 확인해 볼 거 같은데?"

"퀵으로 보내 줘요, 이따 저녁에."

"저 인간 몰래 받을 수 있겠어?"

"……아니면 이따 주형이 시켜서 보내 줄래요? 우리 P장례식장 가 볼 건데."

"거긴 왜?"

"CCTV 확인하려요. 아!"

마침 좋은 생각이 떠올랐다. 오늘 주형은 사무실에 들어올 예정이라고 했다. 그럼 차라리 그가 서류를 들고 와 CCTV를 확인함과 동시에 그가 서류를 내밀면 리옌이 주형과 유주에게 갖는 신뢰감이 높아질 것이다.

그러면 유주가 움직일 때, 아군 한 명을 데리고 움직일 수 있을 공산이 생긴다. 따로 살펴본다는 선택지를 버리는 대신 이로 인해 유주의 자유도가 높아지는 것이다. 밑지는 전략은 아니었다.

"차라리 아저씨."

"어?"

"우리 곧바로 출발할 거니까 주형이를 이따 장례식장으로 좀 보내 주실래요? 거기서 CCTV 확인이랑 서류 전부 주형이가 내밀면……."

"이야, 서유주 이거. 잔대가리 굴리는 거 봐라."

성조가 유주의 이마를 손가락으로 툭툭 밀었다. 유주는 손을 휘저으며 그의 손가락을 피했다. 하지만 기분 나쁜 표정은 아니었다.

"도와줄 거죠? 나 진짜 저 미친 사이코한테 빨리 벗어나고 싶어서 그래요. 네?"

"……서류가 외부로 나가는 것도 문제지만……. 그걸로 일 터지면 그 뒷감당은 어쩔래?"

성조의 걱정을 유주가 모르는 것도 아니었다. 그렇다고 물러날 순 없었다.

"문제 생기는 일은 없을 거예요."

"그걸 어떻게 장담해?"

성조는 이미 서류를 주기로 마음먹은 주제에 그렇게 물었다. 유주가 고개를 저었다.

"저 인간은 어차피 여동생을 찾는 거 이외에는 아무 관심도 없어요. 그러니 그 서류는 그냥 딱 검토만 하고 끝날 거예요."

"얼씨구?"

"아무 문제 없는 멀쩡한 서류면 일이 커지겠어요? 걱정 마요, 걱정 마."

유주의 말에 성조는 마뜩잖은 표정이었지만 이내 고개를 끄덕였다. 성조가 장례업에 뛰어든 것도, 그 모든 일을 배운 것도 전부 유주의 삼촌인 서창진에게서였다. 다른 이들은 몰라도 그는 결코 유주에게 해를 끼칠 인물이 아니었다.

"왜 이렇게 늦어?"

한참 미적거리다 상자 하나를 들고 상담실로 돌아간 유주에게 리옌이 짜증을 부렸다. 유주가 책상 위에 상자를 내려놓으며 과장되게 한숨을 쉬었다.

"날 오죽 붙잡아야지. 왜 그만두느냐, 뭐가 문제냐, 돈이 문제냐 시간이 문제냐 등등."

"그래서 뭐라고 했지?"

"결혼한다고 했어. 가자."

당연하게 리엔이 상자를 들도록 하고 유주가 문을 열었다. 그는 당당하다 못해 뻔뻔한 그녀의 태도에 혀를 내두르며 상자를 들어 올렸다.

그녀는 염습이 주였기 때문에 회사에 오래 있을 일도 없었다. 자리는 그냥 구색 맞추기였다. 그럼에도 4년 넘게 일한 곳이라 그런지, 어영부영 가져다 놓은 것들이 박스 하나를 가득 채웠다.

"그걸 믿던가?"

유주에게는 무거웠던 상자였는데 리엔은 무거운 기색도 없이 든 채 승강기가 올라오기만 기다렸다. 유주는 리엔의 질문에 못 들을 걸 들었다는 듯 작게 웃음을 터트렸다.

"믿겠어?"

"그렇군. 그럼 그 동생이라는 작자는?"

주형을 말하는 거였다. 유주가 고개를 끄덕였다.

"유족이 사라진 건 팀장님도 알고 있으니까. 그 사람이 내 지갑을 훔쳐 간 것 같다고 말했어. 처음에는 말도 안 된다고 길길이 날뛰었는데 내가 돈이 없어졌다고 했지. 그리고 중간에 한 번 빈소에 올라간 적 있다고 하니까 약간 미심쩍어하더라고. 그래서 박박 우겼지, 뭐. CCTV를 무조건 확인해야 한다고. 그리고 그치의 집 주소가 필요해질지도 모르니까 서류 좀 빼 달라고 한 건 덤이고."

"……그걸 믿어?"

"안 믿으면 어쩔 거야? 원칙대로라면 원래 유족 동의 없이는 화장장에도 보내면 안 돼. 설령 동의서에 서명이 있어도 유족 당사자가 없으면 화장장 측에서는 확인이 안 되잖아. 화장이 끝나고 유골을 받고 하는 절차에 가족 확인이나 동의가 얼마나 중요한데. 그걸 걸고넘어졌지 뭐. 나도 회사에 정이 있으니 일 크게 만들고 싶지 않다, 경찰 안 끼고 해결 볼 테니 서류 보내 줘라. 그러니까 이따 주형이 시켜서 보내 주겠다던데."

유주의 입에서 구구절절한 거짓말이 기름칠을 한 듯 술술 튀어나왔다.

리옌이 그 말을 듣고는 멀뚱한 표정으로 말했다.

"팀장과 친해 보이더군."

"여기서만 일한 게 4년이니 안 친하기가 더 힘들지. 그러니까 서류도 빼준다고 한 거고. 혹시 알아? 우리가 놓친 게 그 서류들 속에 있을지."

유주의 말에 수긍한 듯 리옌이 고개를 끄덕였다. 다음 행선지는 장례식장이었다. 리옌이 기사를 부른다고 했지만 급할 게 없기에 유주는 그를 저지했다. 그의 표정이 미묘하게 어두워졌다.

* * *

"아, 담배."

경기도로 내려가는 길은 오히려 서울 도심에서 운전하는 것보다 수월했다. 유주는 이번에는 별 무리 없이 도착했고, 널찍한 자리에 주차를 했다. 어쩌면 내가 운전에 감각이 있는 건 아닐까 하는 자만심이 생길 정도였다.

하지만 문제가 있었다. 유주와 리옌이 도착했다고 해도 주형이 오기 전까지는 CCTV도, 서류도 받을 수 없다는 거였다. 유주가 회사를 나올 때까지 주형은 외부에 있었으니 어쩔 수 없었다. 그를 기다리며 둘 다 시간을 죽이기로 했다.

그러다 유주는 담배를 놓고 온 게 떠올랐다. 놓고 왔나? 엊그제 산 것 같은데 감쪽같이 사라졌다. 주머니를 뒤적거리는 그녀를 보고 리옌이 품속에 손을 넣었다. 그러곤 담배와 라이터를 건네주었다.

"……당신 담배 피워?"

"당신 거잖나."

"아, 그래? 이게 내 거였나? 어디 있었어?"

"그날 벤치에 두고 갔던데."

"아아, 기억난다. 맞네. 당신한테 담배 빌려줬었지, 참."

담배를 건네받은 유주가 주변을 둘러보았다. 오늘은 별로 죽은 사람이 없는지 차가 많지 않았다. 흡연 장소 중에서도 텅 빈 곳들이 꽤 보였다. 하지만 그녀의 시선이 머문 곳은 산 중턱의 흡연 장소였다. 처음, 리옌을 만난 곳이다.

"담배 한 대 태우고 와도 돼?"

"같이 올라가지."

"거참. 담배도 안 태우는 인간이 뭐 좋다고 따라다닌대. 내가 도망가는 것도 아닌데."

유주가 짧게 웃으며 먼저 걸음을 옮겼다. 리옌이 그 뒤를 따랐다.

며칠 뒤부터 장마라는 일기예보가 있었다. 여름의 습기와 곧 들이닥칠 장마 전선 때문에 공기가 축축했다. 열기와 습기 때문에 찜통 속에 있는 듯이 호흡이 금세 가빠졌다.

흡연 장소에 오르자마자 유주는 털썩, 벤치에 주저앉아 숨을 골랐다. 리옌이 그 옆에 따라 앉았다.

"운동 좀 해야겠는데?"

"남이사."

두어 번 크게 심호흡을 하고 나니 숨은 금방 평소처럼 돌아왔다. 유주는 담뱃갑을 열었다. 몇 대가 비어 있었다. 리옌에게 피웠느냐고 물어볼 만한 것도 아니라서, 그녀는 담배 한 대를 꺼내 입에 물고 곧바로 불을 붙였다. 리옌은 노골적으로 고개를 튼 채 그 모습을 빤히 지켜보기만 했다. 결국 그 시선을 참다못해 유주가 물었다.

"왜?"

"뭐가?"

"뭘 그렇게 빤히 보냐고."

"그냥. 그걸 왜 피우나 싶어서."

"그쪽도 가끔은 하잖아. 왜 피우는데?"

"글쎄. 왜일까."

"정 모르겠으면 우신이나 하이윤도 피우던데, 거기에다 물어보든가."

유주가 픽 웃으며 담배를 쭉 빨았다. 하…… 좋다. 좋다는 말이 절로 나왔다.

"우신은 몰라도 하이윤이 태우는 건 담배가 아니야."

그럼? 유주가 눈으로 물었다. 리옌이 뭘 그런 걸 묻냐는 심드렁한 투로 대답했다.

"그녀가 태우는 건 대마야. 거의 중독자 수준이지."

"뭐? 쿨럭! 아으, 컥, 잠깐…… 하이윤이?"

유주가 눈알을 굴렸다. 그녀는 기억력이 좋은 편이었다. 그녀가 기억하기로 분명히 하이윤은…….

"의사라고 하지 않았어?"

"그러니 니시콴라이에 발을 들인 거지. 중국에서도 마약은 불법이야. 잡히면 사형이라고."

미쳤다, 미쳤어. 유주가 질린 듯이 고개를 저었다.

아무리 좋다고 해도 목숨을 내걸고 무언가를 한다는 게 믿기지 않았다. 게다가 의사라는 사람이, 그것도 대마를.

뭐 항간에서야 대마가 사실 담배보다 중독성이 없느니 어쩌느니 하지만 엄연히 불법은 불법이었다. 유주는 저도 모르게 미간을 찡그렸다. 그리고 괜히 목소리를 낮췄다.

"당신네 그…… 조직에서는 약도 손대?"

예민한 질문이었을까 싶었다. 하지만 리옌은 대수롭지 않게 대답했다.

"미리 말하지만 나는 싫어해."

우회적인 긍정이었다. 유주의 인상은 펴지질 않았다. 어쩔 수 없이 드는, 생리적인 거부감이었다. 그를 인식한 것인지 리옌이 조금은 조심스럽게 말했다.

"니시콴라이는 엄밀히 말해 산하 조직이야. 아직 크고 있는 조직이라고. 게다가 여러 조직을 하나씩 흡수해 가는 과정에서 약을 만지는 녀석들이 영입된 것뿐이야. 서서히 근절해 나가는 중이고."

유주는 그 변명을 왜 자기에게 하나 싶었다. 그러다 이내 고개를 저었다. 그는 엊그제의 대화에 대한 힌트를 주고 있었다.

내부 문제. 아마 그 부분에서 착안하여 외부인의 시선으로 사태를 관망해 보라는 거겠지.

그렇다고 해도 너무 예민한 문제를 아무렇지 않게 털어놓으니 위화감이 느껴졌다. 게다가 무슨 말을 덧붙여도 약에 손을 대는 건 손을 대는 거였다. 거기에 심지어 의사한테까지 약을 팔다니, 유주의 정상적인 사고 체계로는 도저히 이해할 수 없는 부분이었다.

미친놈들.

새삼스럽게 유주는 자신의 앞에 있는 이 인간이 평범한 사람이 아니라는 걸 자각했다.

"그럼 그…… 삼합회인가 뭔가 하는 거야? 상부 조직이?"

"그 이상 알면 무서워할 것 같은데, 당신이."

"그 배려를 몇 마디 전에 해 주지 그랬어……."

유주의 격한 반응에 리옌이 작게 목울대를 울렸다. 그러곤 서서히 고개를 돌려 정면을 바라보았다.

자신에게서 시선이 떨어져 나간 걸 알지만 유주는 더 담배를 태울 기분이 들지 않았다. 반절도 더 남은 장초를 꺼 버리고 나니 입맛이 썼다. 괜한 걸 들었다. 앞으로 담배를 피울 때마다 이 얘기가 생각날 거 같아 기분이 더러 웠다.

"그 삼합회라는 건 말이지, 이젠 거의 와해 수준이야. 간신히 호흡기를 달고 살고 있지만 실상은 허접한 양아치 조직일 뿐이지. 이젠 주먹보다는 자본의 시대잖아."

그의 말투는 자조적이었다. 유주는 더 듣지 않고 싶은 마음과 동시에 조금 더 듣는 편이 좋다는 양가적인 생각에 입을 다물었다. 그녀가 말이 없자 리옌은 혼잣말처럼 나직하게 말을 이어 나갔다.

"하지만 한 십 년 전까지만 해도 그 위세가 제법 쓸 만했지. 그래 봐야 범죄 조직이지만 부수는 만큼 뭔가를 짓기도 했어. 정부가 제 기능을 못 할 때 잡초처럼 자라나는 게 그런 것들이지. 자기들이 나라를 이겨 먹으려고 드는 것들."

"……."

"당신은 그런 걸 모를 거야. 하지만 세상에는 필요악이라는 게 있어."

그의 말은 정말 변명으로밖에 들리지 않았다. 처음 보는 구차하고, 비겁해 보이는 모습이었다.

유주는 그가 어떻게 살았는지 모른다. 알고 싶지도 않았고, 안다고 해도 바뀔 건 없었다. 하지만 그는 협박을 하는 듯싶으면서도 유주에게 고압적으로 굴지는 않았다. 첫날을 제외하고는 무력을 사용한 경우도 없었다.

그렇지만 딱히 이미지가 변하진 않았다. 리옌은 유주에게 있어 그냥 보통 남자보다 조금 봐 줄 만하지만, 말 그대로 스크린이나 브라운관 너머에서 보았다면 더 좋았을 타인이었다.

유주는 가만히 그의 말을 듣다 천천히 머릿속에서 곱씹은 생각을 뱉어 냈다. 상처를 준다는 생각조차 없었다. 그냥 그 순간에 느낀 감정이 그랬을 뿐이다.

"필요하다고 악이 옳은 게 되나? 그 말 자체가…… 변명이잖아."

그렇다는 대답은 들을 수 없었다. 간만에 둘 사이에 어색한 정적이 흘렀다. 그때 유주의 시야로 저 아래, 주차장에 들어오는 차 한 대가 보였다. 조수석 부근이 살짝 찌그러진 회색 아반떼. 주형의 차였다.

말없이 유주가 자리에서 일어났다. 올라올 때와 마찬가지로 둘은, 조용히 내려갔다.

"누나!"

"최주형이!"

주형은 차에서 내리자마자 유주에게 달려왔다. 그래도 차마 포옹은 못 하겠는지 머쓱해하는 것을, 유주가 먼저 손을 들어 머리를 쓰다듬어 주었다. 여전히 까슬까슬했다.

"아오, 나 누나 어떻게 된 줄 알고 얼마나 걱정한 줄 알아요? 뭐가 어떻게 된 거예요? 그간 왜 연락은 안 됐는데!"

"그럴 사정이 있었어. 가져왔어?"

"챙겨는 왔죠. 그런데 CCTV를 딴다는 게 무슨 말이에요? 무슨 일 있어요? 그리고 이 사람은……."

주형의 시선이 리옌에게 향했다가 다시 유주에게로 고정되었다. 리옌은 인사를 건넬 생각조차 없어 보였다. 그런 이에게 괜히 인사를 강요하고 싶지도, 주형에게 인사를 시키고 싶지도 않아 유주는 그의 등을 토닥이며 몸을 돌려세웠다.

"누나 새 고용주. 일단 가자. 성철현 씨가 지키던 빈소가 어딘지 아직 기억하지?"

"예? 아, 예. 기억나죠. 며칠이나 됐다고요."

"거기 CCTV 좀 열어 달라고 부탁 좀 드려 봐. 너 여기 소장님이랑 친하잖아."

"에이. 뭐라고 하고 따 달라고 해요."

주형의 반응을 보니 성조가 따로 말을 흘린 건 없는 모양이었다. 다행이었다. 유주는 천연덕스럽게 거짓말을 했다.

"누나 지갑 없어졌어. 잠깐 일이 있어서 빈소 올라갔었는데 거기서 흘린 거 같았거든? 왠지 그때 그 남자가 훔쳐 간 거 같아."

"헐."

"카드도 빼 간 모양이더라고. 우선 장례식장 CCTV 열어 보고 그 남자가 맞으면 정식으로 경찰에 신고하려고."

"와, 미친 새끼 아녜요? 그거?"

주형은 유주의 말에 자기가 더 격분했다. 그런 그의 등을 토닥거리며 장례식장 안으로 걸음을 옮겼다.

주형은 그녀의 생각보다 일을 훨씬 더 잘 처리해 주었다. 입에 침을 튀겨 가며 성철현의 부정을 과장되게 고해바치는 한편, 그간의 정과 사람 사이의 도의적인 행동 등등을 운운했다. 나이가 지긋한 소장은 처음에는 안 된다고 완강히 거절했지만 거듭된 주형의 부탁에 못 이기는 척 혀를 찼다.

"그게 며칠이라고?"

어부지리를 얻은 건 리옌이었다. 그는 주형의 노력에 뭐 하나 일조하지 않은 주제에 조용히 영상실까지 따라 들어왔다. 중간에 몇 번 유주를 유심히 쳐다보기는 했다. 의혹에 찬 시선이었지만 트집 잡을 거리는 없었다. 유주는 그의 시선을 슬쩍 외면했다.

"16일이요. 오전…… 몇 시더라? 어쨌든 16일이요."

주형의 말에 소장이 빈소에 설치 된 16일자 CCTV 영상을 돌렸다. 아홉 시부터 시작되는 영상이었다.

16배속으로 몇 분을 계속 돌렸다. 그렇게 훑어보니 주방 아주머니들이 이상하다고 한 점을 알 수 있었다.

가족을 잃었다고 하기에 그는 영정 사진조차 제대로 보지 않았고, 아무도 오지 않는 빈소를 왔다 갔다 하며 무슨 서류를 확인하거나, 누군가와 통화를 하거나 했다.

그는 뻐근한지 왼쪽 어깨를 자꾸만 주무르는 행동을 보였는데, 영상으로 확인은 어렵지만 오른쪽 어깨보다 왼쪽 어깨가 조금 처진 듯도 보였다.

유주가 그의 모습을 꼼꼼히 관찰할 때, 뭔가가 나타났다. 성철현으로 보이는 사내가 빈소 구석에 앉아 누군가와 통화를 하는 와중에, 검은 정장의 사내들이 들이닥치는 장면이었다.

"잠깐! 잠깐, 저 사람들 뭐예요?"

사정을 모르는 주형이 더 놀라 영상을 정지시켰다. 찾았다. 유주는 저도 모르게 리옌 쪽을 바라보았다. 리옌의 눈도 살짝 빛나고 있었다.

"소장님, 저기 저 사람들, 저거 뭐예요?"

"나도 몰라 인마! 뭐야? 언제 이런 일이 있었어?"

소장은 정말 모르는 눈치였다. 그는 영상을 몇 분 전으로 되감아 정상 속도로 재생했다. 소리는 녹음되지 않았다.

빈소를 찾아온 이는 사내 셋이었다. 성철현, 아니, 루첸허에게 한 사내가 먼저 말을 거는 듯했다. 무슨 대화 내용이 오갔는지는 모르지만 약 2~3분가량 대화가 지속되었다. 그리고 루첸허는 주변을 두리번거리다 모든 서류와 펜 한 자루까지 가방에 챙겨 넣고는 자리에서 일어났다. 그리고 그대로 사내들을 따라 빈소를 떠났다. 그게 마지막이었다.

"······헐. 이거 뭐야."

지갑 도난 상황을 목격하러 온 주형이 의도치 않은 장면의 동일한 목격자가 되었다. 당황해하는 그를 두고 유주가 소장에게 말을 걸었다.

"소장님, 죄송한데 이 부분만 혹시 카피 가능할까요?"

"······그건 좀 그런데."

"그럼 혹시 영상만 따로 촬영해 가도 괜찮겠습니까? 좀 확인해 볼 게 있어서 그렇습니다."

리옌의 정중하고도 위압적인 말투에 소장은 영 내키지 않는 표정으로 "그러쇼" 하고 허락했다. 다시 장면을 되감았다. 리옌이 10:56:07 구간부터 휴대폰으로 화면 촬영을 시작했다. 전체 영상은 5분도 채 되지 않았다.

"혹시 주차장 영상도 볼 수 있을까요?"

이미 한 번 열람을 시작한 CCTV였다. 소장은 별말 없이 시간을 좀 더 앞당겨서 주차장을 비추던 영상을 틀어 주었다. 차들이 일렬로 들어오는 건 보였다. 하지만 워낙 구석 자리로 간 데다가 큰 운구차들 옆에 세워 놓은 탓에 번호판 식별은 어려웠다. 57마인지 바인지 모를 번호판 앞자리만 확인할 수 있었다. 리옌은 그것도 녹화했다.

"협조 감사합니다."

모든 녹화가 끝나고 리옌이 정중히 인사를 건넸다. 그리고 소장을 제외한 셋은 어영부영 사무실을 나섰다.

주형은 리옌의 눈치를 보면서도 입술을 달싹였다. 뭔가 묻고 싶은 게 많은 모양이었다. 유주가 그런 주형의 어깨를 토닥이며 리옌에게 대신 물었다.

"나 얘랑 담배 한 대만 피우고 올게. 괜찮지?"

리옌은 대답하지 않았지만 유주는 다짜고짜 그를 끌고 리옌의 시선이 닿는 구석의 흡연 장소로 향했다. 조금 거리가 멀어지자 주형이 숨을 몰아쉬며 유주를 노려보았다.

"누나 나한테 거짓말한 거예요?"

"거짓말은 무슨."

"지갑 잃어버렸다면서요?"

"다시 찾았어."

"……누나, 무슨 일인지 설명은 해 줘야죠."

주형은 자신이 이용당했다는 걸 알았고, 그렇기에 설명을 요구하고 있었다. 하지만 리옌의 시선이 완전히 닿는 곳에서 완벽한 설명은 불가능했다. 유주는 그에게 담뱃갑을 열어 주었다. 본인은 피우지 않을 생각이었다. 괜히 기분이 더러웠으므로.

"좀…… 얽힌 게 많아. 위험한 건 아니고."

"말이 되는 소릴 해요. 저 사람 딱 봐도 위험해 보이는구먼. 혹시 사채 썼어요?"

여기나 저기나 뭔 놈의 사채 타령인지. 유주가 고개를 저었다. 달리 생각하면 리옌이 사채꾼 정도로밖에 안 보이는 모양이었다. 저런 얼굴로 받는 오해가 호스트나 연예인이 아닌 그쪽 인간이라니. 역시 분위기를 무시할 순 없는 건가? 유주가 푸스스 웃음을 터트렸다.

"그런 거 아냐. 나중에 다 해결되면 설명할게. 어쩌면 네가 내 일에 도움이 되면…… 조만간 설명할 수도 있고."

"아니 그게 도대체 무슨 소리인데요?"

"그나저나 주형아."

"네?"

"너 지방 많이 다녔잖아. 좀 재미나고 어, 뭐 이상한 그런 소식 들은 거 없니?"

영문 모를 질문에 주형이 미간에 팍 주름을 잡았다. 그리고 괜히 목소리를 낮췄다.

"뭐가요? 뭐가 이상하다는 건데요?"

"아니, 그냥. 네가 보기에 '아 여기 좀 구린내가 난다'거나, '아 이 사람 좀 뒤에 켕기는 게 있어 보인다' 싶은 뭐, 그런 거라도 좋은데. 없었어?"

"누나 무슨 추리 소설 써요?"

지극히 상식적인 반응이었다. 유주는 이쯤에서 뭔가 하나 흘려줘도 되겠다 싶었다. 그래서 대충 뭉개서 대답했다. 정말 대충만.

"우리가 본 성철현이가 좀 위험한 일에 가담된 모양이야. 저 남자가 그 사람을 쫓는 사람이고."

"헐……."

"야, 그날 내가 아니라 네가 화장장 따라갔으면 네가 내 꼴 났다. 알아? 누나가 너 대신해서 이 고생 하는 거야. 그 성철현이 잡으려고."

"……그 사람이 혹시 사채 쓴 거래요, 그럼?"

그놈의 사채. 아무래도 현대인에게 제일 무서운 게 돈은 맞는 모양이었다.

"뭐, 비슷하지. 그래서 지금 그 공범인지 나발인지 찾느라 이 누나 뼈가 삭는다, 삭아."

유주의 말에 주형은 아주 약간이나마 납득한 듯 고개를 끄덕였다. 그러곤 리옌의 눈치를 보다, 유주가 여전히 들고 있는 담뱃갑에서 담배 한 개비를 꺼냈다.

"그럼 이상한 건 왜요? 뭐, 뒷돈 받고 그런 장례식장이나 장의사나. 그런 거 찾는 거예요? 이번 일이랑 무슨 상관이 있어서?"

예리한 질문이었다. 유주는 이걸 어떻게 둘러댈까 하며 잠시 입을 다물었다. 그걸 어떻게 해석한 건지 주형이 담배에 불을 붙이며 혀를 끌끌 찼다.

"누나도 팔자 참 기구하다. 어쩌다 그런 일에 엮였대요?"

"인마, 너 대신 내가 협조하는 거라니까."

"아오! 씨, 성철현인지 지랄인지 그 인간은 뭐 하는 인간이야?"

잔뜩 짜증을 부리면서도 주형은 뻑뻑 담배를 잘도 피워 댔다. 그러고는 뭔가 생각난 듯이 툭 말을 뱉었다.

"뭐. 항상 소문이야 있죠. 괜히 구린내 나고 찝찝한 거."

"돈 관련된 것 중에도 있니?"

"돈, 치정. 이 두 개는 원래 소문의 단골 소재잖아요?"

"그래? 뭔데?"

"아……. 근데 나도 이거 술자리에서 들은 건데……."

주형이 말꼬리를 흐렸다. 아무래도 남의 뒷담을, 그것도 그저 의혹이나 술자리 안줏거리밖에 안 되는 잡설을 이런 사건에 끌어다 붙이는 게 영 탐탁지 않은 모양이었다. 하지만 유주에게는 그런 낭설마저도 감지덕지였다. 그녀는 주형의 옆구리를 쿡쿡 찌르며 채근했다.

"확실하든 아니든, 뭔데?"

"그…… M시에 Q장례식장 알아요?"

알진 못했다. 자기 구역도 아닌 곳을 어찌 알겠는가? 하지만 유주는 대충 고개를 주억거렸다.

"거기 왜?"

주형은 여전히 말하기 꺼려지는 모양이었다. 그가 목소리를 한껏 낮췄다.

"거기 가끔 좀 사연 있는 시체들도 돈만 받고 조용히 처리해 주곤 한대요. 뭐, 소문이 그렇더라고. 나도 흘려들어서 자세히는 모르는데 진짜 뭐 사건이라고 하기에는 TV나 신문에 뭐 나온 것도 없고. 그냥 그러네요."

"누가 그러는지는 모르고?"

"아, 몰라요. 그냥 어쩌다 나온 말이에요. 알잖아요. 원래 이런 뜬소문은 그냥 지나가는 거."

"혹시 다른 건?"

"최근에 들은 가장 찝찝한 소문은 저거였는데……. 그 외엔 뭐, C장례식장 직원이랑 L상조 회사 직원이랑 불륜인 거? 둘이 차에서 하다가 걸렸다는데."

"……됐다."

M시 Q장례식장. 지역과 장소가 특정되었다는 것만으로도 결코 작은 힌트는 아니었다. 유주는 그걸 기억해 두기로 했다. 고개를 끄덕이며 잘 생각해 냈다는 듯 녀석의 머리에 손을 올리니 주형이 기민하게 그 손을 피했다.

"아, 누나 머리에 손 좀 대지 마요. 맨날. 내가 무슨 애인가?"

"애 맞지. 기특한 새끼. 일 잘 풀리면 누나가 고기 사 줄게."

"비싼 걸로."

"어야. M시 Q장례식장. 기억해 둘게."

동요 없는 유주의 반응에 주형이 다시 리옌의 눈치를 살폈다. 어지간히 그가 눈에 밟히는 모양이었다. 그는 리옌이 이쪽을 보고 있다는 걸 확인하고는 쯧, 작게 혀를 차며 물었다.

"누나……. 진짜 아무 일 없는 거죠?"

"괜찮아. 별거 아냐. 성철현이만 잡으면 끝나."

"그럼 회사는 언제 다시 나와요?"

"일 해결되면? 그런데 나 오늘 사직서 냈다."

"누나!"

주형이 버럭 소리를 질렀다. 유주가 깔깔 웃으며 빈틈을 노려 녀석의 머리를 꾹꾹 눌렀다. 주형이 과장되게 허리를 접으며 아픈 체를 했다.

"아오! 좀!"

"팀장님이랑 얘기해서 할 일 없으면 다시 복직하기로 했어. 걱정하지 마. 진짜 위험한 일도 아니고, 그냥 좀 재수 없게 꼬인 거 풀러 다니는 거야."

"……진짜죠?"

"내가 너한테 거짓말해서 어디에 쓰게? 아, 서류 가져온 거나 내놔."

주형은 마지막으로 죽 담배를 빨고는 꽁초의 불씨를 짓이긴 뒤 쓰레기통에 버렸다. 그러곤 유주를 데리고 자신의 회색 아반떼로 다가갔다.

여전히 그의 차는 엉망이었다. 그럼에도 주형은 한바탕 난리가 난 그 차 안에서도 유주가 찾는 서류 봉투를 재빨리 찾아냈다.

"여기요."

"고맙군."

주형이 서류를 건넨 건 유주였지만 막상 그를 낚아챈 건 리옌이었다. 주형은 리옌을 힐끗 쳐다보곤 유주에게 시선을 돌렸다. 그의 눈빛이 말하고 있었다.

재수 존나 없는 새끼네.

유주도 눈빛으로 화답했다.

네 생각이 내 생각이란다.

"그럼 이제 그만 돌아가지."

그 눈빛을 알아챌 리 없는 리옌이 유주를 불렀다. 유주는 그의 훌륭한 매너에 새삼 감탄하며 주형의 어깨를 두어 번 툭툭 쳤다.

"상황 정리되면 연락할게."

"그…… 아, 누나. 이거 가져가요."

주형이 돌연 품속에서 자신의 명함을 꺼냈다. 눈치 하난 기가 막힌 놈이었다. 유주가 자기 휴대폰이 없다는 걸 알아챘는지 어쨌는지는 몰라도 연락이 제한되었다고 지레짐작한 듯했다.

"고마워. 나중에 보자."

"조, 조심히 들어가요! 누나, 나중에 꼭 연락하고!"

주형의 인사에 손으로 화답하며 유주가 주차된 차로 향했다. 리옌이 조수석 문 앞에서 그녀를 기다리고 있었다.

활짝 웃고 있던 유주의 표정이 차와 가까워지며 다시 무덤덤한 표정으로 변했다. 록을 풀고 운전석에 앉을 때까지 내내 그랬다.

"상당히 친한 모양이던데."

"넌 내가 누구랑 얼마나 친한지가 그렇게 궁금하니? 서류나 확인해."

표정이 딱딱하기는 리옌도 마찬가지였다. 유주는 그의 쓸데없는 말을 일축하고는 곧바로 시동을 걸었다.

돌아가는 차 안에서는 내내 적막만 흘렀다. 유주는 아까 전 흡연 장소에서의 대화 때문에 더는 할 말이 없었다.

리옌이 침묵한 이유는, 알 수 없다.

「사람을 하나 찾아야겠어. 성철현. 주소지는 경기도 **시 **구 **동 **길 *번. **아파트 507호. 그리고 그 사람을 찾아내면 인적 사항까지 좀 캐 봐. 없으면 그 집 주소에 누가 살고 있는지도 좀 확인하고.」

「성은영이라는 여자에 대해서도 찾아봐. 23세고 B대학에 다녔어. K대학 병원에서 사망 진단을 받은 여자야. 사인은 재생불량성빈혈.」

「의사 뒤 좀 캐 봐. K대학 병원 하청수. 그 사람이 어느 전문인지, 가족 관계 사항이 어떤지 죄다 캘 수 있는 건 다 캐 와.」

「혹시 P장례식장에서 16일에 열한 시부터 나간 검은 리무진 차량들 번호판 알 방법이 있나? 차량 번호만 알면 그 뒤는 좀 쉬울 텐데. 그래, 부탁하지.」

유주가 얻어 온 서류와 주형의 도움으로 녹화해 온 영상들은 리옌이 일 처리를 하는 데 지대한 도움이 되었음이 틀림없었다. 유주는 창가에 서서 내내 어디론가 전화를 하는 그를 보며 사망 진단서만 손가락으로 문질거렸다.

성은영, 23세. 참 꽃다운 나이였다. 사인, 재생불량성빈혈. 그 병명이 주는 파리한 느낌은 여자의 시체를 보았을 때 느낀 창백하고 싸늘한 느낌과 매우 비슷했다.

사진은 없었다. 단순한 사망 진단서에 사진이 붙어 있을 필요는 없었다. 유주는 눈을 감고 성은영이 어떻게 생겼었는지를 떠올려 보려 노력했다. 하지만 시간이 좀 지나서일까? 아니면 살아 있었을 때의 모습을 단 한 번도 보지 못했기 때문일까.

그 모습이 잘 떠오르지 않았다. 분명 처음 성은영의 시체를 마주했을 당시엔 괜한 여러 의혹에 '난 어쩐지 이 여자를 잊지 못할 것 같다'라고 생각했는데. 지금은 그저 사람 직감이란 건 무시할 게 아니라는 당시의 감정만 떠오를 뿐, 그녀가 마지막에 어떤 모습이었는지 도통 기억나지 않는 것이다.

오히려 리옌이 첫 만남에 보여 주었던 그의 여동생, 카이화의 모습이 더 생생하게 떠올랐다. 사진 속 그녀는 생기가 넘쳤고 양 뺨이 분홍빛이었다. 질병은 물론이거니와 세상 풍파와도 한참 동떨어진, 아리땁고 곱게 자란 아가씨였다.

꽃다운 나이의 아가씨가 둘. 그런데 한 아가씨의 오빠는 실종 상태였고, 한 아가씨는 그 오빠가 이리도 필사적으로 죽었는지 살았는지도 모를 제 행방을 찾고 있었다.

그 괴리가 어딘가 사람의 마음을 뒤숭숭하게 했다.

"괜찮나?"

통화가 끝난 것인지 리옌이 유주 곁으로 다가왔다. 유주는 눈을 뜨고 고개를 끄덕였다. 그러고는 방금 전까지의 생각과 감정을 애써 날려 버렸다. 지금 누가 누굴 떠올리며 괜히 심란해하는지 모를 일이었다.

"뭐 때문에 묻는 건지는 몰라도 난 완전 괜찮은데? 왜? 내가 안 좋아 보여?"

"그런 건 아니고."

그가 유주의 맞은편에 자리를 잡고 앉았다. 괜히 껄끄럽게 면 대 면이냐. 유주는 손톱을 내려다보는 척 시선을 돌렸다. 리옌이 테이블 위로 휴대폰을 내려놓으며 입을 열었다.

"사람을 좀 풀었어. 조사원들이고, 내가 한국에 들어오면 으레 고용하던 이들이야."

그걸 왜 나한테 말하나. 그렇게 생각하면서도 유주가 고개를 끄덕였다. 차라리 처음부터 이랬으면 편했을 것을, 그는 쓸데없는 고집을 너무 많이 부렸다. 그놈의 '많이 알려지는 게 어쩌고' 하는 이유로 말이다.

유주의 생각이 표정으로 드러난 것일까. 리옌이 짧게 숨을 토했다.

"카이화에 대한 건 언급하지 않았어. 그런 외국의 일을 한국인들에게 다 떠벌릴 필요도 없고."

"누가 뭐래?"

진심으로 몰라서 묻는 소리였다.

유주는 리옌에게 카이화를 찾으라는 압박을 준 적이 없었다. 그냥…… 너무 어린 여자의 사망 진단서를 앞에 두고 기분이 좀 이상해졌을 뿐이다. 리옌이 홍콩 마피아라는 사실조차도 이젠 별 안중에도 없었다.

유주의 반응에 리옌이 다시 입을 꾹 다물었다. 딱 봐도 심기가 불편해 보여 유주는 애써 표정을 갈무리하며 억지로 입을 열었다.

"그래서…… 뭘 찾아보려고?"

어떻게든 분위기를 환기하려는 질문치고 형편없었다. 하지만 차라리 그

형편없는 질문이라도 서로에 대해 건드리지 않는 편이 좋을 것이라는 판단이었다. 리옌이 콧방귀를 꿰며 말했다.

"성철현, 성은영, 하청수. 그리고 그 검은 리무진들."

"아. 그렇지. 검은 리무진들. 번호판만 알면 어떻게든 될 텐데."

"내 생각도 그래. 뒤져 보면 뭔가 나오기는 할 거야. 시간이 좀 걸린다고 해도 일단 여기에 나온 확실한 인물과 차량이니까."

"음…… 결과가 빨리 나오면 좋겠네."

또 분위기가 왜 이래…….

유주는 속으로 한숨을 삼켰다. 리옌이 말을 삼키는 게 느껴졌기 때문이었다. 뭔가 할 말이 있는 듯했다. 그런데 입을 열지 않으니, 유주로서는 답답하면서도 무슨 말을 해야 할지 몰라 그의 시선을 슬며시 피하는 수밖에 없었다.

"……."

하지만 리옌의 입에서는 도통 말이 튀어나오지 않았다. 유주나 그나, 이 어색한 분위기가 무엇 때문에 찾아온 것인지 알고 있었다. 그래서 유주는 입 밖으로 내지 못할 원망만 입술 새로 삼켰다.

나한테 그딴 얘기는 도대체 왜 한 거야?

"저녁은…… 어떻게 할 거야?"

벼르고 벼르서 한 말이 고작 이거라니. 한숨이 날 지경이었다. 하지만 어떤 식으로든 어색한 분위기만은 좀 걷어 내고 싶었다. 그러나 이런 식이라면 대화는 계속 겉돌 게 뻔했다. 리옌은 유주의 뻔한 말질에 넘어가 주는 대신 곧이곧대로 물었다.

"내가 불편한가?"

유주는 그제야 제 심사가 왜 이리 복잡한지 알아챘다. 단순히 어여쁜 나이의 아가씨가 죽어서만은 아니었다. 주형을 만나기 전, 리옌이 한 별 잡스러운 말들이 괜히 마음에 걸렸기 때문이다.

삼합회니 마약이니. 뭐 그따위 복잡한 이야기야 아무래도 좋았다. 하지만 구태여 꺼내지 않아도 될 이야기를, 그것도 상대가 이해해 주길 바라는 듯 일견 구질구질해 보이는 태도로 지껄이던 모습은 괜히 께름칙했다.

차라리 무시했다면 좋았을 텐데, 거기에 대고 변명이니 뭐니 입방정을 떤 그녀도 그녀였다. 유주는 잠시 고민했다. 아까 전의 태도도 그렇고 지금의 질문도 그렇고. 굳이 무언가를 확인받으려는 것인지, 아니면 겉치레라도 '아니'라는 대답을 듣고 싶은 것인지 도무지 파악이 되지 않았다.

최악은 그가 그녀에게 이해를 구하기 위한다는 경우였다. 그런 식으로 서로 거리감을 좁혀 봐야 상호 좋을 게 없었다. 그러니 어떤 태도를 보일지 이미 답은 나와 있었다. 일부러 무신경을 가장하여 제 입에 달린 필터를 뜯어내는 것이었다.

"오히려 불편하지 않은 걸 찾는 게 더 어려울걸?"

"그렇군. 당연한 일이지."

어라. 이게 아닌데.

뭐가 그리 불편하냐고 추궁해 올 줄 알았던 리엔이 순순히 꼬리를 내리자 괜한 껄끄러움만 커졌다. 역시 이런 건 그녀와 맞지 않았다. 쯧. 유주는 작게 혀를 찼다.

"그리고…… 뭐, 당신도 사정이 있을 텐데 아까 내가 괜히 말실수한 거 같아서 좀 그러네."

"실수가 아니었잖아?"

"사실 그렇지."

유주가 입을 벌렸다가 합, 하고 다물었다. 잠시 좌우로 시선이 돌아갔다. 짧은 한숨 끝에 그녀는 무언가 결심한 듯 조심스럽게 입술을 들어 올렸다.

"그쪽 조직 이야기는 나에게 하지 않는 편이 좋았어."

"앞으로 조심하지. 괜한 위화감을 조성한 셈이군."

"위화감이라기보다는……."

그대로 넘어갔으면 될 것을, 유주의 입에서 쓸데없는 소리가 튀어 나갔다. 리옌이 그런 그녀의 말꼬리를 잡았다.

"보다는?"

이걸 어떻게 설명해야 할까. 유주는 지금껏 리옌을 보며 느껴왔던 그 복잡한 감정들을 쉽사리 정리하기가 쉽지 않았다.

여동생에게는 애틋하고, 랴오웨이와 함께 움직인다는 사실은 자랑스러워했다. 하지만 니시콴라이가 약을 다룬다고 말할 땐 구차해 보였고, 삼합회를 언급할 땐 불편해 보였다.

열두 살에 처음 조직에 들어가 17년이란다. 유주는 자신의 17년 전을 떠올려 보려고 노력했다.

부모님이 돌아가시고 한참이 지난 뒤라 이미 그녀는 부모의 부재에는 익숙해져 있었다. 삼촌과 조부의 작업장이 집에서 그리 멀지 않았기에 그녀는 아주 빈번히 시체를 보고 냄새를 맡고 살았다.

그때의 그녀는 어떤 기분이었던가. 그리고 조직에 들어가 '필요악'이라는 말을 운운하게 된 스물아홉 살의, 아니 자신이 그런 말을 지껄이게 될 줄 모르고 조직에 처음 들어간 열두 살의 사내아이는 어떤 기분이었을까?

"여러 가지로…… 너무 훅 들어오는 느낌? 당신도 알겠지만 우리 둘의 환경이 너무 다르니까, 좀…… 뭐랄까. 괜한 상상력이 도진다고 해야 하나."

"어떤 상상을 하기에 그렇게 불편한 거지?"

"지금 취조해?"

"아니. 하지만 이것도 스몰토크 아닌가? 지금은 가벼운 갈등 상황인 거고. 서로 풀어야지."

이게 푼다고 풀리겠나? 자신이 했던 말을 얄밉게도 되돌려 주는 그를 향해 유주가 눈을 흘겼다.

"당신 왜 이렇게 한국어를 잘하는 거야?"

"말 돌리기인가? 그건 지난번에 설명했잖아."

"그렇다고 하기에는 지나치게 잘한다고. 한국 드라마 열혈 시청자이기라도 했어?"

"그건 카이화가 좋아했지."

의외의 사실에 유주가 눈을 반짝였다. 한류, 한류. 매스컴에서 그렇게나 떠들더니 그건 허상이 아닌 모양이었다.

조금 더 이야기해 보라는 재촉의 눈빛을 받아서일까. 리옌이 시선을 아래로 내리깐 채 말을 덧붙였다.

"카이화가 한국을 좋아했어. 여행도 자주 왔었고."

"의외네. 중국에서 그렇게 한류가 인기야?"

"그녀와 나는 홍콩 태생이야. 거기는 한결 문화 수용이 자유롭지."

"그래서 한국을 도피처로 삼은 건가?"

카이화가 죽지 않았다는 전제가 깔린 유주의 질문이 리옌에게 퍽 마음에 든 것이 틀림없었다. 그는 방금 보인 메마른 듯한 비소가 아니라 확실히 기분이 풀린 듯한 웃음을 살짝 머금었다.

"그렇지. 도전적이고 낙천적이었으니까. 한국의 땅덩이가 작다는 건 그녀에게 큰 장애처럼 느껴지지 않은 모양이야."

"어쩌다 한국에 그렇게 빠진 거래."

신기하기도 했고 약간 오글거리기도 한 느낌이었다. 리옌은 유주의 말에 피식 소리가 나게 웃었다.

"어린데다, 여자애니까. 관심사가 많았지."

"그래? 아, 카이화는 몇 살이었어?"

"……모르고 있었나?"

"이봐…… 당신이 나에게 카이화에 대해 얘기해 준 게 뭐 있어?"

실제로 없었다. 유주에게 카이화는 이름으로만 익숙한 존재였다.

얼굴은 꼴랑 한 번. 그것도 사진으로만 봤다. 아니지. 유주가 러시아에서 사용한 여권이 카이화의 것이었으니 그때 얼핏 본 여권 사진까지 포함해도 두 번밖에 보지 못했다. 게다가 그녀의 것이 아닌 위조 여권인지라 리셉션이나 공항에 제출하는 내내 긴장에 떨었으며, 승선과 동시에 다시 빼앗겼으니 샅샅이 살펴볼 충분한 시간은 없었다.

"카이화는 올해……. 한국 나이로는 스물여섯이겠군. 홍콩 중문대를 졸업했어, 전공은 법학이고."

리옌의 생각도 거기에 미쳤음이 틀림없다. 그가 살짝 머쓱한 듯 대답했다. 유주는 그의 말을 듣고 진심으로 놀랐다.

스물여섯이라니. 그 나이로 보기에 카이화는 지나친 동안이었다. 교복을 입으면 영락없이 고등학생으로 보일 수준이었다. 게다가 성은영보다 세 살이나 많았다.

희끄무레한 기억을 박박 긁어모아 떠올려 보면, 유주가 염을 한 그 시체 또한 이십 대 초반 정도로밖에 보이지 않았다. 자의는 아니었지만 그런 어린 아가씨를 사칭했던 일을 떠올리니 괜히 양심이 콕콕 찔렸다.

하지만 놀랄 부분은 나이가 아니었다. 그녀의 전공이었다.

리옌은 니시콴라이 소속이었고, 니시콴라이는 삼합회의 하부 조직이라고 했다. 그런 배경 속에서 자라난 아가씨의 전공이…… 법학이라니.

"굉장히…… 머리가 좋았나 보네."

"좋았지. 원래는 당신처럼 미술을 하려고 했어. 처음에는 나도…… 아니. 내가 그걸 못 하게 막았지. 그렇게 돈에 기대는 쪽을 업으로 삼으면 평생 니시콴라이를 떠나지 못할 거라고 생각했거든. 결과적으로 이 모양 이 꼴이 됐지. 쉬에화만 좋은 꼴 누리게 해 준 셈이야."

돈 없이 미술을 한 유주가 듣기에 다소 묘한 대답이었다. 그러나 떠올려 보면 그림이라는 게 한두 푼으로 되는 것도 아니었다. 별 재주가 없어 유주는 정말 최소한만 했지만 그것도 창진의 예금을 톡톡히 털어먹지 않았던가.

그러나 중요한 건 그게 아니었다. 유주가 주목한 건 따로 있었다.

"쉬에화가 여기서 왜 나와?"

"카이화를 무척 마음에 들어 했거든. 과하게. 머리도 좋고 눈치도 빠르니 아주 신나서 이리저리 끌고 다녔지. 주로 도박장을."

"도박?"

"쉬에화는 원래 알아주는 작사(雀師)였어. 제대로 된 선수 한 명 키워 볼 기회가 생긴 거지."

그렇게 말하는 리옌의 표정이 자괴감과 분노로 얼룩졌다.

알 것 같았다. 자신의 잘못이 아니었음에도 항상 후회라는 녀석은 '만약'이라는 헛된 망상을 끌고 왔다. 그 헛된 망상은 마치 출구 없는 미로 같아서, 항상 끝도 없이 같은 자리를 맴돌며 이루어지지 않을 바람을 되뇌게 했다.

"……그렇게 어린 여자에게 날 들이대다니, 너무 양심이 없었네."

"뭐?"

유주는 그런 리옌을 꽉 끌어안아 주고 싶었다. 저 끔찍할 정도의 생각들이 얼마나 사람을 고통스럽게 하는지 알고 있기 때문이었다. 하지만 무언가에 손을 뻗는 데에는 엄청난 용기가 필요했다. 특히 그 상대가 사람이라면 더더욱 그랬다.

그래서 유주는 그의 의식을 일부러 다른 쪽으로 돌리기로 했다. 뭐, 완전히 무관한 방향은 아니었다.

"러시아에서 말이야. 날 카이화라고 소개했잖아? 스물여섯 창창한, 아니, 난 처음에 당신이 보여 준 사진 보고 정말 깜짝 놀랐다고. 이제 갓 스물이나 된 줄 알았다니까? 그런데 곧 서른인 나를 어떻게 사람들에게 카이화라고 소개할 생각을 했어? 진짜 양심 없다."

유주의 말에 리옌의 눈썹을 찡그렸다. 미묘하게 웃는 것도 같으면서 어이없어하는 듯한 표정이었다. 아마 후자의 감정이 더 우세한 게 분명했다. 유주의 말을 받아치는 그의 목소리에 웃음기보다 가당찮음이 더 강했으니까.

"그때는 그런 상황이 될 줄 몰랐어. 난 슈란이 당신을 데리고 내려올 줄 몰랐다고."

"나도 마찬가지야. 갑자기 그런 드레스를…… 아, 맞아. 드레스. 그거 돌려 줬어?"

"아, 그거."

리옌이 애매하게 대답했다. 만약 잘못된다면 그가 물어주겠지. 유주의 주된 관심사는 그게 아니었으므로 허공에 손을 휘저었다. 그건 대답 안 해도 된다는 뜻이었다.

"아니, 그건 됐고. 어쨌든, 맞아. 그때 그 사람. 그 사람은 카이화가 누군지 모르는 사람이었던 거 맞아? 혹시 내가 그때 카이화 흉내 내서 뭔가 일 틀어지고 그런 건 아니지?"

이미 끝난 일이었지만 내내 마음에 걸렸다. 여전히 그녀의 클럽K를 덮은 스페이드A의 기억이, 무언가 찜찜한 기분을 의례적인 위로로 슬쩍 덮어 버린 리옌의 얄팍한 말 몇 마디로 잊힐 게 아니었다.

"아마 확실히…… 눈치챘겠지."

"뭐? 어떻게? 그쪽에서 카이화가 누군지 원래 알고 있던 거야?"

"아니. 내가 당신에게 영어로 말을 걸었잖아."

아, 그랬지.

둘 다 중국인이라면 리옌이 다른 이들 다 있는 마당에 동생에게 굳이 영어로 말을 걸 필요는 없었을 것이다. 망할. 그간 배울 필요성도 없던 중국어가 이런 식으로 그녀의 발목을 붙잡을 줄은 몰랐다.

"그럼…… 어떡해?"

"당신이 신경 쓸 거 없다니까."

"아니, 알아챈 데다가 내가 게임에서까지 진 거잖아."

"별거 아냐. 그 인간은 단지 당신이 내 여자인 줄 알고 시비를 튼 거니까."

그건 또 무슨 말?

유주의 눈이 화등잔만 하게 커졌다. 리옌이 짜증스럽게 머리를 쓸어 넘 겼다.

"그러니까 정말 당신이 신경 쓰지 않아도 돼. 원래 그 인간이 그래. 정인(情人)이 있으면 여자든 남자든 동요할 거라고 생각한다고. 그런 멍청한 사고방식을 가지고 있는 사람이야."

그건 너무나 당연하지 않나? 그렇게 생각하면서도 유주는 리옌의 말에 태클을 걸지 않았다. 지금껏 소소한 감정들은 곧잘 드러내던 리옌이 큰 정서 변화를 보인 건 죄다 카이화와 관련된 부분에서였다. 그게 곧 그의 약점이었다.

어쩌면 장치앙린은 카이화를 두고, 별다른 동요를 보이지 않은 리옌을 오히려 수상하게 여기지 않았을까? 아니면 그의 예상대로 그의 '여자'를 앞에 둔 상태에서도 담담했던 모습에 뭔가 이상함을 느꼈다던가. 대화의 내용은 모르니까 뭐, 아님 말고.

"그래? 진짜지? 나 그냥 잊어버린다?"

"그래."

"그럼 더 악취미네. 다들 내가 카이화가 아니라는 걸 알면서 그 쇼에 장단을 맞춰 줬다는 거 아냐? 결국 나만 바보 된 거고."

"그건 부정할 수 없군. 그 드레스는 정말 안 어울렸어. 다음 날 아침까지 입고 나왔을 땐 정말이지……."

"조용히 하셔!"

애써 의식의 저편으로 밀어 두었던 우신의 드레스가 떠올라 유주는 버럭 소리를 질렀다. 리옌이 코웃음을 치며 입매를 틀었다.

"안 어울리던데."

"나도 알거든? 조용히 안 해?"

"당신은 그냥 편하게 걸치는 편이 더 잘 어울려."

"칭찬 고오맙습니다."

유주가 짜증스럽게 그의 말을 받았다. 리옌이 킬킬거렸다.

"그래서 이젠 어색함이 좀 풀렸나?"

이유는 모르겠지만 리옌이 노력하고 있다는 게 느껴졌다. 껄끄러운 대화도 어물쩍 넘어갔다. 유주의 입장에서는 그가 자신에게 최대한 친절하게, 모나지 않게 굴려는 것을 나쁘게 볼 필요가 없었다.

반년. 짧지도 길지도 않은 애매한 기간이었다. 그동안 불편하게 지내는 것보다야 차라리 이런 가벼운 이야기들로 관계의 공백을 메우는 편이 나았다.

"당신네 조직 이야기보다는 훨씬 재밌는 얘기니까. 당연하지. 드레스 얘기만 뺐으면 더 좋았을걸?"

"그래. 아까 이야기는 적당히 흘려들어 줘."

"그 정도야 문제없어. 원래 뭐든 기억하는 것보다 잊는 게 더 쉬운 법이라고."

"그런 건가?"

"당연하지. 사람이 괜히 망각의 동물이 아냐."

"그럼 이 일이 끝나면 당신은 나를 잊겠군."

무슨 의도일까. 유주가 순간 당황한 표정으로 그를 보았다.

리옌의 지극히 담담하고 평온한 표정은 그 말에 별다른 뜻이 없는 것처럼 보였다. 그래 보이긴 했다. 하지만 이전에 그가 한 말마따나, 말에는 '뉘앙스'가 있는 법이었다.

기분이 이상했다. 왜 굳이 그런 걸 물어보는지.

"글쎄. 당신이랑 한 첫 경험이 너무 많아서 시간은 좀 걸리겠지만 아마도."

"상처가 되지 않도록 조심하지."

의미심장한 말에 유주가 어깨를 으쓱였다. 그가 대수롭지 않게 지껄이니, 유주도 대수롭지 않게 반응해야 했다.

하지만 유주는 알고 있었다. 자신의 말이 거짓말이라는 걸 말이다.

아무리 사람이 망각의 동물이라고 하지만 유주는 아직도 부모님이 마지막 외출할 때의 모습을 기억했다.

사고사였다. 잘잘못을 따지자면 누구의 탓이라 할 수 있는 것이었지만, 누구에게나 일어날 수 있는 일이었다.

올 때 맛있는 걸 사 오겠다며 집을 나가던 뒷모습과 사고가 일어났을 때 병원으로 달려갔던 상황, 두 분의 시신이 어떤 절차를 거쳐 화장되었는지도 하나하나 다 기억이 났다. 잊고 싶었는데 잊히지 않았다.

반면 유주는, 꼭 기억해야지 하는 것들은 곧잘 잊어먹었다. 가령 '내일 슈퍼 세일 할 때 꼭 세제를 사 놔야지'라든가, '친구 생일이 다음 달이었으니 이번에는 잊지 말고 챙겨 줘야지' 같은 것들.

기억이란 편협해서, 유주는 분명 하이윤이 약을 한다거나 니시콴라이가 약을 유통한다는 것, 리옌이 거기에 속한 사람이라는 것을 잊지 않을 것이었다.

하지만 거짓말은 때로 누군가에게는 큰 배려심으로 다가간다. 유주는 리옌의 께름칙하기만 했던 표정을 떠올리며 괜한 짜증을 너스레에 섞었다.

"어쨌든, 이제 그 쓸데없는 얘기는 그만하고. 그 뭐냐, 의사니 뭐니 하는 사람들 추적하기 전까지는 따로 움직일 필요는 없는 거지?"

"아마? 만약 당신이 짚은 부분이 정확해서 단번에 루첸허를 찾아내기만 한다면."

"그랬으면 좋겠다. 그럼 나 보자…… 당신이랑 같이 움직인 지 일주일 만에 2억을 벌어들이는 거네? 진정한 단기간 고수익이 이런 거구나 싶네."

"부디 당신 뜻대로 되면 좋겠군."

서로 안 한 말이 있다는 건 알았지만 그걸 묻어 둘 수 있는 게 어른이었다. 어른은 마냥 솔직하지 않았다. 유주는 저녁 식사를 각자 때우기로 제안하고 그의 방을 나섰다.

Chapter 3

"니쨔오…… 션머밍쯔(네 이름이 뭐니)?"

"니가 아니라 쨔오 부분에 강세가 들어간다니까요. 너무 발음이 밋밋해요."

"……이건 타고난 거라 어쩔 수 없거든요?"

유주의 뜻대로 며칠간의 휴가가 생겼다. 물론 그 모든 시간을 탱자탱자 노는 데 쓸 생각은 아니었다. 퇴사 후의 버킷리스트가 최소 1번부터 30번까지 가득했던 만큼, 하고 싶은 일은 잔뜩 있었다. 그러나 원래 계획이라는 게 그렇듯 그녀의 일정은 완전히 어그러졌다. 그것도 전혀 예상치 못한 방향으로.

"그럼 아까 일반적인 인사가 뭐라고 했죠?"

"니하오."

"그럼 좋은 아침은?"

"자…… 자우 하우?"

"그건 굿 애프터 눈이죠."

발단은 슈란이 현재에게 던진 한마디 말이었다고 한다. 현재는 애써 말을 예쁘게 돌려 하려고 노력했지만, 요는 그녀가 유주를 대상으로 '재 영어도 못하니까 차라리 중국어나 가르쳐 봐'라고 했다는 거였다.

참 말이란 뱉기는 쉬웠다. 유주는 그 덕에 인연도 없던 중국어를 배우는 입장이 되었다.

당연히 유주는 '여기는 한국이다'라는 말과, '로마에 왔으면 로마법을 따르라'고 반박하고 싶었다. 그러나 유주의 짧은 영어 실력은 암담했고, 중국어는 말 그대로 낫 놓고 기억 자도 모르는 수준이었다. 게다가 말이 통하지 않는다는 건 무척 불편했으며, 갑을관계라는 입장상 유주의 주장은 리옌과 슈란의 주장보다 현저히 그 힘을 잃었다.

"굿모닝은 자오샹하오, 굿 나이트는 완안, 익스큐즈미나 쏘리는 전부 뚜이부치. 이렇게만 알아도 알아먹는 척은 할 수 있어요."

그나마 현재는 유주의 상황을 고려하여 성조나 뭐 글자 그런 것부터 시작하지 않고 정말 실용적인 회화 몇 가지만 알려 주기로 했다. 안녕, 반가워, 나는 누구누구야 이런 것 말이다.

나쁘진 않았다. 오히려 재미없는 부분을 전부 뒤로하고 필요한 부분만 짚어가니 나름 재미도 있었다.

게다가 슈란이 가 보고 싶어 한 덕에, 우신까지 옆에 끼고 넷은 남산타워를 찍고 인사동을 돌고 왔다. 너무 정석적인 코스라 웃음이 나올 정도였지만 현재는 이런 가이드 역할도 제법 해 본 모양인지 그녀보다 더 많은 곳을 구석구석 구경시켜 주었다.

"그럼 굿바이는?"

"짜이찌엔."

"잘 외우는데요? 그럼 이제 조금 더 일상적인 걸로 넘어가 볼까요? 유주 씨 좋아하는 음식이 뭐예요?"

"그건 왜요?"

"식사 메뉴를 부탁하거나 할 때 메뉴 이름을 미리 알아 두면 좋잖아요. 아니면 가리는 거라도 말해 봐요. 알려 줄게요."

"음……."

갑자기 어디에서 뚝 떨어진 통역사인가 했지만 현재는 정말 괜찮은 남자였다. 유주가 다른 사람을 가타부타 평가할 처지는 아니었지만 생긴 것도 서글서글하니 나쁘지 않았고, 말투도 부드럽고 적당히 우회적이었다.

대학원생이라고 하면 으레 연구실에 처박혀 곰팡이와 함께 썩어 가는 비사회적인 인물을 떠올렸던 유주의 편견을, 아주 파격적으로 깨 주는 좋은 모델이었다.

"가리는 건 딱히 없어요."

"그래요? 고수는요?"

"고수?"

"왜, 샴푸나 세제 맛이 난다고 하는 그거요. 호불호 많이 타는데. 그건 괜찮아요?"

유주는 고개를 저었다. 먹어 본 적도 없었고, 뭔지도 몰랐다. 호불호가 강한 것이라는 말만 들어보았을 뿐이다.

"먹어 본 적이 없어서 잘 모르겠네요."

"베트남 음식점 가서 요청하면 주기도 하니까 나중에 도전해 봐도 돼요. 그런데 대개 한국인은 싫어하니까, 고수 빼 주세요, 정도는 알아 두면 좋아요."

"그래요? 뭐라고 하는데요?"

"부야오시앙차이(不要香菜)."

"……."

아…… 그게 그 뜻이었구나. 입이 있으나 할 말이 없다는 심정으로 유주가 딱 입을 다물었다.

"왜 그래요?"

그나마 의욕이 좀 있어 보이던 아까 전의 모습과 상이하게 달라진 유주의 태도에 현재가 물었지만, 그 쪽팔린 기억을 되살리는 것도 모자라 상대에게 설명할 용기는 더더욱 없었다. 그녀는 어색하게 웃으며 고개만 저었다.

"뭐 해?"

익숙한 목소리가 들려왔다. 리옌이었다.

며칠 동안 그는 바빴다. 어디론가 쉴 새 없이 전화를 하고 전화를 받았다. 어디 나가는 일은 없었지만 이틀째 되는 날에는 어디선가 노트북까지 가져와 본격적으로 업무 모드에 돌입했다.

그에 따라 유주의 루틴도 바뀌었다. 리옌 또는 우신, 슈란과 함께 아침 식사를 하고 리옌의 객실로 올라가 현재와 앉아서 중국어를 배우거나, 다 같이 외출을 하거나, 그녀 혼자 멀뚱히 책을 읽거나 했다.

"뭐 하긴요. 그냥 공부 중이었죠. 혹시 시끄러웠나요?"

"아니. 그건 아니고."

안쪽 방에서 통화를 끝낸 듯 리옌이 응접실로 나왔다. 그는 현재와 유주가 공부를 하며 끼적인 것들을 내려다보곤 유주를 향해 돌연 질문을 던졌다.

「学习中文难吗(중국어 공부할 만해)？」

중국어라는 것밖에 못 알아들었다. 유주는 고개를 저었다.

며칠이라고 해 봐야 고작 3일이었다. 아직까지도 인사를 복습하고 있는 걸 보면 모르겠는가? 3일의 시간은 유주가 어학에 재능이 없으며, 중국어엔 흥미도 없음을 확인하는 시간이었다.

"잘 모르겠는데."

"내 말을? 아니면 내 질문에 대한 답이야?"

"둘 다."

리옌이 유주의 대답에 대충 고개를 끄덕였다. 별로 기대도 안 했다는 반응이었다. 그리고 그는 현재에게 말했다.

"아무래도 학생이 흥미가 없어 보이니 이제 수업은 며칠 쉬지."

별로 수업이랄 것도 없었다. 유주는 그가 자신에게 말한 게 아니란 걸 알면서 괜히 그의 말을 받아쳤다.

"무슨 일 있어?"

"이제 우리 출장을 좀 다녀야 할 거 같아서."

실마리가 잡혔다는 얘기였다. 이런 지루한 수업보다는 훨씬 재밌는 얘기였다. 유주가 기다렸다는 듯 펜을 내려놓았다.

"양평 쪽에서 실마리가 하나 잡혔어."

이번에도 운전대를 잡은 건 유주였다. 하지만 목적지를 들은 순간 살짝 아연해졌다. 양평…… 설마 경기도 양평일까 싶었다. 그리고 불길한 예상은 항상 맞아떨어졌다.

"그런 표정 하지 마. 그나마 제일 가까운 곳이 거기니까."

"……누구 실마리인데?"

"당신이 그렇게 주장하던 성철현이라는 인물. 동명이인을 제외하고 성은영이라는 여동생을 둔 성철현이라는 인간은 양평에 펜션을 하고 있는 한 명뿐이더라고."

"그래서?"

시동을 켜며 유주는 일단 내비게이션에 경기도 양평시를 쳤다. 여러 개의 목적지가 나왔다. 이 중 어디로 가야 할까. 유주가 고민하자 리옌이 화면으로 길게 손가락을 뻗었다. 그러곤 다음 이름을 쳤다.

C펜션. 차로 바짝 달려서 한 시간 반이 조금 넘는 거리에 있었다.

"그래서…… 성철현은 여기 아직 산대?"

유주가 사이드를 풀었다. 리옌이 휴대폰으로 무언가 메시지를 보낸 후 그걸 품에 넣었다.

"아니. 그게 문제야."

"응?"

"이야기를 들어야 하는데 성철현이 지금 며칠째 행방불명 상태야. 그리고 그의 여동생도. 일단 호적은 그 둘의 것이 맞나 봐."

두 사람이 하나의 호적을 가질 순 없었다. 그렇다면 성철현은 루쳰허와 무관하게 호적만 도용당한 피해자일까, 아니면 공범일까?

"여동생이 행방불명이란 게 무슨 의미야? 실질적으로는……."

"그래. 사망 진단이 되어 있어야 맞지. 하지만 성은영은 공식적으로 죽은 사람이 아니야."

"세상에……."

골이 지끈거렸다. 그녀와 회사는 완전히 속았다. 어떤 방법을 쓴 것인지는 모르겠지만 그녀가 본 모든 서류는 가짜였다. 아니, 가족관계 증명서만은 진짜였나? 도대체 무엇을 위해 이렇게까지 공을 들여서 사기를 벌이는 걸까. 유주가 왼손으로 관자놀이를 문질렀다.

"그럼…… 사망 진단서를 떼 준 의사부터 찾아가 봐야 하지 않아?"

"공교롭게도 그는 보름 전에 미국에 나간 상태야. 학회 겸해서 가족들과 휴가를 떠났다던데."

"그 사망 진단서까지 가짜라는 거야? 그런데 왜 우린 지금 양평부터 가는 건데? 병원에 가서 물어보든 뭘 하든 해야 하잖아. 그 진단서를 떼 준 사람이 누구냐고. 일단 그 병원에서 나온 사망 진단서인 건 맞잖아."

"둔한 건 언어 습득력뿐인가 보네."

"나 지금 운전대 잡았다."

칭찬을 하려면 좀 곱게 할 것이지. 유주가 그를 흘기며 오른손의 힘을 살짝 풀었다. 리옌은 자신의 같잖은 농담이 재밌기라도 한지 작게 웃었다.

"요는 거기서도 목격이 되었다 이거지."

"뭐가?"

"같은 번호판을 단 검은 리무진. 성철현과 성은영은 당신이 시신을 소각하기 사흘 전에 사라진 것으로 추정 중이야. 이 정보는 경찰보다 내 쪽이 좀 더 빨랐어. 둘은 부모님이 일찍 돌아가셔서 서로만 의지하고 살았다고 하거든."

"……미친."

"아마 지금쯤 친척들이 실종 신고를 넣지 않았을까? 경찰들이 들쑤시기 전에 우리가 먼저 가서 좀 뒤져 보자고."

순간 불길한 생각이 뇌리를 스쳤다. 단순히 유주의 비약일 순 있겠지만 성철현과 성은영이 루첸허의 협조자가 아니라면…… 그리고 유주가 화장장까지 따라가 확인한 시체의 주인이, 성은영이 맞다면…….

"정말 터무니없는 일에 끼어든 것 같네, 내가."

점점 파고들수록 일이 커지는 느낌이었다. 물론 이왕 끼어든 일, 제대로 마무리 짓고 일상으로 돌아가고 싶은 마음이야 여전했다. 하지만 이건 뭐, 양파도 아니고 까도 까도 뒤통수가 얼얼한 사실들이 새로이 등장했다.

역시 지금이라도 튀는 게 옳은 선택 아닐까.

머릿속이 엉킨 실타래 같았다. 착각이 아니라 진짜로 골이 지끈거렸다. 유주의 급격히 하락한 컨디션을 배려해 준 것인지는 모르겠지만 리옌은 이후 유주의 침묵을 존중해 주었다.

"드디어 도착한 건가?"

"……시끄럽거든?"

내비는 정확했고, 고속도로는 막히지 않았다. 그럼에도 예상 도착 시간보다 이십 분이나 늦게 도착한 건 유주의 미숙한 운전 실력 탓이었다. 역시, 지난번 십 분 단축 기록은 요행수였나. 유주는 살짝 침울해졌다.

어쨌든 도착은 했다. 펜션은 외관이 다른 곳들과 비교하여 제법 말쑥했는데 노쇠한 건물에 페인트칠을 새로 한 것처럼 보였다.

"그래서 우리가 이제 할 일은 뭐야?"

"그냥 들어가 보면 돼."

"그냥?"

"문이 열려 있거든."

리옌이 유주에게 장갑을 건네주었다. 수술용 라텍스 장갑이었다. 왜 끼는 것인지는 뻔했다. 그는 먼저 그것을 양손에 낀 뒤 당당히 펜션 문을 열었다. 그의 말대로 문은 자연스럽게 열렸다.

"그럼 여긴 빈 지 열흘 좀 넘은 거네."

"그렇지. 벌써 먼지가 앉았군."

펜션 내부는 유주도 익히 아는 평범한 모습이었다. 소파 여러 개와 탁자 두 개 정도 나뉜 응접실 한편에는 식빵과 주스, 물 따위가 들어 있는 업소용 냉장고가 있었다. 식빵은 얼핏 보아도 곰팡이가 슬어 있었고, 냉장고 옆의 커피 머신과 토스터에는 리옌의 말대로 먼지가 자욱했다. 확실히 인기척이 느껴지지 않았다.

"그런데 여기서 뭘 찾아?"

괜히 냉장고를 열어 본 뒤 유주가 뱉은 말은 그거였다. 리옌은 그녀의 질문에 마치 자기 집인 양 성큼성큼 카운터 쪽으로 다가갔다. 그러곤 안쪽의 방문을 열었다. 역시나 너무나 쉽게 열렸다. 납치든 뭐든 이곳을 비울 당시, 문고리를 점검할 여유도 없었던 듯했다.

"둘은 이 펜션에 살았다고 해. 성철현. 올해 서른, 성은영 스물셋. 양친은 성철현이 열여덟에 죽었고 그대로 성철현이 이 펜션을 넘겨받은 모양이야. 그나마 머리가 굵어진 뒤에 가서 다행이었지, 안 그랬으면 빚만 남았을 거야. 둘의 부모는 사망 당시에 이 펜션을 무리하게 증축하느라 여기저기 끌어다 쓴 돈이 꽤 되거든. 그래서 집이 없으니 여기에, 그들이 집에 보관할 만한 게 전부 있겠지."

카운터 뒤쪽의 방은 화장실과 주방만이 공용인 상태로, 각 방은 확실히 분리되어 있긴 했으나 숨 막힐 정도로 좁은 느낌이었다. 특히 침실로 보이는 두 개의 공간은 수납장이 하나씩 들어 있었는데 그 때문에 안 그래도 좁은 방이 더욱 협소해 보였다.

유주는 먼저 왼쪽 방으로 들어갔다. 거기가 어쩐지 여자 방일 것 같아서였다. 수납장을 열어본 순간 그녀는 자신의 확신이 맞아떨어졌음을 알 수 있었다. 그 안에 든 것은 여성의 것으로 보이는 옷가지였다.

"여기가 성은영의 방인가 보군."

"응. 그런데 뭘 찾아야 할지 모르겠네. 짐을 싸서 나간 것 같진 않으니까 더욱……"

"훔쳐 갈 건 뻔하지 않나?"

"응? 뭘 훔쳐?"

유주가 정말 모르겠다는 듯 되물었다. 리옌이 태연한 표정으로 유주를 살짝 옆으로 밀치곤 수납장 안의 물건을 죄다 끄집어냈다.

"야, 야! 지금 뭐 하는 거야?"

유주가 당황해서 그의 팔을 잡아챘지만 리옌은 수납장 아래에 깔린 큰 파일철을 꺼내 그 안에 든 통장과 인감도장, 그리고 몇 가지 서류들을 찾아냈다.

"수색하는 거잖아."

"수색이 언제부터 도둑처럼 남의 집을 들쑤시는 게 된 거야?"

파일철을 열어 보려는 리옌의 행동을 저지하며 유주가 당혹스러운 표정으로 따지고 들었다. 리옌은 그녀를 성가신 표정으로 가볍게 뿌리치며 기어이 파일철을 열었다.

"성철현이 루첸허의 조력자라면 분명 그 대가로 받은 건 돈일 거야. 그럼 당연히 거래 내역이나 다른 담보 물권이나…… 아니면 귀중품이 나오겠지."

"그래서 지금 그걸 훔쳐 가겠다고?"

"만약 지금 몸을 숨기고 있는 거라면 당연히 찾으러 오겠지. 그리고 없다는 걸 알면 찾으려 들 테고. 실마리는 거기서 생겨나는 거야."

"챙길 겨를이 없었을 거란 생각은 안 해?"

"유주, 당신은 상황을 너무 낙관적으로 해석하는 경향이 있군."

"그러는 너는 천성이 글러 먹은 삐딱한 놈이고?"

유주의 공격적인 말에 리옌이 코웃음을 쳤다.

"우린 여기 놀러 온 게 아니야, 유주. 단서를 찾으러 온 거고, 그러면 어디에 뭘 숨겨 놨을지가 중요하지. 꼭꼭 숨겨둔 것이야말로 진짜 우리가 찾는 것일 수 있으니까."

그의 말이 옳고, 지금 상황에선 어쩔 수 없다는 것도 알았다. 그래도 타인의 집에 무단 침입하여 그 모든 것을 들쑤시는 상황 자체에 대한 거부감은 어쩔 수 없었다. 유주는 스스로 착한 사람이라 할 순 없었지만, 지금껏 지킬 건 다 지키며 살아온 사람이라 자부하던 이였기 때문이다.

게다가 그녀의 집이 엉망이 된 지 며칠이 지나지 않았다. 성은영이나 성철현이 집에 돌아와 놀랄 상황을 생각하니…… 전혀 이 상황이 받아들여지지 않았다.

"……그래도 그렇게 어지르지는 마. 돌아오면 놀랄 거 아냐."

"성철현에게는 빚이 있었어. 꽤나 거액의. 시기나 뭐 그런 걸 따져 봤을 때 장사가 안돼서 건물 여기저기에 손을 댄 모양이더군. 그리고 다른 곳에 가게를 하나 차리려고 준비했던 것도 같고. 문제는 중간에 어그러졌다는 거지만."

유주의 항의를 말끔히 무시하고 제 할 말만 하는 리옌이 그렇게 얄미워 보일 수가 없었다. 그는 유유자적하게 방구석 컴퓨터 책상에 딸린 의자를 끌어다 앉아, 파일철 안에 든 서류들을 하나하나 열어 보기 시작했다.

유주는 만감이 교차하는 표정으로 그의 곁에 섰다. 그리고 서류를 같이 내려다보았다. 거기에는 부동산 계약서와 대학 졸업 증명서, 이력서 등등의 잡다한 온갖 서류가 다 뒤섞여 있었다.

"그리고…… 확실히 이건 재미난 내용이군."

그는 서류들 사이에서 무언가를 꺼내 들었다. 채무 상환 계약서였다. 채무액은 8천이었고, 빌린 곳은 '해피론'이었다. 들어 본 적도 없는 대출 회사 이름이었다.

"계약자는 성철현이군. 8천이라…… 딱 한 사람의 인생값이라고 생각하면 너무 저렴하지 않나?"

"저기…… 지금 당신 사고 회로가 전부 그쪽으로 튀는 건 알겠는데, 보통 사람에게 시체는 기피 대상이자 누군가의 고인일 뿐이거든?"

"당신도 지금 보통 사람의 일을 하는 건 아니잖나. 통장도 한번 확인해 볼까."

리옌은 왠지 신난 것처럼 보였다. 그래서 더 할 말이 없었다.

유주는 그의 곁에서 멀어져 반대편 방으로 향했다. 리옌이 꼼꼼히 서류를 살펴보고 있는 곳이 성은영의 방 같았으니, 남은 방이 성철현의 방일 터였다.

그녀는 그와 같은 방식을 따르고 싶지 않았다. 그래서 유주가 본 건 창틀이었다. 유주의 방에 침입했던 이들이 창으로 들어왔기 때문이었다. 물론 멍청한 짓이었다. 이 펜션은 유주의 집과 다르게 문이 잠겨 있지 않았다.

"……."

그 뒤에는 생활감을 살폈다. 이불이 이불장에 얌전히 들어가 있던 성은영의 방과는 달랐다. 성철현의 방은 이불이 한쪽 구석에 개키다 만 상태로 널브러져 있었고, 한쪽 구석에 완전히 구겨진 흰 티가 있었다.

몸을 숙여 바닥을 보니 먼지가 뿌옇게 앉아 있었다. 며칠 안 들어와서가 아니었다. 이 방에는 정돈의 느낌도, 생활의 느낌도 부족했다.

돈을 받아서 가게를 차리려 했다는 리옌의 말이 떠올랐다. 그렇다면 성철현은 무척 바빴을 것이다. 집에 들어와도 잠만 자고 나갈 뿐인 일상은 누구에게나 익숙했다. 옷장을 열었다. 여러 벌의 옷이 걸려 있었다. 와이셔츠와 코트가 구분도 없이 늘어서 있는 걸 보니, 성철현은 애당초 정리 정돈에 관심도 없는 인물이 분명했다.

보통 사이가 좋은 가족이라면 여동생이 직접 들어와 정리나 청소를 도와주곤 할 것이었다. 물론 모두가 그렇다는 건 아니지만 어린 나이에 부모를 잃은 남매, 그것도 나이 터울이 커 여동생을 직접 키우다시피 한 오빠에게 성은영이 그 정도도 해 주지 못하는 여동생이었을까? 상상은 잘 가지 않지만 그 정도까지는 아니었을 거다.

틀린 전제일 수도 있지만 만약 둘의 관계가 돈독했음에도 이렇게 방에 질서가 사라진 상태라면, 둘 중 하나였다. 정리를 해 줄 사람이 사라졌거나, 정리해 준다는 걸 애써 마다했거나.

"돈……."

돈, 돈, 돈.

두 사람은 장례 전에 사라졌다. 실종 상태였다. 그들의 부재를 미리 알아채고 신고를 해 줄 가까운 가족도 없었다. 게다가 성은영이 정말 죽은 게 아니라면…….

정말 돈이 무언가의 단초인 것일까? 성철현의 생각을 알고 싶었다.

"그 방에 뭔가 있나?"

벽을 울리는 리옌의 목소리에 유주는 대답하지 않았다. 그렇게 재미난 서류나 실컷 들여다보라고 비꼬고 싶었지만, 그렇게 무의미한 공방은 말 그대로 쓸모가 없었다.

리옌에 대해 생각하느니 성철현과 성은영에 대해 생각하는 편이 지금으로선 훨씬 도움이 되기도 했다. 다시 생각을 원점으로 되돌렸다. 성철현. 성철현…… 유주라면 그의 상황에서 무엇을 생각할까? 그리고 무엇을 숨긴다면…….

물론 찾는 거야 리옌 같은 족속들이 더 잘하는 거겠지만 보통 사람인 서유주가 만약 도망을 가야 하는 상황이거나, 누군가 찾는 게 불편한 상황이 된다면 그걸 어디에 숨길까? 꼭 숨겨야 하는 것이 있다면…….

"왜 대답을 안 해?"

그새 서류를 다 훑어본 것인지 리옌이 유주를 찾아왔다. 유주가 그를 돌아보았다.

"성철현이 자가용을 가지고 있었어?"

"그렇더군."

"그 차나 살펴보자. 집엔 별거 없을 거 같아. 굳이 당신 스타일로 뒤져 보고 싶다면 말리지는 않을 테니까 다 뒤져 보고 나오던가."

"어디 가려고?"

"담배 한 대 피우고 있으려고 그런다, 왜."

리옌이 집 안을 뒤져서 뭔가 나오면 할 말 없겠지만 어쨌든 엉망이 되는 꼬락서니를 가만히 앉아 보고 있을 기분은 들지 않았다. 유주는 리옌의 손을 뿌리치고 밖으로 나가며 다시 주변을 살폈다.

주차장에 CCTV 한 대, 현관에 한 대. 펜션 내부에도 붙어 있던 것 같긴 한데 일단 근방이 한산한 건 사실이었다. 그래도 북한강을 끼고 있어서 터와 풍광은 좋았다. 요즘 죄다 불경기인지라 장사가 안 되는 것이지, 여행이 한창이던 시절에는 꽤나 사람들로 붐볐을 것이다.

"다시 생각해 보자."

유주가 큰 나무 그늘 벤치에 자리를 잡고 앉았다. 강을 등지는 위치였으며, 펜션의 주차장과 현관이 딱 시야에 잡히는 명당이었다. 그런 곳에서 담배를 물고 있자니 왠지 양심이 아려 왔다. 좋은 풍광을 더럽히는 기분이었다.

하지만 더러운 건 유주의 기분도 마찬가지였다. 담배를 입에 물고 상황을 머릿속으로 그려 보았다. 그러자니 성철현에게 숨겨야 할 게 있다면, 그 장소는 자기 차 안뿐일 것이라는 결론만 내릴 수 있었다.

"후우……."

그러고 보니 차. 차는 어디 갔지?

유주가 눈으로 펜션 주변을 살폈다. 거기에는 그들이 끌고 온 세단 외에는 아무것도 보이지 않았다.

유주는 담뱃불을 끄고 자리에서 일어났다. 그리고 빠른 걸음으로 펜션 뒤편으로 나갔다. 거기에는 수풀이 우거진 주차 공간이 있었다. 차 네 대나 댈까 싶을 정도의 공간으로, 저수조인지 발전기인지 모를 철조망이 쳐진 큰 건축물 하나와 소각로가 보였다.

소각로.

유주가 주변을 살폈다. 상대적으로 음지인데다 펜션 객실의 뒤창이 나 있는 곳인지라 객실 쪽에서 내다 버린 꽁초들이 아직도 눅눅했다. 그녀는 그곳에서 쇠로 된 부지깽이 같은 것을 하나 찾아냈다. 갈퀴의 날 부분만 떼어 낸 거 같은 모양새였고, 끝이 이미 거무스름했다. 소각로에 물건을 태울 때 이걸 썼다는 의미다.

이미 다 타 버린 곳을 뒤져 봐야 보람이 있을까 싶었지만 시도해서 손해 볼 일은 아니었다. 그 안의 내용물들은 죄다 재가 되어 있거나 종잇조각이나 라면 봉지의 일부만이 습기에 눅눅히 젖어 있을 뿐이었지만 말이다.

"……있다!"

위생 상태가 심히 불안한 부지깽이로 소각로 안을 들쑤시자니 무언가 텅 텅, 들이받혔다. 확실히 알 수 있었다. 부지깽이 끝에 닿는 이 무언가 단단한 것은, 바닥이 아니었다. 부지깽이가 들어간 깊이만 봐도 그랬다.

"서유주!"

내부를 다 뒤진 듯, 리옌이 그녀의 이름을 크게 불렀다. 안 그래도 이 쓰레기 더미에 파묻힌 저것의 정체를 어찌 알아보나 했다. 저런 고급 인력이 바로 옆에 있었단 사실을 자칫 잊어버릴 뻔한 참에 아주 시기적절한 부름이었다.

"리옌! 건물 뒤!"

"뭐?"

"건물 뒤로 오라고!"

유주의 소리를 들은 것인지 저벅저벅, 풀 밟는 소리가 가까워졌다. 유주는 부지깽이를 소각로에 꽂아 둔 채 그를 기다렸다.

"어디 갔나 했더니 이런 데……."

"좋은 것 좀 찾았어? 난 찾았는데."

"찾긴 했는데……."

리옌이 유주의 얼굴과 소각로를 번갈아 보며 인상을 잔뜩 찌푸렸다.

따져 보면 리옌은 여러모로 괜찮은 점이 많은 남자였는데, 그중 하나가 바로 저 눈치였다. 분위기를 파악하는 능력.

"그래? 그럼 우리 둘 다 서로 찾은 게 뭔지 확인해 보면 되겠네."

"……농담이지?"

"난 그런 농담 안 해."

단호한 유주의 표정에 리옌이 떨떠름한 표정으로 소각로에 가까이 다가왔다. 그의 표정이 점점 일그러지는 게 참 볼만했다.

"그냥 나를 괴롭히고 싶어 하는 것 같은데."

"직접 뒤져 봐. 이 안쪽에 뭔가 있어. 상자 같아. 그리고 딱 봐도 최소 몇 달은 소각로 안 쓴 거 같지 않아? 벌레며, 풀이며, 눅눅해진 재며……."

"……."

"안 나오면 저녁 내가 살게."

"고작 그딴 걸로……."

유주를 흘기면서도 리옌은, 그녀의 확신에 찬 태도에 소각로를 뒤져 볼 생각은 한 모양이었다. 그가 라텍스 장갑을 조금 더 높이 올려 끼며 각을 잡았다.

유주는 그 옆에서 응원을 했다. 대학 체육 대회 때 동기들과 선후배를 응원하던 그때보다 열정적으로.

"……가방?"

이내 소각로 안의 딱딱한 무언가를 꺼내자마자 유주나 리옌, 둘 다 직감적으로 알 수 있었다.

제대로 건졌다.

"열어 봐도…… 되는 거겠지? 이거 뭐 열쇠가 필요하거나 그런 건가?"

유주의 손으로 두 뼘 정도 되는 너비에 한 뼘 좀 넘는 높이의 가방이었다. A4 용지보다 조금 큰 정도. 폭은 검지 정도였는데 마치 브리프 케이스를 조금 작게 압축시킨 것 같았다.

그건 여행용 캐리어처럼 비밀번호를 입력해야 열리는 구조였다. 리엔은 자신의 팔에 여전히 소각로 내부의 벌레, 종잇조각, 눅눅한 재가 달라붙은 느낌이 드는지 아무것도 없는 걸 알면서도 연신 팔을 털어 냈다. 그리고 가방을 양손으로 들고 흔들었다.

"……안에 뭔가 든 모양이야."

그렇게 말하는 리엔의 표정은 뭔가 석연찮아 보였다. 유주가 그의 표정을 보곤 살짝 인상을 찡그렸다.

"설마 아는 물건이야?"

"글쎄."

"아는 거야, 모르는 거야?"

"열어 봐야 확신할 수 있을 거 같군."

"열 방법은 알아?"

유주의 말에 리엔이 고개를 끄덕였다.

"만약…… 내가 아는 물건이 이 안에 들어 있다면 여기서 확인할 만한 게 아닌 것도 알지."

"……."

예감이 좋지 않았다. 유주가 주변을 살폈다. 괜히 목소리가 작아졌다.

"그럼 우리 일단…… 돌아가자. 당신이 그 물건에 대해 아는지 모르는지, 그것도 여기서 따질 건 아닌 거 같으니까."

리엔도 같은 생각을 했음이 틀림없다. 눈이 마주치자 누가 뭐라고 할 것도 없이 둘은 재빨리 차로 달음질쳤다.

"CCTV 메모리 자체를 떼 왔어."

유주가 목적지를 찍고 차를 출발하자마자 리엔이 챙겨 온 것들을 보여 주었다. 쇼핑백 두 개였는데 하나엔 CCTV 저장소 본체와 아까 성은영의 방에서 확인한 파일철이 들어 있었다.

"비밀번호가 걸려 있어서 푸는 데 시간이 걸릴 것 같더라고. 일단 이렇게 떼 가면 경찰들도 못 찾는 게 흠이지만."

"우리 족적이 남아 있으니 그게 문제가 되긴 할걸?"

"지금 꽤나 경찰 같았어."

리엔이 빈정거렸다. 덕분에 유주의 빈정도 팍 상했다.

"그래서 다른 쇼핑백 하나는 뭔데?"

"이건 당신이 좋아하는 건데."

"거기 사람 시체라도 들어 있나 봐? 내가 보고 환장할 만한 거면."

"유감이군. 고양이 시체라도 담아 올걸."

고양이 시체라니. 듣는 것만으로도 끔찍했다. 유주는 리엔이 성질 돋우는 데 무척 뛰어난 재능이 있었음과 그는 방금까지 묘사하기도 징그러운 소각로에 거의 상체를 쑤셔 박고 있었음을 떠올렸다.

불쾌한 것은 유쾌한 것으로 덮는 법. 유주는 리엔을 그 소각로에 집어 던지는 상상을 하며 코웃음을 쳤다. 소각로가 조금 더 깊었다면 다리를 들어 올려 그 안에 자빠뜨리는 정도는 가능했을 텐데, 조금 아쉬웠다.

"말하는 거 보니 고양이 시체는 아닌 거 같고, 저게 도대체 뭔데?"

"당신이 좋아하는 거라니까?"

"도대체 뭐?"

"돈."

돈?

리엔이 저렇게 말하는 걸 보면 1, 2만 원을 이야기하는 건 아닐 터였다. 유주가 불안하게 되물었다.

"……얼마?"

"호텔에 돌아가 세 볼 작정이야. 오만 원권이 다발로 있던데. 하지만 확실히 이상하지. 정체 모를 가방에, 집 안에 숨겨진 돈다발에, 채무 계약서까지. 뭔가 앞뒤가 안 맞지 않아?"

유주의 생각도 같았다. 채무가 팔천이나 있는 사람의 집. 빌린 곳은 제3금융권. 그런 주제에 집에 돈다발을 쟁여 두고, 아무도 찾지 않을 법한 곳에 수상한 가방을 버리듯 숨겨 둔다?

"그러고 보니 성철현의 차는?"

"그건 이제 CCTV를 열어 보면 알게 되겠지."

"……성철현의 펜션에 와 본 건 좋은 선택이었네."

"그렇지."

유주는 운전에 집중하기 위해 입을 꾹 다물었다. 열어 보기 전까지는 유주나 리옌이나 둘의 호기심이 채워지지 않을 것을 알았고, 그 호기심은 둘이 완전히 안전하게 분리된 환경에서나 충족이 가능했다.

리옌도 그걸 알기 때문에 입을 다물었다. 차는 텅 빈 도로를 아주 쌩쌩 잘도 달렸다.

* * *

"일억 천육백오십만 원이야."

"얼마?"

리옌이 욕실에서 나왔다. 유주는 그제야 별생각 없이 그의 방 안에서 계수를 하고 있던 자신이 얼마나 멍청한가를 깨달았다.

그는 배스로브를 허술하게 걸친 채였는데, 허리에 묶인 끈이 워낙 헐거운지라 거의 반나체 상태라고 해도 좋았다. 유주는 그 벌어진 틈 사이로 시선을 두지 않기 위해 재빨리 책상 위로 고개를 돌렸다.

당연하게도 호텔로 돌아와 객실에 들어서자마자 리옌은 샤워를 한다며 들어갔다. 멍청하게 홀로 남은 유주는 리옌이 챙겨 온 서류들을 꼼꼼히 훑어보고, 가방의 다이얼 패널을 이리저리 돌려 보았다. 서류상 나와 있는 성철현과 성은영의 생일과 전화번호, 그리고 메모지에 적혀 있던 통장 비밀번호까지 짜 맞춰 가며 가방을 열 궁리를 하다 과부하에 걸리기 직전, 계수를 시작했다.

노란 고무줄로 빽빽이 묶인 돈뭉치는 과연 한두 푼이 아니었다. 너무 많은 돈이었다. 돈에 쪼들려 사채까지 빌린 사람이 가지고 있기에는 과한 액수였다.

"일억 천육백오십."

"무슨 돈이 그렇게 많아? 그 펜션, 우리가 찾아가기 전까지 현관에 먼지가 뿌옇게 내려앉아 있던 거 보면 장사도 그리 잘되는 편은 아니었던 거 같은데."

테이블 쪽으로 리옌이 다가왔다. 하여간 그의 매너는 출중했다. 동업자든 뭐든 유주는 여자였고, 여자와 단둘이 있는 객실 안에서 저런 꼬라지로 여기저기 횡보하는 건 눈 호강이라는 뜻 아니겠는가?

하지만 그걸 지적하는 건 자존심이 상하는 일이었다. 유주는 모른 척 테이블 위의 저장 장치를 손가락으로 가리켰다.

"글쎄? 사실 엄청난 거부들의 숨겨진 은신처 뭐 그럴 수도 있잖아? 물론 이 CCTV를 열어봐야 알 수 있을 테지만."

"슈란에게 연락해 놨어. 그리고 거부는 무슨. 성철현이 사라지고 나서 펜션에 온 방문객은 총 열 명도 되지 않을 거야. 장담하지."

슈란? 유주가 알 수 없다는 표정으로 고개를 들었다. 그 덕에 그녀는, 리옌의 슈트 핏이 좋은 이유는 그만큼 몸을 다부지게 키워 놓은 덕이란 사실을 눈으로 확인할 수 있었다. 솔직히…… 열대여섯 먹은 소녀는 아니었지만 표정 관리는 좀 힘들었다. 젠장. 유주가 재빨리 고개를 틀었다.

"슈란? 왜?"

"말 안 했나? 그녀는 프로그래머야. 정확히 말해서, 컴퓨터로 할 수 있는 건 다 해."

"진짜? 말 안 했어."

"이런 걸로 거짓말해서 뭐 해? 당신이 쓸데없는 외부 연락을 하게 되면 슈란이 뒤를 캘 거야. 그러니 허튼수작 부리지 마."

이로써 슈란이 왜 영어를 잘하는지, 그리고 방 밖으로 나오지 않고 뭘 하는지에 대해 유추할 거리가 생겼다. 그 예쁜 외모로 공돌이라니. 사기 스펙이라는 생각뿐이었다. 더불어 유주는, 4개 국어를 하는 남자와 컴퓨터로 온갖 걸 다 하는 여자가 왜 조직에 있는지도 궁금해졌다. 물론 리옌은 그녀의 질문을 성가신 취급 할 게 뻔했다.

"아 맞다. 나 안 물어본 거 있네."

"뭔데?"

"그 남자 있잖아."

대신 다른 게 생각났다. 그 남자. 카지노에서 유주에게 성희롱을 했던 그 남자. 우신과 슈란, 그리고 하이윤에 대한 설명을 다 듣는 와중에도 한 명에 대해서만 설명을 듣지 못했다.

"누구?"

"하이윤이랑 친하던 그 사람."

"아…… 웨이치 말이군."

이름이 웨이치였군. 유주가 고개를 끄덕였다.

"응. 그 사람. 그 사람은 뭘 잘해서 니시콴라이에 붙어 있는 거야?"

다른 이들에 대해서는 신난 듯이 지껄이던 리옌이었지만 어쩐지 그에 대해서는 미적지근한 반응이었다. 그사이 그의 머리카락에서 뚝뚝 떨어진 물방울이 테이블 위로 떨어졌다.

그를 지적하며 옷을 입고 오라고 한 소리 지껄일 수도 있었다. 하지만 그의 석연찮은 태도에 뭔가 확신이 섰다.

웨이치는 다른 이들과 달랐다.

"그는…… 약사야."

하지만 한참이나 기다려 들은 리옌의 대답은 맥이 빠질 정도로 싱거운 것이었다. 만약 웨이치가 정말 약사라면 대단하긴 했다. 그는 공부 쪽으로 재능이 있어 보이진 않았기 때문이다. 부유한 느낌과 놀기 좋아하는 느낌은 물씬 풍겼지만.

"약사? 그래서 하이윤이랑 그렇게 붙어서 노닥거린 건가 보네."

"뭐, 그럴 수도."

"그럼 자물쇠 딸 줄 아는 사람은 아무도 없다는 거네? 이 상자는 어떻게 열어야 하나 몰라……."

"그건 내가 하면 되는데."

그가 뒤늦게 손바닥으로 테이블 위의 물기를 쓸었다. 가방을 흔들어 보며 안의 내용물이 뭘까 고민하던 유주의 행동이 멎었다.

"당신이?"

"내가 할 줄 알아. 시간만 충분하면."

……못된 건 죄다 배웠구나.

분명 유주의 생각이 표정으로 드러난 게 틀림없다. 리옌의 표정이 한순간 팍 찡그려졌다. 억울해 보이는 모습이었다.

"……왜?"

"아냐."

"불만이 많아 보이는 표정이던데."

"찔리는 게 많아서 그렇게 생각하는 거 아니고?"

"……하여간 한 마디도 안 지지."

유주가 테이블 위로 가방을 내려 두며 쌓여 있는 돈다발을 쇼핑백 안에 차곡차곡 담았다. 일단 이건 보관해 둘 물건이고, 가방이야 열리면 그 안의 내용물을 알 것이며, CCTV는 슈란이 열어 줄 것이니 당장 그녀가 할 일은 없었다.

"뭐 해?"

"내 방에 가 있으려고."

"왜?"

"왜는 무슨. 할 일이 없잖아."

유주의 말에 리옌이 진심으로 의아하다는 표정으로 말했다.

"할 일이 왜 없어. 내 몸을 열심히 구경하고 있던 거 아니었나?"

순간 말문이 턱 막혔다. 유주는 재빨리 머리를 굴렸다. 내가 아까 그의 상체를 뚫어지게 구경했던가? 무심결에 침을 흘리진 않았겠지? 혹은 의식하지 못한 사이에 휘파람을 불거나 어떤 저질스러운 리액션을 했던가?

아무리 생각해도 아니었다.

"……그게 구경한 거야? 당신이 강제로 내 눈앞에 들이댄 거지."

"어쨌든. 좋아하는 거 같던데. 가운 안쪽이 궁금하면 보여 줄 수도 있어."

그는 농담조로 지껄이고 있었지만, 어째 말투나 표정을 보니 완전히 농담만을 내뱉고 있는 것 같진 않았다.

그 말에 혹하지 않았다면 거짓말이었다. 하는 짓이 매사 마음에 안 들고, 내뱉는 말은 족족 귓등으로 흘려들어 마땅한 개소리뿐이었지만 그의 허우대는 과하다 싶을 정도로 멀쩡했다. 게다가 가운 안쪽으로 힐끗 보이는 그의 몸에는 연예인 고화질 사진과는 비교도 안 될 정도로 생생한 역동감이 있었다. 물론 오래된 것으로 보이는 상처들도.

유주는 첨예한 내적 갈등을 애써 꾹꾹 접어 두었다. 그렇고 그런 사이도 아닌데 보여 주겠다고 설치는 인간에게 보여 달라고 매달릴 정도로 넉살이 좋지는 않았다. 게다가 진짜 보게 되면, 예의상이라도 상처에 대해 물어야 할 텐데 그 뒷감당은 또 어찌하고?

"어디서 개수작이야? 안 그래도 장거리 운전해서 피곤해 죽겠는데. 쉬고 있을 테니까 적당히 끝나면 불러."

결론이 나왔다. 유주는 애써 태연한 척 자리에서 일어났다. 리옌이 살짝 이죽거렸다.

"내 몸이 그리워지면 언제든 다시 놀러 와도 돼. 아, 외출 전에는 내가 준 전화로 꼭 연락하고."

"됐네요. 잘 거야."

"그러시던가."

분명히 아까 소각로의 원한이 아직도 남아 있는 게 분명했다. 그래도 다행이었다. 뭔가 실마리는 찾은 것 같으니까.

그렇게 방에 돌아간 유주는 컴퓨터에는 눈길도 주지 않고, 휴대폰을 머리맡에 던져 둔 채 샤워를 하고 TV를 틀었다. 다행히 시간을 보내기에 적합한 영화는 케이블 채널에 깔려 있었다. 유주는 별다른 생각을 하고 싶지 않았기에, 가장 폭발 장면이 자주 나오는 할리우드 프랜차이즈 영화에 채널을 고정했다.

놀랍게도 그건 의외로 재미있었다. 다만, 할리우드 남자 배우들은 자신의 신체가 여성의 성적 대상화가 되는 데 전혀 거리낌이 없는 탓에 자꾸만 쓸데없는 게 같이 떠오른다는 부분이 단점이었다.

유주는 저도 모르게 상체를 탈의한 남배우들을 보며 아까 전 리옌의 벗은 몸을 떠올렸다. 어찌어찌 태연한 척을 하며 빠져나오긴 했는데 사실 리옌의 몸은…… 좋았다. 몸만 봐서는 아니지, 보다 솔직히 말하자면 그의 얼굴이나 몸이나 유주가 꿈에서나 그려 봤던 이상에 가장 가까웠다.

"골격이 좋아서 그런가……."

모로 누워 한쪽 팔로 머리를 괸 채 유주는 무의식중에 중얼거렸다. 키가 얼마나 되는지는 모르겠지만 리옌은 유주보다 대략 머리 하나는 더 컸다. 그녀의 키가 169센티미터이니 최소 185센티미터 이상은 된다는 거였다. 게다가 얼핏 보기에도 어깨가 넓었다. 그의 재킷이 얼마나 유주에게 넉넉한 품이었는지를 떠올려 보면 흉통 또한 제법 넓을 터였다.

옷을 입고 있을 땐 몰랐던 잘 잡힌 근육 하며, 제법 높던 허리선 하며…….

-Rrrrrrr

"앗씨, 깜짝이야!"

기습처럼 울린 벨소리에 유주는 화들짝 놀라 몸을 일으켰다. 그녀의 상상과는 무관하게 영화는 세계의 운명을 카운트하는 중이었다. 그 번잡한 화면에 괜히 마음이 심란해진 그녀는 TV를 끄고 주변을 살폈다.

벨이 울린 건 객실 내선이 아니라 리옌에게 받은 휴대폰이었다. 그리고 그 전화로 연락을 취할 사람은 한 명뿐이었다. 유주는 괜히 죄진 놈이 제발 저리다고, 몇 번이나 심호흡을 했다. 벨 소리는 끈질겼다.

"여보세요?"

―뭐 해?

목소리가 평이해서 다행이었다. 유주는 그의 벗은 몸을 떠올리지 않기 위해 부단히 노력하며 목소리를 가다듬었다.

"우리 계약 조건에 내가 뭘 하고 있는지 1분 단위로 보고하라는 내용도 있었어?"

그녀의 말에 리옌이 낮게 웃었다. 어쩐지 음울한 느낌이었다. 유쾌한 척하려 하지만, 이상하게 불길했다.

―당신이 가방 속 내용물에 관심을 가질 것 같아서 전화했는데. 바쁜가?

"빠르네……."

유주가 시간을 확인했다. 고작 한 시간 정도가 지나 있었다.

―빠르진 않지. 어쨌든 솔직히…… 나로서는 별로 달갑지 않은 물건이지만.

"와, 호기심 자극 전략?"

―그래서 확인하러 안 올 건가?

귀찮다는 생각은 들었지만, 그렇게까지 말한다면 가서 확인하는 게 인지상정이었다. 유주는 재빨리 전화를 끊고 샤워를 하느라 벗어 두었던 옷을 챙겨 입었다.

그의 객실은 어차피 같은 층이었다. 유주가 벨을 누르고 재차 심호흡을 하니 문이 열렸다.

"들어와."

리옌이 당장이라도 외출할 것처럼 말쑥한 차림을 하고 있어 다행이었다. 아니, 당연한 거였다. 아직까지 벗고 있으면 그게 문명인가? 노출증 걸린 미친놈이지.

그래도 여전히 눈을 마주하는 건 어색해서 재빨리 시선을 테이블 위로 돌렸다. 아까 전 정리해 둔 테이블 위에는 깔끔하게 열린 가방만이 올려져 있었다.

"어……."

내용물을 확인한 유주는 난감한 표정을 지었다. 거기에는 손바닥 반만 한 플라스틱 비닐 안에, 손가락 한 마디 분량의 흰 가루가 담겨 있었다. 모르긴 몰라도 뉴스나 영화를 본 사람이라면 무엇인지 금세 알아챌 만한 노골적인 모양새였다.

그거. Drug. 마약.

"……이거 밀가루나 설탕 같은 거 아니지?"

당연하게도 리옌이 코웃음을 쳤다. 유주가 인상을 찌푸렸다.

"도대체 일반 펜션에 이런 게 왜 있던 건데?"

"이로써 뭔가 가닥이 잡힌 거지."

"뭔 가닥?"

"당신 말이 맞았어."

리옌의 말에 유주는 자신이 지금껏 무슨 말을 했었나? 곰곰이 떠올렸다. 하지만 그간 그와 나눈 대화가 너무 많았다. 그녀를 내려다보며 리옌이 낮게 중얼거렸다.

"우리 쪽에서 정보가 샜다고 보는 게 타당한 추측 같아."

아. 그 말이었구나.

이제야 갈피가 잡혔다. 실종된 성은영과 성철현, 그리고 성철현의 채무, 돈다발, 거기에 마약.

일반인이라면 절대 접할 수 없는 것들이 거기에 있었다. 더불어 이건, 성철현의 실종과 전혀 무관할 수 없었다. 여기에 성철현의 호적을 루첸허가 쓰고 있었다면…… 그 뒤는 짐작이 갔다.

"그럼 이거…… 니시콴라이 쪽에서 다루는 거라고?"

"아마, 거의 확실히. 당신이 오기 전에 웨이치에게 연락을 넣었어. 하이윤의 일이 끝나지 않았어도 당장 입국하라고 했으니 늦어도 2, 3일 안에는 일을 정리하고 올 거야."

"웨이치는 왜? 의사라면 모르겠는데 그 사람은 약사라며?"

"바로 '이런 걸' 다루는 약사지."

가지가지 해라, 아주.

의사 주제에 약쟁이라는 하이윤과 마약 전문 제조업자인 웨이치의 사이가 좋은 건 너무나 당연했다. 유주의 오만 가지 생각은 쯧, 하는 혀 차는 소리 하나로 대체되었다. 리옌이 골치 아프다는 듯, 미간을 짚었다.

"어쨌든 엉망이야. 단순히 카이화가 실종된 걸로 끝날 문제가 아니었어. 왜 니시콴라이에서 납품받는 약이, 그것도 웨이치가 다루던 물건이 한국에 와 있는 건지에 대해 난 보고받은 적이 없어. 이건 랴오위에게 알려야 해."

"그것까진 내가 몰라도 될 부분 같은데……."

유주가 떨떠름한 표정으로 테이블에서 두어 걸음 멀어졌다. 알면 알수록 몰라도 되는 것들투성이인 상황은 그녀가 감당하기 어려웠다. 리옌은 팔짱을 낀 채 그런 유주를 돌아보며 고개를 끄덕였다.

"이해해. 하지만 아직 바뀐 건 없어."

"뭐가 안 바뀌어? 당신네 일에 내가 재수 없게 낀 거란 상황이 명백한데!"

"아직 카이화를 찾진 못했잖아."

그래. 유주와 리옌의 계약은 '카이화 또는 루첸허를 찾는 것'이었다. 하지만 유주는 고개를 저었다.

"웨이치가 약을 다룬다며. 그런데 그가 다루는 약이 성철현의 집에서 나왔고,

성철현의 호적을 루첸허가 쓰고 있었어. 이제 여기부턴 내가 개입할 게 아닌 거 같은데."

유주의 냉담한 목소리에 리옌이 고개를 끄덕였다. 하지만 그도 할 말이 있었다.

"우린 아직 블랙마켓을 찾아내지도 못했고, 루첸허가 왜 카이화를 한국으로 데려온 건지, 그녀를 어떻게 한 건지도 몰라. 그 부분이 당신과 나의 계약 사항이 아니던가?"

유주의 직감이 외치고 있었다. 이 이상 개입되면 안 된다고 말이다. 아마 그건 그녀에게만 들리는 경고음이 아닐 터였다. 분명, 리옌도 알고 있으면서 이러는 게 분명했다.

"저기…… 우리 계약 내용에 내 일신상의 안전 조항이 있던 거 기억하고 있었으면 하는데."

유주가 마른 입술을 적시며 말했다. 리옌은 당연하게도 고개를 끄덕였다.

"물론이지. 위험한 일은 없어."

"야 이 또라이야, 마약에 납치에, 내 집은 털리기까지 했는데 이게 안 위험하다고?"

"유주, 당신이 뭔가 오해하고 있는 모양인데……."

유주는 그의 어쭙잖은 감언이설에 넘어갈 정도로 멍청하진 않았다. 그건 리옌도 알았다. 그녀는 여봐란 듯이 팔짱을 꼈다. 어디 할 말이 있으면 해 보란 태도였다.

"위험한 건 내가 아니라 당신이야."

"……뭐?"

"당신이 나와 붙어 있을 때, 안전을 보장할 수 있다는 거야. 처음부터 그랬으니까."

유주의 팔짱이 절로 풀어졌다. 몸의 힘이 풀린 것이다. 유주는 믿을 수 없다는 표정으로 잠시 입을 벌리고 있다가, 이내 고개를 젓고 인상을 썼다.

"왜? 내가? 내가 왜 위험한데? 내가 뭘 어쨌다고?"

당차게 말하려 했지만 절로 목소리가 떨렸다. 리옌이 작게 한숨을 쉬었다.

"불안감을 조성할까 봐 말하지 않았지만, 당신이 표적인 건 맞아. 당신 말대로, 우리 쪽에서 정보가 샜다면."

"그러니까 내가 왜!"

유주가 버럭 소리를 질렀다. 그게 불안감의 또 다른 표현이라는 걸 알았다. 팽팽하게 턱 근육이 당겨지는 것으로 보아, 리옌이 이를 악무는 것 같았다. 무엇 때문에? 그건 몰랐다. 하여간 그는 뭔가에 분노하고 있었다. 짜증을 느끼고 있었다.

"당신이 루첸허의 마지막 목격자니까."

그 느낌처럼, 그의 낮은 목소리는 상당히 억눌려 있었다. 그는 억울함에 버럭버럭하는 유주를 이해시키려는 듯 침착한 말투로 재차 말을 이었다.

"그리고 모든 정황이 당신을 향해 있으니까."

"그건 또……."

무슨 말이냐고 물으려던 참이었다. 리옌이 불현듯 그녀의 양어깨 위에 손을 얹었다. 움찔, 몸이 떨렸다.

무슨 짓이냐는 눈빛으로 어깨 위에 올라간 손을 내려다보니 리옌이 그대로 유주의 몸을 세게 눌렀다. 뒤에 의자가 있기에 할 수 있는 행동이었다. 유주는 약간 뻗대려 했지만 그의 힘은 심상찮았다.

결국 의자에 앉은 그녀를 고압적으로 내려다보며 리옌이 한숨을 삼켰다. 시선은 약간 불안정했는데 그 모습이 딱 이런 말을 하는 것 같았다.

이 말을 해도 되는 걸까?

"……뭔데? 할 말이 있으면 확실히 해. 나 혼자 병신 만들지 말고."

유주가 그 표정을 모를 리 없었다. 차라리 운을 안 뗐다면 모르지만 운을 뗐다는 건, 언젠가는 해야 할 소리요, 그녀가 알아야 할 내용이라는 얘기였다.

그녀의 채근에 리옌은 혀로 입술을 한 번 훔쳤다. 그러곤 천천히 입술을 열었다.

"카이화는 지금까지 세 번, 납치를 당할 뻔했어. 그중 한 번만 미수가 아니었지. 그건 정말 끔찍한 기억이었고, 난 누구에게도 말하지 않고 걔에게 여러 가지 안전장치를 걸어 놨어."

분명 불법적인 거겠지. 거기까진 궁금하지도 않았다. 유주가 도전적인 눈빛을 보냈다. 리옌이 고개를 끄덕였다.

"카이화가 사라졌다는 사실을 깨달은 건 두 시간 후였어. 다른 납치나 실종 관계자를 찾는 시간에 비해 현저히 빠르지. 난 곧바로 그 애의 행적을 찾았어. 거기서 내가 찾은 게 뭐였을 것 같아?"

"……뭔데?"

"당신의 이력서와 카이화의 휴대폰이었어."

"뭐?"

그거야말로 상상도 하지 못한 내용이었다. 유주가 놀라 엉덩이를 들썩거렸지만 리옌이 그녀의 양어깨를 다시 지그시 누르며 고개를 저었다. 아직 들을 내용이 남아 있었다.

"전화에는 당신과의 착발신 이력이 있었지. 당신의 이력서는 마치 내가 읽으란 듯이 놓여 있었고. 그래서 내가 곧바로 한 행동이 뭐일 것 같아?"

이제야 타임라인이 좀 그려졌다. 유주가 얌전히 몸에 힘을 풀고 고개를 끄덕였다. 순응적인 행동이었지만 이해는 가지 않았다.

도대체 왜?

유주는 카이화가 누구인지도 몰랐다. 아니, 지금까지 그런 사람이 있는지조차 몰랐다. 그런데 그녀가 왜 유주에 대해 알고 있던 걸까?

"……아마 처음부터 당신이 표적이었던 걸 거야."

유주의 혼란스러운 표정을 읽은 리옌이 부탁하지도 않은 부연 설명을 입에 담았다.

그녀도 얼추, 자신이 표적이라는 건 눈치챘다. 집에 여봐란 듯이 '네가 문제다'라는 쪽지까지 놓여 있던 마당에 얼간이가 아닌 다음에야 모를 수가 없었다. 하지만 문제에 연루된 것과, 문제의 단초가 되는 건 완전히 그 의미가 달랐다.

유주가 그를 애써 올려다보았다. 그녀의 시선은 눈에 띄게 흔들리고 있었다.

"내가? 왜?"

"……고아에, 가족 친구들과 교류도 거의 없는 젊은 여자였으니까."

즉 만만하다는 소리였다. 기도 안 차는 소리였다. 하지만 발끈할 상대는 그가 아니었다.

"그 말은, 루첸허나 카이화가 처음부터 날 목표로 작당을 해서, 일을 벌인 뒤에, 나만 슥삭 해치워 버리면…… 그대로 이 일이 묻힐 거였단 거네?"

리옌은 대답하지 않았지만 그 반응이, 그녀의 예측이 정확함을 알려 주었다. 유주가 잔뜩 인상을 찌푸렸다. 그러곤 잠시 생각에 빠졌다.

패닉에 빠져 있을 생각은 없었다. 침착해야 했다. 침착…… 침착…….

"미친……."

침착함이라는 단어를 알고는 있었다. 하지만 그것도 어느 정도껏이어야 하지, 전혀 예상치 못한 현 상황에 누군가 세게 뒤통수를 가격한 느낌이었다.

"……갑자기 여기서 내 이름이 튀어나올 줄 몰랐어, 진짜로."

유주의 목소리는 그새 사막의 모래처럼 마르고 버석버석해졌다. 거의 신음을 쥐어짜듯 가까스로 튀어나온 유주의 말에 리옌이 부드럽게 대답했다.

"마찬가지야. 무엇보다, 당신의 주변은 깨끗하더군."

"내…… 뒷조사를 한 거야?"

"그건 당신도 예상했을 거라 짐작했는데."

짐작했다. 하지만 그 말을 대놓고 들을 줄은 몰랐다.

무릎 위에 올려 둔 양손을 꾹 말아 쥐었다. 유주가 눈을 감았다. 무언가 떠올라서였다.

"혹시……."

"응?"

"내 집을 뒤진 것도 당신이야?"

리옌의 표정이 일시에 굳었다. 그 위로 무수히 많은 감정이 뒤섞인, 차마 형언하기 복잡한 묘한 심경이 묻어 나왔다.

보통의 경우, 한 번 패닉에 빠지면 여기까지 생각이 미치는 일은 거의 없었다. 순간의 당혹스런 감정에 이성까지 전부 매몰되어 버리기 마련 아닌가.

하지만 유주는 아니었다. 그녀는 똑바로 리옌을 마주 보며 자신이 확인해야 하는 사실 여부를 가릴 준비를 끝마친 상태였다.

그의 굳은 표정에 이미 답은 나와 있었다. 유주의 눈빛이 가라앉았다. 리옌이 그 눈빛을 살짝 피하며 고개를 끄덕였다.

"……맞아. 정확히는 내가 뒤진 게 아니고, 다른 침입자가 왔다 간 이후에 헛발질을 친 거지만."

"그걸 내가 어떻게 믿어, 이 개새끼야!"

결국 참고 참았던 감정이 격랑이 되어 휘몰아쳤다. 그녀는 자신의 어깨를 짓누르는 리옌의 손을 떨쳐 낸 뒤, 자리를 박차고 일어섰다.

"이런! 씨발! 하여간, 내가! 이럴 줄! 알았지! 결국! 나만! 병신 된 거잖아!"

욕설과 발 구름이 이어졌다. 그녀는 자신의 머리를 스스로 헝클어트리며 비명을 지르기도 했다.

옆방에 민폐가 될지도 모르고, 아래층에서 항의가 들어올지도 모르는 일이었지만 리옌은 말리지 않았다. 얼마 되지 않는 기간 동안 그가 봐 온 서유주는 저렇게 한 번 감정을 표출하고 나면 마치 비로 엉망이 된 진흙탕물이 시간이 지나며 찌꺼기가 바닥에 가라앉아 맑은 물이 차오르듯, 금세 스스로의 감정을 회복하기 때문이었다.

하지만 이번은 예외였다. 유주는 잔뜩 헝클어진 머리칼 사이로 리옌을 매섭게 노려보았다. 그녀는 여전히 씨근덕거리고 있었고, 숨이 거칠어져 있었으며, 그 모든 감정이 갈무리되지 않은 듯 보였다.

분명 유주도 알고 있었다. 그냥 그녀는 재수가 없었을 뿐이었다. 재수가 없어서 잘못 걸렸다. 그리고 그녀의 모든 일을 꼬아 버린 건 리옌이 아니었다. 그 빌어먹을 카이화인지 루첸허인지, 아니면 두 연놈 전부인지 모르지만 어쨌든 그들이었다.

눈앞에 있는 그가 아니었다.

"……유주."

그녀의 시선을 한참이나 받아내던 리옌이 조심스럽게 그녀를 불렀다. 유주는 숨을 가다듬며 손가락으로 제 머리카락을 훑었다. 자연스럽게, 그의 눈을 피했다.

"난 여기서 빠질래."

"뭐?"

"당신 말이 맞다면 날 엿 먹인 게 카이화랑 루첸허라는 건데, 내가 그 둘을 고운 마음으로 찾을 수 있을 리가 없잖아? 난 빼 줘."

유주의 담담한 목소리는 너무나 평이해서 오히려 소름이 돋을 정도였다. 리옌은 그녀에게 한 발짝 다가가려 했다. 하지만 날 선 목소리가 쨍하게 객실 안을 울렸다.

"나한테 다가오지 마!"

침착함과 그에 대한 공격성이 묘하게 뒤엉킨 태도였다. 리옌이 걸음을 멈췄다. 다시 격분에 찬 거친 호흡 소리가 들려왔다.

유주는 크게 숨을 내쉬었다. 그리고 얼추 정리된 머리칼을 뒤로 쓸어 넘겼다. 얼굴에 열이 올라 화끈화끈했다. 어느새 손바닥에도 땀이 흥건했다.

귓불과 뒷덜미에도 열이 차 있었다. 유주는 그 모든 신체적 반응을 못지않게 달아오른 감정의 온도와 맞춰 떨구기 위해 연신 숨을 골랐다.

놀랍게도 그건 효과가 있었다. 그것도 무척.

"내가 비이성적으로 보일 순 있지만 우리가 계약한 상황에 대한 배경을 떠올려 보면 이건 부당한 계약 해지 요구는 아니라고 봐."

유주가 몇 번이나 흘러내리는 머리를 손가락 사이로 쓸어 넘겼다. 최대한 말을 고르고 고르려는 태도였다. 하지만 화가 나는 건 여전한지 손 마디마디에 힘이 실린 게 보였고, 끝내 그녀는 자신의 머리카락을 한 움큼 쥐었다. 뼈마디가 하얗게 질려 있었다.

"난 경찰에 신변 보호 요청을 할게. 정 안 되면 전부 다 말해 버리지 뭐."

"뭐? 말이 되는 소릴 해."

"말이 안 되는 건 당신이야. 다가오지 마!"

반사적으로 움직이려던 리옌의 몸이 다시 멈춰 섰다. 리옌이 진정하라는 듯 양손으로 바닥을 누르는 시늉을 했다. 그는 애써 표정을 누그러뜨렸다. 무서워 보이지 않고, 무뚝뚝해 보이지 않으려는 게 눈에 훤히 보일 정도였다.

"진정해. 진정해, 유주. 당신은 지금 겁에 질려 있어."

"희망 사항이겠지. 날 달래려 들지 마. 지금 내가 무서워서 이러는 거 같아?"

유감스럽게도 아니었다. 그 점이 리옌을 애석하게 만들었다.

차라리 겁에 질려 어쩔 줄 모르거나 패닉에 빠져 허둥지둥한다면 보다 쉽사리 행동을 제압할 수 있었을 것이다. 하지만 유주는 감정적이되 매우 이성적이었고, 겁에 질려 있되 무척 현실적이었다.

그녀의 처지를 고려하면 경찰을 찾아가겠다는 건 가장 현실적인 타개책이었다. 하지만 유주는, 너무 많은 걸 알아 버렸다. 리옌의 입이 경솔했던 탓도 있지만 그녀의 행동이 무척 믿음직했던 것도 있었다. 리옌이 손을 내렸다. 그리고 고개를 모로 튼 채 한숨을 토했다.

"무서워하지 않으니 오히려 문제야. 어쨌든, 경찰은 안 돼."

"왜? 당신도 공권력이 개입하면 더 편할걸? 우리나라는 상의사가 고인 금니 빼 간 것까지 찾아내는 나라라고."

"이걸 봤잖아."

리옌이 자신이 서 있던 곳에서 반걸음 옆으로 물러섰다. 거기엔 당연하게도 테이블이 있었고, 검은 가방이 있었다. 그리고 그 안에는, 이 상황의 모든 원흉인 약이 있었다.

유주의 입매가 비틀렸다.

"켕길 짓을 애당초 하지 말았어야지."

"유주."

"그⋯⋯."

그래도 그간 쌓은 정이 있으니 경찰에게 말하지 않겠다, 는 말은 나오지 않았다. 흐름을 타 무심결에 내뱉을 수도 있는 말이었지만 그 말이 이성의 필터를 거치기도 전에, 목구멍을 콱 틀어막은 것이다.

저게 사달의 시초였다. 저 물건을 제외하면 이야기를 풀어 나갈 재간이 없었다.

사라진 성철현, 의문의 돈다발과 성은영의 사망 진단서, 그리고 마약.

이 모든 게 연결되어야 하나로 귀결이 된다. 니시콴라이와 랴오위, 루첸허와 웨이치. 그리고 리옌.

"⋯⋯서유주."

리옌도 그 사실을 알고 있는 듯 나지막이 그녀의 이름을 불렀다. 유주가 고개를 저었다. 아무리 그래도 그녀에게 중요한 건 자기 자신의 안전이었다. 그리고 이 상황은 너무나 위험천만하고, 불합리했다.

"그렇게 부르지 마. 그래도 난 이제 협조 안 해."

"○○○도 ○○군 ○○면 ○○리, ○○○-○번지."

유주가 눈을 휘둥그레 떴다. 익숙한 지명이 나와서였다. 그녀가 반응을 보이는 것을 확인하고 리옌이 말을 이었다.

"서창진, 올해 쉰하나. 11년 전에 아내와 사별하고 차남 서승헌, 삼녀 서예담과 셋이 그곳에서 살고 있지. ○○상조라는 간판을 달고 장례업을 하고 있지만 실제 근무하는 직원은 17년째 함께 근무 중인 친구 장석태 하나뿐이고. 서승헌은 올해 스물세 살에, 서예담은 올해 고3이라지."

"야."

"6년 전에 서창진은 췌장염으로 쓰러졌어. 다행히 급성이었지만 그로 인해 2주간 병원에 입원했었고, 담관이 폐쇄되기 전에 치료가 가능했던 건 다행이었지만 일에 막대한 지장이 생긴 건 분명하지. 요즘 서승헌이 대견하게도 자기 부친의 경제적 부재를 메우려고 노력 중이랬나?"

"야! 이 개새끼야, 너 지금 나 협박하니?"

유주의 손이 부들부들 떨렸다. 여섯 살. 부모를 잃고 천애 고아가 될 뻔한 그녀의 지붕이, 그리고 기둥이 되어 준 건 바로 서창진이었다. 그는 장장 23년이라는 시간 동안 그녀의 유일한 가족이자 보호자였다.

창진은 유주의 삼촌이고, 돌아가신 할아버지이자 아빠였다.

먹고사는 게 팍팍하다고 해서, 연락을 자주 하지 않는다고 해서 아끼지 않고 사랑하지 않는 게 아니었다. 오히려 그럴 수 있는 건, '언제고 돌아가면 만날 수 있는 존재'이기에 그럴 수 있었다.

지금 리옌의 말은 에두를 것도 없는 직구였다. 유주의 돌아갈 장소를 빼앗아 버리겠다는.

드디어 감정의 통제력이 사라졌다. 리옌이 눈가가 분노로 벌겋게 익은 유주를 삐뚜름히 바라보며 고개를 살짝 까닥였다.

"그래. 그 서창진 씨. 그 사람이 당신 부모님이나 마찬가지였던데."

"뭐 어쩌라고, 이 씹새끼야! 그래서 뭐! 어쩔 건데!"

"협조하지 않으면 나도 어떻게 할 줄 모른다는 거지."

"이 미친 새끼가 지금 뭐라는 거야? 네가 뭘 어쩐다고?"

"아무리 생각해도 지금 지방에 내려가 있는 내 수하들이 경찰들보다는 빨리 움직일 수 있을 것 같거든."

유주의 모든 행동이 일시에 뚝, 멈췄다. 그녀의 시선, 손짓, 그리고 숨소리까지. 느낄 수 있는 건 분노로 파들거리는 그녀의 눈가뿐이었다.

세상 모든 공기가 고요하게 가라앉은 것 같았다. 어쩌면 그 침묵이 체온과 감정마저도 앗아 간 것 같았다. 유주는 천천히 눈을 감았다. 눈꺼풀이 잠시 모든 세상을 가로막고, 완전한 어둠 속에 잠시 머무르며 그녀가 애써 울렁이는 속을 가라앉혔다.

"너……."

리옌은 그녀의 눈꺼풀이 바들거리며 시야를 틔우는 장면을 유심히 바라보았다. 그녀의 숨은 거칠었고, 다시 손이 바르르 떨렸다.

"그 말은 정말 실수한 거야. 아무리 그래도, 가족을 쥐고 흔드는 건, 정말 큰 실수하는 거라고."

그녀의 볼 근육이 팽팽하게 당겨져 있었다. 한 마디, 한 마디를 짓씹듯 내뱉기 때문인 것 같았다. 그녀의 안색 또한 손가락 마디처럼 하얗게 질려 있었고, 그를 똑바로 응시하는 눈동자엔 악과 오기만 가득했다.

"개만도 못한 자식. 어디서 더러운 것만 배워서……. 네가 똥 밭을 구르던 구정물을 마시고 살던 그건 내 알 바가 아닌데, 아무리 못 배워 먹었다고 해도 그따위 말은 하는 게 아니야. 그것도 몰라?"

그에게 가하는 수준 낮고 원색적인 비난이 유주는 부끄럽지 않았다. 오히려, 가족을 빌미로 당당한 협박을 가하는 저질스런 리옌의 수준에 걸맞은 표현들이라 여겨졌고, 오히려 응당 해야 할 말을 하고 있다는 타당함마저 느껴졌다.

연신 자신을 향해 쏟아지는 비난 속에서도 리옌은 실수라는 말은 하지 않았다. 실수가 아니었으니까. 언젠가, 이 부분에 대해 사과를 할 수 있다면 좋겠지만…… 그런 평화적인 상황이 오리라는 낙관은 기대하기 힘들었다.

"진정되었다면 오늘부터는 방을 옮기지."

대신 리옌은 다른 말을 했다. 지금까지 유주에게 했던 배려는 말 그대로, 그가 '베풀어도 되는' 부분이었다. 그녀의 협조적이고 순응적이면서도 적극적인 태도는 리옌의 시혜심을 불러일으켰다.

하지만 지금은 아니었다. 그녀가 반항적이고 불온하게 나온다면 그는 자신이 베푼 것들을 거둬들여야 했다. 꺾이는 것까지는 아니어도, 꺾일 정도로 휘어지게 당겨 볼 수는 있을 테니까.

"뭐?"

"침실이 두 개인 객실로 옮겨야겠어. 당신 같은 위험한 사람을, 혼자 내버려 둘 수 없으니까."

"뭐라는 거야?"

"내가 지금껏 당신에게 베푼 게 전부 호의였다는 걸 이해하지 못할 정도는 아니겠지. 그러니 이제까지 그렇게 머리 굴려 가며 여기저기 진을 치고 다닌 거 아니겠나?"

그건 상호 암묵적인 거였다. 유주의 노골적인 제 사람 끌어들이기식 행보는 누가 봐도 살길을 터놓는 방편이었다.

하지만 리옌은 지금껏 그를 크게 지적하지 않았다. 오히려 그녀의 불안을 알기에 용인해 주고 있었다. 더구나 지금껏 그녀의 행보는 역도가 되기에 부족한 부분이 많았다. 오히려 성공적이었다.

그러나 리옌의 입장에서는 이런 식으로라도 우선 그녀를 잡아 두어야 했다. 필요에 의해서든, 그 외 다른 이유가 있든 뭐든 간에.

"그 얘기가 지금 왜 나와?"

"이것도 호의로 받아들이라는 얘기야."

지금부터 왕이 될지 역도가 될지 그 행보를 결정하는 건 리옌이었다. 일이 잘 해결되어 아무도 다치지 않는다면 언젠가 리옌은, 유주에게 용서를 구할 떳떳한 입장이 될 것이었다. 그러나 문제가 생기면, 용서를 구할 상황 자체가 오지 않을 수 있었다.

"당신도, 분에 겨워 자해라도 하게 되면 나중에 후회하게 되지 않겠어? 말려 줄 사람이 필요하겠지."

"야! 오지 마, 오지 말라고! 야!"

호의는 개뿔. 유주는 그의 입장과 생각 따위 고려하고 싶지 않았다. 그러나 당장이라도 경찰에 달려갈 기세인 그녀를 리옌은 가뿐히 제압했다. 도망은 그의 큰 보폭으로 다섯 걸음도 되지 못했고, 발악은 품 안에 가두어지는 것으로 잦아들었다.

유주는 그의 품에서 벗어나기 위해 버둥거렸지만 그로 인해 유주는, 리옌의 힘이 얼마나 센지, 그리고 그의 앞에서 자신의 발버둥이 얼마나 헛된 것인지만 깨달았다. 말 그대로 소용없는 짓이었을 뿐이다.

그렇게 유주는 한 시간 뒤, 리옌에게 짐짝처럼 안겨 보다 높은 층으로 올라 갔다. 무척 호화로운 감옥이었다.

* * *

"유주."

개새끼, 소새끼, 말새끼, 씨발새끼. 웃기지도 않는다고라.*

유주는 눈을 감은 채 머리를 비우려 노력하는 중이었다. 지금까지 본 영화의 줄거리를 복기했고, 보다 말았던 드라마의 뒷내용을 상상했다. 그리고 옛날에 읽은 책들의 주인공이 어떤 심경이었을지 곱씹었으며, 그녀가 아는 모든 종류의 노래 가사를 떠올렸다.

다행히 딱 꽂힌 대목이 있어 그걸 머릿속으로 무한 재생하는 중이었다. 무심결에 콧노래가 나올 거 같아 흥을 애써 참는 게 좀 어려웠을 뿐, 생각하지 말아야겠다는 노력 자체는 잘 실천되고 있었다. 그게 벌써 사흘째였다.

말인즉, 리옌이 유주의 무반응을 참아 준 게 사흘이나 되었다는 의미였다.

* 크라잉넛, 〈지독한 노래〉

"유주."

유주는 그를 시험하고 있었다. 입을 꾹 닫은 채, 시선마저도 세상과 차단하는 중이었다.

물론 고립될 곳이 필요했고, 홀로 평정을 유지할 만한 여유가 절실했다. 하지만 그녀가 침대 구석에 아무리 몸을 숨기려 해도, 그녀의 대척점엔 리옌이 있었다.

"유주."

피할 수도 없고 숨을 수도 없다. 도망은 언감생심 꿈도 꿀 수 없는 것은 물론이거니와, 그는 역겹게도 유주의 가족을 볼모 삼고 있었다.

무기 하나 들지 못한 유주가 텅 빈 손으로 할 수 있는 건 그녀의 삼촌과 사촌 동생들을 지키는 것도 아니었다. 그냥 피해가 안 가도록 하는 게 고작이었다. 다행이라면 다행스럽게도 리옌은, 섣불리 그녀의 가족들에게 손을 댈 생각은 보이지 않았다.

그러니 유주는 그의 인내심이라도 끊어 먹을 생각이었다. 그가 어느 정도까지 참을 수 있을지 시험하는 동시에, 자신의 이 더러운 기분이 얼마나 지나야 조금은 수그러들지도 알아보려 했다. 그리고 나온 결론은 3일로는 턱도 없다는 거였다.

어쨌든 갇혀 있는 그녀가 리옌에게 할 수 있는 최대한의 반항은 전력을 다해 그에게 도움이 되지 않는 것이었다. 그의 말에 반응하지 않는 건, 가장 소극적인 형태의 반항이었다. 사실 반응하기도 이젠 힘들었다. 그간 그녀는 악착같이 굶기까지 했다.

배가 안 고프냐고? 엄청나게 고팠다. 씻고 싶기도 했다. 흰 쌀밥에 김치만 줘도 걸신들린 듯이 먹을 자신이 있었고, 물에 몸에 때가 퉁퉁 불도록 오랫동안 들어가 버틸 자신도 있었다.

물론 여기에는 하나의 전제가 필요했다. 칭리옌. 저 개새끼만 없으면.

"서유주."

세상에 진실이 있긴 있냐, 그래 너는 노는 물이 틀리는구나.

어쩜 생각나는 것마저 이런 노래인지. 유주는 저도 모르게 코웃음을 쳤다. 리옌에게는 그의 말을 비웃는 것으로 보일 거란 사실을 알았지만, 그가 오해하든 말든 이젠 아무래도 상관없었다. 이미 그녀에게는, 남매가 쌍으로 지랄이라는 생각뿐이었다.

뒷조사를 통해 그녀가 결백하다는 사실이 밝혀졌다는 건 아무런 위로가 되지 않았다. 이미 그녀는 결백했으니, 그것을 구태여 타인에게 확인받아야 할 필요성 자체가 없던 것이다.

그런 마당에, 그가 그녀를 쥐고 흔들려는 것은 카이화로 인해 초래된 위험에 대한 기본적이고 도의적인 보호가 아니라 자신의 욕심을 채우기 위한 이기적인 제안이었을 뿐이다.

"그렇게 영영 대답하지 않을 셈인가?"

그의 인기척이 느껴졌다. 그녀에게 다가오는 모양이었다. 하긴, 사흘이면 오래 참았다. 얼마나 성질을 부리고 싶었을까.

어쩌면 그 사흘이라는 시간을 리옌은, '그녀에게 생각을 정리할 수 있도록 배려해 준 것'이라 생각하고 있을지 모르겠다. 거기에까지 생각이 미치자 눈이 번쩍 떠졌다. 시선마저 곱지 않았다.

"유주."

고작 그 정도 반응이었지만 효과는 있었다. 일단 반응을 보였다는 것 자체가 그에게는 중요한 모양이었다.

그는 긴 다리만큼이나 넓은 보폭으로 성큼성큼 그녀에게 다가왔다. 유주의 입은 여전히 굳게 닫혀 있었고, 그녀의 시선은 리옌을 향해 있었지만 그에 관심을 두고 있지는 않았다.

리옌은 유주의 침대에, 그녀를 마주 보는 자세로 걸터앉았다. 유주의 이마 위에 그림자가 졌다. 유주는 눈을 감는 대신, 그에게 도전적인 시선을 보냈다. 여전히, 끓어오르는 분노가 가라앉지 않은 눈빛이었다.

"언제까지 그러고 있을 셈이지?"

"……."

"이런 태도는 우리의 문제를 해결하는 데 전혀 도움이 되지 않아. 그렇게 생각하지 않나?"

"……우리의 문제가 아니라, 당신의 문제겠지."

성문처럼 굳게 닫혀 있던 유주의 입이 드디어 열렸다. 쩍쩍 갈라진 목소리가 지독히도 우울한 톤으로 흘러나갔다. 아무리 그녀라고 해도, 은근슬쩍 '우리'의 문제로 싸잡는 듯한 리옌의 말투는 참을 수 없었다.

리옌이 한숨을 삼켰다. 그러곤 고개를 저었다.

"결국 당신은 나와 계약을 하지 않았나? 난 지금껏 당신을 충분히 배려했고."

"배려? 너 지금 나한테 배려라고 했니?"

예상을 벗어나지 않는 대답에 하! 유주는 큰 소리로 비웃었다. 실수였다. 아예 말을 섞지 말았어야 했는데. 역시나 어떻게든 대화의 물꼬가 트이니 입을 꾹 다물고 있을 수가 없어졌다. 리옌은 정말 여러모로 유주의 말문을 여는 데에 재주가 있었다.

그래. 그렇게 내 목소리가 듣고 싶어 안달 나 어쩔 줄 모르겠다면 들려줘 야지.

유주가 크게 심호흡을 했다. 리옌은 아주 얌전히 그녀가 말하길 기다리고 있었다. 유주의 비틀린 입술이 사납게 열렸다.

"당신에게 생각이 있었으면 내가 결백한 걸 알았을 때, 넌 그걸 함구할 게 아니라, 나에게 미리 알려 주고 제대로 도움을 청했어야 했어. 아, 물론 생각할 머리가 달려 있다는 전제하에. 나한테 배려라고 씨불이는 걸 보니까 그런 머리나 지능은 없어 보이긴 하지만."

"……당신의 화를 돋우는 말이 될 것 같지만, 나도 알게 된 지 얼마 되지 않았어."

"얼마 되지 않는 시간 동안 어떻게 나를 이용할까만 궁리했겠지, 이 개자식아."

"그런 게 아니었기 때문에 배려했던 거야, 유주. 난 당신에게 충분히 보상하기 위해 지금까지 합당한 배려를 했다고 생각해."

"……웃기네."

그의 말을 듣던 유주의 표정이 일그러졌다. 우는 것도 같고 웃는 것도 같은 기이한 표정이었다.

"너 지금 상황 파악이 안 되지?"

유주의 손이 달달 떨리고 있었다. 가까스로 진정시켰던 감정이 다시 물밀듯 밀려왔다. 역시 3일로는 턱없이 부족했다. 못해도 한 달 정도 면벽 수련을 해야 했는데. 어디 삼수갑산에 틀어박혀서 불경이라도 들으면서.

"너…… 네가 진짜 날 배려할 생각이었으면 당장 내 입장이 어떤 건지에 대해 고려했어야 해."

"…….."

"그쪽 동생이 벌인 일을 수습하느라, 피해자인 내가 움직여야 한다는데 그걸 같잖게 듣지 않을 사람이 얼마나 돼? 너 배려라는 말이 뭔지는 아니?"

유주의 격양된 감정과는 별개로, 그녀의 말투는 정서에 매몰되어 뭉개지지 않고, 바짝 날이 서 있었다. 몇 날 며칠, 제대로 먹지도 씻지도 않은 상태라 보기엔 너무나 또렷한 정신 상태였다.

그녀의 시위는 반항이었지만 리옌에게 보내는 협박이기도 했다. 그가 어떤 짓을 해도 비굴하게 바짓가랑이를 붙잡고 매달리지 않겠다는 나름의 항거였다. 리옌이 그걸 모를 리 없었다. 그가 작게 한숨을 쉬며 상체를 조금 낮췄다. 유주와 시선을 마주하기 위해서였다.

"조금 진정하고 나와 대화를 나눌 생각은 정말 없나?"

"…….."

"나에게 할 말이 많은 모양인데, 차라리 전부 쏟아내는 건 어때?"

"……."

"좋아. 다시 입을 다물어 버린다 이거지?"

입만 다물겠냐? 유주는 눈도 다시 감았다. 그리고 뒷머리를 베드 보드에 기댔다. 리옌의 한숨 소리가 들려왔다. 뭐가 그렇게 근심이 많으셔서 한숨만 푹푹 쉬신대. 유주가 재차 코웃음을 쳤다.

"그래. 차라리 그냥 들어."

얼씨구? 이젠 명령이었다. 유주는 그 말에는 콧방귀도 뀌지 않았다. 이미 그의 목소리는 삼일 내내 질리도록 그녀를 괴롭혔다. 목소리뿐이 아니었다. 그의 숨소리 하나, 기척 하나 모든 것이 너무나 지척에서 그녀의 감각을 건드렸다.

그래도 이젠 익숙해진 것인지 생활 소음 정도로 무시가 가능했다. 그가 어떤 말을 해도 동요하지 않을 정도는 되었다.

"내가 양보할게."

유주는 자신의 내적 성장이 뿌듯했다. 심지어, 저런 말을 듣고서도 정말 아무런 동요의 반응도 보이지 않은 것이었다.

아마 리옌에 대해 조금 더 잘 알게 되어서인 것 같았다. 그는 교활하고, 영악했다. 항시 유주의 생각 등에 대한 평가나 칭찬을 후하게 던졌지만 그건 말 그대로 미끼였다. 그는 표면적으로 드러내는 유주의 주변을 통제하고, 그녀의 시선이 닿지 않는 곳에서 일을 진행시켰다.

이미, 신뢰할 수 없는 상대였다.

"당신의 말이 일부는 맞아. 어찌 보면 당신은 루첸허에게 놀아난 거고, 그 과정에서 불미스러운 일이 있었지. 내 행동이 경솔했고, 그 과정에서 본의 아닌 문제들이 발생한 것도 인정하겠어."

사과문에는 정석이라는 게 있었다. 특히 들어가지 말아야 할 문장들이 몇 개 있었는데, '본의 아니게', '오해', '그럴 뜻은 없었다' 등의 말이 그 대표적이었다.

유주가 슬쩍 눈을 떴다. 지금부터는 리옌의 표정을 보아야 할 때였다. 그의 술수에 휘말려 입을 여는 게 좀 분하긴 했지만.

"야."

물론 그의 말은 사회적인 비즈니스 관계에서 적당한 선의 사과이긴 했다. 비즈니스라는 그 자체만 보면, 유주에게 건네는 그의 사과는 의례적이고 적당히 예의 있으면서 자신의 체면도 차리는 수준이었다.

"사과는 정중해야지."

"하……."

하지만 그건 말 그대로 동등한 위치일 때나 그런 거였다. 유주는 자신을 피해자라 생각하는 중이었고, 실제로도 그랬다. 가해자가 피해자에게 건네는 사과의 양식은 달랐다.

리옌이 고개를 저으며 한숨을 쉬었다.

"이번은 약식으로 참아 줘. 보다 급한 일이 생겼어."

"……."

"당신의 협조와 이해가 필요해. 부탁이니 내 입장을 조금만 이해해 줬으면 좋겠어. 내가 지금 이 상황을 그냥 모면하려고 하는 게 아니란 걸, 알아 줬으면 한다는 거야."

"……그래서 지금껏 가만히 잘 놔두다가 일거리 생기니까 또 살살 구슬리시겠다? 알 만하네."

"유주."

그놈의 유주, 유주. 리옌이 얼마나 애절한 척 그녀의 이름을 부르는지, 덕분에 이름 잊어먹을 걱정은 없었다.

할 말이 있으면 해 보라는 시선을 던졌다. 리옌이 휴대폰을 잠시 내려다보더니 톡톡, 손가락을 움직여 잠금을 풀었다. 그리고 그 액정 위에 뜬 화면을 유주의 눈앞에 들이댔다.

"당신의 기분이 완전히 풀릴 때까지 기다릴 생각이었지만 지금은 나도 여유가 없어. 미안하지만, 이것부터 좀 봐 주겠나?"

정중하지만 다급한 말투에 유주의 시선이 절로 휴대폰으로 향했다. 거기에는 한 여자의 모습이 있었다. 염색기라고는 하나도 없는 검은 긴 생머리에 환한 웃음을 짓고 있는 여성이었다. 젊고 청초한 그 모습엔 생기가 넘쳤고, 활력이 돋았다.

유주가 사진을 본 것을 확인한 리옌이 아예 휴대폰을 그녀에게 넘겨주었다. 유주는 영 내키지 않는 표정으로 그를 받아 들어 손가락으로 화면을 쓸어 넘겼다.

몇 장의 사진이 이어졌다. 하나같이, 동일한 인물의 사진이었다.

유주는 그 사진 속 인물을 직감적으로 알 수 같았다. 처음에 리옌이 보여 줬던 카이화의 사진보다 더 익숙한 느낌이 들었던 것이다. 물론, 카이화와 정말 비슷한 느낌이긴 했다. 하지만 이쪽이 좀 더 천진하며 싱그러웠다. 그리고 어렸다. 어리다는 느낌이 확 들었다.

"이 사람이……."

"곧바로 알아보는군. 맞아. 성은영이야."

"……찾은 거야?"

"과거 사진이야. 이상해서 조사를 좀 시켰거든."

"뭐가 이상해서?"

"그 펜션에서. 당신은 곧바로 밖으로 나가서 모르겠지만 그들의 방을 뒤지다 이상한 점을 찾아냈지."

"뭐를?"

그를 무시해야 한다고 생각하면서도 유주의 입에서는 질문이 연신 터져 나왔다. 카이화의 문제였다면 무시했을 텐데 성은영을 미끼로 내던지다니. 젠장. 리옌은 확실히 영악했다.

"내가 조사한 바로는 그 둘의 집은 따로 분리되어 있지 않았어. 대학 때문에 성은영이 근방 지방에 내려가 있기는 했지만 기숙사 생활을 했고, 기숙사의 소지품을 확인해 본 결과 별다른 건 없었지. 즉, 그 펜션이 본가가 확실하다는 거였어."

"그런데?"

"당신은 흔히 집에 뭘 놔두지? House가 아니라, Home에 무엇을 두냐는 말이야."

집. 유주는 무의식적으로 삼촌이 사는 지방의 낡은 빌라를 떠올렸다.

방이 세 개 있는 그 빌라는 숙모와 삼촌이 처음 살림을 꾸린 곳이었다. 유주는 거기서 제일 작은 방을 썼다. 승헌이와 예담이가 어릴 때에는 둘이 같은 방을 써야 했기에 그랬고, 숙모가 돌아가신 이후에는 그 방이 익숙해져서 그랬다.

벌써 떠나온 지 거의 십 년이 다 되어 가고 있었지만 삼촌 집에는 아직 유주의 방이 남아 있었다. 그냥 없애고 짐을 두라고 해도 듣지 않았다.

그리고 그곳에는…… 유주의 모든 것이 있었다. 유년 시절부터 지금까지의 모든 것.

"통장이나 그런 건 확실히 품에 가지고 다녀야 하는 것들이지. 그 외에 집에 꼭 두어야 하는 거라면……."

그리고 모든 시간을 담아 두고 있는 물건? 그거야 너무나 쉬웠다. 졸업장을 비롯한, 보관해 두어야 하는 것들이었다. 집은 언제나 안전한 장소여야 하고, 돌아갈 장소이기 때문이었다.

"앨범…… 졸업장?"

"역시 당신은 머리가 좋아."

리옌이 입매를 말아 올렸다. 며칠간 보지 못했던 긍정적인 반응이었다. 유주는 그의 말투에 딴죽을 걸지 않기로 했다. 유감스럽게도 그녀는 문제의 경중을 따질 줄 아는 이였고, 지금 중요한 건 성은영의 행방이 맞았다.

"그래서, 그 앨범이 왜?"

"그 펜션에는 앨범이 없더라고."

유주는 리옌이 뭐가 이상하다고 하는지 알아챘다. 돈과 약은 남아 있는데 앨범이 없었다는 소리였다.

리옌은 그녀가 무엇을 이해했는지 기민하게 포착하고는 휴대폰 화면을 다른 것으로 전환했다. 비디오 화면이었다. 유주는 그게 무엇인지 단박에 알아챘다. 성철현의 차가 사라지던 날의 영상이었다.

"……."

나이트 캠이었기에 사람의 얼굴은 식별이 어려웠다. 그러나 성철현으로 보이는 한 남성과, 성은영으로 추정되는 한 여성이 펜션에서 가방을 하나씩 들고 나오는 모습이 보였다. 둘 다 백팩이었고, 안에 무엇이 들었는지 제법 불룩했다.

둘은 그 가방들을 전부 트렁크에 집어넣었다. 남자가 운전석에, 여자가 조수석에 탔으며 무척 서두르는 느낌으로 CCTV 시야를 빠져나갔다. 화면에 찍힌 시간은 23시 11분. 날짜는 성은영의 시체가 장례식장에 입관하기 나흘 전이었다.

"……차 번호는 알아냈어?"

영상을 다 본 유주가 물었다. 리옌이 고개를 끄덕였다.

"XX나 16XX. 차종은 보다시피 일반 승용차고. 다른 CCTV 영상 중 낮 시간대에 차 번호판이 찍혀 있는 걸 확인했지. 이들은 이후 국도를 타고 빠져나갔어. 요금소 진출입 내역은 없고. 그리고 아직까지 행방불명인 상태지."

"그런데 왜…… 왜 앨범 같은 걸 들고 간 거지?"

"잘 떠올려 봐, 유주. 그 집엔 아무것도 없었어."

"……."

"둘의 모습을 확인할 수 있는 건, 아무것도 남아 있지 않았어."

"설마……."

성철현과 성은영은 작정하고 몸을 숨긴 것일까?

만약 그렇다면 그 둘은 루첸허의 확실한 공범이었다. 이번에는 석연찮고 자시고 할 것도 없었다.

성철현은 물론이거니와 성은영도 스무 살 넘은 성인들이었다. 그들은 선택을 했다. 물론 그 과정에 강압이나 다른 외압이 작용했을지도 모르지만 둘이, 카이화의 실종에 관여되었다는 사실만은 명백했다.

납치가 아니었다.

그리고…….

"유주. 조금 기억을 더듬어 봐. 당신이 처리한 시체의 얼굴은, 이 여자를 닮았나? 아니면 카이화를 조금 더 닮았나. 잘 기억해 보란 말이야."

그리고 유주의 착각이 아니라면, 성은영은 죽었다. 확실히.

다른 건 몰라도 직접 이틀이란 시간 동안 함께했던, 그리고 그녀 스스로 염을 하고 마지막을 꾸려 주었던 이의 얼굴을 헷갈릴 순 없었다. 카이화의 사진을 보고 진위를 확인하는 것과는 달랐다. 합리적인 설명은 불가능하지만 확신할 수 있었다.

"성은영이…… 맞아."

유주의 입에서 목이 졸린 듯한 목소리가 흘러나왔다. 인정하고 싶지 않지만, 성은영은 의도적이든 아니든, 스스로 자신의 흔적을 숨겼다. 그대로 성철현을 따랐다.

그리고…… 자신의 행동에 대한 결과를 맞이했다.

카이화가 죽은 게 아니었다.

"아마 당신의 예상도 맞을 거야."

"……."

"카이화가 죽은 게 아니니 당신 말대로 이 일은 단순히 조직 내 사건으로 끝나는 게 맞을 거야. 원칙적으로도…… 계약을 파기하는 게 옳고. 하지만 지금 제일 위험한 건 당신이야. 다른 건 몰라도 이것만은 알아주었으면 좋겠어."

리옌의 말이 어디서부터 어디까지 진실인지, 그리고 무엇이 진심인지 유주에겐 꿰뚫어 볼 능력이 없었다. 하지만 최소한, 지금 그녀의 안위를 걱정하는 모습만은 거짓 같지 않았다.

그래서 또 멍청하게 흔들렸다. 이 증거들마저, 진짜라고 확정할 수 없는 상황이었음에도 당장 그의 손아귀를 벗어나는 게 더욱 위험하게만 느껴졌다.

계속 속기만 했다. 리옌은 유주를 기만했고, 그녀의 행동을 제약했다. 강압적으로 시작된 관계의 끝은 지금처럼 서로 감정을 파먹는 아니, 유주의 감정이 곪아 썩어 가는 결론에 이르렀다.

유주는 머릿속에 저울을 올렸다. 그리고 자신의 두려움과, 가족의 안위와, 카이화와 리옌에게 느끼는 분노의 무게를 비교했다.

하지만 어떻게 해도 기분이 완전히 풀릴 수는 없었다. 께름칙한 느낌이 해소될 리도 없었다. 청산해야 할 감정들도 남았다. 역시 경찰에 알린다는 게 최선임을 알았다. 그렇게 하는 편이 유주에게도, 그녀의 가족들에게도 좋을 것 같았다.

가족. 유주가 눈을 질끈 감았다 떴다. 머리가 지끈거렸다.

"야."

삼촌과 사촌 동생들에게까지 생각이 미치자 절로 말투가 뾰족하게 튀어나갔다.

"너 진짜 우리 가족에 손댈 거야?"

리옌의 눈이 잠시 커졌다. 놀란 것도 같고 당혹스러워 하는 것도 같았다. 하지만 그 표정은 금세 지워졌다.

"그럴 리가. 사람을 붙여 놓긴 했지만 그건 위험한 상황을 대비해서야. 그리고 그쪽에서도 아직 당신의 가족들에게 손을 뻗친 것 같진 않아."

"……그 부분은 확실한 거지?"

"그 부분에 대해서는 사죄의 마음까지 담아 완벽하게 통제하겠어."

자꾸 그녀의 신변을 제한하던 건 그 이유였나. 유주가 고개를 저었다.

세상 모든 일에 문제는 가해자다. 피해를 당한 사람은, 말 그대로 그 가해자에게 휘말린 것뿐이다.

피해자가 더욱 움츠러들고 숨죽여야 한다니. 이 얼마나 불합리한가.

유주의 눈에 그렁그렁 눈물이 맺혔다. 딱히 울고 싶은 생각도 없었다. 그저, 무의식적인 반응이었다. 어쩌면 그간 쌓였던 불안과 두려움, 분노가 대화라는 물꼬를 통해 탁 트여 버린 것인지도 모르겠다.

"왜…… 아니, 미안해. 미안해, 유주."

리옌이 시트 위로 뚝뚝 떨어지는 유주의 눈물을 보고 당혹스러운 표정으로 손을 움찔거렸다. 그러나 이내 큰 결심을 한 듯 머뭇거리며 그녀의 어깨를 감싸 안아 제 품으로 끌어당겼다.

유주는 무력하게 그의 품으로 빨려 들어갔다. 그와 동시에 그녀의 들썩임이 더욱 거세졌다. 그녀를 안고 있는 리옌의 팔에도 힘이 잔뜩 들어갔다.

개짓거리를 하려면 친절하지라도 말든가. 유주는 그런 생각을 하며 그의 와이셔츠가 엉망이 되든 말든 아주 속 시원하게 눈물과 콧물을 묻혀 댔다. 그녀의 등을 부드럽게 쓸어내리는 리옌의 손길도, 어색했던 처음과 다르게 시간이 지날수록 조금씩 능숙해졌다.

"……고마워."

한참을 침묵하던 리옌의 입에서 한숨과 함께, 안도의 기색을 가득 담은 말 한마디가 조심스레 흘러나왔다.

최소한 그 말은 진심 같아서, 유주는 그의 품속에서 작게 고개를 끄덕였다. 물론 아닐 수도 있었다. 하지만 사람이, 사람을 믿는 것이 뭐가 나쁜가? 나쁜 것은 신뢰를 저버리는 것이다. 자신을 믿고 지지해 주는 사람을 배신하는 거였다.

멍청할 정도로 쉽게 능치고 지나간다는 말을 들어도 어쩔 수 없었다. 유주는 따질 건 따지면서도 인정에 약했다. 자신이 사랑을 받아 보았던 만큼, 신뢰받고 지지받았던 만큼 타인에게도 그럴 수밖에 없었다.

"······먼저 씻고 싶어."

그러니 이 찝찝한 기분도 일단 털어 내고 싶었다. 비록 나중에 다시, 똑같은 일로 뒤통수 맞는다고 해도 유주는 당장 제 눈앞의 리옌을 믿을 수밖에 없었다.

"그래. 물을 받아 둘게."

그렇게 그녀는, 사흘 만에 침대를 벗어났다.

"그럼 앞으로 어떻게 해야 하는데?"

사흘이나 굶은 그녀에게 식사보다 먼저 주어진 건 샤워였다. 리옌은 인내심 있게 유주의 울음이 그칠 때까지 기다렸고, 그녀의 얼굴을 손수 닦아 준 뒤 한 시간이 넘도록 욕실에 처박아 두었다. 본인은 그사이에 죽을 사 왔다. 그녀가 뭘 좋아할지 모르겠다면서 다섯 종류나.

유주는 다섯 개 중에 나중에 먹을 죽 네 개를 냉장고에 넣어 놓고 막 한 통을 비운 참이었다. 확실히 리옌은 눈치가 있었다. 사흘이나 금식한 만큼 유주의 위장은 평소보다 적은 양에도 부담이 느껴졌으니까.

"당신이 원한다면 계약금은 미리 지급할 수 있어."

"······내가 무슨 말 할 건지 알지?"

"알아. 하지만 당신이 따져야 하는 걸 다 따져야 속이 후련한 걸 아니까. 정리해야 하는 것들을 하나씩 처리하는 게 옳다고 생각해서 하는 소리야."

유주가 죽 용기와 일회용 수저를 한쪽으로 밀어 놓자 리옌이 자리에서 일어나 물 한 통을 가져다주었다. 그녀는 그걸 고맙게 받아 들었다.

"그러니까, 내가 무고하다는 걸 이제야 인정한다는 거네?"

"그렇지."

"그러니까 돈부터 쥐여 주겠다? 입막음 값이라고 이해하면 되나?"

"입막음 조가 아니라 보상금에 사례비를 약간 얹은 거라고 이해해 주었으면 좋겠는데."

리옌의 목소리에 약긴 맥이 빠졌다. 유주가 어깨를 으쓱거렸다. 그게 아니면 되는 거였다.

솔직히 말하자면 유주는 울고 나서 매우 부끄러웠다. 속된 말로, '존나 쪽팔려서' 고개를 못 들 정도였다. 그래서인지 말이 더욱 불퉁하게 나갔다. 비록 리옌이 그런 그녀의 상태를 이해해 주고, 그래서 대치하기보다는 부드럽게 선회하는 방향으로 말씨를 바꾸었다지만 그게 그녀의 내면의 아우성을 잠재워 주진 못했다.

그렇다고 해서 더 이상 이 문제로 시비를 틀 생각은 없었다. 이미 둘은 감정적 소진을 많이 했다. 결코 등한시할 정도로 가벼운 사안은 아니었지만 계속 반복된 문제를 통해 자신과 상대를 깎아 먹는 소모전은 그저, 모든 것을 피폐하게 만들 뿐이었다.

"굳이 준다는 걸 마다하진 않을래."

"그럼 계좌를 알려 주면 오늘 내로 입금하지."

"그럼, 그 이후엔?"

"당신과 나 사이의 계약 관계가 소멸된 이후를 말하는 건가?"

유주는 고개를 끄덕이곤 시선을 내렸다. 절로 힘이 쭉 빠졌다.

앞으로. 앞으로라……

"도대체…… 왜 하필 나였을까."

테이블 위에 얹힌 제 손바닥을 멍하니 쳐다보며 유주가 나지막이 중얼거렸다.

상대가 누구인지는 여전히 모른다. 목적도 알 수 없다. 그저 막연하고 막막했다.

막말로 세상천지에 진짜 천애 고아는 널리고 깔려 있었다. 아무리 생각해도 반드시 그녀가 타깃이어야 할 이유가 없었다. 오히려, 그녀가 타깃이 아니어야 할 이유는 있었다. 아무리 여자에 고아에 한정된 사회 활동을 했다고 해도 유주에게는 직업이 있었고, 부모 외의 가족이 있었으며, 친구도 있었다.

"그 부분을 알아보기 위해서라도…… 이 일을 밝히는 게 우선 같아. 그냥 어물쩍 넘어가려는 게 아니야. 실상, 정보가 제한적이라는 건 당신과 내가 동일선상에 있으니까."

"진짜 어이없다. 내 인생에 시체 매매나 마약이 끼어들 여지는 전혀 없었는데……."

유주의 망연하기까지 한 목소리에 리옌이 조금은 다급하게 입을 열었다.

"원래 루첸허는 한국에서 약을 거래한 적 없었어. 우리 쪽과는 시체만 거래했었으니까. 안 그래도 갑자기 마약이 등장해서…… 나도 당황하고 있어."

그래. 차라리 피할 수 없다면 어떻게 타개해야 할지 고민하는 편이 보다 생산적이었다. 유주는 한숨과 함께 가까스로 마음을 다잡았다. 이 모든 상황에 대한 신뢰의 담보가 칭리옌이라는 남자 하나뿐이라는 건 마음에 들지 않았지만 무턱대고 그를 불신한다 해서 해결될 일이 아니었다.

유주에게는 그가 필요했다. 그가 유주를 필요로 하는 것만큼이나.

"그 약이 웨이치 거란 건 어떻게 알았어?"

"가방."

"가방?"

"웨이치는 과시욕이 강해. 실제로 실력도 좋은 편이지. 그걸 드러내기 위해 녀석이 보이는 퍼포먼스 중 하나가 바로 그 가방이야. 잘 보면 안쪽에 이니셜도 새겨져 있지."

"……아주 자기가 마약 제조업자라고 명함도 파 가지고 다닐 놈일세."

"실제로 명함도 있어. 보여 줘?"

유주가 손사래를 치며 그의 질문에 부정을 표했다. 그딴 건 별로 듣고 싶지도 않았다.

"됐고. 그 사람 얘기를 좀 더 해 봐."

"구체적으로 어떤 걸 듣고 싶은데?"

구체적이라. 유주는 잠시 고민하다 고개를 끄덕이며 다시 입을 열었다.

"그, 음…… 웨이치의 입장? 뭐라고 해야 하나. 당신네 조직에서의 입지 같은 거 있잖아. 그리고 그, 한국에 약을 팔 생각이, 그러니까 그런 예정이 원래 있었는지 뭐 그런 거 있잖아."

말이 매끄럽게 나가지가 않았다. 아무래도 역시 유주에게 있어 마약이라는 건 시체 매매만큼이나 먼 나라 이야기였다. 게다가 거부감이 컸다. 보통의 일반적인 한국인이 그러하듯이.

"아니. 원래 한국에 약을 유통할 생각은 아니었지."

리옌은 그런 유주의 질문에 매우 매끄럽게 대답을 시작했다. 유주가 얌전히 양손을 테이블 위에 얹었다. 그 태도에 리옌이 가볍게 제 목덜미를 쓸며 고개를 숙였다.

"랴오위가…… 처음 약을 다루기 시작한 건 4년 전이었어. 웨이치와도 그때 처음 알게 되었고."

"왜 손을 댄 건데?"

"자금이 모자랐거든."

유주의 짐작대로 니시콴라이는 삼합회의 3차 조직 정도 되는 모양이었다. 정확히는 일개 양아치 조직에 불과했으나 싱하오라는 거대 자본 조직의 하청으로 들어가 자잘한 일을 처리하게 되었고, 점차 그 위세가 커짐에 따라 삼합회의 밑으로 기어들어 간 것이다. 이 모든 일은 근 십 년 내에 일어났다. 그 과정에서 랴오위는 일개 조직으로 사람들을 거두어 먹이는 게 얼마나 힘든 것인지 알았다고 했다.

랴오위의 궁극적인 목표는 니시콴라이 이름으로 운용되는 몇 개의 사업체를 중국 본토에서 정식 인허가를 받은 기업체로 키우는 것이었다. 땅의 크기나 머릿수만 놓고 따져 보아도, 홍콩에 국한된 것보다는 본토까지 그 활동 영역을 넓히는 게 여러모로 유리했기 때문이다. 더구나 홍콩과 중국 사이에는 끊이지 않는 분쟁이 있었으니 보다 거시적으로 앞날을 도모하는 편이 옳다고 판단했다.

그 과정에 필요한 건 돈이었다. 음지에서만 활동하던 이들이 합법적인 사회적 위치를 갖는 데에는 아직도 거대한 뒷배가 필요했고, 이빨 빠진 호랑이라고 해도 삼합회 수뇌부엔 아직도 중국 관료와 줄이 닿은 자들이 제법 있었다. 그 중국 관료와 본토의 삼합회 수뇌부에게 바칠 뇌물이 부족했다는 게 랴오위가 약에 손을 댄 계기라고 했다.

"그런 와중에 우리 쪽에 먼저 접선을 해 온 게 웨이치였지. 웨이치의 표면적인 직업은 자금 세탁을 전문으로 하는 사업가였어. 고리대에는 손을 대지 않았고."

"그래서?"

"사실 그때 니시콴라이는 상당히 구석에 몰려 있었어. 그런 마당에 녀석이 약 얘기를 먼저 꺼낸 거야. 다른 거래처들보다 거래가를 무려…… 3%나 낮춰서 먼저 부르더군. 자금 세탁 수수료를 1.5% 낮춰 주기로 했고."

"무슨 이득이 있어서?"

으레 호의를 가지고 먼저 다가오는 사람은 의심하기 마련이었다. 당연한 일이었다. 유주의 말에 리옌도 고개를 끄덕였다. 이득.

웨이치는 그때 다른 조직과의 일이 틀어져 목숨을 위협받고 있었다. 잘 활동하던 중국 본토에서 홍콩으로 내려온 것도 그 때문이었다. 홍콩은 당시 중국 본토와 법률적 차이가 있었기에 범죄자 인도가 의무가 아니었다. 더구나 웨이치는 당시 사업적 기반도 잃은 상태였다.

"그때 당시 웨이치는 자신이 가진 패를 전부 내보였으니 믿지 않기란 어려웠지. 더불어 그가 본토의 다른 조직과 문제가 있다는 사실도, 그의 목에 현상금이 걸렸다는 것도 전부 확인된 상태였어."

"그래서 그를 니시콴라이에 받아들이고…… 약을 만들라고 한 거야? 차라리 뇌물을 줄 시기를 좀 늦추거나 하면……."

"다시 말하지만 나는 끝까지 반대했어. 랴오위도 끝까지 마음에 들어 하지 않았고. 하지만 이미 줄을 댄 이상 물러날 순 없었어. 지금이야 쉽게 말하지만 그때의 결정은 꽤나 신중하게 내린 최선이었어."

"중국 관료랑 조직에 댈 자금이 그렇게 중요했던 거야? 그, 원래 의탁하던 조직에 부탁할 순 없던 거고?"

유주의 질문에 리옌의 표정이 조금 어두워졌다. 그는 고개를 저으며 슬며시 그녀의 시선을 피했다.

"니시콴라이는…… 삼합회의 하부 조직이 되기로 결정한 이후 대외적으로 싱하오와 연을 끊었어. 싱하오의 보스가 여전히 랴오웨이를 마음에 들어하지만, 사적인 부분과 공적인 부분은 엄연히 분리되어야 하는 거니까."

유주도 리옌이 자신에게 말하지 않은 부분에 대해 캐물을 생각은 없었다. 그 복잡한 내막의 일면을 들여다보는 것만으로도 머리가 지끈지끈했다. 도대체 그게 뭐라고. 유주가 관자놀이를 꾹꾹 눌렀다.

"여기나 저기나 죄다 돈, 돈이 문제네."

"그렇지. 자금 운용 능력도 그들이 우리를 평가하는 하나의 척도야. 약한 모습을 보이면 그대로 끝이지. 지금까지의 노력이 전부 허사가 돼."

리옌이 왜 한국 경찰의 힘을 빌려 일을 해결하는 데 그렇게 반대하는지도 얼추 알 것 같았다. 알 수 있었다. 웨이치가 노출되는 순간 니시콴라이가 표면 위로 드러나고, 랴오웨이까지 위험해질 수 있었다. 당연히 한국 경찰은 중국 경찰들에게 공조를 요청할 테고, 그 과정에서 랴오웨이와 리옌은 중국 본토 관료들과 삼합회 조직에 도움을 받을 수 없을 터였다.

말 그대로 버려지는 패로 전락하는 것이다.

"그럼 루쳰허는 둘째 치고, 웨이치는 완전히 당신네를 배신한 거야?"

"그건…… 확인을 해 봐야 해."

"누구에게?"

"……"

"당장은 왜 확인을 못 하는데?"

리옌은 어쩐지 그 부분에 대해서는 대답을 꺼렸다.

그러고 보면 이상한 게 한둘이 아니었다. 리옌은 스스로 랴오위의 오른팔이라고 자랑스러워했다. 하지만 그런 것치고 홍콩 본토를 굉장히 오랜 시간 떠나 있었다. 물론 랴오위 밑에 있는 자가 리옌 하나뿐인 건 아니겠지만 카이화 하나만을 찾는다는 명목으로 떠나 있는 인원과, 그 기간이 너무 길었다. 그래 보였다.

"어쨌든…… 웨이치가 언제 들어온다고?"

유주가 질문을 돌렸다. 잠시 생각에 빠져 있던 리옌은, 다행히 그 생각에 깊이 잠긴 건 아니었는지 곧바로 그녀의 질문에 반응했다.

"아마…… 내일이나 모레쯤. 하이윤과 함께."

"그럼 약에 대해 곧바로 물어볼 거야?"

"아니. 그건 안 될 말이지."

유주가 고개를 끄덕이며 의자 등받이에 몸을 기댔다.

"난 결국 내가 결백하다는 걸 증명했어도, 일이 해결되기 전까지 당신네 손아귀를 벗어날 순 없다는 거네."

리옌은 학습 능력도 있었다. 이젠 대답해서 해가 될 말에 대한 침묵을 지키는 법도 알았다.

유주는 자신에게 멀뚱한 시선을 던지는 리옌을 향해 허탈한 웃음을 터트렸다.

* * *

「우리 굉장히 오랜만에 보는 거 같은데?」

많은 이야기를 나누고, 적당히 배를 채우고, 잠시 눈을 붙이니 저녁 시간이었다. 그냥 방에 있겠다는 유주의 손목을 잡아끈 리옌 탓에 저녁은 간만에 복작복작한 분위기 속에서 먹게 되었다.

"음…… 어…… 하이?"

「아, 맞다. 영어. 그래, 어쨌든 오랜만이라고. 그간 방에만 틀어박혀 있었다며?」

"어, 나이스 투 미 투."

「……그래. 영어 실력은 하나도 안 늘었네.」

그리고 아무리 알아도 익숙해지지 않는 경우가 있었다. 유주의 경우, 리옌을 제외한 니시콴라이의 나머지 인물들이 그랬다.

통역이라는 중대한 임무를 띤 현재가 빠진 자리를 유주가 메꿀 재간이 있을 리 없었다. 하하……. 우신의 말에 제대로 된 대답조차 하지 못한 유주는 어색하게 웃으며 제 휴대폰만 만지작거렸다.

방에서 나오기 전, 리옌이 유주의 물건 하나를 주었다. 그녀가 돌려받은 휴대폰이 아니라, 완전히 새 기계였는데 언제 손을 쓴 것인지 이미 번호 이동이 끝난 채였고, 그녀의 자료 등이 죄다 백업되어 있었다.

그는 돌려주며 혹시 몰라 위치 추적 기능을 활성화해 두었다고 했다. 유주는 그제야 리옌이 제 이전 기기의 인터넷 접속 기록을 포함해 이 번호를 쓰던 기간 내도록의 통화 내역을 뽑아 보았을 것이라는 생각이 들었지만 그 찝찝함은 어떻게 해결되는 게 아니었다.

유주가 핸드폰을 만지작거리는 동안 리옌이 유주 곁으로 다가왔다. 그리고 그녀의 어깨를 감싸 안았다. 너무 자연스러운 행동이라 유주는 잠시 뭐가 문제인지도 몰랐다.

「여기는 한국이니 이 여자의 어학 실력이 늘 리 없지.」

오히려 그 행동에 인상을 찌푸린 건 우신이었다. 그녀는 유주와 리옌을 번갈아 보더니, 관심 두기 싫다는 듯 리옌에게 시선을 돌렸다.

「기대도 안 했어. 그나저나 너야말로 정말 간만이네, 리옌. 그간 뭐 했어?」

「그냥 여러 재미난 걸 찾았지. 카이화의 행방을 뒤쫓으면서.」

「오늘 우리를 부른 건 그에 대한 의논을 하기 위함이야? 아니면 추궁을 위함이야?」

우신과 리옌이 회포를 푸는 가운데 슈란의 날카로운 목소리가 끼어들었다. 그 반응에 우신이 살짝 놀란 듯했다.

「뭐야? 너희 둘이 싸우기라도 했어?」

「그럴 리가. 슈란, 추궁이라니. 단어가 너무 거칠잖아?」

「며칠 내내 정보는 공유도 하지 않고 일만 떠맡기기에 날 의심하기라도 하는 건가 했지.」

「옥석을 가리는 중이었어. 그런 오해는 나도 섭섭해, 슈란.」

「지금 둘이 지금 치정극 찍는 거 아니라면 음식이 나오기 전에 상황 설명을 좀 듣고 싶은데.」

우신의 말에 일단 넷은 식당에 자리를 잡기로 했다. 미리 리옌이 예약해 둔 것인지 그들이 안내받은 곳은 안쪽의 방이었다.

리옌은 유주를 먼저 앉힌 뒤 그 옆자리에 앉았다. 메뉴판이 나오고 식사를 주문하기까지 냉랭한 침묵이 흘렀다. 유주는 우신과 슈란을 눈짓으로 살피고 리옌에게 '분위기가 왜 이래?'라는 시선을 던졌지만, 리옌은 가벼운 턱짓으로 무시하라는 답변을 주었을 뿐이다.

그래. 너네끼리 알아서 지지고 볶아라. 결국 유주는 그냥 휴대폰에 집중하기로 했다. 확실히 휴대폰이 있으니 고역스런 외국인들 사이에 끼어 있기가 수월했다.

[누나, 왜 연락이 안 돼?]

그간 휴대폰이 있어도 들여다볼 정신이 없었다. 유주는 그간 자신에게 왔던 부재중 전화 목록과 수신된 메시지, 대화 어플의 밀린 메시지들을 천천히 정독했다.

예담이에게 온 연락은 없었지만 삼촌에게 온 부재중 전화가 다섯 통이나 찍혀 있었다. 일평생 충청도에서 태어나 충청도 사람으로 살아온 양반이 득달

같이 전화를 다섯 번이나 걸었다는 건, 걱정을 해도 이만저만 한 게 아니란 뜻이었다. 더불어 산삼보다 귀하다는 승헌의 문자도 한 통 와 있었다. 야박하게도 저 문자 외에 다른 연락은 없었지만.

그다음으로 많은 연락은 역시 윤성조 팀장과 최주형, 그리고 다른 직장 동료 한 명에게서였다. 어디에요, 뭐 해요, 너 무슨 일 있냐, 누나 일 누구씨가 대신 나갔어요, 너 인마 그만뒀다고 해도 일이 어떻게 됐는지는 말해 줘야 사람이 걱정을 안 할 거 아니냐 등등의 메시지는 스무 통도 넘었다.

「일단 내가 확인한 바로는 이 여자는 별로 의심할 여지가 없어. 그리고 다행히…… 카이화는 살아 있는 것 같고.」

「……확실해? 확인된 사항이야?」

「그래, 리옌. 네 여동생 일이기에 여러 가능성을 탐색하고 싶은 건 알겠지만 이건 신중히 내려야 하는 결론이야. 카이화가 살아 있느냐, 아니냐에 따라 우리가 취해야 할 행동이 달라진다고.」

유주는 다시 자신의 통화 목록에 들어가 보았다. 수신 기록은 당연하게도 열흘이 넘는 동안 단 한 건도 없었지만 발신 기록 중에 그녀가 실종된 첫날, 모르는 번호로 걸려 온 전화가 있었다.

장례식장이나 화장장 전화는 아닐 터였다. 그 두 곳에서는 유주 모르는 번호로 전화를 걸 일 자체가 없었다. 거래를 한 지가 얼마인데. 무엇보다 지역 번호가 아니라 휴대폰이었다. 당연하게도 리옌이 역추적을 해 보았을 것이다. 그럼에도 별말이 없다는 건 어떤 의미일까.

신경 쓰지 않아도 되는 번호라는 것일까, 아니면 아직 알아보고 있다는 뜻일까? 그도 아니라면 아예 모르고 넘어간 것일까?

「우리가 취해야 할 행동은 어차피 하나 아니었나?」

테이블 위를 오고 가는 대화 속에서 리옌의 목소리는 확연히 침착했다.

「카이화가 죽은 게 아니라면 뭔데? 그것부터 확실히 해야지. 루첸허가 납치했다고 하기에는 아무것도 없잖아?」

「이건 슈란 말이 맞아. 협박이든 타협이든, 그놈이 노림수가 있어서 이 짓을 벌였다는 건데…… 아무리 그래도 녀석의 흔적이 너무 없는데?」

「설마 누군가의 사주를 받은 건가?」

「그러니까, 납치든 뭐든 그 동기가 부족하잖아. 도대체 왜?」

그리고 당혹스러워 하는 것은 우신이오, 날이 선 것은 슈란이었다. 참 개성 한번 뚜렷하구나. 유주는 슈란의 낯빛을 힐끗 살폈다.

분노? 초조함? 아니면, 다른 감정인가?

잘 분간이 가지 않았다. 하지만 우신의 당혹스러움은 진짜 같았다. 카이 화가 죽은 게 아니란 사실이 저렇게 당황할 일인가 싶을 정도로.

「카이화가 죽었다고 해도, 그 동기가 부족한 건 매한가지야. 어떤 미친놈이 갑자기 아무 이유도 없이 니시콴라이 사람을 건드린다는 거지?」

삼촌, 저 아무 일 없어요. 걱정하셨다면 별일 아니니 신경 안 쓰셔도 돼요. 이따 연락드릴게요, 송신.

유주가 삼촌에게 메시지를 보내고 휴대폰을 덮었다. 친구들에게선 별다 른 연락이 없었으니 구태여 할 필요도 없었고, 직장 동료에게야 뭐, 팀장님 이나 주형이가 알아서 잘 둘러댔을 터였다.

그리고 괜히 관리해야 하는 인력을 늘리지 말아 달라는 리옌의 말이 좀 께름칙했다. 안 그래도 돈을 벌어먹기 시작하며 친구 관계라는 것에도 어느 정도 거리가 생기기 마련이었다. 그 협소한 인간관계를 한동안은 더 좁히고 닫아 두어야 한다는 생각에 살짝 답답해졌다. 어디 하소연할 곳도 없다 니…….

「리옌. 그럼 정확히 말해 봐. 뭘 알아낸 거야? 우리에게 숨겨야 하는 거야?」

우신이 리옌을 추궁했다. 중국어를 배웠다고 해도 안녕? 난 서유주야. 밥 은 먹었니? 정도인 그녀가 알아들을 수 있는 건 리옌이라는 고유명사 하나 뿐이었다.

지루해……. 유주는 입을 손으로 가리며 늘어지게 하품을 했다. 며칠간 너무 힌 자세로 오래 있어서인지 전신이 뻐근했다. 사우나라도 한번 다녀오면 좋겠네. 그런 생각을 하며 입맛을 다셨다.

「아직은 말할 수 없어.」

「그럼 저 여자는 앞으로 어떻게 할 건데?」

여자. 여자라는 단어는 알아들었다. 슈란이 지칭한 '여자'라면 아마 유주를 칭하는 거겠지.

하하. 그래도 이제 단어 몇 개는 알아먹네. 유주가 속으로만 뿌듯해했다.

「우리 일을 도와주기로 했지.」

「……뭐가 어떻게 돌아가는 상황이야?」

「이봐.」

눈치로 알아챌 수 있었다. 유주가 우신 쪽으로 고개를 들었다. 우신이 뻬딱한 표정으로 유주를 응시하고 있었다. 분위기가 뭔가 이상했다. 불안함? 그런 분위기가 우신과 슈란에게서 느껴졌다.

뭐지? 유주가 눈치를 살피며 고개를 끄덕였다.

"응?"

「넌 뭘 알고 있는 거지? 의뭉 떨지 말고 말 좀 해 보지 그래?」

음…… 왓 두유 노. 저 정도는 알아들었다. 뭐시기 세이 섬띵도. 문제는 맥락을 모르니 뭘 말해야 할지도 모른다는 것이오, 설령 허심탄회하게 전부 오픈하는 분위기라 해도 영어로 그들에게 말을 할 자신이 없었다는 것이다.

어쩐지. 유주가 알기로도 슈란은 시도 때도 없이 현재를 불렀고, 둘은 아주 신나게 붙어 다녔다. 그녀의 행동반경에는 항상 현재가 있었고, 리옌이 슈란에게 전화를 걸었을 때 현재가 대신 받는 경우도 부지기수일 정도였다.

안 그래도 왜 이 자리에 그런 중요한 통역사가 부재했나 싶었다. 리옌이라면 아마…… 거의 확실히 이런 상황을 예상했을 것이다. 그녀가 우신의 말에 대답하지 못하는 부분까지 포함해서 말이다.

"으음……."

유주가 난처한 표정으로 리옌을 바라보았다. 그는 당연하게도 너무나 태연했다.

「가만히 있는 사람을 괴롭히지 마, 우신.」

「괴롭혀? 장난해? 리옌, 우린 네 부하가 아니고 상황에 따른 조력을 원한다면 기본적인 설명 정도는 먼저 해 줘야 하는 거 아냐?」

「리옌. 나도 네 편을 들고 싶지만 지금은 우신 말이 맞아. 네가 이런 식으로 구는 건 너무 노골적으로……」

슈란이 말하다 말고 인상을 잔뜩 찌푸린 채 유주를 흘겨보았다. 그럴 리 없단 걸 알면서도 그녀가 알아들을까 경계하는 태세였다.

「우리를 의심한다고 말하는 거잖아?」

「아니란 말은 하지 않겠어. 아직 내가 얻은 정보들은 신중에 신중을 기하는 편이 좋을 거 같아서.」

「이 새끼가 진짜!」

서로 힐끔 눈치만 보던 우신과 슈란의 묘한 분위기가 일순간 사나워졌다. 뭔가 좋지 않은 대화 속에서 폭발하는 사람은 당연히 슈란일 거라 생각했는데, 그런 유주의 예상과 달리 테이블을 세게 내리치며 짜증을 부린 상대는 우신이었다.

어우 씨, 깜짝이야. 유주가 살짝 움찔하며 우신의 표정을 살폈다. 이야…… 처음 볼 때부터 포스가 남다르다 싶더니 화내는 표정 한번 매우 살벌했다.

「우신. 미간에 주름 잡히겠어.」

「지금 그게 중요해? 고작 사람 하나 찾겠다고 있는 인력은 죄다 동원해 오더니 지금 와서 못 믿겠다고?」

「말은 똑바로 해야지, 왕우신.」

아…… 존나 가시방석이네.

한껏 비웃음을 머금은 리옌의 목소리는 성난 우신의 목소리만큼이나 불편하고 껄끄러웠다. 무슨 상황인지 확실히 파악이라도 되면 좀 나을 텐데, 분위기로는 맥락 전체를 읽을 수 없으니 답답하기만 했다.

「지금 이 자리에 있는 사람들 다, 쉬에화와 틀어져서 여기에 온 거 아닌가? 사실상 도망쳐 온 주제에 대의명분을 그딴 데서 찾으려 들면 안 되지.」

쉬에화.

유주는 그 이름을 어디서 들어보았나 했다가 이내, 그게 랴오위의 아내 이름이라는 걸 떠올렸다. 카이화가 쉬에화의 보호 아래 있다고 했던가. 유주는 자신이 보았던 성은영의 사진을 다시금 떠올려 보았다.

리옌이 여기서 저 둘에게 어디까지 이야기하느냐에 따라 유주에 대한 처우도, 그녀가 앞으로 얼마큼의 자유도를 가지고 움직일 수 있는지가 달라졌다. 하지만 유주가 리옌의 입장이었다면, 둘에게 정보를 제한할 것이다.

그래야 루첸허가 카이화와 함께 한국에 들어올 때 누가 도와줬는지, 마약 거래에 누가 어느 시점에 개입했는지 알 수 있을 게 분명하기 때문이다.

「……리옌, 지금 그 발언은 우리 모두에 대한 공격이라 받아들여도 문제없는 거겠지?」

쉬에화에 대한 이야기가 나오자 우신과 슈란의 태도에 불안감 대신 불신감이 싹트는 게 보였다. 이럴 때 제일 좋은 태도는 가만히 있는 거였다.

나는 지금 병풍이다…… 나는 화분이다…… 나는 테이블보이자 TV 리모컨이다…….

「난 분명 상황 추이를 보고 이야기한다고 했지, 너희 모두를 적대시한다고 한 적은 없는데. 우리 의사소통에 뭔가 문제가 있는 것 같지 않아?」

「정보도 주지 않겠다, 하지만 의심은 하겠다. 그 의도로밖에 들리지 않아.」

「'때가 되면'이라는 단서 조항은 확실히 붙어 있어. 내 입장에서도 뭔든 불확실할지도 모르는 정보를 함부로 입 밖에 내는 건, 조심스러울 뿐이야.」

「그 진위를 우리와는 함께 가리지 못하겠고…… 저 여자와는 되겠고?」

「거기에 대해선 할 말이 없군.」

「나도 마찬가지야. 이런 식이라면 나는 돌아가겠어. 이 자리에 있어야 할 필요를 못 느끼겠군.」

우신이 자리에서 먼저 일어났다. 연신 묵념하는 자세로 사물화를 지향하던 유주는 거친 테이블 떨림에 반사적으로 고개를 들었다.

그녀의 시선이 유주를 스쳤다. 경멸과 불신, 그리고 일말의 초조함.

초조함?

왜 우신이, 초조해하는 거지? 왜?

「앞으로 이딴 용건을 전달하기 위해 이런 번거로운 자리를 만들 필요는 없어.」

옷자락을 펄럭이며 우신이 먼저 자리를 벗어났다. 유주는 눈살을 찌푸리며 그녀의 뒷모습에서 시선을 떼어 냈다.

그녀는 사람의 부정적인 정서, 특히 슬픔과 불안함을 잘 포착하는 편이었다. 세상천지 무서운 줄 모르고 날뛰는 유주였지만 그 네거티브한 감정들은 한때 그녀의 모든 감각을 지배했었다. 더불어 그녀를 찾아오는 이들이 휘감고 다니는 것이었으며, 께름칙한 무언가를 숨긴 이들에게서 가장 먼저 포착할 수 있는 징후이기도 했다. 모를 수가 없었다.

이 테이블 위에서 오고 간 대화가 카이화가 살아 있다는 내용이라면, 저 불안함은 설명이 되지 않았다. 그렇다면 설마, 유주가 알아들은 단 하나의 키워드인 '쉬에화'가 그 초조함을 증폭시키는 것이었을까? 확언할 수 없었다.

「나도 이만 올라가야겠어. 저 여자와는 이야기도 통하지 않고, 리옌 너는 지금 나와도 대화할 마음이 없을 테니까.」

우신의 뒤를 따르듯 슈란이 자리에서 일어났다. 아따, 껄끄럽다……. 유주는 둘이 확실히 시야에서 사라질 때까지 숨까지 크게 내쉬지 못했다.

"이제 숨 편히 쉬어도 돼."

리옌은 얄밉게도 유주의 반응 하나하나를 신경 쓰고 있던 모양이다. 그녀는 그의 말이 끝나기 무섭게 숨을 크게 몰아 내쉬었다.

"무슨 얘기 한 거야?"

"아무 얘기도 안 했어."

"서로 말이 길던데?"

"그러니까, 나는 아무 말도 안 했어."

"아무 말도?"

"아무 말도."

아무 말도?

유주가 고개를 갸웃했다. 아까 전, 아무 말도 안 할 것이라 가정한 건 말 그대로 제삼자인 유주 입장에서였다. 리옌은 저들의 동료였고, 동료 간에 아무 말도 하지 않았다는 건……

"마약이 발견되었다는 것도?"

"그것도."

"성은영이 카이화 대신 죽었다는 건?"

"그 부분은 말 안 했고, 그냥 카이화가 확실히 살아 있다고만 했지."

"그러니까 저 둘이 뭐래?"

"싫어하던데."

싫어한다는 말은 아까 전의 분위기를 약간 뭉뚱그리는 느낌이었지만 슈란과 우신의 마뜩잖은 반응을 떠올려 보면 충분한 것 같기도 했다.

"돈다발도?"

"그것도."

"성철현에 대해서도?"

"그것도."

"그럼…… 뭔 얘기를 한 거야?"

"저 둘이 그러던데. 내가 자기네들은 못 믿고 당신만 믿는 것 같다고."

"헐……. 나를 미끼로 내던졌구먼, 완전."

예상은 했다지만 그건 유주의 행동반경을 넓혀 주면서도, 몸을 사리게 만드는 처우였다. 즉, 그를 등에 업고 어떻게 행동하든 상관없었지만, 그녀의 실수는 리옌의 실수로 평가될 수 있단 거였다.

"당신은 니시콴라이 사람이 아니니 좀 물어 뜯겨도 괜찮잖아?"

"내가 그 말버릇 고치랬지?"

"그래도 위해가 생길 만한 상황은 없을 테니 안심해."

"내 일신상의 최대 위협은 너거든요?"

그래도 리옌의 행동은 잘했다고 칭찬해 주고 싶었다. 이로써 둘은, 카이화가 살아 있다는 확실한 전제하에 과연 한국이라는 이 타지에 별 난잡스러운 짓을 벌이려 한 이들을 마음껏 의심할 수 있게 되었다. 그 의심할 수 있는 대상 속에는 왕우신과, 황슈란도 포함되었다.

리옌도 눈치챘을까? 두 사람이 초조해한걸.

유주는 부러 리옌과 시선을 맞췄다. 리옌은 그녀의 시선을 담담히 받아 내며 여상스레 말했다.

"난 당신이 날 칭찬할 줄 알았는데."

"칭찬은 그쪽 몫 아니었어? 난 왈왈 잘 짖기만 하면 되는 줄 알았는데."

"당신도 그 말버릇 좀 고치라고 내가 말하지 않았나?"

물론 가장 좋은 경우의 수는 저 둘이 개입되지 않은 거였다. 특히 슈란. 아무리 봐도 슈란은, 리옌과 각별한 사이로밖에 보이지 않았으니까.

"리스트를 좀 추려 봤어."

며칠 내내 리옌이 무슨 일을 하나 싶더니 그때 장례사 협회에서 받아 온 목록들을 가지고 정말 실제 근무하는 직원들 명단을 추리고 있던 모양이었다.

쓸데없이 성실하긴.

유주는 목록을 받아 들었다. 제법 두툼했고, 그 위에 붙은 포스트잇에는 '서울'이라는 태그가 달려 있었다. 상조 회사 목록만 300여 개에 달했으니 실제 활동하고 있는 장례인 명단이 아주 어마어마한 건 당연했다. 명단을 받아 드는 것만으로도 골이 지끈거릴 지경이었다.

"……이걸 어떻게 다 추렸대."

"품이 좀 들었지."

"그럼 루첸허가 활동하던 지역은? 우선 서울은 확실하겠네. 성은영이 시체가 P장례식장에 안치된 게 우연은 아닐 테니까."

"그럼 우리가 그 장례식장에 다녀온 것도 위험한 거 아닌가?"

"그럴지도 모르고 아닐지도 모르지. 돈이 움직이는 일인데 아랫사람이 뭘 알겠어?"

명단은 어떻게 한 건지는 몰라도, 각 상조의 이력서들을 모아 둔 것이었다. 죄다 카피본이었지만 보는 데 문제는 없었다. 유주는 한 장 한 장, 이력서를 넘기며 자신이 생각한 조건에 맞는 사람들을 훑었다.

여기저기 인맥이 있는 적당한 경력의 사람.

모험심이 있어야 하고, 돈이라는 목적이 있어야 함

나이가 아주 많은 사람보다는 중, 장년. 특히 적당한 경력의 젊은 사람이라면 돈 앞에 어떻게 움직일까?

유주는 자신의 추측이 정확하다고 생각하진 않았지만 합리적일 것이라는 생각은 했다. 아무래도 가장 보편적이고 평범한 기준이니까.

그러다 문득 생각이 났다.

"M시 장례인 명단 어디 있어?"

"M시?"

"되묻지 말고. 이건가? 포스트잇 플래그 붙여 놓은 것 중에서 찾으면 돼?"

기껏 정리해 놓은 것을 헤집는 유주의 행동에 리옌이 재빨리 다가와 M시 태그가 붙은 서류 뭉텅이를 건넸다. 제법 큰 지역이었지만 Q장례식장을 찾는 건 쉬웠다.

유주는 주형이 했던 말을 기억하고 있었다.

'거기 가끔 좀 사연 있는 시체들도 돈만 받고 조용히 처리해 주곤 한대요. 뭐, 소문이 그렇더라고. 나도 흘려들어서 자세히는 모르는데 진짜 뭔 사건이라고 하기에는 TV나 신문에 뭐 나온 것도 없고. 그냥 그러네요.'

"그런데 M시는 왜?"

"내가 주형이한테 구라를 좀 쳤거든. 성철현이 사채 같은 거 빌리고 튀어서 내가 그 공범자 잡는데 코 꿰였다고."

"완전히 틀린 말은 아니군."

"그래서 걔가 좀 찜찜하다고 말했던 곳이, 여기."

유주는 Q장례식장 태그가 붙은 이력서들을 골라냈다. 현장에서 실무를 뛰는 장례 지도사는 총 여덟이었다.

"최주형 말하는 거지? 지난번에 P장례식장에서 봤던."

리옌이 다소 떨떠름한 표정으로 물었다. 유주는 고개도 들지 않고 대답했다.

"응. 걔가 그런데? 여기가 좀 사연 있는 시체들을 돈 받고 처리해 준다고."

"출처는?"

"……풍문?"

"퍽이나 믿을 만하군."

젠장. 출처를 물으니 말문이 막혔다. 하지만 어쩔 수 없었다. 어차피 이런 발품 팔이 노가다는 그런 수상한 지점부터 후비고 들어가는 것 외에 무슨 방법이 있단 말인가? 유주는 입술을 삐죽거리며 툴툴거렸다.

"그럼 뭐 다른 방법이라도 있어? 그리고 내 안의 신용 등급은 주형이가 댁보다 훨씬 높거든? 까고 싶으면 여기서 의심스러운 사람 명단만 쏙쏙 골라보던가."

"그를 그렇게 믿어야 하나?"

"빈정거릴 거면 그냥 나가서 산책이나 하고 올래?"

확실히 뭔가 살펴보는 데에는 리옌이 입을 다물고 있는 편이 나았다. 유주는 일곱 명의 사진과 주민번호 앞자리, 그리고 근무 경력을 눈으로 살폈다.

양천수, 60세, 근무 경력 31년 7개월. 정재만 30세, 근무 경력 2년 2개월. 하지은 26세, 근무 경력 5개월. 이민영 28세, 근무 경력 11개월. 윤석중 54세, 근무 경력 11년 5개월. 김성민 41세, 근무 경력 9년 10개월. 조창현 51세, 근무 경력 22년 6개월.

우선 후보 중에 3년 미만자는 제외하기로 했다. 어느 회사나 그러하듯 3년도 안 된 사람은 그 사람의 일 하나 제대로 하기에도 버거운 법이었다. 아무래도 시체를 거래한다는 것은 나이나 조건과는 무관하게 위험이 따르는 일이니 그쪽에서도 상대를 꼼꼼히 따져 볼 터였다.

거기에 여성도 제외했다. 여자들은 조심성이 많다. 유주도 마찬가지였다. 그렇다면 양천수, 윤석중, 김성민, 김석만, 조창현. 이렇게 다섯이 남았다.

"음…….그런데 말이야, 리옌."

"혼자 뭔가 열심히 머리 굴리는가 싶더니, 이제야 내 도움이 필요한 모양이지?"

"응. 당신이라면 이 사람들한테 어떻게 접근할 거야?"

빈정거림을 가볍게 무시하고 질문을 던졌다. 사실 사람을 추리는 게 문제가 아니었다. 그들을 통해 어떻게 암시장을 찾아내는지가 가장 큰 관건이었다.

"……내가 부탁한 게 그거 아니었나?"

"그렇지. 근데 나 이제 의심받는 거 아니라며. 아 맞다, 입금했어?"

유주가 서류를 내려놓고 휴대폰을 집어 들었다. 리옌이 그녀의 부산스러움에 인상을 찌푸렸다.

"아까 우리 대화 끝나자마자 했어."

"2억?"

"그래."

"와, 갑자기 근로 의욕이 막 샘솟네."

리옌의 말마따나 모바일 뱅킹으로 확인한 그녀의 통장 잔액은 이제 거의 3억에 육박하고 있었다. 고용주님의 하해와 같은 은혜가 아니었다면 매일 아침 일어나기 싫다고 머리를 쥐어뜯는 과정을 최소 십 년 이상 더 해야 모을 수 있는 예금액이었다. 확실히 모을 수 있을 것이라는 전망도 없었다. 일반 회사원 기준, 십 년간 예금 적금만 열심히 해야 1억을 모을 수 있다고 했던가?

"그렇게 근로 의욕이 샘솟으면 당신이 좀 생각해 보지 그래?"

"그건 그거고 이건 이거지. 이제 우리 완전 페어한 관계잖아. 동업자. 안 그래? 내 고민이 당신 고민인 거지."

"정말 말은 청산유수로군."

리옌이 헛웃음을 쳤다. 유주는 기세등등하게 그 말을 받아쳤다.

"마찬가지야. 그리고 나, 사과받을 거 있다는 거 안 잊었어. 우리 이 일이 끝날 때까지 안 잊어버릴 예정이니까 은근슬쩍 퉁칠 생각하지 마."

유주의 뼈 있는 말에 결국 리옌은 입을 다물었다.

잠시 고민의 시간이 흘렀다. 다섯 명. 이들 모두에게 접촉하면 좋겠지만 괜히 말이 이상하게 흘러가면 브로커들 사이에 괜한 소문이 돌 수도 있었다.

은밀한 일이니만큼 루첸허 쪽에서도, 쉽사리 말이 새 나가지 않는 데에 많은 노력을 기울일 것이다. 그 말인즉, 이쪽에서 움직인다는 낌새가 조금이라도 느껴지면 저쪽은 언제든 꼬리를 말고 사라질 수 있다는 거였다.

이게 무슨 첩보 작전도 아니고. 유주는 다섯 명의 학력과 집 주소, 그리고 이전 경력들까지 죄다 읽고는 이력서를 테이블 위에 엎었다.

"저기, 있잖아."

"……난 당신이 그런 식으로 운을 떼면 좀 불안하던데."

지금껏 유주와 같이 생각에 잠겨 있던 리옌이 정말 불안하다는 듯 살짝 콧잔등을 찡그렸다. 유주가 살짝 고개를 까닥거렸다.

"당신은 내가 이 사람들에게 접근할 걸 전제로, 이번 일을 벌인 거잖아?"

"······그렇지."

"그런데 이젠 나 용의선상에서 벗어난 거고. 그치? 의심스러운 거 하나도 안 나온 거잖아."

"무슨 말을 하려는 거지?"

"그래서 말인데, 기왕지사 이렇게 된 거 우리 삼촌한테······."

"안 돼."

　본론을 꺼내지도 않았는데 일언지하에 거절당했다. 유주는 짜증 내지 않고 재차 고개만 건들거렸다.

"아니, 그럼 뭐 좋은 방법이라도 있어? 사실 이런 일일수록 외부의 조력이 진짜 필요한 거거든?"

"마치 이런 일을 해 봤던 것처럼 얘기하는군."

"내가 하는 일 자체가 독고다이가 아니라 남들이랑 잘 어울려서 하는 일이라 그래. 동료애, 어? 뭐 그런 게 중요한 일이라는 게 있다고, 세상엔."

　유주의 말에 리옌이 다시 고개를 저었다.

"당신은 뭔가 많은 부분을 착각하고 있어. 내가 당신의 연락을 제한했던 건······."

"알아. 기억해. 나 그 정도로 멍청하진 않다고. 내 주변 사람들을 위험에 빠뜨리지 않기 위해서라며."

"아는데 도대체 왜 그러는 거지?"

"난 우리 삼촌을 위험에 빠뜨리겠다고는 한 적 없는데? 난 삼촌한테 상황을 전부 알릴 생각도 없고, 이상한 일에 개입시킬 생각도 없어."

　리옌의 말에 유주가 더 기막혀하며 대답했다. 그놈의 지켜 준다는 타령도 웃겼지만 저 말은 정말 재미없는 개그였다. 누가 누굴 위험에 빠뜨려?

"그럼?"

"그냥 물어만 보자는 거지."

"뭘?"

"이 장례식장에 아는 사람이 있냐고. 그것도 아니면 이 장례식장 소문에 대해 아는 사람이나, 뭐 그런 거."

"……가능할까?"

"우리 삼촌도 염질만 삼십 년 넘게 하셨거든? 최소한 어쭙잖게 내가 들쑤시고 다니는 것보단 나을 거야."

사막에서 모래알을 건져야 하는 리옌의 입장상, 유주의 말은 무척 달콤한 제안이었다. 그들이 찾으려는 건 시체를 거래하는 브로커들이었고, 어떤 상황에서의 문제든지 가장 큰 해결 방법으로 작용하는 것은 그를 둘러싼 입과 귀였다. 그리고 유주의 삼촌은, 유주보다도 훨씬 오랜 시간 장례업에 몸담은 사람이다. 그 입과 귀의 수가 그녀와는 비교도 할 수 없을 게 뻔했다.

그녀는 리옌이 미끼를 물기를 기다리며 인내심 있게 입을 다물었다. 이윽고, 리옌이 체념 섞인 한숨을 토했다.

"좋아. 하지만 통화는 내 앞에서 해."

어차피 물 수밖에 없으면서 튕기기는. 유주가 짓궂게 웃었다.

"당신도 보면 엿듣는 거 좀 즐기는 거 같아. 그런 취향은 아니지?"

불쾌한 농담이라도 들은 양 리옌이 인상을 잔뜩 찌푸렸다. 오히려 유주야말로 새로운 취향에 눈을 뜨는 것 같았다.

지금껏 기세등등하던 인간의 콧잔등을 내려치는 감각. 아주 마음에 들었다.

* * *

─어쩐 일이냐?

"삼촌, 내 걱정 많이 하셨다며?"

누가 먼저랄 것도 없이 자연스럽게 일이 끝났다. 1차적으로 목적지가 정해진 이상 구태여 먼저 힘을 뺄 필요는 없던 것이다.

유주는 전보다 훨씬 가벼운 마음으로 창진에게 전화를 걸었다. 창진의 목소리는 여전히 걸걸하고 무뚝뚝했다.

—걱정은 무슨. 일은 해결됐냐.

"일은 무슨. 그냥 그간 바빠서 연락 좀 뜸했던 거지. 그렇다고 성조 아저씨한테 쪼르르 전화하는 게 말이 돼요? 누가 보면 내가 아직 얼라인 줄 알겠어."

—하는 짓만 보면 아직 철들려면 멀었지.

"나 어릴 때 애늙은이라고 불렸던 거 기억 안 나시는가 봐."

유주의 맞은편에는 당연하게도 리엔이 그녀를 응시하고 있었다.

참 우스웠다. 불과 며칠 전까지만 해도 아무리 침실이 분리되어 있다고 해도 같은 객실 안에 있는 것에 거부감이 차고 넘쳤다. 남녀 사이고 나발이고를 따질 정도의 이성이 문제가 아니라 분노가 앞섰던 탓이었다.

그런 시기가 지났으니 한 공간 안에, 그것도 다 큰 이성끼리 함께 생활을 공유한다는 거부감이 생길 줄 알았다. 어찌 되었든 그녀가 혼자 살아온 기간이 기간이니만큼 누군가와 '같이' 지낸다는 것 자체는 상상만으로도 불편한 것이었다.

하지만 아니었다. 유주는 한껏 늘어진 잠옷 차림에 눈곱도 떼지 않은 채 리엔이 시켜 준 룸서비스 메뉴를 즐거운 눈빛으로 내려다보며 창진에게 전화를 걸고 있었다. 그 모습을 지켜보는 리엔의 한심하다는 시선 따위는 알 바 아니었다.

—나이 먹고 애 같은 짓이나 하고 다니는 게 자랑이냐.

"뭐래. 다 들켰어, 삼촌. 맨날 구박만 하더니 그래도 하나뿐인 조카라고 걱정은 되셨나 봐?"

—지랄은. 그래서 왜 전화했냐. 회사 그만뒀다고 전화했냐?

역시나 창진은, 성조를 통해 유주의 상황을 대략적으로나마 전해 들은 모양이었다. 유주가 리옌의 눈치를 보며 소시지 하나를 손으로 집어 들었다. 리옌의 표정이 구겨졌다.

"그만두기는 무슨. 그냥 돈 좀 모은 김에 잠깐 쉬며 이직 준비도 해 보고, 안 되면 삼촌 사무실 내가 물려받는 거지 뭐."

―헛소리 말고. 왜 전화했냐.

하여간 무뚝뚝하기는. 유주는 손가락에 묻은 기름을 바지에 문질러 닦으려다 자신을 노려보는 리옌의 눈초리에 대충 그가 챙겨 온 냅킨에 문질러 닦았다. 하여간 리옌은, 그럴 것 같이 생겨서 정말 징그럽게도 깔끔을 떨었다.

"별 건 아니고요. 혹시 삼촌, M시 Q장례식장 거기에 아는 사람 있나 해서."

―거긴 왜?

"이직할까 해서."

―헛소리.

깔끔하게 일축하는 게 삼촌다웠다. 유주가 하하, 작게 웃으며 베이컨도 한 줄 손으로 접어 입에 구겨 넣었다. 리옌은 여전히 팔짱을 낀 채 벽에 기대 그녀를 노려보고 있었다.

"어쨌든. 그쪽 사정 좀 알고 싶어서 그래요. 개인적인 일로."

―윤성조 그놈이 너 많이 걱정하드라.

"알아요. 그냥 거기 잘 아는 사람 있으면 전화나 한번 해 달라고. 내가 그쪽에 볼일이 좀 생겨서요."

―이상한 짓 하고 다니지 말어라.

창진은 항상 그랬다. 유주가 반항기일 때도, 승헌이가 뒤에서 담배를 피우고, 예담이가 학원을 빠지고 친구들과 나가 노는 걸 다 알아도 그걸 곧이곧대로 입 밖에 내는 경우가 없었다.

그게 참 좋았다. 언제고 마음껏 어리광부리고, 나중에 모른 척 의뭉을 떨어도 된다는 어린 마음이었지만 항시 편하고 고마운 상대였다.

"안 해요, 삼촌. 알잖아? 삼촌 조카 간땡이가 요만~한 거."

—소갈머리는 밴댕이지. 여기저기 행패 부리고 다니지도 말고.

"삼촌은 무슨 조카 알기를 깡패로 아나 봐."

—Q장례식장에 양천수라는 양반 있을 거다. 할아부지 제자다.

양천수?

익숙한 이름에 눈이 번쩍 뜨였다. 그리고 생각났다. 리옌이 건네준 자료, 그것도 맨 앞 장에 나와 있던 사람 이름이었다. 그러다 보니 제일 많이 살펴본 이이기도 했다.

연배를 따져 보니, 양천수의 나이가 서창진과 비슷하긴 했다. 하지만 세상 참 좁긴 했다. 이렇게 또 연결이 되는 걸 보면.

"양천수 씨요?"

—나하고도 옛적엔 형님 동생 하던 사이였지. 거리가 멀어서 요샌 그냥 일 년에 두어 번 안부 전화나 하고 지내는 양반인데, 착한 양반이여.

"그럼 그분한테 삼촌이 전화 한 통 해 줄 수 있어요?"

—언제 찾아갈 거냐?

척하면 딱이었다. 유주가 리옌을 돌아보았다. 그는 입 모양으로 '내일'이라고 말했다. 유주가 고개를 끄덕였다.

"내일요, 삼촌. 그분 괜찮으시면 내일 우리랑 점심 같이 드셔도 괜찮고."

—급하게 움직일 생각 말고 두 시쯤 가라. 전화해 둘 테니까.

"고마워요, 삼촌. 이번 추석에 내려갈게요."

—흥정하냐? 됐다, 녀석아. 전화 들어온다. 끊어라.

가타부타 말도 없이 뚝, 전화가 끊겼다. 하하! 유주는 유쾌하게 웃으며 화면을 터치하려다 아직 손에 기름기가 묻어 있는 것을 발견하고 냅킨에 다시 슥슥 문질러 닦았다. 보다 못한 리옌이 물티슈를 건넸다.

"제발 식사 할 때는 식사만, 통화할 때는 통화만 할 수 없나?"

"배고팠단 말이야."

"그러니까 조식 먹으러 내려가자고 했잖아."

"아까는 졸렸어."

리옌이 유주의 방문을 두드리고, 유주가 됐으니 꺼지라고 말한 게 두 시간 전 일이었다. 리옌과의 냉전은 짧았지만, 그동안 그녀의 스트레스는 상당했던 게 분명했고, 신경은 항상 날이 서 있었다. 그 긴장이 풀리자 몸뚱이는, 그간의 노고를 보상받기라도 하겠다는 듯 사정없이 늘어졌다. 결국 유주가 침대를 벗어난 건 거의 정오가 다 되어서였다.

"그러니까 일찍 잤어야지."

"와…… 거기서 조금만 더 하면 내가 널 뭐라고 불러야 하니? 아빠? 삼촌? 할아버지?"

"……."

유주의 말이 빈정거림이라는 것을 아주 용케 알아챈 리옌이 입을 굳게 다물었다. 그제야 조금 조용히 식사가 가능해졌다. 유주가 쯧 혀를 차며 포크를 들었다.

"어쨌든 내일 두 시에 만나 보기로 했어. 양천수 씨. 울 할아버지 제자였다네."

"제자도 있으셨나 보네."

"제자라고 하기엔 좀 그런가? 나 어릴 때 일 배우겠다고 왔다 갔다 한 아저씨 중에 한 분이신가 봐. 날 알아보실 수도 있고. 어쨌든 내일."

"그나저나 윤성조. 그 사람은 네 팀장이 아니던가?"

갑자기 훅 들어온 질문에 유주가 영문 모를 표정으로 고개를 끄덕였다.

"그렇지? 왜?"

"당신 삼촌도 아는 사이였군."

"아……."

쓸데없이 예리해서는. 유주가 어색하게 웃었다. 손도 얌전히 냅킨에 닦았다.

"그냥 아는 사이인 거지. 막 엄청 친하고 그러지는…….”

"적당히 해."

일단 결과가 좋으니 과정을 걸고넘어지지 않겠다는 뜻이었다. 암요, 그러믄요. 유주가 고개를 끄덕였다. 그 순종적인 태도에 리옌이 한결 누그러진 태도로 물었다.

"그럼 오늘은 뭐 할 거야?"

그의 질문에 유주의 얼굴에 화색이 돌았다. 그녀에게 묻는다는 건 별다른 일정이 없다는 의미 아니겠는가? 그렇다면 그녀가 할 일이 있었다. 정확히는 리옌을 부려 먹을 일.

"뭐 하긴. 집에 가야지."

"집?"

"응. 청소해 줄 거라며? 보상도. 내친김에 오늘 가자. 시간 괜찮지?"

리옌은 뭔가 다른 할 말이 있는 듯 인상을 찌푸리고 입매를 약간 우물거렸으나 이내 머리를 쓸어 넘기며 고개를 끄덕였다. 그가 하려는 말이 뭘까 궁금하긴 했지만 유주는 따로 묻진 않았다. 뭐든 할 말이 있으면 말로 해야지, 태도로 알아봐 달라고 하는 건 어리광이었으니까.

"……그러니까 이거 싹 다 치우는 것부터 해 줄래?"

"……업체를 부르면 편리할 텐데."

"혹시 모르니까. 나도 잊어버리고 있는 필요한 것들이 나올지도 모르잖아? 나머지를 싹 다 버리고 새로 채우는 건 그다음 일이지."

거의 일주일 만에 온 집이었다. 이미 집 안이 어떤 꼴인지 알고 있었으니 다행이었다. 어차피 지난번에 옷가지는 다 챙겨 나왔고, 이제 집 안에는 잡기와 책, 그 외에 몇 가지 짐뿐이었다. 리옌이 청소 업체를 불러준다고 했으니 오늘은 그중에서 옥석을 가려낼 생각이었다.

"그리고 혹여나 그 작자들이 흘리고 간 힌트 같은 게 있나 좀 찾아보고."

"정말 탐정 놀이에 재미를 붙인 것 같은데?"

"탐정이면 남의 일을 캐야지, 이건 내 일이거든? 젠장!"

유주는 급한 대로 오면서 산 5천 원짜리 상자를 든 채 현관문을 열었다. 다행히 이전의 그 난장판과 별반 달라진 모습은 보이지 않았다. 오히려 그 엉망이었던 집이 그새 깔끔하게 단장을 마친 상태였다면 더욱 놀라웠을 것이다.

"그럼 난 뭘 하면 되는 거지?"

"안 망가진 물건들 있으면 이 상자에 쑤셔 넣어. 그대로 들고 나가면 되니까. 정리 같은 건 안 해도 돼. 아, 신발도 벗지 마."

그대로 터벅터벅 방 안으로 들어갔다. 우선 유주는 창을 열고, 서랍장부터 확인했다. 물론, 그녀의 집에 그리 귀중품은 많지 않았다. 액세서리 함이 있긴 했지만 그 안에 든 귀고리 종류는 꼴랑 세 종류였고, 목걸이는 두 개였다. 반지 종류도 있긴 했다. 레이어드 해서 끼는 거 서너 개에, 데일리로 끼고 다니는 브랜드 상품 하나. 팔찌는 없었고, 시계는 있었다. 그게 다였다.

그 외에는 면봉, 손목 보호대, 쓰다 남은 파스, 머리핀, 머리끈, 화장품 파우치, 눈 마사지기, 폼 롤러 등. 말 그대로 일상에서나 쓸 법한 잡다한 것들뿐이었고 화장대 아래에 있는 잡동사니 상자(역시 이미 열려 있었다) 안에는 충전기들이 여러 개 돌돌 말려 있을 뿐이었다.

"……이런 거 그냥 싹 다 버려도 되지 않아?"

리옌이 그 충전기 중 하나를 집어 들고 한숨을 길게 내쉬었다. 그에 반해 유주는 심각한 표정으로 뒷머리를 긁적였다.

"그건 버려도 되지만 있어야 할 게 없네."

"어떤 거?"

"내 외장하드가 사라졌어."

"……외장하드? 거기에 뭐가 들어 있는데?"

유주는 전형적인 낡고 병든 이십 대 후반이었다. 집에 노트북이 있다고는 해도 가끔 영화 보는 용도로나 한 번 켜 볼까, 평소엔 누워 휴대폰을 하는 게 전부였기에 그 안에 정확히 뭐가 들어 있었는지를 떠올리는 것도 어려웠다.

하지만 기본적으로 필요한 것들이 그 안에 있긴 했다. 가령 공인 인증서라든가, 경력 증명서라든가……

"온라인 사이트 아이디랑 비밀번호, 그리고 일했던 거, 보고서 올린 내용들……. 뭐 그 정도?"

"그리고 또 사라진 건?"

"USB가 어디에 있는지 안 보여. 그건 워낙에 작아서."

아무래도 침입자들이 관심 있어 한 건 서유주 그 자체에 대해 털어 볼 수 있는 모든 것이었던 모양이다. 리옌은 잡다한 것들을 죄다 발로 툭툭 걷어냈다. 그리고 그녀가 확인을 끝낸 책장을 들여다보았다.

"노트나 앨범 같은 건 없었나? 원래."

"중요한 메모는 휴대폰에 하고, 앨범은 본가에 있지."

"그 외에 업무적인 내용이 적힌 것도 없고?"

"어…… 포스트잇에 적어서 가끔 붙여 두긴 하는데……."

그렇게 말하는 유주의 시선이 노트북 뒤편 벽으로 향했다. 자세히 보니 접착 물질이 남아 있었다. 아무래도 녀석들은 포스트잇까지 전부 떼어 간 모양이었다.

"왜 이렇게까지 하는 걸까?"

유주가 의자 위를 툭툭 털어 내고 혹시나 하는 마음을 담아 노트북을 켰다. 의심 많은 유주는 혼자 나와 살게 되며 뭐든 비밀번호를 걸어 둘 수 있는 거라면 죄다 걸어 놨고, 그 비밀번호는 항상 복잡하고 어렵게 설정해 두었다.

최소한 그 침입자들이 이 노트북을 건드렸다면 비밀번호 때문에 난항을 겪었을 것이다. 그렇게 생각했다. 생각은 했는데……

"……안 켜지네."

"잠시."

리옌이 유주의 노트북을 들어 올려 뒤집었다. 그러자 뻥 열린 뒤판이 보였다. 하드를 뽑아 간 모양이었다.

"아니…… 미친놈들인가? 그냥 얌전히 들고 가든가……. 왜 가만히 있는 노트북을……."

머리가 지끈거렸다. 리옌은 유주의 노트북을 내려놓았다.

"이메일이나 메신저 로그인 기록이 있는지 알아야 하겠는데."

"진짜 첩첩산중이다…… 내가 몇 개 사이트에 가입을 했는지도 기억이 안 나는데 그런 것까지 죄다 가져가서 열어 봤으려나?"

"그럴지도 모르지."

"그렇게 털어 봐야 뭐 나오는 것도 없을 텐데……. 도대체 얘네 뭐 하고 싶은 거래?"

유주의 짜증은 다른 데서 기인한 게 아니었다. 단지 그거 하나였다. 유주를 노리는 상대들이, 도대체 무슨 이유로 그녀에게 이런 짓을 하는지 알 수 없다는 거 하나.

카이화는 어째서 유주의 이력서와 연락처를 가지고 있었는가.

루쳰허인지 아니면 누군가인지 모를 이 무뢰배들은 왜 유주의 집을 뒤진 건지.

그녀를 어떻게 하고 싶은 건지.

그것들을 모른다는 게 제일 답답했다. 사실상 죽이고 싶은 거라면 그냥 영화에서 보듯이 다른 건물에서 총이라도 쏘면 그만이었다. 물론 영화 같은 이야기였지만 이미 유주에게는 이러한 상황조차도 영화 속의 일이었다. 죽는 건 싫었지만.

"챙길 거 다 챙겼으면 이만 나가지. 자세한 건 가서 얘기해. 이곳은 별로 좋은 논의 장소는 아닌 거 같으니까."

지난번과 마찬가지로 먼저 침착함을 되찾은 건 리옌이었다. 유주는 고개를 끄덕였다. 이미 귀중품이야 얼마 남아 있지도 않았다.

"범인 새끼들 잡으면 내가 진짜 턱주가리 한 대 치고 만다."

"그 정도 기회는 주지."

유주의 울분을 이해한다는 듯 리옌이 고개를 끄덕였다. 사실 리옌도 얄미웠다. 이게 두 누구 때문에 벌어진 일인데.

하지만 중요한 건 책임 전가가 아니다. 호텔에 들어서면서도 유주의 머릿속을 맴도는 생각은 단 하나뿐이었다.

"목적을 모르겠어서 미치겠어."

결국 기세 좋게 집에 찾아가서 건진 것이라곤 몇 권의 책과 5만 원 이상의 가격대를 가진 장신구 몇 개, 그리고 분실물 리스트뿐이었다.

없는 살림에 이 정도 타격이면 출혈이 컸다. 돈이 있든 없든, 잃어버린 건 잃어버린 거였다. 유주는 '노트북 하드디스크'를 리스트 마지막에 적어 넣고 한숨을 쉬었다.

"아무리 봐도 당신을 그저 범인으로 만들기 위함으로밖에 보이지 않아."

"아니, 그니까. 지금 이 시점에 나를 범인으로 만들어서 어쩔 건데? 이미 난 살아 있고, 결백도 밝혀졌고. 그쪽 내부 사람이라면 이 정도 상황까지 알아야 하는 거 아냐?"

"알면서 일부러 그러는 거일 수도 있지. 그리고 집 수색을 당한 건 벌써 예전 일이잖나."

"그래도 말이지…… 아, 모르겠다. 몰라. 당신이 알아서 해."

그 엉망인 집에 다녀오니 또 유주의 짜증이 늘었다. 당연한 일이었다. 언제 봐도 심란하기만 한 장면이었으니 말이다. 리옌은 그런 유주의 짜증을 얌전히 받아 주며 그녀가 사 온 귤을 까 주었다. 호텔에 들어오는 초입새에 갑자기 먹고 싶다고 해서 사 온 거였다.

그가 고분고분 구는 건 좋았지만 그래도 화딱지 나는 건 어쩔 수 없었다.

유주는 귤락을 벗겨 내며 몸을 의자 뒤로 젖혔다.

"하여간 이렇게 몸과 마음을 다해 고생하는데 사실 범인이 루쳰허가 아니면 난 억울해서 어찌 사나 몰라."

"그 부분은 걱정하지 않아도 돼. 범인이 누가 되었든 간에 한 대 칠 기회는 줄 테니까."

"그게 당신 여동생이라도?"

유주의 말에 리옌은 잠시 멈칫했지만 재차 귤을 깠다. 이번에는 귤락도 걷어 냈다.

"잘못을 했으면 혼이 나야지."

"이젠 별로 동요하지도 않네."

"당신이 뭘 생각하는지 정도는 알아."

"오. 내가 무슨 생각을 했는지 꼭 듣고 싶네."

유주가 먹던 귤을 테이블 위에 올려두었다. 리옌의 손도 멈췄다.

"당신은 카이화가 루쳰허와 손을 잡고 이런 상황을 만들었다는 부분까지도 상상했을 것 같군."

"그런데 그걸 당신이 예상했다면 내 상상이 그리 억측은 아니었던 모양이네."

"가능성이 있다는 것과 그런 상황이라는 말이 같은 의미는 아니지."

그 말을 하는 리옌의 표정이 어두웠다. 애써 카이화의 변명을 하고 있지만 둘의 행동을 저지하는 인물들의 흔적이 나타날수록 카이화가 살아 있다는, 그리고 그녀의 실종이 단순한 문제가 아니라는 것이 점차 드러나고 있기 때문이리라.

유주가 남은 귤을 입에 털어 넣었다. 그리고 씹었다. 괜히 입 안이 꺼끌거렸다. 그리고 끝내 참았던 말을 조심스럽게 내뱉었다.

"나…… 당신 믿는다? 내 집 뒤진 거, 당신 아니라고 일단 믿는다고."

유주의 말에 리옌의 시선이 그녀의 얼굴에 꽂혔다. 강렬한 탐색의 시선이었다. 유주의 '믿는다'는 말이 그렇게나 의외였던 것일까. 하기야, 그녀도 리옌이 '당신을 믿는다'고 하면 두 번 의심할 게 뻔했다.

하지만 둘 사이에 자꾸만 트러블이 생기는 가장 큰 요인이 바로 그거였기에 더 이상 외면할 수 없었다. 유주는 리옌을 믿을 수 없었다. 똑같이, 리옌은 유주를 믿지 않았다.

신뢰의 문제는 어떤 형태의 인간관계든 가장 큰 걸림돌이 되기도 하고 가장 큰 버팀목이 되기도 한다. 지금껏 둘에게는 그 신뢰가 줄곧 걸림돌로 작용했다. 하지만 리옌이 유주를 보호하겠다면 그녀가 그를 믿지 못할 이유는 없었다.

"우리 가족들한테 손을 안 댈 거라는 말도 믿을 거고, 마약 관련된 부분도 일단은 믿을 거야. 만약에 지금까지 나한테 했던 말 중에 거짓이 있으면 그냥 지금 불어. 정상참작 해 줄게."

리옌의 침묵에 유주가 몇 마디 말을 덧붙였다.

유주는 기본적으로 사람을 믿었다. 꼼꼼하고 의심이 많은 것과 믿음은 별개였다. 한 번 더 돌아보고 재차 확인하는 행동은 오히려 믿고 싶은 마음의 방증이었다. 때로는 몇 번이나 확인하고 마는 자신의 행동에 지치기도 했지만 그럼에도. 그녀는 사람을 믿었다.

문제는 리옌이 처음부터 쉽게 믿을 만한 사람이 아니었다는 점이다. 때문에 유주는 지금까지 그를 끊임없이 불신하고 의심했다. 그건 정말이지, 진이 쪽 빠지는 과정이었다.

그리하여 유주가 찾은 나름의 타협점, 그를 딱 그녀 주변 사람 정도로 생각해 보자는 거였다. 딱히 악의가 있는 게 아니라면, 그녀에게 구태여 거짓을 말할 리 없는 그 정도 사람으로. 당연하게도 이런 결심을 하는 것도 쉬운 결정은 아니었다.

"그래. 확실히 말해 두겠는데……."

리옌의 느릿한 말투에 유주는 살짝 긴장했다. 그녀가 말한 내용들은 전부,

그녀에게 중요한 것들이었다. 가족, 집, 그리고 불법적인 일에 대한 연루 여부. 그중 우열을 가리자면 가족이 최우선이겠지만 뭐 하나 소홀할 수 있겠는가.

"앞으로는 장담할 수 없지만 지금까지는 거짓말하지 않았어."

"그래."

그녀의 입에서 긴 한숨이 터져 나왔다. 다행이었다. 당장 그녀가 할 수 있는 일은, 그저 믿는 것뿐이기에. 비록 허울뿐인 대답일지라도 안심이 되었다.

"그럼 됐어. 집 비밀번호 알려 줄 테니까 청소 업체는 그쪽이 알아서 불러 줘. 남은 건 적당히 처분하고."

"그러지."

"가구도 좋은 걸로 들여 주고."

"그래서 말인데."

"어?"

이 대목에서 그래서, 라는 말이 나올 여지가 있나? 유주가 고개를 갸웃했다.

"이사를 가는 건 어때?"

"이사?"

"그 부분도 내가 부담할 테니까."

갑자기 이사라니. 너무 뜬금없는 이야기였다. 하지만 유주에게 나쁜 얘기는 아니었다. 아무래도 남이 한껏 들쑤신 집이라는 공간이 이전처럼 안락하게 여겨질 리는 없었다. 게다가 구태여 리옌에게 이야기하진 않았지만, 일이 정리되면 그가 준 돈과 전세금을 합쳐 다른 곳으로 거처를 옮길까 하는 생각도 있었다. 어차피 이직할 참이었으니.

"이사? 어디로?"

"조금 더 치안이 괜찮은 곳으로."

"서울은 지역 쪼까 옮기면 액수는 산술급수적으로 증가하는데? 나 이사 시켜 주면 당신은 적자 아냐?"

말은 그렇게 했지만, 이사시켜 준다면야 그녀로서는 감지덕지였다. 지금 사는 집은 전세 7천에 관리비가 8만 원이었다. 매달 나가는 이자와 관리비, 거기에 공과금이니 어쩌느니 하면 한 끼 5천 원짜리 구내식당을 가느냐, 7천 원짜리 일반 식당을 가느냐 고민해야 하는 독신 가구에게 꽤나 큰 고정 지출이었다.

　만약 그가 정말 유주의 거처를 옮겨 준다면 지금껏 불평 반, 비꼼 반으로 일관했던 태도를 바꿀 수 있을 것도 같았다. 원래 조물주 위에 건물주 있는 법이라고, 물주 앞에선 분조장도 한 수 접어 주는 게 요즘 사회의 도리 아닌가.

　"얼마 정도 하는데?"

　"글쎄. 내가 전에 조건 봤던 곳은 전세 3억까지 나오던데. 투 룸."

　그래도 양심이 있어서 액수를 조금 낮췄다. 몇천만 원 정도.

　"봐 둔 동네는 있고?"

　그렇지만 큰 기대는 없었다. 이사가 무슨 앞집, 옆집에 놀러 가는 것도 아니고 집을 사 주는 거든 얻어주는 거든 길어야 반년 알고 지낼 사람에게 베푸는 호의라 치기에는 지나쳤다. 이건 거의 로또 맞는 수준의 확률이 아닌가.

　그런 생각에 유주는 코웃음을 쳤다. 얼마나 돈이 썩어나는지는 몰라도 리옌이 그녀에게 그럴 리는 없었다.

　"서울에 치안 좋은 동네는 비싼 동네지."

　"그럼 몇 곳 골라 둬."

　"내가 아는 비싼 곳은 강남, 서초, 송파? 또 어디가 비싸지? 한남동인가? 나 그런 거 잘 몰라, 사실. 서울 집값은 다 비싸서."

　"그럼 내가 적당히 둘러보지."

　"뭐래. 그런데 갑자기 이사는 왜?"

　적당히 그의 말을 흘리며 유주가 물었다. 어쨌든 말이라도 고마워서 그런가 웃음이 났다. 하지만 리옌의 표정은 제법 진지했다. 누가 보면 진심같이 느껴질 정도로.

"이번 일이 끝난 이후에도 무슨 상황이 벌어질지 모르니까."

"그건 당신이 알아서 처리해야 할 문제 아니야?"

"그래도 위험 부담은 줄어들수록 좋지."

"농담이겠지만 진심이면 넣어 둬. 우리 할아버지가 이상한 사람이 뭔가 덥석덥석 안겨 주면 조심하랬거든."

부담스러운 제안이었기에 유주는 굳이 짚고 넘어갔다. 점점 진심처럼 말을 내뱉는 리옌의 태도가 약간 겁이 난 것도 있었다. 이미 돈이며 뭐며 작은 것부터 큰 것까지 그에게 신세지고 받아들인 마당에 점잔 빼 봐야 뭘 하겠느냐 싶었지만, 집이란 건 규모나 액수 면에서 지금껏 받아온 것들과는 비교 자체가 안 되었다.

"좋은 교육을 하셨군."

유주의 농담은 유효했다. 리옌이 피식 웃었다. 그 모습에 멍청하게도, 유주는 제 기분이 조금 들뜨는 걸 느꼈다.

"우리 할아버지 자체가 워낙 좋은 분이었어서."

"그러고 보니 제자도 있었다고 했지. 어떤 분이셨지?"

갑자기 무슨. 유주가 살짝 미심쩍은 눈으로 리옌을 살폈다. 농담으로 말을 흐린 것은 그녀였지만 정말 대답을 하지 않는 모습이 불안했다.

"말 돌리지 말고. 어쨌든 집은 안 돼."

"알겠으니 할아버지 이야기를 좀 해 봐."

"그러니까 갑자기 왜?"

"궁금해서?"

리옌의 표정만 보면 정말 궁금해서 묻는 건지 아닌 건지 잘 분간이 되지 않았다. 하지만 유주에겐 리옌과 달리 의뭉 떨고 말을 배배 꼬아가며 둘러댈 과거가 없었다. 게다가 이미 고인이 되신 분에게 무슨 꿍꿍이를 부릴 수도 없었고 말이다.

"울 삼촌 같은 분이시지. 삼촌이 할배 제일 많이 닮았거든."

"삼촌이 좋은 분이라는 말도 당신이 몇 번은 했지."

"그럼 됐네. 우리 할아버지나 삼촌이나 두 분 다 엄청 좋은 분이셔. 끝."

"그럼 당신 부모님은?"

유주가 잠시 말을 멈추고 새침한 시선을 보냈다.

"그건 왜?"

"우리 이제 서로를 경계하고 탐색하는 건 그만할 때도 되지 않았나? 내 얘기도 곧잘 한 거 같은데."

"그거야 당신이 분위기에 취해서 비 맞은 땡중처럼 혼자 신났던 거고."

"너무하네."

"그리고 정작 필요한 말들은 안 했잖아."

"들어서 좋을 게 아니었으니까. 하지만 당신은 아니잖나?"

"……."

"알고 싶어 하면 안 되는 건가?"

왜 갑자기 궁금해하나 싶었지만 저렇게까지 듣고 싶어 한다면야 이야기 못 할 것도 없었다. 리옌에 비해 유주의 인생은 평탄했고, 위험 따위 없었으며, 안정적이었으니까. 하지만 그것과는 별개로 할 말이 많지 않은 것도 사실이었다. 유주의 부모님은 유주가 여섯 살 되던 해에 돌아가셨다.

"우리 부모님이 어떻게 되었는지는 알잖아, 당신. 뒷조사한 거 어쨌어?"

"내가 듣고 싶은 이야기는 그런 서류상의 이야기는 아니니까. 만약 당신이 원한다면 나도 내 호적 등본 정도는 떼다 줄 수 있어."

"웃겨."

사실 그가 물어보는 것에도, 대답하는 것에도 문제는 없었다. 이대로 어영부영 계속 붙어 지내다 보면 언젠가는 부모님이든 조부든 삼촌이든, 가족에 대해 그냥 풀어놓고 싶어지는 순간이 올지도 모른다.

그때 되어서 말해도 상관없는 이야기라면 지금 해도 문제없었다. 어차피 이번 일과 그녀의 부모님은 무관했으니까.

"우리 부모님은 내가 여섯 살 때 돌아가셨어. 사고사였는데…… 그냥, 뭐. 비 오는 날 음주 운전하는 차에 들이받힌 거였어. 가해 차량 운전자도 즉사였고 뭐…… 우리 부모님도 더 말할 것도 없고."

"그렇군. 많이 슬펐겠는데……."

유주는 리옌이 순수하게, 그녀의 슬픔에 동조해 주는 듯 애석해하는 모양새를 다소 신기하게 쳐다보았다. 지금껏 자신이, 우습게도 그에게는 이런 공감을 받을 수 없을 거라 생각해 왔다는 사실도 깨달았다.

유주가 객쩍게 웃었다. 그리고 어색하게 말을 돌렸다.

"할아버지는 그 나이대 분답지 않게 자식이 많지 않은 편이었어. 자식이라고는 아들 둘이 전부였거든. 그래서 부모님 돌아가시고 나서는 거의 삼촌이 아빠 역할을 해 주셨지, 뭐. 어릴 때 여기저기 이사 다니면 안 된다고 한군데 붙박이처럼 지냈고, 그러다 삼촌 결혼하셔서 들러리도 처음 서 보고, 동생들도 생기고. 뭐, 좀 명이 짧아서 애석하지만 숙모도 좋은 분이셨고."

"조용하고 무난한 삶이었네."

"그렇지. 그게 최고야, 조용하고 무난한 삶."

"동감이야."

리옌이 살짝 웃었다. 그는 유주가 완전히 손을 놓은 것을 보았으면서도 귤 봉지에 손을 집어넣었다. 자기가 먹을 셈인가? 하던 참이었다.

"난 어찌 보면 당신보다 조금 나았을 수도 있군. 우리 부모님은 여덟 살 때 돌아가셨지. 항쟁 과정에서 화재가 났는데, 거기에 휘말리셨거든. 지금은 부모님의 이름도, 얼굴도 기억나지 않아. 사진이 있던 것 같은데 떠돌이 생활을 하다 잃어버렸을 거야. 아니면 내가 버렸던 건지도 모르고."

그는 꼭지가 붙지 않은 귤 밑 말랑말랑한 부분에 엄지를 밀어 넣고 그대로 깔끔하게 귤껍질을 깠다. 그 과정에서 그의 큰 손가락 때문에 귤이 살짝 터졌다. 말간 즙이 그의 손가락을 타고 흘렀다.

"카이화는 그때 다섯 살이었어. 코찔찔이였고, 아무것도 할 줄 아는 게 없는 건 당연했으며 그건 나도 마찬가지였지. 몇 날 며칠이나 거리를 배회하며 가끔은 물건을 훔쳤고, 가끔은 길거리에 취한 사람들의 지갑을 털었어. 그렇게 해도 잘 곳도, 쉴 곳도 없는 우리는 언제나 불안했어.”

완전히 껍질이 벗겨진 귤 하나를 테이블 위에 올려두고, 리옌이 다시 귤 하나를 집어 들었다. 먹기 위해서라기보다 그저, 귤을 깐다는 행위 자체로 인해 시선을 피하고 표정을 숨기고자 하는 의도가 더 다분해 보였다.

“슈란에게는 은혜를 입었지. 녀석은 길거리를 떠돌던 우리를 불쌍히 여겨 줬고, 황가는 그런 우리를 받아들여 주었거든. 그래서 열한 살부터는 최소한 고정적인 잠자리가 생겼어.”

동정받으려고 하는 얘기는 아니었지만 말하고 싶어 말한다는 느낌도 들지 않았다. 왜 이런 얘기를 하느냐고 물으려다 유주는 입술을 깨물었다.

들어 봐야 부담스러운 이야기였다. 괜히 마음만 무거웠다. 그제야 유주는 리옌이 자신의 부모님에 대해 물어본 것이 그저, 자신의 이야기를 할 구실에 지나지 않는다는 사실을 깨달았다.

왜 나에게 이런 이야기를 하는 걸까, 왜 이런⋯⋯. 유주도 슬며시 고개를 돌렸다. 어렵고, 버거운 이야기였다.

시선이 마주쳤다. 시커먼 눈동자에 끝도 없는 어둠이 가라앉아 있었다. 리옌은 버석거리는 입술을 열었다.

“내가 유별나 보이는 걸 알아. 아마 내 행동 중에 이해가 안 되는 것도 많겠지. 하지만 그게 무엇이든 간에 지킬 것이 있고, 자신을 지켜 줄 장소에 대한 애착이 강한 건 당신이나 나나 마찬가지야.”

“어⋯⋯. 그렇지.”

“그만큼 집은 소중하고 중요한 거야. 조용하고 평화로운 삶만큼이나.”

“⋯⋯날 이사시켜 주려는 이유치고 너무 거창해서 먹은 거 없히겠어.”

“하하.”

유주의 농담에 리옌은 웃으며 손을 멈췄다. 어느새 귤이 세 개나 쌓여 있었다. 기분 탓이 아니라 정말 속이 더부룩해지는 느낌이라 손이 가지 않았다.

"그…… 항쟁이라는 건 도대체 뭐야?"

질문이 아니라 위로를 해야 하는 상황이라는 건 알았다. 하지만 아직 유주에게 있어 그의 비극은 타인의 것이었다. 카이화의 것과 마찬가지로.

"개싸움이지. 당신이 끔찍하게 싫어하는 '무고한 피해자'가 다량으로 발생하는. 지금이야, 그런 상황은 영화에서나 볼 법하지만 이십 년 전까지만 해도 아주 기승이었어. 말 그대로 지랄 맞았지."

"아……."

"어차피 그냥 변명 정도로만 들어. 그냥 지껄이고 싶어서 비 맞은 땡중이 염불 외는 거라 생각해도 좋으니까."

왜 말하고 싶었는데?

유주는 그 말을 참는 대신 고개를 들었다. 다시, 기다렸다는 듯 시선이 얽혔다. 리옌은 유주에게서 전혀 눈을 떼고 있지 않았다. 우습게도 그 순간, 유주는 자신이 이보다 더 충동적이지 않은 성격이라는 것에 감사했다.

그를 안아 주고 싶었다. 그가 바라는 것은 그저, 이야기를 들어줄 제삼자라는 걸 알면서도 말이다. 조금 더 분위기를 탔다면 먼저 입을 맞췄을지도 모른다. 그가 바라는 것과 무관하게, 유주가 하고 싶어서.

"당신은…… 스님이 되기엔 좀 잘생겼지. 그런 생각할 시간에 연예 기획사나 찾아가 봐. 어서 옵쇼, 하고 모셔 갈 테니까."

애써 너스레를 떨었다. 리옌은 그녀가 퍽 웃긴 농담을 한다는 듯 작게 웃었다. 하여간 얼굴이 문제였다. 그는, 온갖 여자들을 번뇌에 젖어 들게 하는 외모를 가졌으니까.

단지 그것뿐이었다.

Chapter 4

"그러고 보니 웨이치랑 하이윤은? 벌써 한국 들어오지 않았어?"

다음 날. 유주는 리옌의 재촉으로 결국 조식 시간이 끝나기 전, 병든 닭처럼 일어나 그와 함께 식사를 했다. 호강에 겨운 소리라고 해도 할 말은 없지만 이젠 정말 호텔 식사가 물렸다. 유주는 요거트만 간신히 몇 입 먹고 수저를 놓았다.

다행히 M시까지 차를 끌고 가는 것은 멍청한 짓이라는 결론이 도출되었다. 둘은 식사 후 곧장 서울역으로 향했고, 거기서 유주는 뒤늦게 허기를 채우려는 듯 여기저기 쏘다니며 돈지랄을 했다. 그 지출의 대부분은 유기농에 좋은 재료만 잔뜩 쓰는 호텔식과 완전히 대비되는 주전부리들이었다.

그중 특히 리옌이 관심을 보인 건 떡볶이였다. 한국인이라면 역시 매운맛이지. 유주는 꼬치를 두 개 챙겨 온 자신의 혜안에 감탄하며 그의 손에 하나를 쥐여 주었다. 리옌은 길거리 음식을 처음 본 드라마 속 재벌 남자 주인공처럼 머뭇거리다 결국 떡 하나를 집어 먹었다.

아, 진짜 돈 많은 놈이긴 하구나. 생각해 보면 이사시켜 준다는 말은 어줍잖게 돈 있는 놈이 함부로 꺼낼 말이 아니었다. 진짜 많은 놈 아니고서야.

"들어왔지. 엊그제."

"그래? 그런데 얼굴 한 번을 못 봤네."

"둘은 우리랑 다른 호텔에 묵고 있거든."

"엉? 왜?"

"우리 호텔은 카지노가 없어서 싫다던데."

"헐……."

그간 도박의 해악이니 어쩌니 하며 강X랜드에서 신세를 망쳤다는 인물 수기 몇십 개가 머리를 스치고 지나갔다. 물론 세상에서 제일 쓸모없는 걱정이 부자 걱정이랑 연예인 걱정이라고는 하지만 둘은 정도가 좀 심해 보였다.

유주가 고개를 설레설레 젓는 사이, 리옌이 이번에는 어묵과 떡을 같이 찍어 먹었다. 제법 입맛에 맞는 모양이었다. 아니면 그도 호텔 음식에 질렸던가.

"그럼 그 약이 웨이치 건지 아닌지는 아직 못 밝혀낸 거야?"

유주가 괜히 목소리를 낮췄다. 놀랍게도 KTX에도 이른바 비즈니스석이 있었다. 그 자리는 일반 좌석보다 넓고 편안했지만 다른 이들과 완전히 분리된 건 아니었다. 그래서인지 덩달아 리옌의 목소리도 작아졌다.

"그건 확실히 녀석의 것이 맞다니까. 어떤 루트로 들어온 것인지가 중요한 거야."

"랴오위한테 알아봤어?"

"……."

"어휴, 그사이 뭐 했니?"

유주가 대답 없는 리옌을 타박하며 떡볶이 포장 용기를 멀찍이 치웠다. 리옌의 손이 허무하게 허공을 맴돌다 결국 간이 테이블 위에 안착했다. 불퉁한 그 표정은 먹을 걸 뺏겨서 심통이 난 것도 같았고, 그녀의 타박에 불만을 품은 표정 같기도 했다.

"랴오위에게 말을 전할 상황이 못 돼."

"왜?"

"……갇혀 있으니까."

"엥?"

어쩐지 순순히 털어놓는다 했더니 아주 담담하게 폭탄을 떨어뜨렸다. 유주가 얼뜬 표정을 짓자, 리옌은 주변을 살피며 그녀에게 눈치를 주었다. 헙. 재빨리 유주는 간이 테이블 위에 포장 용기를 내려놓고 한 손으로 입을 막았다. 그러면서도 호기심은 못 숨기겠는지 작게 속살거렸다.

"그…… 왜?"

"이건 내부 분열과 관련된 이야기라 정말 말하기 달갑지 않은데."

"아…… 그럼 말고."

"하지만 당신이 알아 두어야 할 거 같기도 하군. 카이화와도 관련된 내용이라서."

"……뭔데?"

듣지 말아야지, 하는 생각은 채 5초가 가지 않았다. 리옌이 다시금 주변을 살핀 뒤 슬쩍 몸을 유주 쪽으로 숙였다. 숨소리가 들릴 정도로 가까운 거리에서 귀를 대고 있자니 괜히 등골이 오싹오싹해져, 유주는 양팔로 자신의 어깨를 끌어안았다.

"랴오위의 최대 적은 쉬에화야. 쉬에화는 여러모로 대단한 여성인데, 그 대단함의 범위에는 그녀의 성격도 포함되지."

또 나왔다. 쉬에화. 유주의 인상이 자동적으로 찌푸려졌다. 어째 이 여자의 이름은 좋은 데엔 별로 거론이 안 되는 것 같았다.

"근데 어, 둘은 부부라고 안 했어?"

리옌이 그 부분에서 살짝 코웃음을 쳤다. 그녀에게 유주가 절로 안 좋은 인상을 갖게 된 데에는 리옌의 이런 냉소적인 태도도 한몫했다.

"부부 맞지. 사실 쉬에화에겐 혼담이 따로 있었어. 그녀는 삼합회 간부 중 하나인 위에친의 외동딸이었거든. 그런데 그걸 랴오위가 중간에 싹, 가로챈

거지. 뭐, 쉬에화도 랴오위에게 어느 정도 마음이 있었으니 그렇게 된 거겠다만."

뭔진 몰라도 그냥 부부 사이가 달콤살벌하다 이거겠지? 유주가 적당히 고개를 끄덕였다.

"어쨌든 그런 대단한 간부 따님이 이번에 혼담을 주선했단 말이지."

"혼담? 카이화의?"

"아니, 내 혼담."

이야…… 진짜 그들이 사는 세상이네. 유주가 입을 헤 벌린 채 혼담이란 무엇인가라는 생각에 잠겼다. 혼담…….

으레 나이대 좀 있는 어른들의 경우 유주를 보고 시집 언제 가느냐는 둥, 연애는 하느냐는 둥 쓸데없는 참견을 해 오곤 했다. 하지만 그거야 나이 스물, 스물하나에 결혼하던 고리짝 이야기고. 요즘 세상에 결혼은 서른, 마흔을 훌쩍 넘겨서 하는 경우도 부지기수였다. 아니지. 독신들도 아주 쌔고 쌨다. 연애는 필수, 결혼은 선택이라는 노래 가사가 괜히 있는 게 아니었다.

그런 마당에 혼담이라니. 듣기만 해도 숨이 막힐 정도로 부담스러운 단어였다. 유주는 저도 모르게 으……. 하는 표정으로 그를 흘겨보았다.

"그런데 당신한테 혼담이 들어왔는데…… 왜 이런 사달이 나? 당신 혹시…….”

"……도대체 뭘 상상한 건지는 모르겠는데 아니야."

"웃겨. 내가 뭔 말을 할 줄 알고."

"이미 당신에게 내 신뢰도가 바닥인 건 알고 있지."

"……정확한데?"

유주의 진담을 가득 담은 농담에 리옌이 웃었다. 하지만 그 웃음은 무척 짧았다.

"문제가 된 건, 카이화가 나를 대신해서 자기가 혼담을 받아들였다는 거야."

"엥?"

말 그대로 엥? 소리밖에 안 나오는 전개였다. 원래 남의 가정사가 제일 스펙터클하다고는 하지만, 이게 드라마였으면 막장이라는 평가로 시청자 게시판이 도배될 정도였다.

"어…… 내가 전개를 제대로 따라가고 있는 거 맞지? 그러니까, 당신한테 혼담이 들어온 걸 카이화가 자기가 대신 결혼을, 아니 뭐 어쨌든 하겠다고 했고, 그리고 도망갔다고?"

"제대로 따라온 거 맞아. 문제는 그 결혼이 임박한 상황에서 일이 이렇게 되는 바람에 쉬에화의 체면이 말이 아니게 되었다는 거지."

"그렇다고 남편을 감금해?"

"쉬에화의 뒤에는 삼합회가 있으니까. 그리고 전후 관계가 틀렸어. 애당초 니시콴라이를 집어삼키려고 쉬에화가 랴오웨이를 먼저 구금한 거야. 그 이후에 혼담을 진행하며 중국 본토에 줄을 대려고 했는데 그 애가 사라지는 바람에 일이 엎어진 거고."

"이야…… 와…… 야, 난 진짜 모르겠다…… 그쪽 동네 생리……."

사연 없는 가정이야 없다고 하지만 저쪽 동네 이야기는 아무리 들어도 적응이 되지 않았다. 정말 TV에 나오는 막장 드라마를 보는 기분이었다. 공감도, 이해도 어렵다는 의미였다.

그렇다고 유주가 일반적인 공감 능력이 부족한 사람이냐 하면 그건 아니었다. 다만 끼어들 일과 아닌 일을 구분할 뿐. 아무리 영화나 드라마가 재밌다고 해도 그건 허구이지 현실이 아니었다. 그와 마찬가지인 감각이었다.

"딱히 이해해 달라고 말한 건 아니야. 다만…… 카이화가 자발적으로 몸을 숨겼다면, 결혼이 싫어서 달아났을 수도 있다는 가능성을 얘기한 거지."

결혼이 좋다 싫다 말하는 거야 가정 내 분위기나 사회적 위치 등의 요인들로 인해 영향을 받을 수 있었다. 그거야 이해 가능한 범주 내의 일이었다. 그러나 자발적으로 혼담을 받아들여 놓고선 도망치는 그 심리는 아무리 생각해도 이해하기가 어려웠다. 그나마 가능성이 있는 건 둘 중 하나였다.

"당신 혹시, 결혼하기 싫다는 티 낸 적 있어?"

"전혀. 필요하다면 해야지 하고 있었을 뿐이야."

그 '필요하다면 해야지~'의 그 분위기가 어땠는지 모르니 입 대기는 어려웠다. 하지만 그의 태도 자체가 카이화에게 어떤 영향을 주었음은 확실했다. 지금, 혼담에 대해 이야기하는 와중 은연중에 드러나는 리옌의 태도가 그랬다. 만약 결혼하겠다고 말하는 표정과 말투가 지금처럼 냉담했다면, 누구라도 '하기 싫어하는구나'라고 생각했을 것이다.

그런데 자기가 아니라는데 별수 있나. 그래서 다시 질문을 던졌다. 조금 더, 조심스럽게.

"그럼 카이화가, 루쳰허랑……."

상열지사가 문제가 되는 상황이라면 이게 제일 만만한 가설이긴 했다. 이십 대 중반의, 아직 세상 물정 모르는 아가씨가 자신에게 잘해 준 남자에게 홀라당 넘어가 사랑의 도피를 했다는 대본. 썩 탐탁잖은 이야기이긴 했지만 원래 사랑이라는 감정에 눈이 돌아가면 그렇다고들 하니까.

하지만 리옌은 고개를 저었다.

"그 방향도 생각해 봤지. 당신이 직접 봐서 알겠지만 루쳰허의 낯짝은 제법 쓸 만하니까."

그랬나? 잘 기억나지 않았지만 60억 인구, 60억 취향이 존재하는 법이었다. 유주가 그러려니 하며 고개를 끄덕였다. 리옌이 말을 이었다.

"하지만…… 그렇다고 치기엔 정황이 조금 이상하잖나. 둘이 그냥 살림을 차리고 싶었다면 달아나면 그만이야. 오히려 중국 본토로 건너가 신분을 위장한 채 숨어들면 꼬리를 잡힐 일도 없지. 그 넓은 땅덩이의 시골짝까지 죄다 찾아다닐 순 없는 노릇이니까. 그런데 카이화는 죽은 걸로 위장하고, 루쳰허는 자기 흔적이란 흔적은 다 뿌리고 다니고? 비상식적이라는 생각이 들지 않나?"

"……카이화를 보호하는 게 우선이라면?"

"그럼 사랑의 도피를 했다가보다는 그냥 카이화를 도피시켜 준 거겠지."

"와……. 모르겠다 진짜……."

유주가 고개를 저었다. 어느새 열차는 목적지에 1/3가량 가까워진 상태였다. 떡볶이는 이미 식어서 딱딱해졌고, 다른 주전부리로 챙겨 온 튀김도 그새 눅눅해졌다. 플라스틱 컵에 든 음료도, 얼음이 다 녹아 종이컵 홀더까지 결로로 젖어 있었다.

"딱히 이해하라고 말 한 건 아니라니까. 그냥 알아 두라는 거지."

"알아 둔다고 해도 말이지, 동기를 알 순 없잖아? 도통 모르겠단 말이야. 왜 그랬을까? 모든 행동에는 동기가 있다고 그러던데……."

"당신이 이직한다면 경찰이 잘 어울리겠어."

"공무원 시험이 무슨 물인 줄 아나 보네."

그 말을 끝으로 유주가 입을 다물었다. 리옌도 침묵을 존중했다. 하지만 가끔 시선이 마주칠 때마다 알 수 있었다. 둘 다 생각이 복잡하기는 매한가지였다.

유주는 결국 눈을 감은 채 복잡한 생각들을 잠시 접어 두려 노력했다. 멀미로 인한 졸음이 쏟아지기 시작한 것은, 어찌 보면 다행이었다.

"아이고, 이게 누구야. 외지인 티가 나서 그렇지 아니었으면 영락없이 못 알아볼 뻔했네!"

Q장례식장은 역에서 30분 정도 차로 이동해야 하는 외진 곳에 있었다. 안 그래도 병원 장례식장에 사설 장례식장이 밀리는 추세인지라, 좀 더 접근성이 있어야 살아남지 않을까 했지만 그런 걱정은 기우였다.

과연, 현직 장례 지도사가 일곱이나 되는 만큼 꽤 규모가 큰 건물이었다. 외관도 말끔했다. 게다가 차로 오는 길에 보니 요양원도 두 곳이나 있었다. 이 정도라면 장사가 안 되기도 힘든 입지였다.

"아, 안녕하세요? 저, 그…… 서창진 씨 조카 되는데요."

"그래, 그래. 알지. 안 그래도 땅이 얼든가 녹든가 안부고 나발이고 몇 년 연락도 없던 놈이 어째 연락을 했나 했다. 그래도 피는 못 속이는가 보네. 눈매가 딱 광훈이 형님 쏙 빼닮았어. 그러고 보면 형진이가 그렇게 형님을 닮았었는데."

유주의 기억 속에 천수는 없었지만 양천수는 어릴 적의 유주의 모습을 기억하는지 퍽 싹싹하게 굴었다. 어색하긴 했지만 좋게 대해 주는 게 나쁘진 않았다. 그가 유주에게 호감을 가지고 있다면, 대화가 좀 더 부드러운 분위기에서 진행될 테니 오히려 이득이었다.

"그래서 이쪽에 같이 오신 분은 어떻게…… 뭐, 신랑 되실 분인가?"

아…… 왜 다들 사채 아니면 그쪽으로 연관을 짓나 몰라. 유주가 어색하게 웃으며 고개를 저으려는 찰나였다. 리옌의 손이 유주의 어깨를 감싸 안았다.

"알아봐 주셔서 감사합니다. 이정윤이라고 합니다."

"아이고, 훤칠하네. 여자는 자기 애비 닮은 남자 찾는다는데, 형진이보다 훤칠하네."

이정윤, 어디서 들어본 이름이다 싶었는데 전에 장례 지도사 협회에서 쓴 가명이었다. 그게 한국에서 쓰는 가짜 이름이라 이거지. 유주가 아니꼬운 시선으로 그를 슬쩍 흘겼다.

"여기서 이럴 게 아니라 어디 가서 잠시 얘기 좀 나눌 수 있을까요? 제가 뭐 좀 여쭙고 싶어서 여기까지 온 거거든요."

"그래, 창진이한테 들었지. 하기야, 너는 나 기억도 못 할 텐데 여기까지 뭣 하러 왔겠냐. 그래도 여기 이렇게 서서 얘기할 건 아닌 거 같고, 주변에 뭐 없으니까 그냥 안에 들어가서 얘기해도 괜찮겠냐?"

"그럼 감사하죠."

천수를 따라 걸으며 유주가 자신의 어깨 위에 여전히 뻔뻔스레 자리 잡은 손등을 매섭게 내리쳤다. 찰싹 소리가 제법 사나웠다. 리옌이 억울하다는 듯 살짝 손을 들어 올리고는 고개를 숙였다.

"왜 때려?"

"뻔뻔하게. 어디서 거짓말이야?"

"그럼 당신 고용주라고 할까? 당신네 회사 팀장에게 거짓말했듯이?"

"차라리 그게 낫지."

"그러는 당신도 나한테 거짓말한 게 꽤 되지 않나?"

"언제 적 얘기를 하는 거야?"

"깨가 쏟아진다. 한창 좋을 때야. 그지?"

둘이 속닥거리는 걸 들은 건지 천수가 사무실 문 앞에서 껄껄 웃음을 터트렸다. 하기야…… 시체가 거래되는 암시장을 찾으러 배회하는 고용주라고 표현하는 것보다 적당히 두루뭉술하게 뭉개는 게 편하기는 했다.

하지만 발 없는 말이 천 리를 간다고 하지 않는가? 거짓말도 타이밍이다. 양천수는 서창진과 아는 사이였고, 그녀가 신랑감을 데리고 왔다는 말은 오늘 내일 중으로 삼촌에게 전달될 게 뻔했다.

"일단 여기 앉아 있으면, 내가 잠깐 마실 거 좀 챙겨 올 테니까. 편하게, 어? 허허. 거참. 그 코찔찔이가 언제 저렇게 컸대……."

잠시 천수가 자리를 비켰다. 유주는 문이 닫힌 걸 확인하고 그의 옆구리를 팔꿈치로 툭 쳤다.

"여기선 기자라고 하지 마."

"안 그럴 거야."

"뭐라고 물어볼지 생각해 놓긴 했니? 헛똑똑아. 지난번에 협회에서도 어버버한 거 다 기억하는데."

"똑같은 실수를 두 번 하진 않아."

리엔이 턱까지 살짝 치든 채 당당하게 말했다. 유주가 헛웃음을 쳤다.

"그래서 이젠 나랑 결혼할 사람이라고 뻥을 쳐? 잘하는 짓이다."

"남녀가 같이 붙어 다니는 데 가장 만만한 이유가 그거 아닌가?"

"너 우리 삼촌한테 말 들어갈 건 생각 안 하지?"

"나중에 헤어졌다고 하면 되는 거잖나. 당신은 생각이 너무 많아."

"일 끝나면 네 턱주가리도 날려 버릴 거야."

속닥거리는 사이 다시 천수가 돌아왔다. 그의 손에는 비타민 음료 세 개가 들려 있었다.

"그래서 여기는 무슨 목적으로 왔을까? 응? 편하게 어디 한번 얘기해 봐."

그러나 아무리 마음가짐을 다진다 해도 막상 물어보려니 입이 딱 붙어 잘 떨어지지가 않았다. 그 상황에서 말문을 튼 건 리옌이었다.

"제가 사업을 하나 하고 있습니다."

"사업 좋지. 신수가 훤한 게 남 밑에서 돈 받아먹고 그럴 인상은 아니다 싶더라고."

"그런데 최근에 제 사업에 동업자 한 분이 좀…… 문제를 일으켜서요."

"아이고, 그래. 돈 문제가 얽히면 꼭 사달이 나더라고."

확실히 같은 실수를 반복하지 않는다더니. 노선을 바꾸니 거짓말이 조금 더 그럴듯해졌다. 그래 봐야 유주가 전에 내뱉은 거짓말과 비슷하긴 했다. 세상 누가 뭐라고 해도 돈 문제를 가볍게 여기는 사람은 없으니까.

양천수는 사업적으로 돈 문제가 얽혀 있다는 사실, 그리고 그 과정에서 동업자가 튀었고 그의 행적을 아는 사람들을 파고들던 중 본 장례식장에 직원 중 하나가 그 사람과 연관이 있는 것 같다는, 조금만 생각해 보면 '일반 기업체 대표를 등쳐 먹은 놈과 장례식장 직원 사이에 무슨 연관이 있다는 거지?'라는 의문이 드는 말을 곧이곧대로 들어 주었다.

"그런 거는…… 협조해 주기가 좀 그렇지? 암만 그래도 한솥밥 먹는 식군데, 문제가 있어도 얘가 내 식구다 하고 끌어안고 가는 거지. 돈 해 먹은 건 좀 그렇지만 그렇다고 내가 식구 내주는 건 좀 그렇구먼."

다만 그의 입에선, 사회 통념적인 수준에서의 반응이라기보다는 오랜 시간 사람을 다루어 온 위치에 존재하는 사람이 우선적으로 고려할 수밖에 없는 대답이 튀어나왔다.

안 그래도 좁은 바닥, 좁은 지역이다. 그런 가운데 문제 있는 사람이 있다는 말은, 옛날 관행에 익숙하고 고지식한 양반에게 있어 별로 달갑게 들리지 않았을 것이다.

"의심이라기보다는 그냥 건너 건너 아는 사람 있는지 물어보려고 하는 거죠."

그 부분을 예상하지 못했던 건 유주와 리옌의 큰 실수였다. 둘이 아무리 열심히 머리를 굴린다고 해도 합쳐서 예순도 안 되는 사람들이, 오랜 시간 한 자리에서 일한 사람들의 사고방식을 예상하고 따라가기란 어려운 거였으니까.

"그리고 그냥 물어보려면 전화로다 하면 되는 거지, 뭣 하러 여기까지 왔겠어? 그건 좀 많이 그러네. 이건 뭐, 당장 잡아가야겠다. 그거 아녀?"

거기에 쐐기를 박는 말이 튀어나오자 유주와 리옌은 다급해졌다. 서로 어떻게 하지, 눈짓을 교환할 새도 없었다. 유주가 양손을 내저었다.

"그런 오해를 하시면 좀 서운해요. 저희도 사고 친 사람 휴대폰 연락처 열어 보고 나서야 알았다고요."

"그래, 네가 거짓말을 했다고 그러는 게 아니라, 유주 너도 무슨 말을 하는 건지 알겠는데……. 그래, 무슨 말인지는 알겠어. 그런데 경우라는 게 있잖냐."

"……."

"내가 네 말을 믿고 여기 직원들, 나랑 한솥밥 먹은 식구들을 이렇게 둘러앉혀서 뭐 하고 다녔는지 물어보고 그러는 건 영 그림이 아니지 않겠냐. 차라리 그 번호가 뭔지 알려 주면 내가 그 휴대폰 번호 가진 사람이랑 자리는 한번 어떻게 해 주겠는데."

번호 이야기를 했을 때부터 아뿔싸, 싶었다. 어떻게든 여기까지 찾아온 근거를 대려다 보니 무리수가 튀어나온 것이다.

그래도 단호했던 첫 멘트를 떠올리면 지금의 제안은 나쁘지 않았다. 문제가 있다면, 사고 친 놈의 연락처라는 건 애당초 없었고 그들이 가지고 있는 전화번호는 여기에 근무 중인 현직 장례 지도사 일곱 명의 것뿐이란 사실이었다.

천수의 번호를 제외하면 여섯 명. 17%라 하면 확률 자체는 그리 극악하지 않았다. 유감스러운 사실이라면 유주같이 운이라고는 지지리도 없는 인간은 오지선다형 문제조차 찍어서 맞혀 본 적이 없단 거였지만. 차라리 학교 시험 문제는 그간 배운 거라도 있고, 예시라도 뭔가 구분이 갔지. 이런 상황은 해답지 없는 수학 문제집만큼이나 막막했다.

"번호를 어떻게 기억하겠습니까. 하지만 이름은 기억합니다."

당황한 유주를 대신해서 리옌이 천수의 말을 받아쳤다. 유주는 놀란 티를 내지 않기 위해 노력하며 그를 살짝 곁눈질했다. 리옌은 자신감 넘치는 태도로 환하게 웃고 있었다.

"그래? 이름이 뭔데?"

"조창현 씨라고 저장되어 있더라고요."

"뭐? 창현이? 에이, 걔는 그럴 애가 아니야. 걔가 어떤 놈인데. 얼마나 착실하게 사는지 알면 그런 말 못 하지. 에이."

천수가 격렬하게 손사래를 치며 부정했다. 순간 유주는 보았다. 됐다, 라는 식의 리옌의 표정을.

확실히 떠보기라는 작전은 언제 어디서나 먹히는 꼼수였다. 물론 몇 수까지 먹히느냐가 관건이긴 했지만.

"그렇습니까? 그런데 왜…… 성철현 씨 휴대폰에 조창현 씨 연락처가 저장되어 있었는지 모를 일이네요."

"확실해? 전화번호가 보자, 어, 010-XXXX-12XX번 맞아?"

"글쎄요…… 그 번호인지는 기억이 잘 안 나네요."

"하여간 그놈은 아니야. 그놈이랑 나랑 같이 일한 게 이십 년이 넘어서 내가 알아. 금마 그거, 그 나이 되어서 무슨 돈 욕심이 있어 가지고 남의 등쳐 먹는 짓을 하겠어? 딸자식 다 시집보내 놓고, 제수씨랑 어디 농사지을 땅이나 찾아

보는 놈이 갑자기 눈에 뭐가 씌지 않은 이상 왜 그러겠느냐 이 말이야, 내 말은. 뭐 잘못 알고 찾아온 거 아냐? 이름이 같은 다른 놈일 수 있잖아."

"아니요. 확실히 Q장례식장 조창현, 이렇게 저장되어 있었습니다."

"거, 그 녀석은 아니라니까 그러네."

딸자식이 있고, 재정적으로는 문제없어 보임.

확실히 이십 년이나 같이 붙어 다녔다면 저 말은 믿을 만할 것이다. 유주가 고개를 끄덕였다. 그리고 괜히 은밀한 것을 물어보듯 목소리를 낮췄다.

"그럼 혹시…… 사칭 아닐까요?"

"사칭?"

"아니, 그렇잖아요. 정말 아무 연고가 없으면 이 지방의 장례식장을 콕 찍어서, 그것도 현직에 근무하는 사람 이름을 댈 필요가 있겠어요?"

"허…… 참…… ."

"아저…… 아니, 삼촌. 생각을 좀 해 보세요. 우리도 다행히 그 돈 들고 튄 녀석이 더 해 먹기 전에 알아채서 찾기 시작한 거지, 이거 일 크게 터졌으면 한두 푼으로 해결될 게 아니에요. 경찰 오고 난리 날 일이잖아요. 그 마당에, 휴대폰에 조창현 씨 번호가 딱 찍혀 있으면 어떻게 되겠어요? 말이 돼요?"

"이게 뭐…… 아니, 그 미친놈은 일을 벌여도 뭐 이렇게 희한하게 벌인대?"

"제가 어떻게 알겠어요…… . 그런데 사정 좀 봐주세요. 이 사람도 이 사람이지만, 저 혼자 돈 7천 당했어요. 그거 제 혼수 비용이었고요."

구시대적이고 고리타분한 인간에게는 관습적인 부분을 들어 정에 호소하는 편이 나았다. 유주는 돼먹지도 않은 삼촌 호칭에, 혼수 운운까지 해 가며 매달렸다.

당장 주형이 던져 준 힌트는 하나뿐이었다. 이 힌트가 무산되면 호텔에 산더미처럼 쌓여 있는 그 이력서들을 하나하나 훑어보며 앞으로 어떻게 해야 할 것인가에 대해 7박 8일 밤을 새워도 모자랄 터였다.

"7천이나?"

"미치겠어요, 저. 이걸 어떻게 저희 삼촌한테 말해요? 결혼하려고 모아 둔 돈을 어떤 미친놈한테 홀라당 날려 먹었다고 어떻게 말하냐고요……."

"아니, 너는…… 허…… 참……."

천수도 기가 막히긴 할 터였다. 몇십 년이나 얼굴 한 번 보지 못한 아는 동생 조카라는 게 찾아와서, 결혼 비용 운운하며 직원 중 수상한 인간을 물색해 달라는 말이 당황스럽지 않을 수 없었다.

그러니 차라리 당황하고 있을 때 흔들어야 했다. 점점 거짓말이 걷잡을 수 없이 커져 가는 느낌은 들었지만 말이다.

"제발 좀 도와주세요. 하다못해 의심 가는 사람만이라도요, 네? 저 진짜 그 돈 찾아야 해요. 못 찾으면 저 죽어요, 정말."

"유주, 진정해."

그런 유주 옆에서 리옌은 매우 애석하다는 말투와 표정으로, 그녀의 양 어깨를 살짝 감싸 안아주었다. 누가 봐도 상심한 연인을 달래 주려는 애틋한 모습이었지만 유주의 머릿속에는 북을 치는 제 옆에서 장구로 휘모리 장단을 치는 모습으로밖에 보이지 않았다.

결국 내가 남의 식구 하나 찾아보자고 이 난리까지 치는구나. 유주는 속으로만 울음을 삼키며 고개를 저었다.

"지금 내가 진정하게 생겼어? 내가 그 돈을 모으려고 어떻게……."

"내가 결혼 비용은 신경 쓰지 않아도 된다고 했잖아."

"말이 쉽지. 결혼이 문제가 아니라 내가 그간 악착같이 번 돈을 한 번에 다 날린 게 문제라고!"

게다가 리옌의 어쩔 줄 몰라 하는 모습도 가히 일품이었다. 사실 그도 좀 헷갈리긴 할 터였다. 지금 그녀가 부리는 짜증이 진짜 짜증인지 연기인지 분간이 어려울 테니까.

사실 연기라는 게 그렇듯, 말하다 보니 괜히 감정이 격양되고 상황에

몰입이 되긴 했다. 물론 성철현이 유주의 돈을 들고 튄 건 아니었지만 그 사람 하나로 인해 아니, 그 사람과 루첸허, 카이화 세 사람으로 인해 유주의 평화로운 일상이 엉망이 된 건 사실이었으니까. 원래 거짓말을 할 때는 진실과 거짓을 잘 섞어야 하는 법이었다.

"……돈이 문제인 거라고 했지?"

천수는 그런 유주와 리옌을 보며 길게 한숨을 내쉬었다. 그러더니 갑자기 자리에서 일어나 방을 나섰다.

뭔가 문제가 있었나? 둘이 잠시 시선을 교환하던 차였다. 문이 금세 다시 열리고, 천수가 큼직한 파일철 하나를 들고 왔다.

"보자……. 여기 나랑 창현이까지 해서 총 일곱. 이렇게가 우리 식구들이거든."

그가 들고 온 건 이력서와 그간 업무 기록들을 모아 둔 파일이었다. 이런 자료를 보여 주다니. 이미 본 것이긴 했지만 내부 인력이 보여 주는 것은 그 의미가 다른 법이었다.

"여기, 윤석중이. 이 녀석도 나랑 일한 지 십 년은 됐어. 그런데 이 녀석은 돈이 문제가 아니야. 술이 문제인 놈이지. 예전에 덤프트럭 기사였나 뭔가 하다가 어찌어찌 이 바닥까지 굴러왔는데 얘는 문제없는 놈이야. 그건 내가 알아."

천수가 선택한 방향은 차라리 하나하나 조목조목 짚어 주는 거였다. 하지만 말 그대로 한솥밥을 먹는 식구들이라 그런지, 그 평가가 하나같이 후했다.

김성민은 이쪽 일을 아예 처음부터 염두에 두고 졸업하자마자 왔다고 했다. 가정 형편이 어려워 대학을 늦게 갔다는데 그래서인지 그 흔한 로또 한 장 사 본 적 없는 착실한 사람이라고 한다.

하지은과 이민영은 둘 다 장례지도학과를 졸업하고 일자리를 찾다가 여기까지 오게 되었는데 같은 또래들 사이에서 그나마 버티고 있는 축이란다. 둘 다 깡이 있는 데다 여자라 그런가 일머리가 있고 꼼꼼해서 가르치면 괜찮을 거 같다는 말은 덤이었다. 둘 다 돈 문제가 있는지 없는지는 모르겠지만 자기가 볼 땐 아니라고 했다.

마지막으로 평가가 나온 게 정재만이었다. 2년 2개월의 애매한 경력이었고, 초반에는 일이 손에 안 익어 자잘한 실수를 하다가 이제야 제대로 일을 배워서 하지은과 이민영을 자주 현장에 데리고 다니며 일을 가르친다고 했다.

사실 이렇게 볼 때 의심스러운 인물은 딱히 없었다. 아무래도 제 식구를 감싸는 데 급급한 천수의 필터링 때문이라는 생각이 들었다. 이렇게 되니 아까 들었던 조창현에 대한 평가도 미심쩍어졌다.

"저, 삼촌. 혹시 가능하면 여기 여직원분들 중 한 분이랑 이야기 좀 나눠 볼 수 있을까요?"

그렇다고 여기서 아, 그래요? 하고 넘어갈 수는 없었다. 지금이야 양천수도 눈앞에서 사람이 야단법석을 떠니 휘말린 것이지, 시간이 지나면 '뭔가 이상한데?'라고 의혹을 느낄 수 있었다.

그렇게 되면 협조고 나발이고 죄다 날아가기 마련이었다. 휩쓸린 김에 제대로 감아서 아니면 아니라는 확실한 증거라도 가지고 가야 했다. 그래야 그 많은 후보군을 다시 추려 낼 수 있을 터였다.

"여직원? 그건 왜?"

그래서 유주는 마지막 희망으로 다른 직원의 입을 빌리기로 했다. 가급적 여자가 좋을 것 같았다. 아무래도 그녀가 대화를 나누기에는 남자보다 여자 직원이 편했으니까.

"그 사기꾼이…… 삼촌 말씀하신 대로 조창현 씨에게만 손을 뻗친 게 아닐 수도 있잖아요. 혹시 모르니까 다른 분들한테도 혹시 근래 수상한 사람이 없었는지 뭐 그런 것 좀 물어보고 싶어서요."

유주가 일부러 천수의 눈치를 살피며 작게 한숨을 쉬었다. 천수는 난감해하는 유주는 보며 턱을 긁었다.

"그, 뭐냐. 하지은이나 이민영이나, 둘 다 의심하기에는 거리가 멀어. 특히

지은 씨는 얼마나 순진해 빠졌는지 알기나 하냐. 돈 가지고 장난치고 그럴 사람이 아니야."

"그게 아니라요. 그냥 몇 가지 묻고 싶은 게 있어서 그래요. 여자 직원 중 한 분만. 네? 이 외에 삼촌한테 뭐 부탁드리는 거 없을 거예요. 난처하게 하고 싶지도 않고요."

유주의 말이 제대로 먹혀들어 갔음이 틀림없다. 천수는 난감한 표정으로 눈동자를 이리저리 굴리곤 짧은 숨을 토했다. 거기에 승낙의 기운이 서려 있었으니 거리낄 게 없었다.

기억 속에도 없고 설령 기억에 있다 하더라도 그 공백이 강산 두 바퀴나 돌 정도의 추억 속 인물이 보채고 채근해서 이 정도 성과라면 나쁘지 않았다. 양천수는, 고리타분한 구시대적 생각을 가지고 있는 만큼 구태의 연한 감정에도 쉽게 흔들리는 옛날 사람이었다. 그게 참 다행이었다.

"내가 거기까진 도와줄 수 있겠는데 오늘은 둘 다 없어."

"예?"

"지은 씨는 집에 일이 있어서 3일 휴가 나갔고, 민영 씨는 오늘 연차야. 내일이나 되어야 이민영 씨 하나 만나 보고 갈 수 있겠구먼."

"아……."

"바쁜 거 아니면 내려온 김에 좀 놀다 가든가."

"……"

이건 유주나 리옌, 둘의 예정에 없는 일이었다. 하긴, 세상일이 어디 둘의 머릿속에서처럼 짜 맞춰 전개되겠는가. 그리고 일이 잘 풀린다면 하루 정도 이곳에서 묵는 게 문제 될 일도 아니었다.

"그리고 내 당부하는데, 창현이에 대해서 어? 이상한 말은 하지도 말아. 알지? 이쪽 바닥 좁은 거. 괜히 쓸데없는 말 나돌고 그러면 이십 년 넘게 일한 거 다 허사야, 허사. 사람이 말이야, 자기 양심으로 사는 건데 그런 구설수가 돌아서 되겠어?"

"아, 그 부분은 당연하죠. 오늘 삼촌에게 확인도 받은 건데요. 절대 어디 가서 말 안 할게요."

"암, 그래야지. 그래야 나도 도와주고 어? 이렇게 다 서로서로 같이 사는 거야."

그래도 수확은 있었다. 유주와 리옌은 손도 안 댄 음료수 한 병씩을 주머니에 챙겨 넣고 그대로 Q장례식장을 빠져나왔다.

"연기력이 좋던데?"

다행히 장례식장 주변엔 택시가 많았다. 하지만 그 외엔 거의 아무것도 없는 게 사실이라, 결국 둘은 다시 역 근처로 나올 수밖에 없었다.

천수가 추천해 준 가게에 들어가 국밥과 국수, 그리고 만두를 시켰다. 그를 기다리며 유주가 물을 따랐고, 리옌이 수저를 놨다. 밑반찬이라고는 김치 두 종류와 고추를 넣어 삭힌 양념간장이 고작이었지만 맛이 제법 삼삼했다.

"아, 몰라. 나도 왜 이렇게 열심인지."

"실전에 투입되면 과몰입하는 스타일인가."

"아씨, 그런가 보지! 망할, 이럴 줄 알았으면 미술학과가 아니라 연극영화과를 갔어야 했어."

"성적은 됐고?"

"야, 나 공부 잘했거든?"

석박지와 겉절이가 맛있어서 다행이었다. 그게 아니라면 유주의 젓가락이 리옌의 얼굴을 향해 날아갔을 테니까. 리옌은 그런 참사를 피한 게 다행인 걸 아는지 모르는지 작게 킬킬거렸다. 참 얄밉기도 했다.

그래도 수확은 있었다. 유주는 새침한 표정으로 으스댔다.

"어쨌든 내일 이민영 씨 만나 보면 뭔가 건질 수 있겠지."

"그래. 아까 전화번호 얘기할 땐 제정신인가 싶었지만, 당신 도움이 컸다는 건 인정해야겠어."

리옌은 유주에게 '한 마디도 안 진다'는 말을 지금껏 몇 번이나 했지만, 유주가 보기에 그도 만만치 않았다. 어휴, 밉상. 유주가 그를 향해 눈을 흘겼다.

"그렇게 꼭 실수를 복기해야겠어?"

"나보고 같은 실수 하지 말라며?"

"그래, 잘났다. 그래서 어쩔 건데?"

"뭐가?"

"우리 서울 갔다가 내일 다시 오는 거야? 아니면 그냥 여기서 일박하는 거야?"

"묵는 쪽이 낫겠지?"

그 말이 끝남과 동시에 음식이 나왔다. 과연, 현지인이 추천해 준 음식점답게 국수 면도 탱탱했고, 육수도 깔끔했다. 국밥도 더 말할 게 없었다. 만두는 고기 육질이 살아 탱글탱글했다.

식사하는 동안 둘은 약속이라도 한 것처럼 말이 없었다. 하지만 유주의 머릿속은 괜히 복잡했다. 이 근방에 오며 대충 주변을 훑어본 탓이었다.

묵고 간다라…….

이 주변에 있는 것이라곤 죄다 모텔이었다. 물론 숙박업소라는 점에서 호텔이나 모텔이나 그게 그거였지만 약간, 기분상의 문제였다. 무엇보다 같은 숙박업소에서 제공하는 콘텐츠의 차이도 있었고.

"여기 괜찮네. 호텔에서만 먹다가 이렇게 나와 먹는 것도 괜찮은데."

그런 유주의 생각 따위 알 리 없는 리옌은 식사가 입맛에 맞는지 젓가락과 칭찬을 쉬지 않았다. 꽤나 기분이 좋아 보였다. 하기야. 어딜 가든 밥이라도 맛있으면 본전은 치는 거였다. 유주는 고개를 끄덕이며 태연한 척 말했다.

"그럼 일단 숙소부터 잡아 봐."

"그래야겠지. 바로 들어가서 쉴 건가?"

리옌의 질문에 유주는 고개를 저었다. 당장 들어가는 건, 기분상 좀 그랬다.

"우리 어차피 할 일도 없잖아. 나 내려온 김에 좀 둘러보고 싶은데."

"어디 가고 싶은 곳이라도 있나?"

"왜? 따라오기라도 하게?"

"혼자 다니면 위험하잖나."

유주가 그의 말에 코웃음을 쳤다. 그녀에게 있어 가장 예측할 수 없는 위험은 리옌이었다.

"여기는 한국이거든요. 총 든 갱단도 없고, 괜히 구역 정리한다고 돌아다니는 양아치들도 없어."

"오, 꽤 빠삭한데?"

"난 그쪽이 그런 말 쓸 때마다 검은 머리 외국인 같아서 기분 이상하더라."

"칭찬이지?"

"이런 표현법은 몰라서 다행이야."

그가 국수를 완전히 비운 것처럼 유주도 국밥 한 그릇을 깔끔히 비웠다. 다 먹고 나니 정말 할 일이 없었다.

퇴사 이후에 뭔가에 의욕이 생기는 것도 일주일이었고, 그마저도 지금은 리옌과 붙어 다녔다. 분명 회사에 다닐 때는 퇴직하고 목공을 배워 볼까, 정비를 해 볼까 이거저거 고민했지만 리옌을 달고 그런 걸 배우러 다닐 순 없었다. 무엇보다 카이화를 찾는 것도 엄밀히 말해 일이었다.

"왜?"

유주의 빤한 시선을 의식한 것인지 리옌이 되물었다. 그래. 그는 그쪽 세계 사람이라고는 상상도 할 수 없을 정도로 유주에게 무르게 대해 주는 면이 있었다. 때때로 지껄이는 말들만 아니라면 중국 마피아는커녕, 그냥 한국의 일반인 1 같아 보이기도 했다.

생각보다 까다롭지도 않았고 거들먹거리지도 않았다. 유주를 고용해서 돈을 주고 부리는 몸인 주제에 그녀의 비위를 살살 맞춰주기까지 했다. 물론 유주의 성질머리가 고약한 탓도 있겠지만.

어쨌든, 실상 저런 고용주, 상사를 찾는 건 하늘의 별 따기일 것이다. 칭리엔. 그는 실제로 꽤 괜찮은 사람이었다. 인정하고 싶든 아니든 간에, 객관적으로.

"그냥. 오늘 서울로 안 돌아가면…… 당신은 뭘 하고 싶어?"

"나? 글쎄. 나도 일하러 내려오기만 했지 이렇게 여유로웠던 적은 별로 없어서."

그 말도 일리는 있었다. 유주는 턱을 괸 채 잠시 생각에 빠졌다.

"카이화는 한국 좋아했다며. 같이 온 적 없어?"

"카이화? 몇 번인가 같이 왔었지."

"그럼 내려와서 둘이 뭐 하고 다녔는데? 하루 종일 이렇게 시간만 죽이진 않았을 거 아냐."

"집을 보러 다녔지."

"집?"

유주가 의아하다는 듯 되물었다. 리엔이 실소를 터트렸다. 그의 표정이 짓궂었다.

"도대체 뭐가 그렇게 궁금해?"

"당신이 맨날 운만 떼니까 그렇지. 그냥 화끈하게 죄다 털어놓던가."

물론 그렇게 타박을 놓는 유주도 자신이 너무 꼬치꼬치 캐묻는다는 자각은 있었다. 멋쩍은 표정이었지만 '말 안 해 주면 말고'라는 느낌은 아니었다. 리엔이 가볍게 혀를 찼다. 못마땅해한다기보다는 귀엽다는 느낌으로.

"카이화가 한국에서 살고 싶어 했거든."

"아예? 이민, 뭐 그런 거?"

리엔이 고개를 끄덕였다. 한류에 이어서 이민까지. 카이화가 한국을 정말 좋아하긴 한 모양이었다.

"왜?"

"아예 먼 국가는 싫다고 했지. 일단 홍콩에서 대학을 나왔으니 친구들도 거기에 있고, 또 외국에 몇 번 나갔다 오더니 여러 이유로 좀 꺼리는 것 같더군."

"홍콩도 나름…… 살기 괜찮지 않아? 왜 굳이?"

유주의 질문에 리옌은 그저 의미심장하게 웃기만 했다. 유주는 자신이 질문해 놓고 이내 답을 알아챘다.

그래. 니시콴라이. 그리고 쉬에화.

"그리고 당신이 내 한국어 실력을 하도 칭찬해 주니 하는 소린데, 나와 카이화는 한국어 능력 시험도 봤어."

"와…… 그럼 그걸 먼저 얘기해 줘야 하는 거 아냐?"

리옌이 작게 킬킬거렸다. 뭔가 하나씩 밝혀 가며 유주가 놀라는 것을 즐기는 게 분명했다.

"뭐가 그렇게 웃겨?"

"그냥. 상황이 웃기잖나."

"……그래, 웃기기도 하겠다."

아마 하나부터 열까지 리옌이 유주에게 숨기고 있던 것들은 카이화의 신변과 결부된 내용들이라 그런 것일 터다. 가령 처음부터 그녀가 이민을 가고 싶어 했다는 거나. 그녀가 루첸허와 결탁해 유주를 희생양으로 겨냥했다는 것이나.

슈란을 비롯해 다른 이들이 이를 알고 있을지는 모른다. 하지만 분명, 리옌이 처음부터 그 부분을 유주에게 언급했다면 결코 그녀는 이 일에 뛰어들지 않았을 것이다. 뛰어들었다고 해도 그 경중이 달랐을 테지. 아무리 그래도 '사망'과 '가출'은 그 무게 자체가 다르니까.

화를 낼까? 싶었다. 하지만 유주는 문득, 그의 짓궂은 웃음이 참 여유로워 보인다고 생각했다. 그나마 여동생이 살아 있다고 하니 저렇게 웃을 수 있는 것이다. 여전히 그에게 불만은 많았지만 지금은 따지고 들고 싶지 않았다.

"그렇다고 당신이랑 나랑 집을 보러 다닐 순 없잖아."

괜히 불퉁하게 말이 튀어나왔다. 그녀의 말에 리옌은 꽤나 재밌는 농담을 들었다는 듯 눈을 반짝였다. 그리고 갑작스레 제안했다.

"그럼 영화나 보러 갈까?"

"으엉?"

"영화. 집 대신 영화."

도대체 뭐가 그렇게 즐거워서 들떠 있는지도 모를 일이었고, 밥 잘 먹고 뭐에 체해서 저런 헛소리만 내뱉는지도 모를 일이었다. 유주는 말 같지도 않은 그의 말에 노골적인 비웃음을 토해내며 물었다.

"뭐 볼 건데?"

"이거 평가 별로 안 좋던데."

"그래?"

우습게도 유주와 리옌은 이십 분 뒤 극장에 있었다. 할 일 없는 두 사람. 그리고 남아도는 시간. 그 시간은 카페를 가기에도 뭐하고 일을 하기에도 애매했다. 최소한 유주는 그랬다.

"응. 그리고 이 영화는 스릴러라는데 나 무서운 거 잘 못 봐. 특히 갑자기 뭐가 툭툭 튀어나오는 거."

"시체는 잘만 보면서?"

"야, 그거랑 이게 같니?"

"그럼 이 영화는 어때? 가장 만만하잖아."

"아…… 확실히 프랜차이즈 영화는 언제 뭘 봐도 항상 평타는 치는 수준이지."

결국 유주와 리옌이 고른 건 그저 그런 액션이었다. 1편은 호평을 받았지만 2편부터 애매하다는 할리우드 스타일의 양산형 영화였는데, 상영 시간도 얼마 남지 않았기에 적당히 영화 시작과 동시에 숙면을 취하고 나가면 제격일 거 같았다.

"팝콘?"

그래서 유주는 리옌을 이끌고 오락실에 가서 농구공을 던지고, 팝콘과 나 초를 사고, 적당히 의자에 앉아 전광판 화면에 뜨는 다른 영화 예고편들을 구경한 뒤에 극장 안에 들어갔다.

당연하게도 내부는 어두웠다. 유주가 자칫 발을 삐끗할 뻔한 걸, 리옌이 잡아 주었다. 스크린 화면에 비친 그의 한쪽 얼굴을 바라보던 유주는 입만 벙긋거렸다.

고마워.

"별말씀을."

일부러 다른 사람들에게 방해가 되지 말라고 그런 건데. 유주가 툴툴대며 자리를 찾았다. 지방이라서인지 아니면 원래 평일 낮이라 사람이 없는 것인지 는 모르겠지만 영화관은 약간 좁았고, 그 둘을 제외한 관객은 채 열이 되어 보이지 않았다.

그래도 유주는 발소리마저 조심하며 자리에 앉았다. 약간 뒷자리를 잡은 건 다행이었다. 좁은 관인지라 앞자리를 잡았다면 목이 뻐근했을 것이다.

"관객들은 이게 전부인가 보네."

리옌과 나란히 앉아 유주가 아까보다 조금 편히 리옌에게 말을 걸었다. 바로 앞자리의 사람과도 네 줄이나 떨어져 있었다.

"그러게. 쾌적하게 볼 수 있겠는데."

하지만 조심성 없이 말을 툭툭 내뱉던 아까와는 다르게 리옌은 괜히 목 소리를 낮추며 유주의 귓가에 속살거렸다. 숨결이 닿아서인지 순간 어깨가 움츠러들었다. 유주는 의뭉스런 시선으로 자신을 바라보는 리옌을 향해 확 짜증을 냈다.

"야, 간지러워."

"조용히 얘기해야 하는 거 아니었어?"

"이제 곧 영화 시작하거든? 얘기고 나발이고 입에 지퍼 좀 채워."

유주가 그를 무시한 채 고개를 정면으로 틀었다. 몸도 가지런히 앞만 바라보는 정자세로 했다. 리옌과의 사이에 있는 팔걸이에 팝콘 통을 걸쳐 놓고, 손이 부딪히지 않도록 콜라는 왼손 컵 홀더에 꽂았다.

"그래. 재밌게 봐."

리옌의 말에 당신도, 라는 의례적인 대답조차 하지 않았다. 몇 편인가 광고가 지나갔다. 둘 사이에는 어색하게 팝콘 씹는 소리만이 들렸다.

아직 주변이 너무 환했다. 유주는 무심결에 휴대폰을 꺼내 들고는 혹시나 자신에게 온 연락이 있는지를 확인한 뒤, 매너 모드로 바꾸었다. 리옌 역시 그녀를 따라 했다.

동시에 주변에 불이 꺼졌다. 영화가 시작된다는 신호였다. 유주는 영화를 볼 땐 무언가를 씹는 유형이 아니었기에 자연스럽게 팝콘통 자체를 리옌의 무릎 위에 올려 주었다. 리옌은 두어 개를 집어먹는 듯싶더니 그 통을 발치에 내려놓았다. 꽤 매너 있는 영화 관람객이었다.

제목이 뜨고 웅장한 음악이 관 안을 가득 메웠다. 순간 익숙하지 않은 눈과 귀가 화들짝 놀랄 정도로 강렬한 시각적, 청각적 자극이 찾아왔다. 하지만 익숙해지는 건 금방이었다.

―그 남자는 베를린 출신의 영국 보안 요원 출신이야. 일반인이 잡는 건 불가능해.

―하지만 이대로 있을 순 없어요. 우리 언니가 납치를 당했다고요!

―젠장, 마음대로 해. 하지만 방해가 된다면 가만히 두지 않을 테니 그 점은 각오하고 따라왔으면 싶군.

영화의 스토리는 진부했다. CIA와 FBI가 나왔고 KGB에 대한 이야기도 나오는 등, 전 세계에 있는 비밀 요원과 있어 보이는 직함들이 죄다 등장했다.

그래도 시류를 의식한 것인지 여자 주인공은 숨겨진 능력 있는 아름다운 파이터였고, 남자 주인공은 처음에는 툴툴거리다가 이내 여자의 매력에 홀딱 빠져 버리고 뭐 어쩌고 하는 그런 캐릭터였다.

하지만 의외로 재미는 있었다. 일단 연기파라는 배우들은 죄다 출연했다. 냉전 시대 같기도 하고 현대 같기도 한 애매한 배경 속에 올드한 색채를 더한 성인극이었으니 재미없을 수가 없었다.

　—당신이 에이전트 슐러군요. 반가워요.

그리고 클리셰란 클리셰는 전부 포함되어 있었다. 아군인 줄 알았던 조력자 남성이 바에서 만난 젊은 미녀에게 유혹받는 장면은 집요할 정도로 여유로운 카메라 앵글을 따라 그 여성의 몸매를 훑고 지나갔다.

그 순간 유주는 괜히 이런 영화를 보자고 했나 후회했다. 재미는 있었지만 지금부터 펼쳐질 외설적인 부분은 옆에 앉은 남자와 함께 볼 만한 종류는 아니었다.

유주는 콜라가 꽂혀 있는 팔걸이 쪽으로 몸을 기울이며 턱을 괴었다. 그에게서 자연스럽게 멀어지며 휴대폰을 확인하는 척하는 건 노골적인 지루함의 표현이었다.

아니나 다를까. 휴대폰 불빛 때문인지 옆자리에서 바스락거림이 들려왔다. 리옌이 그녀 쪽으로 몸을 깊게 숙였다.

"영화가 재미가 없나?"

"응? 아니. 잠깐 연락 온 거 같아서."

유감스럽게도 그녀에게 온 연락은 이상한 대출 문자 한 건 외엔 없었다. 그사이 극장 안에는 끈적거리는 배경 음악이 깔리기 시작했다. 살과 살이 체액과 함께 맞닿았다가 떨어지는 소리, 거친 숨소리, 그리고 살과 옷가지가 쓸리는 소리가 뒤섞였다.

"안 볼 건가?"

지금껏 소리 소문도 없이 잘 보고 있던 주제에 리옌은 유주의 계속된 관람을 재촉했다. 뭔가 계속 딴짓을 하는 것도 자존심이 상했다. 유주가 휴대폰을 다시 품속에 집어넣고 몸을 똑바로 했다.

여성 조연은 남자의 입술과 턱을 자신의 입술로 쓸어 넘기며 허벅지를 손으로 더듬었다. 그 순간 품속에서 꺼낸 총구가 남성 조연의 턱에 닿았다. 다행히 선정성으로 인한 성인물은 아니었던 모양이었다. 물론 지금까지도 충분히 야했지만.

"……."

분명 영화를 보라기에 다시 시선을 돌렸는데도 리옌의 시선은 유주의 얼굴에 여전히 고정되어 있었다. 주인공의 조력자가 자신을 죽이려는 여성 킬러에게서 벗어나려는 격렬한 전투 장면 내내.

그 지루한 시선을 참지 못하고 유주가 슬쩍 시선을 돌렸다. 그리고 퉁명스럽게 입을 열었다.

"왜?"

그 순간이었다. 리옌이 유주를 향해 고개를 숙였다. 시야에 그림자가 진다 싶더니 뜨거운 숨결이 와 닿았다. 반사적으로 숨을 들이켰다. 동시에 뭉클, 살과 살이 맞닿아 뭉개졌다. 절로 눈이 질끈, 감겼다.

그저, 그대로 닿아 있는 감각은 원초적이었고, 직관적이었다. 마른 피부가 닿아 있는 것뿐임에도, 결코 건조하다 할 수 없는 질척한 감각이 외부에 드러난 가장 얇은 점막을 통해 서로에게 전달되었다. 직접적인 마찰로써 느껴지는 타인이란 스크린 너머의 그 어떤 존재보다 외설적이었다.

―그 빌어먹을 여자만 아니었어도 내가 이 꼴이…….
―조용히 해. 결국 그 여자에게 넘어간 건 너야. 예정이 틀어진 걸 아쉬워하지 말고, 목숨이 붙어 있는 것에 감사하지 그래?

*—젠장…… 잡으면 죽여 버리겠어. 기억해 놔. 그 여자는 내 사냥감이야.
내가 이 손으로 죽여 버릴 테니까!*

—보통은 저러다 적과 사랑에 빠지지 않나?

—영화에서는 꼭 그러던데…….

입술이 떨어졌다. 밝은 스크린 화면에 비친 리옌의 표정엔 웃음기가 없었
다. 그가 살짝 혀를 내밀어 입술을 축였다. 본능적으로 유주는, 그가 다음에
어떤 행동을 취할지 알 수 있었다.

그간 몇 번이나 경험한, 지루한 연애의 연장선 어디쯤에 있는 행위였다.
지극히 은밀하고 사적인 그것. 어떠한 정서적 교류가 있어야만 서로 용납해
주는 그 행위.

물론 유주와 리옌의 관계에 있어 연애라거나 정서적 교류라는 단어는 뭔
가 어울리지 않았지만 유주는 의외로 순순히 그것을 받아들였다. 벌어진 틈
으로, 그의 침입을 너무나 쉽게 허락했다.

*—그래. 농담은 여기까지 하지. 그건 전부 네가 방심한 탓이니 말이야.
새로운 전략이나 세워 보자고. 중요한 건 앞으로 어떻게 하느냐잖아?*

유주는 리옌의 양복 앞섶을 주름이 잡히도록 세게 틀어쥐었다. 타액에 젖
은 살덩이끼리 엉키는 둔한 감각은 등골에 소름이 돋을 정도로 강렬했다.
어느새 팔걸이는 치워졌고, 리옌의 상체로 유주의 모습은 스크린을 볼 수
없도록 완전히 가려진 상태였다.

"음……."

리옌의 혀가 유주의 입 안쪽 살을 쓸었다. 유주는 저도 모르게 낮게 신음
했다. 그 소리가 뭔가 기폭제라도 된 것인지 리옌의 왼팔이 유주의 허리를
세게 감았다. 오른팔은 뱀처럼 그녀의 겨드랑이 사이를 매끄럽게 들어와

등을 더듬어 올라갔다. 유주는 누군가 뒷덜미를 쓰다듬어 준다는 게 이렇게 오싹한 경험이라는 걸 처음 깨달았다. 전신에 소름이 내달렸다.

　―그래. 앞으로 어떻게 하느냐? 아주 중요하지. 그럼 네가 한번 말해 봐. 앞으로 어떻게 할 셈인지.

　―……당장은 답이 없어. 하지만 어떻게든 되겠지.

　―장난해? 그건 답이 아니잖아. 가만히 앉아서 신에게 기도만 할 건가? 요행수를 바라며?

　―하지만 어쩔 수 없는 상황을 받아들일 줄도 알아야 해, 친구. 세상일은 모두 네 뜻대로만 돌아가는 게 아니라고.

　코로 숨 쉬는 것조차 버거워질 즈음에야 유주는 슬며시, 그의 양복을 쥐고 있던 양손에 조금 힘을 주었다. 불편한 자세까지 감수해 가며 달려들었던 것과 다르게 리옌은 그 미약한 힘에도 순순히 밀려났다.

　"……."

　다만 완전히 멀어지진 않았다. 유주가 천천히 눈을 떴음에도 그때까지 리옌은 유주의 시야 내에 있었다. 그는 유주의 몸을 감고 있던 팔을 풀고는 손을 들어 유주의 젖은 입술을 엄지손가락으로 쓸어 주었다.

　"아직도 영화가 재미없으면 나갈까?"

　어떤 의미인지는 알았다. 유주의 심장이 거칠게 뛰고 있었다. 호흡도 약간 흐트러졌다. 머릿속은 산란했고, 감각만이 선명했다.

　긴장한 티를 내고 싶지 않았다. 하지만 손이 가볍게 떨려왔다. 유주는 리옌이 알아챌까 싶어 그의 몸에서 손을 떼어 냈다.

　이대로 나가면?

　아마 물에 물 탄 듯, 술에 술 탄 듯 지금의 상황이 이어질 것이다. 그러고 나면……. 그러고 나서…….

유주는 고개를 저었다.

"마저 영화나 봐. 흐름 끊겼어, 당신 때문에."

다행히 목소리는 떨리지 않았다. 유주가 아까보다 힘을 줘 그를 밀어냈다. 리옌은 알 수 없는 표정을 지으며 자신의 자리로 돌아갔다. 유주는 다시 팔걸이를 내렸다.

왜 그랬어? 라는 말은 안 하기로 했다. 왜냐하면 유주도 알고 있으면서 피하지 않은 건, 그가 왜 그랬는지와의 여부와는 무관하게 '왜 피해야 하는데?'라는 생각이 들어서였다.

키스? 사실은 좋았다. 마지막으로 연애를 했던 게 언제인지 떠올려 보니 벌써 이 년이 다 되어 갔으니 뭔가 문제 될 것도 없었다. 거기다 그런 흐름이었다.

그런 흐름이었다, 가 변명이 될지는 모르겠지만 좋기는 했다.

그게 문제였다.

"역시 재미없던 거 같은데?"

고민은 아주 잠시였다. 영화가 절반이나 남은 시점에서 유주는 그대로 잠들어 버렸다.

어떻게 그런 상황에서 잘 수가 있지? 라고 해도 할 말은 없었다. 유주는 입가를 손으로 쓸며 침 흘린 자국은 없나 살폈다. 다행히 그건 없었다.

"뒷부분이 너무 지루했어. 차라리 초중반부처럼 액션을 막 때려 부었으면 계속 재미있었을 건데 왜 액션이 다큐로 가냐고."

"보지도 않았으면서 잘도 아는군."

"내가 잤다? 그럼 그건 다큐라는 거야. 극장이 얼마나 자기 좋은 환경이야?"

"말은."

유주가 아무런 말이 없는 것처럼 리옌도 아까 전 일에 대해 아무런 말도 하지 않았다. 그냥 그대로 잊혀 지나갈 일에 지나지 않은 것이다. 이제 그런 이벤트 하나하나에 설레고 동요할 나이도 아니었다.

하지만 택시 정류장까지 걷는 동안의 공기는 확실히 이전과는 달랐다. 끈적끈적한 공기가 코와 입을 틀어막는 것도 모자라 폐부까지 쥐어짤 것 같았다. 어색했다. 그리고 머쓱했다.

"이제 뭐 할 거야?"

누가 먼저랄 것도 없이 택시를 타러 온 주제에 물었다. 물론 유주는 자신의 질문이 좀 이상하다는 생각을 했다. 아니, 평소와 똑같았다. 다만 그 느낌이나 뉘앙스가 미묘한 색채를 띤 것뿐이었다.

알았다. 알고 있어서 문제였다. 어찌 되었든 리옌은 유주에게 키스했다. 유주는 그걸 너무나 쉽게 받아들였다. 한번 관계에 물꼬가 트이면 그 이전으론 돌아가지 못한다. 잘못은 누구도 하지 않았다. 실수도 아니었다. 충동적이라고 둘러칠 만한 것도 아니었다.

"이제 숙소로 갈까?"

그건 리옌 또한 마찬가지였다. 유주를 향한 목소리의 농도부터가 달랐다. 이건 키스 이전, 그가 미묘하게 입을 벌릴 때와 똑같은 사인이었다.

이대로 들어가면 사달이 나도 보통 사달이 날 게 아니었다. 결국 유주는 한숨을 푹 내쉬며 고개를 저었다. 언급하지 않고 묻어 두는 것도 때때로 필요했지만 역시 그런 건 천성에 어울리지 않는다.

"그럼 잠깐 대화나 하고 들어갈까?"

유주가 턱짓으로 가리킨 곳은 카페였다. 당연하게도 리옌은 별다른 이의 없이 고개를 끄덕였다.

"상황 정리를 좀 하자."

카페 중 가장 사람이 없어 보이는 곳으로 향한 둘은 자연스럽게 가장 구석진 자리를 잡았다. 메뉴는 길게 생각할 것도 없는 아메리카노였다. 얼음이 죄다 녹아 결로가 맺히든, 컵의 열기가 식어 버리든 마시지 않을 예정이니 상관도 없었다.

"어떤 상황? 아니면 무슨 정리?"

리옌은 유주의 질문이 어느 방향을 향하는지를 물었다. 정확한 지적은 뭉뚱그린 질문보다 현명했다.

그의 빤한 시선에는 흔들림이 없었다. 유주보다도 더. 마치 그는 언젠가 그녀에게 키스할 것이라 이전부터 단정 지어 두었던 것 같았다.

"당신이 나에게 키스한 상황에 대한, 상호 관계 정리."

그래, 그거야 사고를 친 사람이니 당연했다. 그러니 중심을 잡아야 하는 건 유주였다.

솔직히 리옌을 남자로서 평가하면?

유주가 지금껏 만나 보았던 남자 중에서도 단연코 미남이었다. 사귀는 것도 아니었던 주제에 그녀에 대한 태도가 유독 무른 것도 좋긴 했다. 물론 처음에 만났을 때까지만 해도…… 아니 뭐, 그 이후 한동안은 비호감투성이였지만 그래도 그의 태도는 상식선이었다.

"그걸 정리해야 하나?"

리옌이 대수롭지 않게 말했다. 동시에 커피 두 잔이 나왔다. 유주는 종업원이 카운터 자리로 돌아갈 때까지 입을 다물었다. 그러곤 눈알만 굴려 리옌을 다시 응시했다.

"음…… 한국에서는 고용주와 업무 외적으로 얽히는 걸 굉장히 부적절하게 여기거든."

"내가 당신을 고용한 건 아니지 않나? 이젠."

"그래도 아직 해소된 건 아니니까."

"정말 고용 관계일 때 그 부분을 조금 더 의식해 주었으면 좋았을 텐데."

그의 말에 유주가 뜨끔한 표정을 지었다. 뭐…… 그야 그때는 그랬다. 하지만 유주도 나름대로 협조적이었다. 아무것도 납득하지 못하고, 상황에 대한 정확한 이해가 없다고 하기에는 무척.

어쨌든 중요한 건 그게 아니었다. 유주가 재차 고개를 저었다.

"그냥 당신이랑 나는 이런 관계면 안 된다는 거야."

"그러니까 뭐가? 그리고 왜?"

"왜냐니?"

"묻고 싶은 건 따로 있잖아, 유주. 당신답지 않은데?"

"내가 뭐?"

"뭐든 하나하나 성미에 찰 때까지 따박따박 따지고 드는 게 당신 성향 아니었나? 말 돌리지 말고 그냥 물어봐. 왜 키스했냐고."

"……."

"대답은 이미 준비됐으니까."

그럴 거 같아서 묻기 싫었던 거다. 하지만 저렇게 재촉받으면 안 할 수도 없었다. 유주는 영 내키지 않는 떨떠름한 표정으로 입을 열었다.

"왜 했는데?"

"하고 싶었으니까."

"……그래. 그럴 거 같았어."

"내 생각이 맞다면, 당신도 그래서 받아들인 거 아닌가?"

"따귀 칠 타이밍을 놓쳤다…… 뭐 그런 말은 안 해. 사실이니까."

"그런데 뭘 정리해야 한다는 건지 도통 모르겠군. 정리할 만큼 우리가 뭘 한 것도 아니잖나."

리옌의 해답은 명쾌했다. 지금껏 그랬다. 그건 유주 역시 마찬가지였다.

이렇게 빙빙 돌릴 문제가 아니었다. 좋으면 좋은 거고, 아니면 마는 거다. 하지만 고민이 되는 건 어째서일까. 유주가 한숨을 삼켰다.

"그때가 되면 늦어."

"그러니까, 뭐가?"

"정리가."

"하하."

리옌이 웃음을 터트렸다. 뭐가 웃긴 건지 모를 웃음이었다.

"당신도 알았잖아. 내가 어느 정도 당신에게 호의를 가지고 있던 거."

이렇게 직구로 메다꽂을 줄은 몰랐다. 유주는 평소답지 않게 당황한 나머지 살짝 움찔했다. 겁에 질린 척하고 싶지 않았지만 이미 몇 번이나, 유주는 그녀 자신이 리옌을 당할 수 없단 걸 알고 있었다. 힘으로든 뭐든.

그는 착하게 굴었지만 그녀를 봐주고 있단 사실을 모를 정도로 유주는 바보가 아니었다.

"나, 난 그게 왜인지 모르겠어서 계속 헷갈렸거든?"

"어쨌든. 대충 눈치는 채고 있었단 거네."

"그럼 이참에 물어보자. 도대체 왜?"

"그 이유를 들으면 지금 당장 숙소로 향할 건가?"

직구 2연타.

유주는 그를 노려보았다. 저 안에 담긴 함의도 다분히 노골적이었다. 이건 상대를 유혹하기보다는 거의 공격을 하는 것이나 다름없었다.

"갈 수는 있지. 당신하고 섹스는 안 할 거지만."

"선전포고인가?"

"날 너무 만만하게 보지 마, 리옌. 당신이 나를 보다 거칠게 다룰 수 있단 걸 알았어. 하지만 당신은 그러지 않았고."

"그건 나를 만만히 보는 거 같은데? 내가 계속 신사적일 거라고 누가 그러지?"

"난 딱히 신사적이라고는 안 했는데? 그리고 앞으로 만만히 굴어 주지 않으면 뭐, 때리기라도 하게?"

유주의 입에서 나오는 사나운 단어들에 리옌이 인상을 찌그렸다. 그러곤 고개를 저었다.

"못 당하겠어. 말로는."

"이번에는 나도 꽤 고전했어."

"당신에게는 역시 우회적인 건 잘 안 먹힌다는 걸 알았으니 수확은 있었군."

"똑같은 방식에 두 번은 안 당해."

"그건 두고 봐야 알겠지."

이 정도 엄포로는 씨알도 안 먹힐 터였다. 감정이라는 게 그렇게, 전열 기구처럼 껐다 끄는 것으로 온도가 올라갔다 내려가는 건 아니었으니까. 리옌도 그것을 아는지 더는 태클을 걸지 않았다. 유주는 괜히 홧홧하게 달 아오른 얼굴에 손부채질하며 시간을 확인했다.

어정쩡한 시간에 양천수와 이야기를 끝내고 식사도 영화도 어정쩡한 시간에 봐서인지 저녁 시간이 훌쩍 지나가 있었다. 뭔가를 챙겨 먹기에 애매한 밤 시간이었다는 의미다.

하지만 이제 슬슬 모든 것을 정리하고 들어가 쉬기에는 그리 나쁘지 않은 시간이었다. 마침, 테이블 위의 분위기는 어느 정도 갈무리가 된 참이었다. 유주가 먼저 자리에서 일어났다.

"두고 보든 지금 보든 그럼 오늘은 여기까지 하고. 이제 들어가서 쉬자."

"같이?"

입술 한 번 비비적댔다고 여간 느물거리는 게 아니었다. 은근슬쩍 선을 훌렁훌렁 넘어 버리려는 능청스러움이 까딱하다간 휩쓸리기 딱 좋았다.

"따로인 게 당연하잖아? 헛소리하지 마."

"안타깝네."

"……갑자기 들이대지 좀 말지? 체할 거 같거든?"

"당신이 얼마나 건강 체질인지 너무 잘 알아서 그런가. 영 신빙성이 없 는데."

말이나 못하면 밉지나 않지. 유주가 고개를 저었다.

"말은 참 잘해."

"칭찬으로 듣지."

유주가 짜증을 부렸지만 리옌은 마치 여동생의 앙탈을 받아 주는 오빠처럼 너그럽게 웃으며 자리에서 일어났다. 여기서 더 신경질을 부려 봐야 소용없음을 알기에, 유주는 순순히 그를 따라 걸음을 옮겼다.

 "아…… 내가 미쳤지……."
 결국 둘은 역 주변의 모텔촌에 방을 잡았다. 내일 이동도 그쪽이 더 용이했고, 재차 이동을 계속하는 건 번거로웠던 탓이었다. 내일 아침에 식사를 편히 해치울 수 있다는 것도 이점으로 작용했다. 딱 거기까지만.
 호텔 간판을 내걸고 있었지만 방은 허름한 여관이나 다름없었다. 옆방의 기척이 전부 느껴질 정도였다. 하필이면 옆방은 리옌이었고.
 매우 심란한 상황이었다.
 "내가 그때 왜 가만히 있었지? 이 미친년 진짜…… 정신 삽자루 빠져가지고……."
 그래서 욕설도 큰 소리로 내뱉을 수 없었다. 유주는 어쩐지 쿰쿰한 냄새가 나는 이불에 고개를 파묻은 채 중얼거렸다.
 인정할 수밖에 없었다. 원래 남녀 사이라는 게 오래 붙어 있으면 손도 잡고 싶고 뭐도 잡고 싶고, 그렇게 발전될 여지가 충분한 거였다.
 유주는 어린애가 아니었다. 연애가 별 게 아니란 것도 알았다. 어쩌다 붙어 다니는 남녀가(물론 붙어 다닌다는 것 자체가 상호 간에 호감이 있을 때나 가능한 거지만) 은근슬쩍 눈 맞고 배 맞는 경우가 허다하다는 건 당연한 사실이었다. 유주도 그랬으니까.
 "아, 씨발 모르겠다."
 벌떡 자리에서 일어났다. 담배가 당겼다. 유주는 골초까지는 아니었지만, 워낙 처음 담배를 배울 때 더럽게 배워 놔서 괜히 속이 시끄럽거나 울화가 끓어오르면 으레 담배를 찾곤 했다.
 하지만 리옌 덕분에 주머니가 텅텅 비어 있었다. 아무리 담배가 당겨도 거의 비흡연자에 가까운 사람을 옆에 두고 뻐끔거릴 정도로 그녀는 경우가 없지 않았다. 그렇다면 역시 사러 나가야 했다. 게다가 하도 발작질을 해서 그런지 배도 고팠다.

"······."

평소라면 별생각 없이 리옌에게 뭔가 먹을 거냐고 물어봤을 것이다. 하지만 지금은 그럴 마음도 들지 않았다. 유주는 옆방에 소리가 들리지 않도록 조심조심 문을 닫고 계단을 타고 아래로 내려갔다.

"10,800원이요."

그래도 의리상 리옌에게 줄 음료와 김밥 한 줄 정도는 샀다. 유주는 편의점 로고가 큼직하게 박힌 비닐봉지를 들고 밖으로 나와 주변을 둘러보았다.

서울과는 다른 살풍경한 느낌은 어릴 적 살던 시골을 닮아 있었다. 역전 부근임에도 인적이 드물고, 가로등마저 몇 개 없다는 것까지. 유주는 흡연을 지적할 사람이 아무도 없다는 걸 확인하곤 숙소 근처에서 담배를 물었다.

-Rrrr

담배에 불을 붙임과 동시에 전화가 왔다. 유주는 당연히 리옌일 거라 생각했다. 아마 또 별 핑계를 다 끌어다 붙여 그녀의 방문을 두드렸을지 모르는 일이니까.

하지만 액정에 뜬 이름은 전혀 의외의 인물이었다. 이현재.

유주는 잠시 망설이다 조금 느긋하게 전화를 받았다.

"여보세요?"

ㅡ아, 유주 씨. 늦은 시간에 죄송해요. 설마 주무시고 계셨어요?

이현재의 목소리는 여느 때처럼 밝았고, 말투도 여간 싹싹한 게 아니었다. 그렇다고는 해도 의례적으로 주고받은 연락처로 통화를 나눌 정도로 그녀와 가까운 사이 또한 아니었다.

유주는 영 떨떠름하고 어색하게 대답했다.

"설마요. 어쩐 일이세요?"

─저녁 드셨는지 궁금해서 연락드렸죠. 못 뵌 지 며칠 됐잖아요. 어디세요?

"아…… 일 때문에 잠깐 지방에 내려왔어요."

─지방이요? 아, 그래서 안 보인 거구나. 어디요? 어쩐지 주변이 조용하더라.

"무슨 일이에요?"

현재와 사이가 나쁜 건 아니었지만 아무 이유 없이, 그것도 안 그래도 속 시끄러워 정신 사나운 마당에 한담이나 나눌 관계는 아니었다. 유주는 공격적으로 들릴 수 있단 걸 알면서도 다소 날 선 목소리로 그에게 퉁명스레 물었다. 수화기 건너편에서 현재가 하하, 멋쩍게 웃었다.

─뭐 좀 물어보려고 전화했어요.

"뭘요?"

─혹시 슈란에게 무슨 일이 있나 해서요. 어제오늘 이상하리만치 기운도 없고 방에 틀어박혀 있기만 하는데 왜 그러는지 도통 이유를 알 수가 없어서요.

"아."

유주가 속으로 혀를 찼다. 현재가 이번 일을 어디에서 어디까지 아는지도 몰랐고, 아마 슈란의 기분이 무척 하락하기 시작한 계기가 되었던 날의 대화는 유주도 하나도 못 알아들었던 탓이었다.

뭐라고 대답해 줘야 하나 고민하며 주변으로 시선을 돌리던 유주가 문득 무언가를 느끼고 재빨리 고개를 틀었다. 호텔 건너편, 대로변 너머의 택시 승강장 즈음에서 시선이 느껴진 탓이었다. 그러나 거기에 몰려 있는 것은 야간 손님을 기다리며 커피 한 잔을 나누는 택시 기사들과 이제 막 M시에 도착한 사람들뿐이었다.

착각이었나? 그런 생각으로 유주가 고개를 다시 틀었다.

─유주 씨?

"아, 미안해요. 잠시 생각 좀 하느라고요. 어쨌든 음…… 떠올려 봤는데 잘 모르겠어요. 아시다시피 저랑 슈란이 그렇게 가까운 사이도 아니라서……."

—하하. 둘이 안 친한 거야 이미 알죠. 그냥 짐작 가는 곳 있나 물어본 거예요. 그럼 혹시…….

도대체 무슨 말을 하려는 건지 현재는 괜히 뜸을 들였다. 그사이 유주는 자신의 담배가 이미 다 타들어 간 것을 발견했다. 멀뚱히 서서 말을 주고받는 사이에 담배 한 대를 허망하게 날려 먹은 것이다. 유주는 새 담배를 꺼내 물며 손에 라이터를 쥐었다.

"혹시 뭐요?"

—거기 청 선생도 같이 있나요?

역시 슈란 이야기가 아니라 이게 본론이었다.

유주는 어쩐지 그의 말투 속에서 묘한 적개심을 읽었다. 목소리에선 일말의 경계심마저 느껴졌다.

원래 이렇게 말하는 사람이었나? 철컥철컥, 라이터 휠을 돌리던 유주의 손이 멈췄다. 이현재의 말투도 말투지만 신경 쓰이는 건 따로 있었다. 그녀는 손을 멈춘 채 재빨리 아까 전 방향으로 다시 고개를 돌렸다. 이번에도 시선을 느꼈다. 확실히, 착각이 아니었다.

카메라였을까? 아니면 정말 사람?

시선을 다시 돌렸다. 그 짧은 사이, 택시 두 대가 떠났다는 것을 제외하고 풍경은 크게 변한 게 없었다. 기사들 둘이 종이컵을 들고 수다를 떨고 있었고, 맨 앞 택시의 기사는 창을 활짝 열어 둔 채 누군가와 통화를 하고 있었다.

세 명의 여자 무리. 그중 한 명은 어디론가 전화를, 두 명은 휴대폰을 뚫어져라 쳐다보며 검색을 하는 듯싶었고, 군 휴가를 나온 것 같은 남자 하나가 자신의 짧은 머리를 만지작거리며 연신 시계를 들여다보고 있었다. 그들 뒤에선 역에서 막 빠져나오고 있는 사람 몇이 보였다. 그게 고작이었다.

—유주 씨. 대답 좀 해 줘요. 나도 일 때문에 그래요.

유주의 침묵에 현재가 재촉했다. 갑자기 찾아온 이 찝찝한 기분이 뭔지 깨달을 틈도 없이 유주는 담배에 불을 붙였다. 이번 대답은 오래 걸릴 것도 없었다. 하지만 말을 내뱉는 게 왠지 모르게 께름칙하긴 했다.

"네. 같이 왔어요."

—어딘데요?

"그런 것까지 말해야 해요?"

—서유주 씨, 지금 우리 비즈니스 하는 거 아닌가요?

현재의 목소리에 노골적으로 날이 섰다. 왠지 짜증이 치밀어 올랐다. 유주는 애써 곤두서는 기분을 가라앉혔다.

"M시에요."

—숙소는 어느 쪽이죠?

"역 근처요."

—그럼 내일 언제쯤 서울에 올라올 예정이에요?

"글쎄요? 올라가는 시간을 감안해도 저녁 시간 정도이지 않을까요?"

—그래요…….

석연찮은 대답이었다. 이제 서로 질문과 대답을 주고받았으니 더 할 말도 없었다. 그럼 이제…… 라며 유주가 운을 떼려는 순간이었다.

—그럼 청 선생에게 이 말을 좀 전해 줄래요?

"어떤 거요?"

—이위기(李偉祺)가 입국할 때 롱친의 끄나풀을 달고 왔다고만 전해 주면 돼요. 번거롭게 해서 미안해요.

롱친. 그 단어는 알아들었다. 분명 지난번 러시아의 카지노에서 만났던 그 고약한 두꺼비도 롱친의 사람이라는 말을 들었던 기억이 난 것이다.

"그 말만 전해 주면 돼요?"

—네. 그러니 내일 올라오자마자 어떻게 해야 할지 계획을 세워야 한다

고만 전해 주세요. 슈란은 그런 쪽의 대처는 영 꽝이거든요.

현재의 목소리에 다시 여유가 찾아왔다. 유주가 고개를 끄덕이며 대답했다.

"알겠어요. 그리고 올라갈 때 미리 연락할게요."

—고마워요. 늦은 시간에 미안했어요.

"네. 나중에 봐요."

찝찝한 통화였다. 하지만 그보다 찝찝한 건, 아까 전 느꼈던 시선이었다. 그건 착각이 아니었다.

"에이씨, 기분 잡쳤네."

유주는 결국 새로 문 담배조차 한 모금도 빨지 못했다. 그녀는 남은 불씨를 털어내고 꽁초를 근처 쓰레기 더미에 던졌다. 뭔가 기분이 이상했다. 그래서 유주는 아까와는 달리 조금은 서두르는 걸음으로 호텔 안으로 들어갔다.

"……."

하지만 리엔의 방문을 두드리는 데에는 매우 큰 용기가 필요했다. 물론 문자나 전화로 이야기하는 것도 생각했지만, 그가 질문을 던지기 위해 먼저 연락을 취해 오거나 그녀의 방문을 두드린다는 경우의 수도 존재했다.

똑똑.

물론 그건 반쯤은 핑계이기도 했지만 언제까지고 어색함을 두른 채 남처럼 지낼 수 없었다. 둘 사이에서 조금이라도 균형을 잡는 역할을 맡는다면 그건 유주가 떠맡는 편이 나았다.

하고 싶다는 생각만으로 입술을 들이대는 남자의 이성보다는, 어떻게든 거리를 두기 위해 노력하는 여자의 이성 쪽이 더 현명할 테니까.

"유주?"

리엔은 아직도 정장 차림이었다. 그제야 유주는 그나 그녀 둘 다, 오늘의 숙박을 위해 여벌로 챙겨 온 옷이 없다는 걸 깨달았지만 따로 구입할 만한 곳도 없었단 걸 상기했다. 이 상태라면 내일 Q장례식장에 다시 들를 때 무척 후줄근한 모습일지도 모르겠다.

"잠깐 얘기 좀 할까?"

유주가 편의점 봉투를 들어 올리며 말했다. 리옌은 그녀가 방 안으로 들어오도록 살짝 몸을 비켜 주었지만, 그녀는 고개를 저으며 편의점 봉지만 그의 손에 들려 주었다.

"아까 이현재 씨한테 전화가 왔어."

"이현재? 걔가 당신한테 왜?"

"이위기가 롱친의 끄나풀을 달고 왔대. 그런데 이위기가 누구야?"

"웨이치. 그런데 그 녀석이 왜 당신에게 연락한 거지?"

그러고 보면 현재는 슈란을 처음에 황서란이라고 했다. 유주가 고개를 끄덕이며 그의 질문을 대수롭지 않게 받아쳤다.

"글쎄? 뭔진 몰라도 나한테 전화한 거 보면 그쪽이 연락을 안 받은 탓 아냐?"

"내가? 아니, 잠깐만. 가지 말고 기다려 봐."

리옌이 잠시 안쪽에 들어가더니 휴대폰을 들고 나왔다. 그러고는 인상을 찡그리며 액정을 그녀에게 보여 주었다.

"아무 연락도 안 왔어."

"어?"

"아무 연락도 안 왔다고. 이현재가 당신에게 물어본 건 그게 전부였나?"

삽시간에 혼란스러움이 유주를 휘감았다. 그녀의 혼란은, 리옌에게서 옮은 것이기도 했다.

급한 일이라고 했다. 확실히 웨이치가 롱친 쪽 사람을 달고 입국한 거라면 문제가 있을 법도 했다. 롱친은 니시콴라이의 라이벌 조직이라고 하니까.

그런데 그런 걸 왜 유주에게?

"슈란에게 전화를 해 봐야겠어."

리옌이 유주의 눈앞에서 슈란에게 전화를 걸었다. 두 번이나 걸었지만 전부 신호가 자동 응답으로 넘어갔다. 우신도 마찬가지였다. 리옌이 여유 없는 표정으로 이현재에게도 전화를 걸었다. 불과 십 분 전까지 유주와 통화를 했던 상대이건만 그도, 받지 않았다.

"……뭔가 잘못된 거야?"

유주의 목소리는 긴장으로 잠겨 있었다. 리옌의 표정 또한 딱딱하게 굳었다. 그 순간, 유주는 호텔 앞에서 담배를 태우던 때에 느낀 이상한 시선을 떠올렸다.

그녀의 성정 자체가 다소 예민한 편이기도 했지만, 유주의 촉은 주변에 죽음을 달고 다니는 사람 특유의 것이기도 했다. 아무래도 직업상 조용한 상황, 고립된 상황에서 일을 하다 보니 절로 생겨난 것이다.

원래 시체를 다루는 일이라는 게 그랬다. 유주는 아까 전의 그 느낌에 대해 이야기해야 하나 말아야 하나 잠시 고민했다.

다만 유주가 간과한 게 있다면 그녀만큼이나 리옌 또한 타인의 기척과 표정, 그리고 그 감정을 살피는 데 능숙하다는 점이다. 잠시 떠오른 유주의 표정을 재빠르게 낚아챈 리옌이 다소 거칠게 물었다.

"말 안 한 게 있군."

"응?"

"들어와."

이번에는 성적인 함의가 포함될 만한 구석이 요만큼도 없었다. 유주가 고개를 끄덕였다. 당장 서울에 올라갈 순 없으니 일단 어떻게 된 상황인지 최악에서 최선까지 예측이 필요했다.

유주는 최대한 그와 단둘이 방 안에 있다는 걸 의식하지 않으려 노력했다. 그리고 최선을 다해 아까 전의 그 이상한 느낌에 대해 설명했다. 물론 쉽지는 않았다. 그냥 감만으로, 모든 것을 그렇다, 아니다로 규정할 순 없으니까.

"그게 다야?"

"응."

리옌도 그걸 알았기에 다소 떨떠름한 표정을 지을 뿐 다른 말을 하지는

않았다. 유주가 편의점에 다녀오기까지는 많은 일이 생길 정도로 긴 시간도
아니었다.

그러나 시간을 조금 더 감아서, 둘이 움직이기 시작한 순간부터 무슨 일이
벌어졌다면?

서울에서 떠나온 지 아직 채 열두 시간이 되지 않았다고 하지만 실상, 서
울에서 부산 왕복까지 일곱 시간밖에 걸리지 않는 세상이었다. 열두 시간은
충분히 사고나 불미스러운 상황이 발생할 수 있는 시간이었고, 만약 그들이
떠나온 뒤에 곧바로 무슨 사달이 생긴 거라면 이미 크리티컬 타임이 지나
있을 수도 있었다.

"……지금이라도 서울에 올라갈까?"

유주가 심각한 표정의 리옌에게 조심스럽게 물었다. 차라리 그게 나을 수도
있었다. 이민영이야 언제든 만날 수 있었다. 기회가 된다면 말이다. 게다가
그들은 이민영의 연락처도 가지고 있었다.

"리옌?"

"……당신, 내일 혼자 그 여자를 만나 볼 수 있겠나?"

따로 움직이자는 설명이 없어도 충분히 이해할 수 있는 결정이었다. 유주가
고개를 끄덕였다.

"당연하지."

"……아니. 아니야. 그러지 않는 편이 낫겠어."

리옌은 자기가 한 말을 30초도 안 되어 번복했다. 그의 머릿속에서 어떤
비관적인 상황이 벌어지고 있는지는 모른다. 하지만 앞선 그의 대답은 유주
에게 충분히 합리적으로 여겨졌다.

"난 애가 아냐, 리옌. 사람을 만나 얘기를 듣는 정도라고."

유주는 그의 걱정에 기도 안 찬다는 듯 대답했다. 그러나 리옌은 고개를
저었다.

"롱친의 끄나풀이 들어와 있다잖아. 당신도 표적이 될 수 있어."

약간 한심하다는 투였다. 하지만 그 부분까지는 미처 생각지 못했던 유주가 약간 의아한 어조로 말했다.

"어? 그게…… 그렇게 되나?"

"지난번에 말했잖아. 카지노에서 만났던 장치앙린은…….."

그 뒷말은 하지 않아도 괜찮았다. 유주가 고개를 끄덕이며 그의 말을 막았다.

그때 유주는 분명 자신이 카이화를 연기하고 있다 생각했었다. 하지만 그의 말에 따르면 그녀는 장치앙린에게, 리옌의 여자라고 오해를 받은 거라고 했다. 이 말도 진위는 모르겠지만 일단…… 노출된 것만은 확실했다.

"그럼 어떡해? 이민영을 나중에 만나?"

"……상황 파악이 안 되어서 잘 모르겠어."

서울에 있는 세 명 중 전화를 받는 사람은 아무도 없다. 그리고 지금 유주의 위치는 노출되었다.

물론 지나친 비약일 수도 있었다. 유주는 리옌의 휴대폰을 뺏어 들고는 세 명에게 다시 전화를 걸었다. 하지만 슈란, 우신, 현재 셋 다 전화를 받지 않았다. 여전했다.

"일단…… 당신은 올라가."

한참 침묵을 지키던 유주가 내린 결론은 그거였다. 하루 정도는 찢어져서 행동하는 것.

롱친의 끄나풀이 들어왔다는 말이나, 아까 느낀 정체불명의 찝찝함에 혼자 남겨지는 게 불안한 건 사실이었다. 하지만 여기까지 내려온 이상, 게다가 내일 약속까지 잡아 둔 이상 아무런 소득 없이 올라갈 순 없었다.

물론 리옌이 유주와 함께 움직인 건 민간인인 그녀를 보호하기 위한 데에 목적을 두었다는 것, 이미 문제가 터졌다면 지금 올라가도 수습이 어려울 것이라는 생각도 있었다. 하지만 이런 찝찝한 상황이라면 내일 이민영과의 대화가 잘 풀려 암시장에 대한 단서를 얻게 된다 해도 마음이 편할 리 없었다.

유주 또한 업무의 효율성을 따지는 편이었지만, 그 업무 효율성에는 어떤 마음으로 상황에 임하느냐의 영향이 크다는 것 정도는 알았다. 그러니 지금은 사건 전반의 효율적 해결을 위해 따로 움직이는 게 맞았다.

"하지만 그건……."

"난 당신들이 무슨 일을 하는지 구체적으로 알고 싶지도 않고, 말해 줘도 반절이나 이해할까 싶어. 분명 당신도 나한테 말 안 하고 숨기는 게 더 많을 테고. 당연한 거야. 내가 미주알고주알 내 일에 대해 떠벌리지 않는 거랑 같은 거니까."

"……."

"그런데 이렇게 불안해할 정도면 뭔가 있단 거잖아? 내가 지금 서울에 올라간다고 해 봐야 도움도 안 될 테고, 내일 이민영하고 대화하는 것도 당신은 별로 도움 안 될 테고."

"유주……."

"그러니까 그냥 당신은 지금 택시를 타든, 열차를 타든 올라가고 내일 나 혼자 이민영을 만나고 올라갈게. 그러면 되잖아?"

도움이 안 된다는 말은 너무 노골적이었나 싶었지만 사실은 사실이었다. 리옌은 유주의 말에 잠시 생각에 잠겼다. 나올 대답이야 뻔했다. 일단 고민한다는 것 자체가 그랬다.

"……좋아. 알겠어. 당신 말대로 하지."

당연한 결과였다. 유주가 고개를 끄덕였다. 하지만 거기에는 단서 조항이 붙었다.

"하지만 당신 숙소는 옮겨야 해. 그리고 내가 수시로 당신 위치를 확인하겠어. 그래도 괜찮다면, 당신은 여기 남아도 좋아."

잊고 있던 부분까지 상기시켜 주는 그의 과도한 친절함에 유주가 속으로 혀를 내둘렀다. 그러나 그 부분에도 이의는 없었다. 유주는 얌전히 알겠다고 대답했다.

* * *

"무슨 일이 됐건 무조건 전화는 받아. 알겠어?"

"네네, 엄마. 전화는 꼭 받고, 차 조심하고 불조심하고, 모르는 사람이 맛있는 거 준다고 해도 따라가지 말고. 그치?"

"까불지 말고."

리옌은 유주의 귀에 못이 박힐 정도로 연락의 중요성에 대해 일장연설을 늘어놓고 나서야 택시를 타고 서울로 올라갔다. M시에서 서울까지라니. 택시비가 얼마나 나올지는 모르겠지만, 목적지를 들은 택시 기사의 표정이 이미 싱글벙글이었던 것으로 보아 오늘 저 기사의 수입은 리옌이 다 올려 줄 터였다.

유주는 새로 얻은 호텔 건물을 올려다보았다. 아까 묵었던 모텔과 비슷한 수준이었지만 경찰서가 주변에 있었다.

별……. 이런 걸 다 신경 쓰나 싶어 헛웃음이 나왔다. 하지만 웃음은 짧았다.

이상했다. 지긋지긋한 일에서 멀어져 다시 혼자로 돌아가는 일상이 되면 그저 후련할 줄 알았는데. 묘하게도 가슴 한구석이 텅 빈 기분이었다. 어쩐지 제 처지를 되돌아보게 된다고 해야 할까.

새삼스럽지만 리옌과 슈란은 꽤 각별한 사이인 것 같았다. 이 먼 거리를 다시 돌아갈 정도라면 말이다. 물론, 상황의 경중을 따지지 못하는 건 아니다. 하지만 리옌은 유주가 위험에 처한다고 해도 저 먼 거리를 저렇게 내려오지 않을 터였다.

그녀에겐 가족들뿐이었다.

"어우, 몰라. 피곤해 죽겠네, 진짜."

애써 잡생각을 털어 내며 '만약 상황이 꼬이면 어떻게 되는 걸까'를 생각했다. 하지만 딱히 머리가 굴러가지 않았다. 괜한 심란함이 몰려왔다.

아까 전 느꼈던 이상한 시선은 그저 착각이었던 걸까? 이현재는 왜 갑자기 리옌을 내버려 두고 자신에게 전화했던 걸까. 슈란은 어디로 간 걸까? 웨이치는 도대체 뭐 하는 놈이지?

그리고 리옌은 왜 나에게 키스한 걸까.

도대체 왜. 언제부터.

"죽겠다, 진짜."

이런 생각을 할 상황이 아니란 건 알았지만 신경 쓰이는 건 어쩔 수 없었다. 그의 말에서 납득할 수 없는 부분도 있었다.

'당신도 알았잖아. 내가 어느 정도 당신에게 호의를 가지고 있던 거.'

"그러니까 언제, 어디서, 무엇을, 어떻게, 왜?"

유주는 침대 시트에 얼굴을 파묻은 채 중얼거렸다. 어차피 대답은 돌아오지도 않았다.

태연한 척이란 참 힘들었다. 소설, 영화, 드라마 따위를 보며 우유부단하게 갈등하는 주인공들을 향해 '뭐 저렇게 복잡하게 굴어? 그냥 좋은 게 좋은 거 아냐?'라고 말할 수 있던 건, 그게 말 그대로 남 일이기 때문이었다. 그런데 그녀가 그와 비슷한 입장이 되고 보니 진부하고 따분했던 모든 생각들이 솟아나기 시작했다.

내가? 그 남자랑?

언제 떠날지도 모르고 위험할지도 모르는데?

그 전에 난 무슨 생각인데?

그래. 인정해야 했다.

서유주는 양가적인 사람이었다.

아까, 리옌이 서울에 올라가야 하나 말아야 하나 고민할 때 그가 가지 않으면 어쩌나 하는 마음도 있었다. 여전히 받아들이고 싶지 않지만 그가 극장에서 키스한 데에 대한 불편함이 아직 남아 있기도 했다.

하지만 그가 가고 나니 허전했다. 이루 형언하기 힘든 탈력감이 몰려왔다. 아무래도 유주는, 너무 단시간 내에 그를 제 생활 반경 어느 틈에 끼워 넣었던 듯했다.

"아…… 그만해야지."

벌떡 자리에서 일어났다. 잡생각이 많아질 땐 샤워에 맥주 한 잔, 그리고 숙면이 최고였다. 아까 전 편의점에서 맥주를 사 오진 못했지만, 지금의 긴장 상태로는 목욕 후 숙면까지 그리 오래 걸리지 않을 것 같았다.

* * *

"……여보세요……."

─왜 이렇게 받는 게 늦어? 무슨 일이라도 난 줄 알았잖아.

"아…… 좀! 왜?"

그런 유주의 예정은 뜻대로 이루어졌다. 다음 날 오전 여섯 시까지.

그녀는 굳이 영화관에서 무음으로 돌려놓았던 휴대폰의 볼륨을 올려 두었다는 사실에 통탄하며 벨소리와 함께 아침을 맞이해야 했다. 지나치게 이른 아침이었다. 심지어 평소 리옌이 호텔에서 그녀를 깨우던 시간보다도 훨씬 일렀다.

─어제 전화했는데 전화를 받지 않아서.

"그것 때문에 이 시간에 전화했다고? 미친다, 정말……."

─미치겠는건 이쪽이야. 슈란과 우신, 이현재 셋이 사라졌어.

"뭐?"

정신이 번쩍 드는 말이었다. 사라졌다고? 완전히? 유주는 이불을 걷어 내고 상체를 일으켰다. 이불 속과 다른 싸늘한 공기에 잠이 조금 더 멀리 달아났다.

"사라졌다고? 어디…… 어, 뭐 술을 마시러 나갔다거나 그런 게 아니라?"

―자발적인 증발이야. 당신이 내 전화를 기다리지 않고 숙면을 취하고 있을 때, 나는 호텔 측과 협의해서 CCTV까지 돌려 봤어. 그리고 아주 익숙한 걸 찾아냈지.

"뭘?"

―슈란과 우신이 검은 정장 녀석들과 함께 나가는 장면 말이야. 두 발로 같이 걸어 나가더군.

그놈의 검은 정장!

유주는 머리를 긁적이며 아예 침대에서 내려왔다. 하품이 늘어지게 나왔지만 이 이상 잠들기는 그른 것 같았다.

"그, 롱친?"

―아마도.

"경찰에 신고는?"

―장난해?

리옌의 타박에 유주가 입을 댓 발 내밀었다. 그러고선 미니 냉장고에서 생수 하나를 꺼내 뚜껑을 열었다.

찬물이 들어가니 이제 완전히 잠이 깨기 시작했다. 그래. 생각을 하려면 우선 잠에서 깨야 했다.

"장난 아니거든? 나는 법치국가에서만 29년을 살았어요. 예? 무슨 일이 생기면 경찰부터 찾는 게 습관인 사람이라고."

―나랑 움직이는 동안에는 그 습관 좀 버려 줬으면 싶은데.

"말싸움할 생각 없어. 그래서 어디로 간 건지는 찾았어?"

유주가 단호하게 말을 잘랐다. 오히려 그런 명료함을 원했던 듯 리옌의 대답은 신속했다.

―전혀. 흔적조차 없어. 혹시 몰라 이현재의 집에 사람을 보냈는데 그의 집 책상 위에 휴대폰만 덩그러니 놓여 있더군.

"……도대체 그 롱친이란 데랑 당신네랑 무슨 억하심정이 있어서 그래? 아니, 잠깐. 검은 정장이라며. 우리가 본 그 검은 정장? 아니, 아니지. 같은 그, 뭐냐…… 같은 사람들이었어?"

유주가 아직 말끔히 정리되지 않은 생각을 두서없이 늘어놓았다. 하지만 리옌은 그녀의 말을 정확히 이해한 모양이었다.

─아마도. 그렇게 이해하면 앞뒤가 확실히 맞거든.

"이번 카이화 실종 사건에 롱친이 연관돼 있다고?"

─이전에 웨이치와 문제가 있었던 조직이 롱친이거든.

아!

그 순간 리옌의 말마따나 머릿속의 퍼즐이 싹 다 맞춰진 기분이었다.

롱친과 문제가 있던 웨이치, 그를 받아들인 니시칸라이. 지속된 갈등, 사라진 카이화.

"그, 그럼 이 모든 상황이 웨이치 한 명 때문에 벌어진 거라고?"

─엄밀히 말하면 웨이치가 벌인 일의 연장선에 카이화가 끼어든 상황이라고 봐야 하겠지. 웨이치가 일정 대가를 두고 루첸허를 매수한 거라면, 그리고 카이화가 그런 루첸허를 따라간 거라면 앞뒤가 설명되니까.

"그럼 웨이치를 잡아!"

─그 자식도 사라졌어. 하이윤도, 웨이치도, 그리고 슈란과 우신, 이현재까지 지금 전부 사라진 거라고!

"아악!"

리옌이 폭발한 것처럼 유주도 참았던 짜증을 터트렸다. 도대체 이 인간들 틈바구니에 재수 없게 끼어 버린 탓에 만사가 이렇게 복잡해질 수도 있는 건가 싶었다.

카이화, 루첸허, 왕우신, 황슈란, 웨이치, 하이윤, 그리고 리옌. 그들이 죄다 유주의 평온하기만 했던 일상을 엉망으로 만들고 있었다. 자꾸만 신경 쓰이게 하고 있었다.

그런데 제일 화가 나는 건, 그 일에 그녀가 개입되어 있으면서도 어떻게 해결할 방안이 없다는 거였다.

해결이 되어야 이 지긋지긋한 일들에서 벗어날 텐데.

—……유주?

갑자기 유주가 소리를 지른 데에 놀랐는지 리옌의 목소리가 조심스러워졌다. 유주는 그마저도 짜증이 났다.

이 인간이 모든 일의 화근이었다. 유주를 엉망으로 만든 인간이었다. 그녀의 평화로운 일상을 작살내고, 어제는 그녀의 불면을 유도했으며, 오늘은 숙면까지 방해했다.

"난 지금부터 다시 잘 거야. 최소 정오까지는 뒹굴거릴 거고, 그 뒤에 느긋하게 이민영을 만날 거야. 그러니 내가 먼저 연락하기 전까지 이렇게 전화하지 마. 애당초 난 당신한테 모닝콜 같은 거 부탁도 안 했거든?"

—왜 화를 내는 건지 모르겠어, 유주. 무슨 일이 있는 건가?

"말꼬리 잡지 말고! 화가 날 수밖에 없는 상황이니까 화를 내는 거지! 다시 한번 말하는데 열두 시 전까지 전화 걸면 당신 번호 차단하고 전원 꺼버릴 거야! 농담 같으면 어디 해 봐!"

그 말을 끝으로 유주가 먼저 신경질적으로 전화를 끊었다. 씨근덕거리는 호흡이 진정되지 않았다. 머릿속이 복잡했고 괜한 짜증도 올라왔다.

"이놈의 성질머리……."

그리고 그 모든 것이 정리되기까지는 오 분이 채 걸리지 않았다. 유주는 침대에 걸터앉고 허탈하게 숨을 뱉었다.

리옌도 혼란스러웠을 것이다. 갑자기 주변 사람들이 사라지고, 일은 점점 꼬여 갔다. 조직 내부의 문제도 있었고, 한국에 와서 지낸 지 이 주가 넘어가는 동안 유주와 싸우기도 숱하게 싸웠다. 안 답답하고 안 당혹스러울 리가.

그 와중에 카이화에 대해 얻은 정보라곤 자발적으로 사라진 것 같다, 죽은 건 아닌 듯하다는 것뿐이었다.

"하아……."

하지만 그 모든 것을 이해하려고 노력해도 유주에게 중요한 건 자기 자신이었다. 누구나 자기 자신까지 내던져 가며 타인을 돕진 않았다. 그리고 모두가 자기 자신의 안전한 일상을 버려 가며 얻는 스릴 있는 로맨스를 원하는 것도 아니었다.

위험에 빠질 것을 알고 있으면서도, 이렇게 휩쓸려 가기만 하는 현실이 답답하고 화가 났다. 그러면서도 괜히, 리옌에게 더 끌리는 멍청한 자기 자신에게도.

"씻자."

다시 잘 생각은 이미 사라진 채였다. 조금 일찍 씻고 체크아웃을 하고 나가 아침 식사를 한 뒤에, 커피 한 잔 느긋하게 빨며 생각과 감정을 좀 정리해야 했다. 그럴 필요성이 느껴졌다.

[주형아, Q장례식장 얘기 누구한테 들은 거니?]

"여기 김밥 먼저요. 라면 금방 나와요."

유주는 문자를 보내고 젓가락을 들었다. 늦장을 부린다고 부렸지만 호텔을 나오니 아홉 시였다. 간단하게 주변 음식점에 들어가 라면과 김밥을 시키고 혹시 몰라 인터넷 기사를 검색해 봤다. 누군가 납치되었다거나 실종되었다는 기사가 떴나 싶어서.

"아, 네. 감사합니다."

하지만 3일 전 기사까지 쭉쭉 내려 보아도 성인 남성, 또는 여성이 실종되었다는 기사는 없었다. 성철현의 가족들이 경찰에 신고할 것이라는 말만 들었지, 실제로 신고가 들어갔는지도 확인할 길이 없었다. 그저 기사화된 내용이 없으니 아직 사건 사고로 번지지 않았으리라 짐작만 가능했다. 문제는 그녀의 억측마저도 불확실하다는 것뿐이었다.

"……."

어쨌든 아직 이 일은 외부에 밝혀지지 않고 그저 유주를 둘러싼 하나의 해프닝으로 흘러가고 있었다. 경찰에 도움을 요청하고 싶다는 그녀의 생각은 여전히 확고했으나 그로 인해 부가적으로 딸려 올 상황도 골치 아프긴 매한가지였다. 무엇보다 이성이 확실히 돌아오니, 보복 문제도 무시할 순 없었다.

이럴 줄 알았으면 계약 기간을 5년이니 뭐니 짧막하게 잡을 게 아니라 그냥 한 50년 정도 대폭 늘리는 거였는데. 뒤늦게 아쉬움이 찾아왔다.

[누나 좋은 아침. 그거 저 술자리에서 들은 거라 확실하진 않은데 아마 계장님한테 들었을 거예요.]

마침 주형에게 연락이 왔다. 시간대를 보면 딱 출근을 하고 커피 한잔을 하며 답장을 보낸 거거나 아예 장례식장에 나가 연락을 한 거 같았다. 유주는 젓가락을 내려놓고 답장을 보냈다.

[어떤 계장? 회사?]
[P장례식장]
[정확한 내용 기억나?]
[그때 말한 거 말고요?]
[응. 너 지금 어디니?]
[나 출근했죠]
[회사?]
[아뇨 오늘 일하러 현장에]
[P장례식장?]
[네]

답장이 매우 빨랐다. 이 자식 딱 봐도 농땡이 치는 중이네. 헛웃음을 치면서도 유주는 묻는 걸 멈추지 않았다.

[계장님도 오늘 출근?]
[글쎄요?]
[물어볼 수 있으려나?]
[누나 아직도 그 일 때문에 그러죠? 어떻게 좀 해결됐어요?]
[해결하려고 이러는 거잖냐]
[지난번 그 새끼도 같이?]

얼굴 안 보이니 새끼란다. 유주가 혼자 피식거렸다.

[아니 오늘은 나 혼자.]
[그럼 물어봐 줄게요. 이따 점심때]
[그 사연 있는 시체 어쩌고 하던 거 위주로]
[성철현이 설마 누구 죽인 거예요?]

유주가 잠시 고민했다. 말해도 되려나? 하지만 경찰에 손을 빌릴 수도 없으니 급한 대로 어느 손이든 빌리긴 해야 했다.

[아니. 성철현이 뒷돈 받고 시체 팔이 짓 했나 봐. 아마 그 문제인 거 같아]
[헐 대박 미쳤다; 누나 어쩌다 그런 일에 낌?]
[나 아니면 너였다니까ㅋㅋㅋ]
[알았어요; 물어봐드림;; 나 이제 일함]
[ㅇㅇ 이따 연락 줘]

[한 시쯤 전화할게요. 수고요]

[수고해]

그제야 유주는 휴대폰을 덮고 다시 식사에 집중할 수 있었다. 물론 행동은 관습적으로 음식을 입에 넣고 씹고 삼켰지만 머릿속엔 다른 생각들뿐이었다.

오늘 이민영을 만나 대충 Q장례식장 사람들에 대해 조금 더 진솔하게 들어 볼 예정이었다. 거기에 최주형이 캐낸 소문을 어떻게 덧대어 보면 누구를 따라가야 하는지 대충 흐름이 잡힐 가능성이 있었다.

그 이전에 물론 리옌에게 사과부터 건넬 생각이었다. 아까 전에는 너무 많은 생각들이 밀려오는 바람에 과부하에 걸렸다. 유주는 가끔 그렇게 브레이크를 잃곤 했다. 물론 사적인 경우에만. 일을 하면서는 이런 경우가 없었다. 문제는 지금 그녀의 행보 자체가 모두 또 다른 업무라는 데 있었다.

그러니…… 그러니 오늘 일정이 마무리되고 서울에 올라가게 되면 리옌과 어제의 일에 대해 조금 더 이야기를 나눠 봐야 했다.

키스. 키스. 그 빌어먹을 키스.

무엇보다 그런 짓은 두 번 다시 하면 안 될 것 같았다. 이제 확실히 가늠이 좀 되었다. 이렇게 대 보고 저렇게 재 봐도 그와는 어떤 식으로도 관계가 진전되면 안 될 것 같다는 생각만 들었다.

유주는 자기 자신에 대해 과신하는 유형이 아니었다. 인생에 보험과 담보가 매우 중요했고, 그 확실한 무언가가 없이는 충동적으로 판단하고 행동하지 않았다. 오히려 그 반대라면 모를까.

그렇기에 그녀는, 언제고 리옌과 키스 이상의 상황이 벌어질 수도 있을 것이라는 가능성을 가질 수밖에 없었다. 이건 리옌으로 인해 생겨난 전망이었다.

절대 나 같은 여자와 어울릴 것 같은 이미지는 아니었는데…….

유주는 고개를 저으며 젓가락을 내려놓았다. 입맛이 없었다. 그리고 마음이 불편했다.

"계산할게요."

기분이 저기압일 땐 고기 앞으로. 머리가 안 굴러갈 땐 카페인과 당분. 그게 국제 룰이었다. 유주는 식사는 말끔히 포기하고 밥값을 치른 채 식당을 나섰다. 그리고 잠시 흡연 가능 구역으로 가 담배를 빼 물었다.

"삼촌."

—또 웬일이냐.

흡연 장소라고 해도 사람은 없었다. 내친김에 유주는 창진에게 전화를 걸었다. 여전히 무뚝뚝한 목소리였고, 퉁명스러운 말투였다. 그도 그런 게 작년까지만 해도 한 달에 한두 번이나 통화할까 말까 하는 정도였던 주제에 근래 전화가 잦긴 했다. 유주가 멋쩍게 웃었다.

"또는 무슨. 그냥 목소리나 들어 보려고 전화했지."

—M시엔 가 봤냐.

하여간 목적만 간결하였다. 유주가 작게 깔깔거렸다.

"왔죠. 양천수 씨도 만나 봤어요. 난 기억 안 나는데 나 기억하시는 모양이더라고요."

—그 양반이 기억력이 좋아.

"어쨌든 고마워서 전화했어요, 삼촌. 덕분에 얘기도 좀 해 봤고."

—괜찮은 양반이지. 사고만 안 쳤어도 여적 여서 나랑 같이 일했을 건데.

"사고?"

—……실언이다.

사고라니? 그건 금시초문이었다. 물론 천수가 말 안 한 것도 이해는 갔다. 누구든 자기 치부는 드러내고 싶어 하지 않으니까.

하지만 창진은 눈치가 매우 빨랐다. 원래 염질하는 사람들이 다 그랬다. 그는 이미 유주의 처지에 대해 전해 듣고 어느 정도 그 행보를 예측할 터였다.

그런 그가 허투루 이런 말을 꺼낼 리 없었다.

"무슨 사고요, 삼촌? 그러지 말고."

실언이라는 말도 그냥 겉치레로 한 말일 게 뻔했다. 응차, 전화기 너머에서 창진이 자리를 옮기는 소리가 들려왔다. 고요하기만 했던 그의 주변에 잡다한 생활 소음이 섞였다. 뒷베란다로 나간 모양이었다. 시골에 있는 구 건물은 뒷베란다만 나가도 흡연이 허용되었다.

─그 양반이 느이 할애비 돈을 해 먹고 날랐지.

"예? 돈이요?"

─좋은 사람인데 돈 문제가 전부터 좀 많았다. 노름을 좋아해.

"……아직도 노름한대요?"

─그거는 모르지. 그런데 당시에 꽤 많이 해 먹어서 네 할아버지가 성을 꽤 많이 냈었다. 그것 때문에 전답도 좀 팔았고.

"그래요? 그런데 아직 연락을 해요?"

─사람 사는 게 다 그렇지. 그래도 그 양반, 사람이 좋아. 느이 할애비 발상(發喪)부터 탈상까지 다 챙긴 사람이다. 그런데 돈 문제는 묻지 마라. 그 양반, 사람은 참 괜찮은데 돈 문제만 나오면 좀 그러니까.

역시 전화를 건 보람이 있었다. 유주가 하하, 웃음을 터트렸다. 별로 유쾌한 상황은 아니었지만 웃긴 상황이긴 했다.

이야기를 들어 볼 사람을 골랐는데 오히려 그 사람이 찾던 인물일 수 있다는 걸 왜 생각 못 했을까. 물론 사람이 바뀌었을 수도 있었다. 그러나 돈 이야기가 나오자 괜히 식구들이니 어쩌느니 하는 말을 들먹이며 제 밥그릇을 챙기던 모습이 자연히 떠올랐다. 어쩔 수 없이 '그럴 줄 알았지'라는 생각이 드는 것도 사실이었다. 사람의 마음이란, 참으로 간사했다.

"고마워요, 삼촌."

─추석 때 오냐?

"삼촌이야말로 나랑 흥정하셔?"

—버릇없는 것. 오지 마라.

아하하, 유주가 다시 한번 크게 웃음을 터트렸다. 이 정도쯤 되면 올 추석에 안 내려가면 큰일이 날 거 같았다. 유주가 고개를 끄덕였다.

"꼭 갈게요. 진짜로."

—그래. 밥 잘 챙겨 먹고.

"알았어요."

통화는 그대로 끝났다. 확실히, 유주에게는 리옌이나 슈란 뭐 그런 사람들보다 그녀의 주변 사람들이 훨씬 도움이 되었다. 일단 믿을 수 있다는 점에서.

담배도 태웠고 뜻하지 않은 정보도 얻었다. 이제 커피와 단것이 필요했다. 유주는 아까보다 조금 더 경쾌한 발걸음으로 아침 일찍부터 연 카페를 찾아다녔다.

"여보세요."

—이제 기분은 좀 풀렸나?

다행히 역전의 프랜차이즈 카페가 아침 일찍부터 영업을 하고 있었다. 일찍이라고 해도 열 시경이었으므로 한창 기차가 오고 갈 시간이니 당연하다면 당연했다. 유주는 그 카페에서 케이크 한 조각과 커피 두 잔을 마시고 완전히 활기를 되찾은 상태였다.

슬슬 약속 시간도 있으니 움직일까 하던 차에 리옌에게 전화가 왔다. 정확히 12시 2분에. 그의 이런 철두철미함은 재밌었다.

"완전히 풀렸지. 아깐 내가 미안. 자고 일어나서 좀 신경이 날카로웠어."

—다행이군.

우습게도 리옌의 목소리는 정말 안도한 느낌이었다. 별것 아니지만, 그리고 도대체 무엇 때문인지 모르겠지만 유주는 그에 약간 위안을 얻었다. 절로 목소리가 누그러졌다.

이상한 노릇이었다. 어제까지는 그가 불편해 어쩔 줄을 몰랐고, 오늘 아침까지만 해도 괜히 화가 나서 길길이 날뛰었는데. 지금은 또 그의 목소리를 들으니 안심이 되었다.

이런 변덕스러운 기조가 어떤 징조인지 알았다. 유주는 그래서 일부러 더욱 뻣뻣한 말투로 물었다.

"그래서 슈란이랑 우신은? 어떻게 뭐…… 어디로 갔는지는 알아냈어?"

─지금 알아보는 중이야. 그리고 방금 M시로 가는 열차표를 끊었고.

"엥?"

유주는 시간을 다시 확인했다. 지금 온다고 해도 이민영을 만나러 가는 시간까지 리옌을 기다릴 순 없었다.

"왜?"

─왜긴. 당신 데리러 가는 거지.

사실 이 말은 조금 훅 들어왔다. 유주는 괜히 찡하려다 고개를 저었다. 데리러 오기는 무슨.

"됐어. 내가 세 살 먹은 애야? 혼자 잘 만나고 잘 갈 수 있으니 신경 끄세요."

─이제 남은 타깃은 당신과 나뿐이지 않나. 붙어 있어야지.

"뭔 소리야. 그래 봐야 몇 시간이라고."

─이현재는 당신과 통화한 이후 몇 분 내로 연락이 끊겼어.

이건 지금 작업을 거는 걸까, 아니면 보호를 하는 걸까.

물론 그 모든 것을 칼같이 분리할 수는 없었다. 그럼에도 유주는 고개를 저었다.

"그래도 너무 소모적이야. 차라리 내가 올라가는 시간에 맞춰서 역에서 기다려. 그게 더 낫겠어."

─내려가서 같이 올라오나 역에서 기다리나 어차피 기다리는 시간은 매한가지야.

그는 이미 의지를 굳힌 듯했다. 유주는 트레이를 반납하고 카페를 나섰다. 날이 좋았다. 사실 기분이 나쁘지도 않았다. 그래서 결국 못 이기는 척 길게 한숨을 쉬었다.

"마음대로 해. 나 이제 슬슬 Q장례식장에 가 볼 거야. 아마 점심시간 내에 도착할 테니까 이민영을 만나는 건 한 시? 한 시 반? 그 정도 될 테고, 얘기는 길어 봐야 한 시간 내외로 끝낼 예정이야. 뭐, 더 길어질 수도 있지만 그래도…… 곧바로 역에 돌아온다 치면 당신이 도착하는 시간보다 이를 수도 있어."

―그럼 당신이 날 기다리면 돼.

"웃기네. 서로 기다리기야?"

유주가 깔깔 웃음을 터트렸다. 수화기 너머에서 리옌이 잠시 침묵을 지키더니 바람 빠지는 소릴 내며 덩달아 웃었다.

―아니면 차라리 Q장례식장에 계속 있어. 쭐레쭐레 돌아다니지 말고.

"아 맞다. 나 오늘 또 들은 얘기 있어."

―뭔데?

"양천수 씨, 돈 문제가 좀 있었다네."

―그래?

유주는 택시를 타러 가며 그에게 아까 전 삼촌과의 대화를 간단히 이야기했다. 노름, 돈 문제. 그것으로 간단히 정리될 수 있는 내용이었다.

리옌은 그녀의 말을 듣고 잠시 고민하는 듯하더니 떨떠름한 목소리로 말했다.

―역시 당신이 역에서 날 기다리는 편이 낫겠어.

"차라리 서울역에서 보자니까. 내 말대로 좀 해. 정 불안하면 위치 추적을 하든가."

―그래도 마음이 안 놓이는데.

"유난 떨지 마. 하여간 고집은 더럽게 세요."

유주가 할 말은 아니었다. 리옌도 똑같은 생각을 했는지 허어, 짤막하게 탄식했다. 그러곤 못 이기겠다는 듯 불퉁한 목소리로 대답했다.

—알겠어. 그럼 이민영과 인터뷰 시작하고 끝날 때 다시 연락해.

"누가 보면 사춘기 딸 단속하는 아빠인 줄 알겠어."

—어제는 엄마라더니.

"우리 엄마는 여자였어서."

—실없긴.

통화 내내 유주는 리옌의 표정을 생생히 그릴 수 있었다. 유주는 그에게 Q장례식장에 도착해 연락할 것과, 다른 일이 있으면 곧바로 알릴 것을 약속하고 전화를 끊었다.

그 과정에서 약간 위기감이 찾아온 것도 사실이었다. 별거 아닌 대화로도 점점 통화가 길어진다는 거나, 그에 대한 생각과 감정이 널뛴다는 거나, 쓸데없이 기분이 좋아진다는 거나.

"아…… 정신 차려야지."

그걸 깨닫고 나니 웃음기가 사라졌다. 애써 정색하며 휴대폰을 주머니에 넣고 택시를 잡았다. 그러나 위기감은 계속 찾아왔다. 아무래도 정신을 바짝 차려야 할 것 같았다.

* * *

"저를 따로 보자고 하셨다고……."

"네, 안녕하세요. A상조에서 일하는 서유주라고 합니다."

"예에. 이민영입니다. 무슨 일로 그러시는지……."

Q장례식장에 다시 찾아가니 천수는 자리에 없었다. 대신 말을 전해 두었는지, 이민영을 만나러 왔다는 유주의 말에 면담실 한 곳이 배정되었다.

이민영은 서류상 유주보다 한 살 연하였다. 그러나 실제로는 훨씬 더 어려

보였다. 아무래도 아직 사회 물을 덜 먹은 태도 때문인 듯했는데 아직 일을 배운 지 11개월밖에 되지 않았다는 걸 떠올리자 그 태도가 조금은 이해가 갔다.

원래 직장이라는 게 369법칙이라고 하지 않던가. 정확히는 홀수의 법칙이 랬나? 어쨌든 모든 일은 그 일을 제대로 익히고 스스로가 그 일에 자신감을 갖기까지 최소 3년은 걸렸으니 지금이야 한창 확신이 없을 때였다.

"별 건 아니고요. 그냥 얘기나 좀 나눠 보고 싶어서요."

"⋯⋯뭘요?"

"원래 이쪽 업계가 남초잖아요. 여성 장례 지도사가 얼마 없다 보니 마음이 가고 그래서요."

완전히 거짓말도 진실도 아니었지만, 일단 마음이 가는 건 사실이었다. 낯빛이 좋지 못했고 표정 구석구석에 불만기도 남아 있는 걸 보면 업계에 제법 마음이 뜬 것 같아서였다.

이쪽 바닥이 그랬다. 남자들이 많은 분야인 거야 둘째 치고서라도, 일의 정신적 혹사 수준은 이론으로 배우고 간단한 실기를 할 때와는 질적으로 달랐다.

유주도 그랬다. 미성년자이던 시절, 삼촌을 도와 일을 할 때는 그나마 볼만한 시체만 만졌다. 그래도 내부 장기가 부패되며 가스가 새어 나오는 상황에선 기절할 뻔했었다. 마치 시체가 소리를 내는 것 같아서였다.

뿐인가? 굳은 관절을 조금이나마 풀어 주기 위해 팔다리를 잡고 이리저리 꺾어 돌릴 때면 이대로 그 손이 유주의 멱살을 틀어쥘 것만 같아 벌벌 떨었다. 부패가 심해 구더기가 끓기 시작한 시체에 살충제를 뿌리면서 이런 일을 계속해도 되는 건가 회의감에 젖기도 했고, 죽은 사람의 면도를 해 주고 머리를 감겨 주며 가끔 살점이 뜯겨질 때마다 헛구역질이 올라왔다.

"⋯⋯그래요? 저기, 그쪽은 몇 년이나 하셨는데요?"

괜한 생각까지 떠올랐다.

유주는 애써 더럽고 힘들었던 기억을 머릿속에서 내몰았다. 그리고 어색하게 웃었다.

"정식 경력은 이제 4년 정도가 되어 가고요, 비공식적으로는 첫 번째 염이 열다섯 때였어요."

"열다섯이요?"

"저희 집은 할아버지나 삼촌이 전부 이쪽 일을 하셔서요."

"와. 그런데도 이 일을 하시네요? 전 이 일이 이런 줄 알았으면 안 했을 텐데……."

그래도 조금 말문이 트이자 민영은 이런저런 이야기를 털어놓기 시작했다. 대개 자신의 하소연이었다. 물론 엄청나게 깊은 개인사까지는 아니었지만, 그냥 어쩌다 이 일을 시작하게 되었는지부터 얼마 전 염을 한 사체에 대한 이야기까지 나왔다.

"그래도 다들 사람은 좋으세요. 근무하기는 어렵지 않고, 가끔 좀…… 속이 뒤집히는 거 빼면?"

유주는 최대한 그녀의 분위기에 협조적으로 맞추며 이야기를 어떻게든 끌고 나가려 했지만 정작 일이 아니라 사람에 대한 평가들은 죄다 후했다. 당연했다. 말이 어떻게 새어 나갈지도 모르는 일이고.

현장에서 얻을 수 있는 말은 이 정도뿐인가? 유주가 알고 싶었던 내용에 대한 영양가로 치면 어제 양천수와의 대화보다 더 질이 낮았다. 근무할 일도 없는 지역의 장례식장 사정이야 알 바도 아니었고.

"제가 사실 물어보고 싶은 건…… 제가 얼마 전에 사기를 당했거든요?"

"어머, 정말요? 어쩌다가요?"

"그게 사실은……."

그래서 마지막 방법으로 양천수를 낚았던 방식으로 운을 띄웠지만 고작 11개월 일한 이민영이 아는 건 별로 없었다. 오히려 그녀를 동정하고 어쩌다 그런 끔찍하고 천인공노할 사기꾼에게 걸렸느냐에 대한 탄식뿐이었다.

Q장례식장과 그 사기꾼과의 연관성에 대해 얼추 운을 띄워도 마찬가지였다. 사실 유주가 보기에, 그녀는 의도적으로 자신의 직장과 사기꾼과의 관계에 대해 깊이 연관 지어 생각하지 않으려는 것도 같아 보였다.

이해 못 할 부분은 아니었다. 아무리 염장이들의 간이 크다고 해도 자기 밥줄이 걸린 일이다. 게다가 업계 신입이라면 내일모레 은퇴하는 사람보다 몸을 사려야 했다. 그래야 계속 빌어먹고 살 게 아닌가.

"도움이 못 된 거 같아서 죄송해요……"

"아니에요."

시간 낭비였나. 아쉬움을 애써 지우며 유주가 시간을 확인했다. 한 시간도 훌쩍 넘어 있었고, 주형에게 부재중 전화도 두 통이나 찍혀 있었다. 수확은 없었다. 역시 빈약한 단서로 뭔가를 깊이 캐내는 건 무리였다.

"그래도 이만큼이나 얘기해 주셔서 감사합니다. 원래는 제 일이니 제가 해결하는 게 맞는 거죠. 바쁜 분 시간까지 뺏어서 도리어 제가 더 죄송하네요."

주섬주섬 가방을 챙기고 유주가 자리를 마무리했다. 그렇다고 해도 빈 음료 병 두 개 외에 대화의 부산물은 없었으므로 자리를 정리하는 과정은 깔끔했다.

"그럼 저는 이만."

그대로 돌아서면 끝이었다. 그런데 갑자기 이민영이 말을 걸어왔다.

"저기요."

"네?"

"정말 이 일을 조사하시는 이유가 뭐예요?"

"네?"

정말, '이 일'을, 조사하는, 이유?

이민영의 말속에 들어간 조사와 주어, 목적어, 서술어 어느 것 하나 이상하지 않은 게 없었다. 유주는 문고리를 잡으려던 손을 내렸다. 이민영의 표정으로 보건대 말하지 않은 내용이 더 있는 모양이었다.

조급증 내면 안 된다는 생각이 들었다. 침착하게, 추궁하는 느낌이 없도록.

유주는 최대한 가련해 보이는 표정을 지었다. 물론 그게 가련해 보였는지는 모르겠지만.

"……뭔가 알고 계신 거죠?"

"아뇨. 그런 건 아니고, 그냥 뭔가…… 사기꾼이 우리 같은 사람이랑 연관되어 있다는 거, 좀 이상하잖아요. 게다가 같은 업권에서 일하는 만큼, 이런 거…… 까딱해서 말 퍼지면 문제 생기는 것도 순간이고요."

얼버무리려고 했지만 분명 이상한 기색은 있었다. 이민영은 머뭇거리면서도 결정적인 한 발짝을 내딛지 못하고 있었다. 아무리 봐도 오늘 내로 저 입이 열릴 가능성은 요원해 보였다.

유주는 그 순간, 뭔가 한 가지 가능성을 놓치고 있었음을 깨달았다. 개인이 아니라, 여기 있는 집단이, 그 일에 관여 중이었다면?

"저는 그냥 그 사기꾼 집에서 나온 연락처 명단에, 여기 직원분이 계셔서 그걸 묻고 싶었던 거예요."

"그럼 그냥 그 사람한테만 물어봐도 되지 않아요? 아니, 기분 나쁘다거나 그런 게 아니라 그걸 관계도 없는 저한테 물어보는 게 좀 이상해서요."

"……직접 물어보는 건 좀 그렇잖아요. 게다가 사람 일이 어찌 될지 모르는 건데, 혹여 그 사기꾼한테 말이라도 새어 나가면 좀 그렇잖아요."

"여기 직원분은 확실해요?"

"이름과 연락처는 정확했어요."

"그분이 누군데요?"

만약 Q장례식장에서 근무 중인 여덟 명의 장례 지도사들이 전부 시체 매매와 관계가 있다면…… 그렇게 생각하면 여러 가지가 단박에 이해되었다.

한국에서 시체는 쉽사리 사라질 수 없다. 확실한 사인과 그 사인으로 확인된 죽음이라면 더더욱 은폐되기가 어려운 곳이 한국이었다. 외국의 사정은 모르지만 어쨌든, 그건 정말 어려운 일이었다.

그 와중에 '리베이트'라는 단어와 '사연 있는 시체의 처리'라는 말이 노골적으로 다른 이의 술자리에서 튀어나올 정도라면 어디에선가 말이 샜다는 것이다. 확실히 자금이 흐른다는 의미이기도 하다. 즉, 자신의 직업적 부산물로 생겨난 부유함을 자랑한 누군가의 경솔함이 있었다는 소리.

그런데 그게 내부에서 해결되지 않았다면? 외부에서 관찰된 경솔함이 내부에서 묻혀 간다면? 둘 중 하나다. 외부의 소문이 완전히 루머거나 내부에서 쉬쉬하고 입을 다물거나. 그리고 입을 다무는 경우라면 똑같이, 그 가능성은 두 개다.

하나는 모두가 결탁한 것. 하나는 그 위에 더 큰 어떠한 존재가 있는 것.

"경솔하게 의심하는 건 아니라는 교훈을 얻은 마당에 그분 이름을 대기는 쉽지 않네요. 말씀 감사했어요. 이만 가 볼게요."

유주가 재빨리 문을 열고 밖으로 나왔다. 여전히 주변은 한적했지만 사람은 붐볐다. 매일 사람은 죽는다. 매일, 장례식장은 호황이다. 그녀는 그걸 참 다행으로 생각하며 택시를 잡았다. 괜히 마음이 불안해졌다. 심장이 콩닥콩닥 뛰었다.

―누나!

"어, 주형아. 전화했었네. 미안, 잠깐 일 좀 보느라."

―아뇨, 타이밍 딱 좋았어요. 지금 막 염 끝내고 한숨 돌리려던 참인데.

택시를 타고 곧바로 주형에게 전화를 걸었다. Q장례식장에 대한 이야기를 들어야 했다. 그런 다음 곧바로 리옌에게 알려야 했다.

조사해야 하는 건 직원들이 아니었다. Q장례식장 전체였다. 브로커와 연결된 이는 하나라도 그들이 움직이는 건 집단이었으니까. 시체 암거래를 주도하는 이들에게 곧 말이 흘러 들어갈 터였다. 그들의 뒤를 캐는 누군가가 있다고.

마음이 급했다.

"그래서 얘기해 봤어?"

—아니, 계장님이 영 입을 안 열려고 하시더라고. 그래도 내가 누구예요? 믿음과 신뢰의 어? 최주형이잖아. 반주 한잔 걸치고 나니까 사알짝 풀어 주시더라고.

"응, 그래서 뭐라는데?"

—거기 부장님이 몇 년 전까지 돈에 좀 쪼들리셨나 봐. 그래서 힘들다 힘들다 소리를 입에 달고 사셨는데 어느 순간 그 말이 쏙 들어갔다고 하더라고요. 어쩐 일이냐 했더니 술자리에서 말하길,

"말하기를?"

—로또에 맞았다고 하더래요. 그래서 처음엔 그냥 술자리에서 사발 푸는구나 하셨대. 근데, 서류가 부족한 시체 좀 처리해 줄 수 있겠느냐, 무연고자 시체 중에 깔끔한 건 업어 가도 되겠느냐, 이런 말은 농담이라 치고 흘리기엔 좀 찝찝하잖아요? 그래서 말에 꽤 뼈가 있다, 하고 계셨던 거지. 우리 계장님이.

모골이 송연해지는 얘기였다. 왜 진작 주형을 털어 볼 생각을 하지 못했을까. 왜 하필 생각도 하기 전에 본진에 쳐들어간 거였을까. 유주가 앓는 소리를 내며 눈을 감았다.

"……그래서?"

—계장님 말로는 그 부장님이 몇 번은 거절을 했다고 그러대? 그런데 그 말을 처음 꺼냈던 사람이 부장님 바짓가랑이 붙잡고 사정사정한 모양이더라고요. 대충 듣기로는 뭐, 불법 체류자들이 타지에서 객사한 게 얼마나 딱하냐, 그런 사람들 유골만이라도 정리해서 고향에 보내 주려고 그런다 어쩐다 했다는데. 아니, 막말로. 서류도 없는데 그 사람이 불체자인지 아닌지 우리가 어떻게 알아요? 이건 누가 들어도 영 아니잖아요?

"그래도 결국 하긴 했다는 거네?"

─아마 그렇지 않을까요? 로또 맞았다는 건 당첨금도 수령했다는 말일 테니까. 근데 시체 사 갔다는 건 그냥 나온 말인지 아닌지 몰라요. 근데 누나도 알다시피 가끔 뭐, 시체 기증받는다는 병원이나 연구소도 있으니까.

"그 제안을 받은 부장님이 누군데? 여기 부장만 셋이야."

─아, 계장님 말로는 그 무슨 부장님한테 직접 들은 건 아니고 계장님 친구분이랑 얘기한 거라나 봐요. 누나 알다시피 여기 계장님 아직 젊잖아.

"그러니까, 말 흘렸다는 그 친구가 누군데?"

─누구라더라? 그러니까…… 음…… 계장님이 마흔 좀 넘었으니까 그 비슷한 나이라고 했던 거 같은데?

마흔? 유주의 기억이 정확하다면 Q장례식장에서 마흔 줄은 한 명뿐이었다.

김성민.

─어쨌든 이런 얘기, 괜히 같은 업권에 종사하는 이상 서로 떠벌리기 좀 찝찝하잖아요. 그때 술자리에서 계장님이 말한 것도 그냥 대출금 얘기하다 나온 거거든요.

"아하……. 돈 얘기가 관건이라, 이거네?"

─그렇죠, 뭐. 근데 누나, 나 이거 들으면서 생각한 건데.

"응?"

─이거 냄새가 좀 구려요. 누나 뭐 위험한 거에 손댄 거 아니죠?

다른 사람이 맡기에도 구린내가 나는 일이 맞았다. 그리고 위험한 것도. 유주가 애써 마른 웃음을 토했다.

"내가 아니라 성철현이 위험한 짓을 한 거라니까. 난 이거 내 상사한테 알려 주면 끝이야."

─제발 부탁인데 몸 좀 사려요. 그리고 어디 가서 소문내지 말고요. 알죠? 우리 같은 염쟁이들 애초에 재수 없는 건 타고난 거.

"네가 내 무운 좀 빌어 봐."

─나야 누나가 빨리 일 해결하고 복직하기만 바라고…… 아, 예. 잠시만요. 누나, 미안한데 나머지 얘기는 이따 해요. 알았죠? 끊어요.

"그래, 들어가……."

대답을 다 듣기도 전에 전화는 끊겼다. 유주는 잠시 휴대폰을 무릎 위에 올려두고 그새 흥건해진 손바닥을 바지에 문질러 닦았다. 지금껏 의식하지 못했던 현실감이 찾아왔다.

실제로 시체를 사고파는 인간들이 있었다. 그런데 그 인간 중 하나가, 유주의 삼촌 서창진과도 아는 사이였다. 그리고 서창진을 통해 유주는 Q장례식장에 접근했다. 최악의 경우, 그러니까 만약 P장례식장 관계자 중 한 명이라도 공모자가 있다면. 그녀의 목적은 차치하고서라도 신분은 확실하게 노출된 셈이다.

괜찮을까? 유주가 다시 휴대폰을 집어 들었다. 그리고 익숙한 단축 번호를 눌렀다.

─유주?

"그……."

당장이라도 유주는 자신이 보고 듣고 추측한 것에 대해 전부 털어놓고 싶었다. 하지만 여기는 택시 안이었고, 택시 기사에게도 귀가 있었다. 그녀는 조심성을 발휘할 수 있는 사람이었다.

"일 끝났다고 알려 주려고 전화했어."

─뭔가 알아낸 거라도 있나?

"지금 택시 안이야. 조금 있으면 올라가는 열차 안일 거고. 만나서 얘기해."

─지금 곧바로 올라올 건가?

"그럼 내가 중간에 어디로 새겠어?"

─도착 예정 시간은?

"가서 표를 사야 알지."

입이 근질거렸다. 다음 순간 유주는 자기가 얼마나 멍청한지를 깨달았다.

세상에. 21세기에. 휴대폰이라는 신식 문물을 두고, 전화가 아니면 대화를 못 할 이유가 있나?

"문자 할게."

─그래.

리옌도 같은 생각인 게 분명했다. 전화가 끊겼다. 유주는 창밖의 풍경을 둘러보며 자신이 역으로 정확히 가고 있음을 확인한 뒤 문자 메시지를 보냈다.

[아무래도 Q장례식장에 수상한 사람은 확실히 있는 거 같아]

답장이 오는 데엔 30초도 걸리지 않았다. 유주는 그의 큼지막한 손이, 앙증맞아 보일 정도의 휴대폰을 들고 있는 장면을 떠올렸다. 거기에 그 뼈대가 굵은 긴 손가락으로 자판을 치는 모습까지 상상하니, 그럴 상황이 아니란 걸 알면서 괜히 웃음이 나왔다.

[정확히 무슨 이야기를 들은 거야?]

"큼흠."

이럴 때가 아니지. 유주는 그녀가 느낀 것과 추측이 완전히 옳지 않다는 걸 알았다. 오판은, 편견에 시야를 가로막힌 인간이 저지르는 가장 흔한 실수였다.

하지만 지금껏 그녀의 오판은 리옌이 책임져 왔다. 단순한 추측을 하는 사람과 그 추측을 뒷받침할 행동력을 가진 사람. 어쩌면 그녀의 판단이 옳을 수도 있다는 확률이 생겼으니 설명에 막힘은 없었다.

[주형이한테 물어보니까 Q장례식장에 부장 하나가 돈 문제가 있었는데

어떤 사람이 접근을 했다나 봐. 불체자들 시체 처리랑 무연고자 시신을 부탁했대. 그리고 그 부장 경제적인 문제가 해결됐다고 하더라고.]

[그건 확실한 거야?]

[P장례식장 계장이 그랬대. 그 계장 친구가 김성민인 거 같아]

[Q장례식장에 김성민?]

[응. 그런데 만약 거기 사람들이 전부 다 그 일에 관계된 거면, 난 어떡해?]

지금껏 유주 입에서 한 번도 새어 나온 적 없는 말이었다. 그래서인지 리옌의 답은 한참이나 걸렸다. 체감상 한 몇 달은 지나 답장을 받은 것 같다.

[아무 일 없을 거야. 당신도, 당신 삼촌도.]

리옌의 문자를 보는데 갑자기 손이 후들후들 떨렸다. 그랬으면 싶었다. 괜히 긴장한 탓에 나쁜 생각이 드는 것이라 생각하고 싶었다.

[슈란이랑은 연락돼?]

[아니, 아직.]

이거 진짜 위험한 거 아니야?

정말 불안하면 내가 갈까?

유주답지 않은 말들이 마구 튀어 나갔다. 오히려 목소리를 듣지 않고 있기에 더욱 내뱉을 수 있는 말들이었다.

불안했다. 정말 위험한 일이면 어쩌지? 싶었다. 삼촌을 생각하니 더더욱 불안했다. 유주는 두어 번 심호흡을 했다.

괜찮을 것이다. 서울까지는 얼마 걸리지 않았고, 그곳엔 리옌이 그녀를 기다리고 있을 테니까.

[아냐, 나 곧바로 서울 올라갈 거니까 나와서 기다려 줘]

[표 사면 곧바로 연락해]

유주가 답장 대신 휴대폰을 덮고 창밖을 살폈다. 택시는 곧바로 역으로 향했고, 차도 막히지 않았다. 유주는 기사에게 돈을 던지다시피 한 채 급히 차에서 내렸고 제일 빠른 서울행 열차를 찾았다.

하지만 직통은 오히려 한 시간이나 기다려야 했다. 중간에 다른 역에서 한 번 환승을 해서 올라가는 길이 삼십 분 정도 더 시간이 단축되기는 했지만 최소한 일곱 시는 되어야 도착할 듯했다.

[중간에 역에서 열차를 갈아타면 6시 반 정도고, 서울 직통 타면 한 시간 기다린 뒤 7시 도착이야]

[갈아타지 말고 7시에 와. 사람 많은 곳은 일단 피하고]

[알았어]

[아니 사람이 많든 적든 일단 다 피해]

평소라면 걱정도 팔자라며 타박했겠지만 유주는 리옌에게 '응. 알겠어'라고 재차 답장을 보낸 뒤 곧바로 서울행 직통 열차표를 샀다. 그리고 대합실에 앉아 최대한 침착한 표정으로 깍지 낀 양손에 힘을 주었다.

똑똑한 척, 생각 많은 척, 많이 고민해 본 척 등등을 다 해 보았지만 결국 그녀의 판단은 경솔했다. 하지만 고민의 시간은 길지 않았다. 어차피 예전 으로 돌아간다고 해도 똑같은 행동을 했을 게 뻔했기 때문이다.

대신 유주는 다른 걸 생각했다. 조금이나마, 기운이 날 만한 거.

이를테면…… 사실 그녀가 너무 과민한 거고, Q장례식장은 시체 브로커 들과 아무런 상관도 없으며, 주형이가 들은 말은 정말 루머에 불과하고, 슈 란과 우신, 이현재가 단순히 연락을 못 받았을 뿐이라는 거.

"그게 말이 되겠냐……."

유주가 깊은숨을 토해 내며 고개를 숙였다. 아무리 좋게 생각하려 노력해도 그게 잘되지 않는 건 그녀의 성격이 비관적이어서가 아니라, 상황이 너무 잘 짜인 기어처럼 서로 맞물려 굴러가고 있기 때문이었다.

한 번은 우연이라고 할 수 있었지만 그 여러 정황이 두 번, 세 번 반복되면 그때부턴 우연이 아니었다. 이 상황 자체가 너무나 작위적으로 굴러가고 있었다.

그래, 이 느낌. 불안을 수반하는 이 아슬아슬한 감각. 이건 단적으로 말해, 위화감이었다. 상황이 뭔가 이상했다.

유주는 대합실 밖으로 나가 사람들 틈바구니에서 담배를 두 대나 태웠다. 심란한 마음은 가라앉지 않았다.

─서울, 서울로 향하는 15시 13분발 열차에 탑승하시는 고객님들께서는…….

유주는 결국 삼촌에게 전화를 걸지도 않았고, 주형에게 재차 연락을 취하지도 않았으며, 리옌에게 불안을 호소하지도 않았다.

삼촌에게까지 불신의 씨앗을 심어 줄 필요가 없다는 게 첫 번째 판단이었고, 주형이에게 더 깊이 파고들라고 할 염치가 없음이 두 번째 판단이었으며, 리옌에게 약한 모습을 보이고 싶지 않다는 게 세 번째 판단이었다.

그리고 열차는 도착했다. 저 열차만 타면 무사히 서울로 향할 테고, 리옌에게 짜증을 부리든 같이 불안해하든 일단 만나는 게 우선이었다.

"죄송합니다. 들어갈게요."

유주는 창가 자리로 들어가 앉으며 한숨을 돌렸다.

생각이 통제할 틈도 없이 범람했다. 머릿속은 이미 과부하였고, 곤두선 감각은 정신과 신체의 피로를 야기했다.

일단은 생각에도 숨 돌릴 여유가 필요했다. 유주는 열차가 출발한다는 방송을 들으며 억지로 눈을 감았다.

여유. 여유.

비록 뜨거운 물에 몸은 풀지 못하더라도 일단, 잠깐의 잠은 하고많은 잡념에서 도망치는 데 탁월한 전략일 게 분명했다.

……그런 생각은 얼마나 안일하고 멍청한 것이었던가.

"읍! 으읍!"

손과 발이 결박되고 입이 틀어 막힌 채, 호화 유람선이 아닌 차 트렁크에 처박혀 어디론가 실려 가는 경험을 해 본 사람이 세상에 몇이나 될까? 심지어 머리에는 검은 천으로 만든 에코백 같은 것까지 뒤집어쓴 채.

일단 손과 발이 결박되는 상황 자체를, 일반적인 사람들이라면 일생에 두 번이나 경험할 리 없었다. 영화 주인공도 아닌데 그런 납치극을 현실에서 경험하는 일은 한 번으로 족했으니까.

씨발, 염병하네!

"읍! 읍! 우으읍!"

유주는 발을 쿵쿵 구르며 차 운전석까지 자신의 발버둥이 전해지길 바랐지만 그녀의 희망은 요원했다. 이 차의 빌어먹을 안락함으로 추측컨대, 아마 P장례식장에서 성철현을 태워 간, 그리고 성철현과 성은영의 펜션에 나타난 그 차에 그녀가 타고 있는 게 분명했다. 그 검은 세단.

양 손목이 테이프에 감긴 상태에서, 다시 팔꿈치와 몸통이 이중으로 한데 묶여 있으니 아주 죽을 맛이었다. 사지가 멀쩡하게 붙어 있는데 이 사지를 내 마음대로 운용할 수 없는 답답함이란!

그렇다고 해도 포기할 순 없었다. 당연하게도 휴대폰이 없을 것이라 생각하면서도 유주는 어깨에 담이 걸릴 정도로 불편하게 몸을 뒤틀어 가며 자신의 양쪽 바지 주머니 위를 더듬거렸다. 혹시나는 역시나가 되었다. 아, 젠장. 이번 납치는 지난번처럼 호락호락한 분위기에서 끝날 것 같지 않았다.

휴대폰도 없다. 가진 것은 객기와 불안과 공포, 그리고 서울역에서 그녀를 기다릴 리옌뿐이었다. 그런데 문제는 이 모든 것들이 죄다 현 상황에서는 무용지물이란 거였다.

차라리 불안해할 거라면 처음부터 일관성 있게 불안해할 것이지, 열차에 탔다고 곧바로 긴장을 풀어 버리는 멍청이는 세상천지에 그녀 하나뿐일 것이었다. 아니지……. 이건 그녀가 멍청해서 생겨난 상황이 아니었다. 아니다, 맞나? 에라이 젠장!

"……."

유주는 자책을 그만두고 일단 트렁크 바닥에 귀를 바짝 가져다 댔다. 지금 이 차가 어디로 가는 것인지에 대한, 일말의 힌트라도 얻을 수 있지 않을까 하는 미약한 희망을 가지고 말이다.

하지만 들리는 것이라곤 잘 닦인 도로 위를 내달리는 아스팔트와 타이어의 마찰음뿐이었다. 엔진의 윙윙거림도 들려오긴 했다. 뭔가 윙윙거리는 소리가 같이 섞여 들어왔는데 그건 바람 소리 같기도 했다. 하등, 쓸모없는 정보들뿐이었다는 것이다.

하지만 거기에 의지하는 수밖에 없었다. 조금이라도 다른 생각을 할라치면 불안에 잠식된 그녀의 의식이 온갖 비관적인 미래에 그녀를 익사시켜 버릴 것만 같았다.

일단 머리에 쓰인 이 두건인지 뭔지는 차치하더라도, 이번에는 완전히 알수 없는 미지의 상대가 그녀를 납치했다. 농담으로라도 예쁜 모양새라 할 수 없는 과격한 방식으로. 심지어 언제 납치가 된 것이고, 지금 이 차에 이 모양새로 실려 얼마나 달린 것인지도 모르는 채였다. 지금의 상황은, 장소, 시간 모든 정보에서 그녀는 박탈당한 상태였다.

어쩌다 이렇게 된 거지? 정말 내 인생은 어떻게 되는 거야?

그럼에도 아무것도 할 수 없으니, 생각조차 제대로 통제되지 않았다. 착각인지 뭔지는 모르겠지만 괜히 숨쉬기가 어려워진 것도 같았다. 지금껏 단 한 번도 폐소 공포증이 있다고 여겨 본 적 없는데, 오늘을 기점으로 새로 생겨날 것 같았다.

"……."

가장 두려운 건 이번에야말로 살아남을 수 있을지 장담키 어렵단 사실이었다. 이번의 납치범은 그 정체조차 모르는 데다 그녀에게 원하는 바가 있다면 오로지 모든 사실을 함구하는 것일 터였다. 그녀가 냄새를 맡은 그 자체가 문제의 소지가 있다고 판단되었으니 이렇게 행동으로 옮긴 것 아니겠나. 그게 아니라고 해도 그녀를 완력으로 이끌고 간다는 것 자체가 낙관을 전혀 기대할 수 없는 상황이었다.

젠장…….

"우읍!"

무의미한 발버둥을 쳐 봤다. 정말 의미가 없는 행동이라는 점에서 괜히 눈물이 핑 돌았다. 하지만 애써 입술을 깨물어가며—정말 슬프게도 입까지 테이프로 막힌 상태였기에 정말 입술을 깨물 순 없었다—울음을 참았다. 이 트렁크가 열리고, 저 무례한 납치범들이 유주의 눈물을 발견하기라도 하면 쾌재를 부를 것 같아서였다.

씨발 새끼들……. 유주가 코를 킁, 들이마시며 어떻게든 숨을 골랐다. 찔끔 눈물이 새 나온 것도 같았지만 참새 오줌만큼 미약한 정도였기에 어떻게든 날려 버리면 될 것 같았다.

「씨발, 길을 완전 헤맸잖아? 지금이 몇 시야?」

「멍청아, 네가 내비게이션을 똑바로 따라 달렸으면 제시간에 왔을 거 아냐?」

최소한 한 시간 이상은 그대로 달린 것 같았다. 드디어 차가 멈춘다 싶더니 트렁크 앞에서 사람 말소리가 들려왔다.

남성 둘이었다. 기척으로만 느껴도 그랬다. 그리고 그들이 사용하는 언어는 분명…… 중국어였다. 여전히 내용은 알아들을 순 없었지만 그래도 중국어만 줄곧 사용하는 인간들 틈바구니에 껴서 생활한 지 어영부영 한 달이 다 되어 갔다. 저 언어가 중국어라는 것만은 확실했다.

그렇다면 의문이 들지 않을 수 없었다. 롱친 쪽일까? 아니면 루쳰허 쪽일까?

아니면 둘이 한 편인가?

「그래서 우린 이제 문지기 역할인가? 둘이서?」

「이따 식사를 가지고 교대할 놈들이 올 거래.」

「언제까지 이걸 데리고 있어야 하는데?」

「글쎄. 일단 죽었는지 트렁크부터 좀 열어 봐, 멍청아.」

덜컥거리는 소리와 함께 트렁크 문이 열렸다. 유주는 그제야 느끼지도 못했던 더위를 느꼈다. 새삼스레, 외부의 공기가 와 닿음과 동시에 전신을 감싸고 있던 긴장된 열기가 한 꺼풀 가신 것이다.

「더워 보이는데 좀 벗겨 줄까? 그 김에 재미도 좀 보고.」

「아서라. 손대도 된다는 말은 없었잖아?」

「이런 외진 곳까지 여자를 데려와서 그냥 보관만 해 두라는 건 좀 그렇지 않나? 이대로 뒀다가 파묻을지 어떻게 알아?」

「근데 뭐 하는 년인지 모르잖아. 괜히 뒷맛 찝찝할 건 안 건드리는 편이 낫지.」

「하, 씨발. 살짝 맛만 보는 것도 안 되나?」

남자 둘. 그리고 묶여 있는 여자 하나.

그 내용을 제대로 알아듣지 못해도 그녀의 앞에 있는 사내가 둘이란 사실과 상의가 약간 말려 올라갔다는 것, 거기에 대화가 길어지는 양상에 유주는, 자신이 생각보다 더 최악의 상황에 직면했음을 알 수 있었다. 아무리 얼굴 전체가 막혀 있다지만 노골적으로 추잡한 기색을 드러내니, 느끼지 못하는 게 더 어려웠다.

어쨌든 그중 한 사내가 유주를 둘러업었다. 입과 손발이 묶여 그저 버둥거리는 것밖에 할 수 없었지만 그녀를 어깨에 울러 멘 남자의 손이 여봐란 듯이 그녀의 허벅지 안쪽과 엉덩이를 주물럭거렸다. 심지어 옷 위였지만, 다리 사이를 꾹꾹 누르듯 만지기까지 했다.

"읍! 으으읍!!"

개새끼! 유주가 거칠게 욕을 내뱉었지만 그녀의 욕지거리는 꽉 틀어 막힌 입처럼 그녀의 내부를 맴돌다 결국 묻혔다. 그녀를 둘러멘 남자가 낄낄거렸다. 그녀의 반항을 즐기고 있었다.

「이 여자 나이가 몇일까? 아직 어려 보이는데.」

「몰라. 그걸 우리가 알아야 해? 빨리 던져 놓고 한숨 돌리자고.」

「좋은 냄새 난다. 마지막으로 떡친 게 언젠지 모르겠어.」

「미친놈. 그러다 진짜 좆 된다니까? 지시 없이 움직이지 마.」

「이런 곳까지 끌려올 년이면 곧 뒈질 년이거나 어차피 뒤통수 친 년 아니야? 이봐, 형제. 넌 겁이 너무 많아.」

하다못해 몸통과 팔을 같이 묶어 두지만 않았어도. 아니, 발목끼리만 어떻게 떨어져 있었어도…….

좁고 어두운 곳에 갇혀 죽음을 비관할 때보다 지금이 더 비참하고 두려웠다. 죽음은 그저 막연한 미래 어느 시점에 반드시 직면해야 할 일이었지만 유주를 더듬는 사내의 손길은 피하자면 피할 수 있었고, 아마 살아 있는 내내 그녀를 괴롭힐 고통의 일환이 될 게 분명했기 때문이다.

「어이, 난 분명 경고했어. 걸리면 피곤해질 일 같은 건 하지 말라고.」

「안 걸리면 되는 거 아냐? 이년도 즐기면 합의인 거고.」

「멍청한 새끼야, 그년이 그렇게 진술해 주겠냐?」

「나한텐 좋은 게 있잖아.」

「미친놈아, 그거 우리 상품이잖아?」

악! 유주는 하마터면 크게 비명을 내지를 뻔했다. 그녀를 메고 있던 사내가 유주를 풀숲에 거의 내던지듯 내려놓은 것이다.

바닥은 무성한 풀로 뒤덮여 그리 딱딱하진 않았지만 엉덩이뼈가 살짝 울릴 정도의 통증은 있었다. 유주는 상대가 바스락거리며 다가오는 것을 느끼고 몸을 꿈틀거렸다. 그녀를 들고 있던 남자의 음험한 목소리가 위에서 들려왔다.

「안에는 CCTV가 있으니 안 되겠고…… 여기서 잠깐만 재미 좀 보고 들어가자.」

「병신아, 그렇다고 보스가 눈치 못 챌 거 같아? 게다가 상품에까지 손을 대다니, 안 돼!」

「눈에 띄는 문제만 없으면 되잖아. 잠깐 칼 좀 빌려줘.」

「칼?」

「발목의 테이프만 떼고, 잠깐 재미만 본 다음에 옷만 입혀 두면 끝이야. 그 뒤에 발모가지만 다시 묶어 두면 모른다고.」

「하……. 이 새끼, 이거. 어디서 더러운 것만 배워 가지고…….」

「효과는 직빵이야. 알잖아? 처음에는 싫다고 지랄하겠지만 좀 지나 봐. 약빨 좀 오르면…….」

시선이 느껴졌다. 굳이 눈으로 확인하지 않아도 짐작 가능했다. 그들의 음험한 말투와, 역겨운 태도가.

유주의 몸이 긴장으로 경직되었다. 하나 그들은 그녀를 배려해 줄 마음 따위 없어 보였다. 거칠게 발목을 잡아챈다 싶더니 서걱거리는 소리와 함께 발목을 칭칭 감고 있던 테이프가 잘려 나갔다. 양발이 자유로워졌지만,

이내 양쪽 발목을 잡아채 질질 잡아끄는 사내의 손길을 느끼고는 자신에게 무슨 일이 벌어질지 깨달았다.

그건, 절대, 싫어!

유주는 필사적으로 버둥거렸다. 비록 정확한 발음을 내뱉진 못했지만 발악을 하며 욕설도 뱉었다. 남자의 벨트 푸는 소리가 들려왔다.

「괜찮아, 괜찮아. 씨발, 어차피 너도 좋아서 미치려고 할걸?」

「하…… 이러면 안 될 거 같은데…….」

「괜찮아, 괜찮다고. 손가락 끝에 살짝 찍어서 쓸 거야. 고작 이 정도 상품 빠진 건 귀신이 와도 못 알아챈다고, 이 소심한 새끼야.」

「찝찝한데…….」

「그래서 할 거야 안 할 거야? 절대 안 걸려. 내가 보장한다니까?」

「……얼마나 걸리는데?」

「30분이면 충분하지.」

「지랄하네, 조루 새끼가. 15분 안에 끝내.」

부스럭거리는 소리가 들리며, 남자 한 명이 유주의 바지 버클을 풀었다. 싫다고 발버둥 쳐서 될 게 아니었다.

손바닥 안이 땀으로 흥건하게 젖었다. 등판이 다 젖을 정도로 식은땀이 났다. 죽여 버릴 거야, 죽여 버릴 거야! 그런 생각으로 발길질을 했지만 양 다리를 넓게 벌리는 남자들의 손길은 여전했다.

독하게 마음먹으리라 생각했다. 울기 싫었다. 하지만 그대로 누군가 툭 건드리면 울음이 터져 나올 거 같았다. 안 돼, 싫어! 그 생각만이 가득했다.

「다리 좀 잘 잡아 봐. 쌍! 그거 되게 버둥거리네.」

「어차피 약 쓸 거면 차에서 주사기 가져와. 언제 녹을 때까지 기다릴래? 그 전에 혀 깨물고 뒤질 듯이 발악하는데.」

「어차피 가루니 금방이야. 좀 잡아 벌려 봐.」

「엄청 지랄하네, 씨팔. 시간도 없는데.」

「그러니까 빨리빨리 끝내자고.」

부욱, 하는 소리와 함께 유주의 팬티가 찢겨져 나갔다. 유주는 코로 숨을 크게 들이마셨다. 피가 얼굴로 몰려 열이 화끈화끈했다. 곧 터질 거같이 눈물샘이 자극되었다.

찬 공기가 허벅지 사이로 파고든다 싶더니 사내의 손가락 하나가 안을 비집고 들어왔다. 정말 토하고 싶은 심정이었다. 그러나 참아야 했다. 지금 토를 하면 질식사다.

"으으읍!"

「하…… 존나 부드럽네…….」

「지랄 말고 빨리 준비해. 둘 다 빨리 싸고 끝내자고. 고무 있어?」

「어차피 곧 뒤질 년인데 고무는 무슨.」

남자의 손가락이 아래에서 빠져나갔다. 순간 유주는 묘한 위화감에 휩싸였다. 그건, 그들이 사용한 약의 효과보다 더 빨리 작동한 그녀의 직감이었다. 감히 이야기하건대, 그 순간 그녀의 선택은 세상 그 누구보다 빠르고 현명하다 할 만했다.

남자들이 유주를 강제로 취하기 위해 잠시 모든 손을 뗀 순간, 유주는 지금이라고 느꼈다. 여기가 어디인지, 이 앞에 뭐가 있는지도 따질 겨를이 없었다. 심지어, 절벽에 떨어져 죽을 수도 있다는 시야 차단의 공포도 있었지만 그런 것조차 유주의 행동을 멈추지 못했다.

「악! 씨발!」

「저 개 같은 년이!」

유주가 자신의 다리 사이에서 자세를 잡고 있는 남자의 면상을 세게 걷어찬 뒤 몸을 굴렸다. 직감으로 걷어찼는데, 비명이 들려온 것으로 보아 제대로 걷어찬 모양이었다.

하반신이 완전히 노출되었다는 것에 대한 수치심도 없었다. 그런 감정도, 살아 있어야 드는 거였다.

「잡아!」

팔이 완전히 몸체와 고정된 탓에 분명 무게 중심을 잡기도 어려운 상황이었다. 그러나 사람이 죽을 때가 되면 저도 모르는 힘이 생겨난다던가. 유주는 자신도 믿을 수 없을 정도의 운동 신경으로 자리에서 벌떡 몸을 일으켰다. 신기한 노릇이었다. 눈앞이 핑핑 도는 것도 같은데 온몸에서 활력이 돌고, 머리에 피가 몰리듯 혈기가 치솟는 걸 보면 이게 바로 삶에 대한 갈망인가 싶었다.

그 뒤로 유주는 곧장 내달렸다. 빡! 소리를 내며 나무에 머리를 부딪쳤지만 아프지 않았다. 놀라웠다. 분명 얼굴을 타고 흐르는 이것은 피일 텐데. 피가 흐를 정도로 세게 부딪힌 것인데도 말이다.

더구나 부상에 신경 쓸 겨를도 없었다. 여전히 손이 부자유스러운 탓에 머리에 뒤집어 쓴 천을 벗겨 낼 수도 없었고, 머리를 흔들어 봐야 이 빌어먹을 에코백인지 주머니인지는 벗겨질 기미가 보이지 않았다. 아픔을 느끼는 건, 저들에게서 벗어난 이후의 일이었다.

「저, 저게! 야! 거기 안 서?」

눈앞이 보이지 않아서인지 더욱 감각이 곤두섰다. 남자들의 목소리가 조금씩 멀어졌다. 어디로 가는 것인지는 모른다. 철저히 제 감을 믿고 내달리는 수밖에 없었다. 물론 몇 번이나 넘어질 뻔했다. 하지만 넘어져서 잠시라도 발이 묶이는 순간 끝이라고 생각하니 신기할 정도로 몸이 움직였다.

어디론가, 어디론가.

그래.

어느 순간 유주는 자신이 '어디를' 향해 가는 것인지 깨달았다. 희미하게 흐르는 물소리를 따라 달리고 있었다.

순전히 본능만을 따랐다. 이들이 따라올 수 없는 곳. 몸이 으스러진다고 해도 최소한 저런 더러운 놈들을 피해 달아날 수 있는 곳. 그곳을 찾아 유주는 달리고 있었다.

「미친년아! 그만 달려!」

그녀가 달음질을 멈추지 못하는 데에는 뒤에서 따라오는 남자들의 발소리도 한몫했다. 그들의 추적은 집요했다. 하지만 죽으면 죽었지, 험한 일을 겪고 싶지 않다는 유주의 생각도 여전했다.

그따위 치욕을 감내하고 얻은 삶에 가치가 있을까? 없다고는 할 수 없지만, 아마 때때로 기억나는 악몽으로 인해 내내 고통스러울 것이다. 유주는 그를 감내할 정도로 강하지 않았다.

「멈춰! 멈추라고!」

어느 순간, 유주는 돌 위를 걷고 있었다. 절벽 근처로 다가갔다는 징조였다. 하지만 그걸 깨닫는 건 늦었다. 그녀가 다음 차례에 내디딘 발은, 허공을 밟았다.

「이런 씨발! 우린 좆 됐어! 좆 됐다고!」

그 순간만은 언어가 통했다. 유주는 등 뒤의 사내들이 낭패라고 지껄이는 느낌을 받았다.

그 느낌은 그녀 자신에게도 유효했다. 낭패였다. 치욕을 겪으니 죽기를 바랐지만 정말 죽음을 원한 건 아니었다. 높이도 모르는 곳에서 떨어져 온몸이 산산조각 난다면 누가 제 시신을 수습해 주기는 할까? 그러한 상상 또한 끔찍했다.

아니, 그녀의 평범한 일상이 망가지는 건 죄다 싫었다. 유주의 머릿속에 근 한 달이라는, 싫은 시간들이 스쳐 지나갔다.

역시 엮이는 게 아니었다.

보통은…… 이런 상황에서 눈을 뜨진 않던 거 같은데…….

아마 기절은 아니어도 혼절은 한 모양이었다. 유주가 눈을 떴을 때, 사위에는 어둠만이 가득했고 그녀는 아직 산속 어드메에 처박혀 있었다.

그렇다고 해도 손가락 하나 까딱할 수 없었다. 굴러떨어지며 나뭇가지나

돌에 채인 것 같았다. 어딘가 세게 박은 듯도 했는데, 정신이 하나도 없어 어디에 박고 어디에 걸려 굴렀는지도 알 수 없었다.

하지만 대충의 몸 상태는 짐작할 수 있었다. 일단 숨 쉬는 게 힘든 것으로 보아 갈비뼈가 부러진 것 같았다. 아마 그 외에도, 지금은 움직이지 못해 제대로 못 느낀다 뿐이지 제대로 긁히고 부러졌을 것이다. 최소한 두세 곳 정도는 그렇지 않을까?

"우읍……."

숨이 조금 막힌다 싶었는데 아무래도 비강 안쪽에 피가 엉긴 모양이었다. 유주는 거칠게 콧김을 내뱉었지만 보글, 끓는 소리와 함께 피거품이 일 뿐 호흡이 편해지지는 않았다.

몸을 일으키고 싶었다. 일단 훤히 드러난 하반신이 추웠고, 무언가 기어가는 건지 뭔지 모를 간지러움이 느껴졌다. 아니, 온몸이 미친 듯이 간지러웠다.

벌레? 벌레인가?

유주는 가까스로 목을 치켜들려 했다. 하지만 경추가 손상된 것인지 고개를 들려고 하자마자 골이 흔들리며 동시에 구토가 치밀어 올랐다.

무엇보다 아팠다. 전신이 다 아팠다. 어디 한 곳 짚을 수 없을 정도로 극심한 통증에 어느새 눈물이 줄줄 흘렀다.

끄으, 끅…….

하지만 목소리도 제대로 나지 않아 숨넘어가는 소리에 흐느낌이 섞이는 수준이었다. 배는 고프지 않았지만 곧 여러 문제가 그녀에게 닥쳐올 게 뻔했다.

"흐으…… 흐으읍, 흐읍, 흐……."

호흡에 피 냄새가 섞였다. 유주는 기절하고 싶을 때 기절하는 것도 하나의 복임을 그제야 깨달았다. 이런 상황에서 정신이 멀쩡하다는 건 전혀 좋은 일이 아니었다.

언제까지 여기에 이렇게 있어야 하는 걸까? 유주는 그렇게 생각하며 손가락을 꼼지락거렸다. 제대로 움직여지지 않았다. 여전히 전신은 간지러워 정신이 나가 버릴 것 같았다. 사타구니 안쪽이 홧홧했다. 호흡엔 여전히 수포 끓는 소리가 섞여 있었다. 폐도 손상된 것일까? 착각인지 모르겠지만 기흉을 앓는 것처럼 쌕쌕거리는 바람 소리도 섞인 것 같았다.

그녀는 다리를 배배 꼬며 할 수 있는 한 몸을 뒤틀었다. 척추 어디쯤에도 무리가 간 것인지 찌르르한 통증이 뇌를 직격으로 찔렀다.

끔찍했다.

이것이야말로 진정 죽고 싶은 감각임을, 유주는 처음 알게 되었다.

평생 몰라도 좋았을 감각이었다.

* * *

유주가 눈을 뜨고 맨 처음 한 생각은 이거였다.

와, 내 인생에도 이런 드라마 같은 상황이 생기는구나.

"……정신이 들어?"

그녀가 있는 곳은 병실이 아니었다. 호텔이었다. 하지만 그녀의 주변을 둘러보면 병원에 준하는 처치가 제공되고 있음이 보였다. 가습기, 링거바, 링거, 그리고 체온 측정기와 혈압계. 아무래도 의사가 수시로 왔다 갔다 하는 모양이었다.

"어……게……."

어떻게, 라고 말하려고 했지만 목소리가 나오지 않았다. 목이 제대로 움직여지지도 않았다. 목에 찬 보호대 때문이었다.

그래도 대충 상태는 확인할 수 있었다. 왼쪽 다리와 오른쪽 팔은 깁스로 인해 완전히 움직일 수 없는 상태였다. 왼쪽 팔에는 붕대가 감겨 있었는데 손가락을 까딱거리는 것 외에 움직이기가 어려웠다. 약간 어깨를 뒤틀어

보려는 것만으로도 찌릿한 통증이 올라왔기 때문이다.

그나마 멀쩡한 건 오른쪽 다리뿐이었다. 하지만 그것만으로 무엇을 할 수 있겠는가. 심지어 입 안이 텁텁한 것으로 보아 씻은 지도 오래된 것 같았다. 스스로 느끼기에 얼굴도 좀 부었다. 목소리도, 나오지 않는다.

엉망 그 자체였다.

"무리하게 움직이려 하지 마. 마침 의사가 왔어. 잠시만 기다려."

변하지 않은 게 있다면 리옌이 있단 것뿐이었다. 그러나 그의 상태도 볼만했다. 수염이 까슬까슬하게 자라난 데다 와이셔츠는 꼬질꼬질했고, 안색도 피로했다. 그녀가 깨어날 때까지 자리를 지킨 모양이었다. 그것도 무척 걱정스러운 표정으로 내내.

걱정. 말은 참 좋았다. 하등 도움도 되지 않는 걸 아주 잘하고 있었다 생각하니 기특하기 이를 데 없었다, 씨발.

"아, 일어났나요?"

리옌이 방을 나선 지 2분도 되지 않아 한 중년 여성이 따라 들어왔다. 그가 말한 의사였다.

다소 강한 인상의 여자는 유주의 눈을 들여다보고, 입 안을 벌리게 한 뒤 내부를 살폈다. 냄새날 텐데……. 그런 생각이 들었지만 애당초 유주는 지금 환자였다.

"환자분, 제 말 잘 들려요? 말하는 내용을 이해하는 데에도 문제가 없나요?"

의사는 유주의 몸 구석구석을 한 번 살펴본 뒤 조금 높은 톤으로 유주에게 말을 걸었다. 말은 아주 잘 들렸다.

의사 선생님 발음이 참 정확하시네. 유주가 그런 실없는 생각을 하며 고개를 끄덕이려다 다시 인상을 찌푸렸다. 척추를 타고 올라온 고통이 아주 찌릿했다.

"움직이려 하지 마시고요. 제 말을 듣고 알아들었으면 눈을 한 번 깜빡이시고, 모르겠다 싶으면 두 번 깜빡이세요. 알겠죠?"

깜빡.

고작 눈을 깜빡이는 정도는 껌이라고 생각했는데 그 행동마저도 매우 둔하게 느껴졌다. 의사는 유주의 행동에 고개를 끄덕였다. 그 정도면 되는 모양이었다.

"우선 환자분은 며칠간 말하기 좀 힘들 수 있어요. 산에서 조난당한 걸 닷새 만에 찾았거든요. 지금은 202X년 8월 28일이고, 환자분이 구조된 지는 딱 8일 지났어요. 여기까지 이해되세요?"

시간 감각 미쳤다. 유주가 눈을 깜빡였다. 그러다 잠시 시간차를 두고 한 번 더 길게 깜빡였다. 진짜냐는 의미였는데 의사는 무척 눈치가 빨랐다.

"안 믿어지는 거 알아요. 구조된 것만 해도 다행인데 살아 있기까지 하니까요. 환자분이 발견된 곳에서 조금만 더 미끄러졌으면 시신 수습도 안 될 뻔했거든요. 그나마 절벽 중턱에 걸려서 살아남은 거예요. 이제 남은 설명 계속할까요?"

깜빡. 일단 의사의 말로 보아 그녀가 살아난 건 현실이 맞았다.

세상에, 살아남았다.

살아남았다.

"환자분 상태를 설명해 드릴게요. 우선 깁스를 세 곳 했어요. 목, 오른팔, 왼쪽 다리. 다행히 목뼈에는 손상이 없는데 근육이 많이 놀랐어요. 조금만 움직여도 담이 걸린 것처럼 불편할 거고, 신경이 눌려 있기 때문에 통증이 느껴질 거예요."

그러면서 의사는 링거대에 달린 줄을 하나 들어 보였다.

"여기 이 줄은 마약성 진통제인데 남용해 봐야 좋을 거 없으니 나중에 정말 못 참겠다 싶을 때에만 이 버튼을 눌러 달라고 보호자분께 요청하세요. 약 기운이 돌아서 안 아프다고 해도 그건 착각이니까 가급적 움직이지 마시고요. 한동안은 가만히 누워 계시는 게 경추 신경을 되살리는 데엔 제일 좋습니다. 아시겠어요?"

의사는 무척 꼼꼼하게 유주의 상태에 대해 읊어 주었다. 어려운 말도 풀어서 해 주니 이해가 되지 않을 수가 없었다.

쉽게 말해 유주의 지금 상태는 '어디 하나 성한 곳이 없다'로 요약되었다. 그리고 이후에도 괜찮을지는 아무도 몰랐다. 의사는 다른 신체 부분에 문제가 있는지는 우선 허리 상태가 회복된 뒤에 판단해야 한다고 했다.

심리적 문제는 뭐, 악몽을 꿀 수 있다든가 잠이 안 온다든가 그런 부분이 있을 거라고 했는데 이는 다소 막연한 이야기였다. 깨어 있을 때 식은땀이 나거나 몸이 떨리는 등의 증상이 나타날 수도 있다는 말도 마찬가지였다.

"저는 하루에 두 번 올 거예요, 오전이랑 오후에. 문제가 있으면 보호자 분 통해서 연락 주세요."

의사는 장장 이십여 분이나 유주의 상태를 설명한 뒤, 그녀의 자세를 조금 편하게 고쳐 주고 방을 나섰다. 그제야 저쪽 구석에서 유주를 뚫어지게 쳐다보기만 하던 리옌이 천천히 그녀의 침대로 다가왔다.

시선이 얽혔다. 설명을 요구하는 유주의 눈빛을 리옌은 정확히 이해했을 것이다. 그가 의자를 끌어다 앉으며 재차 숨을 내쉬었다.

그는 무척 지쳐 보였다. 물론 잘생긴 얼굴이 피로에 절어 봐야 얼마나 망가지겠느냐마는. 유주는 그가 수염을 깎지 못한 모습을 처음 보았다. 사실 그녀는 남몰래 리옌이 사실 무모증이 아닐까 생각도 했었다. 잔머리가 솟아 있는 것도 보지 못했고, 매일 매끈한 턱선과 잘 관리된 구레나룻만 보았으니까.

하지만 깊게 파인 안와는 오늘, 수려한 콧대를 돋보이게 하다못해 피골이 상접해 보이는데 일조하고 있었다. 게다가 그의 피부는 매우 거칠거칠했고, 입술은 몇 군데 트기까지 했다. 저기, 피딱지가 앉은 부분은 짓씹은 것일까?

유주는 자신이 이런 시답잖은 감상을 떠올릴 수 있다는 데 감사했다. 더불어 저 남자의 망가진 모습은 어딘가 위로가 되었다. 지금 그녀가 망가진 정도까지는 아니겠지만 그 또한, 온전히 평화로운 나날을 보낸 건 아니라는 방증 같아서.

"……당신을 납치한 인간들은 아직…… 못 찾았어."

리옌이 아주 천천히 말을 시작했다. 도살장에 끌려가는 소의 울음소리같이 아주 길게, 질질 끄는 말투는 그와 어울리지 않았다.

"도착 시간이 되었는데도 연락이 없어서 내가 곧바로 사람을 풀었고……."

그럼 내 볼썽사나운 모습을 다른 사람이 찾은 걸까? 유주는 자신의 마지막 행색이 어땠는지를 떠올렸다. 하늘색 폴로셔츠에 얇은 카디건, 청바지에 흰색 운동화. 그리고 갈색의 포멀한 가방.

그 상태로 발견되었다면 문제가 될 게 없었다. 하지만 그녀가 기억하는 제 마지막 모습은 엉망이었다. 상체가 완전히 테이프에 감겨 결박된 상태였고 아래는 바지도, 팬티도 입지 못한 상태였다. 게다가 얼굴에는 에코백인지 뭔지가 쓰여 있었고.

그 꼬락서니를 누군가 봤다고? 유주의 미간에 절로 주름이 잡혔다. 리옌은 유주의 표정을 어떻게 해석한 것인지 다급히 변명했다.

"수색하는 데 오래 걸린 건 당신 휴대폰이 중간에 버려져서 초기 수색에 어려움이 좀 있었기 때문이야. 경찰을 동원해서 실종 신고를 내면 당신 가족들이 걱정할 것 같았고."

그의 말에 악의는 없었겠지만 사실 썩 믿음이 가진 않았다. 그가 정말 유주와 그녀의 안위를 걱정해서 신고를 안 한 것인지, 아니면 제 여동생 일이 밝혀지는 게 꺼려져서 그런 것인지 어떻게 안단 말인가?

하지만 가족에게 연락하지 않았다는 부분이 마음에 드는 것도 사실이었다. 그녀의 삼촌이 유주가 겪은 봉변을 알기라도 한다면……

생각하고 싶지도 않았다.

"우선 좀 쉬어. 아직 묻고 싶은 것도 많고 하고 싶은 말도 많겠지만, 지금 당신에게 필요한 건 휴식이니까."

그의 목소리가 떨린 것 같다고 느껴진 건 착각일까?

하지만 무척 안도한 것 같기도 했고 조금은 절박한 것 같기도 했다. 게다가 그는 유주의 손을 힐끔힐끔 내려다보며 제 손가락을 움찔거렸다.

설마 내 손을 잡아 주고 싶다, 이건가?

만약 그렇다면 리옌은 장르를 잘못 잡았다.

지금 그는 절절한 신파 분위기를 내고 싶어 하는 것 같았지만 유주에게는 지금 이 상황이 추격 스릴러의 클라이맥스 직전 장면이었다. 심각한 부상을 입고, 동료를 만나 잠시 몸을 추스르는 그 장면 말이다.

유주가 눈을 크게 끔뻑거렸다. 그의 말마따나 하고 싶은 말도 많았고 듣고 싶은 말도 산더미였지만 그보다 더한 안도감과 피로감이 그녀의 전신을 무겁게 짓눌렀다. 그녀의 눈빛이 가물가물한 것을 보고 리옌이 조용히 문을 닫고 나갔다.

유주는 한숨을 쉬는 것마저 버거운 몸 상태에 애써 눈을 감았다.

"날 납치한 건 남자 두 명이었어. 난 정신을 차리고부터 계속 트렁크 안에 있어서 얼마나 달린 건지, 어쩌다 납치된 건지도 몰라."

다행인 점은 한 번 의식을 되찾고 나니 회복은 빨랐다는 것이다. 금간 뼈들이 제자리를 잡을 때까지 다소 시간이 필요하겠지만 부상이 나아질수록 가습기가 켜져 있던 것처럼 둔하고 묵직한 머릿속도 조금씩 맑아지고 가벼워졌다. 꾸준한 의사의 내방과 리옌의 지극정성 덕이었다.

실시간으로 몸 상태가 호전되니 기분도 점차 나아졌다. 언제까지고 장마철인 줄로만 알았는데 과장 좀 보태, 침대 밖을 벗어날 즈음엔 볕 좋은 가을 날씨같이 쾌청한 기분이 들 것 같았다. 며칠 내도록 그녀를 괴롭힌 허기는 불편한 목 상태에도 식사를 가능케 하였으니, 그녀의 회복은 예상보다 빠를지도 모른다.

"당신 전화는 F역 부근에 버려져 있었어. 열차가 출발하고 얼마 되지 않아 그…… 일이 벌어진 것 같아.”

리옌의 말은 극히 모호했다. 일부러 직접적인 단어를 피하는 게 뻔히 보였다. 그 조심스러움이 더욱 불편했다.

“그래? 내가 발견된 곳은 어딘데?”

“K군.”

“아…… 되게 먼 곳에서 발견됐네, 나.”

그렇게 며칠이 지나니 그럭저럭 말할 수 있는 상태는 되었다. 몇 번인가 간호인이 찾아와 유주의 몸을 닦아 주긴 했지만 그것만으로는 꼬질꼬질한 태를 벗을 수 없다는 게 가장 큰 불편함으로 느껴질 정도였다.

리옌은 그런 유주의 곁을 한시도 떠나지 않았다. 그런 그에게 고맙다는 감정은 들지 않았다. 하지만 일부러 자신이 경함한 고통을 되갚아 주기 위한 막말을 골라 퍼부을 정도의 느낌도 없었다.

그냥 유주는 모든 일을 빨리 해결하고 싶었다. 예전으로 돌아가고 싶었다. 그렇게 생각하니 그에게 도움을 받는 것도, 그에게 협조하는 것도 별로 거북하지 않았다.

물론 초반에 그는 사건에 대한 언급을 의도적으로 피했다. 아직 유주가 받아들이는 데 거부감이 있을 것이라 생각하는 듯했다.

그러나 놀랍게도 유주는 그 상황을 떠올리는 것이 고통스럽지 않았다. 오히려 상황에 대한 설명을 닦달한 것도, 일의 추이를 추궁한 것도 유주였다.

불편함 따윈 없었다. 그저…… 아무 느낌도 들지 않았다.

“그 뒤에 생각나는 건…… 더 있나? 이야기하기 힘들다면…….”

리옌은 그런 유주를 시시때때로 불편한 표정으로 보곤 했다. 지금도 그랬다. 그는 성심성의껏, 자신이 유주의 눈치를 보고 있음을 어필하며 큼직한 포도 한 알을 그녀의 입에 넣어 주었다. 유주는 날름 그걸 받아먹으며 고개를 끄덕였다.

"많지. 얼마나 달렸는지는 모르겠는데 차가 멈춰 섰어. 풀 냄새가 났고, 두 사내 중 한 명이 날 둘러업었어. 참고로 둘 다 중국어를 썼고."

"……그럼 당신에게 하는 말들도 죄다 알아들을 수 없었겠군."

"못 알아들은 걸 다행으로 생각해. 분명 트라우마로 남을 만치 역겨운 이야기들이었을 테니까."

그 말엔 리옌도 동감하는 모양인지 입을 꾹 다물었다. 그 모습을 보니 유주는 더더욱, 지금 상황들이 얼마나 우습게 돌아가는지 알 것 같았다. 절로 입술이 비틀렸다.

"두 놈 중 한 놈이 날 풀숲으로 던졌어. 그리고 발목의 테이프를 끊어 주더라? 나 그때 설마 이게 도망가라는 친절인가 했거든?"

짐짓 쾌활하게까지 들리는 유주의 말투는 무척 즐겁게 들렸다. 하지만 그 안에 서린 것은 조롱이었다. 리옌의 표정이 굳어졌다. 그녀는 그것을 보고 입술을 혀로 한 번 적셨다.

"그리고 바지를 내리더라고. 팬티랑 같이."

유주가 거기서 말을 끊고 리옌의 표정을 살폈다. 무척 침통한 그 표정에는 충분한 공감과 슬픔이 가득 서려 있었다.

하다못해, 필사적으로 공감하지 않는 척 냉담하게라도 굴어 주지.

하하, 유주가 마른 웃음을 터트렸다.

"봤구나?"

"……."

"내가 어떤 모습으로 발견됐는지, 아는 거지?"

리옌의 침묵은 충분한 대답이 되었다. 긍정이었다. 그 순간 유주를 사로잡은 감정은 수치심과 비참함이었다. 하지만 다른 이들에게라면 몰라도 그에겐 결코 동정받고 싶지 않았다. 이해도 필요 없었다.

이게 다…… 이게 다, 누구 때문인데.

"의사가 뭐래? 분명 그 부분에 대한 의학적 소견도 있었을 텐데. 온몸이 칭칭 묶여 있던 주제에 아랫도리엔 팬티 한 장 없었던 거. 누구나 예상할 수 있는 부분이잖아.”

“……이런 얘기를 하는 건 좀 이른 것 같군.”

“이르지 않아. 언제고 알아야 할 얘기잖아. 뭐 별거라고.”

유주가 애써 의연하게 말했다. 하지만 리옌은 고개를 저었다. 그녀의 노력도 모르고.

“지금은 아니야.”

“난 들어야겠어.”

“서유주.”

“동정하지 마!”

유주가 버럭 소리를 질렀다. 점차 회복되어 가던 몸에 갑작스런 긴장이 가해지며 몸이 크게 한 번 요동쳤다. 목소리에 쇳소리가 섞여 있다 싶더니, 목구멍에서 피 맛이 느껴졌다. 리옌이 담담한 척하며 물을 가져왔다.

“소리 지르지 마, 유주. 아직 당신 몸은…….”

“난 네 여동생이 아니야, 리옌. 네 보호 따위는 필요 없어. 그런 같잖은 배려나 동정심은 개나 줘!”

유주는 자신의 몸이 불편하다는 사실이 이토록 애통하게 느껴질 수 없었다. 사지가 멀쩡했다면 뭔가를 던져도 던졌을 것이다.

“당신은 지금 나에게 화를 내는 건가?”

“그럼 내가 너 외에 누구에게 화를 내야 하는 건데?”

유주가 울분을 터트렸다. 기실 그녀가 누구에게, 무엇에 대해 화를 낼 수 있느냐 따지고 들어가자면 그 대상에 리옌이 포함되지 않는 건 명확했다.

그가 비난을 받는 건 옳지 않았다. 머리로는 알았다. 하지만 그에게마저 풀어낼 수 없다면 유주는 이 끔찍한 기억들을 끌어안고 혼자 속으로 삭여야 했다.

그것은 정당한가?

그것이 정당하다면, 유주가 당한 일은 무엇이 되는 것일까.

이건 애당초 유주가 감내해야 할 고통이 아니었다. 자신의 몫이 아닌 재앙을 기꺼이 끌어안을 사람은 없었다.

"······그런가."

리옌의 목소리가 살짝 잠겨 있었다. 젠장. 유주의 속도 답답해졌다. 비명이라도 지르고 싶었다.

"날 돈 주고 부리겠다는 데에 포함된 위험 수당도 이딴 상황을 염두에 두었던 건지 누가 또 알아?"

갈 곳 없는 분노를 해소할 수 있는 무언가가 필요했다. 리옌은 유주를 지키기 위해 노력했다고 하지만 그가 등장함으로 인해 유주에게 생겨난 것이라곤 낯선 경험과 불쾌한 기억들뿐이었다.

노력했다. 어떻게든 현실과 타협해 보려고. 하지만 이런 상황을 이미 겪어 버렸다. 아마 또 한 번 이와 비슷한 상황을 직면한다면 유주는 정말 참을 수 없을 터였다.

그리고 참을 수 없게 된다면 그녀가 어떻게 할지는 그녀 자신도 몰랐다.

"말해. 내가 도대체 무슨 짓을 당한 건지!"

유주의 독기 서린 채근에 리옌이 잠시 눈을 질끈 감았다. 그는 자신보다 더한 고통을 겪은 여자 앞에서 초조하지 않으려 노력했지만 참으로 헛된 연극이었다.

입술을 혀로 두 번이나 적시고, 머리를 한 번 쓸어 넘긴 뒤, 마른세수를 하고 나서야 리옌이 입을 열었다. 그녀에게서 시선을 피한 채로.

"아까도 말했다시피, 아직 당신을 끌고 간 녀석들의 정체는······."

"나도 알고 당신도 아는 족속 중 하나일 거 아냐. 얼버무리지 마. 난 당신이, 내가 알아야 하는 상황에 대해 자세히 설명해 주길 바란다고."

유주의 추궁에 리옌은 석연찮은 한숨을 토했다. 어정쩡한 변명은 통하지 않을 것이란 사실을 알고 있었다. 그도, 그녀도.

"······당신이 발견된 건 조난 이후 100시간도 더 지난 뒤였어. 할 수 있는 검사는 다 했고, 거기서 미량의 약물 반응이 나왔지만······ 정확하진 않아. 추정만이 가능할 뿐이지."

"계속해."

리옌이 머뭇거리기에 유주가 단호하게 채찍질을 했다. 그의 시선은 약간 불안하게 흔들렸다.

"당신이 성적······ 성적인 행동을 당하진 않은 것으로 나타났어. 아마 짐 작건대, 그 녀석들은 정제된 메스암페타민을 직접 체내에서 녹이는 방법을 사용하려 한 모양이야."

"메스······ 뭐?"

"필로폰."

필로폰이라고 하니 알 것 같았다. 이른바, 뽕이나 히로뽕으로 불리는 그 거였다. 그럼 그 사내 중 하나가 유주의 질벽 안쪽으로 손가락을 집어넣은 건 약을 직접 넣은 행위였다는 걸까?

"그래······. 한 놈이······ 손가락은 집어넣었지. 그 이후에 잠깐······ 잠깐 그 녀석들이 내 몸에서 손을 뗐을 때 내가 도망친 거고."

"······."

"하하. 정말 이제 경찰에 가기가 곤란해졌네, 나도."

그의 침묵은 현명했다. 그는 감히 그녀의 행동을 무모하다고 할 수도 없었고, 잘했다고 위로도 할 수 없었다. 억지로 쥐어짠 말들은 오히려 서로를 불편하게만 했다.

아니, 불편한 건 분위기가 아니었다. 유주와 리옌, 둘의 존재 그 자체였다.

어쩌면 우리는 절대 얽히면 안 되는 사이인데, 억지로 만나게 되어 버린 건 아닐까?

유주는 그런 생각을 하곤 픽 웃음을 터뜨렸다. 운명론 따위를 믿는 것도 아니면서 이딴 생각까지 하게 되는 걸 보면 그녀도 어지간히 정신적으로 몰린 모양이었다.

몰린 게 맞았다. 유주는 현재, 그녀 스스로 느끼기에도 비정상적일 정도로 울렁거리는 속을 다스리기가 힘들었다.

단순히 눈과 뇌의 문제로 시야가 흔들리는 게 아니었다. 누군가 숨통을 틀어쥐고 그녀의 세상을 뒤흔들기 위해 그녀 자체를 탈탈 털어 대는 거북한 느낌이었다. 유주는 심호흡을 하며 눈을 감았다가, 다시 천천히 떴다.

세상은 여전히 존재했다.

"리옌."

"듣고 있어, 유주."

"나 당신한테 뭐 좀 물어봐도 돼?"

유주는 정면을 바라보고 싶지도, 그를 응시하고 싶지도 않아 천천히 눈꺼풀을 내렸다. 단지 눈을 깜빡이는 행동들마저도 의식될 만치 그녀의 온갖 촉각은 곤두서 있었다. 아마, 그녀 스스로가 무척 긴장하고 있는 탓이어서 그런지도 모른다.

"얼마든지. 대답할 수 있는 거라면 숨기지 않고 답해 주지."

"나…… 몸 좀 회복되면 집에 가도 돼?"

약한 티를 내지 않으려 무던히도 노력했다. 하지만 그녀의 노력은 결국 수포로 돌아갔다. 달달 떨리는 목소리는 납치 당시의 두려움이 그대로 묻어났다.

눈을 감고 있으니 피부로 느껴졌다. 리옌이 대답을 머뭇거리고 있었다. 하지만 유주는 대답을 재촉하지 않았다. 자신의 치받는 감정을 다스리는 것만으로도 벅찼다.

"당신이…… 사라진 틈에 집을 구해 놨어. 훨씬 지내기 수월할 거야."

"그런 말이 아닌 걸 알잖아……."

"……."

"너 나한테 왜 키스했니?"

이런 걸 물어볼 때가 아니었다. 하지만 유주가 지금 가장 궁금한 사항이기도 했다.

왜 하필 자신일까? 하는 거 말이다.

그냥이라는 건 대답이 되지 않았다. 납득이 가지 않았다. 보다 근본적인 무언가가 필요했다. 여기까지 오게 된 상황에 어떠한 개연성이 되어 줄 이유도 좋았고, 정서적으로 매달려도 좋을 만큼 구구절절한 정서적인 떨림도 좋았다.

아니면 새로운 원망거리라도, 좋았다. 그런 게 필요했다.

"지금 이 분위기가…… 내가 생각하는 그런 분위기라고 생각해도 되나?"

리옌의 말에 유주가 픽 웃었다. 그리고 물었다.

"무슨 분위기?"

"파국."

리옌이 이를 악물고 말하는 게 느껴졌다.

파국. 파국이라……. 참 우스운 단어였다.

지금의 상황은 유주에게만 비극이었다. 두 사람의 비극이라고 할 수 없었다. 일단 두 사람은, 그녀가 기억하는 한 제대로 묶인 적이 없었으니까.

하지만 관계가 개선될 여지 없이 망가졌다는 점에서 그의 어휘 선택은 적절해 보이기도 했다. 유주가 고개를 끄덕였다.

"우리 사이에 있던 건 서로에 대한 경계와 불신뿐이었지만, 그것도 우리 둘을 이어 주는 매개였다면 파국을 맞이하는 분위기라고 할 수도 있겠네."

"……."

"그러니까 마지막으로 물어보고 싶어. 왜……. 왜 나한테 키스했니? 너."

"……."

"왜 하필 나였니? 내가 너한테 몸과 마음을 다 바쳐 헌신하길 바란 거니? 이런 상황도 이해하고 용납할 만큼?"

맨 마지막 질문은 리옌에게 던지는 듯하면서도 아니었다. 하지만 리옌은 그녀의 말을 이해했을 것이다. 그래서 대답할 수 있었을 것이다.

침묵은 길었다. 그러나 리옌이 어떤 식으로 말을 하고, 어떤 행동을 취해도 지금 그녀의 선택은 바뀌지 않을 터였다.

그건 둘 다 알았다. 그런데도 그는 조심스러웠다. 유주가 그의 곁에서 얻어 간 상처에, 한 올의 지푸라기가 되지 않기 위해 더욱 심혈을 기울일 필요가 있었다.

그렇기에, 조심스러웠다.

"당신은…… 내가 아는 여자 중에 가장 강해 보였어."

그 무거운 침묵을 깨고 리옌이 입을 열었다. 무척 느린 말씨였다. 쓸데없는 감상에 빠진 것도 같았다.

도대체 그녀와의 만남 어디에 감상에 빠질 만한 구석이 있던 걸까. 유주는 비죽 새어 나오려는 비웃음을 애써 참았다.

"처음부터 키스하고 싶던 건 아니지만, 그냥……. 그냥 그랬어. 어떤 상황에도 당차 보이는 그 모습이 보기 좋았지. 내가 가지고 있지 않은 걸, 당신은 많이 가지고 있었으니까."

유주는 그의 말에 한껏 빈정거리고 싶었다. 하지만 그러지 못했다. 그에겐, 정말 너무나 많은 결핍이 있었다. 정확히 말해, 결핍 외에 얻은 것이 없는 삶을 살아온 것 같았다.

예전에는 몰랐어도 이제는 알았다. 의도적이든 아니든 그가 보여 주는 일면들은, 고독하고, 굶주린 내면과 과거를 여실히 투영하고 있었다.

"당신에게선 사랑받은 사람의 냄새가 물씬 풍겼고, 자신감과 용기도 있었지. 그게…… 그게 좋았어. 사실, 그래. 인정할게. 당신에게 의지하고 싶었어. 의지하고…… 기댈 곳이 되어 주고 싶었어."

그 사실이 못내 부담스러웠다. 그래서 유주는 고개를 돌렸다.

이렇게까지 솔직해져야 할 필요가 있었던 걸까.

그의 말은 분명 듣기 좋았다. 좋을 수밖에. 원래 호감 초기에는 상대의 모든 모습이 좋아 보이는 법이었다. 마치 사랑 고백처럼 달콤한, 그러나 결코 순수한 단맛만 취할 수 없는 그의 내면 고백을 들으며 유주는 눈을 감았다.

지금의 상황이 아니었더라면……. 그랬다면 그녀는 분명 그를 끌어안아 주었을 것이다.

그러나 지금은 그럴 수 없었다. 유주는 그를 감당할 수 없었다.

흔들리는 이성을 단단히 붙잡았다. 결정을 내렸다면 결심도 해야 했다. 여기서 우유부단하게 굴면 죽도 밥도 안 되었다.

천천히 눈을 떴다. 현실이 보였다. 회피나 도망으로 해결되지 않는 지금이 있었다.

"고아인 주제에 사랑받은 티가 나고, 용기와 자신감이 넘쳤다. 그런 의미로 받아들여도 되는 거지? 고아에 대한 편견에 찌든 것 같은데, 리옌."

"그런 의미가 아닌 걸 알잖아, 유주. 알잖아, 그런 의미가 아니야."

리옌이 답답하다는 듯 그녀의 말을 잘랐다. 사실 유주도 그가 그런 식으로 말한 게 아니란 걸 알았다. 하지만 유주는 그의 말을 부정하듯 바람 빠지는 소릴 내며 웃었다.

"난 안 강해, 리옌."

"……."

"내가 겁이 얼마나 많은데."

"……그래."

"당신이 마음대로 날 좋게 봐준 건 고마운데……."

모질게, 조금 더 멀어질 수 있게.

유주는 입술을 잘근잘근 씹었다. 상처 줄 수 있는 말은 무수히 많았다. 하지만 그 모든 말을 내뱉는 것은 그를 상처 입힘과 동시에 자기 자신도 할 퀴는 말일 게 뻔했다. 그 생각을 하자 절로 손이 바들바들 떨렸다. 그렇게까지 하고 싶진 않았다.

마지막 남은, 알량한 감정이었다. 애정인지 동정인지 뭔지 모를.

"당신이 지금도…… 아니 애당초 진짜 있는지 없는지 모를 그딴 시시껄 렁한 감정 따위 죄다 차치하고, 그냥 지금의 나에게 일말의 동정심이라도 있다면……."

그 말을 하려는데 유주는 괜히 울컥, 어떠한 감정이 목구멍을 타고 오르 는 걸 느꼈다. 아무렇지 않게 일상을 영위하고 싶었다. 비록 엄청 강하게 굴진 않더라도, 그녀는 큰 역경 하나를 이미 넘어 봤으니 그 정도는 할 수 있을 것 같았다.

하지만 아니었다. 완전히 차단당한 시야. 무기력하게 벗겨져 나가던 옷 가지. 그리고 피부로 느껴지던 멸시와 조롱.

그건 그녀가 알고 있던 종류의 공포가 아니었다. 우스웠다. 극복할 수 있을 줄 알았는데, 극복하기까지 아주 오랜 시간이 걸릴 것만 같았다. 혹 은…… 극복하지 못할 수도 있을 것이란 생각이 들었다.

일생 처음 직면한 상황에 대한 유주의 솔직한 감정은, 그랬다. 처음 느낀 감정이었다.

"날…… 집에 보내 줘."

"유주……."

"그냥 날 평범하게 살게 해 줘. 그렇게 해 줘. 내가 당신한테 바라는 건 그거 하나니까."

유주의 마지막 말은 거의 흐느낌에 가까웠다. 리옌은 유주의 말에 한참을 침묵하다 머뭇거리며 말했다.

"우리 관계를…… 어떤 식으로든 되돌릴 순 없겠나? 일이 해결되면, 그…… 최소한 내가 당신 곁에서 조금 도울 순 있을 거야."

유주는 리옌의 말에 처음으로, 그가 그녀에게 어느 정도의 마음을 품고 있는지 궁금해졌다. 하지만 거기에 연연한다면 이 끔찍한 상황들을 다시금 감내할 어느 순간이 찾아올지도 모른다.

그와 함께 지내는 모든 순간이 지옥 같았다면 거짓말이지만, 그의 곁에서 지켜본 순간 중에 몇몇은 감당하기 힘들었단 건 진심이었다.

그녀는 다시금 자신이 했던 다짐을 떠올렸다. 그와 그녀의 관계에서, 옳은 방향으로 키를 잡아야 하는 건 그녀였다. 간극이 지나친 두 사람의 만남은 언젠가 반드시 파국을 맞이한다. 비단, 지금과 같은 상황이 아니더라도.

그 생각으로 마음을 가다듬었다. 감정을 거두어들이고, 숨을 골랐다. 그렇게 유주는 평소 자신이 지었던 표정을 꾸며 낼 수 있었다.

냉담하고, 묵묵하고, 진심 어린 표정. 유족들을 대할 때에만 지을 수 있는, 가식적인 표정.

그러나 지금 그녀가 그에게 내보일 수 있는 최선의 표정.

"만나기 이전처럼 되돌릴 순 있겠지."

매정한 유주의 말에 리옌이 자리에서 일어섰다. 그 기척에 유주도 감았던 눈을 떴다. 창가로 다가가는 그의 뒷모습이 초라해 보였다.

"······이 문제가 해결될 때까지는 경호가 붙을 거야. 당신의 집 근처와, 가족들 주변에."

하지만 그의 목소리는 유주와 다를 바 없이 차분했다. 유주는 다시금 울컥 치미는 감정을 꾹꾹 누르며 대답했다.

"고마워."

"그리고······ 이사 문제는 내가 하라는 대로 해 줘. 당신 말마따나 마지막일 테니까."

"나중에 내가 서울에 올라와서 살 때를 말하는 거겠지?"

"그래."

"알겠어."

"좋아."

리옌이 머리를 쓸어 넘기며 몸을 돌렸다. 짧은 시간 안에 모든 감정을 갈무리한 것처럼 무감한 표정이었다.

그와의 첫 만남이 떠올랐다. 웃는 모습이 어색했던 남자. 여전히 그는 웃는 게 어색했고, 저런 식의 무뚝뚝한 표정이 잘 어울렸다. 그것부터가 그녀의 삶과의 격차를 느끼게 했다.

"회복될 때까지는 여기에 있어. 가족들이 걱정할 거야."

"최소한 깁스 푼 다음에나 내려갈 생각이야."

"좋은 생각이군."

둘 사이에 잠시 무거운 침묵이 흘렀다. 그 무게를 버티지 못한 쪽은 리옌이었다.

"그럼 난 이만…… 일하러 가야겠어."

그는 옹색한 변명과 함께 도망치듯 자리를 떴다. 유주는 뒤늦게야 그의 주변에 이제 아무도 남지 않았음을 깨달았다. 하지만 그녀는 다시 눈을 감아 버렸다.

그의 곁에 아무도 없다고 해도, 유주가 그의 '아무나'가 되어 줄 순 없었다. 니시콴라이 소속인, 랴오위의 부하 칭리옌과 서창진의 조카이자 장의사인 서유주의 삶은 완전히 다른 것이었으니까.

"잘했어. 잘한 거야."

하지만 가슴 중앙에 구멍이 뻥 뚫린 것 같은 기이한 공허감은 어쩔 수 없었다. 결국 유주는 제 감정의 방향에 갈피도 잡지 못했고, 리옌은 그의 감정을 제대로 표현조차 하지 못했다.

둘 다 기회를 잃었다. 돌이키는 건 그리 녹록지 않을 터였다. 게다가 한동안은, 둘 다 상대의 공백에 진저리를 칠 것이다. 원래 사람 관계라는 게, 든 자리는 안 나도 난 자리는 그 기색이 훤한 거였다.

그래도 언젠가는 제자리를 찾겠지.

유주는 습기 찬 호흡을 애써 억눌렀다.

Chapter 5.5

품을 뒤져 보니 담뱃갑이 나왔다. 언제 산 담배였더라? 리옌은 잠시 고민에 빠졌으나 이내 담배의 출처를 깨달았다.

서유주는 흡연자였지만 결코 골초라고 볼 순 없었다. 그녀는 필요할 때 담배를 사서, 필요 없을 때 제멋대로 그걸 던져 놓고 새로 사길 반복했다. 매사 꼬장꼬장한 그녀의 성격과는 약간 거리감이 있었지만 한편, 그녀의 은 근히 무심한 부분과는 또 매칭되는 행동이었다.

더구나 서유주에게 있어 담배란 가끔 태워 날리고 싶은 감정을 대신하는 용도일 뿐이었으므로, 애착이나 관심이 있을 턱이 없었다. 때로는 쓸데없는 생각도 태워 버리는 것인지 모르겠다.

마치, 그처럼.

'우리 관계를…… 어떤 식으로든 되돌릴 순 없겠나?'
'만나기 이전처럼 되돌릴 순 있겠지.'

리옌은 유주가 산 담배 한 대를 빼 물고, 유주가 쓰던 라이터로 불을 붙였다.

언제 맡아도 달갑지 않은 냄새라지만 잡념이 많아지는 순간 찾게 되는 것을 보면 이미 그도 훌륭한 중독자였다.

뭐든 못된 건 금방 배운다. 그렇게 익힌 것에 빠져드는 건 언제나 금방이었다.

왜일까.

옳고 선한 길은 항상 어렵고, 그리고 나쁜 길은 언제나 수월하다. 그렇다면 지금의 리옌은 수월함을 선택한 결과로 만들어진 인물인가? 그건 아니었다.

리옌의 길은 결코 쉽고 평탄하지 않았다.

세상에는 옳지 못하고 어려운 길도 존재했다.

* * *

「**.」

'리옌'은 이민 3세대로 태어났다.

그의 부모는 시기적으로 볼 때, 톈안먼 사태를 기점으로 중국 본토를 떠나 방황하던 무리 어디쯤에 속해 눈이 맞았던 것으로 추측된다.

아마 홍콩에 자리를 잡은 것은 더 먼 외국으로 나갈 깜냥이 안 되었기 때문일 터다. 그러나 차라리 그게 나은 선택인 건 맞았다. 밀항해서라도 외국에 나갔더라면 안 그래도 녹록잖은 타지에서 벌써 굶어 죽은 지 오래였을 것이다. 그 빌어먹을 홍콩의 주룽반도 슬럼가에서도 하루 걸러 하루 굶기 일쑤였으니까.

「속 편히 잘 때가 아니다, **! 어서 일어나!」

리옌이 기억하는 가장 어린 시절은 이른바 구룽성채(九龍城砦)라 불리는 슬럼가의 처참한 모습이었다.

구룽성은 여름이나 겨울이나 악취가 끊이지 않았다. 풀을 태우는 냄새가 온갖 썩어 가는 냄새들과 뒤섞여 건물 전체를 메우고 있었다. 거기다 습하고,

좁았기 때문에 내벽이나 외벽을 조금만 둘러보면 시커멓게 그을린 자국들이 역겨운 감각들만큼이나 즐비했다.

치안은 더 말할 것도 없었다. 당시의 홍콩은 영국령도, 중국령도 아니었기에 말 그대로 치외법권이었다. 법이라는 것 자체가 뭔지 모르는 인간들도 분명 존재했을 것이다. 거지와 부랑자, 범죄자와 불법 체류자가 살기에 그보다 더 좋은 곳도 없었다.

「**, 빨리 네 물건을 챙겨. 지금 떠나야 해.」

그리고 리옌의 부모는 그 성채 내에서도 빚을 졌다.

공항이 들어서니 어쩌느니 하는 풍문을 따라 흐르는, 어쩌면 성채 자체가 철거될지도 모른다는 그 말은 오히려 그들에게 기회였다. 둘은 리옌을 데리고 이때다 싶어 달아났다.

재수가 없어 그 사채꾼들을 다시 만나면 죽을 것이오, 아니면 어찌어찌 살아남긴 할 것이라는 무모하다 못해 무식한 생각이 유일한 계획이었다. 그래도 운은 좋았다. 성채는 확실히 무너졌고 근방의 판자촌엔 꾸역꾸역, 더욱 많은 사람이 몰렸다. 빚쟁이들이 그들을 찾아내는 일은 없었다.

그들은 몇 개의 도시를 몇 개의 계절과 함께 떠나보냈다.

'**'의 세 가족은 다른 어느 빈민가에 둥지를 텄다. 당시에는 지천에 널리고 깔린 게 빈민가였다. 지역이 중요한 게 아니라 그저 비를 피하고 머리를 뉠 수 있느냐가 중요했다.

「너 때문에 저 아저씨가 화났다.」

그 흔하고 숱한 판자촌 어디에선가 처음으로 카이화를 만났다.

카이화는 국수 공장의 금지옥엽 셋째 딸이었다. 위로 오빠가 둘 있었는데 큰 애는 열여덟이었고, 둘째는 리옌과 나이가 같았다. 카이화는 리옌보다 세 살이 어렸다.

그녀는 사랑받는 딸이었지만 그들의 집안은 그리 부유하지 않았다. 가난한 사람들끼리의 공동체는 결코 부유한 특정인이 발생할 수 없는 구조였다.

과자 사 먹을 돈이나마 쥐고 다니지만 가족 중 누구에게도 보호받지 못하는 어린 계집애. 그리고 그 계집애에게 빌붙어야 과자 한 조각이라도 맛볼 수 있는 사내놈. 이 둘의 조합은 이상적이었다.

「앞으로 양씨 아저씨네는 훔치지 마라.」

그래도 카이화는 그 소굴에 오래 머무른 만큼 리옌보다 지리나 생태에 빠삭했다. 리옌은 그녀의 알량한 주머니를 노리는 녀석들과 주먹다짐을 해 가며 그 혼란한 도시의 구석구석을 돌아다녔다. 그녀에게 잘 보이면 국수 공장에 시다 자리라도 하나 얻을 수 있을 것이라는 계산속도 있었지만, 무엇보다 카이화는 리옌에게 처음 생긴 친구였다.

다 뻔한 살림살이였다. 죄다 진부한 가정사였다.

그 모든 공통 요인을 가진 녀석들끼리 뭉치는 건 어렵지 않았다.

「부, 불이야!」

가난했지만 그럭저럭 살 만했던 시절은 반년이 채 가지 못했다. 리옌이 나고 자란 시기는 삼합회의 폭정이 극에 달해 있었고, 경찰들이 그들을 때려잡기 위해 무고한 시민의 머리통을 깨는 데에 주저함이 없던 시기였다.

어느 날 화재가 났다.

언제, 어디에서나 날 수 있는 화재였다. 이유야 뻔했다. 가스가 터져서, 누군가가 꽁초를 잘못 버려서, 어떤 미친놈이 또 물건을 태우다 건물까지 태워 먹어서 등등.

하지만 그 규모가 달랐다. 구조의 손길은 미약했다. 사람 목숨이 파리만도 못하던 시절이었다. 경찰이라는 명찰은 허울뿐이었다. 걸려야만 처벌을 받는 법의 큰 그물망을 피해 다니는 이들은 얼마든지 있었으니, 불이 나서 사람을 죽는 것 정도야 문제 될 것도 없어 보였다.

말 그대로 남들에게는 문제가 아니었다. 하지만 리옌과 카이화에게는 문제였다.

리옌의 부모와 카이화의 가족들이 그곳에 있었다. 불이 난 그 건물. 안쪽 어딘가에.

「무너진다! 피해!」

무언가 터지는 소리, 깨지는 소리, 살려 달라는 비명이 건물 전체를 집어 삼킨 화마에 휩싸여 침묵으로 변하기까지의 시간은 끔찍할 정도로 길었다. 하지만 그 불을 진압하기 위한 이들이 도착하는 시간에 비하면 터무니없이 짧았던 것이 분명하다.

「엄마! 아빠! 오빠!」

원래 죽음은 쇄미한 거였다. TV에서 틀어 주는 옛 영화 속에서는 죽음이 숭고하니 고결하니 야단법석을 떨었지만, 실상 죽음은 아무것도 아니었다. 현실 속에서 제 이상을 위해 죽을 수 있는 사람이 몇이나 될 것인가.

물론 보편적으로 그렇다는 거였다. 매스컴을 통해, 사람과 사람의 입을 통해 전해지는 타인의 죽음은 고작 그 정도였다. 하지만 그들이 지금껏 어떤 식으로든 살아온 흔적을 남겼다면 이야기는 달라졌다. 그리고 그 흔적이, 살아 있는 존재들이라면 더더욱 그 무게가 달랐다.

「살려 주세요! 우리 엄마, 우리 엄마 아빠 좀 살려 주세요!」

그때 '리옌'은, 불길 속으로 뛰어 들어가려는 카이화를 끌어안았다. 피죽도 못 얻어먹은 것처럼 작고 마른 주제에, 안에 엄마 아빠가 있다며 당장이라도 건물 안에 달려갈 듯 버둥거리는 그 힘이 어찌나 센지. 리옌은 자칫 그녀와 함께 건물로 끌려 들어갈 뻔했다.

물론 리옌도 피를 토하는 심정이었다. 가끔 돈 몇 푼이 생기면 그를 죄다 술로 탕진하는 부친이었다. 어디에선가 훔쳐 온 남의 돈, 남의 물건으로 생계를 유지하며 매사 불평밖에 할 줄 모르던 모친이었다.

그렇지만 그 둘뿐이었다. 리옌에게 있는 유일한 가족이었다. 다만 리옌은, 자신조차 살 가망 없는 큰 불길 속에 제 몸을 집어 던질 정도로 무모하지도 않았거니와 '죽음'이 무엇인지도 알고 있는 나이였을 뿐이다.

어차피 살릴 수 없다.

아마 분명, 벌써 죽었을 것이다.

그리 생각하며 카이화를 말렸다. 하지만 어느새 그의 시야도 뿌옇게 흐려졌다. 숨이 막힌다 했더니 콧물 때문이었다. 꼬질꼬질한 티셔츠 앞자락을 끌어다 얼굴을 훔치니 입 안에서 엉겨 붙은 침이 목구멍을 막았다. 기침까지 거하게 내뱉고 나니 불길 속에서 번져오는 끔찍한 열기와 고약한 냄새가 전신을 통해 느껴졌다.

줄줄 흐르는 눈물을 주워 담아 뿌렸다면 조금이나마 저 불을 끌 수 있지 않았을까 싶었을 무렵 진화 작업이 끝났다. 카이화는 기절했고 리옌은 부모님의 시체도 확인하지 않은 채 터덜터덜 그녀를 업고 자신의 집으로 향했다.

집은 비어 있었다. 앞으로 채워질 일이 없었다.

등이 무거웠다. 한 사람의 인생은 이토록 버거운 것이었다.

이런 것을 짊어지고 살았던 걸까? 리옌 그도, 죽어 버린 부모에게 이 정도의 부담으로 느껴진 것일까.

어째서인지 불길에 뛰어들지 못한 자신이 한심하게 느껴졌다. 어쩔 수 없는 상황이었다고 생각하면서도, 결국 그가 한 사람 몫을 하지 못해서. 혹은 용기가 없어서. 그도 아니면 그저 존재 자체가 이 모든 일의 단초가 된 것 같았다.

누군가 날카로운 비수로 가슴을 콱콱 찍는 느낌이었다. 찔리고 찔리며 조금씩 벌어지는 그 구멍이 게워 내는 것은 피도 아니고 내장도 아니었다. 그의 존재감이었다.

그래서일까? 숨을 들이마실 때마다 매캐한 냄새가 났다. 숨을 토해 낼 때는 오장육부가 그대로 쥐여 짜이는 것만 같았다.

다리가 휘청거렸다. 그대로 주저앉을 뻔했지만 리옌은, 발발 떨리는 양팔로 지면을 짚었다.

바닥에 엎어지는 순간, 그 구멍을 통해 모든 것이 흘러나갈 것 같았다.

그림자처럼 달라붙은 허무한 존재감에 도리어 집어삼켜질 것 같았다. 모든 것이 송두리째 빨려 들어갈 것 같았다.

그는 가까스로 자리에서 일어났다. 여전히 카이화의 존재가 묵직했다.

* * *

「내가…… 네 오빠 해 줄게.」

사상자가 몇십은 나온 화재였다. 원인은 삼합회 양아치 놈들끼리의 싸움이었다. 리옌은 도대체 어떻게 싸우면 불이 나나 싶었지만 그를 따지러 갈 기력도, 여력도 없었다.

그의 가족들이 머물고 있던 싸구려 아파트는 월세를 못 냈기에 곧 방을 빼야 했다. 그러나 이제 열 살도 채 되지 않은 리옌이 길거리로 나간다면 어찌 될지 앞날이 너무나 훤했다. 그것을 고민하는 것만으로도 주어진 시간은 짧았다.

무언가가 필요했다. 붙잡을 것이.

그는 비단 생존의 문제에 국한된 게 아니었다. 존재의 문제였다.

이미 리옌은 그날, 자신의 존재 일부를 잃었다. 그러니 무엇이든 좋았다. 어떤 것이든 간에, 붙잡을 수 있는 것이라면 기름칠 된 썩은 동아줄이라도 그는 기꺼이 붙들었을 것이다.

「그러니까 나랑 같이 살자, 카이화.」

짧은 생각의 끝에 리옌은 일단 카이화를 찾았다. 첫 친구, 가족을 잃어버린 두 고아.

카이화를 찾아가 덥석 같이 지내자는 말을 한 건 그가 어린 마음에 내릴 수 있는 최선의 수작질이었다. 그의 계산에 따르면 그로 인해 카이화도 얻는 게 있었다. 그녀 또한 부모를 잃은 고아가 되었으니 의지할 곳이 아무 데도 없던 것이다.

무엇보다도 적당한 게 둘이나 있었다. 우선 카이화의 집은 그녀의 부모 것이었고, 그녀의 둘째 오빠는 죽었다.

「같이…… 같이 살면 뭐, 어떻게 해야 하는 건데?」

「네 오빠 이름을 나한테 줘.」

「그거…… 그렇게 줘도 되는 거야?」

안 될 게 뭐 있나. 물론 고아원에 간다는 선택지도 있었지만 이미 그 현실에 익숙해진 둘에게 고아원이라는 낯선 장소는 끔찍하고 두려운 미지의 공간이었다. 그러나 그곳이라도, 둘이 함께 간다면 조금 더 나을 것 같았다.

하지만 그건 나중의 일이었다. 우선 버틸 수 있는 곳에서 조금 더 버텨 보고 싶었다. 어쩌면, 부질없는 희망의 연장선이었는지도 모르겠다.

「내가 네 가족 해 줄게.」

「넌 내 가족이 아니잖아. 넌 우리 엄마도, 아빠도, 오빠도 아니잖아!」

「그러니까 이제 오빠 해 줄게. 너희 오빠 대신해서 내가 돈을 벌어올게.」

「싫어……. 우리 엄마 아빠 데려와! 난 우리 가족이 좋아!」

카이화를 어르고 달래는 데는 열흘도 걸리지 않았다. 리옌은 길거리에서 훔친 돈으로 카이화에게 만두를 사 줬다. 얻어 터져 가며 번 돈으로 과자를 사 줬다. 그렇게 집주인이 나가라고 리옌의 집에 쳐들어왔을 때, 빈 몸으로 터덜터덜 카이화의 집으로 갔다.

「난 이제 아무것도 없어. 그래도 내가 계속 만두도 사 주고, 밥도 얻어다 줄게. 과자도 먹여 줄게. 나랑 가족 하자.」

고작 며칠.

그건 아주 조금이나마 남아 있던 희망을 싹을 깡그리 말려 죽이고도 남을 정도의 시간이었다. 밤은 아주 길었고, 낮은 외로움이 절절했다. 시계 초침 소리는 고사하고 제 숨소리에도 온몸을 달달 떨리게 만드는 끔찍한 침묵은 분명 언젠가 들었던 누군가의, 어쩌면 아는 사람의 체취를 떠올리게 했고 목소리를 상기시켰다.

카이화도 더는 버틸 수 없었을 것이다. 그것은, 경험해 보지 않으면 모르는 감각이다. 곧은 심지로 제 가족은 죽어 버린, 이제는 돌아올 수 없는 그들뿐이라 악을 쓰던 계집아이는 엊그제까지만 해도 한 손으로 나이를 헤아릴 수 있었다. 그만치 어렸다.

「엄마……. 엄므아! 엄마! 흐어엉! 아, 아빠! 형…….」

카이화는 리옌을 끌어안고 말 그대로 엉엉 울었다.

매일 밤 흘렸을 눈물은 고갈될 기미도 없이 그녀에게서 솟아났다. 리옌이 그녀에게 억지로 안겨 준 먹을거리들은, 생존을 위한 양식이 아니라 끊임없는 슬픔을 계속하기 위한 동력으로 태워졌을 터였다.

그렇게 '**'는 '칭리옌'이 되었다. 그 이전의 이름은 잊기로 했다. 어차피 이전에 그는 세상에 존재하지 않던 자였다.

그때의 다짐은 현실이 되었다. '칭리옌'으로 살기로 결심한 이래, '**'는 실제로 그 존재를 잃었다.

그래서일까. 리옌은 자신의 옛 이름을 모른다.

아니, 제 부모와 함께했던 과거 자체가 떠오르지 않았다.

누군가 도려내 가기라도 한 듯, 무엇 하나 제대로 기억나지 않았다.

* * *

「오빠, 나 일을 얻었어.」

그 생활은 1년이나 이어졌다.

카이화가 리옌을 오빠라 칭하는 데 어색함이 없을 즈음. 그러니까 슬픔이 슬슬 밑바닥을 드러내고 부재한 현실에 다른 것을 채워 넣어 갈 즈음, 그녀는 일을 얻었다. 먹고살기 바빠 제 '여동생'을 살뜰히 살피지 못했던 리옌은 당연히 덜컥 경계부터 했다.

그는 여덟 살에 가장이 되었지만, 카이화는 여덟 살이 한 달 남은 지금

까지 보호만 받고 살았다. 그런 그녀에게 생긴 큰 변화는 당연히 의심해
마땅했다.

「무슨 일?」

「옷을 찾아오면 된대. 이 집 저 집. 그, 동네에서 제일 큰 세탁소 있잖아.」

「어쩌다 일을 맡게 된 건데?」

「전에 말했잖아. 나랑 친하게 지내는 언니가 그 집 딸이라고. 또 잊어버
렸지?」

그제야 생각이 났다.

그 골목에는 일을 안 하는 애들 몇이 있었다. 아직 나이가 너무 어려 일을
구하지 못한 경우도, 어디가 불편해서 일을 못 하는 예도 있었다. 먹고살 만
해서 일을 전혀 안 하는 경우는 드물었는데 그 세탁소집 딸이 그 드문 경우
중 하나였다.

세탁소에 맡길 옷을 집마다 들러서 챙겨 오는 일은, 여덟 살 애가 용돈벌
이로 하기에 나쁘지 않았다. 물론 품이 좀 들겠지만 번거롭기만 할 뿐 어려
운 일도 아니었다.

게다가 들어 보니 그 일을 맡긴 건 그 집 사장이 아니라 그 집 딸이었다.
오히려 어린애가 같은 또래 계집애에게 일거리를 주었다는 점에서 기이한
믿음이 갔다.

「그 조그만 게, 너한테 돈은 줄 수 있대? 그냥 시시덕거리고 싶어서 부르는
거 아니야?」

기실 돈이 문제가 아니면서도 리옌은 괜히 퉁명스럽게 대꾸했다. 그때
그는, 물통 나르는 일과 더불어 새로 생긴 국수 공장 청소를 맡아 하고 있
었다. 안 그래도 먹고살기 바쁜 와중에 하나뿐인 '동생'까지 챙길 여력이
부족했다.

차라리 놀이 상대로라도 어디선가 시간을 죽여 준다면, 그마저도 감지덕
지할 일이었다.

「아니라니까? 들어 봐.」

카이화의 말인즉, 몇 번인가 그 아가씨와 마주쳤는데 매번 거리로 나가지 못하고 우물쭈물하는 게 영 눈에 밟히더란다. 그래서 먼저 말을 걸었고, 몇 마디 말을 나누다 보니 생각보다 합이 좋아 계속 알고 지냈는데 엊그제 제안을 받았다는 것이다.

어차피 너희 오빠도 늦게까지 일을 하니 우리 집에서 밥도 먹고, 일도 거들어 주고 좀 하라고. 돈은 주겠다고.

「그래서? 걔가 이상한 애가 아니라고 누가 장담할 수 있는데?」

언제였나, 내가 사 주지 않은 과자를 물고 있더라니. 리옌은 담담히 눈짓했다. 그의 물음에 카이화가 버럭 했다.

「아이참, 오빠도. 이상하긴 무슨. 세탁소라고, 세탁소! 몰라?」

「내가 알아야 해? 세탁소야 여기에도 있고 저기에도 있는데, 그게 뭐 대단한 거라고 그래?」

「아니이, 황씨네 집! 황가, 몰라?」

그제야 리옌은 떠올렸다. 황가에 대한 소문.

그 집안 또한 중국 본토에서 떠밀려 내려온 집안 중 하나였다. 남은 돈을 죄다 털어서 가게를 하나 열었다는데 역시 부자는 망해도 삼 대를 간다고, 그 세탁소가 바로 그 황가네 것이었던 모양이다.

거기까지 듣고 나니 카이화를 맡겨도 될 것 같았다. 리옌은 부러 표정을 굳힌 채, 못 이기는 척 고개를 끄덕였다.

하지만 내심 다행스러웠다. 리옌에게 카이화는 스스로 보호해 주기로 마음먹은 첫 상대였다. 그런 그녀에게 알아 두어서 손해날 것 없는 인맥이 생긴다는 것도 긍정적이었다. 하지만 그는 여전히 못마땅한 척 딱딱하게 말했다.

「걔네 집 물건은 훔치면 안 돼.」

「난 원래 남의 물건에 손 안 대. 그리고 슈란은 나한테 충분히 잘해 준단 말이야.」

「슈란?」

「응, 슈란. 이름 예쁘지? 실제로 생긴 것도 되게 예뻐. 그리고 착해. 시간 되면 나한테 글도 가르쳐 준댔어.」

글도 읽고 쓸 줄 아는 중국 본토 아가씨라. 얼마나 거만할지 상상조차 가지 않았다. 하지만 카이화와 잘 어울려 주고, 그가 없는 시간에 지켜 줄 수만 있다면 아무래도 좋았다.

그가 일을 나간 사이에 홀로 남아 있을 어린 여동생이란 존재는, 언제나 가슴에 묵직하게 남는 부채였으니까.

* * *

「네가 얘 오빠야?」

그렇게 만나게 된 슈란은 의외로 거만하지 않았다. 아니다. 리옌에게는 좀 거만하기도 했다. 그래도 실제로 만나 본 그녀는 분수를 빨리 깨우친 애늙은이였다.

카이화에게서 무엇을 비추어 본 것인지는 모르겠지만 슈란은 제법 그녀를 마음에 들어 했다. 퇴근한 리옌을, 카이화를 대신해 맞이할 정도이니 말 다 했다.

「넌 누군데?」

「네가 얘 오빠면 너도 청가겠네.」

「누구냐니까?」

처음 리옌을 대하는 슈란의 태도는 곱지 않았다. 다짜고짜 청가냐고 물어보는 그녀의 태도가 고깝지 않았다면 거짓말이었다.

그러나 그 만남이 시발점이었다. 슈란은 무슨 생각인지 그 해가 지나고 얼마 되지 않아 리옌에게 어떤 이 하나를 소개했다.

그는 리옌보다 네 살밖에 안 많았지만 벌써 기골이 장대했다. 다 큰 어른들과 비교해도 뒤지지 않을 정도의 위압감도 있었다.

「네가 청가에 남은 마지막 아들이냐?」

몹시 추운 겨울바람 소리와 같이 서슬 퍼런 목소리였다. 그 기세에 눌려 리옌은 그저 고개만 끄덕였다.

슈란과 같이 본토에서 밀려 내려온 이(李)가의 아들. 그게 랴오위였다.

* * *

의금지영(衣錦之榮)

금의환향과 같은 의미의 그 말이, 랴오위가 제시한 그들의 전망이었다.

리옌은 청(淸)가마저 본토에서 밀려난 집안이라는 걸 그때 처음 알았다. 그는 멍청하게도 랴오위의 말을, 칼바람을 맞으며 멀뚱히 서서 멍하니 듣고만 있었다.

장쑤성 출신의 정치인 집안 아들 하나.

본토 출신 학자 집안의 딸 하나.

그리고 길거리 고아 아니, 길거리 고아 하나와 본토의 아가씨 하나.

무언가 중간에 삐끗하긴 했지만 어쨌든 넷이라는 숫자는 무언가를 도모하기에 부족한 숫자가 아니었다.

리옌은 랴오위의 밑에서 일하며 열네 살 때, 처음으로 사람을 죽였다. 도구는 쇠 파이프였다. 무아지경으로 휘둘러 죽은 줄도 몰랐다. 머리통이 깨지고 뼈가 으스러지는 감각은 소름이 끼쳤다.

랴오위는 좋은 남자였고, 좋은 형님이었다. 카이화는 착실한 아이였고, 밝고 활달한 여동생이었다. 그에게 틱틱거리기만 했던 슈란도 점차 그에게 협조적으로 변했다.

주변에 사람이 있다는 사실 하나만으로도 리옌은 다른 칼받이 놈들에 비해 고생을 덜한 편이었다. 공통된 상황을 겪고 있는 비슷한 배경의 사람들은 서로 어느 순간에 어떤 말과 위로가 필요한지 본능적으로 알아채기 마련이었다. 리옌은 랴오위의 배려와 카이화가 주는 친애 속에서 힘든 시기를 감내할 힘을 얻었다. 더 나은 미래를 꿈꿀 수 있었다.

그러나 기이하게도 계속 고갈되는 기분이었다. 어느 순간부터 눈을 뜨는 것이 끔찍했다. 삶에 하등 필요 없다고, 잊어버렸다고 느낀 감정들이 스멀스멀 되살아났다.

바로 공포와 죄책감이었다.

현실을 이겨 내기 위해선 현실을 직시해야만 하는데, 그럴수록 보고 싶지 않은 것들이 끈질기게 제 존재를 알려 왔다.

'랴오위 형님은 나와 카이화의 뒤를 받쳐 주었어. 지금의 생활은 그에게 은혜를 입었기 때문이야.'

'카이화는 떳떳한 삶을 살 수 있게 하고 싶어.'

'어차피 나 혼자 남겨졌다면 지금까지 살아 있지도 못했을 거야.'

그래서 책임감이라는 명목으로 제 눈을 가렸다. 귀를 막았다.

보이고 들리는 게 없으니 선을 넘는 일이 어렵지 않았다. 그리고 한 번 외도(外道)에 발을 들이니 그 이후 걸음을 옮기는 일이 수월하게 여겨졌다. 감각이 둔화하는 게 느껴졌다.

죽여야 하면 죽이고 패야 하면 때렸다. 울고불고 악을 쓰는 소리들이 어느 순간부터 별로 거슬리지 않았다. 이쯤 되니 어떠한 감정들이 마모되는 게 느껴졌다.

죽일 필요가 없어도 죽일 수 있으면, 후환이 될 만하다는 판단이 서면 상대를 죽이는 데 서슴없었다. 이 시기부터는 판단을 포기했다. 자신의 사고, 결정, 그 외 어떤 기능은 인생을 사는 데 그 어떠한 도움도 되지 않는다는 걸 이미 체화했으니까.

그렇게 계속, 계속.

지금까지.

살아올 수 있었으니까.

하지만 때때로 생각했다. 카이화와 가족이 되지 않고, 랴오위와 형제가 되지 않았다면.

그랬다면…….

'만나기 이전처럼 되돌릴 순 있겠지.'

리옌이 있던 곳에는 까마득한 어둠과 진득한 피 냄새, 그리고 언제 도래할지 모르는 막연한 미래에 대한 흐릿한 희망뿐이었다. 우습게 보이면 끝인 세상이었고, 강압적이고 폭력적일수록 우대받는 불합리한 구조였다.

리옌은 그런 것들에 때때로 구역질을 느꼈다.

'오빠가 그 정도로까지 타락하진 않았으면 좋겠다'

하지만 그 덕에 카이화는 현실과 이상, 그 중간에 존재할 수 있었다. 무용한 이상론이었지만 제 여동생의 말은 좋은 핑계가 되어 주었다.

리옌은 필사적으로 '그 정도'까진 넘어가지 않으려 노력했다.

물론, 이미 그의 두 발은 도의적인 선을 한참 넘긴 채였다. 알량한 양심의 수준과 현실과의 괴리는 줄곧 그를 괴롭히고 있었다. 그럴수록 되뇌고 되뇄다. 나는 아직 '그 정도'까지는 아니라고. 어딘지 모를 한계치에 선을 그어두고 평범함을 갈구했다.

서유주는 그에게 그런 과거로 돌아가라고 했다. 언어도단이었다.

하지만 돌아가지 않을 수도 없었다.

모순적이었다.

* * *

"조금 있으면 깁스를 풀어도 되겠어요. 요즘 식사는 어때요?"

그녀의 상태는 날로 좋아졌다. 의사의 내방 진료도 일 2회에서 이제 격일로 바뀌었다. 서유주는 어느새 안면을 튼 의사의 질문에 순순히 자신의 상태를 고해바쳤다.

엊그제는 밤에 기침이 잠깐 나왔는데 이제 괜찮다, 이제 깁스 안쪽이 가려워서 미칠 것 같다, 다행히 잠은 잘 온다, 이제 약을 먹고 나면 가끔 속이 메스껍다 등등.

의사는 신체적 상태가 호전되면 트라우마 관련 심리 상담 치료를 시작해야 할 것 같다고 했지만, 표면적인 상태만 보면 유주는 내일이라도 일상생활을 영위할 수 있을 것처럼 보였다.

"정말 괜찮아요. 그런데 이 깁스 때문에 미치겠어요. 움직이고 싶어요."

하지만 그게 아니란 걸 리옌도, 의사도, 유주도 알았다. 산에서 발견될 당시 그녀는 저체온증으로 거의 죽어 가던 상태였다. 반나체 상태에 내내 흘린 식은땀이 산의 차가운 밤공기에 식어 가며 그녀의 상태를 시시각각 악화시켰다.

리옌이 그녀가 살아날 수 있는 마지노선에 이르러서야 찾아낸 것을, 아니, 그때라도 찾아내게 된 것에 얼마나 세상 모든 것에 감사함을 느꼈는지는 누구도 모를 것이다.

그녀에게 사용된 약은 웨이치가 유통하는 종류였고, 순도가 굉장히 높은 것이었기에 상당히 오랜 시간 약효가 지속되었을 터였다. 오히려 그 약의 각성 효과 덕분에 오래 살아남은 것인지도 몰랐다. 묶여 있던 것도 오히려 생존에 한몫했다.

필로폰의 부작용 중 하나는 자신의 몸을 긁는 거였다. 피가 나도록, 아주 끈질기게.

안 그래도 위중한 상태에서 그녀의 자해 행위는 아마 수명의 단축과 직결되었을 것이다. 긁었다면 분명 출혈이 있었을 것이고, 안 그래도 죽어 가던 몸뚱이에 미량의 출혈은 생사 여탈권을 쥐고 있을 정도로 크게 작용했을 테니까.

"그럼 왼쪽 다리는 이번 주에 풀어도 될 것 같고, 오른팔은…… 다리부터 깁스 풀고 좀 더 생각해 보도록 하죠."

"팔부터 어떻게 안 될까요? 저 샤워하고 싶어요, 선생님."

"그렇다고 해도 팔은 좀 더 지켜봐야 할 거 같아요. 낙하할 때 하체보다 상체에 충격이 좀 더 컸거든요."

"그럼 얼마나 더 못 씻는데요?"

"다리 깁스 풀고 나서는 물에 들어가도 돼요. 하지만 팔은 여전히 조심해야 하는 거 알죠?"

의사의 말에 유주의 표정이 묘하게 변했다. 불만스럽기는 한데 그걸 제대로 표출하지는 못하겠다는 소극적 표현이었다.

그녀는 표정 변화가 풍부한 편이었다. 본인은 포커페이스라고 하지만 그것도 상대적인 거였다. 리옌의 관점에서 그녀는 자기감정을 잘 갈무리하지 못하는 편이었다. 놀라움, 기쁨, 슬픔, 두려움, 그 외 기타 등등. 의사 표현이 행동 하나 표정 하나에 가득가득 묻어나왔다.

서유주는 '다채롭다'는 표현에 걸맞은 여자였다. 요 몇 년 새, 감정의 변화라고는 절망, 분노, 슬픔 등등의 감정뿐이던 리옌에게 그건 마치 긴 장마 끝에 구름이 개이고 하늘이 조금씩 열리는 것과 같은 변화였다.

당연히 눈이 절로 좇았다. 그 뒤를 따르는 건, 감정이었다.

"일단 다리 깁스는 모레쯤에 푸는 걸로 하죠. 그때까지도…… 알죠? 절대 안정이에요."

"네, 네. 알아요."

"그래도 환자분이 젊고 건강해서 회복 속도가 빠른 거예요. 다행으로 아세요."

"알았어요, 선생님."

불퉁한 목소리이긴 했지만, 표정은 아까보다 밝았다. 어찌 되었든 부자유스러운 침대 생활을 벗어날 날이 가까워진다는 게 기쁜 것이다.

"그럼 오늘은 여기까지 하죠. 아, 상담 치료는 2주 후부터 어때요? 환자분 일정만 괜찮다면 그때부터 시작할까 하는데요."

2주 후. 아마 그때쯤이면 이제 서유주는 완전히 리옌의 품속을 벗어나 있을 터였다. 그가 붙여 준 경호원들을 달고 지내겠지만, 시골에 돌아간다고 하니 상담이 있는 날만 골라서 서울에 올라올 터였다. 그리고 상담이 끝나면 다시 돌아갈 테지. 그녀가 원한다면, 그와 다시는 마주치지 않는 삶을 충분히 살 수 있을 것이다.

"2주 뒤요? 아마 전…… 그즈음에 서울에 없을 거 같은데요. 혹시 상담 치료가 비대면으로 이루어질 수 있나요? 그게 안 되면 그쪽에 유명한 분을 추천해 주셔도 좋은데요, 저는."

"그래요? 완전히 옮기시는 건가요?"

"네. 최소한 몇 년은 거기 있을 예정이에요. 다친 김에 가족들 일도 좀 돕고, 이직 준비도 할 겸 해서요."

절망적인 사실은 리옌의 생각과는 다르게, 유주는 집에 돌아갈 생각이 만만하다는 거였다. 더불어, 그가 보기에 그녀는 벌써 그와의 연결점들을 하나둘 정리하고 있는 것만 같았다. 그녀는 서울에 올라올 일도 없을 테니 리옌이 우연으로라도 그녀를 훔쳐볼 수 있는 시간은 없을 것이다.

구질구질할 정도로 미련이 넘친다는 건 알고 있었지만 리옌은 그 사실이 못내 아쉬웠다.

"그럼 지역을 알려 주시면 그쪽에 괜찮은 상담사가 있는지 찾아볼게요. 언제쯤 내려가실 예정이신가요?"

"깁스 풀고 곧바로요."

"그럼 다음 주네요."

이제 서유주와 함께 있는 기간도 2주가 아니라 일주일로 줄었다. 그녀의 신체에 자유가 찾아올수록 이별은 다가왔다. 아, 그렇지.

서유주의 말대로라면 이별이라는 말도 사치였다.

그녀와 리옌은 아무 사이도 아니었으니까, 그저 그 이전으로 돌아가는 것뿐이었다.

「그래서? 거기서 어디로 향했지?」

카이화를 찾는 건 한시가 급한 일이었다. 삼합회의 3차 조직인 니시콴라이는 쉬에화에 의해 급부상하기는 했지만 아직 지류일 뿐, 본류에 합류하기까지 한참 먼 상태였다. 게다가 니시콴라이를 지금의 자리까지 오르게 해 준 주역인 쉬에화가 도리어 랴오위의 수족을 제거하고 이혼을 꾀하고 있는 지금. 랴오위뿐만 아니라 그를 따르고 있던 아랫사람들의 모가지까지 위협하는 중대 상황이었다.

그런 마당에 현재 모든 생활 패턴이 침대에 누워 있는 여자에게 맞춰져 있다는 건 별로 옳지 못한 징조였다. 자꾸만 대외적인 일을 줄이고, 심지어는 여자에게 맡겨 두었던 업무마저 잠시 미뤄 두고 있는 건 정말로 옳지 않았다.

하지만 현재 심정적으로는…… 여자, 그러니까 유주의 회복이 조금 더 절실했다. 물론 그런 감성에 따라서만 움직이진 않았다. 리옌은 일을 해야 했다.

「……행적이 끊겼다고? 부산에서?」

그리고 카이화의 행적을 찾아 나갈수록, 그가 가지고 있던 의구심과 불안감이 그 세를 점점 키워 나갔다.

하이윤이 웨이치와 암묵적으로 뒷거래를 한 것 같다는 정도는 예상했다. 애당초 약쟁이와 제조업자가 만났으니 둘 사이에는 끈끈한 거래 관계가 있을 것이란 추측을 하지 못한다면, 그는 멍청이 아니면 얼간이일 것이다.

그런 두 사람이 사라졌다. 슈란과 우신, 현재가 사라진 뒤 이틀 뒤의 일이었다. 물론 그들이 사라지기 전까지 리옌은 줄곧 하이윤과 웨이치에게 만남을 촉구했다. 러시아에서의 일이 어떻게 끝났는지에 대한 보고도 들어야 했고, 카이화의 일에 대해서도 의논이 필요했다.

한국에서 리옌이 계속 카이화에 대해 찾고는 있었지만, 그녀가 여기에 있는지는 확실치 않았다. 원래대로라면 하이윤이 러시아를, 웨이치가 일본 쪽을 뒤져 봐야 했다. 그렇게 했음에도 행방을 찾을 수 없다면 다른 방향을 찾자는 계획이었다.

하지만 웨이치와 하이윤이 무슨 일을 하는지는 보고받은 바가 없었다. 애당초 일이 순리대로 굴러가지 않으리라 예상했으나, 그 둘이 이런 식의 일탈을 벌일 것이라고까지는 상상하지 못했던 터였다. 그들의 공백이 무척 미심쩍게만 여겨졌다. 더불어, 우신과 슈란이 사라진 상황까지 더하니 최악에 최악인 상황들만 떠올랐다.

처음부터 이상하다는 걸 알아챘어야 했는데…….

「밀항 기록은? 찾아봤나?」

카이화의 실종에 설마, 네 사람이 개입한 걸까? 그 사실 확인이 제일 시급했다.

「그곳에 심어 둔 정보원은?」

그러나 그것을 확인하는 일이 가장 어려웠다. 무엇보다 리옌이 서울에 심어 둔 정보원이 사라진 빈자리가 컸다.

이현재는 대외적으로 한국인 대학원생이었지만 슈란의 오랜 친구였고 그의 신뢰할 수 있는 수족이었다. 그가 사라졌다는 건, 그를 통해 말초로 연결된 다른 정보원들과의 맥이 끊겼다는 의미도 되었다.

상황은 답답하기만 했다. 리옌은 짜증스럽게 머리를 쓸어 넘겼다. 초조함에 머리가 굴러가지 않았다.

시간은 흘러가는데 카이화를 찾는 일에는 전혀 소득이 없었다. 더불어, 유주와의 관계도 틀어졌다.

그래, 서유주.

근래 리옌의 가장 큰 고민은 그의 여동생도 아닌, 낯선 여자였다. 이런데에 정신이 팔려 있을 시간이 없다고 생각하면서도 당장 옆에 있으니 신경이 쓰였다.

어찌 보면 시골에 내려가겠다는 그녀의 선택은 그 자신에게도 좋은 선택일 수 있었다. 못 가진 놈의 미련을 털어내기 가장 좋은 방법은 당장 갖고 싶은 게 눈앞에서 사라지는 거였으니까.

「그럼…… 일단 밀항 기록부터 찾아봐. 합법적인 루트로 빠져나가진 못했을 거야. 그게 아니라면 불법 업장 위주로 뒤져 봐. 아, 혹시 모르니 부산쪽에 있는 조직들도 좀 들쑤셔 보고. 어쩌면 상품을 원하는 피라미들이 있을 수도 있으니까. 웨이치가 그 라인을 타고 흘러 들어갔다면 수색이 어려운 건 당연한 일일 거야.」

가난함이란 스펀지 같은 거였다.

부족함이라는 것은 언제나 모든 것을 갈구하게 했다. 맛있는 식사, 예쁜 옷, 그리고 세상에 대한 지식. 그 모든 것들을 탐욕스럽게 빨아들이는 스펀지는 그 천성을 이기지 못하고 쥐어짜면 그대로 자신이 머금은 것들을 토해 버리기 마련이었다.

하이윤이 그랬고 웨이치가 그랬다. 서로 각기 다른 장소, 각기 다른 배경에서 자랐지만 둘이 서로를 알아보는 데에는 오랜 시간이 걸리지 않았다. 둘은 가난을 혐오했다. 그것만으로도 상대의 배경을 파악하는 데 들일 수고를 효과적으로 줄일 수 있었다.

「아니면 돈의 흐름을 추적해 봐. 그들은 돈지랄하는 데엔 일가견이 있으니까.」

두 사람이 서로를 파악한 것만큼, 그들을 재빨리 알아본 이가 한 명 더 있었다. 리옌이었다. 그러니 이번 상황에 그 둘이 개입된 거라면 그건 리옌의 과실이 컸다. 알아보았으면서 함구한 것도, 지금 상황에서는 잘못이었다.

「그래. 뭐든 좋으니까 새로 알아낸 게 있으면 지체 말고 연락해. 어떤 것이든 상관없으니까.」

휴민트가 너무 빈약했다. 이전에 연이 있던 조직 관계자 나부랭이들을 긁어모으긴 했지만, 한국이라는 나라 자체가 리옌에게 큰 연고지가 아니었던 이상 그 저력에는 한계가 있었다. 삼합회의 위명이 바닥에 떨어진 지도 오래였다. 삼합회는 이제 그저, 여러 방면의 합법적 포장을 뒤집어쓴 명예만 남은 허울일 뿐이었다.

그러나 그것이 랴오웨이에게는 절실했던 모양이다. 리옌에게는 집안을 재건하니 뭐니 하는 명분도, 가족들을 위한 복수도 뭣도 없었다. 물론 지금껏 한 번도 입 밖으로 이 사실을 지껄여 본 적은 없었다.

무리에서의 도태는 리옌이 가장 두려워하는, 생존과 직결된 문제이기도 했다.

"휴……."

Q장례식장에 대한 뒷조사는 원활히 진행되고 있었다. 그 얄팍한 인프라를 이용해서 뒷조사를 시작한 것이다. 카이화에 대해서는 이야기하지 않았지만, 상부에서 하달받은 바 없는 도움 요청에 협력자들의 태도는 역시나 미온적이었다. 당장은 루첸허부터 찾는 일이니 그렇다 치지만 이후에 도움을 받으려면 확실한 명분과 대가가 필요했다. 예전의 우호적이던 관계가 지속성을 띠려면 상부상조 마인드를 버릴 수 없었으니까.

역시 이 방법이 수월했나 싶었다. 제일 좋은 건 최소 인력으로 훑어 나가는 거였지만, 그로 인한 무방비함에 대처하지 못한 건 치명적인 실수였다.

리옌이 믿은 건 서유주의 강인함이었다.

그녀 내면이 얼마나 건강한지, 심지가 얼마나 곧고 스스로의 판단력이 얼마나 명확한지.

그런 기준들로 평가한 서유주는 무척 강한 여자였다. 처음 리옌을 마주하고 나서도 위축된 모습 없이 기세 좋게 얼마나 따박따박 조건들을 따져 댔던가.

하지만 그녀의 육체는 나약했다. 서유주가 서울역에 나타나지 않은 순간 아니, 그 이전 어느 시점부터 불현듯 그런 생각이 들었다. 어째서 그녀를 강하다고 평가했는지 모를 일이었다.

호리호리한 체구, 가는 팔목만 훑어봐도 알 수 있었다. 실제로 첫날, 그녀의 목을 틀어쥐었을 때 자칫 꺾일 것만 같아 얼마나 위태로웠던가.

"리옌!"

잠깐 의자에 기대 눈을 감을까 싶었다. 그런 와중에 건넛방에서 유주의 목소리가 들렸다. 리옌이 다급히 자리에서 일어났다.

지금 무엇을 해야 할지 모르겠다면 일단 눈앞에 있는 현실에 충실해야 했다. 그러고 싶었다.

"무슨 일 있어?"

리옌이 심란한 표정을 갈무리하며 문을 열자 유주가 약간 멋쩍은 표정을 지었다. 무슨 할 말이 있어서 저러나 하던 차에 그녀가 표정만큼 머쓱한 표정으로 말했다.

"나 휴대폰이 망가졌어."

새삼스러운 사실이었다. 리옌은 유주가 시키고 싶어 하는 게 심부름임을 깨달았고, 아무래도 얼마 전에 신나게 뺑 찬 상대에게 자질구레한 일을 시키는 것을 객쩍어한단 걸 눈치챘다.

그 정도야 리옌이 얼마든지 해 줘야 하는 부분이었다. 그러나 이제는 서로에게 부탁할 때 계면쩍은 것이 둘의 관계였다.

괜한 씁쓸함을 씹어 삼키며 리옌은 고개를 주억거렸다. 그러곤 그대로 그녀의 침대 발치에 걸터앉았다.

"휴대폰. 그리고 또 필요한 건?"

"내 집, 벌써 처분했어? 엊그제 그랬잖아. 내가 살 집을 구해 놨다고."

"아직, 당신 집은 그대로 있어."

"가구를 들이거나 하진 않았지?"

"응."

"그럼 위임장 써 줄 테니까 내 집도 좀 알아서 처분해 줘. 한동안은 서울에 안 올라올 거야. 아까 들었지?"

"……그래."

"Q장례식장은 당신이 알아서 잘 캐고 있지?"

집에 보내 달라던 날 드러난 유주의 깊은 두려움과 우울감은 이제 찾아보기 힘들었다. 서유주는 그간 그에게 보여 주었던 유연한 태도만큼이나 빠른 정신적 회복 속도를 보였다.

아니, 이제는 알 수 있었다. 서유주는 강한 게 아니라 강한 척에 능한 거였고, 회복이 빠른 게 아니라 무뎌지는 과정에 익숙한 것뿐이었다.

그걸 미리 알아차렸다면 무언가 변했을까?

헛된 희망을 가져 봐야 소용없다는 정도는 알고 있었지만…… 사람이라는 게 원래, 일말의 가능성과 희망에 모든 것을 거는 존재였다. 그는 쓴웃음을 지으며 재차 고개를 끄덕였다.

"당신의 납치 사건과 연관이 있을까 싶어 샅샅이 뒤져 보는 중이지."

"당신 여동생을 빨리 찾게 되면 좋겠어. 만약 카이화가 납치를 당한 거라면, 분명 지금 무척 두려워할 거라 생각해."

유주는 리옌의 일과 자신을 분리하면서도, 카이화의 문제에 대한 공감을 드러내 보이기까지 했다. 그녀의 이성적이면서도 이타적인 면모는 놀라운 수준이었다. 리옌이 그녀와 같은 입장에서, 그녀와 같은 상황을 겪었다면 절대 저런 모습을 보일 수 없을 터였다.

"……당신은 카이화를 마음에 들어 하지 않는 줄 알았는데."

그걸 알면서도 리옌의 입에서는 유주를 시험하는 듯한, 뾰족한 말이 튀어나갔다. 그녀가 불쾌하게 여기고 성을 내도 할 말이 없는 소리였다.

"그렇다고 해도 안 좋은 일은 누가 당하든 간에 안 좋은 거야. 그런 걸로 고소하다고 생각하면 천벌 받아."

"……그렇겠지. 부디 그런 상황만 아니길 빌어."

유주의 담담한 말투에 리옌은 맥이 탁 풀린 목소리로 대답했다. 유주가 살짝 웃은 것도 같았다.

"어쨌든 나 폰 유심도 새로 사야 하고, 카드랑 그런 것도 죄다 재발급 받아야 해. 번거롭겠지만 이동 통신사랑 카드사에 연락해서 위임장 먼저 받아와. 아니면 내 가방 안에 신분증이랑 도장 있으니까 그거 가져가서 위임장 대신으로 쓰던가. 아, 돈 들어가는 건 내 체크카드 재발급 받아서 해. 그건 그거고 이건 이거니까."

그녀는 똑 부러져도 너무 똑 부러졌고, 건실해도 너무 건실했다. 정말 카이화의 일만 아니었다면 리옌 같은 사람과 일평생 만날 일도, 마주할 일도 없을 터였다.

그 사실이 괜히 뼈에 사무쳤다. 리옌은 곧바로 나가 자기 카드로 유주에게 줄 휴대폰을 샀다. 나중에 자신의 통장에서 돈이 빠져나가지 않은 걸 알고 언짢아할지도 모르나 최소한, 그가 그녀의 곁에 존재했었다는 증거 정도는 남기고 싶었다.

본디 남자의 욕심이란 옹졸하기 짝이 없는 것이다. 서유주라면 아마 그가 이렇게 행동하리란 걸 진작 알아챘을 터이다. 그녀는 리옌이, 그녀의 캐리어를 뒤져 보지도 않고 방을 나서는 걸 그냥 구경만 했다. 그 똑똑한 여자가.

분명 어느 정도는 마음이 통하는 것 같기는 한데…… 아니, 통하고 있는 게 맞는지조차 불확실했다. 이건 순전히 리옌의 희망 사항이었다.

"택시."

불현듯 생각했다. 운전 면허증을 교환 발급받아야겠다고.

그럼 최소한 그녀가 고향에 내려갈 때, 핑계 삼아 몇 시간이라도 더 붙어 있을 수 있을 테니까.

Chapter 6

"더럽게 폼 잡네, 정말."

유주는 리옌이 나가고 나서야 숨을 몰아쉬었다. 사실 요 며칠간은 그가 가까이 다가오기만 해도 절로 숨을 멈추게 되었다.

아무리 그래도 유주 역시 사람이다. 자신에게 호감이 있고, 자신 또한 호감을 가지고 있는 남자에게 더러운 꼴을 보이고 싶지 않았다. 그러나 병석에 누워만 있자니 몸단장이 성치 않았다.

머리가 간지러웠다. 누가 몸을 씻겨 주는 게 싫어서 간병인을 두어 번 불러 머리만 몇 번 감고 몸만 대충 닦았더니 찝찝해 죽을 것 같았다. 냄새가 나는 것도 같았다.

하지만 타인에게 몸을 보여 주는 건 거부감이 있었다. 몸만 대충 닦아 달라고 하는 것도 등과 같은 손이 닿지 않는 부분에 한정된 거였고, 물에 몸을 불리는 것과는 완전히 달랐다. 그녀가 깁스를 빨리 풀고 싶은 것도 같은 이유에서였다. 끝내자고 길길이 악을 쓴 거랑 추잡해 보이는 건 별개이지 않은가.

"아…… 죽겠네, 진짜……."

그래도 겉으로 보이는 것만 그렇지 속에는 문제가 없어 다행이었다. 특히 약물 관련된 부분.

다행히 유주에게 쓰인 마약은 극히 소량이었고, 직접 투약이 아니었기에 큰 부작용은 나타나지 않았다고 했다. 그 점이 가장 다행이었다. 더불어 이제는 약 기운이 완전히 빠졌다는 의사의 설명에 유주는 무척 안도했다.

두 번 다시 겪고 싶지 않은 경험이었다. 그러나 유주는 자신이 느끼기에도 의아할 만치 상황을 빨리 떨쳐 내고 있었다. 불쾌하고 두려웠던 건 사고 초반에 국한된 이야기였고, 지금에 와선 그렇게나 의사가 염려하는 트라우마라는 게 생겨나기나 할지도 의문이었다.

뭐든 시간이 지나면 무뎌지고, 마모된다.

사건에 대한 기억이 희석되는 것처럼 누군가에 대한 감정이나 마음도 마찬가지였다. 납치 당시의 충격이나 두려움은 안전한 일상에 다시 편입되며 닳아 없어졌다. 그와 비슷한 고통이 촉발될 외부 요인이 다시 등장하지만 않는다면, 그녀의 일상은 평범하고 평화롭게 지속될 터였다.

리옌의 일도 매한가지였다. 유주는 멍하니 허공을 올려다보며 손가락을 까딱거렸다.

"일단 삼촌한테 연락부터 하고⋯⋯."

카이화의 일이 완벽하게 정리되기 전까지는 그녀가 다시 그런 상황에 부닥칠 수 있다는 위험이 언제나 도사렸다. 그 위험 요인들은 일부러도, 의식적으로 배제하고 싶었다. 이성적 판단이 아니라 그냥 위안이 필요했다. 가족들 틈에서, 리옌이 붙여 준 경호원들이 제 일을 잘하기만 바랐다.

"추석이 언제더라? 어우, 폰 없으니까 날짜가 어떻게 지나가는지도 모르겠고 원⋯⋯."

잡생각이 많아지니 혼잣말도 늘었다. 하지만 이전만큼 재밌지도 않았다. 이전에는 이만큼 묵직한 고민거리도 없었다.

그래도 희망이 생겼다. 이제 깁스를 풀 수 있단다. 최소한 신체의 자유가 확보된다면 앞으로의 행보에 선택지가 훨씬 늘어날 터였다. 그리고 가족들을 보다 빨리 만날 수도 있고.

"하……."

하지만 찝찝함이 가시지 않았다. 리옌에 대한 것도 그랬지만 무엇보다 그녀가 찝찝하게 여기는 건 Q장례식장과 양천수에 관한 거였다.

이 와중에도 일 생각이라니. 다소 씁쓸한 기분이었지만 납치에 대해, 그리고 좀 더 거슬러 올라가 카이화의 실종에 대해 생각하려면 그 부분을 빼놓을 수가 없었다.

양천수.

양천수는 서창진을 알았다. 유주가 양천수의 행적을 서창진에게 물었고, 서창진이 직접 양천수에게 서유주를 소개해 줬으니까. 중간에 어떠한 봉변을 겪으면 자연스레 의혹의 화살이 그를 향할 거였다.

그렇기에 양천수가 냄새를 맡고 유주의 기습을 지시했으리라는 생각은 들지 않았다. 이건 상식적인 부분을 넘어서 머리가 있으면 아예 하지 않을 짓이었다.

다만 미심쩍은 부분이 있었다. 누구인지 모를 망할 놈들의 행동이 매우 빨랐다는 사실이었다. 장소와 사람이 준비되어 있었다는 건 이미 계획을 세워 놨었단 뜻이다.

그녀가 M시에 머문 건 이틀이었다. 그리고 첫날 리옌과 유주는 양천수에게 '돈 문제'에 대한 언급만을 했을 뿐, 이상한 기색을 비치진 않았다. 최소한 의심을 받을 만한 행동을 한 기억은 없었다. 아마도…….

만에 하나 Q장례식장 인원들 전부가 시체 암거래와 연관이 있다고 하면? 유주와 리옌이 나타나 돈 이야기를 꺼낼 때부터 뭔가 낌새를 눈치챘을 수도 있다. 첫날에 양천수가 브로커와 연락을 취했고, 둘째 날 이민영이 유주가 나가자마자 신호를 준 거라면?

여기에 왕우신과 황슈란, 이현재가 납치당했다는 억측을 추가하면?

"아…… 미친. 잠도 안 오네."

정리되지 않은 생각들에 머리가 지끈지끈했다. 잠시 멈췄던 생각들이 몸이 회복됨에 따라 아주 신나서 활개치고 있는 것이다.

아무리 생각하려 하지 않아도 천성이 이랬다. 뭐든 따지고 알아낼 수 있는 부분은 알아야 직성이 풀렸다. 그 성격이 자꾸만 생각을 그치지 않게 했다. 차라리 리옌에게 물어볼까도 싶었지만 그를 계기로 어영부영 다시 사건에 개입될 것 같아 절로 입이 다물어졌다.

사실 답은 이미 알고 있었다. 혼수상태에서 벗어났을 때 혼몽에 지껄인 '경찰에 갈 수 없는 몸'이란 말이 진짜가 아니라는 건 리옌도, 그녀도 알았다. 유주가 정말 평화를 단시간에 얻고 싶었다면 차라리 경찰에게 가는 편이 나았다.

가서 마약에 대해 알려 주고, 신체검사를 받고, 용의자들에 대해 진술하고, 사건의 전말에 대해 알리고…… 그리고…….

"에라이, 씨발."

그러면 될 텐데. 편한 길은 바로 지척에 있는데.

이제 내 일이 아니다. 아니다 싶으면서도 미련이 남았다. 이게 참 무서운 거였다.

* * *

"한동안 좀 불편할 수 있어요."

팔다리의 깁스를 완전히 푼 건 추석을 한 주 앞둔 화요일이었다. 의사는 너무 오랫동안 안 써서 불편감이 느껴질 수 있다고 했지만 유주의 기분은 날아가기 직전이었다.

게다가 삼촌이 있는 지역에 의사가 상담의도 구해 줬다. 휴대폰이 생긴 날, 삼촌에게 이번에 내려간다고 전하니 그는 무뚝뚝하게 대답하면서도 기뻐했다. 아무리 그래도 일 년에 몇 번 보지도 못하는 조카를, 그것도 자식처럼 키운 이를 명절에 못 본다니 내심 서운했던 모양이었다.

유주는 곧바로 뜨거운 물에 한 시간이나 잠겨 있었고, 기분 좋게 KTX를 예매했다. 그 과정 내내 리엔은 없었다. 엊그제부터 아예 보이지 않았다. 의도적으로 유주를 피하는 듯했다. 유주는 군이 그를 채근하지 않았다.

"응, 삼촌. 응. 집도 정리했어. 어, 한동안 거기서 지내려고. 내 방 아직 안 없앴죠?"

캐리어를 다시 쌌다. 서울에 올라올 때와 비슷한 양의 짐이었다. 유주는 귀성 채비를 마치고 클리닝이 말끔하게 끝난 옷 중 하나를 꺼내 입었다. 머리를 말리고 외출 준비를 하니 이제야 제 몸이 제 것같이 느껴졌다. 오늘은 간만에 바깥 공기를 맡고 싶었다.

"아니. 나 오늘 밥 안 먹어서 나가서 뭐라도 좀 먹고 오려고요. 삼촌은 식사하셨어? 애들은?"

하지만 호텔 문고리를 잡는 순간 불현 듯, 어떠한 직감 혹은 불안이 그녀를 스쳐 지나갔다. 유주는 멀뚱히 서서 자신의 몸을 내려다보았다. 어쩐지 발이 자신의 것 같지 않았다. 머뭇거리는 두 발은 바닥에 못이 박힌 것처럼 떨어질 기미가 느껴지지 않았다.

걸어.

그렇게 생각했다. 하지만 발은 요지부동이었다.

움직여.

손을 향해 명령을 내렸다. 하지만 손가락만이 간신히 까딱거릴 뿐이었다.

그 순간. 유주는 자신에게 무슨 일이 벌어진 것인지 깨달았다.

"……그치. 고3은 원래 그런 거예요. 걔가 짜증 부리고 해도 너무 신경 쓰지 말고요. 추석 지나면 곧 수능이잖아."

귀는 창진의 목소리와 그가 하는 말의 의미를 정확히 인식하고 있었다. 입에서도, 기계적이라 할 만큼 정확한 반응이 흘러나가고 있었다. 하지만 머릿속은 오류 난 컴퓨터 프로그램처럼 몇 가지 잡념들만이 가득 찼다.

이 문을 나서도 될까?

누군가 나를 노리고 있는 건 아닐까?

……당연하게도 헛된 망상이었다. 이곳은 서울에 위치한, 하루 방값은 기십이 우스운 호텔이었다. 호텔 내·외부에는 직원들과 시큐리티가 심심하면 자기들 구역을 돌았고, CCTV도 고개만 조금 치켜들면 사방 천지에 다 있었다. 객실만 제외하고 말이다.

하지만 막연한, 구체적으로 칭할 수 없는 '누군가'를 상상만으로도 손이 달달 떨렸다. 그녀의 몸뚱이는, 그녀의 이성적인 판단이 아닌 그 헛된 망상에 사로잡혀 버벅거리고 있었다.

이건 재앙이었다. 언제, 누가, 어디서, 어떤 방식으로 날 노릴지도 모른다는 생각은 그녀가 지금껏 누려 왔던 평온함을 깨뜨리는 첫 단계일 터였다.

이겨 내야 했다, 극복해야 했다. 지금껏 서유주가 그래 왔듯이.

유주는 크게 심호흡을 했다.

손을 들었다. 이번에는 다행히 움직였다. 손잡이를 잡았다. 다행히 잡을 수 있었다.

손잡이를 당겼다. 삐끗하고 손이 어긋났다. 손잡이가 미끄러운가 했는데 아니었다. 미끄러운 건, 땀에 흠뻑 젖은 그녀의 손바닥이었다. 힘이 풀린 손아귀 안에서 호텔 문고리가 연신 헛돌았다.

빌어먹을.

유주가 어금니를 사리물며 손에서 힘을 풀었다.

"어, 그래요. 응. 우리 이번 추석에…… 너무 거창하게는 말고 그냥 간단하게 하자고요. 네. 응, 알았어요, 삼촌. 내려갈 때 다시 연락드릴게. 예, 식사 챙기시고요."

티가 났을까? 유주는 부디 자신의 불안이 전파되지 않았길 바라며 통화 종료 버튼을 눌렀다. 동시에 문고리에 매달리듯 아래로 주르륵 미끄러졌다.

세상천지에, 문을 여는 게 두려운 사람이 몇이나 될까? 그런데 유주가 그 몇 안 되는 사람 중 하나가 되어 버린 것 같았다.

"미친……."

아무리 멍청해도 알 수 있었다. 이게 바로 흔히 말하는 PTSD였다.

유주는 자신에게 두려운 것이 생긴다면 남성과 폐쇄된 공간에 관련된 것이 아닐까, 막연하게 상상했다. 하지만 그건, 그녀 자신에 대한 교만이었다. 자신을 높이 평가한 거다. 아무래도 리옌에게 말했던 것들이, 전부 사실이었던 모양이다.

유주는 결코 강하지 않았다.

* * *

"불을 왜 다 꺼 놓고 있어?"

리옌은 거의 밤 열 시가 다 되어서야 귀가했다. 유주는 호텔 문이 열리자 흠칫했지만, 어둠이 그녀의 겁에 질린 모습을 잘 감추어 주었다. 다행이었다.

"……잠깐 생각할 게 있어서."

"그래도 불은 켜 놓지 그랬어. 오늘 깁스 풀었지? 어때?"

리옌이 불을 켜는 순간 쨍한 빛 때문에 눈이 따가워졌다. 며칠 만에 보는 주제에 걱정하는 척은. 유주는 눈살을 찌푸리며 애써 심드렁한 말투로 그의 말을 받았다.

"천국 같지. 그리고 생각할 게 좀 많아서 그랬다니까."

"무슨 고민이 그렇게 많아서?"

"당신, 내 집 처리했어?"

사실 집 따위야 별로 중요하지도 않았다. 이 방 밖으로 나갈 수 없다면 그런 게 다 무슨 소용이란 말인가. 리옌은 유주를 빤히 보다 성큼성큼 그녀를 향해 걸어왔다. 이전에는 느껴 보지 못한 위압감에 유주가 살짝 몸을 뒤로 뺐다.

"왜?"

"울었어?"

"뭐?"

"눈이 빨간데."

그 말에 반사적으로 눈가에 손을 가져다 댔다. 그러나 유주보다 리옌의 행동이 조금 더 빨랐다. 그의 엄지손가락이 유주의 눈가를 스쳤다.

"무슨 일이야? 안 좋은 소식이라도 들었어?"

"아, 아니. 잠을 잘……."

"지금까지 잠만 잤잖아. 잠을 잘못 자기는 무슨."

유주가 듣기에도 옹색한 변명이었다. 리옌이 소파 위에 브리프 케이스를 던져두고 유주 근처의 스툴을 끌어다 앉았다.

"무슨 일이야?"

이런 식으로 관심이 있다는 것을 드러내지 말아 주었으면 했다. 유주는 떨떠름한 표정으로 고개를 갸웃거렸다.

"내가 이런 거 하나하나 당신한테 보고할 입장은 아니지 않아?"

"보고라니. 굉장히 사무적인 단어를 쓰는데, 당신."

"추궁하는 태도부터가 글러 먹었다는 생각은 안 해?"

"그렇게 노골적으로 밀어내지 않아도 돼, 유주."

리옌의 말에 유주가 미간을 구겼다. 그는 때때로 이렇게 정곡을 찔렀다.

"밀어내는 게 아니라, 정확히 하자는 거야."

"정확히 하자는 것치고 너무 노골적이잖아. 당신이 누차 얘기하지 않았나? 평범한 대화."

"어쨌든 난 괜찮고, 그냥 생각할 게 많아서 불도 안 켜고 있었어. 딱 그뿐이야."

유주의 명백한 거부에 리옌은 양손을 들었다. 항복 표시였다. 그러곤 살짝 웃었다. 어딘가 위태로운 웃음이었다.

"그래서, 의사가 뭐라고 하던가?"

정말 일상적인 대화라도 이끌어 가려는 그의 말투에 유주도 더 이상 밀어내지 못했다. 더구나 그가 아니면 유주는 이 안에서 대화할 사람이 전무했다. 입이 근질거리던 것도 한몫했다.

"그냥. 한동안 무리하지 말고 어쩌고, 뭐 그런 거."

"시골엔 언제 내려갈 생각이지?"

"조만간?"

그렇지만 고민을 나누고, 앞으로의 대책을 이야기하는 건 무의미했다. 유주는 대신 다른 걸 묻기로 했다. 안전한 것만 골라서.

"경호는 어떻게 붙어?"

유주의 말에 리옌이 기다렸다는 듯 던져두었던 브리프 케이스를 챙겨 왔다. 그 안에는 동일한 서류철만 몇 개가 들어 있었는데 그는 어느 위치에 무슨 파일이 있는지 정확히 알고 있다는 듯, 능숙하게 서류철 하나를 꺼내 들었다.

"내 마음 같아선 당신을 포함한 당신 가족 1인당 최소 3인 이상은 붙이고 싶어. 자택에 보안 시스템은 당연한 옵션이고."

한 사람당 세 명? 너무 과했다. 유주가 기함했다.

"당신, 내가 내려가는 시골이 얼마나 한적한지 알아? 경호 셋? 미쳤어?"

"그렇다고 집에만 있을 건 아니잖나. 최소한이야."

"……그건 당신네 세상에서나 통용되는 룰 아니야? 오히려 그런 지방일수록 외부인들이나 수상한 사람들은 더욱 눈에 띈다고."

"야숩에는 답이 없지."

"야스읍?"

일평생 살며 듣도 보도 못한 말에 유주의 입이 떡 벌어졌다. 그리고 그런 유주를 보는 리옌이 더욱 황당하다는 표정을 지어 보였다.

"유주……. 내가 상기시키고 싶진 않지만, 당신은 지난달에……."

상기시키고 싶지 않았다면 시키지 않으면 된다. 유주가 단호히 뒷말을 잘랐다.

"알아."

"아는데 과하다고?"

모르지 않았다. 리옌이 구태여 기억을 되살려 주지 않아도 문고리를 잡고 쓰러지던 순간의 막막한 감정은 잊히지 않았으니까. 하지만 그건 유주가 극복해야 하는 부분이었다. 그에게 이런 말을 구구절절 들을 필요는 없었다.

"아는 건 아는 거고 과한 건 과한 거야. 지방이잖아. 지역 특수성을 고려해 달라는 거야. 우리 동네에 몇 가구가 사는지는 손으로도 꼽는다고. 그런데 인당 셋? 우리 식구는 넷인데?"

"그게 싫다면 GPS를 달고 다니든가."

"결국 그것도 무용지물이었잖아. 장난해?"

유주가 기겁하며 소리쳤다. 리옌은 허탈한 웃음과 함께 짜증스레 물었다.

"난 당신과 이런 부분들에 대한 합의가 이미 끝났다고 생각했는데."

"당신에게 '적당히'라는 개념이 있는지가 궁금하다, 난."

"그럼 그 '적당히'의 개념을 당신이 알려 줘 봐. 당신 신변의 안전을 확실히 보장할 수 있으면서 내가 안심할 수 있는 방향으로."

리옌의 말에 유주가 묘한 표정을 지었다. 리옌이 그 표정을 보고 인상을 찡그렸다.

"또 왜?"

"날 너무 걱정하지 마."

"뭐?"

리옌은 헛웃음을 토했다. 기도 안 찬다는 기색이 역력했지만 유주는 단호하게 고개를 저었다.

"이전으로 돌아간다는 건, 당신이 나를 걱정하지 않고 나도 당신에 대해 몰랐던 때를 얘기하는 거야."

"내가 내 돈으로 내 보호 아래 있는 사람 걱정도 못 하나? 이건 그냥 도의적인 거 아냐?"

이미 그의 배려는 도의적이라는 단어를 쓰기에는 과했다. 유주가 재차 고개를 저었다.

"이런 건, 서로에게 좋지 않아. 내 행적이나 보안에 관한 문제가 당신에게 알려지고, 당신은 그걸 신경 쓰는 거. 그건 아무것도 아닌 게 아니잖아."

"서로가 아니라 당신은 나의 간섭이 싫은 거겠지."

"알면 하지 마. 이렇게 말꼬리 잡는 것도 하지 말고!"

"이게 말꼬리 잡기로 보여?"

"그래."

유주는 리옌의 말허리를 잘랐다. 리옌은 여전히 어처구니없다는 표정이었지만 여기서 물러날 생각은 없어 보였다. 그건 유주도 마찬가지였다.

"리옌, 난 당신 일에 개입하지 않기로 결정했어. 이게 무슨 의미인 줄 알아? 지금부터 당신이 보이는 모든 호의가 내게 부채감을 느끼게 한다는 뜻이야."

"말 한번 거창하군. 그냥 노골적으로 이야기하지 그래? 너 같은 새끼한테 받아 처먹는 건 죄다 더럽고 역겹다고."

"원한다면 말 못 할 것도 없어. 그런데 당신은 그런 말을 내 입으로 들어야지 만족하겠니? 이전처럼 돌아가자는 게, 내가 당신을 역겨워하고 혐오하는 그런 의미로 들렸어?"

편하고 쉬운 이야기만 한다는 게 원치 않은 감정싸움이 되었다. 둘은 누가 먼저랄 것 없이 입을 다물었지만 상대의 눈치를 살피고, 먼저 입을 연 건 유주였다. 그녀가 원한 건 이런 분위기가 아니었다.

유주에게 리옌은, 좋아한다고는 말할 수 없었지만 최소한의 호감은 있던 상대였다. 그에게 받아 낼 것도 많았지만, 최소한 마지막이라면 그런 것들까지 죄다 털어 내고 돌아서는 게 예의라 생각했다.

"난 불편해."

유주는 그 모든 생각과 감정을 담아서 말했다. 그에게 지나치게 감정적이고, 모진 소리를 골라 하고 싶지 않았다. 그건 서로에 대한 학대였다. 말을 내뱉는 유주도, 듣는 리옌도 그저 지칠 뿐이었다. 이미 그 과정을, 한 번은 겪지 않았던가.

"그리고 내가 무슨 말 하는지 알잖아, 리옌. 왜 그렇게 자꾸 내 얘길 배배 꼬아 들어?"

어르는 듯한 부드러운 말투에 리옌의 뺨 근육이 팽팽하게 당겨졌다. 분을 삭이는 모양새였다. 여전히 성이 난 것 같았지만 노력하는 티라도 내는 게 어디인가. 유주는 머뭇거리다 그의 어깨 위에 손을 얹었다.

"내가 당신에게 보호받겠다는 걸 받아들인 건, 당신 일에 개입하지는 않겠지만 최소한 방해는 되지 않겠다는 그런 의미잖아."

"……알아. 안다고."

"그게 그렇게 화날 일이야?"

이런 공방에 리옌 또한 질렸음이 틀림없다. 그는 길게 숨을 내뱉고는 똑바로 유주를 응시했다.

"우리 확실히 하지."

"뭘?"

"당신은 그때 왜 내 키스를 받아들였지?"

지금 그게 중요하냐고 묻고 싶었다.

물론 중요한 게 맞았다. 둘 사이에 금이 가기 시작한 건 카이화가 그녀를 이 일에 끌어들였음을 알게 된 직후부터였지만, 그 틈을 억지로 벌린 건 걷잡을 수 없는 감정이 쏟아져 내리기 시작해서였다.

리옌이 먼저였지만 그 감정 앞에서 피하지 않은 건 유주였다. 유주는 그와의 이런 대화가, '돌려보내 달라'는 대답으로 끝난 것인 줄 알았다. 하지만 지지부진한 그의 감정은 거기서 끝이 아닌 모양이었다.

"……그 부분에 대해서 충분히 대화한 것 같은데."

"아니지. 당신의 이야기는 듣지 못했지, 내가."

어물쩍 넘어갈 수 없었다. 그래, 이제야 종지부를 찍을 때가 되었다.

미적지근하게 굴고 있던 건 다름 아닌 그녀였다. 유주는 마른 입술을 적셨다. 그리고 잠시 눈을 감았다. 다시 눈을 뜰 땐, 좀 더 단호해져야 했다.

그녀 자신에게.

"그때는, 그러고 싶었으니까."

"그리고 지금은?"

"모르겠어."

솔직한 대답이었다. 그녀 자신도 어떻게 하면 좋을지 모르겠다는 게 진심이었다.

리옌이 싫지 않았다. 그를 좋아할 이유 따윈 전혀 없었지만 사람 마음이라는 게 그랬다. 같이 지내다 보면 싫은 점에 눈에 띄는 만큼 좋은 점도 눈에 띄기 마련이었다. 그리고 인간 대 인간으로 리옌은, 나쁜 사람도 역겨운 사람도 아니었다.

어쩌면 유주가 그에게 가지고 있는 이 호감은, 리옌이 그녀에게 먼저 퍼부어 댄 감정을 돌려줘야 한다는 부담감의 일환일 수도 있었다. 유주는 쓴웃음을 지었다.

"정말, 모르겠어."

"그래서 완전히 날 밀어내면 괜찮아질 것 같나?"

"그렇게 물으면 마땅히 해 줄 말은 없어. 하지만 지금 여기에, 당신과 이렇게 있는 상황이 나에겐 비일상처럼 느껴져. 안 맞는 퍼즐 한 조각처럼 툭 튀어나온 그런 느낌이란 말이야."

"그래서?"

유주의 말을 리옌은 인내심 있게 기다렸다. 오늘이야말로 그녀가 얼버무리지 못하도록 단단히 못을 박겠다는 태도였다. 그런 태도라면 이쪽도 물러설 수 없다. 유주는 겁쟁이였지만 비겁자는 아니었다.

"나에겐 당신과 만나기 이전으로 돌아가는 게 최선이야."

"그게 최선이라고 누가 그러지? 당신은 변화가 두려운 게 아닌가?"

"리옌."

무엇보다 유주는 그의 마음에 완벽하게 응해 줄 수 없었다. 재벌집 남자와 사랑에 빠지는 흔한 로맨스 소설이나 하류 인생을 따라 인생 나락을 경험하는 드라마, 영화는 세상에 지천으로 깔려 있었다. 그 작품들엔 하나같이 신분 차이, 경제적 차이, 무슨 차이, 무슨 차이 등등이 있었다. 주인공들은 그 모든 역경을 이겨 내고 해피엔딩을 맞이했고.

어떻게? 최소한 작품 속 주인공들 사이에는 굳건한 믿음이 존재했으니까.

사랑의 힘이니 어쩌느니 하는 운운하는 건 참으로 촌스러웠다. 시대착오적으로 보이기까지 했다. 그러나 고대부터 현대까지 끊이지 않고 소비되는 주제였다.

바로 그게 문제였다.

유구하게 통용된다는 그 사랑, 믿음. 뭐 하여간 그 비슷한 게 둘 사이엔 없었다. 최소한 유주가 리옌에게 느끼는 감정은 사랑이라 부르기엔 지나치게 불안정했다.

어쩌면 숱한 경계와 그녀의 불안, 더불어 의구심이 유주 자신의 감정에 어떠한 차단막처럼 작용하고 것일지도 모른다. 하지만 그런 불안과 의심 또한 그녀를 구성하는 일부분이었다.

즉, 리옌에게 느끼는 감정들은…… 그대로 받아들일 수 없는 종류의 것이었다는 뜻이다. 최대한 진심이 되어도 이 정도였다. 더 솔직해질 수 없었다.

"난 당신이 무슨 생각으로 나한테 좋아한다느니 어쩌느니 하는 건지 잘 몰라. 당신 입장이나 상황을 다 아는 것도 아니고, 속에 들어갔다 나온 것도 아니니까."

"……."

"그런데 내가 당신에게 좋아한다고 말하려면 내 안위를, 가족을, 주변 사람들을 걱정해야 해."

"......"

"나한텐 그런 용기도, 그런 상황을 감내할 인내심도 없어. 그러니까 더 감정이든 관계든, 진전되기 전에 멈추는 게 맞다고 생각해. 내 입장은 그래."

"멀리 떨어져 있다고 멈출 수 있는 게 관계고, 감정이었나?"

"억지 부리지 마."

"억지는 지금 당신이 쓰는 거지."

하......

리옌이 고된 한숨을 토했다. 그는 몸을 뒤로 물리며 머리를 쓸어 넘기곤 잠시 눈을 감았다. 심란하기는 매한가지인 듯했다.

무거운 침묵이 흘렀다. 그 끝에 결국 리옌이 먼저 마른 입술을 열었다.

"밥은 먹었어?"

바로 전의 날 선 느낌이 완전히 가신 다정한 음성이었다. 순간 유주는 저도 모르게 그의 말에 부드럽게 대답할 뻔했다. 그는 고작 말 한마디로 유주를 들었다 놨다 할 수 있었다. 참 밑지는 관계였다.

"나, 이해해 주는 거지?"

"밥은 먹었냐고."

유주는 입만 벙긋거리다 결국 고개를 저었다. 리옌이 아까의 살벌한 표정을 말끔히 지운 채 시간을 확인했다.

"시간이 몇 시인데 아직도 안 먹었어? 약은?"

"......그것도 아직."

"배는 안 고파? 아래 호텔 식당은 그렇다 쳐도, 아직 바깥에는 연 곳 있을 텐데. 뭐라도 먹으러 나갈까? 나도 오늘은 바빠서 식사가 아직이거든."

리옌의 말에 유주는 입술을 깨물었다. 말을 이렇게 돌리나 싶으면서도 그의 이런 상냥한 모습을 볼 때마다 멀미를 하듯, 주변이 울렁거리는 것만 같았다. 정신을 차릴 수 없었다. 마치 흔들리는 배에 탄 것처럼, 그저 그 자리에서 버티는 게 고작이었다.

"응?"

아무리 유주가 멍청하고 눈치가 없어도 세상 그 어느 남자도, 그 어떤 감정도 없는 이를 저런 눈빛으로 보지 않는단 건 알았다. 그래서였다. 그래서 자꾸만 감정이 요동쳤다. 세상이 하루에도 열두 번씩 솟았다 꺼졌다 너울을 쳤다.

어쩌면 흔들리는 것은 그 무엇도 아닌 그녀의 마음인지도 모른다.

관심 끄라느니, 됐다느니, 네 알 바냐느니 하는 온갖 못된 말이 혀끝을 맴돌았지만…… 유주는 점점 더 그를 강경하게 밀어내는 게 힘들었다. 방금까지의 악독한 감정은 전의를 잃고 무력하게 사라졌을 뿐이다.

그의 말은 핑계일 뿐이었다. 유주는 속으로 그와의 남은 기일을 헤아렸다.

내려가자. 반드시 내려가자. 그가 미련을 갖든 말든, 무조건 멀어지자. 그런 헛된 다짐을 하며 유주가 고개를 저었다. 이미 그녀 자신도 알았다. 리옌의 핑계뿐인 말에 기꺼이 속아 넘어가 주고 싶은 자신이 진정한 기만자라고.

"유주?"

그러나 걸리는 게 한두 가지가 아니었다. 그와 식사를 한다면 룸서비스를 시키는 편이 나을 것이다. 아까 전의 상황을 그의 앞에서 재현해 봐야 어떤 반응이 돌아오겠는가? 걱정하지 말라는 말이 알량한 객기에 지나지 않는다는 방증으로밖에 여겨지지 않을 것이다.

"……왜 밥을 아직 안 먹었는데?"

"잠시 어딜 다녀왔거든. 그래서 식사는?"

조금 더 생각할 시간이 필요했다. 유주는 괜히 쓸데없는 질문을 던졌지만 그의 대답은 간결했다.

유주가 원했던 것이었다. 아무런 개입 없는 깔끔한 관계.

빌어먹을.

그제야 깨달았다. 그와는 접점이 없었다. 애당초 이번 카이화 사건이 아니었다면 어떤 식으로도 마주치지 않았을 사람들이었다.

"……아직."

"그럼 바람도 쐴 겸 나갈까. 당신도 계속 호텔에만 있었으니 답답했을 텐데."

머릿속 저울이 휘청였다.

그와 함께 나가는 것은 분명 안전할 터였다. 어차피 이 방 안에서 영영 살 수도 없는 노릇이니 어떤 식으로든 타개책을 찾아보아야 했다. 그리고 그 테스터로 리옌보다 더 적당한 이는 없었다.

나가느냐 마느냐. 그 저울질은 기실 무의미했다.

걱정하지 말라고 지껄인 지 이제 3분밖에 안 지났다. 하지만 유주가 현재, 유일하게 믿고 매달릴 수 있는 상대는 아이러니하게도 리옌뿐이었다.

만약 그에게 의지한 채로도 밖에 나가지 못한다면, 그때는 받아들이는 수밖에 없었다. 치료가 필요하다는 사실을. 물론 지금도 인지하고 있지만 심각함을 받아들이는 정도에 따라 자기 평가를 조금 더 하향 조정할 필요가 있다는 의미다.

"그래. 나가자."

고민은 짧았다. 무턱대고 화를 내자니 그 이전의 감정은 전소된 지 오래인 데다, 리옌도 그녀와 붙어 있는 시간이 늘어나며 그녀를 달래고 상황을 눙치는 실력이 늘어만 갔다.

아닌가? 어쩌면 유주는 자신이 생각보다 더 쉬운 여자인지도 모른다. 아니면 저 빌어먹을 얼굴 때문에 없던 상황적 개연성이 생기는 것인지도 모르고.

"밤바람이 차가울 수 있으니까 뭔가 걸쳐."

"응."

유주는 리옌의 말에 따라 순순히 카디건 안에 몸을 밀어 넣었다. 지갑과 핸드폰도 챙겼다. 하지만 중요한 건 문고리를 먼저 잡느냐 아니냐였다.

유주가 슬쩍 리옌을 곁눈질했다. 그는 지갑이 품에 있는 걸 확인하고는 재킷을 든 채 성큼성큼 문가로 다가갔다.

"뭐 해? 안 나가고."

벌컥, 문을 열어젖히는 리옌의 행동은 거침이 없었다. 유주는 무심결에 문밖을 살피려다 주먹을 꼭 쥐었다.

작게 숨을 삼키고 의뭉스럽게 리옌의 팔짱을 끼었다. 만약 중간에 쓰러지기라도 한다면, 맨 바닥에 머리를 박는 것보다 그가 자신을 받아 내는 게 훨씬 빠를 터였다. 이 이상 아픈 건 싫었다.

그런 그녀의 생각을 알 리 없는 리옌의 몸이 살짝 굳었다. 착각이 아니었다. 유주도 자신의 행동이 오해의 소지가 있다는 걸 알면서도 지금 당장은 그에게 찰싹 매달릴 수밖에 없었다.

"뭐 먹을 건데?"

태연한 척하며 전방에 시선을 두었다. 그를 올려다보거나 하면 애써 외면한 민망함과 긴장감이 몰려올 것 같았다.

물론 그건 부차적인 이유였다. 벌써 다리가 후들거렸다. 다행히 객실을 나서는 데엔 성공했지만, 긴장을 푸는 즉시 바닥으로 고꾸라질 것 같았다. 유주는 그의 팔을 잡은 손에 힘을 주었다.

"……당신은 뭘 먹고 싶은데?"

리옌의 목소리가 살짝 잠겨 있었다. 유주는 그런 순진한 반응에 새삼스러운 시선으로 그를 잠시 힐끗거렸다. 물론 시선을 마주치려는 시도조차 하지 않았다. 아무래도 이런 상황에서 헛된 도발은 그녀의 팽팽하게 당겨진 긴장감과 경계심을 여봐란 듯 드러낼 수 있을 것 같아, 그녀는 얌전히 입을 다물고 그의 보폭에 맞춰 걸음을 옮겼다.

문 밖으로 나왔다. 복도도 걸었다. 승강기에 도착했고, 그 안에 탑승했다.

거기까지는 아무 문제도 없었다. 괜한 긴장으로 팽팽하게 당겨진 어깨 근육이 뻐근했다. 쓸데없이 평소보다 힘이 들어간 종아리와 허벅지, 장딴지와 엉덩이도 힘들다고 자기주장을 해 댔다. 아무래도 걸은 게 너무 오래간만이라서 그럴 수도 있었다.

"나야 뭐, 아무거나."

"아무거나는 이 주변에 잔뜩 팔지."

"그럼 대충 눈에 뜨이는 곳에서 먹고 들어가자."

호텔 로비를 나오면서도 경계심은 수그러들지 않았다. 이 정도까지면 됐다 싶었다. 하지만 골목으로 접어들어야 하는 식당가를 보니 묘한 거부감이 들었다.

인적이 드문 상태에서 누군가가 자신을 공격하는 것.

유주는 제 공포가 단지 그런 것인 줄 알았다. 하지만 어째서인지 인적이 많은 곳도 거북했다. 언제, 어떤 형태로 드러날지 모르는 그 막연한 '적'이라는 존재들이 불편하게만 느껴졌다.

보통 외상 후 스트레스 장애는 당시 충격 상황과 비슷한 조건에서만 플래시백 되는 게 아니었던가?

그런 생각을 하는 사이, 점점 누군가 발목을 낚아채기라도 한 듯 걸음이 느려졌다. 리옌이 유주의 눈치를 보며 조금씩 보폭을 좁혀 주었지만 허사였다. 결국 그녀는 걸음을 멈췄다. 리옌이 의아한 표정으로 그녀를 내려다보았다.

"유주?"

"……안 되겠다."

유주가 고개를 저었다. 리옌이 자신의 팔에 매달린 유주의 손을 부드럽게 떼어 내곤 그녀의 앞에 섰다. 그 잠깐의 공백 때문인지 손바닥이 서늘했다.

땀. 식은땀이 나고 있었다. 더불어 땀을 흘리고 있다는 사실을 자각한 순간, 숨이 턱 하고 막혀왔다.

"어디 불편해? 안색이 안 좋은데."

그녀의 이상한 징후가 리옌에게도 포착되었다. 그가 유주의 이마를 쓸어 주었다. 진득하게 땀이 묻어나는 게 보였다.

이제는 인정할 때였다. 혼자서도, 리옌에게 매달려서도 실패했다. 오히려 밖에 나옴으로써 불안감만 더 심해졌다.

그냥 순순히 받아들일걸. 괜한 객기라도 부리지 말걸. 뒤늦은 후회가 몰려왔다. 유주는 리옌의 양팔에 매달리며 단단한 가슴께에 이마를 기댔다. 그녀를 받쳐 드는 리옌의 손길이 조심스러웠다.

"왜 그래?"

"……안 되겠어."

"그러니까 뭐가, 어디가 어떻게 안 좋은데? 지금 병원 갈까? 아니면 의사 불러 줘?"

의사가 필요했다. 하지만 이제 유주에게 필요한 의사는 외과 의사가 아니었다.

받아들이고 싶지 않은 사실 때문인지 아니면 다른 것 때문인지 숨이 막혀왔다. 목소리를 쥐어짜기 위해 안간힘을 썼다. 고개를 들어, 그와 눈을 마주치는 것도 힘겨웠다.

"리옌, 리옌……."

"왜…… 무슨 일이야, 응? 서유주. 왜 그래?"

"호텔로 돌아가고 싶어……."

"그거면 되겠어?"

리옌의 걱정스런 눈빛에 왜인지 눈물이 그렁그렁 맺혔다. 유주는 더욱 그의 품에 바짝 다가갔다. 그리고 거의 꺼져 가는 목소리로 간신히 대답했다.

"나…… 아무래도 지금 패닉인 거 같아."

"의사가 좋아요, 아니면 약이 좋아요?"

다음 날, 아침 일찍 의사가 찾아왔다. 유주는 어제 하루 동안 느꼈던 감정에 대해 최대한, 기억나는 대로 상세히 서술했다.

속이 답답했고, 멀미라도 겪는 듯 속이 울렁거렸어요. 머리가 아팠고

식은땀이 났으며 가슴이 쿵쾅거리기도 했고요. 그냥 누군가가 나를 덮칠 것 같아서 불안했어요.

그 말을 털어놓는 자리에 리옌이 없길 천만다행이었다. 유주는 수치스러워하지 않기 위해 부단히 노력했고, 그녀의 노력은 여전히 사무적인 의사의 말로 보답받았으니까.

"둘 사이에 무슨 차이가 있어요?"

"사실 약 처방은 그리 권하진 않아요. 일시적인 신경 안정제니까, 근본적인 문제 해결은 안 되거든요. 그런데 유주 씨, 집에 내려갈 거라면서요. 그럼 의사 만나기 전에 한시적으로 약 처방은 해 줄 수 있다는 거죠."

"약 먹으면 어떻게 되는데요?"

"나른해지고 의욕이 좀 사라질 수 있어요. 각성 수준을 낮춰 주는 거라서 순발력이나 민첩성을 요구하는 과제에서 좀 둔한 반응을 보일 수도 있고요. 아, 어제 잠은 잘 잤나요?"

어젯밤 이야기가 나오자 유주의 얼굴이 눈에 띄게 새빨개졌다. 어젯밤에 유주는 매우 잘 잤다. 지나치게.

* * *

"어떻게 된 일이야?"

객실까지 어떤 정신으로 올라온 것인지 알 수 없었다. 입 밖으로 '패닉'이라는 단어를 내뱉은 순간 유주는 참을 수 없는 토기를 느꼈다. 구역질이 치밀어 온 동시에, 그날의 새벽이 떠올랐다.

캄캄한 산. 어디선가 들려오는 이상한 소리. 서늘한 공기.

어둠이 시시각각 모습을 바꾸며 일렁이는 듯했고, 유주의 상처는 냉기를 맹렬히 빨아들이며 식어 갔다. 그 가운데 오로지 유주, 그녀 자신만이 존재했다.

하지만 그녀는 혼자가 아니라는 두려움에 질려 있었다. 자꾸만 그 어둠 속에서, 무언가가 튀어나올 것만 같았다.

그녀는 완벽한 무방비였다. 몇 날 며칠이나, 유주는 제 몸은 고사하고 제 의식 하나, 호흡 하나 통제할 수 없는 상황에 놓여 있었다. 중간중간 끊어진 기억들은 분명 신체적인 혼절 증세에 따른 것도 있겠지만 그녀의 무의식이 기억의 셔터를 내려 버린 영향도 있을 터였다.

"오전에, 깁스를 풀고 삼촌이랑 통화를 했어. 그리고 밥을 먹으러 나가려는데 그냥 못 나가겠어서……."

"왜?"

"몰라."

"그때 어떤 기분이 들었는데? 정확히…… 어떤?"

다른 사람이라면 모를까 리옌에게 그때의 기분을 이야기하고 싶지 않았다. 그녀가 내뱉을 수 있는 말은 고작해야 트렁크 안이 답답했다, 어디로 가는지 몰라 불안했다, 짐짝처럼 들려서 숲으로 향하는데 앞으로 무슨 일을 당할지 몰라 무서웠다, 도망칠 때는 아무 생각도 안 들었다, 추락할 땐 그저 아팠다는 수준의 일차원적인 설명뿐이었다.

거기에 그녀의 내밀한 감정은 빠져 있었다. 뭉뚱그린 두려움, 불안, 공포 따위가 아니라 당시의 모멸감, 어째서 이런 상황을 겪게 되었는지에 대한 후회와 죽을 것 같다는 공황, 그리고 무력한 자신에 대한 비참함…….

"그래서, 의사가 필요할 거 같아. 집에는 여전히 내려갈 거야. 표도 오늘 예매했어, 일주일 뒤에 거로. 추석 전이라서 새로 고침도 엄청 해서 간신히 잡았다고."

유주는 그런 부분들까지 그와 공유하고 싶은 마음이 없었다. 애써 거리를 두겠다고 스스로 세뇌한 게 몇 번째였다. 게다가 그 감정들을 입 밖으로 내뱉는 순간, 실체화하여 다시 그녀를 덮쳐 올 것 같았다.

그녀 자신도 제 낯빛이 희게 질렸다는 걸, 그리고 손과 목소리가 미미하게 떨리고 있다는 걸 알았다. 하지만 그게 마지막 자존심이었다.

리옌은 그런 유주의 얄팍한 속내를 진즉에 간파했을 것임에도 더 캐묻지 않았다. 다만 그녀의 손을 가만 내려다보고는 작게 한숨을 쉬며 자리에서 일어났다. 눈물겨운 배려였다.

"그럼 지금 뭔가 시키지. 그리고…… 내일 오전에 의사를 부르고."

"지금 뭐 먹으면 곧바로 토할 거 같아."

장례식장에 있다 보면 이런 경우를 종종 목격했다. 흔한 일이었다. 처음 자신의 가족을 시신으로 마주한 사람들의 반응은 비슷비슷했다. 당혹감, 불안, 두려움, 그리고 슬픔과 자책감. 그 가운데 자신 혼자 남겨진 것 같은 막연함.

그건 유주가 지금 느끼는 것과 어딘가 비슷하면서도 달랐다. 죽을 것 같은 절망감에 빠져 현실에서 눈을 돌리고 싶어 한다는 점은 같았다. 그러나 유족들이 느끼는 감정에 수치심은 없었고, 그들과 달리 유주는 잠시라도 제 현실에서 눈을 돌릴 수 없었다. 그녀보다 더 똑바로 그녀를 응시하는 존재가 눈앞에 있지 않은가.

"그럼 어떻게 하고 싶은데?"

"좀 쉬면 괜찮아질 거야. 아마 일시적인 걸 테니까……."

"확신이 없을 땐 그런 말 하지 않는 편이 좋아."

"……."

"누워 있을 때, 그러니까 깁스를 풀기 전에는 어땠지? 그때는 이런 기분이 든 적 없나?"

"그때는 괜찮았어. 정말이야. 금방 괜찮아질 거야."

"이미 당신의 '괜찮다'는 말은 신뢰를 잃었어."

유주의 말에 리옌이 그녀를 향해 손을 뻗었다. 이내 큼직하고 단단한 손바닥이 유주의 볼을 감쌌다.

이런 식의 접촉은 처음이었다. 유주는 그 손을 피하는 대신 손바닥에 순순히 고개를 묻고 눈을 감았다. 응석을 부리고 싶었다. 체온을 통해 전해지는 것이 위로였기 때문이고, 그가 그녀를 해칠 리 없다는 믿음 때문이었다.

믿음?

"두려움은 자각하는 순간부터 그 존재감을 무시하기 힘들어. 그럴 땐……도망가는 것도 하나의 방편이야."

그녀는 리옌을 신뢰한다. 그에게 믿음을 가져 버렸다. 언제부터?

유주는 당혹감을 느끼면서도 그에게 되물었다.

"그건…… 경험담이야?"

"그렇지."

"당신도 이랬던 적이 있다고?"

"당신이 앞으로 어떤 상황을 겪을지도 난 알고 있지."

리옌의 말에 유주가 픽, 웃었다. 그를 비웃었다기보다는 그냥 웃음이 나왔다. 전혀 우습지 않은 상황이어서 그랬다.

"내가 어떤 일을 겪을 건데?"

"며칠간은 계속 오늘과 같은 공황 증세가 계속될 거야. 혼자 있으면 초조할 테고, 불안할 테지. 주변에 낯선 사람이 오면 경계하게 되겠고……."

"낯선 사람은 지금도 경계해."

"눈을 감는 게 두려워질 거야."

"……."

"그 어둠 속에서 뭐가 튀어나올지 모르니까."

"당신이…… 그랬다는 거지?"

리옌의 눈빛이 어두웠다. 유주는 왠지 목이 바싹 타는 기분에 혀를 내밀어 입술을 축였다. 그러다 그게 실수임을 깨달았다. 리옌의 눈빛을 보고 만 것이다.

그의 깊게 잠긴 눈동자 안에서 잠시 일렁였던 것. 극장 안에서 그녀가 목도한 어떤 열망 같은 거였다. 그에게 기대서 될 게 아니었다.

"그래. 그러니까……."

유주가 재빨리 고개를 틀며 그의 손바닥을 벗어났다. 분위기가 삽시간에 야릇해졌다. 시선을 피하면서도 피부 위를 찌르는 이 어색한 공기에 숨이 막힐 것 같았다.

그런 도망도 헛되게, 리옌이 태연히 손을 거두며 말했다.

"난 이 상황을 기회로 삼아 볼까 해."

"뭐?"

"재워 주고 싶어, 내가. 당신을."

너무나 평이한 어조에 자칫 흔들릴 뻔했지만 유주는 성인이었다. 그 말에 담긴 성적 함의를 못 알아들을 정도로 순진하지도, 어리석지도 않다는 뜻이었다.

무엇보다도 유주는 성인 남녀가, 비록 문짝 몇 개로 나뉘어 있다고는 하지만 같은 객실을 사용하며 지금껏 아무 일 없었던 데에는 누구의 인내가 더 크게 작용했는지도 알고 있었다. 유주가 그의 시선을 피하며 대답했다.

"내…… 내가 했던 말들 기, 기억하는 거지?"

유주는 바보 같게도 말까지 더듬거리며 슬쩍 몸을 뒤로 물렸다. 리옌이 아무리 여상스러운 척 의뭉을 떨어도, 조금 전까지 폐부를 짓누르던 그 찐득한 공기는 쉬이 가시지 않았다.

도대체 아까 전 대화 어디에 이런 분위기로 전개될 내용이 있었지? 유주는 시선을 이리저리 굴리며 머릿속을 뒤졌다. 그런 그녀를 리옌은 아주 느긋하게 기다려 주었다. 이내, 어떤 흐름인지 깨달은 유주의 입이 살짝 벌어졌다.

"물론 기억하지."

"그런데 지금 뭐 하자는……."

"누군가 곁에 있으면 위안이 될 테니까. 그리고 지금 당신이 가장 믿는 건, 나일 테니까."

리옌은 유주의 사고 흐름을 완전히 파악한 듯 고개를 끄덕였다. 입가에 매달려 있는 건 분명 웃음이었다. 착각이 아니었다.

그도 그런 게 리옌은 단 한 번도, 끝을 이야기한 적 없었다. 문제가 해결될 때까지, 회복될 때까지. 애매하고 얼마든지 뭉뚱그릴 수 있는 표현은 전혀 신뢰의 척도가 되지 못했다.

"야, 너…… 지금 남의 불행을……."

당황한 나머지 호칭이 멋대로 튀어나왔다. 리옌은 그녀의 당혹스러움을 이해한다는 듯 몸을 뒤로 물렸다. 그리고 고개를 저었다. 그건 아니라는 뜻이었다.

"기회라고는 생각했지만 악용할 생각은 없어. 하지만."

"하지만?"

"당신과 일주일이나 더 같이 있을 수 있단 게 기쁘긴 해. 내가 도움이 될 부분이 있다는 것도."

뻔뻔하게 지금 상황을 기회로 삼겠다는 직구는 묵직했다. 그의 끈질김은 혀를 내두를 정도였다.

조금의 틈을 보이는 것으로도 안 된다니……. 유주가 앙칼지게 대답했다.

"장난하니?"

"도움이 되고 싶다는 건 진심이야."

리옌이 손을 거두고 룸서비스를 시켰다. 유주는 그의 낯선 모습이 두려웠다. 그녀가 고향에 내려간다는 게, 보내 달라고 애원한 게 다른 의미의 트리거가 된 건가?

유주의 머릿속에 그간 봤던 막장드라마나 소설 스토리들이 몇십 편은 지나갈 즈음 음식이 왔다. 직접 나가 왜건을 손수 끌고 온 리옌에게선 아까와 같은 위협적인 기색이 전혀 느껴지지 않았다.

"그러니 일단, 식사할까? 일단 당신은 오늘 치 약을 먹어야 해. 수프라도 들어."

하지만 유주는 기억하기로 했다. 아까 전, 그가 내보였던 수컷으로서의 면모를.

미묘하게 느린 말투. 저도 모르게 응석을 부리듯 가볍게 기대 버린 손바닥의 체온과 빈틈을 예리하게 찾아내던 사냥꾼의 눈빛. 알싸하게 풍기는 특유의 체취. 게다가 어떤 감각인지 알고 있는 저 얇은 입술.

그 모든 것들이 위협적이었다. 유주는 확신할 수 있었다.

오늘 그를 방에 들이면, 돌이킬 수 없을 터였다.

* * *

유주는 거기까지 떠올리고 고개를 저었다. 어제는 너무 잘 잤다. 지나치게. 그건 리옌 탓이었다. 덕분이 아니라, 탓이다.

어쩌면 위에 늘어놓은 증상들은 순수한 유주의 불안이 아니라, 리옌에게 느낀 감정들의 과장된 표현일지도 모른다.

"조금…… 잠을 설쳤지만 잠든 뒤에는 깨지 않고 잘 잤어요."

"몇 시에 잠자리에 들었죠?"

"한…… 열두 시쯤이요. 저녁을 열한 시쯤에 먹었거든요. 아니, 열 시 반 정도인가? 그러고 나서 속이 더부룩해서 한 시간 정도 방 안을 거닐다가 누웠어요."

"잠든 시간 혹시 기억나요?"

기억이 날 리가 없었다. 하지만 리옌이…… 그녀의 방으로 들어온 건 기억이 났다. 문을 연 틈을 타, 벽에 걸린 무초침 시계를 힐끗 바라봤기 때문이다.

한 시 삼십오 분을 조금 넘긴 시간이었다.

"아마…… 두 시 이후인 것 같아요. 너무 오래 넘긴 건 아니고요."

"잠들기 전에 머릿속에 어떤 생각들이 떠오르던가요?"

떠오른 생각이야 다채로웠다. 하지만 가장 큰 느낌은 그거였다.

밤이 이렇게 어둡고…… 조용하고, 길었나.

원래 이랬던 건가.

"사고 당시의 상황이 떠오른 건 아니에요. 벌써 한 달이고 저는 안전한 곳에 있잖아요."

밤이 길어서 유감인 건, 잊어도 될 만한 기억들이 떠오른다는 거였다.

유주는 절벽에서 떨어진 이후, 간간이 의식이 돌아왔던 그 상황들을 기억하지 않기 위해 노력했다. 하지만 그건 의식적으로 되는 일이 아니었다.

"그런데…… 밤이 참 길더라고요. 그래서인지 그 이후…… 그러니까 의식을 잃었던 이후에 가끔 정신이 돌아왔을 때 그 장면들이 자꾸 떠올랐어요."

"구체적으로 어떤?"

"그냥 밤이요. 그리고 숲. 시야가 바뀌질 않으니까 그냥…… 뭔가 충격적인 장면이 떠오른 건 아니고, 순간순간 그런 풍경만 떠올랐어요."

"그건 충분히 충격적인 장면이에요."

"그런가요?"

"그럼요. 충분하고도 넘치죠. 얼마나 무서웠겠어요."

"사실 무서운 것도 몰랐어요. 의식도 없었고, 눈도 반쯤 가려져 있었잖아요."

거짓말이었다. 간헐적으로 전구에 불이 들어오듯 의식이 명확해질 때마다, 그리고 반짝였다는 게 거짓말인 것처럼 다시 의식이 점멸하다 꺼지는 과정이 반복될 때마다 두려웠다.

여전히 시야를 가리고 있는 검은 천 쪼가리들이, 유주가 처한 '현실'이 어떤 것인지를 강제적으로 인식시켰다. 아직 벗어나지 못했음을 알려 주고 있었다.

벗어날 수 있을까, 벗어날 수 있기는 할까, 이미 난 죽은 건 아닐까.

시간이 지나며 유주는 조금씩 죽음을 떠올렸다. 그러다 마지막에 찾아오는 감정이 공포도, 슬픔도 아닌 체념이라는 것을 체득했다.

죽음이란 그저 이대로 나 혼자 사라지는 것이다. 그 무력감만이 점점 명확해졌다.

어둠 속에서.

"그래서 그대로 계속 뒤척이다…… 잠든 거군요?"

"……네."

그러나 그녀가 있는 곳은 절벽 어딘가가 아니었다.

그녀의 잦은 뒤척임을 어떻게 알아챈 건지, 아니면 애당초 그녀의 방에 침입할 생각이었는지 갑작스럽게 노크 소리가 들려왔다. 몸을 뻣뻣하게 굳혔다. 어차피 이 객실에서 문을 두드릴 사람은 한 명뿐이었다. 그래서 괜히 더 긴장이 됐다.

* * *

"유주, 자고 있나?"

사고의 흐름이 끊어졌다. 동시에 유주는 반사적으로 숨을 들이켰다.

그 목소리를 듣는 순간 기회로 삼겠다는 말과 재워 주겠다던 리옌의 목소리가 이명처럼 귓속을 메아리쳤다. 그는 최소한, 유주가 허락하지 않는다면 문을 열지 않을 거였다. 그 정도 신뢰는 있었다.

그러나 만약 문을 열면? 문이 열리면?

승낙하는 그 순간 문이 열린다. 기어코 문이 열리면, 반드시 문제가 생길 터였다. 알량한 말 몇 마디로 수습할 수 없을 정도의 규모로.

이성적인 판단 능력은 여전히 건재했다. 하지만 그를 안에 들이고 싶다는 어느 감정적 일면이 그녀를 혼란스럽게 했다.

독하게 마음먹고 끊어 내야 했다. 그러나 구질구질할 정도로 직구를 날려 대는 남자에게 자꾸만 질질 끌려갔다. 리옌은 유주가 '배알도 없다'나 '자존심도 없냐'고 매도한다 해도 화를 내지 않을 터였다. 특유의 여유 있는 미소와 함께 흘려보내고, 제 의지를 내세울 것이다.

그건 자만이 아니었다. 그의 자기애가 얼마나 넘치느냐와도 무관했다. 다만 리옌은, 알고 있을 뿐이었다. 유주가 흔들리는 것을. 그녀가 그의 어떤 부분에 이끌려 가는지 알고 있는 거였다.

내가 그렇게 좋나? 싶으면서도 도저히 이해가 안 됐다. 아무리 남녀 사이의 정분이 쉽게 날 수도 있다지만 둘 사이엔 아무것도 없었다.

아니지. 키스는 한 번 했다. 유주가 그걸, 받아들였다.

그러고 싶어서. 오로지 그 이유 하나만으로.

"들어가도?"

그의 말에 묻어난, '마지막'이라는 느낌에 유주는 가만 눈을 감았다.

대답을 안 하면 그는 미련 가득히 돌아설 터였다. 하지만 궁금해지는 것도 사실이었다.

울고불고 욕도 하고, 앞에서 발작질도 거하게 해 댔다. 그런 그녀에게 리옌이, 어떤 매력을 느낀 건지 궁금했다.

그녀의 정리되지 않은 이 지지부진함이 무엇 때문인지도.

아니지. 사실 이런 생각들 자체가 죄다 스스로에게 던지는 떡밥이었다. 핑계라고 둘러대기에도 무척 옹색했다.

유주는 눈꺼풀을 천천히 들어 올렸다. 어둠 속. 문 한 짝 너머의 기척을 향해 아주 작게 입술을 달싹였다.

"……어."

무뚝뚝하게, 그것도 소리가 새어 나간 건지 의문이 들만치 아주 미미한 대답이었다. 못 듣고 가면 그만이다 싶었다. 그런데 문고리 돌아가는 소리가 들렸다. 유주가 반사적으로 양 팔꿈치로 침대를 짚고 상체를 일으켰다. 절로 고개가 벽면으로 틀어졌다.

응접실의 메인 전등은 다 꺼진 상태였다. 켜져 있는 건 벽에 걸린 몇 개의 보조등뿐. 그러나 그것으로도 충분히 시간을 확인할 수 있었다.

그때가 한 시 삼십오 분이었다.

"잠이 안 와?"

리옌은 속옷 위에 배스로브를 걸친 채였다. 그 아래의 몸뚱이가 어떤 형태를 띠고 있는지 알고 있어 괜히 얼굴이 화끈거렸다. 더불어 유주는 자신이 지금 목이 다 늘어난 반팔 티에 트레이닝 바지를 입고 있단 사실을, 그리고 그 사실에 부끄러움을 느낀다는 걸 깨달았다.

이런 걸 의식하다니 미친 건가.

하지만 후회의 시간은 짧았다. 그를 방에 들였다. 그러면 이제…….

이제 어떡하지?

"아, 응. 잠이…… 좀 안 오네."

"내가 아까 그랬잖아."

평탄한 어조였다. 거기에 웃음기는 없었다.

보조등은 그를 역광으로 비추고 있었다. 리옌이 어떤 표정을 짓고 있을지, 그녀를 어떤 생각으로 보고 있을지 전혀 파악할 수 없었다.

괜한 부끄러움에 유주는 이불을 위로 추켜올렸다. 그리고 평소와 같이, 최대한 평소와 같길 기대하며 대답했다.

"뭐시기 공포감 어쩌구 하는 거밖에 생각 안 나. 대충 그거잖아. 의식하지 말라는 거."

"잘 기억하는데?"

"네네. 그 대충 기억나는 대로 했거든요? 근데 깁스를 풀어서 그런가 봐. 어제까지는 잘 잤는데 오늘은 안 졸려. 깁스가 내 피로감을 좀 덜어갔나?"

"이제 몸이 편하니 마음이 피곤한 거지."

유주는 아직도 자신이 어정쩡한 자세로 있다는 것과, 그가 문에서 한 걸음도 안에 들어오지 않았음을 깨달았다.

차라리 내보내자. 내보낼 수 있어. 유주가 굳게 마음을 먹고 고개를 끄덕였다.

"그래서 사람 잠 깨게 문을 두드리셨어? 피곤하다고?"

"난 못 잘까 봐 온 거지."

"됐네. 자려던 참이었어."

"재워 줄까?"

저놈의 재워 준다는 말은. 유주가 쯧, 혀를 차며 고개를 저었다. 하지만 이미 들어와도 된다는 소리가 승낙으로 들렸음이 틀림없다.

그가 방 안으로 들어왔다. 문이 닫혔다. 알량한 빛에 적응되었던 망막 위로 커튼처럼 어둠이 드리웠다.

"리옌! 야!"

다음 순간, 유주는 침대 이불을 걷어 올리는 리옌에게 발길질을 했다. 무의식적인 행동이었다. 하지만 어둠 속에서 어떻게 한 건지 그는 얻어맞기 전에 그녀의 발목을 턱, 잡아챘다.

손아귀 힘이 셌다.

그래. 이런 느낌이었다.

그가 직접적으로 몸에 닿아 오는 건, 이 정도의 악력과 이 정도의 강압성이 존재했다.

새삼스럽게 깨달았다. 그는 남자였다.

완전히 성숙한, 남성.

한 여성에게 무력감을 줄 수 있는 존재.

"발버둥 치지 마."

"나, 이, 이러라고 들어오라고 한 거 아니거든? 당장, 당장 안 나가?"

그걸 인지하자 덜컥 두려워졌다. 유주는 그의 몸을 어떻게든 떨쳐 내려 했지만 리옌의 단단한 몸은 옴짝달싹하지 않았다. 잘게 떨리는 목소리만큼 그녀의 전신이 발발거리기 시작했다. 그 떨림은 리옌이 완전히 이불 속으로 파고들자 큰 휘청거림으로 변했다.

"잠, 야, 리, 리옌!"

양 발목이 잡혔다. 그보다 놀라운 일은 그 직후에 벌어졌다. 발목에 닿은 건 분명 입술이었다.

허리를 뒤틀며 이불 위로 불쑥 튀어 오른 그의 몸을 양손으로 밀어냈다. 하지만 무릎까지 우습게 올라오는 낙낙한 바지 위로 스멀스멀 그의 손바닥이 기어 올라왔다. 더불어, 보이지 않기에 더 잘 알 수 있었다. 그의 얼굴이 어디로 향하는지.

"리옌! 잠…… 그만!"

얇은 잠옷 바지 위로 상대의 숨결이 느껴졌다. 그 생경한 느낌에 유주가 허리를 뒤틀었지만, 리옌이 발목을 잡아끌자 그대로 주르륵, 이불 안으로 몸이 끌려 내려갔다.

그가 허리춤에 손을 올렸단 사실을 깨달은 즉시, 이불 속에서 바지와 속옷이 함께 벗겨졌다. 유주는 헉, 숨을 들이켰다. 피부 위로 상대의 습한 숨결이 느껴졌다.

"리옌, 안……."

"다치게 하지 않아. 괜찮아."

괜찮기는 뭐가 괜찮아!

그렇게 생각하면서 유주는 저도 모르게 눈을 질끈 감았다. 자연스레 차단된 어둠 속에 갇혀 있던 당시가 떠올랐다. 중국어로 지껄여 대던 그 사내들. 말이 통하지 않음에도 피부 위로 느껴지던 조롱과 추잡한 욕망.

거부감은 불현듯 찾아왔다. 유주는 몸을 단단히 붙든 억센 남자의 손길에 경기했다. 필사적으로 몸을 펄떡거렸다.

그러나 다리 사이로 리옌의 얼굴이 지척으로 다가온 걸 깨달은 순간, 그가 혀를 내밀어 깊게 파인 실금 겉을 부드럽게 핥아 올린 순간. 혐오감은 온데간데없이 사라졌다.

아주 놀라울 정도로.

"아!"

날카로운 비명이 어둠을 갈랐지만, 더 깊은 어둠에 잠겨 있는 이불 속 상대를 저지할 정도는 아니었다. 유주는 고개를 모로 틀었다. 동시에 리옌의 손이 유주의 팬티를 옆으로 젖혔고, 그의 고개가 깊이 안쪽으로 파고들었다.

그 순간 우습게도 유주는, 아까 낮에 샤워를 해서 다행이라 생각했다.

분명 제정신이 아니었다. 그녀 자신이나, 리옌이나.

"아마, 확실히 잠이 올 거야."

리옌이 말을 한 건 그게 마지막이었다. 그는 이후, 입으로 할 수 있는 건 죄다 했다. 유주의 짧은 신음과 비명에 대답해 주는 것 외에, 그녀가 허락하지 않은 것까지 전부.

* * *

리옌이 과연 유주가 잠든 이후에도 침실에 머물렀을까? 아니면 그녀가 잠든 걸 확인한 직후 방을 나섰을까?

의식이 없으니 알 도리가 없었다. 아침이 되자마자 유주는 그간 같은 객실을 사용했던 나날들을 떠올렸다. 과연 그 행동을 초범의 것이라 생각해도 되는가. 그런 답도 안 나오는 의문에 몇 번이나 발을 구르며 베개에 대고 비명을 질렀다.

물론 그런 부분들까지는 당연히 의사와 공유할 생각이 없었으므로, 유주는 입을 굳게 다물었다. 그리고 대충 고개만 끄덕였다.

"……힘든 기억이죠. 이해해요. 그래도 잠을 좀 잤다니 다행이에요. 잠을 못 자면 더 힘들거든요. 육체와 정신은 상호적이라서 몸이 힘들면 안 좋은 생각도 절로 따라와요."

의사는 그녀의 반응을 보고 당시의 기억을 떠올린 것이라 생각한 듯했다. 차라리 그런 오해가 나았다.

"집에는 언제 내려가기로 했어요?"

의사는 딴생각에 잠기려던 유주의 의식을 자신 쪽으로 끌어당겼다. 유주는 의사의 말에 퍼뜩 정신을 차리곤 얌전히 대답했다.

"다음 주 화요일이요. 운 좋게 KTX 좌석이 남아 있더라고요."

"그래요? 또 추석 연휴 물리면 상담 진행이 어려울 텐데……."

"약에 부작용은 없는 거죠?"

"세상에 부작용 없는 약은 없어요."

이전부터 느꼈지만 이 여자 의사는 꼬장꼬장한 말투만큼 명확한 직업의식이 있어 보였다. 그런 점이 나쁘게 여겨지지 않았다. 오히려 안심이 되었다. 유주는 그런 의사를 올려다보며 살짝 웃었다.

"그럼 약은 이 주간만 먹고, 연휴 지나면 상담을 하는 건 어때요? 아니면 내일부터 상담을 시작해도 전 괜찮은데요."

"그럼 유주 씨 생활 환경이 바뀌는 만큼 상담의가 또 바뀌잖아요. 그건 유주 씨에게 안 좋아요."

역시 괜찮은 사람이다.

유주는 저녁에 약을 가지고 방문하겠다는 말과 함께 돌아간 의사의 뒷모습에 꾸벅 허리를 숙이며, 지금껏 그녀의 이름도 모르고 살았음을 알아차렸다.

무심함에도 정도가 있지……. 의사와 변호사, 장의사는 안 만날수록 좋다지만 알아 두어서 나쁠 건 없었다.

의사가 돌아가고 나니 배가 고파왔다. 정오를 향해 가는 시간이었다. 유주는 침대 위에 벌렁 드러누워 먹으러 나갈지, 배달을 시킬지, 룸서비스를 부를지 고민했다.

참 호사스러운 고민이었다. 가장 매력적인 첫 번째 선택지를 고를 수 없다는 걸 제외하고 말이다.

"아…… 이제 뭐 하지?"

의식적으로 입을 움직이며 습관적으로 휴대폰을 집어 들었다. 요즘 같은 세상에는 따로 할 거리를 만들지 않아도 세상의 정보가 쉽게도 손안에 들어왔다. 그러니 뭐든 하는 건 어렵지 않았다. 예전에 잠깐 했다가 그만둔 퍼즐 게임을 계속하는 것도 좋을 테고, 유튜브로 동영상만 주구장창 틀어놔도 시간은 잘 갈 터였다.

하지만 시간을 죽여도 생각이 사라지진 않았다. 시간을 죽이는 것과 생각을 죽이는 건 전혀 별개의 문제였다.

유주는 눈을 감고 어젯밤을 떠올렸다. 젠장. 딱 '젠장'이라는 말밖에 나오지 않았다.

싫다는 말을 열심히 내뱉은 건 사실이었다. 하지만 그가 유주의 다리 사이에 게걸스럽게 매달린 순간 끙끙 앓는 소릴 내며 연신 흐느끼기만 했다. 그의 말캉하고 뜨거운 혀가 속살을 가르고 파고들 때 유주는 까무러치며 허벅지로 그의 머리통을 조였다.

뿐만 아니었다. 손가락이 파고들었을 때, 그리고 그의 손가락이 안을 비집고 들어와 어떠한 관계를 연상시키는 야만스러운 진퇴 운동을 할 때, 유주는 확실히 절정을 느꼈다.

그것도 두 번이나.

"아, 미친…… 이놈의 생각, 생각!"

그녀는 발로 이불을 팡팡 걷어찼다. 제일 큰 문제는 정말 싫었나? 또는 제대로 반항을 했나? 하는 것이었다.

키스와 마찬가지였다. 잠시 섬찟한 기억에 몸을 사렸지만 그의 손에 유주는 착실히 반응했다. 분명히 흥분했고 종래에는 허리를 흔들며 제발 조금만 더 깊이 와 달라고 애원한 듯도 했다.

좋았다. 그래서 최악이었다.

"이제 어떡하지……."

언제 이렇게 리옌에 대한 방어선이 허물어지고 있었나. 그게 문제였다. 유주는 벌떡 일어나 몸을 웅크리며 무릎 위에 이마를 기댔다.

뭘 하고 싶은가. 어떻게 할 심산인가. 왜 자꾸 이러는가. 본인 문제임에도 스스로가 답을 낼 수 없다는 건 심각한 일이었다.

오늘 얼굴을 맞대는 건 영 껄끄러울 게 뻔했다. 그래서 유주는 평소와 같이 아침을 챙겨 주지 않던 리옌에게 고마움과 함께, 왠지 모를 괘씸함을 느꼈다.

자리를 피했다 이거지?

깊은 심호흡을 하는 와중에 메시지 알림음이 들렸다. 누구지? 하는 생각보다 몸이 더 빨리 반응했다.

[일어났어? 의사는 다녀갔고?]

화면 위에 뜬 발신자는 유주의 숙면을 유발한 그 인간이었다. 하여간 양반은 아니었다. 유주는 정체 모를 분함에 통화 버튼을 누르려다가, 거의 초인적인 인내심으로 그 충동적인 손가락질을 멈출 수 있었다.

그의 태도야 뻔했다. 그는 동요하지 않을 것이다. 그런 마당에 유주가 꼬리에 불붙은 망아지처럼 날뛰어 봐야 어느 쪽이 말려들지는 불 보듯 뻔한 일이다.

[다녀갔어.]
[밥은?]
[이제 먹어야지.]
[무리해서 외출하려고 하지 말고 시켜 먹어.]
[알아. 그래도 이따 나가려는 시도는 할 거야.]
[편할 대로 해. 의사는 뭐라는데?]
[오늘 저녁에 수면 유도제를 가져다주러 올 거래. 신경 안정제는 내일.]
[그 외엔 별다른 거 없었고?]
[당신 어디야?]

그렇지만 최소한의 대화는 하고 싶었다. 게다가 뭘 하는지 답장이 오랜 틈을 두고 날아왔으므로 유주는 답답함을 느꼈다.

　그녀의 속내를 알아차리기라도 한 듯, 곧바로 휴대폰이 울렸다. 유주는 약간 긴장하며 전화를 받았다.

　"여보세요?"

　―오늘은 목소리가 괜찮네. 잠은 잘 잤어?

　"뭐?"

　―난 지금 지방 내려가는 길이야. 단서가 좀 잡혀서.

　"단서?"

　태평한 목소리에 울분을 터트리려 했는데. 리엔이 던진 단어 하나를 유주는, 마치 떡밥이 떨어지길 오매불망 기다리던 저수지의 물고기처럼 신나게 물어 챘다.

　어쩔 수 없었다. 열받는 것과 궁금한 건 별개였고, 유주는 어젯밤의 일을 굳이 먼저 입 밖으로 내고 싶지 않았다. 이것마저 리엔에게 휘말려 간다는 느낌이 없잖아 있었지만 그렇다고 해서 다른 선택지가 있는 건 아니잖은가?

　―오전에 K병원에 다녀왔어. 사망 진단서를 떼 준 의사를 만났고, 그의 작업이 아니란 걸 확인받았지. 뭐든 확실하면 좋은 거니까.

　"……그래서?"

　―그리고 내 정보원들한테서 재미난 이야기가 들어와서, 지금은 U시로 내려가는 중이야.

　"U시? 거긴 왜?"

　U시라면 M시와 두 시간 정도 거리가 있는 항구 도시였다. 흔히 대한민국에서 항구 도시라고 하면 맨 첫 번째로 떠올리는 부산, 두 번째 인천을 제외하고 말이다.

　유주의 질문에 리엔이 작게 웃음을 터트렸다. 청량한 웃음소리가 듣기 좋아서 유주는, 미간을 찌푸렸다.

─정말 어렵게 Q장례식장에서 반출된 시체 한 구의 행적을 찾았거든. 이건 합법적인 루트였어. 고인의 부모가 시체 기증을 원했고, 그래서 그대로 옮겨졌지. U시에 있는 D병원으로.

"……장례식장에서 옮겨졌다는 말이지?"

─역시 당신은 이해가 빨라.

이해가 가지 않는 행보였다.

보통의 경우, 시체 기증을 원한다면 사망 확인이 끝난 후 병원에서 곧바로 병원 내 연구실로 옮겨지기 마련이었다. 그런데 굳이 장례식장까지 갔다가 다시 시체가 되돌아온다? 그건 좀 이상했다. 게다가 M시에서 U시까지?

M시에도 대학 병원은 있었다. 굳이 시체를 거기까지 가져갈 이유는 하등 존재하지 않았다. 만약 그런 사정이 있었다고 해도 통상적인 절차에 비해 필요 없는 과정이 너무 많았다.

"그래서…… 거길 직접 가서 뭘 어쩌게? 병원에 가서 '여기 무슨 시체 하나 구입하셨죠?'이런다고 그쪽에서 '예 그렇습니다' 하겠어?"

─그건 당신이 상관할 바가 아니잖아. 당신 일도 아니고.

정말 순수하게 던진 물음에 이렇게 냉담한 반응이 돌아오면 난감했다. 유주는 자신이 뱉었던 말을 리옌이, 어떠한 악의를 가지고 되돌려 준 거라 생각하진 않았다. 하지만 일견 서운한 감정도 들었다.

서운함이라니. 받아들이기 어려운 복잡한 기분이라는 표현이 더 정확할까? 하지만 아니었다. 이건 서운함이 맞았다. 잠시 당황한 유주가 굳어 버린 혀를 어찌 놀려야 할지 몰라 고민하는 사이, 리옌이 말했다.

─이제 거의 도착했어. 오늘은 먼저 자. 아마 못 들어갈 수도 있으니까.

"뭐? 저기, 리옌."

─미안한데, 유주. 먼저 끊을게. 주차해야 해서.

주차? 설상가상으로 그는 직접 차를 끌고 간 모양이었다. 얘 한국에서 무면허 아니었나? 게다가 운전 중인데 문자를 했다고? 미친 거 아니야?

쏟아낼 말의 순서를 고르는 사이, 전화가 끊겼다. 유주는 허망하게 외쳤다.

"끊어?"

그러나 그녀의 외침이 전해지는 일은 없었다. 전화가 다시 걸려오지도 않았다.

오 분 후에 유주가 통화 버튼을 눌렀지만 그는 전화를 받지 않았다. 그녀는 분을 이기지 못하고 휴대폰을 침대 위로 던져 버렸다. 어차피 리옌이 사 준 거였고 부서지면 또 사면 그만이니, 화난 만큼 아주 세게.

그럼에도 분한 마음은 가시지 않았다. 그는 유주가 바라는 대로 그의 일에서 그녀를 배제했고, 그녀를 안전한 공간에 격리했다.

이 모든 게 유주가 바란 것이었다. 스트레스 상황과의 완벽한 거리 두기. 즉, 예측할 수 없는 위험을 내포한 자신의 불안정한 삶이 다시 원점 궤도에 오르고, 그 어떤 돌발 변수로 인한 신체적, 정신적 변화를 경험하지 않는 것.

이 얼마나 훌륭한가. 이리 보고 저리 봐도 그녀가 리옌의 작태에 불만을 토로할 거리는 없었다.

'그건 당신이 상관할 바가 아니잖아. 당신 일도 아니고.'

하지만 그의 삭막한 말투를 떠올리니 어쩔 수 없이 서운한 감정이 들었다. 서운할 필요가 없다는 걸 알면서도 그랬다. 아무리 그래도 같이 일한 시간이 있는데 저런 식으로 남의 말허리를 뚝 잘라먹을 건 뭐냐 이 말이다.

"그래. 갈 거면 빨리 가라 이거지? 이 개새끼. 어제는 그렇게……"

괜히 씨근덕거리던 유주는 리옌을 비난하며 뱉은 말에 지레 겁을 먹은 듯 입을 다물었다.

어제 그렇게. 그래, 어제 리옌은 유주의 침실로 들어왔다. 그래서 뭐? 어쩌라고?

리옌의 담담하기만 하던 말투를 떠올리면 그에게 따져 봐야 좋은 모양새로 대화를 마무리하긴 힘들 터였다. 그런 걸로 하나하나 발목 잡히면 다시 질질 끌려갈 게 뻔한 관계다.

그렇다고 이야기하지 않는다면? 유주는 창문 앞으로 등받이가 있는 스툴을 끌어다 앉았다. 날이 미묘하게 흐렸다. 비가 올 것 같았다.

하필이면 날씨도 이 모양이지. 유주는 일단 씩씩거리면서도 어젯밤의 일을 의식적으로 묻어 두기로 했다. 난 모르는 일이다. 아무 일도 없었다. 어제 난 악몽을 꾼 것이다, 라고.

하지만 이번엔 그놈의 '오늘은 먼저 자'라는 말이 머릿속을 맴돌았다.

아무 의도도 없단 걸 알았다. 하지만 마치 함께 침대를 공유하는 사람들 사이에서나 할 법한 그, 야릇한 뉘앙스가 거슬렸다. 잠들지 않으면 안 될 것 같은 그 미묘한 느낌도 거슬렸다.

"아…… 이 개자식, 진짜!"

그래. 결국 문제는 저 빌어먹을 놈의 존재, 그 자체였다.

유주는 결국 빽 소리를 지르며 다시 침대로 향했다. 이 답답한 속이 풀릴 때까지 이불을 걷어찰 셈이었다. 그러다 이불이 망가지면 뭐, 그것도 그 남자가 알아서 해결하겠거니 하며.

"U시 D대학 병원……."

두 시간 뒤. 유주는 자장면 한 그릇을 말끔히 비우고, 다 식어 빠진 탕수육 조각을 손으로 집어 먹으며 휴대폰으로 검색을 시작했다. 아무리 떨쳐내려 해도 현재 그녀의 머릿속을 가득 메운 것이 카이화 잠적 사건이라는 사실을 부정할 수 없었다. 물론 낮 시간에는.

어쨌든 알기는 알아야겠다는 결론을 내리는 데까지 걸린 시간은 고작 십오 분이었다. 매일 아침저녁으로 환자들이나 먹는 죽, 삼삼한 간의 일반식만 먹다 간만에 기름기가 좔좔 흐르는 자극적인 걸 먹으니 속이 더부룩하기는 개뿔.

거의 석 달 굶은 다리 밑 거지처럼 양파 한 조각 남기지 않고 다 훑어 먹었다.

탕수육까지 시켰을 땐 과했나? 싶었지만 웬걸. 잘 튀겨진 고기 조각을 간장에 톡톡 찍어 먹으니 배가 부른데도 아주 끝도 없이 잘만 들어갔다.

"규모 끝내주네."

포만감 덕분인지 훨씬 사람이 관대해졌다. 유주는 무척 너그러운 표정으로 D병원에 대한 고루한 설명과 병원 연혁, 오시는 길 등등의 설명을 읽어보곤 각 과에 대한 설명들로 넘어갔다.

거기서 유주의 눈길을 잡아끈 건 당연하게도 '재생의학연구소'라는 별도의 탭이었다. 다른 과를 탐색하는 건 이 과에 대한 설명을 읽고 부족한 부분이 느껴질 때나 필요할 것이다. 유주는 망설임 없이 그 탭을 꾸욱 눌렀다.

D대학 병원의 재생의학연구소(Regenerative Medicine Laboratory)는 기존에 의학적으로 복원과 회복이 어려웠던 조직과 장기들의 회복적 메커니즘을 촉진하거나 소생 불가능한 조직을 다른 조직으로 교체하며 가장 자연스러운 상태에서의 신체 재생을 추구합니다. 이는 현재 큰 사회적 문제 중 하나인 부족한 장기 기증의 문제를 해결하고 장기 기증 이후의 면역 거부 현상 등의 부작용을 최소화하기 위한 생물 의학적 치료라 할 수 있습니다.

저희 연구소에서는 생리 활성 물질(Biologically active molecules), 면역 조절(immunomodulation therapy), 조직 공학(tissue engineering) 등 각 분야에서 유수한 성취를 이룬 전문가들을 모시고 현대 의학이 해결할 수 없는 의학적 한계에 도전하고 있습니다. 모든 사람이 더욱 안전하게, 보다 동등하게 의학적 혜택을 받을 수 있도록 저희 연구진은 밤낮을 가리지 않고 노력하고 있습니다.

무슨 의학 카탈로그를 읽는 기분이었다. 유주는 그 장황한 설명을 보며 한 가지만 이해했다.

장기 이식이 목표인 거구나.

손가락으로 쭉쭉 화면을 내리니 그 아래 의료진들 사진이 보였다. 여성 의사 둘에 남성 의사 둘, 총 네 명이었다.

이력들도 아주 화려하기 그지없었다. 아니, 화려하다는 말로도 부족했다. 일반 증명사진 옆에 빽빽한 글씨들이 주르륵 늘어서 있는데 그 길이가 한 사람당 휴대폰 화면 하나를 가득 채우고도 남았다. 솔직히 그냥 보는 순간 기가 죽을 정도였다.

"어우, 세상에 공부 잘하는 놈들은 죄다 의사 아니면 판·검사라더니."

제일 작은 사이즈의 탕수육 하나까지 끝장내니 숨을 쉬기조차 버거웠다. 유주는 잠시 휴대폰을 내려놓고 이전에 인터넷에서 본 내용을 잠시 복기했다.

재생의학이라는 게 그러니까, 사람 신체를 복구하는 학문의 일종인 것까진 알겠다. 그런데 세포가 살아나서 죽은 부위가 활성화되는 학문에 시체가 필요할까?

하지만 고민은 길지 않았다. 의학 분야에는 문외한이니 유주는 '필요하니 가져가겠거니' 하는 수준에서 생각을 멈췄다. 중요한 건 의학에 시체가 '왜' 쓰이느냐가 아니었다. 필요한 시체를 '어떻게' 조달하느냐였다.

"흐음……."

연구가 필요하니 시체를 조달해야 한다는 것은 알겠다. 그러나 유주가 알기로 불법적으로 시체를 구해야 할 정도로 수급이 딸리는 건 절대 아닐 터였다.

그녀는 가족들이 전부 장의업에 종사했던 만큼, 대학 병원 장례식장에서 일하는 이들도 심심찮게 만나 보았다. 그들에게 들은 바에 따르면, 연구 목적이든 뭐든 대학 병원에서 시체를 받아 가는 경우는 의외로 많다고 했다. 물론 장기 기증이나 시체 기증에 대한 안 좋은 이야기들이 많이 들려오는 만큼 그 수가 많지는 않았지만, 그럼에도 아직까지 그 수요가 제법 된다는 얘기였다.

그런 마당에 굳이 돈까지 쥐여 주며 불법으로 시체를 사들이는 대학 병원이라니. 영 본새가 나지 않았다.

"영 이상하단 말이지."

게다가 타이밍이 좋아도 또 너무 좋았다. 마침 시체가 필요했던 병원에서,

마침 무연고자 시체가 나온 장례식장을 알아내서 거래를 텄다? 아다리가 잘 맞아도 너무 잘 맞았다. 그에 반해 아무리 따져 봐도 수지 타산이 맞지 않았다.

고작 시체 한 구였다. 그 한 구를 위해서 굳이?

"도대체 시체로 어떻게 돈을 버는 거야?"

유주는 15년이나 시체를 만지면서도 세상천지 어디 하나 호화롭게 떵떵거리며 사는 장의사 소문은 들어 본 역사가 없었다. 그런데 시체를 원하는 사람들이 이렇게나 많단다. 이유는 몰라도.

어느 업계에나 뒷사정은 있고 돈 버는 놈들은 따로 있단 건 알았지만, 몰라도 될 걸 굳이 파헤쳐 가며 알아가는 기분이었다.

다시 휴대폰을 집어 들었다. 그리고 의사들 명단을 확인했다. 이 정도 되는 의사들이 넷이나 있으니 그 밑에 일하는 놈들도 줄줄 딸려 있을 것이다. 사내 분위기도 아주 거지 같을 테고.

물론 화기애애한 분위기일 수도 있겠지만 대가리가 넷이다. 그럴 린 없었다. 뭔가 내부에는 보이지 않는 알력이 있으리라.

"……."

그런데 그게 다 무슨 소용이란 말인가.

D병원에 재생의학과를 제외하곤 딱히 눈에 띄는 과는 없었다. 고작해야 한방도 겸임하는지 침구과가 따로 있다는 정도였는데, 설마 침구과에서 혈자리 찾는답시고 시체를 가져다가 쑤셔 댈 리는 없지 않겠는가?

게다가 리옌은 그 한 구의 시체가 '합법적'인 루트로 거래된 것이라고 했다. 루트가 복잡하다 뿐이지 기실, 병원이 불법적인 일에 가담했다는 증거도 없었다. 만약 그렇게 된다면 리옌은 그냥 그 먼 곳까지 드라이브나 한 바퀴 하고 온 것으로 끝날 일이다.

"……그래. 내가 알아서 뭐 하냐. 내 일도 아닌데."

배부른 만족감으로 들쑤셔 대던 흥분도 잠시였다. 유주는 이내 시무룩한 표정으로 벌렁 침대 위에 드러누웠다.

게다가 파내는 거야 좋다 이거였다. 모든 가능성은 0과 1. 없다와 있다. 그렇다와 아니다 뿐이었다. 즉, 정말 병원이 문제가 있는 곳일 수도 있었다. 그런데 그걸 캐내고 난 뒤에는?

유주는 현재 리옌 하나도 제대로 통제하지 못하고 있었다. 한 사람이 누군가를, 어떠한 집단을 쥐고 흔드는 거. 그게 얼마나 어려운 일인지 너무나 잘 알고 있는 사회인이기도 했다.

일평생 자만하지 말고 겸손하라는 할아버지의 말을 떠올려서가 아니었다. 실제로 그녀가…… 뭘 할 수 있겠는가?

이젠 심지어 운전대까지 리옌에게 빼앗겼는데.

"성은영……."

돈다발을 남겨 둔 채, 성철현을 따라나섰던 이십 대 초반의 어린 여자는 결국 죽은 것으로 잠정적 결론이 났다.

그녀에게 무슨 사연이 있는지, 성철현에게 어떤 일이 있었는지는 모른다. 두 남매가 그저 어렵게 컸을 것이라는 짐작만 가능했다. 하지만 알게 된다고 해도 유주는 성철현과 성은영 두 남매를, 아니, 성철현을 비난했을 것이다. 어떤 남매지간이었는지는 모르지만 결국 성은영을 죽인 건 그였다.

세상 그 누구도 자신의 불행을 이유로 더 큰 재앙에 몸을 던지지는 않는다. 그것만큼 어리석은 짓은 없었다. 그랬기에 성철현은 비난받아 마땅했다. 하지만 성은영은 비난할 수 없었다. 이미 그녀는 죽었다. 그녀가 적극적인 공범이었다고 해도 이제 그 누구도, 그녀에게 책임을 물을 수 없다.

"카이화……."

최소한 그녀가 살아 있을지도 모른다는 가능성을 탐색하는 데 이바지해 보기로 했다. 그 과정에서 그녀가 유주를 무고하게 끌어들였다는 걸 알게 되었지만……. 일단 그 일은 묻고 가는 편이 나았다. 카이화가 살아 있어야 비난이든 뭐든 할 수 있는 거니까.

하지만 이것으로 만족해야 할까? 단지 리옌이 찾는 사람이 살아 있을 수도 있다고? 그것으로? 나머지는 전부 그에게 맡겨 둔 채?

"아, 몰라. 지가 알아서 하겠지."

하지만 자꾸 입과 머리가 따로 놀았다.

왕우신, 황슈란, 이현재, 웨이치, 하이윤. 남은 이들은 다 리옌에게, 어떤 존재들일까? 그들과 유주는 여전히 거리감이 있었다. 그래도 이현재는 조금 걱정이 됐다. 우신과 슈란도……. 그 둘과 함께 한 마지막 자리가 거북하기만 했던 사자대면이었기에 더욱 그랬다.

게다가 계속 마음 쓰이지 않는 결정적 이유가 있다면, 우신과 슈란이 뭔가 께름칙한 일에 연루되어 있을 수도 있다는 가능성 때문이었다.

"아. 혹시……."

유주가 벌떡 몸을 일으켰다. 침대 사이드 테이블 위에 비치된 펜과 메모지를 집어 들었다.

아예 생각을 원점으로 돌려 보자. 완전히 제로인 상태로.

"랴오위는 분명 니시콴라이의 보스라고 했어. 쉬에화는 그의 아내이자, 삼합회 상부 조직 간부의 딸이고."

조직을 위해 혼담이 오고 갔다. 쉬에화가 아랫사람들을 단단히 들볶아 가며 카이화를 찾아오라고 했다는 거 보면, 꽤 중요한 혼담이었음이 자명했다. 하기야 중요한 게 아니라면 지 애비뻘 되는 남자에게 시집가라고 리옌이 묵인하지도 않았겠지. 아닌가? 젠장, 어쨌든.

아내에게 수족 다 잘린 랴오위는 현재 감금인지 뭔지 하는 상태이고, 리옌이 그의 직속 부하로 카이화를 찾아 나서기 위해 팀을 꾸렸다. 랴오위의 오른팔이라고 자칭하니 뭐, 카이화가 남겨 둔 이력서와 휴대폰을 단서 삼아 리옌이 제일 중요한 거점인 한국으로 온 것까지는 이해가 되었다.

그런데 중요한 건 나머지 사람들이었다. 아예 편견을 없애고 가장 합리적인 방향으로 계산을 해 보자.

"애당초 웨이치가, 랴오위의 사람이 아니라면?"

리옌이 모르는 새 한국에 유통된 약. 웨이치에게는 무언가 꿍꿍이가 있었을 것이다. 그렇게 생각하면 롱친에서 넘어왔다는 것도 미심쩍었다. 어쨌든 그런 웨이치가 하이윤과 편을 먹었고, 웨이치는 한국으로 약을 넘기면서…… 루쳰허를 끌어들였다면?

"그리고 카이화가…… 역시 자발적으로 도망친 거라면……."

카이화는 루쳰허가 한국에 자주 드나들었음을 알고 있었다. 얼마나 빈번하게 드나드는지는 몰라도, 드나드는 사실 자체는 몰랐을 리 없다. 리옌이 고작 열 몇 살에 니시콴라이에 들어갔으니, 그보다 더 어렸던 카이화는 그의 부록처럼 곁에서 볼 꼴 못 볼 꼴을 함께 겪었겠지.

비록 조직이 안정화되고, 리옌이 덜 추잡한 일을 하게 됐다 한들 남매다. 그 조직에 단둘뿐인 남매.

어쨌든 카이화가 루쳰허를 따라 국내에 들어왔다. 루쳰허는 성철현과 이미 아는 사이였고, 그에게 돈을 주고 성은영의 신분을 샀다. 그렇게 생각하면 그의 집에 돈이 남아 있던 게 이해가 갔다.

"아니지. 그럼 왜 돈을 두고 사라졌겠어?"

돈. 그리고 약. 그게 중요한 단서 같았다.

어쩌면 유주는 잘못 생각하고 있던 것인지도 모른다. 성철현이 한패라고 말이다.

만약 한패가 아니라면?

"내가 너무 머리가 굳었나? 아닌데……."

왜 자꾸 웨이치라는 인간이 이렇게 거슬릴까. 웨이치. 웨이치…….

게다가 더 큰 문제는 따로 있었다.

"분명 이런 부분은 걔도 생각해야 하는 건데……."

리옌. 그는 이런 부분들에 대한 의심을 의식적으로 억누르고 일을 벌이는 것 같았다.

시체 브로커를 찾는 거? 좋았다. 다 좋았다. 뭔가 혐의점이 있다면 찾아서 탈탈 털어내는 것도 방법이었다. 하지만 왠지 일을 어렵게 한다는 느낌도 없잖아 있었다.

아니지. 웨이치든 루첸허든 시체 브로커와 연관이 있다는 결정적인 증거가 있다면 털어 보기 쉬우니, 일부러 빙 돌아가는 것일 수도 있었다.

그러나 그건 나중 일이었다. 리옌은 의도적으로 쉬운 공략 방식을 배제했다. 카이화가 그를 등졌다는 사실을 인정하고 싶지 않은 것이다. 그 사실이 점점 일을 어렵게 만든단 건 명백했다. 가족을 너무 사랑하고 믿는 것이다. 맹목적일 정도로.

유주가 삼촌인 서창진과 조부인 서광현의 말을 아직까지도 믿고 사는 것처럼.

"……카이화는 무슨 생각이었을까."

어쩌면 웨이치가 한국에 약을 들여온 일과, 카이화의 실종은 별건일 수도 있었다. 유주가 너무 과하게 생각하는 것일 수도 있다는 의미다.

하지만 께름칙했다. 이 질척한 찜찜함은 이 일이 제대로 해결될 때까지 해소되지 않을 게 뻔했다.

오늘 밤에 결착을 내자.

개입이 되든 아니든 간에. 그리고 카이화 사건이든 둘의 관계이든 간에 매듭을 지어야 마음이 편할 것 같았다.

그리 결심했다. 단순한 오기, 또는 지지부진한 미련에 지나지 않을 수 있지만 그래야 그녀도, 어떤 식으로든 행보를 결정할 수 있을 것 같았다.

* * *

"안 잤어?"

오늘 못 들어올지도 모른다던 리옌은 새벽 두 시가 다 되어서야 호텔로 돌아왔다. 유주는 불을 켜 놓고 휴대폰을 하고 있었다. 그러니 리옌이 문틈으로 새어 나온 불빛을 보고 그녀의 방문을 거리낌 없이 열어젖힌 건 자연스럽고도, 부자연스러운 행위였다.

유주는 눈짓으로만 인사를 건넸다. 오전에 그가 무턱대고 전화를 끊어버린 것에 화가 나서가 아니었다. 졸리기는 한데 잠을 잘 수 없어서였다.

"어제 의사가 가져다준 약을 먹었는데, 눈이 가물가물하면서도 잠이 안 와."

"불을 다 켜 놓고 휴대폰을 보고 있으니 그렇지."

"불 끄기 싫어."

"혼자가 무서운 건 아니고?"

재킷을 벗어 등받이 스툴에 걸쳐 놓고, 와이셔츠 단추를 푸는 리옌의 모습은 너무나도 스스럼이 없어서. 유주는 여기가 그의 방인가 싶을 정도였다.

하지만 손을 씻고 양치하는 소리가 들리자 유주는 그가 무엇을 하려는지 이내 알아차렸다. 어제야 어영부영 지나갔다지만 오늘은 그럴 생각도, 마음도 없었다.

"리옌, 불 끄지 마."

오늘 하루 너무 생각을 많이 한 탓인지 열을 올릴 기력도 없었다. 유주는 타월에 손을 닦으며 불을 끄려던 리옌의 행동을 저지했다.

그의 무심한 표정은 얼핏, 그녀에 대한 모든 감정적인 정리가 끝난 것처럼 보였다. 하지만 유주는 기억하고 있었다. 그가 얼마나 열정적으로 그녀의 밑을 빨았는지, 그때 유주의 흥분만큼이나 그가 얼마나 격정적이었는지.

결코 착각이 아니었다.

"그럼 불 켜고?"

"아니, 그게 아니라."

"약빨도 안 듣고 잘 준비도 안 하고. 그럼 난 그냥 내 방으로 돌아가면 되는 건가?"

어조는 평소와 같이 부드러웠지만 그 내용은 찬바람이 쌩쌩 불었다. 유주는 휴대폰을 배 위에 얹어 놓고 삐딱한 시선으로 그를 올려다보았다.

"왜 화가 났어?"

"화? 내가?"

"말투가 화난 말투인데."

"그렇게 느껴진다면 아마 내가 피곤한 탓일 거야."

유주에게 잠들 기미가 보이지 않자 리옌은 의자 위에 걸쳐 두었던 자신의 재킷을 챙겼다. 그는 대화 내내 유주와 한 번도 눈을 맞추지 않았다. 노골적인 회피에 부아가 치밀어 오르는 건, 그녀가 다혈질이어서만은 아닐 테다. 모든 사람이 다 비슷하게 느낄 거였다.

"얘기 좀 해."

"어떤 얘기? 나도 피곤해, 유주. 내일 하자."

"그리고 이따 또 내 침실에 쪼르르 달려오고 아침에 튀어 버리게?"

유주의 힐난에, 리옌은 한숨과 함께 다시 재킷을 의자 위에 얹어 놓았다.

"뭐가 불만이지?"

"내가? 불만? 그런 거 없는데?"

"불만인 말투야, 유주."

"그렇게 들렸다면 아마 당신이 피곤한 탓이겠지."

불만이 없을 리 없는 말투였다. 리옌은 그녀의 침대에 걸터앉았다.

"오늘 어디 나갔다 온 데 있어?"

"말 돌리지 마."

"말 돌리는 게 아니라 걱정하는 거야."

리옌의 말투가 사뭇 다정해졌다. 유주는 그제야 고개를 끄덕였다.

낮잠을 자기 전에 잠깐 산책을 도전했었다. 하지만 이번에도 실패였다. 이틀째였다. 이젠 정말 이 호텔 생활도 물리기 시작했다.

"그리고 오후에 잠깐 의사 선생님하고 얘기도 했어."

"상담 치료는?"

"그건 연휴가 끝나면 시작할 거래. 내가 집에 내려간 뒤에. 상담의가 자주 바뀌면 안 좋다고 하더라고."

"그래."

또 말이 끊겼다. 유주는 낮에 어딜 다녀왔고, 무슨 일이 있었는지 묻고 싶었다. 하지만 입이 떨어지지 않았다.

이렇게 지내다 헤어지는 건가? 이렇게 낯설게?

유주가 그를 가만 응시했다. 빤한 시선이 몇 번이나 오고 가고, 리옌이 먼저 고개를 모로 틀었다.

"그렇게 보지 마."

리옌이 작게 중얼거린 말은 그거였다. 보지 말란다. 그렇게.

'그렇게'가 어떤 건데?

유주가 시선으로 물었다. 리옌은 입가를 쓸어내리며 픽 웃었다. 그러곤 다시 시선을 원점으로 돌렸다.

"당신은 나에게 마음이 있는 듯 구는 데에 뭔가 있는 것 같아. 의도적인지 아닌지는 차치하고."

리옌의 말에 유주는 자신이 그를, '그렇게' 보고 있었다는 사실을 깨달았다. 그렇게. 참 많은 의미가 내포된 말이었다.

정말 그녀는 그를 어떻게 다루고 싶은 걸까? 유주는 자신의 현실감과 경계심이 그러한 부분에 장막을 드리우고 있단 새삼스러운 사실을 지적당한 느낌이었다.

"그래?"

"그래."

"그래서 어제 그랬어? 내가 원하는 듯이 굴어서?"

결국은 그 얘기였다. 리옌이 고개를 저었다.

"그건 내가 하고 싶었던 일이야. 당신을 재우는 건 덤이었지."

"넌 나랑 섹스하고 싶니?"

직설적인 표현은 공격적이었다. 리옌은 쓴웃음을 지으며 다시 입가를 손으로 쓸었다.

"원한다면 하게 해 줄 듯이 말하는군."

"내가 그렇게 좋아? 당신 취향이, 나 같은 여자야?"

"그 부분에 대해 내가 보다 상세한 고해성사를 하길 바라나?"

그는 뭔가를 결심한 태도였다. 유주가 그를 단념시키기 위해 강하게 나오는 것에 물러서지 않을 기세였다.

오히려 그의 태도에 짓눌린 건 유주였다. 그녀도 누군가를 좋아해 본 적이 있었다. 그 상대에게 좋아하는 마음을 고백하는 건 때때로 부끄러움을 넘어선 수치심과, 그에 무시당할 때는 모멸감마저 느껴지곤 했다.

공감 능력이 있다는 건, 이럴 때 끔찍했다. 유주는 괜히 자기 속이 활활 불타는 것 같았다.

이 응어리 진 감정은 공포다. 거절당할 때의 두려움과 처참함이다. 리옌이 느껴야 하는 걸 그녀가 느끼고 있었다. 숨이 막히는 것 같았다.

그는 농담이 아니었다.

"……그걸 모르겠다는 거야. 도대체 왜인지."

"그걸 알면 나도 덜 답답하겠지."

"키스해 볼래?"

유주의 말은 무척 뜬금없었다. 하지만 그녀의 진지한 표정이, 농담이나 헛소리는 아니란 사실을 드러냈다. 리옌의 얼굴 위에서 웃음기가 사라졌다.

"날 떠보려는 건가? 아니면……."

"그냥. 우리 맨정신에, 상호 합의하에 해 본 적은 없잖아."

"그때도 합의였다고 생각했는데."

리옌이 말하는 상황이 뭔지 알 것 같았다. 그는 극장에서의 일을 이야기하는 거였다.

물론 그때도 합의이긴 했다. 약간, 사고 후 합의를 본 것 같은 상황이어서 그렇지.

"당신이 먼저 들이댄 거지. 내가 동조한 거고. 합의라고 해도 전후 관계가 달라."

"그래서 지금 키스하자고?"

"확인이나 해 보려고."

"어떤 걸?"

무턱대고 달려들 줄 알았는데 리옌은 생각보다 침착했다. 하지만 유주는 저 반응이 무슨 의미인지 알았다.

의심. 동시에 배려였다.

유주는 이 긴 공방이 어느 방향으로 흘러갈지 잠시 고민했다. 그는 이미 유주에게 키스보다 더한 짓도 했다. 그런 주제에 유주가 요구하는 키스에는 머뭇거렸다. 어제오늘 그가 보여 주는 태도는 이 관계의 주도권이 유주에게 있음을 아주 확성기 들고 소리쳐 알려 주는 꼴이나 다름없었다.

그래서 유주는 리옌의 멱살을 잡았다. 그는 순순히 따라왔다. 입술이 닿은 순간은 짧았다. 그러나 유주는 리옌이 혀를 내밀어 제 입술을 적시는 것을, 그리고 그의 속눈썹이 아래로 드리우는 것을 보며 다음 상황을 충분히 예상할 수 있었다.

"하……."

짧은 한숨을 뱉으며 유주는 고개를 꺾었다. 그리고 입을 벌렸다. 당연한 수순인 것처럼 혀가 밀려 들어왔다.

곧 헤어질 건데, 이래도 되나? 이 생각은 의식적으로 묻어 버렸다. 그녀 스스로가 깨닫지 못한 사이 '그런 눈'으로 리옌을 보고 있었다면 뭔가 있기는 한 거겠지. 그리고 입술이 닿은 순간, 유주는 자신의 상태를 정확히 알아챘다.

뭔가가 있긴 했다.

그러니까, 입 밖으로 내뱉기 낯간지러운 무언가가.

　　　　　　　　　　* * *

"……어디 가?"

유주는 동트기 바로 전에 눈을 떴다. 점점 일출 시간이 늦어진다고는 해도 여섯 시도 안 되는 시간이었다. 그녀가 잠든 시간을 고려하면 정말 눈만 붙였다고 할 수 있었다.

하지만 옆에서 느껴지는 낯선 인기척은 한동안, 최소한 몇 년간 혼자 침대를 썼던 유주의 신경을 확실하게 자극했다. 통통 부어 제대로 뜨기도 힘든 눈꺼풀을 간신히 들어 올리니 리옌이 와이셔츠 안으로 몸을 밀어 넣고 있었다.

"내가 깨웠나?"

"아니……. 어……. 옆에서 자꾸 부스럭거리기에……."

"더 자도 돼. 아직 이른 시간이니까."

"그건 보면 알아……."

유주가 앓는 소리를 내며 상체를 일으켰다. 젖은 다리 사이의 끕끕한 느낌에 유주는 이불 속에서 티 나지 않게 허벅지끼리 문질렀다. 어제 끈질기게 리옌의 혀와 손이 파고들었던 부분이 괜히 욱신거리는 것도 같고, 아직도 안쪽이 간지러운 것도 같았다.

끝까지 하지는 않았다. 그래서인지 온몸에 감각이 곤두선 것 같았다. 바르작거림에 시트가 맨살에 쓸리는 것만으로도 절로 어깨가 움츠러들었다. 리옌이 유주의 상태를 눈치챈 것인지 피식 웃음을 터트렸다.

"어제 정리해 주고 잤으면 좋았겠지만 나도 장거리 운전은 피곤했거든."

"……나 잘 때까지 당신 안 잔 거 알아."

"맞아. 일부러 그냥 뒀어. 아침에 당신이 날 의식했으면 해서."

"뻔뻔하기 그지없네?"

"원래 남자는 죄다 야만인이니까."

리옌이 유주를 향해 몸을 숙였다. 그는 잠시 유주를 내려다보곤 눈가에 입을 맞췄다. 하지만 그게 좀 더 농밀한 형태의 키스가 되는 데에는 오랜 시간이 걸리지 않았다. 유주는 제 입가에 쏟아져 내리는 리옌의 입술을 받아들이며 그의 목에 팔을 감았다.

"음……."

리옌이 보다 상체를 깊이 낮추며 유주를 다시 침대에 거의 눕히다시피 했다. 그러곤 그녀의 이마를 쓸어 넘겨주며 입술을 뗐다. 어느새 둘의 호흡은 미미하게 흐트러져 있었다.

"……그래서 어디 가는데?"

하지만 호흡이 엉겼다고 해서 머릿속까지 엉킨 건 아니었다. 떨어진 입술 사이로 터져 나온 질문에 리옌이 다시 픽, 바람 빠지는 소리를 냈다.

"일하러."

"어디?"

"D병원."

"어제 다 끝내고 온 거 아니었어?"

"당신이 잠들지 못할 거 같아 일부러 온 거야. 다시 내려가 봐야 해. 당신과 느긋하게 욕조에 몸을 담그고 싶지만 의사랑 약속을 잡았거든. 열 시."

아무리 알 거 다 아는 성인끼리라지만 저런 건 좀 부끄러워했으면 좋겠다. 유주는 살짝 미간을 찌푸렸다.

"우리 아직 그 정도 사이까진 아니거든?"

"할 거 빼고 다 하지 않았나?"

"그 할 거가 굉장히 중요한 거거든."

"섹스라는 단어가 포괄하고 있는 구체적인 행위에 대해 이야기하고 싶은 건가? 우리가 어제 한 건 유사 성행위일 뿐이라고 규정지으면서."

"난 원래 보수적이야. 세상 원리 원칙대로밖에 안 살아."

유주의 말에 리옌이 재미난 농담이었다는 듯 웃었다. 어쩔 수 없이 단순한 생물이란 생각으로, 유주가 그의 웃음에 화답했다.

아무리 한 치 앞을 모르는 게 사람 일이고 사람 감정이라지만. 요즘의 유주는 그 기복이 꽤 컸다. 고의적으로 리옌이 유주를 곯려 먹기 위해 쥐락펴락하나 싶을 정도였다.

하지만 M시에서 슈란의 부재에 방황하며 서울까지 택시를 타고 올라갔던 남자가, 잠들지 못할 게 뻔한 유주를 위해 새벽에 운전대를 잡고 서울까지 올라왔다는 그 사실이 못내 기꺼울 수가 없었다.

한편 불쑥, 한 가지 고민도 고개를 쳐들었다. 아무래도 '서유주'라는 인간 역시 그녀 스스로 평가하기보다 훨씬 단순한 인간인지, 함께 침대를 쓰고 나니 혼자 있기가 싫어졌다. 우스운 일이었지만 조금 솔직해진 기분도 들었다.

아직까지 방 밖을 나서는 것도 벌벌 떠는 주제에.

"혼자…… 어…… 음, 운전은 할 만해?"

그래서인지 냅다 따라간다는 말이 나오지는 않았다. 종일 호텔에 있는 건 외로웠고 의사의 방문도 이젠 무용지물이었다. 신경 약을 어제 받기는 했지만 그 약을 먹고서야 깨달은 것이다.

그녀는 자신을 안전한 공간에 스스로 가두어 두고 있었다. 그런 그녀를 가만히 내버려 두는 건, 리옌 나름대로의 배려였다.

하지만 그런 배려는 유주에게 도움이 되지 않았다. 그녀에게 필요한 건 다른 거였다. 보다 가까운 위로, 지독한 기억 위를 덮어 버릴 새로운 자극, 일상으로 복귀할 수 있는 완벽한 답안지.

딱 한 걸음, 내딛도록 도와줄 계기와 조력자.

"그럭저럭?"

"운전 교대해 줄 사람이 필요하지 않아?"

유주는 말을 뱅뱅 돌리는 것도 재주가 없었고, 리옌은 아무리 말을 빙빙 돌려도 한 큐에 알아듣는 재주가 있었다. 그의 눈동자가 조금 커졌다. 놀란 듯한 그 모습에 유주는 저도 모르게 웃음을 터트렸다.

"그게 그렇게 놀랄 말이야?"

"……아직 당신 상태가 좋지 않은 걸 알아."

"당연히 알겠지."

"게다가 내 일에 더 이상 개입하지 않겠다고 했고, 나도 그 뜻을 존중해. 이 이상 당신이 다치는 것도 원하지 않고."

은연중에, 유주의 트라우마를 자극하지 않으려는 그의 태도는 조심스러 웠다. 그런 리옌에게 유주가 순간 느낀 감정은 애틋함과 사랑스러움이었다.

사랑스러움?

유주는 잠시 혼란을 느꼈다. 하지만 이내 그 혼란스러움을 떨쳐 냈다.

간혹 그런 게 있었다. 머리로는 이해되지 않는 것들.

상대와 손을 잡는다거나, 깊은 포옹을 나눈다거나, 입을 맞춘다거나 했을 때 비로소 알게 되는 것들.

그런 것들은 이성으로 헤아려서 될 게 아니었다. 그냥 깨닫게 되는 거였다.

"유주?"

미쳤다. 나, 이 사람 정말…… 좋아하는구나.

기어이 시야를 가리던 장막이 걷혔다. 답은 참으로 단순한 것이었다. 애당초, 끊임없이 의심하고 두려워한 이유 자체가 답이었다.

그렇게 아득바득 발악했지만 결국 이 상황이 아닌가. 그의 감정에 휩쓸렸다고 해도 결국 지금의 이 선택은 유주 몫이었고, 지금의 이 결정에 책임을 지는 것도 그녀였다.

이제는 그에게 나의 책임을 짊어지게 하지 말자.

유주가 바람 빠지는 소리를 내며 웃었다.

"나랑 떨어져 있지 않겠다고 약속할 수 있어?"

그녀의 말에 리옌의 입이 다물렸다. 하지만 얼굴 위로 드러난 들뜬 기색이 여실했다.

"화장실까지 따라갔다간 큰일 날 것 같은데."

"가식 적당히 떨어."

"내가 그 큰일을 한번 감수해 보지."

리옌의 눈빛에 생기가 돌았다. 그간 그와 함께 지내며 이런 표정은 처음이었다. 새삼 유주는, 자신마저도 그의 마음속 짐이었단 사실을 깨달았다. 물론 그가 직접 짊어진 짐이었다. 그런 주제에 뻔뻔하게, 유주에게도 마음을 요청한 무뢰한이었다.

그렇지만 좋았다. 빌어먹게도.

여전히 문제는 산적해 있었지만, 젠장. 어차피 인생사 제 마음대로 안 되는 게 어디 한두 개던가.

"내가 문을 나서는 것부터가 문제 아냐?"

"당신은 괜찮을 거야. 내가 계속 옆에 있을 거거든. 만약 무슨 일이 생기면, 내가 먼저 겪어 주지."

말도 안 되는 소리라는 걸 알았지만 유주는 그냥 웃었다. 어쩐지 나갈 수도 있을 것 같은 확신이 든 것이다. 착각일 수도 있었지만 혼자 시도하는 것보다는 수월하리라는 건 자명했다.

"그럼…… 당신 운전 실력 좀 볼까?"

"혼자 운전하는 건 확실히 외롭고 힘들지. 게다가 난 아직 한국 지리에는 익숙하지 않아서."

같이 나가 보겠다는 유주의 말에 기다렸다는 듯 냉큼 대답이 쏟아졌다. 유주가 일부러 눈을 흘겼다.

"내비 작동 잘되는 거 알거든?"

"나갈 준비 시간 아낄 겸, 같이 씻을까?"

"헛소리하지 마."

유주가 리옌의 얼굴을 밀어내며 재빨리 침대에서 내려왔다. 욕실 문이 닫히는 순간 그 틈으로 흘러 들어온 건, 남자의 즐거운 웃음소리였다.

"그 돈과 약이 제일 마음에 걸려."

당연하게도 호텔 문이 열리는 순간부터 긴장한 유주였지만 차까지의 탑승은 수월했다. 힘들면 쉬어도 좋다고 말하면서도, 그녀를 거의 끌어안다시피 한 리옌의 팔이 족쇄처럼 그녀를 세게 옥죄었다. 오히려 그 숨 막히는 품속이 안락했다.

정말 그 덕분인지 차가 출발할 때까지도 아무 문제가 없었다. 운전대는 리옌이 잡았다. 잠을 얼마 청하지 못한 유주를 배려한 처사였지만 그녀라고 해서 잠이 올 리는 없었다. 그 대신 유주는 리옌에게 찾아올지 모를 수마를 쫓아내는 역할을 자처했다. 그리고 잠을 쫓아내는 데에는 머리를 굴리는 것만 한 게 없었다.

"마찬가지야. 아마…… 그건 맥거핀이 아닐까 싶은데."

"함정이란 거야?"

"아무리 생각해도 지나치게 노골적이야. 오히려 그 두 가지를 빼면 아귀가 딱 맞지."

"역시! 당신도 거기까진 생각했구나?"

리옌이 말을 받아 주니 신이 절로 났다. 침대에 누워 있던 답답한 한 달. 그와 대화 같은 대화조차 나누지 못한 채 갇혀 있던 그 기간. 그녀가 그간 원하고 바랐던 게 이런 일이었다.

일방적인 생각, 소통되지 못한 모든 것들을 혼자 되뇌고 소화시키는 게 아니라 누군가와 교류하는 것 말이다. 말이든, 감정이든.

"당연히 그 부분까지 고려했지. 그래서 내가 내린 결론은……."

"결론은?"

"……이건 확실히 카이화의 자작극이라는 거야."

"오……."

그 말을 내뱉는 리옌은 자괴감이 가득해 보였다. 하지만 그걸 받아들였다는 점에서 충분히 칭찬받을 만했다. 그리고 유주는 칭찬에 후한 타입이었다.

"……뭐 하는 거야?"

"칭찬."

손을 뻗어 머리를 만지니 리옌이 질색하며 고개를 틀었다. 유주는 짓궂게 웃으며 손을 거뒀다. 놀리듯 말했지만 진심이었다. 유주는 리옌이 끝까지, 그 사실만은 받아들이지 않으리라 생각했다. 확실한 오판이었다.

"당신이 거기까지 생각이 미쳤다면 아마 그것도 생각했겠네?"

"……어떤 거?"

"내가 보기엔 우신과 슈란도 공범이야."

유주의 말은 자칫 공격적으로 들릴 수도 있었다. 하지만 리옌은 순순히 고개를 끄덕였다.

"내가 보기에도."

"그럼 얘기가 잘 통하겠네. 당신 혼자 바보 된 상황이야, 지금."

"유주."

"알잖아, 리옌. 난 말을 돌릴 생각 없어. 그리고 지금은, 상황을 회피한다고 해서 뭔가 해결되는 것도 아니야."

씁쓸한 소리였다. 단정적인 그 말속에는 분명 오류도 있을 것이다. 하지만 지금 상황에서 가장 합리적인 생각은 그거였다.

슈란과 우신, 이현재가 납치된 상황이라면 상대측에서 뭔가 요구가 와야 했다. 하지만 그런 건 없었다. 지금껏 그들은 카이화를 찾는 일에 미온적이었다. 도움이 되는 거라곤 하나도 없었다.

리옌도 부정할 수 없을 터였다. 그 둘을 믿었다면 그는, 그가 알게 된 모든 정보를 그들과 공유해야 했다. 하지만 아니었다. 이미 불신은 싹을 튼 걸 지나 아예 만개한 상태였다.

"당신들이 전부 다 카이화 하나를 위해 달려들었다면, 이 일은 벌써 해결되었어야 해. 알잖아?"

아픈 부분만 쿡쿡 찌르는 소리에 리옌은 입만 굳게 다물 뿐이었다. 하지만 유주는 그가 그렇게, 스스로도 인정하던 부분을 받아들이고 있단 걸 알았다.

잠시 침묵이 흘렀다. 리옌이 한숨처럼 말을 토해냈다.

"카이화는…… 내 친동생이 아니야."

"어?"

"그 애의 가족과 우리 부모님은 이십 년 전에 죽었어. 화재로."

그의 목소리가 잠긴 것 같았다. 유주는 대답할 수 없었다. 갑자기 몰려온 묵직한 직구가 그녀의 명치를 세게 후드려 팬 것 같았다. 리옌도 딱히 대답을 기대한 건 아닌 듯, 시선을 정면에 고정한 채 딱딱하게 굳은 표정으로 입술만 달싹거렸다.

"시신도 제대로 수습하지 못했어. 죄다 시커멓게 타서 어떻게 할 수 없었거든. 시 측에서 위령비를 세우긴 했는데 영 마음에 차지 않아 결국 몇 해 전에 위패를 따로 모셔 두었지. 카이화의 부모님은 그렇다 쳐도 내 부모님한테는…… 그 이전까지 제대로 향불 한 번 올린 적 없거든."

"그걸 혹시 다른 사람이……."

"없어."

유주의 조심스러운 질문에 리옌은 보기 드문 단호한 태도로 일축했다. 말투와 목소리에서. 그리고 그의 굳은 표정에서 긴장감이 느껴졌다. 그 사실을 아무도 모른다는 건, 유주가 이 사실을 알게 된 첫 번째 외부인이라는 소리였다.

그녀의 추측을 긍정하듯, 리옌이 말을 덧붙였다.

"랴오위와 접점을 만들어 준 건 슈란이야. 그리고 그녀와 만났을 당시, 이미 카이화와 나는 남매였어."

"그…… 어떻게?"

"애당초 '리옌'은 내 이름이 아니었어. 그렇다고 진짜 이름을 묻진 마. 나도 기억나지 않으니까."

무심한 말투였지만 냉담하진 않았다. 리옌에게 있어 정말 그 일은 과거일 뿐인 것이다. 유주는 저도 모르게 탄식했다.

"허어……."

지금 도대체 이 말을 왜 하는 건가. 유주의 시선이 갈피를 못 잡고 흔들리다 결국 리옌이 보는 방향을 따라 정면을 향했다.

친여동생이 아니기 때문에 그가 난처해질 걸 알면서 이런 일을 벌였다는 건가? 아니면 친여동생이 아님에도 진짜 가족만치 챙겨 준 여동생이 이런 일을 벌였다는 데에 배신감을 느낀다는 건가?

옆에서 피식거리는 웃음소리가 들려왔다. 유주가 눈알만 굴려 그를 바라보자, 리옌 또한 시선을 그녀에게 맞춰 왔다.

"그냥 그렇다고. 어쩌면 당신이 생각한 게 전부 맞을지도 모르지."

"……내가 뭘?"

"배신감도 느껴지고, 뭔가 내가 잘못한 건가 싶은 부채감도 느껴지고."

내 속이 그렇게 빤히 보이나? 유주의 두 눈이 화등잔만 하게 커졌다. 리옌은 그 모습을 눈앞에서 지켜본 것처럼 다시금 작게 웃음을 터트렸다.

"내가 당신 입장이어도 같은 생각을 할 테니까."

"그렇다고, 음…… 카이화를 뭐 어떻게 할 생각은…… 아니지?"

유주의 말에 리옌은 그녀가 무슨 말을 하는지 진위를 파악하고자 하는 표정으로 고개를 돌렸다. 제발 운전할 때는 앞을 봐 주었으면 했다.

"리옌! 전방 주시!"

"아."

"아, 가 아니라. 위험하잖아."

"그냥. 당신 말이 좀 불편해서."

뭐 어떻게 한다, 는 말에 내포된 미묘한 뉘앙스에 대한 언급이었다. 아. 유주는 리옌에게 옳은 듯 짧은 감탄사를 내뱉고는 변명처럼 입을 움직였다.

"그러니까, 어…… 위해를 가한다거나 그런 게 아니라……."

"무슨 의미인지 알아. 하지만 그 애는 여전히 내 동생이야."

"……."

"카이화가 날 버린 게 아니라면, 내가 여전히 그 애의 하나뿐인 가족인 건 당연하잖아."

거기에도 여러 단서가 딸려 있었지만 유주는 고개를 끄덕였다.

리옌이 그렇게 생각한다면 그걸로 끝이었다. 가족이면 가족인 거지, 거기에 진짜니 가짜니 하는 쓸데없는 수식어를 가져다 붙이는 것 자체가 소모적이었다.

더구나 유주는 눈치가 없지도, 멍청하지도 않았다. 리옌은 지금 카이화와의 관계를 부정하고, 그녀의 잘못에 대해 따져 가며 책임을 전가하고자 하는 의도로 말을 꺼낸 게 아니었다.

다만, 답답했던 것이다. 그렇다면 잘 익은 고름을 건드리듯 조심스러울 필요는 없었다.

"그럼 됐지 뭐."

무엇보다도, 카이화와 리옌. 둘이 진짜 가족이든 가짜 가족이든 그녀와는 별 관계도 없었다. 리옌이 그녀 앞에서 긴장한 이유가 무엇 때문인지도, 무슨 생각으로 그 관계를 말해 준 것인지도 알았지만 그뿐이었다. 그녀에게는, 리옌이 자신을 이만큼이나 좋아하고 있다는 확인을 받은 것에 지나지 않았다.

무엇보다도 유주는 카이화를 보고 리옌에게 마음을 준 게 아니었다. 쉬에화? 그 빌어먹을 롱친? 황슈란? 왕우신? 그딴 인간들이 다 뭐가 중요하단 말인가? 보다 깊은, 그리고 미래를 기약할 만한 사이가 된다면 모르겠지만 지금 당장 유주에게 필요한 이는 리옌, 그 자체였다.

"그 애가 어떤 생각을 가지고 이 일을 벌인 건지가 궁금할 뿐이야, 난."

그녀의 무신경할 정도의 담담한 대답이 마음에 든 걸까? 아니면 그 안에 담긴 뜻이 제대로 전달된 것일까. 리옌의 대답은 한결 가벼운 느낌이었다. 유주는 리옌을 힐끗 살펴본 후 고개를 끄덕였다. 아무래도 그녀의 속내가 잘 전달된 모양이었다. 그렇다면 이제 문제는 다시 원점이었다.

누군가 아니, 카이화.

카이화는 왜 이런 짓을 벌인 걸까? 도대체 왜.

정략혼의 대상으로 휘둘릴 오빠를 대신해 자신을 투신한 아가씨에게, 갑자기 무슨 심적 변화가 생겼기에.

"당신이라면…… 어떻게 했을 거 같아?"

"나라면 안 그래."

리옌이 단호한 말투로 고개를 저었다. 하긴. 리옌이라면 그냥 결혼을 하면 했지, 튀는 짓은 안 할 것 같았다.

그럼 나라면? 유주는 팔짱을 끼고 카 시트에 깊이 몸을 기댔다. 그리고 생각했다. 어쩌면 복잡할지도 모르는 그 상황을.

부모님을 잃어버린 어린애 둘. 어느 날 생긴 오빠. 여동생은 오빠가 물불 안 가리고 뛰어드는 꼴을 거의 20여 년이나 보고 자랐을 테고.

그런데 친오빠가 아니라면? 그 성장의 과정에서 느낀 감정이 오롯이 친족에 대한 정뿐이었던 것일까?

"당신한테……."

"응?"

"당신한테 들어온 혼담은 어떤 거였어?"

유주의 말에 리옌이 창에 머리를 툭 기댔다. 말하고 싶지 않은 건가? 싶었지만 의외로 리옌의 입에서는 대답이 술술 새어 나왔다.

"니시콴라이 상위 조직이자 쉬에화 친정의 형제 라인인 조직이 하나 있어. 그 집에 네 번 시집을 다녀온 아가씨가 하나 있지. 나보다 아홉 살 연상이고."

"아홉 살? 그럼 지금…… 서른여덟? 그런데 세, 아니 네 번이라고?"

유주가 기겁하며 되물었다. 리옌의 입에서 자조적인 웃음소리가 흘러나왔다. 아무래도 그의 아까 전 행동은, 그녀 쪽으로 시선을 돌리지 않겠다는 강경한 의사 표현인 듯싶었다.

"그치에게는 딸이 셋 있어. 둘째가 그나마 제일 쓸 만한데 이미 십 년도 더 전에 싹수가 파릇파릇한 놈을 데릴사위로 끌고 왔지. 둘째는 벌써 알아주는 경제 마피아 노릇을 톡톡히 하고 있어. 문제가 있다면 내가 소개받은 건 쓸모없는 큰딸이라는 거고."

"그럼 리옌, 당신에게 들어온 그 혼담은……."

"시골 생활이 싫은 쉬에화가 본토로 올라가기 위해 취한 최적의 방법이었지. 쉬에화 친정은…… 우리는 426이라고 부르는데, 하여간 426은 애도 없는 마당에 자꾸 미적거리는 랴오위의 방식이 마음에 들지 않았던 거야. 그의 눈에는 느긋하고, 평화로운 중심 잡기가 그저 줄타기나 하며 여기저기 깔짝거리는 정도로밖에 보이지 않은 거지."

홍콩이 시골인가 싶어 헛웃음이 나왔다. 중국의 상황이 복잡하다는 것 정도야 가끔 인터넷 기사만 접해도 알 수 있었다. 홍콩과 중국 사이에 갈등도 뭐, 가끔 뉴스나 신문만 들여다봐도 그 정세가 복잡하다는 건 알았다.

그러나 아무리 남의 나라라고 해도 저런 방식이 아직도 통용되는가에 대해서는 회의감이 들었다. 한국에서도 재벌가 정략결혼이니 뭐니 하는 이야기들이 심심찮게 나오지만, 말 그대로 그들이 사는 세상에 대해 매스컴으로 접하는 것과 직접 듣는 것의 간극은 큰 법이었다.

시대가 얼마나 바뀌었는데 아직도 저런 상황이라니. 절로 혀 차는 소리가 나올 정도였다.

"그래서 그 혼담을 대신 이어받은 카이화가 제 마음대로 안 되니까, 남편을 감금하고 이혼을 요구 중이라고? 그냥 이혼 서류에 도장만 찍으라고 하면 되는 거 아냐?"

"이미 조직원 중 일부는 쉬에화의 사람이야. 평화롭게 도장을 찍는 걸로 해결 나는 상황이 아닌 거지."

"그럼 카이화가 돌아가면 상황이 어떻게 바뀌는데?"

유주의 말투가 조금 날카로워져 있었다. 그제야 그녀는 알게 된 것이다. 리옌이 어째서 그녀의 얼굴을 보려 하지 않는지.

그는 아마 유주가 이 질문을 하리라는 걸 짐작했을 것이다. 그리고 아마 분명 불편한 사실을 끄집어내야 한다는 데에 거북함을 느끼고 있겠지.

그를 이해하고 싶으면서도 가끔 이런 태도는 이해가 되지 않았다. 리옌은 유주에게 솔직해지고 싶어 했지만 그것이 자신을 드러내기 위함인지 아니면 그녀에게 기대고 싶은 것인지 알 수 없었다. 어쩌면 둘 다일 수도 있었다.

"잘 풀린다면 카이화가 혼담을 이행하는 것으로 문제가 해결되겠다만……."

"걔한테 들어온 혼담은 어떤 거였는데?"

"……."

"어차피 말할 거라면 미적거리지 말고 토해 내지 그래?"

유주의 삐딱한 말투에 리옌이 힐끗, 그녀를 쳐다보곤 다시 시선을 돌렸다. 운전대를 잡고 있다는 건 그에게 좋은 회피거리였다.

"……똑같이 형제 라인에 마침 처를 잃은 간부 하나가 있어. 조건만으로 보면 그 쓸모없는 큰딸을 세 트럭 정도는 가져와야 간신히 비벼 볼 만하지."

"그 사람은 몇 살인데?"

"간부 중에서는 젊은 축에 들어."

"몇 살이냐고."

유주의 질타 어린 목소리에 리옌이 한숨과 함께 대답했다.

"쉰넷."

"뭐어?"

이건 진심으로 기겁할 만한 말이었다. 카이화가 몇 살이었는지를 헤아리던 유주는 경멸 어린 시선으로 리옌을 노려보았다. 아마 그도 찌르는 듯한 시선을 느낀 모양인지 머쓱하게 머리를 쓸어 넘겼다.

"내 의지가 아니었어. 내 의지가 섞일 수도 없는 상황이었고."

"아니, 그래도 어디 가져다 댈 데에다 비벼 보는 거지, 쉰넷? 야, 그럼 아내가 아니라 카이화보다 나이 많은 딸이 있대도 안 놀랄 나이 아니야? 또라이들인가?"

"……카이화가 받아들인 거야."

"내뱉은 말이 있으니 그렇지! 뒤돌아서선 나 같아도 도망갈 준비 했겠다!"

"그렇게 쉬운 일이 아니야! 그 애는 약속을 했어. 내가 아니라 쉬에화와! 내 인생과 랴오위의 목숨을 담보 잡고!"

뭘 잘했다고 큰소리를…….

유주가 기도 안 찬다는 표정으로 헛웃음을 토하며 창을 살짝 내렸다. 달리는 차의 속도가 속도인지라 바람이 찢어지는 소리가 무척 사나웠고, 그만치 안으로 말려 들어오는 찬 바람도 그 기세가 만만찮았다.

하지만 냉기를 직격으로 맞으니 조금은 이성이 돌아왔다. 그래, 그렇겠지. 그러셨겠지. 유주는 제멋대로 나부끼는 머리카락을 양손으로 쓸어 넘기며 속으로 아주 열심히 빈정거렸다.

"그러는 당신은?"

그런 유주를 살피며 리옌이 퉁명스럽게 물었다. 유주는 그를 향해 시선도 돌리지 않은 채 똑같이 무뚝뚝하게 대답했다.

"뭐가?"

"당신은 왜 지금까지 혼자지?"

"뭐? 지금 그런 얘기 할 때야? 나 지금 당신 과거 여자 캐 보는 거 아니거든?"

"물어볼 수는 있는 거잖아? 최소한 우리 그런 사이는 된 거 아닌가?"

"그런 사이가 뭔데!"

뜬금없이 파고든 리옌의 질문에 유주는 일부러 삐딱한 표정으로 고함을 빽 질렀다. 그런 사이라는 단어에 들어 있는 함축적인 내용이 뭔지 충분히 알고 있었으면서 말이다.

물론 스스로 내뱉으면서도 자충수라는 생각은 들었다. 그리고 그녀의 생각은 빤한 리옌의 시선에 의해 거의 확인 사살당했다.

"서로 침대를 공유할 수 있는 정도면, 그런 사이라고 해도 되지 않나?"

리옌의 말투가 삐딱했다. 유주는 그 시선을 슬쩍 피하며 창문을 올렸다.

"그런 거고 나발이고, 우리 지금 카이화 흔적 찾으러 내려가는 길이거든?"

"난 지금 카이화 말고, '우리'에 대한 얘기를 좀 더 하고 싶어, 유주. 내가 이 복잡한 이야기를 카이화 하나 찾자고 죄다 털어놓았다곤 생각하지 않을 텐데. 그만치 순진한 건 아니잖아, 당신."

농담으로 흘려보낼 분위기가 아니었다. 리옌의 시선은 진지했다. 그에게 선, 그 시선을 고스란히 받아야 할 유주의 당혹감 따위를 배려해 줄 기미가 전혀 보이지 않았다.

빌어먹게도 리옌은 스텝을 아주 차곡차곡 밟아가고 있었다. 호감을 표현하고, 입을 맞추고, 어느 정도 육체적 진도를 빼고, 집안일에 대한 언급까지. 숨이 턱턱 막힐 정도였다.

사실 그를 받아들인다는 부분은 유주 인생에 없는 선택지였다. 다분히 충동적인 선택이었다. 헤아려 보면, 그녀의 무사 평탄한 인생에서 가장 큰 일탈이었다.

"……난 예정대로 다음 주에 집에 내려갈 거야."

그래서 섣불리 입을 열 수 없었다. 아직까지 미래에 대한 그림은, 그릴 수 없었다.

일이 어떤 방향으로 굴러갈지 그녀는 알지 못했다. 리옌도 알 수 없을 것이다. 그런 마당에 어떻게 둘의 관계를 인정하고, 받아들이고, 앞날을 기약한다는 말인가. 관계의 일보 전진도 이렇게 힘들고 버거웠는데.

"알아."

그걸 리옌이 모를 리 없었다. 그럼에도 그의 목소리는 냉정했다. 유주는 저도 모르게 고개를 틀었다.

"집 처분을 부탁한 것도 진심이고."

"그 부분도."

이젠 독하게 마음먹어야겠다는 생각도 들지 않았다. 모진 말은 더더욱 할 수 없었다. 그런 그녀로선 리옌의, 다소 비난조의 말투나 눈빛을 견디기 어려웠다. 유주는 저도 모르게 생각한 것보다 훨씬 공격적인 어투로 그의 말을 받아쳤다.

"나한테 무슨 대답을 바라는 거야? 난 아직 아무것도 확신 못 하겠는데."

그가 좋았다. 그렇지만 함께하느니 어쩌느니 하며 장밋빛 미래를 그리는 건 여전히 어려웠다. 아예 상상조차 되지 않았다.

그러나 유주는 리옌의 말마따나 '그만치' 순진하지 않았다.

리옌은 수컷이었다. 그것도 약탈과 정복이 몸에 밴 아주 야만적인 수컷. 그런 그가 유주의 속내를 어디까지 용인해 줄지는 미지수였다. 분명 알기는 하겠지만 이해하는 것과 수용하는 건 다른 법이었다.

기실 그녀도 이 관계가 어디로 어떻게 굴러갈지 알 수 없었다. 벌써 관계의 끝이 보이는 것도 같았다. 어떻게 해도 유주는, 리옌의 세계를 감당할 수 없을 것이었고 리옌은 그런 유주를 진력이 나도록 쫓아다닐 터였다.

그가 질릴 때까지. 그사이 흔들릴 유주의 마음 따위는 배려조차 하지 않고.

둘 다 멍청해질 수 없는 사랑은 참으로 이기적이고 계산적이었다.

"당신과 영원한 미래를 기약하겠다는 말은 못 해. 당장 내일 나에게 무슨 일이 벌어질지 나조차도 모르니까."

아까는 지켜 주겠다더니.

리옌의 담담한 목소리에 유주는 입을 다물었다. 지켜 주겠다는 말과 아무것도 기약할 수 없다는 말. 둘 다 진심이었기에 따지고 들진 않았다. 그렇다고 화가 나지 않은 건 아니었다.

하지만 참았다 최소한 대화는 해야 했다. 이제 둘은 그런 사이였다.

삽입이 없었다고 해서 섹스를 하지 않은 건 아니었다. 유주는 어젯밤 아니, 오늘 새벽까지도 그에게 매달려 온갖 교성을 숨기지 않은 채 흐느꼈다. 그 또한 유주의 손과 배 위에 자신의 정열을 쏟아 부었다.

그런 사이. '그런 식'으로 쳐다본다는 말만큼이나 모호한 관계였지만 둘 사이엔 최소한, 서로에 대한 성적 흥분이 존재했다. 그리고 리옌은 모르지만, 유주는 그를 신뢰했다.

그럼 남은 건 헌신이었다. 사랑을 구성하는 세 가지 감정. 정열과 신뢰와 헌신.

문제는 둘 다 그게 없었다. 자기의 인생으로, 상대의 인생을 구할 생각 따위.

"……."

"그리고 내가 당신을 함부로 붙잡을 입장이 아니라는 것도 알아."

순간의 성적 흥분이 인생을 담보하지는 않았다. 유주가 리옌에게서 완전히 몸을 틀어 창가로 고개를 돌렸다. 차창 밖으로 스쳐 가는 세상이 더없이 빠르기만 했다.

"당신이야말로, 내가 어떻게 하길 바라는 거야?"

"난 당신의 진심을 원해."

"……어제 내가 당신에게 한 말과 행동으로는 부족해?"

"당신은 당신을 좋아한다고 쫓아다니는 남자가 있다면 모두에게 어제처럼 몸을 허락할 건가? 내가 궁금한 건 그거야. 그게 아니라면……."

"장난해?"

유주의 즉각적인 반응에 딱딱하게 굳어 있던 리옌의 안면 근육이 살짝 풀어졌다. 그는 웃는 것도 같고 아닌 것도 같은 미묘한 표정으로 슬쩍 그녀 쪽으로 고개를 틀었다.

"그래. 그게 아니라면 당연하잖아."

"뭐가?"

"우리 사이를 규정하는 거. 그건 아주 자연스러운 거야, 유주. 난 당신에게 호감이 있고, 당신은 그런 나를 완벽하게는 아니지만 어느 정도 받아들였지. 그렇다면 이제 이 미묘한 거리감을 정의할 때가 되지 않았나?"

끙…….

유주의 단전 깊은 곳에서부터 앓는 소리가 절로 새어 나왔다.

어쭙잖은 방법으로 그의 사고를 다른 방향으로 틀어놓을 수는 없었다. 게다가 앞선 설득은 설득 같지도 않은지, 그는 보다 내밀한 유주의 진심을 언급하고 있었다.

대답을 피할까? 유주는 사실 그런 생각을 먼저 했다. 하지만 언제고 직면해야 한다면 서로에게 상처가 된다고 해도 말하는 게 맞았다. 그러려면 유주 스스로가 이제 정의를 내릴 때였다. 리옌이라는 남자에 대해.

그가 물러서 준 만큼, 그녀가 걸음을 옮겨야 했다.

"나는……."

크게 심호흡을 했다.

아직 여름이었다. 이 여름과 가을이 지나 겨울의 문턱까지 밟고 지나가면 약속했던 6개월이 찾아올 것이다. 벌써 그와 만난 지 두 달이 훨씬 지나 있었다. 이제 찬 바람이 불 때 쓸쓸한 이별을 맞이할 것은 기정사실이었다.

그나마도 유주, 자신이 시골에 내려간다면 이 가당찮은 만남은 가끔의 유흥 수준으로 전락할지 모른다. 물론 그녀가, 리옌이 한국에 머무르는 동안 함께 있기를 선택한다면 좀 다른 방향의 관계가 될 수 있을지도 모르지.

"난 당신이 좋아. 그래. 마음에 들어. 당신은 꽤 나이스한 남자야. 잘생겼고, 돈은…… 뭐, 그래. 나보다는 많은 거 같네."

그에게 좋아한다고 말하지 않았던 건 정말 최후의 보루였다. 얼굴이 화끈거렸다. 그런 유주의 속내도 모르고 리옌이 재빨리 대답했다.

"통장 액수 보면 놀랄걸? 꿍쳐 둔 게 꽤 되거든."

유치하기는. 유주는 그의 대답에 피식거리며 그를 밉지 않게 흘겼다.

"그래, 돈도 많고. 어쨌든 조건만 보면 나쁘지 않지. 나한테도 잘하고."

"그렇게 칭찬하니, 이제 날 뻥 걷어찰 멘트가 두려워지는데."

리옌의 말투에 쓸쓸한 웃음기가 묻어났다. 그는 거절을 염두에 두고 있었다. 당연한 일이었다. 하지만 유주는 아침의 자신을 떠올렸다. 그와 맞이하는 아침은…… 생각보다 좋았다. 어쩌면 이게 그 흔들다리 효과라는 건지도 모르겠지만.

"그래서 일단 질러 보려고."

"뭐?"

리옌의 목소리가 살짝 뒤집어졌다. 유주가 삐뚜름하게 고개를 틀어 그를 살짝 올려다보았다. 유주의 입에도 미소가 걸려 있었다.

"사귈래, 우리? 요즘 국제 연애…… 엄청 흔하다며?"

유주는 여기가 고속도로임을 다행으로 여겼다. 그의 이글거리는 눈빛을 보니, 운전대를 잡고 있지 않았다면 무슨 일이 생겨도 벌써 났을 것이다. 그리고 그 시선을 온몸으로 받아내고 있자니, 놀랍게도 지금껏 흔한 삼류 소설에서나 묘사되던 느낌이 찾아왔다.

세상에 단둘만 남은 느낌.

어째서일까. 로맨스 소설에 나오는 운명적인 무언가를 느낀 것도 아니고, 영혼까지 끓어오르는 듯한 정열적인 몸짓을 나눈 것도 아니었다. 둘은 각자의 인생을 살아왔고, 절대 양보할 수 없는 부분도 끌어안고 있었다. 마치 물과 기름처럼, 고집스럽게 섞이지 않고 지금 여기까지 왔다.

그런데도 감정이 생겨났다. 참, 신기하게도.

"……딱 한 번, 그 발언을 철회할 기회를 주지."

한참이나 침묵을 지키던 리옌이 짓씹듯 말을 내뱉었다. 그 말을 들은 유주의 반응은 당연하게도 기도 안 찬 표정으로 헛웃음을 치는 거였다.

기껏 없는 용기 있는 용기 죄다 끌어 모아서 먼저 운을 뗐더니, 뭐?

"너 지금 나 까는 거니?"

유주의 농담 같은 말에도 리옌은 웃지 않았다. 그는 그녀에게서 시선을 피했다.

"그런 게 아니라……."

"그럼 설마 뭐 그런 거야? 나쁜 남자? 아니지, 솔직히 난 그 어감도 별로야.

나쁜 새끼지. 어쨌든, 너…… 날 현지처나 뭐 그런 거로 생각했어?"

"그런 게 아니야. 당신은 무슨 말을 해도 그렇게 하나?"

당혹감에 봇물처럼 쏟아지는 유주의 말에 리옌이 침착하게 대답했다. 물론 그가 침착하다고 해서 유주가 덜 민망하다거나 한 건 아니었다.

물론 운전대를 잡은 리옌의 손등 뼈가 하얗게 툭 불거져 나온 모양새만 봐도 그 또한 충분히 긴장하고 있다는 걸 알 수 있었다. 하지만 그의 심정을 배려해 줄 수 있을 정도로 유주가 여유 넘치는 상태는 아니었다.

그도 그런 것이 기껏 고백했는데 '늦기 전에 무르라'는 저 태도는 도대체 뭐냔 말이다.

"그럼 뭔데? 그 반응은. 사람 민망하게."

"난 당신이…… 나에게 그 말을 하기까지 어떤 생각을 거쳤는지 모를 정도로 멍청이는 아니야."

그가 말하는 게, 유주가 침대 위에서 의식을 되찾은 그날이라는 걸 모를 정도로 유주도 어수룩하지 않았다.

유주는 그때 울며 그에게 이야기했다. 너를 좋아한다고 말할 때 나는 희생을 감수할 용기가 필요하다고.

그렇게 비장하게 이야기했으니 지금 그녀에게 좋아한다, 사귀자는 말을 듣는 그의 마음도 편하지는 않을 터였다. 유주가 쓴웃음을 지었다.

"우린 오래 가지 않을 수도 있어."

"……."

"난 연애 할 때도 상당히 제멋대로고, 워낙 버릇없이 커서 할 말 못 할 말 별로 가리지도 않아. 성격은 아주 배배 꼬여 있고. 성질도 잘 내. 게다가 당신도, 어디 가서 누구한테 맞고 참아 줄 성격은 아니잖아. 그치?"

"……."

"이렇게만 놓고 보면 뭐, 먼저 인내심이 바닥나는 사람이 헤어지자고 해도 이상하진 않지. 솔직히 내가 보기엔 당신이 먼저 냅다 달아날 거 같긴 한데, 어쨌든. 원래 모든 연애가 다 그런 거 아니겠니?"

"……그렇지."

"그러니까 너무 깊게 생각 안 하려고."

"그래?"

"그래. 어쩌면 이 일이 해결되기도 전에 우리, 헤어질 수도 있어. 어쩌면 그게 내일일지도 모르고, 오늘일지도 모르고."

유주의 말에 리옌의 볼이 팽팽하게 당겨졌다. 이를 사리문 기세가 심상찮았다. 또 무슨 말을 하려고. 그러나 그의 입에서 터져 나온 건 깊은 한숨 섞인 대답이었다.

"아마 당신이 후회할 거야."

"단정 짓지 마. 그럴 거면 왜 들이댔니?"

"당신이 좋으니까."

"알아."

"그리고 난 집요해."

리옌의 말에 유주가 코웃음을 쳤다. 그거야말로 더 잘 알았다.

"운전이나 똑바로 해."

"휴게실 잠시 들렀다 가지."

"왜? 커피 필요해?"

"당신에게 키스하고 싶어서."

"웃겨, 정말."

그렇게 말하면서도 유주는 어느새 피식피식 웃고 있었다. 한껏 긴장했던 리옌의 표정도 느슨해졌다. 동시에 유주는, 지금껏 가슴 한구석에 짐짝처럼 무겁게 얹혀 있던 무언가가 마치 여름 태양에 녹아 버린 봄눈처럼 후련히 씻겨 나간 것을 느낄 수 있었다.

아무래도 그녀를 가장 압박하고 있던 건, 리옌에 대한 감정이었던 모양이다.

"그래서 우리 아까 하던 얘기 말인데."

결국 둘은 휴게소에 들렀다. 차에서 내리기 전에 진득하게 입도 맞췄고, 커피와 간단한 입가심거리를 사 들고 돌아온 뒤 시동을 걸기 전에도 한바탕 야단법석을 떨었다.

그러니 이제 현실로 돌아올 때였다. 둘의 관계가 평화롭게 지속되기 위해선, 이번의 일 또한 잘 마무리 지어져야 했다.

원래 연애라는 게 그랬다. 하등 쓸모없는 줄 알았던 외부의 문제는 반드시 갈등의 요인이 되고는 했다. 입 밖으로 내뱉지는 않았지만 유주도 리옌도, 둘 사이의 문제가 아니라 다른 것들로 인해 이 관계가 틀어지는 건 원하지 않았다.

물론 이 문제로 인해 만나게 된 건 맞지만 말이다.

"어떤?"

리옌은 기어를 넣다 말고 잠시 멈칫했지만 유주는 대수롭지 않은 표정으로 턱짓을 했다. 일단 운전부터 해라, 이거였다. 리옌은 살짝 불만스러운 표정으로 엑셀을 밟았다. 차가 부드럽게 휴게소를 빠져나가기 시작했다.

"당신 중국에 여자 있어?"

"큽!"

여유롭게 커피를 머금고 있던 리옌이 장렬한 비명을 삼켰다. 조금만 더 했으면 뿜었을 텐데. 유주는 약간 아쉬운 표정으로 흥흥거리며 빨대를 쭉 빨았다. 리옌은 잔기침을 두어 번 더 토해 낸 뒤 짜증스러운 시선으로 유주를 노려보았다.

"정말 내가 그딴 한심한 인간으로 보여?"

그의 허망하기까지 한 목소리를 들으며 유주는 내심 안도했다. 다른 건 몰라도 불륜은 싫었다. 무엇보다 그에게 이미 여자가 있었다면 자신이 내연녀 내지는 외도 상대라는 건데……. 상대에게 아무리 미쳐 있어도 그건 감내하기 힘든 타이틀이었다.

"그럼 이게 진짜 궁금한 건데……."

"도대체 뭔데?"

유주의 연이은 질문에 리옌은 정말로 두려워하는 것처럼 보였다. 유주는 웃음기를 꾹 참아야 했다. 진지한 질문이었다. 유주 나름대로는.

"슈란이랑 만난 적 있어? 그, 뭐라고 해야 하나……."

"없어."

이번에도 한바탕 잔소리가 쏟아질 것이라 각오했는데 리옌은 일 초의 망설임도 없이 그녀의 질문을 단칼에 잘라 버리는 것으로 대답을 마쳤다. 부차적으로 따라오는 구구절절한 설명도 없었다. 되레 질문을 한 유주가 머쓱한 침묵에 크흠, 목청을 가다듬었다.

"그…… 내가 이런 걸 물어보는 건……."

"알아. 하지만 슈란은 단순히 카이화를 예뻐했을 뿐이야. 그녀와 나 사이에 그런 일이 벌어지는 건 있을 수 없어."

"그럼 우신이나……."

"그녀와도 절대로."

어떻게 그 부분을 저렇게 강하게 부정할 수 있는 건지. 왠지 맥이 빠진 유주가 심드렁한 표정으로 턱을 괴었다. 어찌 되었든 그와 만나는 데 가장 큰 문제들로 예상된 내막들은 진위 여부와 무관하게 사라졌다.

그럼 이제 둘 사이에 남은 문제는 아무것도 없는 건가? 유주는 그간 자신이 그와의 관계에서 무엇을 찜찜하게 여겼는지를 떠올렸다. 하지만 당장 생각나는 건 딱 그 정도였다. 존재할지 아닐지 모르는 그의 여자관계.

"다른 질문은?"

리옌이 퉁명스럽게 물었다. 유주는 고개를 까딱거리며 이제 정말 중요한 주제에 대한 서두를 끄집어냈다.

"그래서 D대학 병원은 어떻게 알고 간 거야? 그리고 어떤 의사? 재생의학과?"

"당신은 그걸 또 어떻게 안 거지?"

"요즘 세상에는 휴대폰 하나로 온갖 정보를 열람할 수 있거든요."

유주의 말에 리옌은 납득한 듯 고개를 끄덕였다. 이런 것도 문화의 차이인가 싶었다.

"이전에 우리와 거래했던 조직에 허리를 굽히고 다녔지. 본새는 안 났지만 덕분에 그런 일을 잘 처리해 주는 의사 몇에 관한 이야기를 들을 수 있었어. 그것 때문에 술 상무 노릇 좀 하고 다녔지. 아주 고역이었다고."

아하하! 유주가 크게 웃음을 터트렸다. 술 상무라니. 그가 한국어를 원어민보다 능통하게 구사하는 건 알았지만, 이런 일면을 볼 때마다 우스운 건 어쩔 수 없었다.

"왜 웃지?"

물론 그녀가 왜 웃는지에 대해 모르는 리옌은 다소 민감하게 반응했다. 유주가 여전히 키득거리며 빨갛게 익은 얼굴에 손부채질을 했다.

"이럴 때 보면 진짜 한국 사람 같아. 그런 단어는 어디서 배운 거야?"

"어떤 거?"

"술 상무."

"그 말은 한국 거래처에서 배운 거야. 하여간 다들 고약하거든. 술 좋아하는 거야 어느 나라 사람이나 그럴 수 있지. 하지만 나는 중국 사람이 아니라 홍콩 사람이라고. 최소한 비즈니스를 하려면 그 차이는 알고 와야 할 텐데, 젠장."

하지만 딱히 웃을 일은 아니었던 모양인지 그의 목소리가 살짝 격양되어 있었다. 유주 또한 웃음기를 애써 거뒀다. 그리고 어떤 일이 있었는지 물어보려는 생각을 의식적으로 꾹꾹 눌러 버렸다. 기껏 좋게 풀린 분위기를 그딴 식으로 망치긴 싫었다.

이래 봬도, 리옌과 유주는 오늘부터 1일이었다.

"어쨌든, 그렇게 해서 알아냈다는 거지? 순순히 협조해 주던 모양이네?"

"당신이 앓아누운 한 달 동안 내가 알아낸 것이라곤 병원 하나와 의사 하나야. 순순히는 아니지."

하긴. 그가 정보원까지 풀었다고 하는 걸 보면 그 사람들을 왕창 풀어놓았어도 거진 한 달이나 시간을 질질 끌었다는 의미도 되었다. 유주는 고개를 가만 끄덕이며 조심스레 물었다.

"그 사람들은…… 조직 폭력배들?"

리옌은 탐탁잖은 신음을 흘리며 변명처럼 말을 덧붙였다.

"나와 안면이 있으면서 자세한 상황을 설명하지 않고도 공조를 요청할 수 있는 건……."

"알아. 이해해. 이제 그런 부분들은 따로 설명 안 해도 돼."

리옌은 유주의 말에 의심의 기색 없는 안도를 표했다. 그 모습에 유주는 내심, 그에게 경계심이 부족한 건지, 아니면 자신에게만 그런 건지 궁금해졌다. 어쩌면 애정 결핍인지도 모른다는 생각이 들긴 했다. 아직 감정에 푹 빠지기에 그녀는 이성적이었다.

"하지만 그들에게 적극적 협조를 얻을 순 없었어. 거래의 기본은……."

"상부상조지. 기브 앤 테이크."

"그렇지. 하지만 지금의 나는 그들에게 줄 수 있는 건 아무것도 없거든."

허탈하기까지 한 그의 말투에 유주가 물었다.

"당신은 왜 그렇게 조직에 충성하는 거야? 아니지. 랴오위에게 충성하는 건가?"

유주의 말에 리옌이 다시 입을 굳게 다물었다. 설마 이 말도 뭔가 지뢰였나? 유주는 도통 어떤 말이 그의 심기를 건드리고, 어떤 말이 안전한지 아직 가늠되지 않았다.

"사람 사이에는 신뢰가 제일이야. 그게 없으면 그 어떤 관계도 오랜 시간 지속될 수 없고, 언제고 망가질 수 있으니까."

"그럼 당신은 날 믿어?"

"당신은 신뢰와 감정이 별개라는 걸 알려 준 사람이지."

시험하는 듯한 질문에 퉁명스러운 대답이 돌아왔다. 유주는 깔깔 웃음을 터트렸다.

그녀가 그간 리옌을 매우, 아주 많이, 아주 틈만 났다 하면 이리 찔러 보고 저리 찔러 보았다는 사실은 이미 둘 다 알았다. 이 정도의 시험은 애교 수준이었다.

"그럼 나중에 신뢰할 수 있을 때 이야기해 줘. 랴오위에 대한 건."

"지금도 말해 줄 수 있단 소리야."

얄미울 정도로 듣기 좋은 소리였다. 유주는 그를 애교 있게 흘겨보곤 일부러 입을 댓 발 내밀었다.

"됐네. 옆구리 찔러 절 받는 건 사양이야."

"어쨌든 당신이 명절을 보내러 가족에게 돌아가기 직전까지라도 좋아."

"응?"

"내 사기에 가담해 줘."

정말 중요한 내용의 대화는 이거였다. 유주는 '사기'라는 단어에서 풍기는 미묘한 기운에 살짝 미간을 찌푸렸다. 이번에야말로 리옌은, 콧잔등을 한 대 때려 주고 싶을 만치 짓궂은 미소를 짓고 있었다.

불길한 기운이 스멀스멀 발바닥부터 타고 올라왔다.

〈다음 권에서 계속〉